异世奇情系列

一世倾城

奇武
幻侠

8 探秘境

YISHI
QINGCHENG

SUXIAONUAN WORKS

苏小暖 著

上

江苏凤凰文艺出版社
JIANGSU PHOENIX LITERATURE AND
ART PUBLISHING, LTD

图书在版编目（CIP）数据

一世倾城. 8：全2册 /苏小暖著.—南京：江苏
凤凰文艺出版社，2018.5

ISBN 978-7-5594-1229-4

Ⅰ.①一⋯　Ⅱ.①苏⋯　Ⅲ. ①长篇小说－中国－当代
Ⅳ.①I247.5

中国版本图书馆CIP数据核字（2017）第252198号

书　　　名	一世倾城.8	
作　　　者	苏小暖	
出 版 统 筹	黄小初　侯　开	
选 题 策 划	孙红彦	
责 任 编 辑	姚　丽	
文 字 编 辑	孙红彦	
责 任 监 制	刘　巍　江伟明	
出 版 发 行	江苏凤凰文艺出版社	
出版社地址	南京市中央路165号，邮编：210009	
出版社网址	http://www.jswenyi.com	
印　　　刷	三河市航远印刷有限公司	
开　　　本	700×980毫米　1/16	
字　　　数	400千字	
印　　　张	32	
版　　　次	2018年5月第1版，2018年5月第1次印刷	
标 准 书 号	ISBN 978-7-5594-1229-4	
定　　　价	59.80元（全2册）	

影视版权抢订热线　　15801302401

江苏凤凰文艺版图书凡印刷、装订错误可随时向承印厂调换

目录【上】

CONTENTS

目录【下】

C O N T E N T S

一世倾城

⑧ 探秘境

喜欢不起她？宁逸海疑惑地看着南宫流云和苏落。南宫二少的意思是，他不配喜欢苏落，是这意思吧？

南宫流云旁若无人地看着苏落，眼中是无尽的宠溺，柔声问道："想不想跳级？"

苏落顿时眸光一亮，看着南宫流云，认真地说："我想跳到三年级。"

"嗯，你负责想就行。"南宫二少亲昵地揉揉苏落的脑袋，"但是要跳到三年级，不仅要有个人成绩证明，还得有团体实力证明。"

"团体实力证明？"这是什么？苏落表示不懂。

南宫流云拍拍苏落的脑袋："这事我来想。"

"哦。"苏落完全信任南宫流云，有他在，她都不用动脑子。

这时候，被忽略很久的宁逸海举手道："南宫哥哥，你不杀我了吗？"

他本想偷偷溜走，但是他知道，只要上了南宫二少的黑名单，跑得了和尚跑不了庙。

单说宁家，就会第一个派人把他捆起来送到南宫二少面前让他杀。

南宫流云随意打量了宁逸海一眼，点点头："你还有点儿用。"

幸好他还有点儿利用价值，宁逸海感动得几乎要哭了。如果让他去深龙潭十年，他绝对会成为一根冰柱，永远地伫立在深龙潭里。

苏落需要团体战绩，所以，南宫流云就帮她创造这个战绩。

转眼间，南宫流云已将战地、人员、细节、流程考虑完毕，然后宣布："去闯通灵塔。"

"哦。"苏落甚至不知道通灵塔是什么。

但基地的人都知道通灵塔的厉害，所以那些一直没出声的高层纷纷站起来，严肃地询问南宫流云："难度会不会太高？"

南宫流云冷冷一笑："如果难度太低的话，怎么可能让三年级的院长心动？"

要知道，这次闯通灵塔，所有的行动都要记录在案，到时候是要拿给三年级的院长看的。

大家一想，这倒也是，于是事情就这么定了。

接下来的事，在南宫二少的安排下，有条不紊地进行着。

在宁逸海还没明白他为什么喜欢不起苏落时，南宫流云给了他一个彻底醒悟的机会。

苏落需要对手，而这个对手，主要是为了衬托她的优秀而存在的。苏落要带领一支队伍，而这个对手也要带领一支队伍。谁也没想到，南宫流云会将这个衬托苏落的任务交给宁逸海。

宁逸海很不解："怎么会选我呢？我的实力比苏落强多了，不该用我来衬托她啊。"

宁天皓气得一拍他的脑袋："愚蠢！"

宁逸海顿时被拍得恍然大悟："我明白了！"

宁天皓没好气地看着这个蠢族弟："你明白什么了？"

宁逸海说："我明白南宫二少为什么让我率领另一支队伍了，他想让我将功赎罪。"

宁天皓点头道："有点道理。"

"所以——"宁逸海拔高声音，"他想让我故意输给苏落，这样才显得苏落厉害。"

宁天皓用看傻瓜的眼神看着他："你太小看宫二了，在他眼里，苏落根本不需要你来让。"

宁逸海不信，头摇得跟拨浪鼓似的："我不信！苏落确实进步很快，但是现在她连跟我对战的资格都没有，怎么可能比得过我？"

"宫二不是还没说怎么惩罚你吗？他是要让你输得心服口服，然后再行惩戒。"宁天皓嘱咐他道，"进了通灵塔，你必须竭尽全力，不然你的手下会因为你的不尽力而阵亡。这不是演习，而是实战！"

"哦……"宁逸海捂着被拍肿的脑袋，似懂非懂地应了一声。

宁天皓同情地看着宁逸海：被宫二惦记上，你小子能有好日子过？想起回帝都后要去深龙潭，宁天皓又把对宁逸海的同情全都转移到自己身上。

苏落并不觉得南宫流云会随随便便选中通灵塔，所以当他俩独处时，她特意问道："通灵塔里有什么秘密吗？"

"秘密？"南宫流云含笑看着苏落。

"你别瞒我了，你做事从来都是一举多得，至少也会一箭双雕，所以这次通灵塔之行，绝不仅仅是为了得到团队战绩这么简单，对不对？"苏落信心满满地猜测道。

南宫流云用修长如玉的手指捏捏苏落粉嫩的面颊："你对我倒是了解。"

"我对你当然了解啦，快说，还有什么目的？"苏落把身子挂在南宫流云身上，像无尾熊一样晃来晃去。

南宫流云揉揉她的脑袋："你猜得没错，团队战绩只是一方面，另一方面……"

这是军部的秘密，但是南宫流云会瞒任何人，唯独不会瞒着苏落。

"……五十具尸体，就在通灵塔里……"南宫流云的声音带着一丝痛惜。那是五十位无名英雄的尸骨。他们深入修罗界腹地打探情报，却不幸陨落，连尸骨都无法回归故土。

"他们要把那五十具尸体炼成强尸傀儡，用来攻击灵界。"南宫流云的声音虽然平淡，但是苏落能够从他的话中听出一丝愤怒。

苏落把脸埋在他的怀里，小手轻抚着他的后背："我们把他们的尸骨抢回来好不好？"

南宫流云轻轻嗯了一声，苏落暗下决心：这五十名无名英雄的尸骨，必须完好地带回灵界！

十天之后，一切准备就绪。两支队伍分别由苏落和宁逸海领导，出发之前在广场上集合。

二人各带四十名队员。宁逸海见苏落的队员比自己的队员弱得多，便悄悄对她说："要不咱俩的人换一换？"

苏落断然拒绝："我相信我能赢，宁逸海，你可要加油了。"

"你能赢我？哈哈哈……"宁逸海仿佛听到了全天下最好笑的笑话。

苏落信心十足地说："这样吧，我们来打个赌。如果你赢了，我就不让南宫惩罚你。"

"真的假的？"宁逸海顿时面露喜色。

苏落又说："不仅对你的惩罚会取消，而且对楚三、宁大和林四的惩罚也会取消。"

"真的？"宁逸海高兴得差点蹦起来。

"真的。"说这话的不是苏落，而是南宫流云。

宁逸海见南宫流云点头答应，顿时兴奋得手舞足蹈："好好好，这个赌我应了！"

"如果你输了，你，包括宁大他们三个，加倍惩罚。"苏落笑嘻嘻地看着宁逸海。

"我不要！"楚三第一个跳出来反对。

"我也不要！"宁天皓第二个跳出来抗议。

"我的身子可受不了二十年的深龙潭，所以我也不要！"林若羽也站出来拒绝。

宁逸海当场傻眼了："哥哥们，你们不相信我吗？"

宁天皓很严肃地点点头："我们不相信你。"

他们居然不相信他会赢！宁逸海燃起熊熊斗志，握拳看着苏落："我跟你赌！我一定赢你，让哥哥们后悔去吧！"

苏落之所以跟他打赌，就是想激发他的斗志。听到这句话，她淡然一笑："很好，现在我们可以出发了。"

两位队长身上都带着可以实况转播的晶石，所以大家只要在基地的大厅里看实况转播，就可以将他们的行动看得一清二楚。

因为事先说好了，宁逸海的队伍是主队，苏落的队伍是辅队，所以宁逸海的队伍先出发，苏落的队伍后出发，因此苏落队可以看到宁逸海队所有的行动。

刀疤脸、骆桓、慕容方服从的是小仙府大人，而不是苏落。因为小仙府大人说了，这是对他们的考验，如果这支队伍输了，所有考核就此结束，仙府就与他们彻底无缘了。所以他们求胜的欲望比苏落还要强烈。当他们看到宁逸海队已经爬到了第五层，而苏落还按兵不动时，心里都急坏了，纷纷催促苏落赶紧出发。

苏落不疾不徐地说："通灵塔一共有十八层，他们不过是到了第五层，有什么好着急的？"

刀疤脸都快急死了："他们已经到第五层了，我们还趴在这里，连第一层都没上去，这样你都不急？"

苏落淡淡一笑："不急。"

骆桓冷冷一笑："我看你根本就不在意输赢吧。"

苏落瞟了他们一眼："我提醒你们一下，这次不仅画面是实况转播的，连声音也是。"

他们几个听了，顿时闭嘴，对苏落的态度明显好转。苏落心里暗爽，果然是大树底下好乘凉，有南宫流云坐镇，这些宵小可不敢嚣张。

过了一会儿，刀疤脸又忍不住说道："他们都快爬到第六层了，真让人羡慕！"

"他们第一层用的是联合技能，第二层用的是昂贵的隐身罩，第三层用的是更贵的惊扰术，第四层……"苏落一层层数落过去，"他们爬个通灵塔，那是用钱堆上去的，有什么好羡慕的？"

一句话，说得大家哑口无言。

"但是在第五层，他们没用任何技巧和法术，是凭实力进去的。"刀疤脸学长认真观察过，"第五层的防守确实很严密，三百六十度无死角，宁逸海队里有十名暗杀者，所以这个任务才能快速而漂亮地完成，但是咱们队根本凑不出十位，充其量只有三位。"

苏落点头表示赞同："这一关他们确实做得很好，值得学习。"

苏落在这边夸宁逸海的时候，宁逸海那边在通过第五层之后原地休整，同时也在议论着苏落的队伍。

之前宁天皓他们都赌苏落会赢，宁逸海还以为苏落有很厉害的底牌，所以有些不安，但是当他们连续爬到第六层，而苏落队还在底下趴着时，他的自信又回来了。

这支队伍里女性居多，邵诗枯就是其中一位。她就是曾经迎接过一年级新生的那位学姐。她心里不喜欢苏落，但一直都没表现出来，见队友们非议苏落，反而帮苏落说话："我们或许误会苏落了，既然南宫二少和楚三少都看好苏落，说不定苏落身上有我们不知道的底牌呢。"

邵诗桔不说还好，她这一帮苏落说话，那些女生更气愤了。邵诗桔成了众矢之的，但是她却淡淡一笑，依旧不紧不慢地说："我相信苏落，我觉得她不会让我们失望。"

邵诗桔知道这次实况转播能将声音转播出去，所以，她说这句话的目的就不那么单纯了。很多女同学都对邵诗桔表示不满，但邵诗桔却毫不在乎。只要南宫二少知道她对苏落没敌意，只要到时候苏落将她视为知己，她的目的就达到了。

这次闯通灵塔，能不能赢不是最重要的，最重要的是，能不能借此机会接近苏落，成为她的好朋友。

不得不说，邵诗桔所图不小。

此刻的基地里，没参加闯关的人都聚集在任务大厅里，关注着屏幕上的一举一动。

前方有两块屏幕，分别显示着宁逸海队和苏落队的情况。

宁逸海队一直都在有条不紊地攀爬通灵塔，虽然用了一些道具，但这些道具都是在允许范围之内的。

反观苏落队，他们趴在那里都一个时辰了，居然还一动不动，这到底是在搞什么鬼？换防的时间就快到了，到时候地面会有很多卫兵走动，她以为这样趴着就没事了吗？愚蠢！

就在这时，忽然有人大叫一声："咦，他们动了！"

就在地面即将换防的前一分钟，苏落等人动了。不过苏落队并没有进入通灵塔里面，而是直接沿着外壁嗖嗖嗖地往上蹿。

"天啊！"大厅里的很多人都惊呆了，那群二年级的带队老师全都站起来了。

通灵塔外围有很多警卫，三百六十度无死角地监视着每一块区域。如苏落队这样沿着外壁攀爬，不仅会害死本队成员，还会连累另一支队伍。

带队老师们都被苏落的行为气坏了，而基地的最高掌权者、一位须发如雪的老者，却自始至终都没有说话，只是用那双如鹰隼般犀利的眼眸紧紧盯着苏落。

他的副手、一位胖胖的基地负责人正在向他请示："庞老，快下令让另一支队伍撤退吧！这样下去，这八十个人就要全军覆没了，这样的责任我们可担不起啊！"

但是庞老却抬手示意他别吵，然后依旧盯着苏落的一举一动。

很多人都大惊失色，庞老的副手、基地的负责人顾春镭拿起通讯珏通知宁逸海队："苏落队现在正在通灵塔第三层外壁，趁着对方还没发觉，你们快去接应！"

宁逸海接到命令，愣了愣。苏落他们刚才还在底下趴着呢，怎么一分钟之内就到了第三层，而且还是外壁？难道他们直接贴着外壁爬上来了？怎么这么愚蠢！外面得有多少护卫守着啊，他们居然这么大胆！

听到顾春镭命令的，不只是宁逸海自己，还有他身边的一群人。他们眼神闪烁不定。

去救苏落？为什么要救苏落？她死了才好！很多人心中都是这样想的。

宁逸海对苏落很有好感，虽然他下令去救人，可他身边的人却消极怠工，故意在路上用各种事情拖延时间。虽然他们掩饰得很好，但基地的高层哪个不是人精？又有谁看不出来？

二年级的带队老师直接就骂开了："蠢货！这种时候还勾心斗角，是斗争重要还是性命重要？齐心协力才能一起逃出来啊！"

"对啊，现在就别去想任务能不能完成了，能逃出来就是万幸。"

"但是，以他们这种速度，恐怕来不及啊……"

"快看，苏落接近第五层了！第五层可是有全方位三百六十度无死角的监控设备，她肯定会被发现，怎么办？"

大家心里虽然很奇怪，为什么苏落队爬完了前四层，对方的守卫都没发现，也没发出警报，不过大家现在没时间去想这个，所有人都在担心苏落队会被第五层的守卫发现。

而此刻，宁逸海队好不容易才磨蹭到第五层通往第四层的楼梯口。宁逸海看了下屏幕，当即惊呆了：自己队用了那么多技巧和道具，花了那么多时间，才爬到第五层，而苏落队什么都没用，却不到一分钟就爬到第五层了？

宁逸海通过屏幕看到，在苏落他们上方有四个护卫，左边两个，右边两个，中间仅有两米来宽。

完了！众人都以为苏落他们会被护卫发现，没想到诡异的一幕出现了——苏落独自从四个护卫中间穿过，打开第六层的窗户，然后朝下方的队员招手。

四十人都嗖嗖嗖地从窗口往里跳，当最后一人跳进去后，苏落将窗户关上，转过身就看见一张张用复杂目光看着她的脸。

苏落淡淡一笑："你们干吗这么看着我？"

刀疤脸正要说话，却见苏落目光一闪，挥手示警："巡逻队来了，大家就近隐蔽！"

通灵塔很大，四十个人迅速隐藏起来。

见到这一幕，基地的人全都陷入震惊之中，完全不解那四个守卫怎么没发现苏落他们。在征得庞老的同意后，老师们开始回放刚才苏落与守卫擦肩而过的那段录像。

众人看了第一遍，看不出端倪；看第二遍，还是不知道问题出在哪里。一直看到第七遍，终于有人大叫一声："看那四个守卫的眼睛！"

众人全都盯着守卫的眼睛看，这才发现，就在苏落他们通过时，四个守卫的眼中好像蒙着一层黑影。也就是说，这四个守卫根本就没看到苏落他们。

问题来了，四个守卫的眼中是怎么出现黑影的？大家又开始看回放，很快就有人发现了端倪。

"通灵塔上怎么会出现一只小黑猫？"

"你们注意到没有，当这只小黑猫从中间蹿过去的时候，四个守卫的眼中出现了黑影，然后苏落乘机跳进第六层的窗户里，也就是说，小黑猫在给苏落开路。"

"对了，你们看这里——"顾春镭再次将影像倒回去，在关键处暂停——小黑猫从苏落的怀里蹿了出来。

众人终于得出结论："真是这只小黑猫在为苏落开路。"

那么，问题又来了：这只小黑猫究竟是怎么做到让四个守卫的眼里出现黑影的呢？

楚三的视线扫过大厅里的那群人，似笑非笑地对南宫流云说："如果我没记错的话，这只小黑猫是厄运之体吧？"

南宫二少微微勾起唇角，楚三见他笑了，也跟着笑了。难怪宫二一副老神在在的样子，原来早就心中有数啊。只有不了解苏落的人，才会这么一惊一乍的。像他们几个，经历了新生联赛之后，对苏落信心十足，不管任何事情、任何时候，相信她就对了。

直到此刻，大厅里的人才终于对苏落有了一些信心。不过，他们并没有完全相信苏落能过关，因为刚才的事，只能说明她的灵宠够厉害、她的运气够好，却与她本人的实力没多大关系。但是这群人并没有意识到，运气和灵宠，也是实力的一部分啊。

宁逸海等人此刻已经傻掉了。苏落的队伍不仅不需要他们救助，而且还到了第五层，这怎么可能？然而事实就在眼前，他们只能硬着头皮接受。

"没想到苏落的运气这么好，都这样了也没被发现。咱们赶紧走吧，可不能让苏落他们超过咱们，咱们可是二年级的！"宁逸海握拳给泄气的队伍打气。

"对，绝对不能输给苏落！"众人又一次信心满满。如果输了，肯定会非常非常丢脸。

此刻，第五层里，躲在各处的苏落的队员也是心思各异。他们想不通守卫为什么看不见他们，就想当然地以为是小仙府大人帮了大忙。

接下来，苏落等人依旧没有行动，而是隐藏在黑暗的角落里。

宁逸海的队伍又开始闯关了。他们浴血奋战，一直冲到第九层才停下来休整。

在第七层，他们被闪电蚊咬成了猪头。

在第八层，他们为了躲避守卫，跳进了粪坑，几乎被臭气熏晕。

在第九层，他们为了关闭警戒系统，引来了机械傀儡，与之展开激战。

等到他们终于将几百个机械傀儡撂倒，他们自己也累得趴在了地上，连动一动手指的力气都没有了。

他们虽然又狼狈又疲惫，但是他们却很开心，因为他们比苏落队快！他们相信，自己的努力，全基地的人都看得见。

这支队伍的出色表现，得到了基地老师的一致好评。看到他们成功抵达第九层，众人终于松了口气，这才想起苏落来，纷纷把注意力转向苏落队。

咦，苏落队怎么在第五层潜伏了这么久？他们现在才动啊？

然后大家就看到苏落领着队员们大摇大摆地进了第六层，时间刚好掐在巡逻队离开的那一刻。

这样也可以？基地里的人全都傻眼了。事实证明，拥有精确的计算能力，这样还真的可以。

在基地众人傻眼的时候，苏落已经带着队伍来到了第七层。

刚才第一队在第七层遭到了闪电蚊的袭击，一个个都被咬成了猪头。这时基地的人都目不转睛地注视着苏落，想看看她会怎么对付闪电蚊。

只见苏落拿出一张纸，展开。四十个人，每个人手里都有一张同样的纸，展开。无数只闪电蚊在黑暗中闪着亮光，朝队伍冲来，发出恐怖的嗡嗡声。

然后，神奇的一幕发生了。这些闪电蚊并没有冲向苏落他们，而是全都冲向那张黏糊糊的纸。纸上很快就粘满了闪电蚊，苏落将纸一合，啪地一拍，这些闪电蚊就全部死翘翘了。

在苏落他们换过几次纸后，闪电蚊看到他们就哆嗦，全都躲得远远的，哪还敢来挑衅？于是，将宁逸海队虐成猪头的第七层，苏落队很轻松地过关了。

这时候，不仅基地的人在看，精疲力竭的宁逸海等人也都在看。当他们看到苏落队这么容易就将闪电蚊搞定时，再摸摸自己肿得跟猪头一样的脸，全都懊悔得想吐血。

忽然有人惊呼起来："我知道了！苏落刚才故意按兵不动，就是想知道这些关卡有什么困难，好制定相应的对策，然后很轻松地过关。"

不得不说，这位学姐，你说对了。如果没有宁逸海他们做试验品，苏落也不可能提前制出专门对付闪电蚊的纸来。但是，知道了真相又如何？接下来他们还是只能眼睁睁看着苏落轻松过关。

第八层，宁逸海队为了躲避守卫跳进了粪坑，被臭气熏得几乎晕过去。即便这样，他们还是要在粪坑里游到对岸去。因为通往上一层的楼梯在对岸，他们必须游过去。

苏落的队员都很担心："咱们不会也要跳进粪沟里吧？那还叫不叫人活了？"

苏落摇头道："不需要。"

苏落算准了时间，在守卫巡视过去之后，立刻伸出碧羽仙藤搭在两岸，然后一个滑翔就到了对岸。其他队员紧随其后，也都抓着碧羽仙藤滑到了对岸，然后迅速爬上楼梯。

"他们居然避开粪坑了！"闻闻自己身上的臭气，再看看苏落他们一身干爽，宁逸海队的女生们快吐血了。如果没有对比，她们会很满足，但是这样一对比，她们忽然觉得自己就是大傻瓜。

"第二队快追上了，怎么办？还要继续前进吗？"

"我有问题！"宁逸海的一个队员突然说道。

"什么问题？"宁逸海微微皱眉。

"为了避免被苏落借鉴，我建议跟基地申请，禁止苏落看我们闯关的情况。"

"这……"宁逸海有些犹豫，可是队员们几乎全都催他试试，他只好妥协。

当带队老师将宁逸海的申请禀报给庞老时，庞老问南宫流云的意见，南宫流云只是淡淡地说了一句："问苏落便是。"

于是，这个烫手山芋就抛到了苏落手里。

在一派反对声中，苏落淡淡一笑，回复基地长老："可以。"

居然可以？基地的人都很惊讶，就在这时，苏落还漫不经心地加了一句："同时我还允许他们看我们的行动。"

苏落的队员都很担心，刀疤脸更是冷冰冰地问苏落："你打算怎么办？"

苏落笑嘻嘻地说："我知道你们在担心什么，放心吧，没有了他们，我们的过关速度只会更快。"

除此之外，苏落别的信息一点都没透露。

宁逸海他们已经爬到第十层了，在同一时间，苏落带领队伍进入第九层。

大家都知道第九层里有机械傀儡，还没进去就做好了战斗的准备。

苏落走在最前面，径直走到一处狭窄的地方停下来，说了一句："原地休整。"

"可是，机械傀儡呢？"所有人都冒出这个疑问，刀疤脸学长忍不住问了出来。

苏落瞥了刀疤脸一眼："你想见机械傀儡？"

刀疤脸一脸呆愣地说："不是本来就应该有机械傀儡吗？"

苏落没好气地瞥了刀疤一眼："既然你们都觉得机械傀儡应该出现，那好吧，小黑，你再去一趟。"

苏落的话音刚落，就见一道黑影闪过。

这话听起来怎么怪怪的？什么叫"小黑你再去一趟"？

苏落见他们全是一副大惑不解的模样，解释道："哦，刚才我怕你们跟机械傀儡战斗累着，就让小黑提前上来，将启动机械傀儡的按钮给关掉了。"

"关掉了？"刀疤脸猛地站了起来，不可思议地瞪着苏落，"这也能关掉？"

苏落狐疑地看了他一眼，点点头道："这些机械傀儡都是靠机关操控的，当然能关掉啊，不然我们还要跟他们一样，傻乎乎地冲上去战斗吗？如果你们想跟机械傀儡交战，得让小黑启动机关。"

"啊，不是，我的意思是，你既然已把机械傀儡……"刀疤脸学长刚说到这里，忽然听到不远处传来嗒嗒嗒的脚步声，转头一看，顿时惊呆了——天啊，来了好多机械傀儡！

大家脸色骤变："关掉！关掉！快让小黑大人关掉它们！"

好多机械傀儡，黑压压一片，嗒嗒嗒地跑过来，好可怕！大家想起第一支队伍那浴血奋战的情形，全都吓得脸色发白。

苏落疑惑地看了他们一眼："不是你们说应该有机械傀儡的吗？"

刀疤脸学长很想吐血："关掉，关掉，快关掉！"

苏落依旧懒洋洋地坐在原地，慢条斯理地说："你们也坐下来休息休息啊。"

"可是，机械傀儡……"

"哦，你们说机械傀儡啊。"苏落很随意地摆摆手，"放心，他们进不了这个圈子。"

大家疑惑地转过头看去，只见那些机械傀儡果然站在了离圈子十米远的位置，像僵尸一样伸直双手、张大嘴巴、发出哇哇的声音，却无法越雷池一步。

居然有这种事？队友们当即乐了，全都跑过去看热闹，有的戳戳机械傀儡的脑门，有的捏捏机械傀儡的鼻子，有的拉拉机械傀儡的手臂……

可怜的机械傀儡，都快被他们玩坏了。

基地里的人都看傻了：这是什么情况？这些机械傀儡怎么像被苏落操控了一样？这也太诡异了吧。要知道，刚才这些机械傀儡可是能到处乱跑的，而且挥起拳头来可不管对方是男是女，只管啪啪啪地揍人，哪有现在这么温顺啊。

宁逸海他们经过九死一生，终于爬上了第十一层。他们一看视频，正赶上苏落队在逗弄机械傀儡，顿时心中布满了阴影。

果然，人比人就是会气死人。

"这一层苏落肯定是沾了我们的光，哼，我倒要看看，从第十层开始，她要怎么过去！"

但是他们却发现，苏落队在第九层停了下来，不仅不前进，还拿出一些食材、锅碗瓢盆，甚至架起了烧烤架。这是要烧烤吗？你们这是在闯关，不是在野炊，居然还烧烤，这到底是谁想出来的主意？

最后，大家的视线都定格在苏落身上，全都好奇苏落为什么要在这个时候、在这么危险的地方烧烤，莫非其中有什么用意？

宁逸海的人不解，基地的人也不解，就连楚三都有些不解。

于是，楚三忍不住问南宫流云："她为什么要在这时烧烤啊？"

南宫流云勾了勾唇角，反问道："你说呢？"

楚三摸着下巴陷入沉思："一般生火做饭，不就是肚子饿了要吃饭吗？可苏落这么做到底有什么深意？她又打算怎么坑人呢？真是想不明白啊。不得不说，这丫头是天生的阴谋家，现在已经走在我前头了。"

南宫流云没好气地看了楚三一眼，再看看大厅里跟楚三一样陷入沉思的人群，沉默片刻才说出三个字："她饿了。"

"啥？"楚三还以为自己听错了，难以置信地念叨，"只是因为……饿了？"

南宫流云唇角微勾："还需要别的理由吗？"

"好吧。"楚三认命地说，"不愧是你调教出来的女孩，就是这么任性。"

南宫流云跟楚三的对话并没有刻意隐瞒，所以大家听得一清二楚。

饿了？就因为苏落饿了，所以潜入别人的地盘时还要生火做饭？她简直太嚣张、太任性了，也太不争气！

于是，二年级的带队老师就叮嘱宁逸海："你们一定要争气，绝对不能输给二队！你们要是把脸丢光了，老师们的脸也都丢尽了！"

宁逸海当即郑重承诺："我们一定不辜负老师们的期望！"

宁逸海看了一眼正在摆弄烤肉的苏落，深吸一口气，带领手下继续前行。他们要争气！要横扫一切！

一队非常努力，即使累到快趴下了，还在咬牙坚持，各种补药不要钱似的往嘴里塞，抓紧一切时间恢复灵力。就这样，他们一路拼一路打一路冲，到最后累得人不人鬼不鬼的，都快精疲力竭了，才爬到第十五层。

"队长，我不行了……"

"队长，咱们休息一下吧，这次真的是我有史以来最累的一次。"

"队长，我们都到第十五层了，比苏落队领先很多很多了，就是休息一下也无妨啊。"

"对了，苏落队现在爬到第几层了？快看看！"

于是，在第十五层休息的第一队的队员们，打开晶石观看第二队的情况。

而此刻第二队是什么情况呢？

苏落正在生火做饭，还烤了香喷喷、油滋滋的烤肉，每个队员都吃得满嘴流油、心满意足。他们内心当然也很忐忑，这可是别人家的地盘，他们是偷偷潜进来的，这么明目张胆地烧烤，真的不会被发现吗？但是苏落就跟没事人一样，完全不担心会被发现。

刀疤脸终于鼓起勇气问苏落："咱们这样……会不会……太嚣张了？"

连刀疤脸自己都没有发现，他现在对苏落已经多了几分下位者对上位者的敬畏。

这无关仙府，而是苏落本身的人格魅力所致。

"嚣张？不会啊，你饿了不吃饭吗？"苏落理直气壮地说，"吃饱了才有力气干活啊。"

骆桓也有些担心地问："难道你就不怕被敌人发现？"

苏落闻言，却笑了出来："难道你们没发现，这一层根本没有人巡逻吗？"

众人一想，还真是哦，这是怎么回事？

苏落说："第九层的守卫早就被我家小黑放倒了，现在正在呼呼大睡，说不定做梦都想着吃烤肉呢。来来来，大家别客气，敞开肚皮吃！"

见没有后顾之忧，众人全都放开胆子吃了起来。

而此刻，基地里的人听到苏落亲口说出肚子饿了才吃烤肉的，一口气差点上不来。竟然真是肚子饿了，竟然真的没有深意！

众人已经不知道该用什么话来说苏落了。吃吃吃，就知道吃，吃完了总该往上闯了吧？

然而，在吃饱喝足之后，苏落非但没有催促队伍上路，反而寻了个最舒服的位置，半靠在柱子上休息，同时还招呼大家："你们也找个地方好好休息。"

苏落等人休息的这一幕，再次落到宁逸海他们眼里。他们好不容易爬到第十五层，正在情绪最激昂的时候，却看到对手一个个靠着柱子呼呼大睡，简直要炸锅了。

于是，他们跟基地反应："苏落这么做太不尊重对手了，我们强烈谴责。"

顾春镭大人正满肚子怨气呢，接到宁逸海的消息，正要提醒苏落，却见苏落悄悄地站了起来。

顾春镭顿时一惊："你要干吗？"

苏落抬眸看着屏幕，淡定地说："我去方便啊。"

顾春镭闻言，脸都涨红了——一个姑娘家，说话就不能文雅一点吗？别人都看着呢！

楚三摸着下巴做思考状："你家丫头这种时候去方便？"

南宫二少漫不经心地笑了："有好戏看了。"

楚三狐疑地看了南宫流云一眼，苏落的行动似乎都在他的掌控之中。如果真是这样，那南宫流云得对苏落了解到什么程度？这两个人也太妖孽了吧？

苏落离开时，她身边的人睡得很沉，所以没人知道她出去了。她走的时候并没有将晶石带走，所以基地的大屏幕里播放的还是众人呼呼大睡的样子。也不知回到基地之后，顾春镭会不会暴打他们一顿出气。

苏落真的去方便了吗？还是去做别的事情了？很多人既好奇又疑惑，双眼死盯着屏幕，但是直到他们把眼睛都盯酸了，苏落还是没有回来。

宁逸海他们一开始也盯着屏幕，但是很快就发现，这样太浪费时间了。

"与其等着看苏落如何做，不如我们先爬到第十八层，到时候我们以胜利者的姿态俯视他们！"

"对，胜利距离我们只有三层了，加油！继续努力！"

然后，宁逸海队就关闭了视频，一心一意闯关。越到后面难度越高，因为巡逻队的实力越来越强了，机关陷阱越来越恐怖了。宁逸海他们爬到第十七层时，就跟从泥水里滚出来的似的，一个个都累瘫了，连走路的力气都没有了。

这十七层闯下来，真让人有一种死去活来又活来死去的感觉。如果可以的话，他们真希望这辈子再也不来这鬼地方了。这哪里是历练，这根本就是把人往地狱里塞。

"苏落队怎么样了？快看看！"学姐们虽然说着不屑苏落的话，心中却对她忌惮颇深，生怕她又找到什么窍门，像之前那样哗啦啦地冲上来。

宁逸海没好气地说："不是说好了不看苏落队吗？"

"我们不多看，只看一眼，就看看他们现在到第几层了。"

"对，知己知彼，方能百战不殆。队长，看看吧！"

这群女人啊……宁逸海无奈地长叹一声，打开了屏幕。

看到眼前的画面，大家都惊呆了，因为二队竟然还待在第九层，队员们居然在呼呼大睡！难道他们不知道这是在比赛吗？而且是在别人的地盘上比赛！

于是，宁逸海就问顾春镭这是怎么回事，顾春镭很无奈地说："可能……苏落觉得没有胜算，所以就放弃了吧？"

放弃？宁逸海的眉头深深皱起，宁逸海身边的人却发出一阵欢呼，他们也觉得苏落一定是放弃了，不然怎么会独自逃走？

就在这时，苏落的身影突然出现在屏幕里，手里还拖着什么东西。

"苏落回来了！"邵诗桔惊呼一声。

旁人都在冷笑："回来了又能怎样？现在她可是在第九层，而我们在第十七层，我们只要躲过这一层的守卫，找到通往第十八层的楼梯，我们就胜利了！"

"对，别理她，我们已经完全超过她了，就算她是神仙，也没办法赢我们。"

他们已经当苏落是手下败将了，所以没人再将注意力放在苏落身上。但是邵诗桔心里隐隐有些不安，以她对苏落的了解，放弃，不是苏落会做的事啊。

这时，苏落手里拖着的东西被倒着拎了起来，竟然是个胖男人。

"苏落捉这个胖子回来做什么？"众人已经搞不懂不按常理出牌的苏落了。

苏落将胖男人倒栽葱样放在地上，用锋利的匕首顶着他的咽喉。

苏落一回来，她的队员就神奇地睡醒了。他们一睁眼，看到苏落手里拎着一个修罗界的胖子，匕首搁在人家脖子上，于是大家都知道，哦，原来苏落是在逼供啊。是在逼问进入第十层的方法吗？

胖男人的脖子被苏落划出一道血迹，血珠顺着脖子往下落，很快就浸湿了他的衣领。

胖男人恶狠狠地问道："你知道我是谁吗？"

苏落似笑非笑地说："我若不知道你是谁，会掳你过来？"

"知道我是谁，还敢这样对我？"胖男人目光森冷。

苏落漫不经心地勾起唇角："我可是好心好意请您过来帮个小忙。"

胖男人傲慢地抬着下巴："呵呵！"

见他拒绝合作，苏落的匕首稍微用力一压，血珠顿时滚滚而出。

"啊——"就在胖男人张口痛呼之际，苏落往他嘴里丢了一颗红色的丹药，然后用他的臭袜子堵住了他的嘴。丹药入口即化，药效进入丹田，迅速蹿往四肢百骸。

胖男人死死地瞪着苏落，眼底露出一丝惊骇，嘴里发出呜呜的声音。

苏落淡淡一笑："你是在问我到底给你吃了什么吧？"

胖男人满脸是汗地点头，苏落浅浅一笑："也没什么，不过是断肠寒毒一炷香罢了。"

断肠寒毒一炷香！一炷香内发作，一炷香内死亡！胖男人死死地盯着苏落，恨不得将她咬死。苏落却似笑非笑地看着他："只是请你帮个小忙，你自己不合作，所以只能让你吃点苦头了，难道这要怪我吗？"

胖男人气呼呼地瞪着苏落，苏落微微一笑："你在问是什么小忙对不对？其实很简单啦，告诉我，哪里可以直通第十八层？"

此话一出，全场皆惊，没有人觉得这是可能的，但是苏落知道，这是绝对存在的。

苏落是从另一个时空过来的，她很清楚设计者的理念。有楼梯，自然也有直达的天梯，不然通灵塔里的工作人员每天都绕来绕去走楼梯或者从塔底飞到塔顶吗？那也太难看了吧？

所以，综上所述，绝对有直达顶层的天梯，只是很隐蔽，外人不知道罢了。

胖男人狠狠地瞪着苏落，苏落淡然一笑："胖大叔，现在的痛还忍得住吗？要不要再加一点儿？"

胖男人快要疼死了，哪敢忤逆。如苏落所言，通灵塔内确实有天梯，而且不同级别的工作人员，所拥有的权限是不一样的。身为通灵塔的总设计师，胖男人的权限无疑是最高的，能够从任何一层直达第十八层。

胖男人知道，自己今天是栽在这位小恶魔手里了，只能无奈地点点头。

苏落淡淡一笑："那就请胖大叔带我们去坐天梯吧。"

最后，晶石画面上就是，胖男人垂头丧气地被苏落拎着，打开天梯，载着众人直接往第十八层而去。

基地的人眼睁睁看着天梯到达顶层，所有人都沉默了。

而另一个屏幕里，宁逸海他们还在玩命地跟第十七层的守卫搏斗。

第十七层的守卫实力非常强大，此刻，他们既不能发出声响引来其他层的守卫，又要全力抵抗这些守卫的攻击，处境非常艰难，但是他们仍然咬牙坚持着，因为他们已经到了第十七层，差一点点就能成功了，绝对不能在这时放弃。

经过一番浴血奋战，这支队伍几乎人人挂彩，而且都是重伤，看上去触目惊心，但是他们脸上却带着胜利的笑容。

宁逸海一边走一边拿着晶石给基地发消息："我们第一个登顶了！我们赢了！哈哈哈……"

而此刻，基地里一片沉默，大家全都无比同情地看着走在台阶上的那群衣衫褴褛、重伤垂危、疲惫到极点的人，不知他们知道真相后，眼泪会不会掉下来……

跟基地发完消息之后，宁逸海的队员们得意地笑了。

"快打开晶石，看看苏落他们到哪里了？"

"还能到哪里啊，肯定还在第九层睡觉呢。"

"哈哈哈，说不定他们终于到达第十层了呢，你可别小看他们啊。"

这时候，晶石的屏幕终于亮了，有人率先咦了一声。

"这是哪里啊？"

"好像不是第九层吧？"

"也不像第十层啊。"

"更不是十一层。"

"我可以确定，这不是第九层到第十七层的背景，这到底是哪里啊？"

"难道苏落他们自知必输无疑，所以放弃了，直接出去了？"

这个猜测得到了很多人的认可，但宁逸海的眉头却深深皱起，他总觉得哪里不对劲，非常的不对劲。

这群人边说边笑，他们的每一句话，都实时转播到基地里。基地里那么多人都坐在屏幕前看着呢，那么多人都亲耳听到了他们说的这些话。

于是，他们看向宁逸海队的目光，有些同情，有些怜悯，有些幸灾乐祸，还有些对他们知道真相后的期待……总之，各种复杂。

而这时候，他们终于走完了长长的楼梯，终于来到了第十八层——顶层。

当他们看清眼前那群人时，顿时倒抽一口冷气。怎么回事？说好的苏落退出呢？说好的苏落认输呢？说好的苏落在第九层呢？为什么苏落会在第十八层！宁逸海的人简直要疯了。

"你们怎么会在这里？"

"这到底是怎么回事？"

"你们到底在搞什么鬼？"

二年级的学姐不敢动苏落，对一年级的新生却不会客气，就跟老鹰捉小鸡似的，各自拎着一个一年级新生询问。

一年级的新生们却一个劲地摇头，所有的回答都是："不知道，不知道，真的不知道……"

他们是真的不知道啊，因为这件事太神奇了！

一开始，苏落带着他们嗖嗖嗖跑到第五层；然后闯关就如闲庭信步，嗖嗖嗖又到了第九层；接着就更奇怪了，生火、做饭、烧烤、睡觉；后来苏落抓来一个胖大叔逼问了几句，胖大叔就带他们来到一处很隐秘的地方，用手里的卡牌刷出一架天梯，然后大家站上去，嗖一声上升，叮一声出来，然后就到顶层了啊。

当一年级的新生将这件事一口气说出来时，二年级的学姐们简直要气炸了——他们这一路上各种冲、各种拼、各种厮杀、各种苦不堪言，而苏落队却坐着天梯直接到顶了！

这些学姐目光森冷地盯着苏落，就像在看仇人一样，她们不问苏落到底是怎么做到的，而是恶狠狠地逼问："既然你早就知道有直达的天梯，为什么不告诉我们？"

苏落无辜地看着她们："告诉对手的话，岂不是不尊重对手的实力？"

学姐们集体郁卒了，酝酿了许久的怒火，就这样被苏落给挡了回去。

邵诗桔见她们这么不争气，心里无奈地叹了口气，抬眸认真地看着苏落，微微皱眉："你明明可以很早就完成任务的，为什么要拖到这个时候？"

"对啊，为什么要拖到这个时候？"

"为什么在第九层故意睡觉糊弄我们？"

"你是把我们当白痴吗？"

学姐们各种不服气啊。

苏落没好气地说："因为通灵塔的两支队伍先后到达的时间差距不能超过十分钟，不然会引发很严重的后果。我的队伍在第九层生火做饭等你们，最后都睡觉等你们了，你们怎么还这么多抱怨啊？该抱怨的人应该是我们吧？"

刀疤脸闻言，扑哧笑出声来，爽！太爽了！

苏落这话，简直就是在打宁逸海他们的脸啊！没想到跟着这小魔女干活会这么爽。刀疤脸这时一点都不排斥苏落了，甚至产生了跟着她做小弟的心思。

刀疤脸说道："我都睡得腰酸背疼了，你们还在那晃悠，就是上不去，我都替你们急。"

骆桓也附和道："就是，等了你们老半天，你们就是上不来，多耽误事儿啊。"

慕容方也插了一句："如果不是你们拖后腿，我们早就到达第十八层了。"

宁逸海队的学姐们几乎要被气死了。

"谁说闯通灵塔的两支队伍到达顶层的时间差不能超过十分钟？谁说的，给老娘站出来！"一位叫仲紫灵的学姐气得大叫。

苏落把胖男人推了出去。

胖男人的疼痛暂时止住了，但让他毒发不过是分分钟的事。胖男人受制于人，不得不做证："我是这座通灵塔的总设计师，我可以证明，确实有这个规定。如果两支队伍到达的时间差超过十分钟，整座通灵塔的警报系统就会响起，你们将陷入傀儡海洋的战争中。"

这群学姐咬牙切齿地看着胖大叔，心里非常懊恼——早知如此，她们也该去挟持这个胖子！

那五十位战士的尸骨呢？苏落环顾四周，没发现那五十位战士的尸骨，心中有些狐疑。

而这时候，基地里，南宫流云不知看到了什么，脸色微微一变。

楚三见南宫流云面色冷凝，知道出事了，当即问道："宫二？"

然而，还没等他把话说完，南宫流云的身影已经消失在他面前。

楚三和宁天皓他们面面相觑。宫二从来都是淡定从容、不疾不徐的，还从来没像现在这样急过。到底发生了什么事？

第十八层中，苏落目光冰冷地盯着胖大叔："尸骨呢？"

胖大叔眼神微变，故意装傻道："什么尸骨？"

苏落冷冷一笑："还想尝尝蚀骨断肠毒的滋味吗？如果不想，我还有别的丹药，刚研制出来的，还没找人试过呢，胖大叔看来很想试一试啊？"

胖大叔闻言，脸色倏然一变："尸骨，尸骨……被人搬走了！"

苏落冷冷一笑，逼近一步。胖大叔随着她的前进后退了一步："真、真的被人搬走了，要制成强尸傀儡啊，所以——"

胖大叔的手一动，忽然出现了一股微风，苏落立刻发觉不对劲——在这封闭的空间里，哪来的微风？

"哈哈哈……"忽然响起一阵变态的狂笑，"小丫头，你很好，果然没有让我失望！"

笑声中，一位癫狂的年轻人出现在众人面前。他披头散发，发丝如雪，眼神呈现出病态的疯狂，仿佛一条随时都会暴起杀人的毒蛇。

这个人是谁？为什么认识自己？苏落心中充满了疑惑，但是她没有机会问了，因为就在这时，地面上传来一阵隆隆的声音，仿佛冰川断裂那样恐怖。

苏落意识到危险，立即大喝一声："快跑！"

宁逸海的人并没有将苏落的话当回事，而苏落的队员被宁逸海的人围在里面，想跑也跑不出去。

不知从什么时候开始，众人站立的地面竟然出现了一个黑洞。众人想飞到半空中，却被黑洞中的引力猛然间吸住，像下饺子一样全都往洞里坠落。

情急之下，苏落甩出碧羽仙藤缠住不远处的柱子，同时一只手拎住离她最近的唐雅岚，另一只手抓住胖大叔。

其余的人她根本来不及救，只能眼睁睁地看着大家坠入那幽深的黑洞。

就在这时，那位变态的年轻人劈断了柱子，仙藤无枝可依，苏落等人猛地往下坠落。

"这变态到底是谁啊？！"苏落气愤地怒骂。

胖大叔道："这是冯家的冯尉源，曾经是少将呢，但是前段时间不知怎么回事，军衔被撸了，他受不了打击，变得疯疯癫癫。"

疯疯癫癫也就罢了，可他现在竟然敌我不分了，这一点让胖大叔很纠结。

冯尉源？军衔被撸？这些跟我有什么关系啊？苏落在心里郁闷得想哭。但是她却不知道，这事跟她关系可大着呢。

因为冯尉源就是南宫流云闯横断山脉时遇到的那位指挥官。当时死了那么多人，而且都是冯家最有前途的年轻人，况且还是因为冯尉源指挥不当才死的，所以最后冯尉源遭家族厌弃，军衔被一撸到底。他受不了这个打击，彻底疯了。

成为疯子的冯尉源只有一个念头，那就是找南宫流云复仇。他找不到南宫流云，所以将主意打到苏落身上。他知道，只要抓住苏落，南宫流云必然会现身。

冯尉源虽然被撸了官，但是人脉还在，所以他才能得到这些情报，并且进入通灵塔内。

苏落在坠落之际，用碧羽仙藤缠住了冯尉源的腿，将他也扯了下去。

黑洞深不可测，苏落只听到呼呼的风从耳边刮过，还有胖大叔的喃喃自语："完了完了，完蛋了完蛋了……"

苏落冷冷地瞪着他："你不是总设计师吗？"不然苏落也不会扯着胖大叔不放，带着这样一个累赘很累的。

胖大叔瞪眼："我是上面通灵塔的设计师，但不是下面这哈里曼大将军陵的设计师啊。哈里曼大将军陵可是我师父亲手设计的，里面布满了机关陷阱，危机重重，一旦进去，必死无疑。"

"你师父这么厉害？"苏落皱眉。

"我师父在机关陷阱方面的实力，我连一成都没学到。"胖大叔显然有些惊慌失措。

话音未落，他们已经落到了地面上。

周围全都是蛇，密密麻麻的，吐着火红的芯子，眼睛在黑暗中闪着幽光，极度骇人。

不过，之前的人呢？苏落扫视了蛇窟一圈，发现这里只有他们四人，原先掉进来的那群人全都不见了。

苏落的眉头深深皱起，队伍是她带来的，宁逸海他们也是来给她当陪练的，如果有人因此而殒命的话，苏落这辈子都会深陷自责中难以自拔。

"哈哈哈，蛇，好多的蛇，好好玩的蛇，哈哈哈……"冯尉源好像真的疯了。他的实力在疯了之后又暴涨了许多，所以更难控制了。

冯尉源冲上去，随手拎起一条蛇就往苏落这边丢过来："来啊，来啊，陪我玩蛇啊，快过来陪我玩蛇！"

苏落冷冰冰地扫了他一眼，然后问胖大叔："不是你开启的这个机关？"

胖大叔差点举双手双脚证明他的清白："姑娘！我自己也掉进来了，我怎么敢自己按动这里的开关？而且我根本不知道开关在哪里啊。"

苏落紧盯着胖大叔，虽然她倾向于是疯子按动的机关。

小黑猫的声音在苏落的脑海里响起："他没有说谎，我亲眼看到那个疯子按了机关。"

苏落认真地看着胖大叔："你也不知道怎么从里面出去吗？"

胖大叔很无奈地点头："这里与外界的联系全被屏蔽掉了，就算有通讯珏，求救的信号也发不出去，要想出去，只能自救。"

"你师父是谁？"苏落忽然问了一句。

"伊尘。"见苏落没有反应，胖大叔没好气地看着她，"你到底是不是修罗界的人啊，我师父可是修罗界的前任国师大人。"

苏落想起来了，她曾在图书馆里看到过一本书，名字就叫《智者伊尘》。能被尊为智者的人，智力都很恐怖。没想到这座地下陵墓的设计者就是那个伊尘。

苏落知道，想逃出去很难，要将失踪的那七十八个人找到并带出去，更是难上加难，何况还要对付冯尉源这个疯子。以她一人之力，根本就做不到，为今之计只有等待。

刚才大家掉进黑洞的时候，晶石还在，所以基地的人应该都看到了，南宫流云一定会来救她，所以，她只要拖延时间就好。

苏落没想到的是，在冯尉源出现之前，南宫流云就已经预感到了危险，他对危险的反应比她想象中快得多。

冯尉源把一条又一条蛇扔向苏落。唐雅岚被吓得大声尖叫，胖大叔也被吓得面如土色，但是苏落的神色却不变，冷冷地盯着冯尉源。那些蛇被冯尉源砸过来，还没接近苏落，就自动扭头跑了，就仿佛苏落身上有什么恐怖的气息似的。

苏落从怀里拿出一瓶药水，喷在唐雅岚身上，想了想，又帮胖大叔喷上。

冯尉源本想拿这些蛇吓唬苏落，没想到苏落这么淡定，他顿时觉得不好玩了，于是将蛇丢到一旁。

但是，此刻的苏落眼眸却微微一变。

唐雅岚对苏落很熟悉，一看她的脸色就知道事情有变。

"怎么了？"唐雅岚紧紧抓着苏落的手。

"你们听风声。"苏落有一种如临大敌的危险感。

胖大叔也听到了，那嗒嗒嗒的声音，就好像许久不动的机械机关被开启了，一道道恐怖的杀气从四面八方朝这边汇聚。

"趴下！"苏落察觉到危险，一把将唐雅岚的头按低。

与此同时，一支箭破空而来，如果不是苏落反应快，唐雅岚的脑袋已经被射穿了。

很快，前后左右全都是箭，每一支都带着凌厉的杀气！

苏落将凤舞剑舞得密不透风，把射到她身边的箭都打飞了，没有伤到分毫。

苏落不仅要顾着自己，还要顾着唐雅岚，难免左支右绌，很快就累得有点握不住剑了。

"天啊！四个方向都有，根本挡不住啊！快想办法，不然一炷香后，我们全都要交待在这了。"胖大叔哭丧着脸。

唐雅岚气呼呼地瞪着胖大叔："这不是你师父设计的吗？你倒是想想办法啊！或者跟你师父求救啊！"

胖大叔更郁闷了："说不定这回真得去地下好好问问我师父了。"

苏落和唐雅岚顿时明白了，那位伊尘国师原来已经作古。

每一支箭都有上万斤重，苏落渐渐有些脱力，感觉头晕目眩，难受极了。

苏落在心中暗道：冷静，要冷静，这其中必有诀窍。

就在这时，疯子冯尉源却哈哈大笑起来。他的实力太强了，这些箭射到他身上，只留下了一道红痕。而且冯尉源的自愈能力太强了，这些红痕不到一秒就能自动愈合。

所以，冯尉源干脆就坐在地上，单手挂着下巴，乐呵呵地看着苏落这群人的狼狈样。

苏落的眸中浮现一抹怒意。这样下去，吃亏的人只会是苏落这边。

冯尉源一边爆笑一边拍手："好玩，好玩，太好玩了！哈哈哈……"

这个疯子！

而此刻，那些蛇都跑得远远的，缩在角落里。外面的蛇被万箭穿身，死尸堆积成一堵蛇墙，但是里面的蛇却没受一点伤害。

苏落想都没想，抓着唐雅岚就往蛇墙内扔去。

"啊——"唐雅岚在半空中发出惊恐的尖叫，重重地落在蛇墙内部。

至于胖大叔，都不用苏落说，纵身一跃，随在唐雅岚后面，躲到了蛇墙内部，藏得严严实实。

这些巨蟒很不喜欢唐雅岚和胖大叔身上的气味，又不能下口咬，只能郁闷地分出一点点空间给他们。

而这时候，没有了唐雅岚的拖累，苏落应付起箭来，也没刚才那么狼狈了。

苏落知道，一定有办法能够将箭矢关闭，只是她现在还找不到机关。

于是，苏落一边应付朝她汹涌而来的箭，一边将从掉落蛇窟到触发机关的过程，在脑海中像放电影一样一帧帧地重现。

幸好这段时间内苏落实力大涨，重力空间的防御能力也大大提高，所以她才能坚持到现在。

忽然，苏落眼眸一亮，视线从蛇墙上扫过：难道机关在那个角落？应该不会这么简单。

当苏落的视线从堆积在另一个角落的蛇皮蛇骨上扫过时，眼底浮现出一抹笑意，应该就是那里。

在苏落的掩护下，小黑猫和碧羽仙藤冲入小山般的蛇骨垃圾堆里，按照苏落提供的线索寻找关闭机关的方法。

冯尉源见苏落渐渐朝那边移动，虽然有些疑惑，但依旧是一副看好戏的样子。他大部分时间都是疯子，但有时候脑子会突然清醒一下。

他掳走苏落，为的就是折磨苏落，让她在生生死死中徘徊，所以他绝对不会让苏落好过。就算他处于疯癫状态，身体也会本能地执行命令，那就是折磨苏落。

当他看到苏落往垃圾堆里躲时，他眼眸一黑，爆射出一股寒意。就在他要将钻进垃圾堆的苏落揪出来时，却忽然听到咔嚓咔嚓的声音。

转头一看，原本延伸出来的箭槽，此刻咔嚓咔嚓地往回缩了，这表示，万箭齐发的游戏，结束了？果然，随着箭槽收缩回去，原本多如牛毛的箭忽然全停止了。那一支支射出来的箭，就仿佛有灵性似的，嗖嗖嗖地往后倒。

连地上那凌乱不堪的箭，这一刻都被回收了。回收完了之后，箭槽完全闭合，墙壁恢复如初，就仿佛从来不曾出现过万箭齐发的情况一样。

直到安静了之后，胖大叔和唐雅岚才从蛇堆里跌跌撞撞地爬出来。

胖大叔看到严丝合缝没有一丝瑕疵的墙壁，嘴巴张得大大的，面颊的肌肉因为惊恐而颤抖，嘴里喃喃自语："死亡模式，果然启动了死亡模式……"

死亡模式？苏落微微皱眉。唐雅岚直接问道："死亡模式是什么意思？"

胖大叔没好气地白了唐雅岚一眼："死亡模式就是死亡模式，字面上的意思。"

"那就是说，大家都要死？"唐雅岚眼底闪过一抹惊恐。

胖大叔冷冷一哼："谁都要死，就连他自己都是要死的！谁都逃不出去！"

苏落看着冯尉源，冷声问："我们有仇吗？"

什么仇什么恨，能让冯尉源选择这种方式？

这时候的冯尉源还有一丝清醒，他冷笑连连："我们没仇。"

苏落忽然想到胖大叔提过冯尉源疯掉的真正原因，脑中一道灵光闪过。既然她跟冯尉源没仇，那么，真正跟他有仇的是……

"是他？"苏落倏然握紧拳头。

冯尉源高深莫测的眼神盯着苏落，眸中闪过一抹兴味："你这个灵界的人，倒是有点脑子。"

灵界的人？胖大叔倏然从苏落身边跳出去老远。

修罗界和灵界一向水火不容，不是你死就是我活。

苏落此刻已经能够确定，原来冯尉源真正的目的是南宫流云，而不是她。

"你想利用我把他引进这个死亡模式？你要跟他同归于尽！"苏落明白了冯尉源真正的目的。

"原来你自知打不过他，所以故意拿我做诱饵，引他来同归于尽，真是……愚蠢！"苏落着看他冷笑。

"愚蠢"这两个字深深地刺痛了冯尉源的心。犹记得族长大人也指着他的脑袋骂过他愚蠢，蠢笨如猪。

冯尉源平生最恨这两个字！

苏落只见眼前一道白光闪过，冯尉源狠狠地掐住了她的脖子，凶狠地盯着她，目光暴戾而疯狂："你说谁愚蠢？"

此刻的冯尉源已经失去了理智，整个人都是疯狂的，几乎要扭断苏落的脖子。

苏落被提起，根本无法说话。

冯尉源狰狞地盯着苏落："谁愚蠢？你说谁愚蠢！"

唐雅岚看到苏落那被掐得紫红的脸，还有那渐渐放大的瞳孔，被吓得手足无措。原本胆小的她，此刻不知道哪来的勇气，朝冯尉源冲过去，用力捶打他胸口："南宫流云愚蠢！南宫流云蠢笨如猪行了吧！你快放开她！啊啊啊啊啊……"

"南宫流云愚蠢"这六个字，犹如一股强心剂，狠狠注入冯尉源的心脏。原本疯狂到暴虐的他，因为这六个字而瞬间恢复清醒。

唐雅岚自己都不知道，这句话对冯尉源来说有多重要！

渐渐恢复理智的冯尉源，看到被他掐到半死的苏落，冷冷一笑，将苏落往地上一丢："下次再敢惹我，掐死你！"

苏落坐在地上，大口大口地呼吸。刚才窒息的一刹那，苏落真有一种她要去见死神的感觉，那时候她的脑海里浮现的是南宫流云的脸。

他说，等我。

苏落深吸一口气。

冯尉源这个疯子在修罗界是将级军衔，实力恐怖，她暂时不如他并不是什么丢脸的事，苏落相信，不久的将来，她会将今日之辱连本带利地还回去，如果那时候冯尉源还没被南宫流云杀掉的话。

就在这时候，胖大叔的脸色骤然一变："不好！"

什么？唐雅岚的脸色一白，朝胖大叔望去。

自从掉入蛇窟后，唐雅岚就时时刻刻处于炸毛状态，惊恐不定。

胖大叔面色发苦："难道你们没有闻到什么味道吗？"

苏落很快就发现空气中的气味不对劲。空气中，不知道从什么时候起，多了硫黄的味道。

苏落抬头，只见半空中，硫黄粉就像下雨一样往下掉。

随着一道细微的响声，原本严丝合缝的地面上露出密密麻麻的小炮筒，苏落他们的脚都踩在了炮筒上。

"啊！"唐雅岚死死捂住自己的嘴，差点吓晕过去。

看到脚底下的炮筒黑压压一片，冯尉源也变了脸色。他想跟南宫流云同归于尽，但不是跟苏落。南宫流云还没来，如果他自己先死了，而且还是他自己开启死亡模式把自己弄死的，那真是滑天下之大稽了。

"一定有办法，快找找！"冯尉源不承认自己愚蠢，所以他摩挲着墙壁，寻找着破解之法。他深知这种炮筒的杀伤力有多大，真怕自己会死在这里。

苏落见冯尉源急了，当即脸色一白，连冯尉源的实力都防不了这些炮筒，何况是他们。

苏落心里虽急，面上依旧淡定，她看着急得原地打转的唐雅岚，微微一叹，说："你去蛇骨垃圾堆里寻找线索。"

"那里不是已经……"唐雅岚漂亮的眼睛睁得大大的，很不解。

苏落说："正因为已经寻找到一处机关，正常人都会将那里忽略，所以——"

苏落问胖大叔："你师父是不是喜欢反其道而行？"

胖大叔忙点头："我也去找！"

大家都忙碌开来。

耳边，是炮筒填装炮弹的声音，一颗，又一颗……

众人的手心不断地往外冒冷汗，胖大叔的手都是哆嗦的。

苏落没有如大家那样忙着寻找，她直接找到蛇王："现在我们在同一条船上，要是爆炸的话人家一起粉身碎骨，如果你够聪明的话，就告诉我这个洞窟的情况。"

蛇王有灵智，能听懂苏落的话，它也明白眼前的状况。

苏落又说："你只要告诉我，这个洞窟里的奇怪之处就行。"

这群蛇在里面待了这么多年，对这片区域非常了解，不像苏落他们初来乍到，两眼一抹黑。蛇王明白苏落的话，所以它暂时只能将仇恨收起。

唐雅岚他们将每一寸墙壁都摸过了，但就是没找到任何线索。就在他们仨都以为自己肯定会被炸死的时候，苏落单手捏住了万蛇窟中的一条假蛇。

而真正的机关，就在这条假蛇之中。这条假蛇是机械的，做得跟真蛇几乎一模一样，混在万蛇之中，很难将它区分出来，也没人想到蛇群中藏着这么一条假蛇。但是苏落跟蛇王合作，自然就找到了这条假蛇，而且很快就在假蛇身上找到了按钮——就在假蛇的七寸之处。

当苏落按下去的时候，只听见咔嚓咔嚓的声音响起，原本已经装好的炮弹从炮筒里滚出，最后，这些炮筒又悄无声息地消失。

它们的出现，跟它们的消失一样诡异。

随着炮筒消失，在苏落前方的墙壁上，缓缓地打开了三道门。

红色之门，地上全部都是鲜血，看上去触目惊心，根本没有落脚的地方。

蓝色之门，泛着淡淡的蓝光，让人有一种很温馨的感觉，仿佛进去之后就会心旷神怡。

黑色之门，入眼处一片漆黑，伸手不见五指，一阵阵阴冷的风从里面飘出来，让人不由自主地胆寒。

三道门，三种选择，此刻就摆在众人面前，但是选哪一条呢？

苏落偏头看着胖大叔。

胖大叔哭丧着脸："不要看我，我师父的脑回路我真的不知道，你们选哪条，我跟着你们走。"

苏落冷冷一笑："你先选。"

胖大叔还想拒绝，但是冯蔚源却掐着他的脖子说："选！"

胖大叔无奈，只能弱弱地指着蓝色之门："我选这条。"

"为什么？"唐雅岚问。

"师父喜欢蓝色。"胖大叔一边说一边看着苏落，"反正我就走这条路了！"

苏落点点头："走吧。"

这么容易？胖大叔傻乎乎地看着苏落："不信我？"

苏落很诚实地摇头："不信。"

"那你为什么要跟着我选蓝色？"胖大叔不解。

苏落冷冷一笑："我叫你走蓝色。"

换言之，苏落才不会走蓝色。

"你……"胖大叔气呼呼地瞪着苏落。

苏落对唐雅岚说："走吧。"

说着，她拉着唐雅岚，率先进入黑色之门。

冯尉源根本不知道选哪条，下意识地跟着苏落迈进了黑色之门。

"喂，等等我！"胖大叔在黑色之门落下的最后一刻，庞大的身躯终于挤了进去。

苏落冷笑："你不是要进蓝色之门吗？"

胖大叔嘿嘿一笑："一个人走蓝色之门多寂寞啊，还是跟着大家比较热闹，哈哈哈……"

苏落冷冷一笑，慢悠悠地瞟了他一眼。胖大叔别过脸去，默默抹去额头上的汗水。

在他看不到的角度，苏落嘴角勾起得逞的笑意。她刚才只不过诈一诈，结果胖大叔就露馅了。原来他知道黑暗之门是生路，他想把别人都骗进蓝色之门，最后他从黑色之门逃走。

确定了胖大叔不是真的一无所知后，苏落动起了心思……

黑色之门里面一片漆黑，眼睛看不见，灵识发不出去，众人犹如睁眼瞎。不过，眼睛看不见也有一个好处——别的器官感觉更敏锐了。

苏落能够感应到，冯尉源走在最前面，胖大叔本来想走在她后面，但是被她一脚踹到前面去了。

苏落不可能将自己的后背放置在居心叵测的胖大叔面前。

胖大叔摸摸鼻子，郁闷地将自己的后背放置在苏落前面。胖大叔现在有点破罐子破摔的意思，反正他的实力比不过苏落，脑子也没苏落聪明，时时刻刻被算计，还不如放开来，想干吗干吗呢，这样就算不能迷惑苏落，也会降低这丫头的警戒心不是？

众人心思各异，唯有唐雅岚，她的心思是最少的。她单纯，一门心思只想着，跟紧苏落，她让做啥就做啥。所以，唐雅岚一直拉着苏落，两个人走在队伍的最后面。

这条通道足以容纳五人同时通过。

忽然，前方响起砰的一声，唐雅岚问了一句"怎么了"，回答她的是冯尉源愤怒的喘粗气声。

唐雅岚还不明白，正想问的时候，被苏落制止了。

苏落在唐雅岚耳边低语了一句，唐雅岚这才恍然大悟。她还以为冯尉源有多厉害呢，这么大人了，脑袋还会撞到墙壁上，哈哈哈……

唐雅岚原本对冯尉源这个疯子心中充满了敬畏和恐惧，因为冯尉源的出场方式实在很疯狂。唐雅岚在知道冯尉源脑袋撞墙壁这么二的事情后，她对他少了一份恐惧。

"到尽头了。"冯尉源郁闷地揉着额头，声音闷闷的。

虽然他没有对着苏落说话，但是谁都知道，这句话是说给苏落听的。他们进来的时候，断龙石已经放下，黑色之门是绝对打不开了。但是前方，从冯尉源撞墙来看，门是紧闭的。

苏落走到冯尉源撞墙的地方，她的手触摸着眼前的门。

入手之后，苏落眉角微微上挑："门上有画。"

"难道开门的奥秘在这画上？"唐雅岚说了一句。

苏落说："有这个可能，这幅画像是在述说着一个故事，我摸到犁了，还有老牛，嗯，还有……"

忽然，苏落只觉得一股大力袭来，她一时不察，被推得往后倒下。

苏落重重撞到墙壁上，撞得她头晕目眩，后脑勺更是迅速起了一个包。

"冯尉源，你有病啊！"苏落的脾气也上来了。

刚刚她摩挲着快看完那个故事了，结果放松了警惕，被冯尉源给撞飞了。

冯尉源理都没理苏落，此刻的他正认认真真地伸手，摸着门上的那幅画，目光严肃而认真，手里的动作温柔而细致，就仿佛在摸着稀罕的宝贝似的。

冯尉源之所以要推开苏落，是因为他要证明他比苏落聪明，她能解答出来的问题，他完全可以！所以，冯尉源双脚扎马步，双手细细摸着那幅画，体会着画里的意思，思考着怎样打开这道门。

而此刻的苏落，则拉了唐雅岚远远地坐在一边。这个通道里很奇怪，任何明亮的东西都不起作用。别说点灯了，苏落本来想将陨落小红莲召唤出来当照明用，可还是不行。陨落小红莲告诉她，黑色之门里有非常恐怖的黑暗元素，任何火元素出来都会被吞噬。苏落拿出夜明珠来都不行，她试过，结果刚拿出来，还没照明，夜明珠就碎裂成粉末。

所以，这个黑暗之地，就只能两眼一抹黑。

苏落倒是不急，没有了爆炸威胁，这一关倒是可以慢慢破解。她倒是想看看，将她撞开的冯尉源能破解出什么来。

苏落的注意力不在冯尉源身上，而是在胖大叔身上。她看不见这里的情况，但是夜能视物的小黑猫可以啊。

小黑猫那双眼睛，专门为黑夜而生。身为契约兽，小黑猫是可以将它看到的一切跟苏落分享的。借助小黑猫那双绿莹莹的眼睛，苏落将整个通道看了个彻底。这时候她才发现，原来通道里并不只是冯尉源在摸的那道门上有画，而是在这个空间内，墙壁上也刻满了壁画。

苏落抬头，就连头顶上也都是各种画像。她不像冯尉源那样看不见，需要用摸的，所以，苏落假装走动的时候，将四面八方的画从头到尾看了一遍。

在苏落走动期间，胖大叔一直都盘腿坐地上，似乎在修炼，没有发出一点响动。

苏落见冯尉源一直在研究，不由得皱了皱眉。光凭着那幅画，冯尉源能研究出啥？这通道里四面八方都封闭起来，空气又不流通，随着时间的过去，如果一直解不出来，会窒息而死。

苏落见冯尉源还在那摸索个不停，不由得惊呼一声："咦，墙壁上也有画？"

冯尉源对着墙壁上的画思考了很久，但就是解不出来。不仅解不出来，而且一点头绪都没有。听到苏落这句话，冯尉源当即放弃了门上的画，摸向墙壁。

果然！就像苏落说的，墙壁上一路摸过去，竟然全部都是画！

冯尉源冷冰冰地对苏落放话："你给老子坐着别动！否则杀了你！"

苏落冷冷一哼。坐着就坐着，她倒要看看冯尉源要怎么打开这道门。

接下来的时间，冯尉源就跟壁画杠上了。

苏落就慢慢地坐在那等。她倒是想拖延时间，因为，那样一来的话，南宫流云肯定能够找上来。

苏落对南宫流云的最强大脑充满了信心，有他在，即使是死亡模式，也肯定难不倒他的。

随着时间的流逝，冯尉源一直都没有找到开门的办法。

而且，更糟糕的是——

苏落闻到了空气中的气味有一丝异样。

"有烟雾出来了。"胖大叔提醒了大家一句，"而且烟雾里有毒。"

苏落早就有防备，以她皇级炼药师的水准，她原本以为解这毒绰绰有余，但是最后她却悲催地发现，她知道解毒丹药的炼制，但是，她手里没有草药。

这些草药需要在修罗界获取，而她手里没有修罗界的草药。

唐雅岚的身体最弱，吸进去几口之后，身形就摇摇欲坠，靠着墙壁瘫软下来。

苏落知道，这是无华毒气，她手里没有完全对症的药，但是用别的药还是能够抵御拖延一段时间的。

黑暗中，苏落摸出两颗丹药，一颗塞进唐雅岚嘴里，另外一颗塞进自己嘴里。

苏落发现一双眼睛正在盯着她看。抬头，正好对上胖大叔的眼睛。原来胖大叔在黑暗中也能视物啊。

苏落朝胖大叔勾起一抹冷笑，胖大叔的心又是狠狠一抽！

这谁家的姑娘啊，这么妖孽！不仅脑子聪明，而且诡异的手段层出不穷，原来她竟然也能在黑色之门中看清楚！既然已经被发现，胖大叔也不好再隐瞒，他朝苏落冷哼一声，偏过头去。他可讨厌这能看穿他的丫头了。

不远处，冯尉源还在艰苦地忙碌着。他口中呼吸着毒气，手里也没停止忙碌，但是他的脑容量实在是有限，所以，他研究了半天后，研究得满脸是汗，还是没有研究出个所以然来。甚至，他连一点点头绪都没有。

之前他直接将苏落推开，才终于抢来了一个秀自己智商的机会，结果秀智商没秀成，反倒将自己陷入了不上不下的尴尬境地。

不过，冯尉源本来就是疯子，不按常理出牌的。只见他长臂一伸，直接将苏落拎手里，将她往门口一拽，冰冷着声音吩咐："解！"

苏落顿时没好气了。

这时候，苏落真的很遗憾她的实力不够，被人像拎布袋一样拎来拎去。不过苏落也知道，才修炼了几百年的她，怎么跟修炼几十万年的妖孽比？事实上她的修炼速度，放眼整个灵界修罗界，也是首屈一指的晋升速度了。

被冯尉源这样拎来拎去，苏落心里自然有气，她用看白痴的目光看了冯尉源一眼，说："怎么解？"

冯尉源双眼圆瞪："问你啊！"

见苏落不说话，冯尉源冷冷一笑："如果你解不出来，我不介意在这里把你杀了！"

苏落淡淡一笑："你杀了我，又拿什么饵去引诱南宫流云上钩？"

苏落一句话将冯尉源将死。

毒气，无孔不入，很快就弥漫在整个通道之内。

冯尉源实力深厚，苏落和唐雅岚以毒攻毒顶着，胖大叔不知道用什么手段，他到现在还没倒下去。

苏落忽然轻哼了一声："伊尘国师的弟子不知道有没有好办法。"

冯尉源的注意力经过苏落的话，顿时被引到胖大叔身上。

胖大叔一脸惊慌，全身都是冷汗，他慌乱摇手："我都说过了，我师父比我聪明百倍，师父设下的机关陷阱我怎么会知道？小丫头你别害我啊。"

冯尉源却丝毫没有给他逃避的机会，走过去，老鹰抓小鸡一样将胖大叔拎起来："去解开！"

"我不会！我真不会！我真的不会啊！"胖大叔拼命摇头。

"不会那你就去死！"冯尉源掐着胖大叔的脖子，手指收紧，胖大叔瞬间被勒住，眼泪都掉下来了。

胖大叔眼底闪过一丝复杂的光芒，他郁闷地瞪了苏落一眼！师父制作出来的毒，他从小就试药，所以通道里的毒气，他能够比别人支撑得更久。原本他是算计着大家都出不去，那么，他就利用这种无华毒气，将这群人活活拖死，然后他再利用机关陷阱离开。

虽然他并不知道怎么出去，但是他心里是知道线索的，有了线索再想办法出去，并不是多难的事。可是，千算万算，他都算不到，这群人里竟然有苏落这样的丫头。她那双灵动的似水星眸，漂亮极了，却也明亮刺眼，将人隐藏在内心最深处的秘密揭穿。

胖大叔此刻很无奈。因为他不说，冯尉源当真会杀了他。要想不被杀，他必须证明他有被利用的价值。

真是好憋屈……但无可奈何。

胖大叔最后郁闷地瞪了苏落一眼，才终于对冯尉源说："我，我知道一点点线索……"

胖大叔说出这话，并没有让冯尉源高兴，反而还被他喷了一顿："知道线索你还不说！藏着掖着等着人求你你才说！你找死呢吧！"

胖大叔被喷了一脸的口水，但是现在形势比人强，他只能默默地将这口气咽

第二章 一路拼杀

下去。

冯尉源语气不善，将胖大叔往门框上一扔："还不快去解！"

可怜的胖大叔，脑袋砸到门框上，嘭的一声响，肯定起一大包了。

苏落也看出线索了，但是她不吭声，却故意将这个表现的机会让给胖大叔，一是因为她在试探胖大叔，二是她知道冯尉源会恼羞成怒。

而且，恼羞成怒的还不止这一点，因为——

线索根本就不在门上！那道门，看上去确确实实像石门，而且还有门把，看着就跟真的一样。但是，那是误导人的。

胖大叔懊恼地瞟了苏落一眼。身为伊尘国师的弟子，他又会笨到哪里去？所以他很清楚，他被苏落算计得死死的。

胖大叔郁闷地往天顶上爬。他还没爬上去，冯尉源就拽着他的脚恶狠狠地往下一扯，扑通一声，可怜的胖大叔就一屁股坐地上了。

胖大叔怒了："你干吗？"

冯尉源更怒："老子叫你去开门，你想跑哪里去？别以为黑暗里老子就看不见你！"

胖大叔指着冯尉源气急败坏地说："那道门不是真的，是专门用来骗人的，只有愚蠢的人才会信以为真！"

"真正的门在哪里？"话音未落，胖大叔就被冯尉源锁喉了——这蠢笨如猪的冯尉源最讨厌别人说他愚蠢了。

"在……在头顶……"胖大叔知道，如果他再说不知道的话，冯尉源绝对会让他横死当场。

看到胖大叔被虐，苏落的嘴角勾起一抹冷笑。她早就料到冯尉源会恼羞成怒，果然……

此刻，胖大叔的内心是崩溃的，他无比郁闷地瞪了苏落一眼，苏落朝他做了个鬼脸。

胖大叔胸口憋了一口气，最后，他只能对冯尉源说："门的线索就在上面，你上去还是我上去？"

冯尉源一踹胖大叔，将他踹上去，凶神恶煞地吼道："还不快找线索，你想死啊！"

胖大叔很无奈地找到跟门框上的图案相同的那块区域，用拳头一砸，竟然砸开了一个足以容纳一人通过的洞，一束微弱的光线从上方倾泻而下。

苏落眉头一皱，对冯尉源说："让胖大叔先下来。"

但是冯尉源却故意跟苏落作对，一脚踹到胖大叔屁股上，把他踢进洞里去喂机关暗器。

冯尉源得意地朝苏落笑了，等了一会儿，发现里面没有动静，这才从黑洞里爬上去。

洞里是个很狭窄的房间，不过十平方米大小，里面空荡荡的，什么东西都没有，无处藏身，但是——

那死胖子哪里去了？

"你上来！"冯尉源冲苏落喊。

苏落上去之后，发现果然如她所料，胖大叔不见了。她的目光在石室内扫过。胖大叔能够在那么短的时间内逃跑，可见机关并不难寻，也不难破解。

苏落知道南宫流云正在赶过来的路上，她一路上避开冯尉源，留下不少的线索，她相信南宫流云绝对看得到。

苏落本想多拖延一些时间，可是情况却不容她耽搁。底下的毒气升上来了，唐雅岚已经晕晕乎乎，坚持不了多久了，连她自己也有些头昏脑涨。

冯尉源找半天都找不到机关在哪里，他转头，那双铜铃般的眼睛死死盯着苏落："快找！不然老子杀了你！"

苏落冷冷地指着墙上的壁灯："这里有点过的痕迹。"

墙上一共有十八盏灯，其中单数的都是点过的，双数的都不曾点过。

冯尉源当即就要去点单数的灯，苏落像看白痴一样看着他。

"难道不是点单数的灯吗？你看这上面都有点过的痕迹，肯定是死胖子点的。"冯尉源很不服气地瞪苏落，他的智商难得闪光一下，难道还不能表现吗？

苏落很遗憾地看着他："如果你想点的话，就点吧。"

苏落说罢，拉着唐雅岚躲到了角落。

冯尉源现在对苏落有一种盲目的信任，她表现出来这样，冯尉源当即就不敢点了，于是他只能朝苏落怒吼："那你说怎么办！"

苏落没好气地说："把点燃过的九根蜡烛拔下来。"

冯尉源狐疑地看了苏落一眼，却还是很听话地将一根又一根的蜡烛拔下。就连冯尉源都没有意识到，苏落是他的俘虏，他才是绑匪，可现在他却乖乖地任由苏落摆布，还一副很开心的样子……

当他拔完了蜡烛后却发现，石室内四面八方的墙壁依旧纹丝不动，没有任何移动的迹象。冯尉源恶狠狠地瞪着苏落，气急败坏："门怎么没有开！"

苏落迷茫地看着他："门为什么会打开？"

冯尉源简直被苏落气笑了："你叫我拔掉蜡烛，不就是为了开门吗？"

但是，苏落却一本正经地摇头："这些蜡烛这么漂亮，我只是喜欢收集蜡烛而已啊。"

这臭丫头！冯尉源简直快被苏落气吐血了。

苏落一点都没有被绑架者的弱势。精神上虐了冯尉源一遍后，苏落也知道，再在石室内待下去的话，她自己都受不了了。

刚才趁着冯尉源拔蜡烛的时候，苏落在墙壁上留下了记号，如果南宫流云一路追过来的话，他会看明白的。时间不宜再拖延下去，苏落这才一指墙壁："扭动离门最近的那根烛台。"

冯尉源恶狠狠地瞪着苏落，并没有动，他觉得苏落又在耍他。唐雅岚见了，赶紧说："我去我去。"

唐雅岚快步走过去，按住烛台往顺时针方向一扭，一扇门在他们面前悄无声息地打开。

冯尉源瞪大眼睛：就这么简单？！

而这时候苏落还补了一刀："第一道门是我打开的，第二道门是胖大叔打开的，这第三道门是小唐打开的，哈哈哈……"

苏落一边笑一边瞥了冯尉源一眼。

冯尉源听到苏落的嘲讽，脸像蛤蟆似的气鼓鼓的。

"走吧。"苏落拉着唐雅岚就要出去，但是冯尉源却一把拦住苏落："走我身后！"

在经历了胖大叔失踪事件后，冯尉源心里有了防备，他怕苏落也消失了。如果苏落也消失，那他一个人被困在里面，到死都出不去。

冯尉源一出去，一群高级机械傀儡就疯狂地朝他涌去。苏落听到门外响起嗒嗒嗒的脚步声，当即扭动蜡烛，直接将她跟唐雅岚关在了石室内。苏落的反应实在太快了，在冯尉源反应过来也想躲进石室时，那道门已经砰的一声关上了。

"臭丫头！"冯尉源气愤地捶打紧闭的石门，可他使了十二分力气，门也没被撼动分毫。

当然，躲进石室内的苏落和唐雅岚也不好受，因为里面都是毒气。不过这种毒气只会让人双手双脚无力，倒不会致命。

苏落和唐雅岚在石室内，只听见外面响起一阵激烈的乒乒乓乓声，还伴随着冯尉源的咆哮声。

就在苏落和唐雅岚快晕过去的时候，外面的厮杀声终于平息了。

苏落悄悄打开一道门缝。高级机械傀儡已经撤退，地上一片狼藉，全都是高级机械傀儡的残骸。而此刻的冯尉源，四肢伸开，平躺在地上，一动不动，仿佛已经死去。

苏落让唐雅岚远远地躲开，而她自己则将妍华匕首藏在衣袖里，一步步走到冯尉源身边。

苏落嘴角勾起一抹微笑，匕首悄无声息地靠近冯尉源的心口。就在匕首的寒光闪过，即将刺入的那一瞬间，冯尉源的眼珠动了动。苏落只觉得心脏一阵紧缩，心念一动，匕首进了空间。

而就在匕首进空间的那一刹，冯尉源倏然间睁开眼睛，眼神森冷、凌厉、杀气凛然。看到苏落的手离他的心口很近，冯尉源冷冰冰地盯着她："你想干什么？"

被那双杀气腾腾的目光盯着，被强者威压强制笼罩着，苏落的心脏抑制不住地快速跳动。但是她的心理素质太强了，即便是前一秒她要刺杀冯尉源，后一秒，苏落依旧笑靥如花。

她朝冯尉源瞟了一眼，说："我想看看你的心跳停止了没有。"

这一刻的冯尉源脑子是清醒了，他冷冷一笑，目光狰狞地盯着苏落："难道你不是想杀了我？"

苏落闻言，不屑地撇嘴："杀了你，我能应付这群机械傀儡？还以为你脑子长进了，没想到还是这么愚蠢！"

"你……"冯尉源气呼呼地指着苏落，他最讨厌别人说他愚蠢了。可怜的冯尉源并不知道，刚才如果他的眼睛再迟睁开零点零一秒，此刻他就已经死了。

"你竟然把门关了！"冯尉源凶神恶煞地盯着苏落。那一刻，冯尉源真有一种被背叛的感觉，虽然苏落是他强行掳来的。

苏落用看白痴的目光看着他，理直气壮地说："不把门关了，你觉得现在我还能活着吗？如果我不活着，你怎么拿我当诱饵去引南宫流云上钩？如果我死了，你觉得你能走出这个地方吗？能的话，你就杀了我啊。"

苏落简直是强词夺理，但是听起来挺有道理，冯尉源被苏落说愣了，竟然无话反驳，只能郁闷地抓抓脑袋朝苏落吼。

苏落没好气地耸肩，全然不在意。

唐雅岚看到苏落将冯尉源说得哑口无言，远远地朝苏落竖起大拇指。苏落朝唐雅岚点头示意她没事。但是苏落的内心此刻却并不平静。她郁闷的是，冯尉源跟机械傀儡战斗之后，实力竟然上了一个台阶。

苏落不知道冯尉源是怎么做到的，但是她心中却对他有了一些忌惮。

胖大叔自从消失后，一直都没有出现，也不知道他躲到哪里去了。

苏落被冯尉源挟持着闯关，她故意拖延进度，却依旧没有等来南宫流云。

事实上，此刻的南宫流云已经来到通灵塔了。他知道苏落是从第十八层掉下去了，可当他赶到的时候，机关已经锁死了，他从这条路已经进不了哈里曼大将军的陵墓了，只能换一条路。

他翻阅过伊尘的笔记，知道在这座陵墓中央有一个祭坛，而那个祭坛才是决胜的关键。他很快就找到了进陵墓的通道，而且还顺便知道了，陵墓一共有三条通道。

第一条在天上，就是苏落他们掉落的地方。

第二条在地底下。

还有第三条，就是正门。

南宫流云直接从正门进入。他找寻了一番，没找到苏落留下的任何痕迹，也就是说，苏落并没有从这条通道经过。

南宫流云凭着最强大脑快速闯关。虽然他比冯尉源来得迟，但是进度却比冯尉源快很多。

南宫流云在第三条通道和第二条通道之间来回切换时，碰到了一个得意扬扬的胖子。这个胖子就是通灵塔的设计者，之前用计从冯尉源手里逃脱的那位。

南宫二少知道胖大叔是跟苏落他们一起掉落陷阱的，岂能放过他？

胖大叔看到南宫流云面色不善，当即要逃，但是他还没迈步，就发现自己身不由己地朝南宫流云走去，最后在南宫流云面前立定。

狡猾的胖大叔，碰到更狡猾的南宫二少，简直败得一塌糊涂，什么话都被南宫二少套出来了。

南宫流云在知道了苏落的处境、了解了冯尉源的实力后，决定率先到达祭坛。

在冯尉源面前各种阴谋诡计的胖大叔，在南宫二少面前却一点心思都不敢动。看到南宫流云的闯关效率，胖大叔更是连大气都不敢出了。

明明是机关重重的地方，但是看这位少年闯关，却愣是有一种闲庭信步的悠闲感觉。

　　最后，胖大叔只能哭丧着脸认命地想，人跟人的大脑，果然是有差距的，难怪冯尉源会被这位少年逼疯。想到冯尉源拿这位少年当对手，胖大叔对冯尉源报以最深切的同情和怜悯。

　　南宫流云这边嗖嗖嗖地闯关，苏落那边也没闲着。

　　苏落一开始还在等南宫流云来救，后来她从冯尉源口中套出，原来有三条通道，而且三条通道全部会聚于中央祭坛，顿时明白了。

　　看来南宫流云跟她走的是不同的通道。如果是这样的话，那么南宫流云一定会在通道的尽头等她。想至此，苏落一刻也不想拖延了。

　　冯尉源每次摆弄了半天找不到出口时，苏落就将冯尉源往旁边一挤，自己来。一开始冯尉源还会发脾气，但是看到苏落那张冰冷的脸，不知为何，竟有一种本能的畏惧。

　　后面的关卡，因为没有冯尉源捣乱，苏落破解的速度就快了许多。

　　在苏落的帮助下，冯尉源一行人终于来到了中央祭坛。

　　苏落抬眼望去，只见这里宽广得离谱，足有一百个足球场那么大。

　　在最中间，有一座祭台。四周光线很弱，唯有祭台上，一道强光从上面注入，将祭台照得光彩夺目。

　　冯尉源看到那光洁如玉的祭台，眼中闪过一丝狂喜，当即冲过去，双手激动地触摸着白玉祭台，口中喃喃自语："找到了，找到了，终于找到了！"

　　随后他猛然转身，死死地盯着苏落，目光如狂暴的野兽那么森冷。

　　苏落心中一惊，意识到危险，她转身就跑，但是还没等她跑出一步，冯尉源就抓住了她的手，将她拽到了石台上。

　　"放手！"苏落怒斥道。

　　冯尉源此刻双目赤红，面容狰狞，举止狂暴，显然又疯了。

　　冯尉源将苏落往祭台上一摁，咔嚓一响，苏落就被牢牢锁在白玉祭台上，双手双脚都被锁住，完全动弹不得。

　　唐雅岚不顾一切地冲上去，口中大声尖叫："放开我苏姐——"

　　唐雅岚的话还没喊完，就被冯尉源一巴掌打飞，身体撞到墙上，再顺着墙壁滑落，在地面上滚了滚便失去了知觉。

　　苏落看到唐雅岚飞出去，就知道她必然受了重伤，仇恨地盯着冯尉源道："如果我能活着出去，一定杀你报仇！"

冯尉源哈哈狂笑："血祭后的你，还怎么活着出去？"

冯尉源的手中出现一把锋利的匕首。他拿着匕首朝苏落的脸上比画，一边比画一边狞笑："是先挖你的眼睛呢，还是先割你的鼻子？这五官长得这么漂亮，切下来好好保存，哈哈哈……"

苏落用看白痴的目光看着他，神色平静。

苏落越是平静，冯尉源就越愤怒："你为什么不害怕？！"

苏落叹了口气："对一个死人，有什么好害怕的？"

"死人？是在说我吗？哈哈哈，这个笑话好好笑，明明你才是死人！"冯尉源的尖刀指着苏落的腕脉，"你的血很好闻，一定能解开我体内的封印，哈哈哈……"

冯尉源正要一刀刺下去，忽然袭来一股劲风，一股恐怖的杀气罩在他身上。

冯尉源来不及多想，就地一滚，打算避开凛冽的杀气，但对方却算准了他逃跑的轨迹，早一步等在那里，一击将他打得倒飞出去。

就像刚才的唐雅岚一样，冯尉源重重地砸到墙上，再沿着墙壁滑下来，滚到地上。

"喀喀喀……"冯尉源捂着胸口不住地咳嗽。

而这时候，南宫流云心疼地看着苏落，拉起锁住苏落的铁链就要扯断。

胖大叔惊呼一声："这是用回灵玄铁制成的，根本扯不断，要用钥匙才能打开！"

而冯尉源则冷冷一笑，抬手就将那精致小巧的钥匙丢进嘴里咽了下去。

胖大叔当即震惊："完了！没有钥匙，根本打不开。而且这七条锁链里只有一条是正确的，如果选错的话，就会爆——"

胖大叔突然自动消音，因为他看到那本该扯不断的回灵玄铁，竟被南宫流云给扯断了。

苏落很好心地解释："我记得哪根是正确的。"

"好吧……"胖大叔无语了，他大叫了半天，结果人家轻轻松松就完成了。

南宫流云温柔地将苏落抱在怀里。苏落双手环住他的颈项，小脑袋枕在他的胸口，听着他的心脏扑通扑通地跳，嘴角扬起一抹微笑。在外人眼中泰山崩于前而面不改色的南宫二少，此时的心跳明显比平常快。想到能让淡定如水的南宫流云紧张，苏落还是很有成就感的。

就在这时，苏落发现了南宫流云身后的那群人。

苏落狐疑地看着南宫流云："你不仅比我先到，而且还把他们解救出来了？"

南宫流云身后一共七十八人，其中三十八人是苏落的队员，另外四十人是宁逸海队的。

他们好像被虐待过一样，身上几乎没有一块好肉，衣衫褴褛，神色萎靡。

苏落疑惑地问："他们怎么了？"

南宫流云没好气地说："被困在第一关了。"

就在两个人对答的时候，冯尉源的身体忽然发生巨变。他被南宫流云踹得呕出一口血，而正是因为这口血，他身体里封印的力量竟然喷薄而出。

南宫流云感觉到一股森冷的威胁。他将苏落放到身后，护住她，这才转头看向冯尉源。

冯尉源盯着南宫流云，眼神森寒，犹如从地狱里出来的修罗。

"他走火入魔了！"苏落惊呼一声，脸色微变。

冯尉源狰狞一笑。原本射在祭台上的那束光忽然照到他身上，将他照得如阳光般耀眼。而他的身体正在发生神奇的变化。只见他的头上忽然生出一根棘刺！后背覆盖着鳞片！每一片鳞，都有拳头粗！他的身体更是瞬间拔高到三米！

胖大叔惊呼一声："不愧是紫龙冯家，竟然真的变身了，好可怕！"

苏落看了胖大叔一眼："什么变身？"

胖大叔畏惧南宫流云的实力，对苏落耐心地解释："紫龙冯家已经好些年没有出过紫龙变身的血脉了，如果被冯家知道冯尉源能够变身，只怕跪下来求都要把他求回去，而不是逐出家门。"

紫龙变身好像很厉害的样子，但是，苏落却朝胖大叔翻了个白眼："你说了这么多，还没解释什么叫紫龙变身呢！"

"哦哦哦，"胖大叔赶紧说，"难道你没听说过紫龙主神吗？他就是冯家的老祖宗，但是消失很多年了，有人说陨落了，有人说闭关了，有人说被关起来了，各种说法都有。"

"说重点！"苏落没好气地说。

"重点就是，一旦紫龙变身，实力就会越阶！"胖大叔对苏落说，"而且有鳞甲护体，身体会变得非常强人，防御能力会非常恐怖，你家这位，未必打得过。"

苏落冷笑："呵呵，我家这位强着呢，不需要你担心。"

南宫流云慢悠悠地瞟了苏落一眼，苏落朝他吐吐舌头。

南宫流云无奈地揉揉苏落的小脑袋："保护好自己。"

对上那双深邃绝美的黑瞳，苏落认真地点点头："放心，我会保护好自己的，我知道，只有我安全了，你才能专心对敌。"

"算你聪明。"南宫流云将苏落的小脑袋摁在胸口，但是很快，他就将苏落往人堆里送去。此刻他的神色有一抹凝重，这次他真的遇到对手了。

当初在横断山脉的时候，冯尉源还远不及他。后来冯尉源连番受挫，倒是给他带去前所未有的机遇。他虽然疯了，但是他体内的紫龙血脉却误打误撞地被激活了。

这际遇，真叫人无话可说。

冯尉源变身的时候，是防御最强的时候，谁也没办法在这时候攻击他。很快，冯尉源变身成功了。

他盯着南宫流云，目中猩红如血。

不等南宫流云说话，冯尉源率先发动了攻击！

"退后！"人群中，苏落护着唐雅岚，将丹药喂进她口中，同时还不忘指挥这群人。

"胖大叔，你往哪里走？过来！"苏落发现胖大叔又想偷偷溜走，当即指挥刀疤脸和骆桓，"去，把他绑起来，带在身边。"

胖大叔郁闷地瞪着苏落，但是苏落根本不给他哭诉的机会，她可清楚得很，这位胖大叔看上去憨厚老实，实际上却狡猾如狐，一肚子坏水。

而此刻，南宫流云和冯尉源的战斗已到白热化阶段。

不得不说，变身后的冯尉源，实力强了不是一星半点，竟然能跟南宫流云打这么长时间，而且看上去竟然不分胜负。

就在这时候，苏落眼眸微微一闪，感觉到一丝异样。

"怎么回事？"苏落问胖大叔。

胖大叔不解地看着苏落："什么？"

"外面！"苏落冷冷一哼，"外面有很大的动静。"

"哦，你说外面啊。"胖大叔很无辜地看着苏落，"死亡模式一旦开启，外面就知道了，而且——"

"什么？"苏落忽然有一种很不好的预感。

胖大叔想了想，还是决定告诉苏落："而且你们来自灵界的事已经被军方发现了，现在军部已经派人将通灵塔包围了，即便你们能活着出去，也将面临一场血战，而且还是有死无生的那种，所以，小姑娘，要不要叔叔带你出去？"

苏落的眸光倏然一冷：情况越来越糟糕了，南宫流云和冯尉源久战不决，通灵塔外面被军队包围，基地只怕也……

第二章　一路拼杀

第三章 久战不下

苏落快速思考着，这个时候，她需要做些什么。

嘭的一声，南宫流云一拳砸到冯尉源的脑袋上。冯尉源的紫龙脑壳那么硬，但愣是被南宫流云砸歪了。

冯尉源被狠狠地打飞，再重重地砸落地面。

南宫流云瞬间到了他面前，一脚踩下。

"嗷呜……"可怜的冯尉源，好不容易才得到变身的机遇，结果竟然被南宫流云一脚给踩死了。

看着口吐鲜血、歪着脑袋、已经没了气息的冯尉源，众人全都不信。

胖大叔更是不信。怎么会？冯尉源明明跟南宫流云打得势均力敌，可见两人的实力不相上下，怎么突然就死了？怎么这么容易就死了呢？

不仅胖大叔不信，就连苏落都有些难以置信。她跑到南宫流云身边，探了探冯尉源的鼻息，他真的没有气息了。

"这个疯子，就这样死了？"苏落看着南宫流云。

南宫流云认真地点头。

就在苏落准备说话的时候，南宫流云的脸色微微一变，他一把抓住胖大叔，将他扔给苏落："问出退路！"

胖大叔在半空中想扭转身子，苏落放出碧羽仙藤将他捆成粽子。就在这时，前方隐隐传来一阵轰隆隆的声音。这声音有些熟悉，苏落一听，脸色倏然变了——机械傀儡！

"怎么回事？"苏落逼问胖大叔。胖大叔看着苏落，很无辜地说："塔灵失控，下达了必杀指令，所以在场的所有人都……唉，你别看着我，塔灵现在是无差别攻击，我也会被当作入侵者击杀。"

胖大叔的话，让整个队伍陷入恐慌。就在这时，一只非常庞大的大恶魔，在无数机械傀儡的簇拥下，犹如王者一般出现了。

它究竟有多庞大？苏落只知道，如果她站在这只大恶魔身边的话，只能看到它的脚指头。

如此庞大的巨人恶魔，力量该是何等的恐怖？难怪南宫流云连龙血剑都出动了。最恐怖的是，在巨人恶魔的胸口挂着一个非常大的钟摆，发出嘀嗒嘀嗒的声音。

苏落一眼就看出钟摆有问题，她盯着胖大叔问道："钟摆是怎么回事？"

胖大叔无奈地看着苏落："那上面有数字，你不会看不懂吧？"

"炸药？"苏落脑中灵光一闪，胖大叔很认真地点头："这才是真正的死亡模式。"

苏落目测了一下巨人恶魔的身高，心中有些发凉："这炸弹要是爆炸的话……"

胖大叔现在已经自暴自弃了，把知道的全告诉苏落了："巨人恶魔如果爆炸，整个通灵塔都会被炸成粉末，因为它身体里装的是师父配制的天悲炸药包。"

天悲炸药包，与天同悲吗？光听名字就知道后果有多恐怖。

"炸药包上面的数字是……"苏落眼尖，看到了巨人恶魔胸口位置的数字。

胖大叔点点头："从巨人恶魔出现开始，我们所有人的活命时间只剩下三十分钟。孩子，享受你们人生中的最后三十分钟吧。"

苏落盯着胖大叔，摇头道："我们能逃出去。"

胖大叔闻言，不由苦笑："你以为出去的路跟进来的路会一样吗？小姑娘，你还是太年轻了。出去的路千变万化，又生成新的机关了。三十分钟，根本破解不了。"

三十分钟，所有人的生命都只剩最后的三十分钟了吗？队伍顿时陷入恐慌之中，士气非常低落。

苏落冷冷一笑："你们想死还是想活？"

所有人都抬头看着苏落，苏落冰冷的目光在他们脸上一一扫过："遇到事情就恐慌，还没战斗就放弃，出去了你敢说你是帝国学院的学生？！"

所有人都心神一凛，苏落冷哼："就算你们不相信我，也该相信南宫流云，你们觉得南宫流云这样惊才绝艳的人，会丧命在这小小的陵墓之中吗？"

众人一想，确实如此，众人的眼睛开始发亮。

苏落冷冽的目光盯着胖大叔："如果有的选，相信你也不想死，所以请暂时放下政治立场，这些东西，有命在才有的谈。"

苏落见胖大叔目光一闪，不由得冷笑："我知道，你想说，以你一条性命，如果能换得南宫二少陪葬，那你也算死得其所了，是不是？但是你要明白，南宫流云是死不了的，你死了也是白死！"

胖大叔闻言有些犹豫，经过深思熟虑，终于将他所知道的关于他哈里曼大将军陵墓的事都讲给苏落听。

此刻，学长学姐们都被激起了斗志，正在与疯狂涌来的机械傀儡激战。苏落并没有让他们分散开来，而是组成北斗七星阵来抵御机械傀儡的攻击。而她自己则抓紧时间寻找出路。

虽然是死亡模式，但是苏落相信，谁都会做事留一线，这中央祭台上面必有出路！

中央祭台？苏落的眸光微微一闪，终于明白她遗忘什么东西了。

在北斗七星阵的保护下，苏落艰难地来到中央祭台。

中央祭台上雕龙画凤，有着密密麻麻的图案，苏落坚信，出去的诀窍，就在这密密麻麻的图案当中。

苏落盯着造型诡异的图案研究，盯得久了，只觉得脑子晕晕乎乎，就在这时，一股清冽的凉意涌入苏落的脑海里，让苏落眩晕的脑子瞬间清醒起来。

这是……苏落注意到，是一直被小羽抱在怀里的胖锦鱼让她突然清醒了。刚才胖锦鱼从小羽的怀里一跃而起，在她面颊上亲了一口。苏落当即意识到，这小吃货锦鱼，绝对是尚未发掘出潜力来的宝贝。

苏落眨眨眼，让自己清醒一些，然后睁大眼睛继续观察图案，发现图案中有个小黑点。这黑点就像长了腿似的，东跑跑，西跑跑，苏落一连戳了好几下，才戳中这个黑点。

就在苏落戳中小黑点的时候，祭台缓缓下降，最后化为一道往下的阶梯。

"快进去！"苏落一挥手，招呼宁逸海等人赶紧进去。

生死关头，大家以最快的速度冲向阶梯。

眼看阶梯的门就要关上了，而南宫流云还在跟巨人恶魔战斗，苏落急得差点跺脚："快点，门要关上了！"

如果南宫流云不进去，她也不会进去，就算死她也要跟他死在一块儿。

苏落正要朝南宫流云飞去，眼前忽然闪过一道白光。待她定睛看时，她已被南宫流云抱在了怀里，两个人一起飞进白玉祭台里，而断龙石则砰地落下。

可怜的巨人恶魔，原本袭向南宫流云后背的一掌，直接砸到了断龙石上。而制造断龙石和巨人恶魔的材料是一样的，所以在硬碰硬的情况下，巨人恶魔差点被撞碎，而断龙石则差点塌了。

白玉祭台下面是一条漆黑的通道，好在这里并没有屏蔽火元素，所以大家纷纷释放出火焰，愣是将黑暗的通道照得亮如白昼。

只有十五分钟了，能从中央祭坛走到最外围吗？而且外面还有驻军……所有人都紧张兮兮地盯着南宫流云，南宫流云绝美的脸上洋溢着自信的神采，眸光从众人的脸上一一扫过，最后问道："你们信我吗？"

"信！"他们可以不信任何人，却打心眼里信任南宫二少。

"既然信我，我就把你们一个不少地带出去。"南宫流云冲众人点点头，"接下来，所有人跟紧了。"

胖大叔怀疑地看着南宫二少。他知道南宫流云的闯关速度，但是十五分钟绝对是不够的，因为出去比进来的难度还大。

后面断龙石已下，前门紧闭，拥挤的通道里一片死寂，气氛有些惊慌和急躁。南宫流云走到门前，不用研究就从棋盘上取出一颗白子。当他拿起这颗白子时，那门只是晃了一下就恢复了平静。

竟然没打开？众人脸上闪过一丝诧异。南宫流云浅浅一笑，纤细如玉的手指在棋盘上落子。他的速度不紧不慢、不疾不徐，跟现场的气氛截然相反。

见南宫二少如此淡定，宁逸海放心地看了眼一直捧着计时器的邵诗桔："还有多久？"

"十四分钟。"邵诗桔的声音带着一丝紧张。再怎么安慰自己，十四分钟后恶魔巨人就会爆炸，这是无法改变的事实。

听着计时器那嘀嘀嗒嗒的声音，众人的心都高高悬着，这时南宫流云悠然落下一子，淡淡地说道："成了。"

他话音刚落，果然，那道纹丝不动的门骤然打开。

众人顿时有种如释重负的感觉，都用一种崇拜强者的目光望着南宫流云。之前他们掉落蛇窟瞬间被冲进一间石室，想尽办法都出不去，后来还是南宫二少将他们救了出来。现在，见南宫二少过一关竟然只用了一分钟时间，众人顿时信心十足。

走出石门，眼前是一座迷宫。

遇到困难，众人又开始焦虑。南宫流云皱眉看着这群学生，微微摇头。看来帝国学院应该增加一门提高心理素质的课程了，就这心理素质，连军人的一成都不如！

这座迷宫对别人来说或许真的很难，连胖大叔都唉声叹气道："这是花雨六阳阵法，天上会下阵阵花雨，所有走过的路隔一分钟就会变化一次，不掌握阵法的精髓根本走不出去。"

南宫流云牵着苏落的手走在队伍的最前面。苏落回眸瞟了他一眼："身为伊尘大师的弟子，你就没跟你师父学点阵法之术？"

胖大叔苦笑道："以我的脑子，阵法与我无缘，师父说，只有绝顶聪明之人，才能研习阵法。"

苏落指着前方的阵眼笑道："那你师父有没有告诉过你，当一个比他更聪明、更懂阵法的人来到这里，会如何做？"

"如何？"胖大叔睁大眼睛。

"就是这样！"苏落俯身将一株火红色的曼珠沙华给拔出来了。曼珠沙华瞬间枯萎，迷宫里浓郁的烟雾瞬间消散，能见度大大提高。

众人见此情形顿时愣住了，苏落淡淡一笑："这就是阵眼，大家不要担心，很快就能找到出口。"

众人看看苏落，又看看南宫流云。果然，有南宫二少在，一切都变得不一样了。以前觉得难如登天的事，现在却易如反掌。

南宫流云却微微摇头，这迷宫真不是他破解的，他倒是能够很快推算出阵眼所在，但是苏落的速度比他更快。

苏落的碧羽仙藤本是阵法大师，堂堂碧羽仙府的阵法，难道会比这里弱？最最重要的是，支撑这花雨六阳阵的都是植物，而碧羽仙藤在级别上完全碾压它们。它身上有一丝老碧羽仙藤的余威，那可是大神级别的威望，这些小花显然敌不过，当即就认栽了。

苏落都不用思考，在碧羽仙藤的带领下，直接找到了阵眼——这株曼珠沙华。

苏落找到阵眼之后，正在寻找出口，南宫流云信步往白玉阶梯上一踏，门咔嚓一声就开了。两人合作，默契无双，过关就像玩游戏一样轻松。

"耶！"苏落兴奋地跟南宫流云击掌。

虽然时间仍在嘀嘀嗒嗒地流逝，但是苏落跟南宫流云却从容不迫。众人见了，在暗暗佩服的同时，高悬的心也渐渐放下。

南宫流云牵着苏落的手，率领众人走上白玉石阶。当所有人都踏上石阶，一阵天旋地转之后，众人出现在一间密闭的石室中。

苏落一进来就发觉这里的气味不对，赶紧说道："空气里含有硫黄之毒，吸多了会引起人体自燃。"

这间石室仅能容纳百人，四壁光洁如玉、严丝合缝，就像一个密闭的正方形牢笼，将他们困在其中。

大家都很着急！

宁逸海大声说："大家一起找，摸遍每一寸墙壁，我就不信找不到出口！"

大家都觉得他说得有道理，但是，不等大家散开去摸，南宫二少抬脚一踹，啪的一声重响，墙上出现了一个能容一人通过的洞口，而洞口前方是深深的甬道。

大家都惊奇地望着南宫二少，他是怎么知道门在这里的？而且一脚就把门踹开了，这得多大的力量啊！

南宫二少牵着苏落的手进入甬道，众人紧随其后，得铆足了劲才能跟上他们的脚步。

在甬道尽头，一座手举巨斧的门神的雕塑威风凛凛地站在门口，目光狰狞地盯着众人，仿佛在说：来一个老子砍一个！

南宫流云先发制人，挥起拳头重重地砸在门神雕塑的脑门上。门神雕塑眼中满满的都是难以置信——身为守门人，他守护了这道门多少年，就有多少人丧命在他的巨斧之下，但是现在，还没等他出招，脑袋就被打坏了。

这个人类怎么会知道他的弱点在头部？门神雕塑死死地盯着南宫流云，脑袋呈蛛网状皲裂，很快这些裂痕就延伸到身上，最后轰隆一响，门神雕塑化为齑粉，在门口堆了一堆。

众人见了，全都无比崇拜地望着南宫二少。南宫流云扫了一眼这群星星眼的人，拉着苏落走进甬道。

在甬道的尽头，又有一尊门神雕塑守着第二道门。

这尊门神矮小而瘦弱，目光恰好与苏落齐平。当他与苏落对视时，苏落只觉得识海里一痛，好像有什么被抽走了一样。她很快就反应过来，避开他的视线，扭头看向南宫流云。

只见南宫流云俊美无双的脸上勾起一抹邪笑，那双深邃的星眸目不转睛地盯着矮小门神，苏落知道，这是精神力的比拼。

矮小门神忽然出声："你有机会得到噬灵珠。"

此话一出，苏落愣住了，南宫二少的眉头也微微皱起：这家伙怎么知道他们需要噬灵珠？

"我知道了！"苏落恍然大悟，"在刚才对视的那一霎，他抽取了我脑海里的一段意识！"

南宫流云盯着矮小门神问道："如何得到？"

苏落也紧紧地盯着矮小门神。

南宫流云既然这么问，就是确定这矮小门神没有说谎，他手里确实有噬灵珠。

噬灵珠啊！苏落来修罗界最根本的目的就是拿到噬灵珠，好复活南宫流星。而南宫流云比她更渴望噬灵珠，因为他心里的那段遗憾和愧疚。如果南宫流星没办法复活，这段遗憾和愧疚会成为他未来的心魔，他实力越高，心魔越盛。

矮小门神的嘴角缓缓绽开一抹笑意："这里有两条路，一条往左，一条往右。"

全场寂静无声，大家全都凝神听着，因为他即将说出的每一个字，都关乎他们的生死。

矮小门神淡淡一笑："左边这条路是正常的道路，你们只要再过十关就能出去，不过鉴于这位少年的智商，你们有可能避开其中五关，只须经过五关就可以出去。"

五关？众人一听，眼睛顿时发亮——还剩十一分钟，以南宫二少的破关速度，五关绝对没问题。好耶！终于能在爆炸前安全地跑出去了！

矮小门神看着南宫流云和苏落，神秘一笑，伸手指向右边："右边这条道也通往外面，而且其中一关可是有噬灵珠的哦。"

噬灵珠是什么？能吃吗？众人眼中闪过一丝疑惑。

苏落盯着矮小门神问道："右边也是十道关卡？"

矮小门神笑眯眯地说："是啊，也是十道关卡哦。"

这时候，胖大叔却站出来，指着矮小门神，气呼呼地说："你是不是还有什么东西没说？"

矮小门神目光森冷地盯着胖大叔。但是胖大叔已经跟南宫流云站在同一条战线上了，更何况，不管他们能不能跑出这座陵寝，这里都会爆炸，届时这些大门神、矮小门神全部都会消失，他才不怕他们呢！胖大叔在心里给自己打气。

矮小门神似笑非笑道："当然，有噬灵珠的那道关卡会比较烦琐。"

"怎么烦琐？"苏落逼问。

矮小门神笑眯眯地摸着鼻子："也没有多烦琐，就是那一关多了十道门而已。"

十道门，那就是十个关卡啊！苏落倒抽了一口冷气，见南宫流云毫不犹豫地朝右边的通道行去，便拉着他的手，跟他并肩朝右边而去。

众人大惊失色，可是不论他们如何反对，南宫流云依旧坚定地朝右边而去。

"如果你们想走左边的话，那就去吧。"虽然苏落也觉得九分钟闯二十关是不可能完成的，但是谁叫她爱的人是南宫流云呢，他去哪儿，她就跟到哪儿，上穷碧落下黄泉，他们手牵手一起走。

苏落握紧南宫流云的手，在他的手心里挠了挠，南宫流云的嘴角勾起一抹笑意。

眼看南宫二少和苏落就要进入右边的通道了，胖大叔一个箭步冲了过去，跟他们走在一起。剩下的人面面相觑，最后也都狂冲过去，很快，所有人全部进入右边的通道。

矮小门神看着右边那紧闭的门扉仰头笑了。哈里曼将军，有这么多人给你陪葬，你应该不寂寞了吧？

胖大叔虽然选择了右边，但他还是很担心，没好气地说："师父在设计右边通道的时候，我凑巧看过一眼，放噬灵珠的地方一共有十道门、十个问题。每答对一道题，门就会粉碎一道，但如果你答错了，那门就会增加一道！也就是说，答错的题目越多，门就会越多。"

南宫流云神色依旧淡定如水，无波无澜。苏落也没有被胖大叔的话吓到，她还冲胖大叔笑了笑。但是其他队员却被胖大叔的话吓得快哭了。

"我们只有八分钟了……"邵诗桔的声音很轻，却如一道惊雷响在众人耳边。一想到自己的生命剩最后八分钟了，大家全都压抑得透不过气来，唯独那对神仙眷侣依旧从容不迫，真是人比人气死人啊。

第一关，音律——南宫流云微微　笑，秒通过。

第二关，绘画——南宫二少轻松过关。

第三关，书法——南宫二少很容易就过了。

第四关，厨艺——苏落通过了。

五分钟之内连过四关！众人的眼睛都看直了：这真的是在闯关？

到达第五关的时候，又出现了一左一右两条通道，站在中间的依旧是那位矮小的门神。没人知道他是怎么从原来的地方站到这个地方的，但他确实做到了。

矮小门神看着南宫流云，眼底露出一丝惊讶："你很厉害。"

南宫流云目光冰冷地盯着他："不要拖延时间。"

南宫流云身后的人纷纷点头："有话快说，别拖延时间！"

矮小门神微微一笑，目光从他们脸上扫过，最后定格在南宫流云身上："现在，你依旧有两个选择——左边的通道，有五尊战神傀儡，只要战胜他们，你们就能直通外界；右边的通道，要过噬灵珠的十道门，然后再战胜战神傀儡，但是你们剩下的时间已经不足三分钟了。"

众人面面相觑：现在怎么办？是自己去打五只战神傀儡，还是跟南宫二少进右边的噬灵珠室，等他粉碎了十道门，再打战神傀儡？

苏落带的新生自然是无条件追随她了，全都跟着苏落进了右边的通道。宁逸海队虽然不想进噬灵珠室浪费时间，却没把握战胜五尊战神傀儡，只好跟着挤进了右边的通道。

这时候，南宫流云已经来到了那道光洁如镜的门前，门上有一道题目：请说出中央祭台有多少机械傀儡。

大家全都紧张地盯着南宫二少，苏落却淡淡一笑，不等南宫流云回答，就抢先说出了答案："一万三千五百六十七只。"

众人无语，这是乱说的数字吧？难道她还有时间去数？

"不错。"南宫流云揉揉苏落的脑袋，然后将这个数字写在了门上。

众人想阻止，但他们又不知道正确答案，一声声非议在苏落的耳边响起，但是苏落的眸中却闪耀着自信的神采。其实一开始她真不知道有多少机械傀儡，好在她用水晶果实将现场记录下来了——好记性不如烂笔头，烂笔头不如摄像头，所以才会准确地说出"一万三千五百六十七"这个数字。

南宫流云见苏落拿出水晶果实查看，不由觉得好笑，揉揉苏落的小脑袋。

苏落抬眸，朝他露出灿烂的笑容。

时间只剩下两分钟了，这两人依旧不疾不徐、情意绵绵，完全不因时间紧迫而急躁。但是旁人的内心却没这么强大，此刻他们的心全都扑通扑通跳得飞快，紧张得连手脚都不知道往哪里摆了。

南宫流云写下答案之后，那道门忽然嘭的一声消失在空气中。

随着第一道门消失，第二道门又出现在众人面前："请说出矮门神见到你们时说的第一句话。"

众人使劲地回想，但他们越紧张越想不起来，只觉得脑子里一片空白。就在众人愁眉不展时，南宫流云已经唰唰唰写好了答案，然后那道门嘭的一声就没了。

第三道题：请问花雨六阳阵法中一共有多少种花？

这题对于苏落来说，难度并不大。

第四道题，第五道题……

见南宫流云和苏落交替着答出了十道题，不只是胖大叔，在场的几乎所有人都有一种智商被狠狠碾压到麻木的感觉。不过现在不是感慨智商的时候，而是——

"只剩下三十秒了！"邵诗桔忽然大叫一声，众人的心脏差点狂跳出来。

死亡的阴影笼罩在众人身上，大家都沉浸在绝望中，胖大叔的腿都软了，他扶着墙壁叨咕："完了完了，五只战神傀儡，每一只都强大得让人崩溃，三十秒根本来不及啊！"

"咦，南宫二少呢？"刀疤脸忽然惊呼一声。

"南宫二少进入傀儡室了，我们也去，说不定……说不定就……"宁逸海自己都说不下去了。

众人冲进去时，就看到三只战神傀儡追在南宫流云身后。

二十秒、十九秒、十八秒……时间在迅速地流逝。

南宫二少招惹了三只战神傀儡，却丝毫不理它们，而是去找第四只战神傀儡。

十五秒、十四秒、十三秒……

很好！南宫流云找到了第四只战神傀儡，引它追在身后。

"第五只在那里！"慕容方看到第五只战神傀儡在雕塑后面，赶紧报告南宫大人。

南宫流云瞬间就将这第五只战神傀儡吸引过来了。

十秒，九秒，八秒！

看到五只战神傀儡被南宫二少聚到一起，所有人都睁大眼睛死死地盯着南宫流云。生存的希望就在南宫二少身上，南宫二少一定可以的！

就在这时，忽然有人惊呼："天啊！这里还有一只战神傀儡！"

还有一只战神傀儡？大家的心高高悬起，然后就见一只体型非常庞大的战神傀儡缓缓站了起来，朝南宫流云露出狞笑。

五秒、四秒！众人陷入绝望之中，就在此时，南宫流云横扫一腿，踢得五只战神傀儡撞上那只大型战神傀儡，轰的一声燃起熊熊烈焰，所有人都惊呆了。

三秒，二秒！

生死关头，苏落取出了苏落号飞行器："所有人，一秒内进入飞船！"

求生的欲望刺激得所有人都回过神来，一秒之内全部挤进了苏落号，舱门关闭。

六只战神傀儡全部死亡，通关成功，大门打开了！

轰！巨人恶魔爆炸了。在爆炸的冲击波袭来时，苏落已经驾着苏落号冲出了门口，朝空中飞去。

轰轰轰——一波又一波爆炸声响起，地下陵墓发生巨震，通灵塔轰然倒塌，最后化为齑粉。

通灵塔方圆十里的范围受到了爆炸的波及，守在外面的军队伤亡惨重，唯一还站着的是这次的指挥官印长风。因为他有防爆法宝，所以才躲过这一劫。

此刻，他带来的兵全倒下了，有的没了呼吸，有的几乎窒息，横七竖八地躺着，鲜血遍地，触目惊心。印长风呆呆地看着眼前这一幕，喉咙就像被人掐住似的，一句话都说不出来。

怎么会这样？他们明明要立大功了，怎么出师未捷身先死？印长风差点疯了，如果伊尘国师还活着的话，他一定会找上门去狠狠抽伊尘一巴掌——谁知道死亡模式会这样变态！

苏落他们真该庆幸苏落号够坚固、防御属性够高、速度够快，所以才能死里逃生。要知道，那冲击波就在苏落号后面追着呢，稍微慢一点点，苏落号就会被击毁。

"我们这是活了？"有人忽然问道，众人全都喜极而泣，不知是谁带头喊了一句"南宫二少万万万万岁"，其余的人也跟着高呼："南宫二少万万万万岁！万万万万岁！"

此次大家能活着出来，全靠南宫二少，大家全都万分敬佩南宫流云，当然还有苏落。

宁逸海看着苏落，此刻他的心情是非常复杂的，别人完全体会不到他那种天堂地狱的感觉。就在不久前，他还以为，他喜欢苏落是苏落的荣幸；他还以为，她不接受自己是在假装矜持；他还以为，她和南宫二少的事是她在胡诌；他还以为，她只是一年级的新生，他对她好是对她的恩赐。直到这一刻，宁逸海才真真正正明白，那时的他有多么愚蠢。

宁逸海深深地看着苏落，眼里满满的都是愧疚，终于说出了藏在心里很久的三个字："对不起。"

　　苏落朝他一笑，还拍拍他的肩头："被人喜欢是我的荣幸，难道喜欢过我的人都要跟我说对不起吗？不要想那么多。"

　　没想到苏落这样坦荡，他还以为苏落会嘲讽他几句呢。宁逸海看着苏落跟南宫流云站在一起的背影，嘴角扬起一抹笑：果然，南宫二少看中的人就是不一样。

　　此刻，众人看着下方被爆炸冲击波蹂躏过的区域。方圆十里一片焦黑，废墟中只有一个人是站着的。不知谁说了一句："那位站着的人……好可怜……"

　　"那是这次行动的总指挥印长风。"胖大叔随口说道。

　　大家齐刷刷地看向胖大叔。胖大叔被众人看得发毛，直到这时才意识到，他是逃出来了，却逃进了敌人的窝里。

　　苏落笑吟吟地看着胖大叔："坐。"

　　"干吗？"胖大叔戒备地看着苏落。

　　苏落淡淡一笑："也没什么，不过，这军部你怕是回不去了吧？"

　　胖大叔脸上的肌肉一阵抽动。自从跟南宫流云合作之后，修罗界的军部他是真回不去了。

　　苏落笑眯眯地看着神色复杂的胖大叔，看来又可以从胖大叔这里掏出很多修罗界的机密了。

　　在苏落号飞船上，因为刚死里逃生，所以大家很兴奋。就算彼此有仇怨的，这时候也放下芥蒂，谈笑风生。

　　但是，当苏落号接近基地时，众人的笑声戛然而止，因为基地正在遭受攻击，这时候刚好将一拨敌人打退。这个基地是灵界的秘密基地这件事，现在已经半公开化了。

　　之所以来攻击的军队不多，是因为大部分边防军被派去包围通灵塔，都被炸死了。而血海城的大军，因为上次南宫流云独闯横断山脉的事，全都拉去卡拉斯山脉里演习去了，至少得三天后才能回来，所以基地暂时还是安全的。

　　苏落号直接降落在基地里面，南宫流云第一个从里面走了出来。

　　楚三看到南宫流云，差点热泪盈眶："宫二，你可算回来了！"楚三这几天累啊，特别是心累。敌方一直在喊话，说南宫流云已经被捕，让所有人束手就擒。

　　楚三坚信，就算所有人都被捕了，南宫流云也绝对不会被捉到，除非是他自己愿意的。所以楚三一概不信，一心等着南宫流云回来主持大局。

众人进去后，说起现在的局面，苏落忽然想起一事，问道："任务大厅没有发布攻击基地的消息？"

林若羽腼腆地笑了。楚三指着林若羽道："全靠他了。"

林若羽将任务大厅的数据给黑了，所以现在整个血海城都处在混乱当中。

"干得好！当浮一大白！"苏落兴奋地鼓掌。

林若羽的战斗力是四个小伙伴中最弱的，他从小体弱多病，所以把更多的时间放在了研究上，再加上他有天赋，所以这么多年下来，他在黑客界已经是鼎鼎大名的大神。

原本，如果官方在任务大厅发布绞杀灵界基地的任务，那么大家都会抢着接。这座血海城里强者如云，基地很快就会被灭。

林若羽干得太好了，不仅解决了一个大麻烦，还给血海城留下了一大堆麻烦。军方还要派出大量的军力去处理这件事。

"对了，我还从军方无意间截获了这个，但是没有密码，打不开。"林若羽将一份东西交给南宫流云。两个人走到旁边去，过了好一会儿才回来。

苏落问南宫流云："接下来我们怎么办？"

南宫流云说道："基地的人今晚就撤离，但是你我还有任务。"

"什么任务？"苏落不解。

"刺杀任务。"南宫流云只透露了这四个字。

苏落不解，而这时南宫流云已经起身去找基地的最高掌权者庞老议事了。而这件事，关乎基地的人能不能安全离开修罗界。

南宫流云回来后告诉苏落，他和林若羽从那份截获的密信里得到情报，原来十三皇子即将到达血海城，收件人是这边军方的最高指挥谭凯旋。

而南宫流云接到灵界的消息，这次他要刺杀的对象就是谭凯旋。

"而且我们需要军方的飞船。"南宫流云对苏落说，"你的飞船装不下所有人。"

"所以，我们要扮成十三皇子混进军营，然后刺杀谭凯旋，并且抢夺飞船？"苏落猜道。

南宫流云点点头："这事本来不用你去，不过这位十三皇子的情况有点特殊。"

"哦？"苏落疑惑地看着南宫流云。

南宫流云说："别的皇子喜欢前呼后拥，这位皇子却与众不同，最近喜欢扮演平民。"

"所以，他身边没有那些前呼后拥的人，我们比较好扮演？"苏落顿时笑了。

南宫流云揉揉她的脑袋，笑了笑："是的。"

苏落歪着脑袋问道："可是，这位十三皇子扮演平民，难道他就不会出事吗？"

南宫流云说："暗中自然有人保护他，至于明面上，他那位小丫鬟的实力不俗，一直保护着他，所以他倒是一直都没出过事。"

苏落顿时笑了："原来你想让我做你的小丫鬟。"

南宫流云捏捏苏落的脸颊，笑容邪魅无双："如果我说，不仅仅是小丫鬟呢？"

苏落看到楚三朝这边走来，当即轻咳一声，一本正经地问："然后呢？我们就这样进入军营？"

南宫流云拍拍苏落的脑袋："至于真正的十三皇子，自然会有人去拦截，这样他就不会跟我们撞上了。"

自然会有人？苏落想了想，应该是灵界在这边的人吧？

苏落本来还担心自己扮演不好，但是当南宫流云给她看过那丫鬟的资料之后，苏落就知道，扮演起来不是很难。

首先改变的是容貌。苏落会移形换颜术，可以轻易变成小丫鬟的模样。南宫流云自然也有一手易容之术，很快，一位飞扬跋扈的任性皇子就出现在众人面前。

在南宫流云的指挥下，一夜之间，基地里的人化整为零，隐匿在茫茫人海中。就算修罗界的军方要找人，也要耗费很大的力气，而那时他们早就乘飞船回去了。

苏落和南宫流云乔装改扮之后，大摇大摆地朝军营而去。

由于血海城大乱，特训肯定练不下去了，整个军队都从卡斯特山脉里拉回来了。大部队还需要两天才能到达，但是精锐先遣部队已经回到血海城了。

精锐部队不愧是精挑细选出来的，个个都是以一当百的实力。有他们出手，血海城的乱子很快就平息了。等谭凯旋终于腾出手要料理那个灵界小基地时，却发现里面的人全都不见了，谭凯旋郁闷得快吐血了。

就在此时，改头换面的南宫流云和苏落大摇大摆地到了军营门口。

"军营重地，来人止步！"一队士兵拦住他们的去路。

南宫二少不悦地扫了士兵一眼。

小队长盯着南宫流云："速速离开！"

南宫流云很嚣张地一巴掌甩过去："你叫谁离开？"

见自家队长被人拍飞，其他士兵立刻将苏落和南宫流云包围起来，有一名士兵跑过去将他们家撞到墙上的小队长扶了起来。

"你……你到底……是谁？"小队长满嘴的血，恨恨地盯着南宫二少。

南宫二少可嚣张了，抬手又是一巴掌："敢用这样的目光看我，找死呢你！"

可怜的小队长，又被南宫流云一巴掌抽飞了。

"来人，将他抓起来杀了！"小队长怒不可遏。

"我看谁敢！"南宫二少双手抱臂，斜睨着他们，"还不快点叫谭凯旋滚出来见我！"

谭凯旋？好熟悉的名字……就在小队长脑子发蒙的时候，旁边的一个士兵朝南宫流云大喝一声："大胆！谭将军的名字，也是你能叫的？"

南宫二少轻蔑地扫了那士兵一眼，慢悠悠地丢过去一块令牌："拿去，让谭凯旋看看。"

南宫二少说罢，瞟了苏落一眼。苏落暗暗朝南宫流云竖起大拇指，然后从空间中拿出一条超级名贵的卷毛玉狮子绒毛织成的雪白毛毯往地上一铺，一把追风玉龙骨的太师椅往南宫二少身后一摆——追风玉龙骨太师椅，只有权贵中的权贵才有资格坐。

小队长一抹嘴角的血迹，冷冷一笑："把令牌给我，我倒要看看，你是何方神圣！"

谭凯旋正为抓不到灵界基地的人而郁闷，满脸是血的小队长就一瘸一拐地进来了，跪在谭凯旋面前哭诉："舅，你要给我报仇啊！"

谭凯旋看到自家外甥被打成这样，勃然大怒，一巴掌拍在桌案上："怎么回事？"

然后这位小队长就将外面的事添油加醋地说了一遍，末了还说："舅，那人可嚣张了，让您滚出去给他磕头呢！"

谭凯旋冷冷一笑："我倒要看看，到底是谁的种，敢跟本将如此嚣张！"

小队长递上令牌："舅，这是那个人的令牌，您给瞧瞧，我可看不懂。"

谭凯旋接过令牌一看，顿觉头晕目眩……

而此刻，在军营门口，士兵们全都大眼瞪小眼，不知道该拿这位排场很大的少年怎么办。

瞧瞧这两位，这可是在军营正门口呢，不仅铺了超级名贵的卷毛玉狮子毯，坐着追风玉龙骨的太师椅，案几上的红泥小炉上还煮着上品香茗。

也不知道那是什么茶，香气浓郁，飘散开来，还能感觉到一阵阵灵气波动。好纯粹的灵气味道。

苏落在煮茶，动作如翩跹蝶舞，光是看着就觉得赏心悦目，还没喝便觉茶香浓郁。

其实小队长进去通报，正常情况下不会花费太多时间，但因为他刻意拖延，所以苏落煮完了一壶茶，他还没出来。

苏落一边煮茶一边想事情。她本以为五十具尸体还没找到，但是南宫流云告诉她，那时他先到的祭台，早就将五十位英雄的遗体收起来了。

然后就是噬灵珠。在战神傀儡爆炸的时候，噬灵珠一弹出来就被他收缴了。不过当时已经是最后一秒了，所有人都急着往苏落号上冲，没人注意到这一点。

如此一想，这次在修罗界的任务已经圆满完成，若能杀了谭凯旋，就是超额完成任务了。

至于谭凯旋，苏落看过资料。这个人是少将级别，属于白手起家，是位靠实力取胜的人，所以要杀他很难。

苏落想，南宫流云既然采取刺杀的方式，就说明他的实力未必强过谭凯旋。所有人都以为南宫流云很神，无所不能，战无不胜，但是他们似乎都忘记了，南宫流云到现在也没修炼多少年……

就在苏落胡思乱想的时候，谭凯旋双手捧着令牌，率领一队军官飞快地跑来。

谭凯旋早就知道十三皇子近日会来，但是他没想到，十三皇子会来得这么早。

"给十三皇子请安！"谭凯旋看到南宫二少，当即单膝跪下行礼，他身后的那群军官也都直挺挺地跪下，但是南宫二少却无动于衷，手里把玩着一杯香茗，腾腾水汽之后的神情高深莫测。

谭凯旋存心试探，只见他双手抱拳，神色微凝："十三皇子一路过来，赵侍卫长没有追随左右吗？"

南宫流云似笑非笑道："你记错了。"

谭凯旋尴尬一笑："是，属下最近军务繁忙，所以记错了，十三皇子的侍卫长应该姓李才对，哈哈哈……"

南宫流云用看白痴的目光看着他："看来我得禀告父皇，这血海城大将军的位置……"

试探至此，谭凯旋确信这位真是十三皇子了，当即将小队长提到南宫流云面前，豪气冲天地说："这小子有眼不识泰山，冒犯了殿下，任凭十三皇子发落。"

南宫流云瞟了谭凯旋一眼："任凭本皇子处置？谭凯旋，你确定吗？"

小队长以为南宫流云要杀他，顿时哭喊起来："舅，救命啊！不要杀我，我还不想死！舅舅……"

南宫流云瞟了谭凯旋一眼，慢悠悠地品了一口香茗，唇角微微勾起："原来是你外甥啊。"

谭凯旋尴尬一笑："这孽子冒犯了十三殿下，罪该万死。"

"哦，既然该死，那就杀了吧。"南宫流云随意地摆摆手，谭凯旋当即笑容一僵，此时他已完全相信南宫流云就是十三皇子了，别人谁敢这么嚣张啊？

南宫流云皱眉道："你这是不服气了？"

面对十三皇子的质问，谭凯旋哪敢露出一丝不悦，只好低声下气地说："这……费世新冒犯了殿下，确实有罪，但是——"

眼看十三皇子就要发作，给他斟茶倒水的小丫鬟忽然对他耳语了几句，一边说还一边瞟了小队长几眼。

谭凯旋的心高高提起……

十三皇子暧昧地捏捏他家丫鬟的小脸蛋，轻哼一声："也罢，既然你给他求情，那就饶他一次吧。"

这是……能活着了？小队长瞬间有种从地狱到天堂的狂喜。

谭凯旋高悬的心终于落下。他有很多办法可以逼十三皇子放过费世新，但是这么做总会伤了他跟十三皇子的关系，所以不到万不得已，他是不会用的。

有小丫鬟给他求情，费世新总算不用死了。谭凯旋当即对苏落多看了几眼，觉得这小丫鬟是个接近十三皇子的突破口。

苏落又笑嘻嘻地说了一句："殿下，咱们在这军营里人生地不熟的，不如找个熟悉地形的人在身边使唤？"

南宫流云轻哼一声，但是那双星眸里却带着宠溺："你想说什么？"

苏落眸中闪过一丝狡黠："不是有句话叫'将功赎罪'吗？不如，我们就让这位小队长跟在身边使唤吧，我瞧着挺好。"

南宫二少不以为然地说："我瞧着不怎么样。"

苏落拉着南宫二少的衣袖撒娇，南宫二少状似不耐烦地轻哼："行了行了，小心闪了腰。"

苏落见南宫流云取笑她，暗中在南宫流云腰际一拧。南宫二少浓黑的剑眉微微上挑，神情邪魅而暧昧。谭凯旋看得一愣一愣的，心中很快就有了计划。

其实这本是一件再小不过的事，但南宫流云却故意闹大，其原因有五：

一是，符合十三皇子跋扈的性子，消除谭凯旋的怀疑。

二是，让苏落救费世新一命，顺便让费世新跟着他们，这样能打消谭凯旋的怀疑。

三是，让苏落成为谭凯旋接近十三皇子的突破口。

四是，给个大下马威，没人敢招惹十三皇子。

五是，也是最重要的一点，让谭凯旋欠他一个人情。这可不是普通的人情，而是他外甥的命，以后谭凯旋在十三皇子面前，还能硬气起来？

可怜的谭凯旋，这才第一天，就被南宫流云算计得死死的。

此时谭凯旋已经不怀疑南宫流云的身份了，他考虑的是如何讨好十三皇子。

很快谭凯旋就收到了费世新的消息。费世新现在已经不是守门的小队长了，谭凯旋将费世新的军衔提了一级。在十三皇子身边跑腿的总不能是普通士兵吧？所以费世新现在是少尉了。

谭凯旋正跟属下研究怎么抓捕灵界基地的人，就见费世新慌慌张张地跑来了："舅，大事不好了！"

谭凯旋横了费世新一眼："天塌不了，有什么事慢慢说！"

"十三皇子他……他怒了！"费世新胸前有个清晰的鞋印，可见十三皇子的怒气不小。

谭凯旋揉揉眉心："十三皇子怎么了？你慢慢说。"

费世新认真而严肃地说："舅，十三殿下说我们军营里的东西是猪吃的，他闻都不要闻，怎么办？这样下去，十三殿下要被饿坏了，快想想办法啊！"

谭凯旋："去城里请悦去斋的掌勺。"

这位悦去斋的掌勺，厨艺在整个血海城首屈一指，绝对能够满足十三殿下的胃口。

"好，我这就去！"费世新说完，就一阵风似的跑了。

谭凯旋无奈地看着自家外甥跑远，这才进去和将士们继续商议缉捕之事。

但是没多久，费世新又哭丧着脸跑来了："舅！"

谭凯旋现在一听到这声"舅"，就有一种不祥的预感。

费世新跑得满头大汗："舅，悦去斋的掌勺不行啊，做出来的菜被十三殿下批得一无是处，已经被拉下去打军棍了，五十军棍啊！"

谭凯旋揉揉眉心："走，看看他去。"

谭凯旋都走了，剩下的人还谈什么军务啊？于是一大拨人全都来到南宫流云的帐外。

费世新跑进去，对南宫流云恭恭敬敬地说："谭将军求见，十三殿下，您看……"

南宫流云不耐烦地横了他一眼，费世新顿时被吓得一哆嗦，赶紧瞅向苏落。虽然才跟在十三殿下身边小半天，但是费世新看出来了，这位十三殿下脾气暴，谁的话都不听，但是他家小丫鬟一出马，虽然他也不耐烦，却次次都依着，宠得不行。

苏落浅浅一笑，拉了拉南宫流云的衣袖："殿下，不然让谭将军进来，看看他有什么话说？"

对啊对啊！费世新小鸡啄米般点头。

南宫流云状似不耐地横了苏落一眼，冷笑道："他还能有什么好说的？这都是什么东西，居然拿这些来招待本皇子，活腻了吧？"

说着，南宫流云一拍桌子，桌子顿时化为木屑，费世新的冷汗唰地下来了。

苏落拉着南宫二少的衣袖，柔声细语："殿下……"

这声音，柔得醉人，带着撒娇的味道，犹如柔软的羽毛在心尖轻轻划过，让人心痒难耐。

南宫流云凶巴巴地瞪了苏落一眼，手指一戳她的额头："也不知道那姓谭的给了你什么好处，让你这么为他说话！"

苏落仰着巴掌大的小脸，一双大眼睛扑闪扑闪地望着南宫流云，笑盈盈地说："谭将军守护边境，保卫咱们修罗界，劳苦功高，殿下也该多体谅体谅嘛。"

费世新顿时用看女神的眼神看着苏落，决定回头立刻找他舅说这事儿——十三皇子身边的小丫鬟是个明理的，而且对舅印象不错，是个可以拉拢的对象。

南宫流云没好气地说："也罢，既然有你说情，那就让他进来。"

费世新顿时心中一喜：再加一条——不管小丫鬟说什么，十三殿下就算再不耐烦也会依她。

费世新跑出去，很快就领着谭凯旋他们进来了。

谭凯旋看到一地狼藉，又开始皱眉头了。寒暄几句之后，谭凯旋发现十三皇子对他爱搭不理的，还总用那种冷冷的目光瞅着他，瞅得他心里有点儿发毛。

谭凯旋叹了口气，说："殿下，外面被打的那位掌勺，真的是咱血海城最好的大厨了，而且除了他之外，再找不到更好的大厨了，您看……"

南宫二少气呼呼地一甩袖："那本皇子就不吃了！"

谭凯旋心里不满，面上还得赔着笑哄皇子殿下。

苏落笑着说："要不我亲自下厨给殿下做几道菜？就用血海城里最新鲜的食材，保证殿下有胃口吃饭，如何？"

南宫流云瞟了她一眼："你？"

苏落撒娇地拉着他："我怎么了？我做的东西殿下又不是没吃过，上次还说手艺不错呢！"

南宫流云怀疑地看着她。

苏落："哎呀，殿下，您就放过谭将军吧，您难道要让谭将军亲自下厨吗？他又不是厨师。"

下厨？堂堂大将军下厨？还有比这更可笑的事吗？谭凯旋开始冒冷汗了。

南宫流云瞟了谭凯旋一眼，冷哼一声。

苏落扶着南宫流云，将他按在圈椅里，柔声细语道："好了，殿下您就坐着，一会儿我就给您端好吃的上来。"

说完，苏落又对谭凯旋笑道："谭将军，你们也别走了，等着尝尝我的手艺，我很快就回来。殿下最怕寂寞了，你们好好跟殿下说说话。"

交代完毕，苏落朝他们笑着点点头便退下了。

苏落退下后，室内一片寂静。众人你看看我，我看看你，心中无奈极了。十三殿下对那丫头那么好，对他们怎么就这么难亲近呢？

好在苏落很快就回来了，她空着手，因为早有一队人将菜一一摆了上来。

苏落做了一大堆菜，红红绿绿的，色彩鲜艳，看着非常不错。

摆上来后，南宫二少坐主位，苏落站在旁边给他布菜。

苏落碰了碰南宫流云的手臂，南宫流云看似很不情愿，但最后还是冷哼一声："你们过来，坐下！"

谭凯旋闷闷地过去坐下，其他将领倒是有种受宠若惊的感觉。谁不知道十三殿下心高气傲脾气古怪？能够跟皇子同桌进食，这是何等的荣幸！

看到他们坐下，南宫二少可不情愿了，但还是冷冰冰地哼了一声："吃！"

这时候，苏落已经给他布完菜了。

南宫流云吃得津津有味，但是那些将领却苦着脸，全是一副难以下咽的表情。

南宫流云抬头不解地扫了他们一眼："吃啊！"

"哦哦哦……"包括谭凯旋在内的将领嘴里敷衍着，手里却不动筷子，南宫流云见了，浓黑的剑眉不悦地蹙起："怎么回事？"

"呵呵，呵呵，没什么，没什么……"诸位将领见南宫流云吃得津津有味，哪敢说菜难吃啊，全都苦着脸打哈哈。

"这菜不好吃？"南宫流云皱眉。

"好吃！简直太好吃了！怎么会不好吃呢！简直好吃得不得了啊！"

"对啊对啊，这么好吃的菜，血海城里可真没第二位厨师能做得出来！"

"这位姑娘真是心灵手巧、厨艺精湛啊，佩服佩服！"

他们一边这样说，一边在心里吐槽：难怪十三皇子不喜欢悦去斋掌勺大厨做的菜，这口味也太奇葩了吧？大家心中对那位掌勺师傅充满了同情。

南宫二少闻言淡定地点头，用很舍不得的语气说道："既然你们喜欢，那本皇子就恩准你们将这桌菜全部吃光！"

什么？诸位将领都用一种被雷劈了的表情看着十三皇子。

南宫二少眼眸一横："这是本皇子代父皇赏赐你们的，你们要好好地吃、用心地吃，要吃出不一样的味道来，知道吗？"

众人额头上的冷汗都要流下来了。

居然抬出皇帝陛下来了，还"恩准""赏赐"，可不可以求不要啊！

"好好地吃，用心地吃"勉强还能做到，不过什么叫"吃出不一样的味道来"啊？求十三皇子殿下示下。但是，这些吐槽都是在心里进行的，当着嚣张跋扈的十三皇子的面，谁都没胆子说出来。

总之十几盘菜下来，没一盘是人吃的，可是十三皇子却吃得津津有味，还冷冰冰地扫了他们一眼："吃啊……"

谭凯旋其实很想撂筷子，但问题是，这位皇子不是其他皇子。根据他打听来的情报，这位皇子可是被陛下宠坏了，你敢撂筷子？很好，他绝对会比你更嚣张！到时候下不来台的不还是他吗？想到这里，谭凯旋只觉得太阳穴隐隐作痛。

其他的将领都看着谭将军，等他示下呢。于是，他们就看到谭将军硬着头皮夹起一根青菜，艰难地放到嘴里，然后，他干脆拿起那盘菜，哗啦啦倒进自己碗里，倒了大半盘，然后哗啦啦地吃起来！

如果仔细观察的话，会发现这位谭将军的眉头是皱着的，额头上不断地冒汗。

谭将军倒的那盘菜可是酸的啊，好酸好酸……众人看得直倒牙。

但是，堂堂将军都吃了，他们难道不动筷子吗？他们心中的想法是：要么是十三皇子的口味真的奇葩，要么就是十三皇子在故意整他们。不管是以上哪种原因，这菜都必须吃，而且还得吃干净，谁让这是十三皇子代表陛下赏赐的菜呢。

众将军心里那叫一个悔啊，早知道就不过来了，这是主动找虐啊！以后还是躲着点十三殿下吧，总感觉接近这位殿下，就是自己找虐。

他们自然不知道，南宫二少之所以演这场戏给他们看，这点也是其中之一呢。

他们硬着头皮，很艰难很艰难地，终于把桌上所有的菜扫光了。

这顿饭吃得他们……简直想哭，感觉这辈子都不想吃饭了。

南宫流云看到他们苦着脸，顿时皱眉："我父皇赏赐的饭菜，不合你们的胃口？"

皇帝陛下赏赐的饭菜还分合不合胃口？赏赐就是最大的荣幸了！所以诸位将领都是一副感激涕零的神色，三呼万岁。

谭凯旋心里不耐烦极了，但每次要爆发的时候，一想到眼前这位是陛下最宠爱的皇子，他就只能忍了。

诸位将领其实都很想离开——只要出了这营帐，他们就可以去催吐了，现在那些超级难咽的菜在他们肚子里翻江倒海，简直难受得不行。

因为他们全将注意力集中在"这些菜真难吃"上了，所以没有人往菜里有毒这方面想，其实苏落在菜里下了慢性毒药。

南宫流云扫了他们一眼，不耐烦地挥手："看到你们就烦，行了，赶紧给本皇子滚出去吧！"

诸位将领，包括谭凯旋在内，他们的内心其实是欣喜的——终于可以走了！走走走，赶紧走！

但是这时苏落却拉住南宫流云的衣袖，仰着那张天真无邪的小脸，睁着一双纯净无害的美眸，笑着说："殿下，怎么能让他们吃完饭就走呢，这可不合待客之道啊。"

众人只觉得脚步一僵，正想跑的时候，就听殿下不耐烦地问："那什么才是待客之道？"

小丫鬟被喝了一声，也没生气，依旧柔声细语地说："真正的待客之道，应该是让他们留下来，喝杯茶再走嘛。"

诸位将领都已经走到门口了，正想嗖的一声飞不见，却听到十三皇子霸气冲天的吼声："回来！"

众人：还是想跑怎么办？

南宫二少见他们只停住不转身，越发怒火冲天："怎么着？连本皇子的话也不听了？我倒要看看，谁敢踏出这里半步！"

诸位将领的眼珠子转来转去，互相交换着信息：

"殿下怒了！"

"殿下真的怒了！"

"殿下真的非常怒了！"

最后众人都看向谭凯旋，谭凯旋再次重重地揉揉眉心：真的很不想忍啊……但是，不得不忍啊。

谭凯旋深吸一口气，勉强挤出一抹笑容，转身看着十三皇子："不知殿下还有何吩咐？"

连谭将军都转身了，别人还敢走？于是诸位将领纷纷转身，笑呵呵地看着十三皇子。

可怜的他们不知道，如果这会儿他们跑出去吐了，那毒素对他们的影响就微乎其微了，可惜啊可惜……

南宫二少很不耐烦地瞪了苏落一眼，仿佛在说，都是你多事！

苏落笑着将南宫二少摁在椅子上，转身对将领们笑笑："殿下一向都是这样的，刀子嘴豆腐心，其实他很想跟你们处好关系。"

诸位将领："呵呵呵……"

苏落无视他们僵硬的笑容，笑着说："你们坐，我去煮茶。"

于是，这些将领只能眼观鼻、鼻观心，一言不发。

苏落见一室的寂静，想了想，对他们笑道："殿下最爱听人讲故事了，不过你们应该不会讲故事吧，要不你们跟殿下汇报血海城的事务吧，殿下会喜欢听的。"

"还不快滚！"十三皇子凶巴巴地朝他家小丫鬟低吼，但是众人都看得出来，十三皇子可纵容这小丫鬟了，瞧她，什么该说的不该说的话全说了，而且还敢当着十三殿下的面说。啧啧啧，这两个人的关系哟……众人暗暗脑补着最香艳的画面。

南宫流云冷冰冰地扫了他们一眼，这群在士兵面前威风八面的将领顿时全部噤声，气氛一时间又变得尴尬。

谭凯旋扫了诸位将领一眼：刚才那小丫鬟不是说了吗，十三皇子喜欢听故事，你们不会讲故事就讲事情啊！

将领一号会意，轻咳一声，开始给十三皇子讲血海城的事。

然后诸位将领就发现，十二皇子虽然在把玩他的扳指，但是他的耳朵真的在听，而且偶尔还瞥将领一号一眼。

有了这一眼的鼓励，将领二号就讲得更起劲了。

第三位，第四位……

等苏落煮好茶，已是一个时辰之后的事了，毒素早就融入血液，而他们却毫不知情。

苏落让他们汇报血海城的事，一是想了解血海城的军方布防，二是为了拖延时间。

一个时辰之后，苏落终于慢吞吞地将茶呈上来了，而这些将领讲得口干舌燥，正是口渴的时候，大家全都眼巴巴地看着苏落手里的茶。

苏落给南宫流云倒了一杯，南宫二少一饮而尽。

看到诸位将领伸长脖子看着他，他神色不善："还有事？"

"啊？"诸位将领不解，不是让喝茶吗？

"等着本皇子请你们吃晚饭？"南宫二少不耐烦地瞪着他们。

吃晚饭？！想起之前那顿饭，那股呕吐的感觉又来了，他们拔腿就想走。

但是，十三皇子殿下却又冷哼一声："站住！"

诸位将领又站住了，心里嘀咕："又干吗啊？"

"本皇子请你们喝茶，你们连茶都不喝就走，就这么不给本皇子面子？嗯？"

诸位将领好想哭：都说十三皇子喜怒无常，果真如此……可怕！

被十三皇子折腾了一下午，诸位将领打定主意，以后见着十三皇子肯定绕道走！他们却不知道，这又是南宫流云故意为之的，目的就是打掉他们的尊严，让他们既无奈又敬畏他。如果没有敬畏之心，以后怎么吩咐他们做事？

"来来来，喝茶喝茶。"苏落笑嘻嘻地给他们每个人都掛上一杯茶，然后和南宫流云相视一笑。茶里也有毒，而这种毒是从灵界带来的，就算知道中毒了，这些人也很难凑齐解药。

南宫流云见他们喝了茶，立刻就赶他们离开，而他自己借故累了进内室休息。

苏落对费世新淡淡一笑："十三皇子不能没人伺候，这里的茶水你帮忙收拾一下。"

费世新顿时有一种被幸福砸中的感觉。

苏落朝费世新温温柔柔地笑了，点点头就离开了。

费世新看到苏落的身影进了内室，关上了门，趁着周围没人，赶紧冲上去，把着茶壶咕嘟咕嘟地往嘴里倒，还以为自己喝下的是好东西……

内室里，南宫流云坐在床头，苏落刚走过去就被他一把拉到怀里。

苏落惊呼一声，一个不稳已经倒进了他的怀里。抬头对上南宫流云那双星眸，苏落微微一怔。

南宫流云勾起一抹浅笑，当即俯身吻住苏落的唇。

"唔——"苏落下意识地想反抗，南宫流云却将她放在床上，倾身而下，那双原本清澈的美眸，此刻多了一些道不明的情欲……

"你……"苏落面色微红。

"嘘——"南宫流云指着外面，苏落这才发现外面有人在听墙角。就在苏落愣神的时候，南宫流云欺身而上，压在苏落身上。

意乱情迷的苏落猛地将南宫流云推开，南宫流云有点不解地看着她："你……"

"我……"这时候的苏落，真的不知道该怎么说。

事实上，她跟南宫流云早有夫妻之实，对接下来要发生的事也熟悉得很，但是苏落忽然想到一个让她崩溃的问题——如果南宫流云发现她不是第一次，到时候……

明明第一次给了他，可他却偏偏失忆了，现在他们即将发生关系，却又没法将那件事直说。苏落真的是……满头大汗。

"怎么了？生病了？"南宫流云见了，美眸里满满的都是关切。

"我……我还没准备好。"苏落咬住下唇，想了个借口。她怕自己太扫兴，南宫流云会生气。

不过，苏落偷偷望着南宫流云，发现南宫流云非但没有生气，那双星眸里还有一丝宠溺的笑意。他无奈地叹了口气，揉揉苏落的小脑袋："知道我家小落落保守，放心，我不会勉强你的，最美好的第一次，当然应该留在洞房花烛夜。"

很动听的一句话，但是听在苏落耳中，却犹如雷声大作。

洞房花烛夜……这事儿还真有点难办。

"呵呵呵……南宫流云，你以为我就一定会嫁给你吗？"苏落傲娇地瞥了他一眼。

南宫流云抬手挑着苏落的下巴，眸光一闪："除了我，你还能嫁谁？"

苏落故意赌气："那可多着呢，想娶我的人排起队来，能够绕帝都一圈！"

南宫流云闻言，嚣张而霸道地勾起唇角："除我之外，你嫁谁，我杀谁。"

多么嚣张霸道不可一世的宣言！虽然让人胆寒，但是苏落心里却弥漫着一股淡淡的甜蜜。

南宫流云瞟了苏落一眼："幸好刚才你阻止了我，不然就因冲动酿成大错了。你这丫头真是了得，本少爷引以为傲的意志力，在你面前就这样不堪一击。"

第四章 主神之水

后面的那句话苏落没有注意，但是前面那句话，却忽然让苏落有一种很不好的预感。

她的小脸微微有些苍白，抬眸望着南宫流云："什么……酿成大错？"

南宫流云将苏落搂在怀里。

苏落的后背贴着他的胸膛，娇小玲珑的身子蜷缩在他怀里，看上去就好像被他全身心保护着，非常安全。

但是南宫流云说出口的话，却让苏落的心高高悬着。

他说："按照龙凤族的规矩，洞房花烛夜的落红是要祭祖的，得到老祖宗的承认，才能够成为龙凤族的女主人。"

苏落："……呵呵，你们老祖宗可真是……无聊……"

南宫流云微微蹙眉，认真地说："不是无聊，处子经血要被收入祠堂，历来如此。只有得到承认的女主人，老祖宗才会显灵，赐下主神之水。"

主神之水？传说中饮下一滴，实力在一定时间内暴增的主神之水？苏落的脑海里仿佛有一道雷在轰隆隆作响。

"怎么了？"南宫流云感觉到苏落的身体有瞬间的僵硬。

苏落："喀喀，没事，只是突然觉得这样的规定很……很奇怪……"

苏落原本还想，如果真到了那一日，还是无法跟南宫流云解释他失忆的事，到时候干脆就先准备了血……可现在看来，这件事恐怕没那么简单了。

到时候，只怕会怎么都解释不清了。

想到这，苏落气呼呼地瞪着南宫流云！都怪他，好好的失什么忆啊，害她好好的清白之人，就快要蒙上不白之冤了。

南宫流云被苏落瞪了一眼，那双漂亮的眼睛里有着迷茫不解："怎么了？"

还怎么了？苏落冷哼："你不是说外面有人偷听吗？我们谈论这些事真的没有问题？"

南宫流云闻言，笑了起来："不想让他们听的东西，他们不会听到。"

苏落没好气地白了他一眼："也就是说，我们不用演这一场也是可以的？"

第一次搬起石头砸自己的脚的南宫二少……

这件事之后，费世新兴冲冲地将情况汇报给了谭凯旋。

"舅，您所料没错，那小丫鬟真的被十三殿下收房了。十三殿下对她可宠可宠了，简直喜欢得不得了。"

谭凯旋冷冷一哼："再注意观察，等帝都的消息传来，一切自然就会真相大白。"

费世新："您就放心吧，我都寸步不离地跟着呢。"

费世新这话，真的是夸大了。即使费世新天天跟着苏落，还是有很多事是他所不知道的。

比如说，苏落以闲逛为由，让费世新带着她在军营里转悠。

苏落这一通闲逛下来，将军营里哪里是粮仓、哪里是军火库、哪里是修炼室、哪里是演武场、哪里是驻军最密集的地方全部摸清了。

苏落现在算是看出来了，南宫二少野心不小呢。他不仅要杀谭凯旋，给灵界一记下马威，而且还图谋血海城的军部。

若是不费一兵一卒，将血海城的军部摧毁，这脸才叫打得爽。

到时候，修罗界的这件事会被传播到别的界面，于他们而言也是一种很强势的威慑。

所以，不知不觉中，南宫流云已经多了一些计划。不用苏落多问，南宫流云就已经将这个计划跟苏落和盘托出。

苏落其实心里都替南宫流云喊累。

什么叫能者多劳？南宫流云原先的任务只是找回五十具尸体，后来增加了刺杀谭凯旋的任务，现在任务难度又升级了，变成摧毁血海城的整个边防了。

在费世新陪着苏落东走西逛的时候，他完全不知道，苏落竟然利用碧羽仙藤，悄悄将炸弹埋入了几个地方。

第一个目标是炸弹库。

到时候炸弹库爆炸，会引起连锁反应，整片区域都会被波及。届时苏落故意将军队往这边一送，那画面简直……

第二个目标是灵石库。

里面是士兵们补充灵力和体力的地方，苏落让碧羽仙藤在地底下挖地道，到时候她抽空来一趟，将这些灵石全部搬到空间里去，一颗都不给他们留下。

第三个目标是粮食蔬菜库。

这里是根基，若是被毁，会引起恐慌，也会牵制很大一部分兵力。

第四个目标是飞行器库。

这也是苏落和南宫流云原计划中的一环。只要偷到军部的飞行器，到时候就可以带着基地的那群人逃走了。

他们现在是被南宫流云藏得很好，但那是暂时的，这里毕竟是谭凯旋的势力范围，时间一长，就容易被找到，所以这些人必须尽快离开修罗界。

费世新有谭凯旋的手令，再加上这位小丫鬟可是十三皇子身边最得宠的，所以，当苏落提出去飞行器基地走一走的时候，费世新没怎么犹豫就答应了。

费世新带苏落走了一圈，但是苏落脸上的失望却毫不掩饰。

费世新惭愧地赔笑："这里地处偏远，不是帝都能比的，这些飞行器的等级确实低了点。"

苏落不屑地撇嘴："防御性能太差了。"

费世新闻言，心中一喜。这位姑娘如此嫌弃，回去跟十三皇子一念叨，十三皇子再跟帝都递句话，困扰军部很久的军备换新这件事，是不是很容易就能完成了？

费世新心中暗喜，对苏落就更加殷勤了。

"你们这里的飞行器怎么都这么差？就没有几艘能拿得出手的？"苏落皱眉。

"有有有，有的。"费世新将苏落带到一艘飞行器旁，"这海云号飞行器别看是老家伙，等级才D级，但是能装载一千人，而且飞行速度也很快，即便是穿越边境气层，影响也不会很大。"

一千人……苏落算了算基地里的人员，心中暗自摇头，还不够。

"还有吗？"苏落慢悠悠地问。

"有的有的，这艘血云号可以容纳八百人，飞行速度跟海云号相差无几。"

"还有这艘，黑云号，也可以容纳八百人，飞行速度也不差。"

苏落暗暗记下这三艘的位置，到时候，就是这三艘了。

费世新见苏落对飞行器感兴趣，本想送苏落一艘，结果却被苏落拒绝了："太占地方了，还是算了。"

费世新转念一想，也是，就这样的飞行器，怎么好意思送给这位姑娘？别看这位姑娘是小丫鬟，但十三皇子事事都听她的，恐怕十三殿下府邸里的事都归她管。十三皇子府里什么好东西没有，岂会看上他们的飞行器？

说不定这位小丫鬟是替十三殿下私访来的。

果然，苏落在离开之际，忽然嘀咕了一句："就这样的飞行器，灵界来犯，如何抵御？早该跟帝都汇报更新这些设备了。"

这句话的意思是……幸福来得太快，费世新有一种被砸晕的感觉。果然是朝中有人好办事！舅为了这批飞行器，跟上头扯皮了多久，那都没用！但是现在，只要这位小姑娘一句话，舅忙碌了那么久都不成的事，很容易就能做到。

于是，费世新对苏落越发殷勤了。

苏落这边忙碌着，南宫流云那边也没闲着。他没有跟苏落一起行动，是因为他还有别的事情要做。

十三皇子表示，他要跟帝都联系！

因为修罗界太大了，城与城之间可以用通讯珏联系，但是这里到帝都路途遥远，要联系必须去军营里位置最高的通讯塔。而通讯塔是军方的秘密基地，即便是十三皇子也不能进。

不让进？很好！

纨绔的十三皇子开始闹了。闹得整个军营鸡飞狗跳，所有的将领都被折腾了个遍。

众人心里那叫一个崩溃啊，好想发脾气啊！

但是想想他的身份……最后谭凯旋无奈地摇头，反正整个修罗界都是他们家的，随他闹去吧。

要去最机密的通讯塔是吧？去吧去吧！好好派人看着，不要让他乱动。

谭凯旋也是无奈了，他不能亲自去得罪十三皇子，所以他根本没去，而是直接待在军营里，研究如何捕捉灵界基地的人。

谭凯旋并不知道自己做了一个多么愚蠢的决定。如果他知道之后会发生的事，一定会狠狠抽自己一巴掌。

南宫流云进入通讯塔后，装模作样地跟帝都通了一会儿话，但是在通话的过程中，他做了点什么事，那就只有他自己知道了。

这次冒充十三皇子的事，对南宫流云来说收获不少。至少他入侵军部后，得到了一份很重要的军事情报，这绝对是意外之喜。

在通讯塔里埋下一点隐患后，南宫流云不耐烦地冷哼："信号太差了，听都听不到！"

陪同的那位将领赔笑道："偏远之地，一向如此，请殿下见谅。"

他是谭凯旋派来看着十三皇子不让十三皇子捣乱的。但是十三皇子似乎对什么都好奇，东看看西看看，几乎所有的设备都被他摸了个遍，而且还一边玩一边丢。他在后边接这些设备，冷汗都差点流出来，生怕一个接不到，这些珍贵的设备和里面的资料一起毁掉。

好在十三皇子除了任性顽皮外没有做别的事。其实这"别的事"南宫流云确实做了，但是做得很隐晦，所以这位将领根本没发现。

南宫流云和苏落在军营里分头行动，把军营搅得非常热闹。但是让南宫流云和苏落没想到的是，此刻，一件出乎意料的事正在发生。

真正的十三皇子，被南宫流云安排的人捉住了，准备做人质。他的修为被高手封印了，一点灵气都不能动用。但是，身为皇子，总会有一些保命的手段。所以，十三皇子凭着这些手段逃出来了，在保命的东西用尽之后成功地摆脱了追捕，一路朝着血海城的军营而去。

身为帝都最嚣张的纨绔，他一向是蛮横任性的，但是现在的他真的很惨很惨，衣衫破得跟乞丐一样，发丝脏得都发臭了。

为了躲避追捕，十三皇子被迫躲在沼泽里，一动不动趴了三天，才终于躲过一劫。

回想起之前的经历，十三皇子满肚子是气。

这都什么事儿啊！他在街上走着走着，忽然半空中飞下一个索套，将他的头套住，然后用力一扯，就把他给逮走了，就跟钓鱼似的。

十三皇子发誓，等他找到谭凯旋，一定率大军碾压过去，将那群人全部杀死。

十三皇子历经千辛万苦，终于跑到了血海城。但是，他的苦难到了这一刻，才真正开始。

此刻的他山穷水尽、衣衫褴褛、蓬头垢面，看上去跟乞丐没什么区别。

然而，十三皇子还是很自信地跑到军营去。

但是在门口，十三皇子就被人打了出来。

"你们居然打我！你们知不知道我是谁？我是十三皇子！我是堂堂的十三皇子！"十三皇子心里那叫一个苦啊。他一个灵气被封印的人，从卡斯特大山一路飞奔至血海城，他容易吗他？谁知道到了军营还被拦住了。

"十三皇子？这乞丐说他是十三皇子？哈哈哈……"

"如果他是十三皇子，我还是陛下呢，哈哈哈……"

"这可怜娃，他冒充哪个皇子不好，偏偏冒充十三皇子，难道他不知道，真正的十三皇子就坐镇在咱们军营吗？"

什么？真正的十三皇子就坐镇在军营里？这怎么可能，自己才是真正的十三皇子啊。

十三皇子可不笨，他很快就想明白自己为什么无缘无故会被绑架了——原来对方捉了他这个真的十三皇子，是为了让假的十三皇子进军营……进军营？他们想对军部做什么？

十三皇子大怒："我才是真正的十三皇子，里面那个人是冒充的！你们快去叫谭凯旋滚出来见本皇子，如果耽搁了，十个脑袋都不够你们砍的，还不快去！"

守卫们都用鄙夷的目光看着近乎抓狂的十三皇子。

"走吧走吧，小乞丐还做什么皇子梦，简直是异想天开。"

"就是，还这么嚣张地叫咱们将军滚出来见他，他以为他是谁啊。"

"如此冒犯将军，岂能轻饶？兄弟们，上！"

可怜的十三皇子，见势不妙，转身就跑。

看到十三皇子跑了，士兵们都指着他的背影哈哈大笑，就在这时，苏落在费世新等一群人的簇拥下，乘着坐骑慢悠悠地回来了。

而十三皇子就这样撞了过去。

"哎哟！"可怜的十三皇子直接被撞飞了，再重重地落到地上。

"我可是十三皇子啊！"他仰天长啸，悲催落泪。

苏落刚好听到，跳下车子朝小乞丐走过去。

小乞丐躺在那里，起都起不来了，忽然感觉有道阴影罩在头顶，抬头一看，差点吓成神经病。

"苏雨？小雨！是你！哇哈哈，我终于找到你了！"小乞丐不顾身上的疼痛，倏然站起来，一把拽住苏落的手。

苏落心里微微一惊，这个小乞丐虽然狼狈不堪，但是如果仔细看的话，会发现他的容貌跟易容后的南宫流云一样。

趁着费世新还没跟上来，苏落拉住小乞丐的手，一股灵气输入他的体内，同时手在他脸上一抹，小乞丐的脸更黑了。

他还很高兴地拉着苏落："小雨！小雨！"

苏落点点头，对费世新说："他的脑袋明显被撞坏了，这事我也有责任，我代表着十三皇子，总不能让人说十三皇子漠视法规、仗势欺人吧？你把他背进去。"

苏落说这话的时候，十三皇子已经软软地瘫倒了。

费世新强忍着内心的抗拒，一把将小乞丐甩在身后，大步流星地跟着苏落进了那座最奢华的营帐。

费世新见营帐被小乞丐身上的气味熏臭，不由得替苏落担心："殿下知道了，会不会……"要知道，十二皇子殿下的脾气，可是非常任性的。

苏落点点头："殿下肯定会不高兴，雷霆大怒，要不……你先带人出去吧，免得遭受无妄之灾，等殿下息怒了，你们再进来。"

费世新听了苏落的话，顿时心中大喜，但是面上还要露出犹豫之色："这样……会不会不太好？让苏姑娘替我们背黑锅……"因为人是他们撞的。

苏落摇摇头："我说的话，殿下还是会听的，好了，无需多说，你们先下去吧，如果真的感激我，以后有的是让你们帮忙的地方。"

费世新感激涕零地下去了。

而这时候，谭凯旋正陪着南宫流云进来。也不知道聊到什么，谭凯旋的兴致很好，进了营帐便说："十三皇子说得是，这就按照您的吩咐去办。"

而此刻，被苏落塞到里间的真正的十三皇子，眼睛瞪得大大的。

什么情况？他明明什么都没说啊，他吩咐什么了？

就在这个时候，南宫流云淡淡点头："早该如此了。"

十三皇子一愣！

啥？谁在替他说话？真的有人冒充他？而且还当着他的面！

十三皇子怒了，他要冲出去，他要揭穿这个可恶的扮演者！

但是，十三皇子还没站起来，就看到苏落双手抱臂，笑盈盈地看着他。

十三皇子想说话，但是被苏落一指戳中哑穴，一个字都说不了了。

他怒气冲冲地瞪了苏落一眼——这个丫头，居然背叛他！

十三皇子铆足了劲儿往外冲去，但是还没等他走出去，苏落就点中了他的穴道。

南宫流云已经将谭凯旋送走了，他走进内室，就看到一个乞丐跟木头似的站在那。

看到南宫流云疑惑的眼神，苏落压低声音跟他说了一遍在外面遇到十三皇子的事。

"居然逃出来了？"南宫流云走到十三皇子面前，细细地打量了一会儿，朝苏落点点头，"是真的。"

苏落笑嘻嘻地看着十三皇子："你一路上逃命，很辛苦吧？"

十三皇子瞪着苏落，他现在算是想明白了，眼前这丫鬟哪里是苏雨。既然那男的能假扮他，那这苏雨肯定也是假的。

苏落拍拍十三皇子的肩头："你来得正好，谭凯旋最近这段时间正跟帝都联系，想尽办法证明我们的真假，你一来，正好解决了这个问题，很好，非常好。"

什么？！十三皇子瞪大眼睛盯着苏落，苏落笑着点点头。

不出苏落所料，谭凯旋果真得到了帝都传来的消息。要辨别十三皇子的真伪，需要用他的血液或者毛发传回帝都鉴定，若鉴定是真，那自然就是真的十三皇子了。

谭凯旋让费世新偷偷收集了几根十三皇子的头发送回帝都。

三天后，帝都传来消息，十三皇子是真的，谭凯旋终于结束了对南宫流云的猜疑。

对于南宫流云来说，逮到一位皇子便是意外之喜，这比杀死谭凯旋的功劳还大。而从这位十三皇子口中套出来的信息，更是意外中的意外。

修罗界一向封闭，皇族更是不与外界接触，灵界的人渗透进去的不多，而接触到核心人物的更少。所以十三皇子说的信息，对灵界来说非常有用。

苏落从十三皇子口中套话的时候，南宫流云也没闲着，他一直在暗中研究谭凯旋。

然而，越是研究，他就越谨慎。

灵界军部之所以发布刺杀谭凯旋的任务，是因为谭凯旋晋升的潜力很大，他不仅善于用兵，还是一位杰出的阵法大师。

若是灵界和修罗界对上，而修罗界的统帅是阵法大师，到时候灵界肯定会损失惨重，所以必须将未来的超级阵法大师统帅，扼杀在摇篮里。

南宫流云也是经过研究才知道，原来整座军营都在谭凯旋的阵法之内，他自己住的中央营帐就在主阵法区域。

南宫流云越是研究谭凯旋，就越是有一种遇到对手的兴奋。

谭凯旋能够白手起家成为一城军部首脑，靠的绝不是简单的手段。他的阵法，是反五行九星阵法。

南宫流云发现，这段时间谭凯旋又进阶了。

一开始他只是发现阵法封锁军营而已，但是现在他注意到，谭凯旋的这个反五行九星阵法，不仅封锁了军营，也封锁了方圆百里的一切山脉、河流。

若是让谭凯旋的实力再涨下去，到时候，他的阵法延伸到血海城，那么，之前隐藏起来的那批人，就会被一个不落地逮出来。

但是南宫流云对这座大阵还没摸清楚，尤其是它运行到阵眼的具体时间。从头开始推演的话，即便是南宫流云的大脑，也需要个把月的时间，这太长了，南宫流云直接否定了这个选择。

那么，剩下的方法就是找谭凯旋试探。

于是，南宫流云又开始扮演骄纵任性的十三皇子了。

他大手一挥，气势汹汹地瞪着费世新："去把谭凯旋叫来，我要打猎！"

里边被放在床底下的十三皇子，眼中闪过一抹惊色，咦，这人扮起他来，还是很像的嘛。

谭凯旋正在修炼的紧要关头，哪有工夫理会十三皇子的胡闹？他瞪了费世新一眼："闭关的时候，天塌下来都得候着，你不知道这规矩吗？"

"可是十三皇子……比天塌下来还恐怖啊……"费世新弱弱地看着谭凯旋。

谭凯旋深吸一口气，再吸一口气，最终只能恶狠狠地咽下这口气，过去找十三皇子。

南宫流云见到他，立马化身为任性骄纵的纨绔少年："我要去打猎！我现在！立刻！马上！要去打猎！"

谭凯旋觉得头痛，因为阵法覆盖了狩猎场，而且最近正在那里重点运行，打扰不得，而且容易被人看出破绽来，所以坚决不行。

谭凯旋跟十三皇子商量："要不这几天先别去狩猎，我让云将军带你下海捕鱼？"

南宫流云傲慢地瞪着谭凯旋，指着对方难以置信地说："什么？谭凯旋，你居然敢驳回本皇子的决定？你居然敢！"

谭凯旋揉揉眉心，很无奈地解释道："但是狩猎场现在真的……"

扮演十三皇子的南宫流云冷笑："不让本皇子打猎是不是？跟你说哦，本皇子一天不拿弓射点什么就会发病哦，一发病就会见什么射什么哦，射死你们我可不管哦！"

南宫流云连续几个哦，哦得谭凯旋头都痛了。被这二缺皇子威胁，谭凯旋心里恨不得将他掐死，但是想到他的身份，谭凯旋只能妥协："八个小时之内必须回来，不然的话，就算十三皇子殿下以后拿箭射末将，末将也绝对不会同意了！"

南宫二少没好气地瞟了他一眼："好啦好啦，不就八个小时嘛，本皇子回来就是了，你不是很忙吗？赶紧走赶紧走，不要耽误本皇子打猎！"

于是，谭凯旋就这样被赶走了。

屋内，床底下，十三皇子气得想挠床。

可恶！这个人怎么可以扮演他，而且还扮得那么像，说不定连父皇都认不出来吧！

接下来的日子，一连五天，南宫流云每天都带着一批人出去打猎。

第六天，南宫流云和苏落坐在床上聊天。床底下就是十三皇子，他们毫不介意十三皇子的存在，反正他也跑不了。

南宫流云告诉苏落："方圆百里之内都被大阵罩着，而且这座大阵首尾相连、相生相克，根本没办法从某个点攻破。要杀谭凯旋，必须先将阵破了，不然根本杀不死他。"

苏落皱眉："首尾相连、相生相克，而且阵法覆盖方圆百里，这已是阵法大师的级别了。"

南宫二少淡淡地说："要把整个阵法瓦解，就必须杀死布阵的谭凯旋。但是布阵的谭凯旋，又藏身于阵眼当中。而阵眼有一生一死两个，他自己藏在其中一个里面，那里是整座大阵最深的地方，除非攻破阵法，不然根本伤不到他。"

"那现在怎么办？难道就没有好的破阵办法吗？"苏落苦恼地单手托腮，目不转睛地看着南宫流云。

"有。"南宫流云露出一抹自信的笑容，"世上并没有绝对完美的阵法，再完美的阵法也有破绽。"

谭凯旋死都不会想到，南宫流云是从他那个八小时的提醒中看出破绽的。

南宫流云计算过，八个小时之后，便是子时，也就是晚上十二点。后来南宫流云仔细推演，算出晚上十二点的时候，这个阵法会进行一次轮换，由生转死，再由死转生。

这个时间，是阵法威力最大的时候。可以说，在这个时间里，一旦触发阵法，就是必死无疑。按照阵势的习惯，威力最大的时候，下一刻就会转为最薄弱的时刻。所以，南宫流云将这个点，定在了子夜。

当然，这只是南宫流云推演出来的，是不是真的有效还有待测验。

测验对于南宫流云来说并不难，谁让他的脑袋上贴了一张"骄纵妄为任性蛮横的无脑皇子"标签呢，所以他做起任何事情来，别人都只会哄着他、让着他。

血海城里追捕的事已经越来越紧迫，基地里的人安全受到威胁，所以，离开的事也变得非常紧迫。

这一日，南宫流云要试探这座阵法。所以，他假装喝醉了酒，他搂着苏落，一边醉醺醺地跟跄着，一边说着要去看最美的夜景。

费世新在一边急得不行：十三皇子这样子，会不会出事啊？他却不知道，这其实是苏落和南宫流云演的一场好戏。

苏落很无奈，一直在哄着南宫流云，但是他却执意要找最美的夜景，于是，他抬头看着天空皎洁的月亮："我要跟着月亮走，我要跟着月亮走。"

最后走着走着，来到谭凯旋的阵法塔楼。

现在已经很接近子时了，所以外面守卫森严。

看到十三皇子过来，塔楼的一名守护者飞身而下，拦在南宫流云面前："十三皇子殿下，这里不能进，请回吧。"

南宫流云倨傲地扫去一眼："你说什么？"

守护者不卑不亢地盯着南宫流云："十三皇子殿下，这里不能进，请回吧。"

"嗯！"骄纵的十三皇子，直接一脚将他踹飞了。

南宫流云的力道控制得很好，他主要是为了试探，所以将这位守护者踹向塔楼。

然后，南宫流云亲眼看到他在撞到塔楼的时候有一瞬间的停滞，然后才缓缓地落下来。

谁也没有注意到，南宫流云将那位守护者踹向塔楼的时候，正是子夜，十二点整，没有多一秒，也没有少一秒。

那一瞬间的停滞，证明了南宫流云的某些猜测。

就在这时，塔楼里传来一道威严的冷哼。苏落只觉得脑子一痛，赶紧暗中抓住南宫流云的手——以十三皇子的实力，这会儿肯定会承受不住。

南宫流云故意捂着头，愤怒地盯着那座塔楼。

谭凯旋让人心底发寒的声音传出："所有人，三秒钟内全部滚出去！违令者杀无赦！"

事关阵法的秘密，谭凯旋也顾不上得罪不得罪十三皇子了。

这一秒，从塔楼阵眼释放出一道绚丽的光芒，七彩闪烁，却让人有一种脊背发寒的感觉。

阵法最强威力爆发！

"走啊！这塔是无差别攻击的，不会管你是不是皇子！"费世新听得出来，他舅真的怒了。

南宫二少假装酒意被惊醒，在苏落的搀扶下跌跌撞撞地跑开了。"谭凯旋，我记住你了！我，我……"南宫流云一边跑一边回头放话，实际上在默默计算着时间。

很好！根据刚才的试探，他发现了一个秘密——这个反五行九星阵法在子夜之后有三分钟的真空期，在这三分钟时间内，根本保护不了谭凯旋。

如果阵法真的非常厉害的话，刚才南宫流云将那位守护者踹进去的时候，那位守护者根本不会飞到塔边才慢慢落下来。要知道，这里已经接近阵眼，哪里需要飞到塔边才落下来？更何况，刚才那种情况，谭凯旋何必出言威胁？他控制阵法直接动手将南宫流云丢出去就行，而且还能不暴露他自己，不被十三皇子记恨。他没控制阵法动手，只能说明一个问题——他动不了手。也就是说，他有三分钟的时间斩杀谭凯旋。

然后，现在的问题是，谭凯旋到底是在生门，还是在死门？

既然南宫流云已经知道了子时之后，谭凯旋的实力是最弱的，那么，他就可以展开行动了。因为这个时候，谭凯旋已经加紧了对基地人员的搜捕，而且他手里已经掌握了不少线索。

于是，南宫流云和苏落商定，第二天晚上开始行动。

商量好了细节之后，苏落和南宫流云分头行动。

南宫流云主要是去对付谭凯旋，而苏落则是在关键时刻引爆炸弹，造成军营混乱。

在苏落离开后，南宫流云立即化身为纨绔十三少，气势汹汹地找到谭凯旋。

谭凯旋手里已经掌握不少线索了，他正要下达追杀令，但就这样被南宫流云闯了进来。

什么情况？谭凯旋等将领全都下意识地站了起来，盯着南宫流云看。

南宫流云指着谭凯旋："你，到底想怎样？"

谭凯旋一脸茫然地问："什么意思？"

南宫流云冷笑："我的营帐被盗了，你说什么意思？！"

众人闻言顿时一惊：十三皇子的营帐被盗了？谁敢偷盗十三皇子的营帐？谁不知道十三皇子的脾气，嫌命太长了吗？大家都一脸迷茫地盯着十三皇子，谭凯旋也是如此。

谭凯旋问："敢问，十三皇子丢了什么东西？"南宫流云冷冷一笑："我的东西可是贵重的，是《混元玄诀》，对阵法大师来说，这就是超级宝物！现在它却丢了，你说怎么办？"

《混元玄诀》？谭凯旋一听这东西，顿时眼前一亮："你手里有《混元玄诀》？"

南宫流云瞪着他："我是谁啊，手里当然有《混元玄诀》！"

谭凯旋一想也对，他是陛下最宠爱的十三皇子，手里有点宝贝算什么？

他盯着南宫流云问道："那十三皇子到底想怎样？"

南宫流云冷冷一笑："没什么，把全军上下都搜一遍，就知道是谁偷走我的《混元玄诀》了！"

"不行！"谭凯旋直接拒绝。南宫流云威胁地盯着他："你敢不让我搜？谭凯旋，别忘了我的身份！"

谭凯旋心神一凝，这要抬出身份的话，确实没人敢跟十三皇子比身份。于是，谭凯旋只能放下身段，哄着十三皇子："你确定是在营帐里被偷的？还是你在什么地方自己弄丢了？"

全军营搜索算怎么回事？谭凯旋是万万不能答应的。

南宫流云盯着谭凯旋，谭凯旋继续哄他："你想想，你慢慢想。"

于是，南宫流云就歪着脑袋开始回忆，他一边回忆一边说："我今天也没去哪儿啊，就是去打了回猎。哦，对了，后来还跑去塔楼撒了泡尿……"

要破阵，就必须将谭凯旋引到塔楼里，只有在那里，才能杀死真正的他。若是在外面，杀死的只是他的一个躯壳罢了。所以，南宫流云故意将他往塔楼里引。

谭凯旋全然不知南宫流云内心的算计，进了塔楼之后，就陪着南宫流云在里面瞎转悠。

因为十三皇子说了，这《混元玄诀》找不到，他就不出去了。谭凯旋控制着这塔楼，自然知道里面没有十三皇子要的《混元玄诀》。但是十三皇子不信，非要找。

找不到《混元玄诀》，十三皇子干脆不走了，狂傲地质问："《混元玄诀》明明就是在塔楼里丢的，至于为什么找不到，谭凯旋，你不会以为我不知道吧？"

谭凯旋被气得半死！他明明什么都没做，在十三皇子眼里就成贼了？这十三皇子不会是故意的吧？事实上，十三皇子确实是故意的，只是他不知道罢了。

就在谭凯旋快被气死的时候，南宫流云干脆跳到塔楼中央的祭坛上，身子往上一躺，双手枕在脑后，跷着二郎腿，很逍遥地躺着。

谭凯旋盯着南宫流云，问道："你在做什么？"

南宫二少漫不经心地说："不把《混元玄诀》还给我，我就不走了！"

在谭凯旋犹豫的时候，南宫流云就睡着了，而此时已经快到午夜十二点了。

谭凯旋想将十三皇子丢出去，但是转念一想，这蠢货肯定不知道那三分钟虚弱期的事，算了，就随他去吧。

谭凯旋真当他是那位愚蠢的十三皇子，所以毫不设防地走进了死门。但是他万万没想到这位十三皇子是假的，而且是在装睡。

　　时间一点点过去，到了十二点整，整座塔楼变得流光溢彩，灵气陡然增至最强。

　　就在这一刻，南宫流云的眼眸猛然睁开！

灵气最盛之际，也是谭凯旋防守最严密的时刻。南宫流云并没有在这一刻发动攻击，而是犹如潜伏的猎豹，等待着最精准的那一刻。

时间一分一秒过去，南宫流云能够感觉到塔楼的防御在一点点变弱。

三分钟的虚弱期，在一分半的时候是最最弱的。

"一分二十秒，一分二十一秒，一分二十二秒……"南宫流云冷冰冰地数着，当时间定格在一分二十九秒的时候，南宫流云的身形犹如一道闪电，瞬间冲入死门之中。

谭凯旋虽然没有特别防备十三皇子，但是他的戒心很重，所以在他周围十米的范围内设置了精密的机关，但是这些小机关对南宫流云来说形同虚设。

在感觉到危险来临的那一霎，谭凯旋突然睁开眼睛。

"你——"谭凯旋看到面前的机关瞬间被毁，眸中闪过一道厉色。然而，不等他说话，南宫流云已经转到他身后，手持匕首稳稳地勒住他的脖子。

"你不是十三皇子！"谭凯旋终于意识到事情的关键，但是一切都已经晚了。

南宫流云似笑非笑："我不是十三皇子，你现在才知道吗？晚了。"

"你到底是谁？"谭凯旋故作镇定。

"想要拖延一分半的时间吗？有用吗？"南宫流云的匕首在他的颈项间划过。

谭凯旋一向镇定，但是此刻脸色却微微泛白。拖延一分半钟是他的底牌，但是对方似乎全都了然于胸。

谭凯旋忽然想起上次他醉酒想冲进塔楼的情景，那时候也是子夜，莫非……如果真是这样，那这个人得聪明到什么程度？修罗界有这样聪明睿智的人物，他竟然不知？

"你到底是谁？"谭凯旋捏紧拳头。

"陛下派来杀你的人。"南宫流云森冷的声音在他耳边响起。

只不过，南宫流云说的"陛下"是灵界的陛下，而谭凯旋理解的"陛下"是修罗界的陛下。

"为什么？"谭凯旋万分不解。

南宫流云高深莫测地笑道："因为——你该死！"

说完，不等谭凯旋做出反应，南宫流云手中的匕首已经割断了谭凯旋的咽喉。

谭凯旋——被寄予厚望的阵法大师、未来最有潜力的大将军，就这样无声无息地死在了他自己的阵法里。

杀了谭凯旋之后，南宫流云以谭凯旋的名义调兵遣将，把全营的将士都引诱到爆炸点，然后苏落将军械库、炸药库、毒药库等地同时引爆，整个营地陷入火海之中。

这些将领谁也没有想到，谭将军将他们调过来，是为了让他们送死的。就在临死之际，不知道谁忽然叫了一声："谭将军是奸细！谭将军是灵界的奸细！"

如果是以前的话，听到这样的话，大家都会嗤之以鼻——怎么可能？谭将军可是我们修罗界的骄傲。但是现在，随着一拨又一拨士兵被炸死，他们心中渐渐有了怀疑。

屋漏偏逢连夜雨，那些幸存的将领正要逃命，忽然觉得头疼欲裂，就在他们不知所措的时候，脚下的大地轰然炸裂，瞬间就把他们全部吞没了。

而这时南宫流云早已离开塔楼，去飞行器库跟苏落会合了。

苏落手里还拎着昏迷不醒的十三皇子。十三皇子是很重要的人质，带回灵界又是一大功劳，所以苏落不舍得将他丢下。

飞行器库的管理者知道苏落是十三皇子的人，不敢得罪，所以苏落轻易地要到了血云号和云海号。

然后苏落就操控着飞船赶到血海城的广场上。南宫流云提前跟楚三联系过，所以楚三早就带着基地的人藏在了附近。

看到飞行器降落，苏落从里面走出来，楚三当即笑呵呵地迎了过去："你们可真行，军营那边炸得好激烈啊，想必整个血海城都被惊动了。"

苏落微微有些得意："那是自然，几万士兵被炸死，几十位将领殉职，最高将领谭凯旋叛国而死，这部剧确实蛮精彩的。"而南宫流云和她就是这部剧的导演。当然，最主要的功劳，都是南宫流云的。

苏落让大家迅速进入飞船，然后带着大伙飞离了血海城。

"咦，这是谁？"楚三见角落里有个麻袋，用脚踢了踢，发现里面装着活物，好奇地问。

苏落瞥了他一眼："哦，十三皇子，你把他放出来吧。"

十三皇子？修罗帝最喜爱的十三皇子？楚三赶紧将麻袋打开，里面的人安静得反常。

"他就是十三皇子？"楚三仔细打量着十三皇子，总觉得眼前之人有些不对劲——即将被劫持到灵界，十三皇子居然一声也不吭。他不仅不吭声，而且还刻意降低存在感，就好像……他是在等什么吗？

"等援军！"苏落心念一动，回头看着南宫流云，"他等的援军是……"

血海城的人已经全被牵制在那场连环大爆炸里了，应该没人追过来。

十三皇子的问题到底在哪里？南宫流云认真地看着十三皇子，十三皇子不敢跟他对视，唯恐暴露内心的秘密。

"离开边境的时候，你父皇会觉察吧？"南宫流云忽然眼前一亮，嘴角勾起一抹嘲笑，"在修罗界内你可以到处跑，只要出了边境，你父皇就会察觉。"

"你……"十三皇子被说中心事，气呼呼地瞪着南宫流云。

南宫流云本来是在诈他，没想到一诈就诈出来了。

十三皇子冷冷一笑："你们现在唯一的办法就是把我放下，如果带着我穿越边境，我父皇立刻就会察觉，很快就会追来。告诉你们，你们是绝对没办法将我带到灵界去的，哈哈……"

"其实——"南宫流云不疾不徐地说，"还有一个选择。"

"什么？"十三皇子警惕地盯着南宫流云。

南宫流云神色淡然地说："杀了你。"

十三皇子倒抽一口冷气，不敢置信地瞪着南宫流云："你，你……"

南宫流云似笑非笑地看着十三皇子："你是不是觉得，大家都拿你没办法？"

十三皇子得意地抬着下巴："有手段你就使出来啊。"

南宫流云摸着下巴："如果我没记错的话，你父皇是不可能赶过来的了。"

十三皇子眉头紧蹙，眼睛死死地盯着南宫流云。

"想不明白？"南宫流云不疾不徐地问。

十三皇子摇头，黑白分明的大眼睛里满是疑惑。

南宫流云淡定地看着十三皇子，眸中有一丝怜悯："如果我没猜错的话，你父皇应该是闭关了，唉，可怜的孩子。"

十三皇子握紧拳头。

南宫流云看着十三皇子脸上的表情，继续说道："如果你父亲没闭关，你也逃不出来，不是吗？"

十三皇子的瞳孔骤然紧缩：这个人是妖孽吗？他怎么什么都知道？！

确实如南宫流云所说，正因为父皇要闭一个生死关，对他的看管松懈了，他才能带着小丫鬟跑出来游山玩水。

南宫流云高深莫测地看着十三皇子："如果我没猜错的话，现在正有人赶过来救你呢。"

真是见了鬼了，这个人怎么知道得这么清楚？难道自己睡觉时说了梦话？十三皇子下意识地捂住嘴巴，傻乎乎地看着南宫流云。

苏落留意到，刚才南宫流云问话的时候，一直在观察十三皇子的表情，也就是说，刚才南宫流云知道的，全都是他诈出来的。遇到南宫流云这样的对手，十三皇子最好眼睛一闭彻底晕死过去，不然一句话一个表情，就有可能把他身上最大的底牌给泄露了。

就在这时，南宫流云脸色一变："左右两艘飞船加速，中间这艘减速。"

虽然不知道为什么，但是南宫二少的话就是军令，众人不敢不从。

因为南宫流云喜静，所以这艘苏落号上只有苏落、南宫流云、楚三、宁天皓、林若羽，当然，还有十三皇子。

他们之所以减速，是为了掩护另外两艘飞船离去。

很快，苏落也感觉到危险来临，眸中闪过一丝凝重。

轰轰轰……一阵巨大的脚步声传到每个人耳中，震得众人耳膜生疼、头晕目眩。

"是谁追来了？"大家的视线都集中在十三皇子身上。

十三皇子垂着脑袋，眼观鼻、鼻观心，降低他的存在感。

南宫流云看着十三皇子，不紧不慢地说了一句："天云王？"

十三皇子抬头瞪着南宫流云："这人会读心术吗？为什么自己想什么他全都知道？"

光看十三皇子的表情，大家就知道南宫流云又猜对了。但是大家脸上并没有猜中后的惊喜，反而有一股淡淡的绝望充斥在脑海里。

天云王，修罗界的绝世强者，一柄天云剑使得出神入化、人鬼惧怕，曾经连胜一百零八座城池的城主，被修罗王封为天云王。

南宫流云天赋卓绝、实力浑厚，但毕竟年纪摆在那里，绝非天云王这种修炼了几十万年的妖孽可比的。

轰隆隆……脚步声越来越近，十三皇子的嘴角越来越上扬，笑容都快掩饰不住了。

此刻，大家的心情都很糟糕。如果是同级别的对手，还有战胜的可能，但是这一来就是天云王——能够站在修罗帝身边的绝顶人物，这还怎么打？

苏落偷眼去看南宫流云，见他似乎不太担心，仿佛这只是一件小事。苏落心中一动：既然他如此淡定，定是有了应对之策。

就在这时，一道冲击波狠狠地砸到了飞船上，撞得飞船直晃。飞船里的人坐立不稳，一个个东倒西歪，差点被撞得吐血。

不等众人反应过来，冲击波犹如下雨一样，啪啪啪地砸下。

南宫流云将苏落护在怀里，柔声宽慰："别怕，很快就结束了。"

苏落用力环住他的腰，点点头："嗯，我信你。"

楚三几个各自抱着飞船内的柱子，虽然被撞得头晕目眩，但是都没受伤。

唯独十三皇子，被撞得乱飞，伤得最重。

"把人交出来——"一道怒吼响起，最后一个"来"字，在苍茫天地间回响。

苏落一看前方地域，眸中闪过一丝喜色："快了快了！再过一分钟就进入灵界的范围了！"

修罗界和灵界的绝顶高手之间有一个规定——不在彼此的边界上动手。不然的话，绝顶高手一出，山崩地裂、江河改道、城池毁灭，造成的后果简直不堪设想。

但是，真的能够拖延一分钟吗？

轰轰轰！剧烈的轰击将众人拍得直吐血，十三皇子更是差点晕过去。

南宫流云眯眯看向灵界的方向，突然说道："来了！"

来了？什么来了？众人都睁大眼睛看过去，但是什么都没发现，于是大家的视线又全都集中到南宫流云身上。

南宫流云负手而立，淡定地勾起唇角："真的来了。"

大家再次朝灵界的方向望去，就在这时，天云王追上来了。

天云王的本体是吞天兽，本来他自请的封号是吞天王，但是修罗帝嫌这称号太霸气，就给改成天云王了。这足以说明天云王的吞噬能力极强。

此刻苏落号的前半截已经进入灵界，后半截还在修罗界内，然后就突然定在那里不动了。

众人回头，就看到天云王庞大的身躯立于空中，双腿犹如擎天柱，肚子圆鼓鼓的，似乎能装无穷无尽的东西。

"嘶——"他猛地吸了口气，苏落号竟然失控地朝天云王飞去。

楚三大叫："不好！天云王会把整座苏落号吞进去的，怎么办？"

苏落让小黑猫用厄运之法，但是小黑猫的实力跟天云王相差悬殊，根本不起作用。

"再坚持三秒。"南宫流云的声音骤然响起，犹如喧闹的地界，忽然注入一股清泉。

好！再坚持三秒钟！

众人竭尽全力阻止苏落号被天云王吞噬，龙凤族特有的龙凤虚影笼罩着整艘苏落号。

天云王张大嘴巴，眼看就能将苏落号吞下去，可是它却硬生生地停住了。

一秒，二秒，三秒，天云王的眼里闪过一抹狞笑：既然对方不将十三皇子交出来，那就将十三皇子也吞进去，让他吃点苦头，才能知道外面的危险，等回到帝都再将他放出来。

"我吞！"天云王大嘴一张，舌头猛然卷住苏落号，直接将飞船吞进去一半。

此刻飞船里的人都很无奈，就连南宫流云也生出了那种要靠别人帮助的无奈感。这种心境，还是第一次出现，让他瞬间产生顿悟。

忽然，南宫流云身上的龙凤虚影骤亮，犹如火焰般熊熊燃烧起来。

楚三的眼睛立刻瞪圆了："这种时候也能领悟晋升？！"

眼看下一秒就要被天云王吞进去了，南宫流云却在这一刻顿悟了！他到底领悟了什么？所有人都用一种深沉的、无奈的、无语的目光看着南宫流云。

而此刻的南宫流云，他自己的眼底也有一丝苦笑。他卡在大圆满九星已经很久了，但因为心境的关系，一直都没有突破。现在却因为这种无奈的情绪，机缘巧合之下，终于突破了桎梏，直接晋升到神的境界。

神阶，没有一星到九星的区别，而是直接分为小神、中神和大神三个阶段。

但是，这种晋升需要安全的环境，还要有人护法才行，而此时既没有安全的环

第五章 绝世天才

境，也没有人护法，还有个欲将他们囫囵吞下的天云王，环境恶劣到了极点。

"怎么办？"苏落心疼地抓住南宫流云的手，眼中含着不甘的泪水。南宫流云看着苏落，淡淡地笑道："别担心，真的来了。"

就在南宫流云说出这句话的时候，众人忽然感到一阵剧烈的晃动。仿佛有一双无比强大的手握住了苏落号，硬生生将它从天云王的嘴边给拎走了。

苏落震惊地透过落地窗看着外面，发现飞船确实是被拎走的，而且被远远地丢开了。

天云王面前立着一人，墨发随风舞动，衣袍猎猎生风，背后扛着一柄巨剑。此刻，他正右手握住剑柄，目光如鹰隼般锐利。

从苏落的角度，恰好能看到此人的侧脸。

"这个人是谁？"光看侧脸，苏落就有一种莫名的熟悉感。因为他长得跟南宫流云有些像，尤其是那种光华内敛的气质，非常神似。

"九叔。"楚三一把抹去额头的冷汗，终于松了口气，"宫二的九叔，龙凤族上一代中不世出的绝世天才。"

苏落见楚三面色变缓，就知道这位九叔的实力比天云王要好。不过苏落却没料到，这位九叔的实力，竟然强大到这种地步——他只出了三招，在苏落眼中强大无比的天云王，手臂、胸口、大腿就全部中招了。

天云王恶狠狠地瞪着九叔，但是九叔拿剑尖指着他，冷冰冰地逼问："要死，还是要活？"

那样强大的天云王，在南宫九叔面前，竟然不敢轻举妄动。

最后，天云王深吸一口气，指着飞船："我要把十三皇子带走！"

然后，回答他的，是九叔冷冰冰的一个字："滚！"

好帅！那一头墨色长发随风舞动，强势霸道，气势逼人。天云王死死地瞪着九叔，眼中恨意满满。他扭头盯着苏落号冷哼一声，转身大步离开。

随着天云王的离开，众人长长地松了口气，因为这意味着他们活下来了。而此刻，九叔依旧冷冷地站在原地，就那样守护着苏落号。

苏落号上的人全都安静下来，因为南宫流云正在晋升。灵气从他的体内逸出，凝成雾气，在飞船中蔓延。没多久，整个苏落号里就充满了灵气。

众人眼露狂喜，因为这些灵气对他们的修炼大有神益。

原本这些灵气会扩散到空中，造福一方水土，甚至可能造出洞天福地。但是现在，因为苏落号是密闭的，所以灵气一丝也没有流失。

"吸！"这么好的机会，众人岂会放过？所以，众人全都盘腿坐下，陷入了忘我的修炼境界。

时间一天天过去，可供众人吸收的灵气越来越少……

不知过了多久，苏落终于睁开了眼睛。这次她虽然没有晋升，但是她体内因为快速晋升而存在的隐患已被化解。这是比晋升更让人欣喜的事。

这时候，苏落发现南宫流云不知何时已经走出了飞船，不用御风，也不用法术，在空中走起来就能如履平地。

这是成神后带来的好处之一。

成神后，整个人脱胎换骨，已经不是普通的凡人了。

此时飞船里已经没有灵气了，透过落地窗，苏落能够清晰地看到外面的情形。

南宫流云走到九叔面前。

南宫流云背对着苏落，所以苏落不知道他说了什么。

九叔依旧那么沉默内敛，他朝南宫流云淡淡地点头，眼底闪过欣赏之色。

然后，苏落从九叔的口型中看出他说了一句："你爷爷等你回家吃饭。"

说完这句话，九叔飘然而去，速度快如闪电，身影转瞬即逝。

九叔的速度，比飞船的速度快了太多。

看着九叔离去，楚三他们都不觉得有什么。

楚三笑着对苏落说："九叔一向都这么严肃，我们早就习惯了。"

宁天皓点点头："从小到大这么多年，我见过九叔好几次了，但是听他说过的话，加起来不超过十句。"

楚三没好气地说："那是你们不懂，听我爹说，九叔以前可不是这样的，自从那件事之后……"

宁天皓横了他一眼，楚三瞬间醒悟过来，死死地捂住嘴巴，一声都不敢吭了。

苏落很好奇："那件事是哪件事？"

楚三赶紧示意苏落闭嘴："快别说了，那件事是禁忌，若是被九叔听到，就算你是陛下的女儿，也同样会被砍成两半。"

苏落惊讶地看着楚三，楚三朝苏落郑重地点头："这件事不能提，死也别提！"

苏落："……哦。"

反正她也只是一时好奇，大不了不好奇就是了。不过，能够让一个男人性情大变的，要么是亲人，要么是女人。

龙凤族屹立不倒，亲人方面肯定是没问题，难道是女人？

不过，既然楚三这么严肃地交代不许提，那就不提吧，就这么点时间，九叔还真有可能走不远。

此时南宫流云已经回到了飞船中。再看南宫流云时，苏落忽然发现他有些不一样了。倒不是容貌发生了变化，而是他的气质越发光华内敛，也越发让人移不开眼。他整个人隐隐有一种孤峰上的绝世名剑之感，只要这剑一出鞘，就足以撼动天下局势。

解除了危机之后，苏落号加速前进，没几天就追上了另两艘飞船。等他们回到帝都，已是一年之后了。这一年苏落可没闲着，她一直都在修炼。因为她很清楚，回去就要跳级了。

正常情况下，每隔一千年才有一次升级考试，而帝国学院共有六个年级，苏落不想在帝国学院一待就是六千年，所以只能努力地跳级。

经过这一年的修炼，苏落虽然没有脱胎换骨，但实力也很够看了。

苏落号带着大家直接飞往军部，在军部的停机坪上停下。

苏落抬眸望去，发现外面整整齐齐地站着好多人。

这么多人，愣是连点声音都没有，每个人都沉默着。

南宫流云一挥手，一具具放着英雄遗体的棺材出现在飞船的空地上。

很快，涌进来一百名军人，抬着英雄的尸骨，庄严肃穆地走出飞船。

来迎接英雄尸骨的人很多，连军部的最高统帅——南宫墨渊都来了。

南宫墨渊看着南宫流云，眼底有一丝欣慰。

南宫流云朝他行了一个标准的军礼，南宫墨渊也回以军礼。

这两位长相有些相似的男人，一位是朝气蓬勃的少年，一位是年富力强的中年；一位睿智内敛，一位儒雅智慧。

很多人一眼就能看出来，这两人是一对父子。但是此刻，这对父子就像普通的上下级一般看着对方。

"做得不错。"南宫墨渊拍拍南宫流云肩头，眼里有着为人父亲的骄傲，但是隐藏得很深，一般人捕捉不到。

南宫流云在修罗界做的事，南宫墨渊几乎都知道。知道他不仅抢回了五十位英雄的遗体，还炸了通灵塔、灭了谭凯旋、活捉了修罗界的十三皇子，最后还突破成神了。

有这样杰出的儿子，南宫墨渊油然生出一股别样的骄傲感，比他自己做出这些成绩还要开心。但是，这些都深深地藏在他内心深处，表面上，对这位惊才绝艳的二儿子，他一向是严肃、苛刻、威严的。

南宫流云淡淡地点头。他知道他肩负的担子——家族的荣耀、保家卫国的责任，都压在他身上。

在他眼里，他做的这些事，不过是区区小事。

南宫墨渊的视线从南宫流云身上收回，落到和南宫流云牵着手的苏落身上。这丫头，他不止一次听夫人提起，但真正见面还是第一次，果然是人间绝色、天下无双。

南宫墨渊为苏落的容貌惊艳了一下，但他知道自己的二儿子不是个为美色所惑的人，他能看上这姑娘，可见这姑娘的确有可取之处。

想到她一身出神入化的医术，南宫墨渊面对南宫流云时那冰冷严肃的眼眸，在看着苏落时就多一分暖意。

"就是你医治的流星？"南宫墨渊的声音里，少了几分身为上位者的严肃。

苏落也是在飞船里听楚三提起，才知道眼前这位是南宫流云的父亲。

这就见家长了？苏落心里有点初次见家长的紧张，但是面上却淡定极了："是的，这次从灵界找到噬灵珠，南宫流星有很大的几率能够复活。"

苏落原本以为，可以在南宫老爹眼底看到一丝激动。但是，苏落发现，南宫老爹的神色，竟然有些……复杂。

这抹复杂的眼神，让苏落的心里微微一紧——莫非，发生了什么她不知道的事？

南宫墨渊朝苏落点点头，又去跟基地的那群人说了几句，然后在无数军官的簇拥下离去。

南宫流云也需要一同前往，所以他将苏落托付给了楚三，让楚三先送苏落回帝国学院。

苏落对南宫流云笑了笑："你不用担心我。"

南宫流云揉揉苏落的脑袋："最近一段时间军务会很忙，你回去后到家族里看看流星。"

苏落知道南宫流云担心流星，于是浅浅而笑："你放心，流星如果有问题，你娘亲大人肯定早就找我了。"

那位南宫夫人，可不是个会委屈自己成全别人的主。

南宫流云捏捏苏落的小脸，然后跟在他父亲身后，随着一群军人，簇拥着五十名烈士的遗体，渐行渐远。

在场的人几乎都走了，留下的是帝国学院的那群人。

大家看着苏落，眼神非常复杂。

苏落一次又一次刷新了他们对她的认知和评价。原本他们眼中的苏落，不过是个长得漂亮的小学妹，但苏落渐渐展现了她不凡的实力，一次次让他们亮瞎了眼……

现在，他们终于深刻地意识到，苏落远不是他们能比的了。或许在不久的将来，苏落会成为让他们仰望的存在，甚至会成为他们连仰望都仰望不起的存在……

"这样的她，可以跳级到二年级了吧？"

"或者，她现在可以冲击一下二年级的前五十名了吧？"

"我怎么觉得，她可以冲击前十名呢？"

"前十名？我知道苏落天赋、实力绝佳，但再天才也需要时间的累积，现在的她，应该还不能跟前十名的那群天才相提并论，比如说蔺长东、贝锟、缪宁、牧雪滟这些人，她现在还打不过。"

这群二年级的学生已经放弃跟苏落比了，但这并不妨碍他们为苏落寻找难以逾越的对手。

苏落带回来的血云号和云海号飞船直接就被军部接收了，不过苏落并不担心，因为她相信，有南宫流云在，军部的补偿不会让她失望。

回到帝国学院后，又是一阵热烈欢迎。回来的每个人都被当成了英雄，给予奖励。

苏落并没有参与这场热闹，因为她还有很重要的事情要做，甚至重要到把升级考试的事先放一放。

苏落觉得有点奇怪：南宫夫人消息那么灵通，不可能不知道自己回来了。既然知道自己回来了，为何她没有派人来接自己？她应该很关心自己有没有找到噬灵珠，能不能救南宫流星吧？而且，想到南宫老爹之前那欲言又止的复杂眼神，苏落总觉得似乎哪里出了问题。

于是，苏落坐不住了。山不转水转，南宫夫人既然没派人来接她，那她就自己去龙凤族。

苏落畅通无阻地进了龙凤族，内门里，守门的还是那位严嬷嬷。

苏落每次进出南宫夫人院子的时候，都会看到她，以前她都不会拦着苏落，但是这一次，她却威严地阻拦道："站住！"

苏落狐疑地看了她一眼。

严嬷嬷的目光像钉子一样落到苏落身上："龙凤族的内院，岂是你想进就能进的？"

这态度……有意思！苏落的眸中闪过一抹玩味："严嬷嬷，帮我通报一声，我要见南宫夫人。"

严嬷嬷傲慢地斜睨了苏落一眼，慢悠悠地说："见夫人啊……夫人邀请你了吗？我们夫人，可不是你想见就能见的。"

奴才的态度，绝大部分是根据主子的喜好来调整的。严嬷嬷以前虽然没有对她前倨后恭，但也态度良好，不像现在这样，不仅爱搭不理，还隐隐有一丝不屑。

就连南宫老爹、南宫爷爷都没用这种态度对她，这严嬷嬷倒是作上了。

苏落完全不了解情况，她试图跟南宫流云沟通，但是南宫流云进入军部后，通讯珏就被屏蔽了，现在找不到他。

大概是因为要商量处理十三皇子的事吧。

苏落知道，十三皇子肯定是要放回去的，而且是安安全全地护送回去。但是，用十三皇子是可以换回很多利益的，比如说俘虏。以十三皇子的尊贵身份，肯定能换回来几个比谭凯旋还有分量的强者。这才是南宫流云这次修罗界之行最大的军功。

见苏落神游天外，严嬷嬷的目光越发不善，冷冰冰地说："夫人今天很忙，恐怕没时间见你了，苏姑娘请回吧。"

苏落眉头微微一皱，目光森冷地瞪着她："你没去通报就知道夫人不见我？南宫流星如果出了事，你负责？"

苏落不欲跟个下人多计较，抬脚就要往里面走。

就在这时，严嬷嬷忽然眼前一亮，朝前方快步迎过去："三小姐，您这便要走了？"

这态度，跟对待苏落的时候可是截然不同，差别太明显了。

三小姐？苏落偏头望去，只见一位面容姣好、身姿窈窕的盛装女子，从南宫夫人的院子里款款而出。

严嬷嬷一开口就是三小姐，再结合这位严嬷嬷之前不阴不阳的态度，苏落原本还以为宁三复活回来了呢，但是当她看到这位女子的时候，她知道，这位不是宁三。

根据众人对宁三的印象，宁三是温柔细腻笑靥如花的女子，但是眼前这位姑娘太盛气凌人、太孤傲自负，从外表看就不好相与。

这位三小姐不是别人，正是南宫夫人的亲生女儿。

她叫南宫珈怡，跟南宫流星是双胞胎，姐弟俩的感情非常好。当年因为南宫流星的事，她怪罪南宫流云，离家而去，不久前才刚回归龙凤族。

南宫珈怡正被人簇拥着出来，而她身边，则站着白嬷嬷。

白嬷嬷看到苏落，微微朝她点了点头。

苏落暗暗松了口气，至少，白嬷嬷还是原先的态度。

南宫珈怡看到苏落，特别注意到那张让所有女人嫉妒的容颜，眉头下意识地皱了起来，随后，她瞪着严嬷嬷："怎么回事？"

严嬷嬷看看南宫珈怡，又看看苏落，一时间有点踌躇，这话，怎么说呢？

白嬷嬷则笑着对南宫珈怡说："三小姐不是急着去看三少爷吗？还是先去吧，有什么事，都等看了三少爷再说。"

南宫珈怡点点头："对，弟弟的病情最重要。"

南宫珈怡朝白嬷嬷点点头，正眼都没有再瞧苏落一下，转头就走。

在一群下人的簇拥下，南宫珈怡浩浩荡荡地离开了。

白嬷嬷走到苏落面前，看着她，神色颇为复杂。

最后她还是叹息一声，对苏落说："苏姑娘是想见夫人吧？"

苏落原本见南宫夫人的想法还不强烈，但是现在，通过她们刚才几句话，苏落嗅出一丝异样的气息。

苏落了解过龙凤族的资料，而这位三小姐跟南宫流星有些相似，所以，应该就是府里的南宫三小姐了。

她自小学医，据说很早之前就离家出走了，现在回归后，难道南宫流星转到她手上了？

如果是别的病人，不让她治疗，她还懒得治呢，以她皇级炼药师的身份，还能纡尊降贵不成？但南宫流星不同，他不仅是南宫流云的亲弟弟，而且是因为南宫流云才成为植物人的。这会成为南宫流云晋升路上的心魔，所以，无论如何苏落都必须帮他将这心魔除去。

苏落一问白嬷嬷，果然，这位就是南宫家的三小姐南宫珈怡。

"带我去见南宫夫人吧。"苏落朝白嬷嬷点点头。

白嬷嬷心里暗暗叹气，但她也无奈，于是对苏落笑了笑，说："苏姑娘，请随我来吧。"

路上，苏落便问了白嬷嬷发生了什么事。

白嬷嬷对苏落一向都是不错的，之前南宫夫人对她不冷不热的时候，也是白嬷嬷从中斡旋。

后来苏落问南宫流云白嬷嬷的事，南宫流云告诉她，他小时候是白嬷嬷带大的，情分不同，而且白嬷嬷的孙子现如今在他手底下做事，情分更是不同了。

白嬷嬷将这段时间发生的事告诉了苏落，好让苏落有个心理准备。

事实其实跟苏落猜的八九不离十。

这位南宫三小姐离家出走后，拜了一位非常厉害的炼药师做师父，这么多年来，别的事没做，一心扑在医药上，而且还专攻南宫流星这种病情。

一年十年或许看不出来，百年千年或许也不能，但是，几万年过去了，南宫珈怡在这方面的成就，有了从量到质的蜕变。

她回来了。然而她听到的第一句话，是她的母亲大人告诉她，怡儿，你弟弟有救啦！

南宫珈怡原本是带着兴奋的心情，兴冲冲地回来的，但是，她却忽然有种扑了个空的感觉。她努力了这么久，就是为了救弟弟，然而现在母亲告诉她，不需要你了，你弟弟已经有人救了。

这样强烈的落差，让南宫珈怡当时整个人都空了。

白嬷嬷看出她的不对劲，明里暗里告诉她，最重要的不是谁救，而是南宫流星真的有可能被救活，他真的能够醒过来。

以南宫珈怡的性子，是不会轻易听信别人的话的，所以她当即去看南宫流星。

当她看到南宫流星还没有醒时，就要求接过治疗南宫流星的任务。

一开始，南宫夫人是不同意的，因为她亲眼见识过苏落的神奇，她当时是相信苏落的。

但是，南宫珈怡毕竟是她的亲生女儿，被南宫珈怡多说了几次之后，南宫夫人耳朵就软了，她就觉得，你试试就试试吧，但是不能把流星治坏了。

接下来，南宫夫人就神奇地发现，她的女儿，不仅没有将南宫流星治坏，而且将他治疗得越来越好了。

这一点，从生命探测仪上就能够直接看出来。

苏落离开的时候，生命值只有三十，而且，南宫流星的生命值也一直都停留在三十，就算有波动，也是在二十九到三十一之间，轻微波动那么一点点。

但是，当南宫珈怡接手之后，南宫夫人就惊奇地发现，南宫流星的生命值在不

第五章 绝世天才

断上涨。

三十一，三十二，三十三……

四十一，四十二，四十三……

五十一，五十二，五十三……

就在苏落去修罗界的十年之间，南宫流星的生命值，被南宫珈怡硬生生提高到六十三分！

当苏落看到白嬷嬷兴奋地跟苏落说到六十三分时，苏落的脸都白了。

"六十三分？什么时候的事？"苏落盯着白嬷嬷。

白嬷嬷还沉浸在六十三分的兴奋中，没有注意到苏落情绪上的激动，便说："一个月前就达到六十三分了，三小姐说了，只要达到七十分，三少爷就会醒来了。"

苏落："……"

白嬷嬷这才意识到了苏落的不对劲，她脸上的喜色微微一僵："这里面有问题？"

而这时候，白嬷嬷和苏落已经来到南宫夫人的院落了。

南宫夫人优雅地侧躺在软榻上，身边有四个丫鬟给她捏肩捶腿打扇子。

白嬷嬷带着苏落进来时，南宫夫人其实已经知道了，但是她依旧闭目享受着仆人的伺候，就这样晾着苏落。

屋子里伺候的人不少，但是每个人都专注着手里的事，全都当苏落是空气，还是白嬷嬷看不下去了，出声提醒道："夫人，苏姑娘来了。"

南宫夫人在心里暗暗责怪白嬷嬷：没看到本夫人在给她下马威吗？白嬷嬷也真是的，一点都不配合。

南宫夫人睁开眼睛看着苏落，目光里有种高高在上的倨傲，有种贵族看平民的清高，跟之前她求着苏落给南宫流星看病时的眼神完全不一样。

南宫夫人一挥手，那群伺候的人全都退了下去，偌大的屋子里，只剩下南宫夫人、白嬷嬷和苏落了。

南宫夫人漫不经心地从苏落脸上瞟过，慢悠悠地说："你回来了？"

苏落淡定地看着她："我回来了。"

"你可知罪？"南宫夫人脸色一黑，怒气冲冲地盯着苏落。

苏落淡然答道："如果说我有错的话，我承认，我不该跟夫人开了一个无伤大雅的玩笑。"

"玩笑？"南宫夫人眼眸半眯，狐疑地看着苏落。

苏落浅浅点头："当时我对夫人说，那一针下去，能够保南宫流星一年，但其实是在开玩笑，那一针能保他十年。而这十年，足够我从修罗界赶回来了。如果要说有错的话，我只认这一条。"

南宫夫人没想到这么大的事，她轻飘飘一句话就将责任都撇清了，顿时怒气上涌："你还有理了？"

"不，我没理。"苏落不卑不亢地看着南宫夫人。

南宫夫人冷冷一笑："苏落，我只问你一个问题——"

苏落点点头，星眸定定地看着南宫夫人。

南宫夫人捏紧拳头，指甲几乎陷进肉里，眼睛里跳跃着两簇小火苗，盯着苏落，一字一顿地问："你是不是故意压制着，不让流星的生命值提升？"

南宫夫人咬着后槽牙，终于将这件事问出来了。

她对苏落态度的转变，就是来自于这件事。

当南宫珈怡告诉她，其实弟弟的生命值是可以上升的，但是原先治疗他的人却用金针封住了他的经脉，死活压制着不让升。

南宫夫人当时脸色就变了，但她还是相信苏落的，于是就问南宫珈怡，是不是看错了。

南宫珈怡没有回答，而是直接着手治疗。当她将封住流星经脉的那一股气散开时，噌噌噌，南宫流星的生命值当即就飙升了五个点。

这件事，就像一巴掌，狠狠抽在了南宫夫人脸上，将南宫夫人的脸都打肿了。

然后，南宫珈怡还告诉南宫夫人："她不只封住了一处经脉，而且还有好几处，母亲大人，你说怎么办？"

怎么办？当然是解开了。

提高南宫流星的生命值，意味着他的生命安全度更高，这是众所周知的。由此可见，当南宫夫人知道苏落封住了南宫流星的生命值时，她有多恨、多怒。

南宫夫人并不知道苏落的金针能管南宫流星十年，她以为只管一年，而另外的九年都是南宫珈怡的功劳。

所以，刚才当她听到苏落说，她的金针能管十年而不是一千时，南宫夫人的内心是冷笑的。在她看来，另外的九年，都是珈怡在维持流星的生命，而苏落一来就抢功劳，这是她所不允许的。

南宫夫人定定地看着苏落："你回去吧。"

苏落眉头微蹙："你这是在拿南宫流星的生命开玩笑！"

南宫夫人一听，顿时怒了："流星是我的儿子，找谁治他，怎么治他，都是我的事！你这个外人需要插手那么多吗？你管得未免也太宽了！你给我滚！"南宫夫人本来就是暴脾气，说爆发就爆发的，不然之前也不会一听宁三对流星做的事，就直接冲过去掌宁夫人的嘴。

苏落还没受过这样的气呢。这要是别人，跪着求她，她都不治，可偏偏这个人是南宫流云的弟弟，所以，这口气只能暂时咽下。她试图跟南宫夫人讲道理："我承认，我压制住了南宫流星的生命值，但是——"

苏落话音未落，南宫夫人就重重地一拍桌子："你承认了！你个死妖精，为了缠住流云，故意不治好流星的病，简直是下贱！来人，将她给我叉出去！"

南宫夫人一怒之下，口不择言，怎么难听就怎么说。随着南宫夫人这句话落音，立刻跑进来四个丫鬟，虎视眈眈地盯着苏落，冲过去就要将她丢出去。

苏落何曾受过这样的气？为了拿到复活南宫流云的噬灵珠，苏落在修罗界也是拼了命的，谁能想到回来后会是这样的局面？可偏偏这时候南宫流云还联系不上。

"南宫流星的身体根本承受不住高生命值的消耗，不出一个月，他定然会因身体机能耗尽而亡，言尽于此！"看着那四个冲上来的丫鬟，苏落冷冷一笑，"我自己走！"

"你居然敢咒我儿子死！"南宫夫人暴怒，冲上去就打苏落，却被白嬷嬷抱住了。

就在苏落要走出去时，忽然有人拦在了她面前："站住！"

苏落冷冷地抬头，见是刚才去看南宫流星的那姑娘——南宫珈怡。

"叫你站住，你耳朵不好吗？"南宫珈怡冷冰冰地盯着苏落，神色傲慢。

苏落半眯着眼眸，淡淡地打量她。

南宫珈怡嘲讽地看着苏落："刚才你说，三弟会被我治死？"

苏落淡定地看着她，点点头。

南宫珈怡简直要被苏落气笑了，她懒得跟苏落废话，指着苏落道："好，很好，你做得很好，现在你可以滚了！"

但是，一道不合时宜的声音突然响起："这里真热闹啊，出什么事了？"

来人是王伯，南宫老爷子身边最信赖的管家。

王管家的出现，让南宫夫人微微震惊。要知道，王伯虽然是管家，但是他不管家，他只贴身照顾老爷子一人，而他的出现，往往是带了老爷子的命令的。

在这个家里，南宫夫人天不怕地不怕，就怕南宫老爷子，所以，南宫夫人看到王伯出现，心里浮现一抹不好的预感，但是面上，她还是很热情地迎了上去。

王管家看着南宫夫人，淡淡一笑，说："老爷子让老奴捎一句话过来。"

"什么话？"南宫夫人和南宫珈怡异口同声问道。

在这个家里，除了南宫流云，其他人就没有不怕老爷子的。

王伯笑着说："老爷子的原话是，也别急着赶这丫头走，让她跟珈怡比比医术，赢的人才能治流星。"

王伯一边说，一边朝苏落使了个眼色。

苏落本来想走的。管你南宫老爷子还是苏老爷子，别人求着她治，她都不想治呢，凭什么在这里受你们家人嫌弃？所以，受不得委屈的苏落甩袖子就想走人。

但是，王伯的那个眼色，却让苏落心头一惊。

因为她听到王伯传来的只有她一个人可以听到的声音：二少求的老爷子出面。

苏落的心瞬间就热了。

这个南宫流云！他即使在军中，也还惦记着她会受委屈吗？他那么聪明，一定是看出事情不对劲了，也一定能从南宫老爹口中问出端倪，所以，他人不能回来，却直接将老爷子搬了出来。他的通讯珠不能联系，但是他一定可以通过军中的设备跟老爷子联系。

想明白了之后，苏落便没有走。

南宫夫人不是说她故意不治好南宫流星吗？南宫珈怡不是觉得她可以治疗南宫流星吗？那她就证明给她们看谁的实力才是最好的，然后让南宫夫人求着她给南宫流星治病，然后她还就不治了！

嗯，就这么办。苏落在心中打定了主意。

南宫珈怡却冷冷地皱着眉头说道："爷爷什么时候竟然管这种闲事了？"

苏落似笑非笑地说："原来你弟弟的命是闲事啊？"

"你……"南宫珈怡气呼呼地瞪着苏落，她明明指的是她跟苏落较量医术这件事。

王伯的视线在南宫珈怡身上扫过，神色间带了淡淡的威严："三小姐是在质疑老爷子的命令？"

"不是！"南宫珈怡赶紧否认。既然是爷爷的决定，这个家里就没有人能够改变，还不如接受的好，更何况，南宫珈怡对自己的医术有着绝对的自信。

"好，比就比！"南宫珈怡瞪了苏落一眼，转头问王伯，"爷爷说过比什么吗？"

王伯摇头："你们自己决定就好。"

"那好！"南宫珈怡冷笑，"那就比，十天之内，谁救治的平民人数最多，就让谁治疗弟弟。"

苏落却说了一句："比倒是可以比，不过到时候救不救人，就得另说了。"

"你是什么意思？"南宫珈怡瞪着苏落，厉声问道。

能救流星，是她的福气，她居然还说这种话？

苏落微微勾起唇角："字面上的意思。"

南宫珈怡看着王伯，她原本以为会在王伯脸上看到一丝不悦，但是王伯的脸上无波无澜，一点情绪都没有。

"好！反正你也赢不了我！"南宫珈怡冷笑，"这十天，我先开始，你跟在我身边。"

苏落也想看看这么骄傲的南宫珈怡究竟有着怎样的实力，于是点头答应。

接下来的十天里，苏落就跟着南宫珈怡。

随着时间的流逝，苏落发现这姑娘虽然看上去盛气凌人，但是她治疗平民的时候，态度很和善，言语间也多了几分温柔。

苏落看到，南宫珈怡的医术确实不错，难得的是，她竟然也会金针渡穴。

苏落感到很奇怪。

苏落的金针渡穴来自容云大师，那么南宫珈怡的金针渡穴，又是和谁学的？

在发现南宫珈怡会金针渡穴后，苏落的眉宇间多了一份慎重：这位南宫姑娘，不会是师父收的徒弟吧？应该……不会吧？

苏落也不确定，她不是没有问过南宫珈怡，但是这位姑娘对苏落的态度很差，骄傲又冷酷地表示："我师父是谁？那是你有资格听到的名字吗？"

既然问不出来，苏落就只有从南宫珈怡治疗的手法里去寻觅秘密了。

经过苏落的一番认真观察，她发现，南宫珈怡的金针渡穴手法，跟她的手法还是有着细微差别的。

如果说南宫珈怡的是正常版金针渡穴，那么苏落的金针渡穴就是加强版的，要强上不少。

苏落微微松了口气，南宫珈怡绝对不是师父的弟子。其实想想也是，师父的眼光那么高，怎么会随便选弟子呢？南宫珈怡的性子可不讨喜。不过说实话，南宫珈怡的医术还是不错的，难怪她那么自傲。

不过，她对苏落的态度可绝对称不上好。

苏落是跟在她身边当助手的，所以各种脏活累活都交给苏落来干。明明正常炼药师只能做十份的活，她偏偏安排给苏落二十份，就为了看她完不成后的笑话。

可惜，苏落的表现，让南宫珈怡刮目相看。苏落不仅完成了二十份，而且时间还缩短了一半。

南宫珈怡看得眉头都皱起来了，于是，第二天，她就让苏落干四十份的活，可苏落偏偏给她完成了八十份。

就连南宫珈怡自己出手，都完不成八十份，可苏落偏偏就完成了。

这时候，南宫珈怡虽然依旧嘴硬，但是对苏落炼药的能力，也有些刮目相看了。

十天的时间，两个人同进同出。

南宫珈怡一直在想办法为难苏落，但是为难了十天，都没成功过一次，这让她在懊恼的同时，也很惊讶。师父一直都说她在炼药方面是绝世天才，同龄人里根本找不到对手。但是，经过这十天的刁难，她发现，这个被爷爷护着的姑娘，其炼药技能竟然好像超过她了。

这不可能！南宫珈怡坚决不承认这件事。

而更让南宫珈怡惊讶的，是苏落的态度。她都那么刁难了，她以为苏落肯定会爆发的，因为这要是换成她，肯定早就大爆发了。可苏落却一直没有说什么，都是默默地去干活，然后加倍完成，用行动啪啪地打她的脸。

南宫珈怡最震惊的是，当她使唤苏落拣药的时候，苏落都不用感受药性，随手一抓，就能够从二十份药材里选出活性最好的那一份。这对于炼药师来说，绝对是最大的利器。

这十天，南宫珈怡从第一天开始就被苏落打击着，连续十天打击下来，她对苏落已经无话可说了。

这十天，她确实救治了很多平民，准确地说，是五千八百三十七人。

就这样过了十天，接下来就轮到南宫珈怡给苏落当助手了。她原以为，她都那么刁难苏落了，苏落逮着这个机会，一定会狠狠地虐她。

南宫珈怡是这样想的，因为从她自己的角度考虑，如果是她受了这样的委屈，肯定会狠狠地报复回去。

但是，苏落的反应让她有些摸不着头脑。因为苏落非但没有使唤她干重活，而且就连苏落自己都没有治疗病人。

第一天，苏落带着她在帝都里闲逛，从城东逛到城西，就在那绕圈子，一个病人都没治。

南宫珈怡感觉到好奇怪：什么情况？你苏落是看不起我吗，故意放水一天？如此一想，南宫珈怡的脸色就不好看了。

第二天，苏落带着南宫珈怡上山采药去了。

苏落去的可不是普通的山，而是孤云峰——传说中最陡峭、最凶险、最艰难的孤云峰。

南宫珈怡这么多年来一直忙于炼药，根本没时间修炼，所以她的实力要比苏落差一大截。对她来说，爬孤云峰难度还是很大的。

一天下来，苏落专门往陡峭危险的地方钻，南宫珈怡吓得脸色苍白，累得全身无力，却只能跟着她跑。

苏落采了不少药，但是她却依旧没有救治病人。

第三天，苏落又带着南宫珈怡跑到孤云峰采药，但是这次她们的运气不太好，遇到了孤云峰的魔兽。

这个时候，苏落正钻进洞里采摘药材，只留下南宫珈怡在外面。

所以，南宫珈怡直接就对上了这只魔兽。

"青头金眼兽！"南宫珈怡的脸色都变了，她的实力并不好，只能硬着头皮上。

好在南宫珈怡手里有家族特制的弹药，终于将青头金眼兽打退了，但南宫珈怡的腿也受了不小的伤。

南宫珈怡对苏落的印象顿时又恢复到原先的恶感。

"你这几天是在干什么？不是在城里闲逛，就是往山里跑！任务不是治病吗？你是在报复我之前使唤你吗？枉我对你有那么一点点改观，你简直……"

南宫珈怡丢下苏落，怒冲冲地跑了。

第四天，南宫珈怡罢工不干了。她的理由很充分。你苏落又不治病，整天跟着你瞎逛，有什么意思？看到南宫珈怡三天就罢工了，苏落也没什么反应，依旧老神在在、淡淡然然地到处走、到处逛。

这场比赛，很多人并不知道，但是南宫家族的人是知道的。

龙凤族，南宫夫人的院子里，林夫人拜访南宫夫人。

南宫夫人深信这十年来都是南宫珈怡保住了南宫流星的命，但是想起苏落的医术，她这心里又有些忐忑。

而林夫人还在边上帮苏落说话："姐姐，我怎么觉得你这事做得有点不地道啊？"林夫人跟南宫夫人关系好，说话也很随性，有什么就说什么。

这话南宫夫人可不爱听了。她瞪着林夫人："你什么意思？"

林夫人也不是没见过南宫夫人生气的样子，她依旧笑着，心平气和地说："姐姐，先前苏落救了流星，这是事实吧？"

南宫夫人冷哼一声。

林夫人又说："所以，她是流星的救命恩人，这一点不假吧？"

南宫夫人继续冷哼。

林夫人一拍手："但是，我却听说姐姐现在翻脸就不认人，还让人将苏落给赶出去了，有这么回事儿吧？"

林夫人都不看南宫夫人，而是直接看着白嬷嬷。

白嬷嬷无奈地叹息："这件事倒不能完全怪在夫人身上，因为当时夫人也是误会苏姑娘故意压制三少爷的生命值，心里着急才这样的。"

南宫夫人一听，顿时瞪眼："她本来就是故意压制流星的性命，有什么误会的？白嬷嬷，你不要说话了！"

白嬷嬷无奈地看着林夫人。

林夫人心里暗笑，面上却对南宫夫人说："姐姐，苏落怎么会故意压制着流星的生命值呢，这其中一定有误会，她说了没有？"

南宫夫人冷笑："证据确凿，她还能说什么！幸好珈怡回来了，不然的话还戳穿不了她呢！"

自从苏落救了林若羽一命之后，林夫人是打心眼里喜欢苏落，所以看到南宫夫人这样误会苏落，就打定主意要帮苏落澄清。

林夫人无奈地叹了口气："姐姐，旁的我也不与你争辩，我只问动机，苏落故意压制流星的生命值，为什么呢？动机是什么？"

南宫夫人骄傲地仰着下巴，用看白痴的目光看着林夫人："你怎么这么笨？刚才不是说了吗，她留着流星慢慢治，这样我们家就会感激她、离不开她，而她也有更多的机会可以接近流云啊。"

林大人朝天翻了个·白眼："先不说她有没有能力迅速治好流星，咱们只说她如果迅速治好流星，难道你们家就不感激她了？"

南宫夫人："……"

林夫人又没好气地说："外面的传言我可是听说了，都说是你们家宫二疯狂地追求人家小姑娘，人家小姑娘可是被追的那个，你说她故意勾引宫二，想要更多的机会接近宫二？姐姐，你这么说可有点颠倒黑白。"

"你不要说话了！"南宫夫人说不过林夫人，只能虎着脸怒视林夫人。

可她这样的态度，吓吓别的夫人还行，林夫人跟她可是手帕交，从小一起长大的姐妹，哪里会被她唬住？林夫人看到南宫夫人恼羞成怒，她还偏偏笑出声来："姐姐，你也别气，扪心自问，你是相信苏落的医术，还是相信你们家珈怡的医术？你觉得谁能够救流星？"

"当然是我们家珈怡！"南宫夫人毫不犹豫地说。

林夫人又笑起来："我不知道苏落的医术高到什么程度，但是姐姐你可还记得，当时我家羽儿伤成那样，老爷子出手，将炼药师公会的会长都请来了，可还是不成，最后还是苏落出面才把羽儿的命给扯回来了！姐姐，这才是苏落真正的医术！你现在得罪狠了她，回头珈怡救不了流星，你还不得继续去求苏落治？"

南宫夫人心里微微一凛。这些话白嬷嬷也说过，但是她一心记恨苏落压制流星生命值的事，从来也没细想过，现在被林夫人提起来，南宫夫人才多想了一层。

"你这话不对。"南宫夫人摇摇头，"这事儿我跟珈怡也谈过了，珈怡说，当时你们家羽儿那情况，副会长大人肯定是故意放水，然后让苏落来出这个彩。反正珈怡说了，以苏落这样的年纪，就算从娘胎里开始学，就算她不吃不喝一直学医，也不可能比得过副会长大人，所以，当时她救你们家羽儿，绝对是作弊了！我说妹妹，你被骗了！"

林夫人无语地看着南宫夫人。当时情况那么危急，而副会长大人是老爷子亲自请来的，他会故意放水？而且林夫人看得很清楚，副会长大人对苏落很尊敬，那是一种对强者的敬重。

所以，林夫人很无奈地叹气道："既然姐姐这么执迷不悟，那我说什么都没用了，我只提醒姐姐一句，做事留一线，日后好相见，等珈怡治坏了流星再去求人家，真的会很丢脸，到时候我可不当这个中间人。"

"你放心！就算流星死了，我也不会再去求那个臭丫头！"南宫夫人这会儿特别有骨气，豪气万丈地拍着桌子，但是她却不知道，有些话一出口，就会一语成谶的。

林夫人无奈地摇头。她知道，这会儿的南宫夫人已经魔怔了，谁的话都听不进去了。但是，既然苏落放话流星一个月内会出事，那么，一个月之内流星必然会出事。林夫人对苏落的医术是万分信服的。

林夫人见再劝下去，南宫夫人真的就要翻脸了，于是就不劝了。

离开的时候，她拉着白嬷嬷的手千交代万交代："姐姐做事不顾后果，我看苏落是个很骄傲的人，这件事情你千万劝着点。"

白嬷嬷点点头。

林夫人离开后，南宫珈怡就过来了。

南宫夫人拉着她说起了林夫人说的那些话，然后得意扬扬地对她女儿说："珈怡啊，娘亲可是万分信你的，拿出你的医术来，让那些看扁你的人自动闭嘴！"

但是，南宫珈怡的反应却不如前几天热烈。

南宫夫人眉头一皱："发生了什么事？"

南宫珈怡看着南宫夫人，小脑袋钻进南宫夫人怀里，看上去有些闷闷的。

"怡儿，怎么了？"南宫夫人看她这蔫蔫的样子，有些担心地问。

"娘亲……"

"嗯？"

"如果我说……苏落的医术很不错，你会不会怪我？"南宫珈怡闷闷地说。

那十天，苏落跟在她身边做助手的时候，她一直刁难苏落，可是苏落都翻倍完成了任务，而且苏落的炼药手法，她都研究不出来，这让南宫珈怡心里有些不安。

南宫夫人紧张地盯着南宫珈怡："你不如她？"

南宫珈怡顿时抬头："什么话，我怎么会不如她？我只是说，她比我想象中的，要厉害一点点，就这么一点点。"

南宫珈怡用小拇指的指甲盖表示，就那么一点点。

南宫夫人闻言就笑了："我家怡儿是最厉害的。对了，你今天看星儿了吗？"

南宫珈怡眸中带着微微笑："看了，弟弟的生命值又上升了一个点。娘亲放心，我很快就能复活弟弟了。"

"好！"南宫夫人听了林夫人的话，心里原本有点不安，但是现在有了她家怡儿的保证，她顿时心花怒放。

两母女信心十足，却还不知道，此刻对于南宫流星来说，生命值越高，他的生命就耗得越快。

第五章

绝世天才

107

第六章　施针救人

南宫珈怡第四天就罢工了，在接下来的第五天、第六天，她也没有理苏落，而是待在家里，但是苏落的消息却不断传到她的耳中。

南宫珈怡发现，她罢工的这三天，苏落竟然还是天天往孤云峰里钻，一个人都没救。

眼看十天的时间就要到了，莫非苏落还有别的底牌？想到这里，南宫珈怡就悄悄跑回去，她要亲眼看看苏落到底会做什么。

南宫珈怡回去后，苏落瞥了她一眼，也就不理她了。

南宫珈怡瞪着苏落："你到底想干什么？还能不能好好地比赛了？整天往山里钻，现在都第七天了，你治疗过一位平民吗？"

面对南宫珈怡的质问，苏落神色淡然："帮忙熬药。"

南宫珈怡看到那十口大锅里熬着的热气腾腾的药，眼底闪过一丝狐疑：这是在做什么？

"病人呢？"南宫珈怡看了看药量，这至少是几千人的药量。

苏落一直忙着配药。她一边拣药，一边吩咐南宫珈怡："十分钟后，放通灵草，每口锅十片叶子，不要放多了。"

苏落只管吩咐，根本没有回答南宫珈怡的问题。

以南宫珈怡的性子，她是绝对不会听苏落的吩咐做事的，但是她现在实在是好奇，再加上苏落也展现过实力，得到过她的认可，所以，南宫珈怡按捺住内心的好奇，苏落让她做什么她就做什么。

南宫珈怡原本以为，苏落让她煮完这十口大锅的药汁就完了，但是，直到上了手她才知道，原来不止十口大锅！

当这十口大锅煮完之后，苏落一挥手，直接连锅带药汁都收进了储存空间。

然后，苏落又准备了十口大锅，还有相应的草药。

南宫珈怡无语地瞪着苏落，这是煮药汁当水喝呢？

南宫珈怡暗中分析过这些草药，有些像治疗瘟疫的，但又有些像治疗散功的；既有温补的，又有寒凉的；既有解毒的，又有加毒的。这配方简直像是随便混搭的，根本让人摸不准药理。

南宫珈怡冷冷地盯着苏落："不要告诉我，这些草药是你随便抓的？"

但是，苏落却依旧埋首于手里的活，连眼神都不带看南宫珈怡一下的。

一向被当公主娇宠着长大的南宫珈怡真的怒了，她又想罢工的时候，却听到苏落松了口气道："成了。"

"什么成了？"南宫珈怡好奇地看着她。

苏落看着南宫珈怡，说："紫云鼠霍乱，高安城发生瘟疫，走吧。"

苏落一挥手，又把十锅药汁收了起来。

"高安城……紫云鼠……霍乱？"南宫珈怡呆呆地看着苏落，"你怎么知道高安城有霍乱？"

苏落理所当然地说："问出来的啊。"

苏落问副会长大人最近哪里有瘟疫，副会长大人就告诉她高安城了。高安城的炼药师分会早就向总部求救了，副会长大人正想派人去，所以这项任务就落到了苏落头上。

见南宫珈怡还傻乎乎地愣着，苏落没好气地瞟了她一眼："走了。"

南宫珈怡这才回过神来，她忽然哈哈大笑："苏落，你去哪儿啊？"

"高安城啊。"苏落不解地看着南宫珈怡，刚才不是都说清楚了吗？

"可是，你知道高安城离这里有多远吗？哈哈哈……"南宫珈怡用看傻子一样的目光看着苏落，"你不会以为，高安城就在帝都郊外，走过去就几个小时的距离吧？"

事实上，高安城远离帝都，就算用飞行器，也需要飞很久的时间。

苏落淡淡地看着南宫珈怡。

南宫珈怡好不容易止住笑，对苏落说："难道你忘记了吗？我们约定了十天的比试，而今天，已经是第九天了。"

"我记得啊。"苏落无辜又迷惑地看着南宫珈怡。

"那你还……"南宫珈怡觉得苏落看上去很像个傻子。

就在这时候，一道敲门声响起。苏落眼眸一亮，淡淡地说："进来。"

"风姨？"看着那位风情万种的女人，南宫珈怡微微一愣。在帝都，谁不知道珍宝轩，谁不知道珍宝轩幕后的风娘啊。

风娘朝南宫珈怡淡淡地点头，然后径直走到苏落面前，递过去一个小布袋："少主收好了，暂时只能匀出五颗破空定位珠，回头等攒起来，再一并给少主送来。"

苏落浅浅一笑："五颗确实有点少，你多费点心吧。"

风娘点点头："少主还有别的吩咐吗？"风娘的态度很恭敬，给苏落做足了面子。

"暂时没有，你先回去吧。"苏落点点头。

于是，风娘朝南宫珈怡微微颔首，就像她突如其来地出现一样，消失得也同样迅速。

风娘来得快去得也快，如果不是苏落手里拿着一个袋子，南宫珈怡都以为自己是在做梦。

"刚才那位是……风姨？"南宫珈怡有些不确定。风娘在帝都的地位是超然的，但是她居然称苏落为"少主"。

"如果你指的是风娘，对，没错，刚才来的确实是她。"苏落晃了晃手里的破空定位珠。看着那晃动的袋子，南宫珈怡不信也得信了。

她本以为苏落不过是普通出身、普通来历，如今看来，苏落的身世绝不简单。南宫珈怡的眉头皱得更紧了。

苏落却没有给她更多思考的机会。她带着南宫珈怡，用手里的破空定位珠去了高安城。

高安城的鼠疫很严重，但是有苏落这位皇级炼药师出手，闹得沸沸扬扬的鼠疫，只一天工夫就被控制住了。

高安城一共三百万人，至少有一百五十万人感染了鼠疫，所以苏落一出手就拯救了好几百万人。

南宫珈怡虽然一直都在帮忙救治病患，但是她的脸色却有些难看，直到救治结束，她也没有给苏落好脸色看。

苏落又用了一颗破空定位珠，将南宫珈怡带回了帝都。

看到苏落毫不吝啬地使用破空定位珠，南宫珈怡默默在心里吐槽了一句：土豪！

要知道，破空定位珠真的很贵很贵，不仅贵，而且还有价无市，也只有掌控珍宝轩的风娘，手里才偶尔会有一颗流通。

这种破空定位珠一般都是紧急时刻用来逃命的。

南宫珈怡之前还在自豪自己的家族底蕴。她家的藏宝库里绝对有破空定位珠，但是家族子弟那么多，怎么可能分到她手里？所以，南宫珈怡看到苏落奢侈地用破空定位珠瞬间飞回帝都时，她的内心其实是复杂的。之前还骂人家平民穷酸，结果人家一出手就比自己阔绰奢侈得多，这种感觉真的很复杂。

回到帝都后，南宫珈怡的脸色更不好看了，因为她要面对的是失败的局面。

五千八百三十七人对一百五十万人，谁输谁赢，结果还需要说吗？

南宫珈怡恨恨地瞪着苏落，冷冰冰地说："这场比试是你赢了，现在你满意了吧！"

苏落双手一摊，神色淡然："还行吧。"

什么叫还行吧？这是看不起我吗？！南宫珈怡心里有气，面上就带了出来。她的性格有点像南宫夫人，怒气是根本不加掩饰的。

"既然你赢了，那我就允许你去看看弟弟，至于能不能动手治他，这事还得我说了算！"南宫珈怡担心弟弟会被苏落治坏了。

苏落却似笑非笑地勾起唇角："之前的赌注南宫三小姐如果忘记的话，我不介意帮你回忆一遍。如果我没记错的话，当时的赌约是，如果我赢了，治不治人，得看我的心情。"

南宫珈怡盯着苏落，神色不善："你到底想怎样？！"

"今天这天气阴沉沉的，我的心情好像有点受影响了。"苏落的眸中带着一丝讥诮。

"哼！谁稀罕你治，不治最好！"南宫珈怡傲慢地转头，虽然心里知道苏落的医术很厉害，甚至比她还厉害，但是嘴硬的南宫三小姐可不会嘴上承认。

然而，就在南宫珈怡转身的时候，她的通讯珏突然响了。

南宫珈怡皱皱眉头，拿出通讯珏一看，立即跳上坐骑往龙凤族的住地狂奔而去。

看到南宫珈怡跑得那么快，苏落神色微凝：看来南宫流星真的出事了。

苏落所料不差，南宫流星真的出事了。本来按照苏落的预料，他至少还能支撑十天，但因为这段时间南宫珈怡一直跟着苏落忙碌，照看南宫流星比较少，她大意了，所以，南宫流星的病提前发作了。

南宫珈怡还没跑到南宫流星的院子，就看到南宫夫人朝她直扑过来。南宫夫人死死拽住南宫珈怡的手："怡儿啊，快去看看你弟弟，你弟弟快停止呼吸了！"

"娘亲放心，我这就去看弟弟！"南宫珈怡的脸色有些发白。她快步冲进去，看到南宫流星躺在床上，原本瘦得只剩一把骨头的身体被她这段时间养得多了些肉，但是他的脸色却非常难看，透着一丝青灰色，死气沉沉。

南宫珈怡抬头朝他的生命值看去，原本很高的生命值，此刻却呈直线下降——

六十！

五十五！

五十！

四十五！

"天啊！天啊！这生命值怎么会……怡儿，快救救你弟弟，快救救你弟弟啊！"南宫夫人急得快疯了，她死死地拽住南宫珈怡的手，指甲都掐进肉里了。

"我……我救……对，我救！"南宫珈怡冲过去，一把抓住南宫流星的手腕，越是诊脉，眉头就皱得越紧。

南宫夫人一边看着那直线般掉落的生命值，一边盯着南宫珈怡脸上的表情，都快吓瘫了。

没多久，南宫珈怡就放下南宫流星的手。

"你弟弟怎样了？"南宫夫人眼眶里蓄满了泪水。

"我……"南宫珈怡想说，她到现在还看不出来弟弟身上到底发生了什么事，但是看到急得快疯掉的母亲，她决定还是不说了，"我用银针试试。"

南宫珈怡手中出现了一套银针。这套银针苏落是见识过的，因为南宫珈怡救平民的时候，一直都在用这套银针。

平日里百分百奏效的银针，在刺入南宫流星的身体后，也开始出现效果了，原本直线下降的生命值开始变慢。

当南宫珈怡在南宫流星身上刺入七根银针后，那下降的生命值渐渐稳住了。

南宫夫人看着生命值停在四十三点上，然后就那样稳住，高高悬起的心这才落回了胸腔。

"还好，还好，还好……"南宫夫人一直念叨着这句话。她一抹额头，发现自己额头上全都是汗水。

"好了，终于止住了，珈怡啊，你可要好好检查下你弟弟啊，你弟弟这到底是出了什么事啊？"南宫夫人放下了心之后，开始问细节。

但是南宫珈怡却没有回答她，这一刻的南宫珈怡，神色间有一丝迷茫，心里完全没有把握。

南宫珈怡狠狠松了口气，朝南宫夫人点点头："好了，弟弟的情况已经稳定下来，不过我要仔细检查一遍，看到底是哪里出了问题。"

"好好好，怡儿啊，你可要好好检查啊，你弟弟这……"忽然，南宫夫人的眼睛死死地瞪着生命探测器。

因为此刻，那原本稳定住的生命值波动了一下，又开始往下掉了！

"天啊天啊天啊！"南宫夫人都快被吓出心脏病来了。

南宫夫人还想说话，南宫珈怡直接说："娘亲，我会救治弟弟的，你不要说话了！越说越乱！"

"好好好，我不说话，我不打扰你，你快治，你快点治……"南宫夫人急得团团转。

白嬷嬷看到南宫流星的身子都在颤抖，心里有种很不好的预感，对南宫夫人提议道："要不……要不还是请苏姑娘过来看看？"

南宫夫人的心情很复杂，这个时候，要说她心里没有想到苏落，那是不可能的。

因为这一幕，让南宫夫人的脑海里浮现起了当初在林家的那一幕。

当时的林若羽就这样躺在那里，全身颤抖，林夫人急得快崩溃了，所有的炼药师都说没办法，但是苏落出现了，她将林若羽救活了。

"苏落……苏落……苏落……"南宫夫人的手心紧紧攥住，她不知道，她真的不知道……

南宫珈怡在拼命地救南宫流星。但是她不知道南宫流星发生了什么情况，各项她都检查了，都没问题，但是南宫流星却在衰老，迅速衰老！

"快，快去通知老爷子！"南宫夫人终于想到这座大山。

在龙凤族，南宫老爷子就像一座屹立不倒的巍峨大山，高高伫立在那里，撑起所有的风风雨雨。

王伯很快就来了，他看到南宫流星的生命值还在往下掉，第一句话就是问南宫夫人："请苏姑娘了没有？"

南宫夫人愣住了。

王伯说："她们俩的比赛已经结束了，赢的人是苏落，夫人不会到现在还不知道吧？"

南宫夫人死死地瞪着南宫珈怡。

南宫珈怡正在拼命救治南宫流星，听到这句话不禁身形一颤，但还是一边给南宫流星扎针，一边点头承认："是的，娘亲，我输了，您快去请苏落过来吧。"

就连南宫珈怡都承认自己输了，都让她去请苏落过来……

"怡儿，你……"南宫夫人的嘴唇都在颤抖。

南宫珈怡额头上的汗滴滴答答往下掉，她深吸一口气，声音中带了一丝颤抖："娘亲，我救不了弟弟，你快去找苏落过来。"

这句话很丢脸，但事关弟弟的性命，这时候就算让南宫珈怡亲自去跪求苏落，她也不会有一丝犹豫。

"我……我……"南宫夫人这才突然意识到，她之前的话一语成谶了。

林夫人那么劝她，可是她一意孤行，还说出就算死也不求苏落这种话，但是这话才说了不久就自打嘴巴了。

"苏……苏落也未必……"南宫夫人艰难地发出声音。

"母亲大人，苏落虽然未必能救弟弟，但是她的医术确实比我强。"南宫珈怡也很难堪，因为她之前将话说得那么满，而且对苏落的医术诸多鄙视，但是这二十天的较量，让南宫珈怡明白了什么叫"人外有人，天外有天"。

"好，我……我这就去找苏落，快备马车！"南宫夫人的手在颤抖。

南宫夫人知道，这位苏丫头傲气得很，之前自己那么得罪她，现在如果不亲自去请她的话，她定然不会过来。虽然亲自去请会让南宫夫人觉得很难堪、很丢脸，但是比起流星的性命，这又算得了什么？

南宫夫人带着一大拨人，浩浩荡荡地冲到了帝国学院的东华分院门口。

"冲进去！"南宫夫人一声令下，马车直接朝宿舍别墅区冲去，速度快得跟炮弹似的。

赵副院长早就接到通知，正带着人在门口恭候呢，却见南宫夫人的马车嗖的一声不见了。

他们冲进苏落的别墅，却发现苏落不在。

"她去哪里了？"南宫夫人在马车里练习了很久道歉的话，原本以为可以说出口了，结果人却不在。

唐雅岚和费君平都说不知道。

"搜！"南宫夫人急得快哭了。

于是，东华学院热闹了。南宫家族的护卫在整个东华学院里蹿来蹿去，留下一道道残影。

苏落练功完毕，刚走出修炼室，就收到很多条信息，总结起来就一个意思——苏落快跑！南宫夫人杀过来了！

苏落无奈地摇头。她知道南宫夫人会来找她，但是没想到会这么快就来。

苏落站在SS精英修炼室门口，这样大的目标，很快就被南宫家族的护卫找到了。

于是，南宫夫人带着一群人，浩浩荡荡地朝苏落冲过来，后面还跟着一大群看热闹的。

平日里修炼那么无聊，好不容易有这样的大八卦，这简直就成了帝国学院的盛事。

南宫夫人走到苏落面前，看着苏落，顿时觉得脸上滚烫，犹如发烧。

苏落不含一丝感情地看着南宫夫人，眸光似水，平静无澜。

好戏终于要开始了！众人心中疯狂地呐喊，那一双双眼睛死死盯着南宫夫人的手，等着那双手抽飞苏落。

南宫夫人此刻很尴尬，嘴唇动了动，却一个字都说不出来。之前在马车上的时候，南宫夫人已经做了很久的心理建设，如果当时让她找到苏落的话，她一口气就能全说出来，但是现在隔了这么久，那股气势早就烟消云散了。

白嬷嬷正要上前替夫人说句话，却见南宫夫人已经一个箭步冲到苏落面前，拽住苏落的手，严厉而凶狠地说："跟我走！"

苏落手被拽住，神色漠然，就那么漫不经心地挑着眉看着南宫夫人："去哪儿？"

"龙凤族！"南宫夫人气势汹汹。

"做什么？"苏落的神色依旧淡然无波。

南宫夫人心里暗恨，她都亲自来请人了，姿态都摆得这么明显了，这臭丫头还在装蒜。难道非要她跪下，这臭丫头才肯原谅她吗？

"救人！"南宫夫人恶狠狠地瞪着苏落，"明知故问！快跟我走！"

说着，南宫夫人就要将苏落拽走。

南宫夫人却不知道，她这句话一出，周围看热闹的那群人全都傻眼了。

什么情况？南宫夫人过来找苏落，原来不是要打她，而是要请她回去救人？

苏落何德何能？龙凤族的人需要她来救？

不过，不管苏落为什么能救，既然南宫夫人找上门来，那就说明苏落肯定能救。

这可是一个讨好未来婆婆的大好机会啊！很多人看着苏落，眼中都喷出嫉妒的火苗：为什么全天下的好处，都让苏落给占了！

但是，让她们更加憋屈的是，苏落竟将南宫夫人的手一甩，冷冰冰地看着高贵的南宫夫人，目光中还含着一抹明显的讽刺："什么救人？我可不会，夫人还是另请高明吧。"

南宫夫人气得脸都白了，胸口剧烈起伏。

南宫夫人都这么生气了，肯定会甩手走人吧？大家心中都是这样想的，但出乎意料的是，南宫夫人强忍着怒火问道："到底要怎样，你才肯跟我走？"

苏落似笑非笑地看着南宫夫人，并不说话。

"别忘了，你想嫁给流云，就得过我这一关！"南宫夫人放下狠话。

苏落长叹一声，事到如今，南宫夫人还是这般骄傲得让人无语啊。这就是求人的态度？如果这就是求人的态度，那么，苏落也有自己的尊严。

南宫夫人见苏落摆出这姿态，就知道今天要想好好请她回去是不可能了。

"来人，给我将她绑回去！"南宫夫人一声令下，顿时，南宫家族的护卫如狼似虎地朝苏落冲去。

南宫夫人的身份太高了，龙凤族的威名太盛，东华分院根本没人敢阻止，也没人能够阻止。

看着冲上去将苏落团团围住的护卫，南宫夫人心底闪过一丝冷笑：臭丫头，敬酒不吃吃罚酒！既然请不回去，那就把你捉回去！

南宫夫人正这样想着，却见苏落忽然笑出声来，心中顿时有种很不好的预感："你笑什么？"

苏落笑着说："南宫珈怡想必跟你说过，救不救人得看我的心情，夫人觉得这样待我，我的心情会很好？"

南宫夫人闻言，眼中跳跃着两簇火焰。

苏落又淡淡地笑道："我这人还有个脾气，心情不好，记忆力就不好，或者会多下一针，或者多放了一味药，这可都是心情不好引起的，并不是我的本意。"

南宫夫人的脸色瞬间煞白，苏落说得很明白，如果强行将她掳走，那么她一个心情不好治坏了南宫流星，那可不是她的错啊。

南宫夫人气得胸口剧烈起伏，她死死地盯着苏落。

苏落则笑吟吟地看着她，不卑不亢，淡定从容。

南宫夫人这才真正意识到，原来林夫人说的是真的。如果真是苏落勾引流云，那么现在这时候，只需她一句话，苏落就会乖乖地跟她走了。所以，其实是流云在追她……

南宫夫人气得要命，瞪着苏落说道："如果流星真的出事了，你和流云的事，这辈子都不可能了，你应该知道流星在流云心目中的地位。"

南宫夫人这句话，威胁得很到位。

事实上，苏落比南宫夫人还了解这件事的重要性。

"你成功地威胁到我了。"苏落淡然地看着南宫夫人，"但是，南宫流星是你不让我治的，所以，最后如果南宫流星真的出了事，南宫流云第一个怨的人也是您，而不是我。"

南宫夫人捏紧拳头。

因为事关龙凤族的家事，围观的群众不等别人驱赶就散了，跑得飞快。大家都很清楚，豪门大户里的秘密，知道得太多了不是什么好事。

南宫夫人就这样死死地盯着苏落，但是苏落却没有要跟她走的意思。

没多久，南宫流云过来了。

军务终于处理完了，十三皇子的事也移交了过去，南宫流云知道家里出了点事，所以当即就回去了。但是，家里发生的事，还是有点出乎他的意料。知道了南宫夫人对苏落的薄待，知道了南宫珈怡跟苏落之间的事，知道了南宫流星命在旦夕，南宫流云转身就走。

所以，就在围观群众跑开没多久，南宫流云就找到了苏落。

而这时候的苏落正跟南宫夫人僵持着。

南宫夫人看到南宫流云，当即神色一松：流云终于过来了，现在终于不用受苏落的鸟气了！南宫夫人顿时有种扬眉吐气的感觉。

"流云你快过来，你快跟她说说，她居然不救你弟弟！她心里还有没有你啊！"南宫大人干脆来了个恶人先告状。

南宫流云抬头望天。有这样一位母亲，有时候真的很让他无语。

南宫流云的目光盯着南宫夫人："母亲做的事，真以为我不知道？"

南宫夫人的脸色一僵。

南宫流云声音冰冷地说："先前苏落救流星有起色的时候，母亲对苏落多好，差点当成女儿了，后来珈怡一来，将这事抢过去，母亲就觉得苏落没用了，就故意怠慢她。"

"不，不是的……"南宫夫人试图狡辩。

南宫流云并不给她解释的机会，目光冰冷地盯着南宫夫人："现在珈怡治不好流星了，母亲又回过头来求苏落，求就求吧，还用这种盛气凌人的方式。母亲，求人不是这样的态度。"

南宫夫人何曾在这么多人面前丢脸过？一时恼羞成怒，指着南宫流云斥道："你这个逆子！这还没娶上媳妇儿呢，眼里就没娘了！"

南宫流云冷淡地看着南宫夫人："母亲也不用拿我跟苏落的关系来威胁，如果您不改变姿态，不救也罢。"

"不救也罢？！"南宫夫人闻言，尖叫出声。

"这次弟弟不是我一个人害死的，母亲也有份参与，如果母亲想日日夜夜体会后悔滋味的话，请继续保持这副高傲的姿态吧。"南宫流云神色漠然、冷淡，犹如千年堆积的冰雪。苏落从他眼中看到了他对南宫夫人的失望。

苏落看得出来，南宫夫人也看得出来。

这一刻，南宫夫人突然有一种众叛亲离的感觉。以前她也经常做错事，但是南宫流云知道后，只会训她两句，事情也就揭过去了，但是这一次，他真的对自己失望了……

南宫夫人后退一步，抬头看着苏落，神色变幻莫测……

苏落深深叹了口气，无奈极了。她是想逼南宫夫人拿出求人该有的态度，但不是让南宫流云跟着低头。

不等南宫夫人说什么，苏落快步走上前，挽住南宫流云的手："走吧。"

"你……心情好点了吗？"南宫流云那双绝美深邃的眼眸定定地望着苏落。

南宫流云这句话问得随意，但是南宫夫人的心却是一颤，因为她牢记着苏落之前威胁过的话。

苏落没好气地掐了一把他的腰："被你哄好了啊，快走快走，流星还不知道现在什么情况呢。丑话我可说在前头，我会尽量施救，但是这十年里我并不知道流星被你妹妹治成什么样了，如果治不好，可不能赖我。"

南宫夫人刚想反驳"我女儿治得好好的"，但是想起死气沉沉躺在床上的流星，南宫夫人的话到了嘴边又咽了下去。

南宫流云认真地看着苏落，轻轻地说道："对不起。"

他知道苏落的脾气，这丫头骄傲极了，母亲把她得罪狠了，若不是因为自己的关系，她断然不会再去给流星看病。

想到这里，南宫流云的心微微有些疼，他拉着苏落，认真地凝视着她："让你受委屈了。"

苏落原也觉得委屈，但是有了南宫流云这句话，她顿时就觉得"受点南宫夫人的委屈也值得"，因为南宫流云会翻倍还给她。

苏落挽住他的手，仰着巴掌大的小脸，水眸灵动："你知道就好。"

两个人携手坐上坐骑，飞身而去，将南宫夫人留在了原地。

好在此刻只有南宫家族的护卫在场，帝国学院的学生早就跑光了，不然南宫夫人这脸可就丢大了。

南宫夫人看着那渐行渐远的坐骑，眸中闪过一丝复杂的神色。

白嬷嬷无奈地看着南宫夫人："夫人，这事确实是您错了，等回去之后，大人还不定怎么罚呢，就是老爷子那边也不好交代。"

南宫夫人倒是不怕南宫墨渊，但是老爷子那边，倒真是……流星不仅是她的儿子，还是老爷子的孙子。

南宫夫人头痛地揉揉额头。她心中确实后悔了，她不该这么过河拆桥，更不该怀疑苏落……但是南宫夫人极爱面子，嘴上依旧倔强："你怕什么！有流云在，还怕那丫头不治？"

白嬷嬷无奈地瞅着她。

南宫夫人也知自己这话站不住脚，赶紧说："好了好了，嬷嬷不要光顾着指责我了，现在最重要的是流星！"

说罢，南宫夫人坐上车，一大群人冲出帝国学院，飞快地朝龙凤族而去。

当南宫流云和苏落赶回龙凤族时，南宫流星的状况极差，生命值已经掉到了二十。一旦低于十五，就很难再提升上去了，将有生命危险。

南宫流云的院门口站了不少人，很多苏落都不认识，但是其中有两个人却是苏落见过的。

一个是代表着老爷子身份的王伯。

还有一个，竟然是南宫墨渊。这位统帅大人认真地看着苏落，他的身上有着上位者特有的强势和凌厉，但是此刻，他看着苏落的眼神却带了一丝恳求。就好像当初林若羽的父亲对苏落恳求，求她救救他儿子一样。

天底下，所有的父亲对孩子的爱都是一样的。

"丫头，委屈你了。"南宫夫人对苏落做的事，他也是后来才知道的。

他这句话，让苏落原有的一点委屈也没了。

苏落朝他微微一笑："伯父，为了南宫流云，我会尽全力的。"

南宫墨渊对苏落的印象更好了。这丫头端庄稳重、进退有度、遇事从容，既有自己的原则，又能听得进人劝。

"你很好。"南宫墨渊拍拍苏落的肩头。

这句话，几乎等于间接认可了苏落跟南宫流云的事。

苏落对南宫老爹的印象也很不错，于是，她淡淡一笑："我先进去了。"

苏落进去之后，看到并不是南宫珈怡一个人在救治南宫流星，至少还有十来名炼药师。

南宫家那位皇级炼药师也在，他看到苏落，顿时眼睛一亮，大叫一声："苏姑娘，您可算是来了！"

苏落朝皇级炼药师点点头："什么情况？"

南宫炼药师很无奈地摇头："检查不出什么情况，但是生命值一直在掉，器官不断衰竭，苏姑娘快过去看看吧！"

南宫珈怡看到苏落，眼中瞬间闪过一抹复杂之色，却没有为难她，而是主动让位："你来看看。"

苏落不动声色地看了南宫珈怡一眼。本以为会跟她浪费些时间，没想到她倒是识趣。

苏落朝她点点头，然后走到南宫流星的病榻前。

十年不见，南宫流星的身上比以前多了些肉，原先的他可是皮包骨头的。

在治疗南宫流星之前，苏落心中已经有了猜测，如今她要做的只是印证自己的猜测而已。

苏落的手指搭在南宫流星的手腕上，一股微弱的精神力进入他的身体，延伸到奇经八脉，迅速检查他的身体状况。

果然！苏落微微叹了口气。

"我之前埋下的三十六六道压制力量，被解除了十八道。"苏落目光冷然地看着南宫珈怡。

南宫珈怡猛然间抬头，盯着苏落："我解开了十八道。"

就在这时，南宫夫人回来了，她要往房间里冲，却被南宫老爹喝止了。

南宫老爹板着脸的时候，南宫夫人也是很惧怕的。

南宫夫人眼眶含泪："星儿怎么样了？"

南宫老爹目光森森地盯着她："不要吵，苏丫头正在查探星儿的病情。"

屋子里面，苏落跟南宫珈怡的对话清晰地传了出来："我是故意压制南宫流星的生命值的，因为他的生命值上升的话，身体损耗太大，根本承受不住，随时都会死亡。"

南宫珈怡瞪大眼睛，死死地盯着苏落："你说什么？"

南宫夫人此刻也吓得脸色苍白，她忽然想起那天苏落放下狠话，说流星一个月之内肯定会发病。当时她还以为苏落在诅咒流星，原来那时苏落就料到了这一日……

"这不可能啊……这不可能……"南宫珈怡整个人都傻了，她怔怔地看着自己的双手。

她一直以为自己是在救流星，用尽一切办法将苏落设下的穴道禁制打开，还因此而得意扬扬、自信飞扬，却原来……她做的这一切，都在把弟弟往阎罗殿里推吗？

不，不是这样的，一定不是这样的！

"你说谎！"南宫珈怡接受不了自己把弟弟往死路上推的事实，瞪着苏落吼道，"好！姑且当你的猜测是对的，那你来治啊，你快来将弟弟治好啊！"

南宫夫人撕心裂肺的声音也从外面传来："你不是说去修罗界拿噬灵珠吗？拿到了吗？你来复活星儿啊！"

苏落眼底闪过一丝无奈，淡淡地说："刚才我已经检查过了，南宫流星的五脏六腑衰竭达到百分之七十五，我手里是有噬灵珠，但不管用了。"

"你这话是什么意思？你是说你复活不了流星了吗？"南宫夫人不顾一切地冲进内室。

苏落认认真真地回答她："是的，南宫流星，我现在复活不了了。"

在场的所有人都愣住了。他们原本以为，只要苏落到场，就一定能救活南宫流星，但是现在苏落这么直截了当地说她复活不了。

南宫夫人吓得脸色煞白，她一把抓住苏落，紧张得全身都在颤抖："你，你在说什么？"

苏落认真地看着南宫夫人，一字一顿地说："如果南宫流星没有被别的炼

第六章　施针救人

药师动过，按照我之前的计划进行的话，明天，你们就能看到睁开眼睛的南宫流星了。"

南宫夫人身子一颤。

苏落接着说道："但是，现在南宫流星的器官衰竭了百分之七十五，连植物人都做不了，要怎么复活？南宫夫人，你说呢？"

南宫夫人看着苏落的眼睛，她知道，苏落没有说谎，苏落说的是事实。如果，如果……明天就能看到睁开眼的流星吗？

南宫珈怡心里有些不服气，但是更多的却是害怕。如果真是因为她多事，接手流星却把他治坏了，那……南宫珈怡好想一头撞死在墙上。

"那现在怎么办，现在怎么办啊……"南宫夫人急得快崩溃了。

这时候，她终于能够体会当初在林家时，林夫人那种眼睁睁看着自己儿子生命流逝却无能为力的绝望了。

此时南宫流星的生命值还在不断地往下掉，刚才还有二十一，但是这么一会儿时间，就掉到十七了。

在场的人都深深地看着苏落，苏落长叹一声："现在能做的，只有先将南宫流星稳下来了，但是丑话说在前头，现在我只有百分之十的成功率，救不救，你们给句话。"

南宫夫人悔得肠子都青了。她望向南宫珈怡，南宫珈怡的脸色也是苍白苍白的，她忙摆手："我连百分之一的成功率都没有。"

但是，苏落却有百分之十的成功率。

"救。"南宫老爹不知何时站在了南宫夫人身后，对苏落认真地说，"如果能救活他，是他命好；如果救不活……"南宫老爹深深地凝视着南宫夫人，而南宫夫人却有一种大难即将临头的感觉。

苏落朝他们点点头："既然要救，那你们都出去吧，南宫流云留下。还有，南宫炼药师留下，给我当助手。"

龙凤族的人，效率都很高。苏落话一出口，南宫老爹一挥手，所有闲杂人等全都走得干干净净，只有南宫夫人抱着柱子："我不走，我不走，我不走……不要拉我走……"

苏落看看南宫夫人，又看看南宫珈怡，再看看南宫老爹和王管家，破例点点头："你们几个留在外间，不要发出声音，免得干扰到南宫流星。"

里间外间用一层薄薄的纱隔开，从外面能够看到里面的一切情况。

南宫夫人紧张地看着朝南宫流星走去的苏落，内心五味杂陈……如果，这个世界上若有如果，该有多好……

苏落在里面忙碌着，外面的人也没闲着。

此时，气氛万分凝重。每个人的心都高高悬着。

南宫珈怡急得团团转，最后干脆掀起帘子注意着苏落的一举一动。当南宫珈怡看到苏落用的是金针，不由得一愣，再看到苏落的施针手法，眼睛顿时瞪得大大的！

这……怎么会……

苏落怎么会她的银针渡穴，而且用得比她还纯熟？但是，那也是没用的！

刚才她已经试过用银针压制弟弟的穴道，但是一点用都没有，生命值还在不断往下掉。

南宫珈怡心里如此想着，目光也注视着生命探测器。

果然，那上面显示的南宫流星的生命值，已经到……

"天啊！"南宫珈怡大叫一声，冲了进去，"弟弟的生命值只有十五了！弟弟快死了！"

因为南宫珈怡的喊叫，正帮苏落捻针的南宫炼药师被吓了一跳，差点一针狠戳进去。

苏落不动声色地瞟了南宫炼药师一眼："小心。"

南宫炼药师忙点头："是是是。"

捻针是个精细活，全程都要提着一口气，刚才他被突如其来的声音干扰，一口气松下来才会如此。

南宫炼药师深吸一口气，屏除杂念，又开始慢慢地捻针。

南宫珈怡见没人理她，心里更加焦急："苏落，你到底在干什么，弟弟的生命值只有十五了！银针渡穴我试过，根本没用！如果你不行的话就换我来！"

南宫珈怡很急，说着就朝苏落冲过去，打算将苏落给推开。

南宫珈怡这一闹，外面的南宫夫人也坐不住了。她赶紧掀开帘子冲进来，第一眼就是看向生命探测器。见数值已经掉到了十四，南宫夫人的眼泪夺眶而出。

南宫珈怡朝苏落直冲过去，但是还没等她接近苏落，就被一股大力推开，噔噔噔地往后退，后背哐当一声撞到了柱子上。

前方就四个人：一个是濒临死亡的南宫流星，一个是屏息凝神忙着捻针的南宫炼药师，一个是满头大汗正在金针渡穴的苏落，还有一位就是站在苏落身边的南宫流云。

不用想，谁都猜得到，刚才将南宫珈怡拍飞的人是南宫流云。

"二哥！"南宫珈怡大吼一声，南宫流云微微抬眸，声音不怒自威："你还想害死流星，就过来。"

南宫珈怡被吓住了。二哥以前虽然也冷冰冰的，但他不会用这样冷漠的目光看她……

就在这时，苏落抬眸瞟了南宫夫人一眼，淡然问道："夫人觉得现在该让南宫珈怡来治？"

南宫夫人的心猛地一颤。

此刻，所有人都望向南宫夫人。

南宫夫人看着南宫珈怡，南宫珈怡则朝南宫夫人郑重点头："娘亲，弟弟的性命交给我吧！苏落不可信！"

南宫老爹的眉头深深锁起，他正欲开口说话，却见南宫夫人摇摇头。

她说："珈怡啊……你弟弟是苏落先治的，就让她治到底吧，说到底……"

南宫夫人想起那次所有人都对林若羽的病束手无策，但最终苏落治好了这件事，她顿了顿，眸中闪过一丝坚定："她的医术……是可信的，就算治不好，那也是你弟弟的命不好……"

命不好，碰到这样的哥哥、姐姐还有母亲……南宫夫人说到后来，声音都哽咽了。她已经不信任苏落一次了，结果招致了这样的下场，现在她不能再不信苏落了。

苏落没想到南宫夫人最后会选择她。不过有了南宫夫人这句话，苏落的心也定了。她内心泛起一丝涟漪，但是面上却依旧不动声色、淡定无波。

南宫珈怡难以置信地看着她的母亲，南宫夫人刚才那话一出，却似被抽空了全身的力气，整个人都靠在柱子上。

南宫老爹心有不忍，将她扶住。南宫夫人哽咽着扑到他的怀里。

南宫老爹拍拍她的后背："放宽心，星儿有我们守着，不会有事的。"

"嗯……"南宫夫人话虽如此，但是她的心里却没底。

星儿的生命值，已经掉到十四了啊。

而偏偏这时候，南宫珈怡还喊了一句："天啊！弟弟的生命值掉到十三了！十三了！"

在场的没有一个人理她。

苏落手里的金针已经插了十七根了。

在这之前，苏落很少会超过十三根，但是现在已经逼到十七根了，南宫流星的生命值却还没有稳住。

要知道，每多增加一根，苏落的精神力就会多耗损一部分。

第十八根了。

苏落的脸上布满了汗水，脸色非常苍白。

好在苏落去了修罗界之后实力大涨，精神力提高了很多。

特别是得到了碧羽仙藤。现在就是生机勃勃的碧羽仙藤在给苏落源源不断地提供精神力，不然十八根金针一出，苏落自己就先晕了。

南宫流云离苏落很近，能够清晰地看到她眼底的疲惫。

这样的苏落，让他很心疼。

还好刚才母亲的回答让她满意，不然南宫流云就不满意了。

"还能坚持吗？"南宫流云扶住苏落的身子，因为他感觉到苏落此刻已经很疲惫了，仅凭着一口气才硬生生挺着，不然早就晕过去了。

"还有两针。"苏落言简意赅，因为说话不仅会分心，也很耗费精神力。

而这时南宫珈怡还在大呼小叫："十二了！掉到十二了！"

苏落手疾眼快地插入第十九根银针，但是生命值还在往下掉。

南宫家族的人已经不忍心看了。因为此刻的南宫流星，全身都在痉挛，手、脚、身子，甚至连面部都在抽搐，看起来狰狞极了。

南宫夫人已经哭晕在南宫老爹怀里了。

南宫珈怡跌坐在地上，眼底满满的都是绝望。她离家那么多年，吃了那么多苦，学了一手的医术，兴冲冲地跑回家要治弟弟，结果……却将原本能治好的弟弟给治死了吗？不，不是这样的……她不信苏落能治好，苏落刚才说的那番话，一定是在报复她，而不是真的。

十一、十、九、八……生命值还在掉，越到后来，掉得越快。

南宫老爹的眼底浮现一抹沉痛，南宫珈怡整个人都蒙了，南宫夫人醒来后看到直往下掉的生命值，又晕过去了，王伯的脸色也非常不好看。

六、五、四……形势非常危急，南宫流星几乎没了气息，脉搏跳动也若有若无。

在别人看来，南宫流星已经是一个死人了。

三、二……

苏落终于将最后一根金针插入，指尖在所有的金针上一弹，二十根金针自动旋转起来，无形中给人　种阵势的感觉。

一！

生命值最终还是掉到了这个数。

"我的星儿啊！"南宫夫人再次醒来，看到生命值稳稳地停在了"一"的位置，悲怆地大吼一声，匍匐着爬过去，就要抱着南宫流星的身体恸哭。

但是，她的手还没触到南宫流星的身体，苏落的声音却淡淡响起。

苏落的语气中含了一丝无奈："好不容易才救了他的命，您这一手抱下去，南宫流星就真死了。"

南宫夫人闻言，心神大震：苏落这话的意思是——

她的意思是，流星还没死呢！

南宫夫人的心情顿时从十八层地狱飙升到美丽天堂。因为从极度痛苦到极度喜悦，这中间的反差太大，南宫夫人一口气提不上来，又晕过去了。

此刻的苏落已经施完最后一针，身体虚弱得不行，整个人都靠在了南宫流云怀里，看着大家淡淡一笑。

流星的生命值只有一，苏落居然还笑得出来？

而这时苏落还对南宫流云打趣了一句："你娘动不动就晕，什么时候也给她把把脉吧。"

南宫流云勾起唇角，说："好。"那眼底，满满的都是宠溺。

"我好累……"苏落掩唇打了个哈欠，眼底尽显疲倦。

南宫流云一个公主抱，将苏落稳稳抱住："我带你去休息，你需要好好睡一觉。"

苏落修长纤细的双手环住南宫流云的颈项，嘴角带着满足而幸福的笑容："好啊，我们回去吧，真的好累好累……"

苏落的脑袋枕在南宫流云的肩窝，嘴角带着幸福的笑，下一刻就进入昏睡状态。

大家都难以置信地看着这两个人——南宫流星都这样了，你们两个居然还这样秀恩爱，考虑过南宫流星的感受吗？考虑过大家的感受吗？

众人心里很不爽，但是，他们却只能眼睁睁地看着南宫流云将苏落打横抱走。

"这两个人，太过分了！"南宫珈怡这时才意识到，原来苏落跟自己二哥有这层关系，难怪当她知道自己是南宫家三小姐时，还那么老神在在的。

南宫老爹的眉头深深锁起……

嘀——

然而就在这时，一道轻微的声音传来，所有人都下意识地朝南宫流星床头的生命探测器望去。

一、二、三、四……生命值正在稳步往上涨。

"五、六、七……"不知道是谁先数出声来，到最后，所有人的目光都紧盯着生命探测器，跟着上面的数值读着："十三、十四、十五……"

"哇！超过十五了！父亲大人，超过十五了！"南宫珈怡看到那数值涨到了十五，顿时喜极而泣。

所有人都明白，"十五"这个数值代表着什么。

南宫老爹深锁的眉头，此时此刻也微微舒展。

这个苏落，真有她的！难怪她这么自信地离开了，原来是早就料到了会有这样的结果。

"二十三、二十四、二十……五！"最后，南宫流星的生命值停在了二十五。

南宫夫人焦急地拉着南宫珈怡问道："怡儿，生命值怎么就停了，这到底是怎么了啊……"

自从生命值上升后，南宫珈怡就沉浸在一种狂喜的情绪中，现在她对苏落，虽然嘴上不承认，但是心里已经有些认同了。

听到母亲这么问，南宫珈怡一边盯着生命探测器，一边说："可能还会涨吧……"

谁知，南宫夫人却说："算了，问你也是白问，等苏落那丫头醒了，我再亲自问她去。"

南宫珈怡："……"

南宫夫人此刻的喜悦溢于言表，她拉着南宫墨渊的手："你瞧着，星儿这回是保住性命了吧？"

南宫墨渊深沉的眼眸，此刻含着一抹淡笑，淡淡点头："暂时是保住了。"

"那就好，那就好，苏落一定有办法，那丫头的医术厉害着呢！"南宫夫人的嘴角上扬，眼底满满的都是笑容。

南宫墨渊无语地看着他家夫人。之前是谁非要将苏落赶走，还说苏落医术不过如此的？这态度转变得，可真够快啊。

南宫墨渊嘴角微抽："夫人，你可别再折腾了。"

南宫夫人没好气地瞪了南宫老爹一眼："我是那样的人吗？"

南宫老爹话没说出口，但是眼神却表达出了他的意思：你不是那样的人，那谁是那样的人？

南宫夫人心里其实也明白，她出尔反尔，苏落还能来治，不是看在他们是龙凤族的分上，而是因为他们家有一位南宫流云。

南宫夫人看着神色安详的南宫流星，郑重地对南宫老爹说："我现在只求星儿能够平平安安地醒来，如果苏落真将星儿复活，以后啊，我拿她当小祖宗供着。"

"娘，其实……"南宫珈怡还想说什么，南宫夫人却横了她一眼："怡儿啊，你的医术还要再练练，你弟弟的病你可千万别插手了啊，免得再弄巧成拙，害死你弟弟。"南宫夫人说话那个直啊，这补刀补的，南宫珈怡的脸都白了。

好在南宫珈怡是南宫夫人的亲生女儿，所以也不计较这些，这要是换成别人，早就哭着跑了。谁都知道，经此一事，南宫夫人的心已经偏向苏落那边了。

南宫珈怡暗暗叹了口气，虽然很不舒服，但是看到弟弟还活着，心底的喜悦压住了内心的不爽。

而此刻，南宫炼药师面色有些为难："这针已经不晃动了，但是……"该拔针的苏落却不在这里。

南宫夫人急道："我去喊她！"

堂堂龙凤族夫人，提着裙子就要跑，却被南宫老爹一把抓住。

南宫珈怡走上去，说："还是我来拔吧。"

南宫珈怡的手刚碰到金针，南宫夫人却大叫一声："别动！"

那声音，又凄厉又尖锐，震得人耳膜生疼。

南宫珈怡不解地看着她母亲。

南宫夫人冲上去，将南宫珈怡拽得离南宫流星远远的，这才松了口气，然后瞪着南宫珈怡训斥道："叫你别动你没听见吗？你弟弟身上的针，要是被你拔坏了，生命值再往下跌怎么办？你要害死你弟弟吗？！"

南宫珈怡深吸一口气，试图跟她母亲讲道理："拔针不像施针那么有难度，拔针这点实力我还是有的。母亲，你不要这么草木皆兵好吗？我的医术，你还不了解吗？"

南宫夫人却死拽住南宫珈怡的手不放："不行，你不能动！白嬷嬷，你快去找苏落，就算是求，你也得求她回来拔针！"

现在，南宫夫人再也不敢让南宫珈怡动南宫流星了。

看到南宫夫人这严防死守的样子，南宫珈怡感到深受伤害。

白嬷嬷看看南宫夫人，又看看南宫墨渊，见南宫墨渊点了点头，这才对南宫夫人说："夫人且等着，我这就去请苏姑娘。"

而苏落在陷入昏迷之前，曾跟南宫流云交代："我要睡七天，让南宫珈怡把针拔了吧。"

南宫流云揉揉苏落的脑袋，满眼心疼地说："你安心睡吧，其他事有我。"

"那你不要离开我。"苏落环住他的腰，滚进他怀里。

"好。"南宫流云抚摸着她的小脑袋。

这次金针渡穴，确实将苏落累狠了。等白嬷嬷赶来时，苏落已经入睡了，南宫流云将苏落的话转告白嬷嬷。白嬷嬷还想说点什么，但是看到二少爷那强势的气场，白嬷嬷转身就回去了。

回去之后，白嬷嬷就将苏落的话转告给南宫夫人："苏姑娘这次累狠了，现在已经陷入昏迷状态，七天内不会醒来，至于这针，苏姑娘交代了，就让三小姐代为拔除。"

南宫夫人一听这话，忙将南宫珈怡往前一推："去去去，赶紧将你弟弟身上的针拔了。"

南宫珈怡被南宫夫人推了个趔趄，无语地看着自家娘亲，刚刚还怕她害了弟弟，现在倒好，苏落一发话，就敢让她去拔针了。

南宫珈怡心里有气，却只能憋着。在南宫夫人的监督下，终于将二十根金针全都拔出来了，南宫珈怡觉得这拔针比施针还要累。

好在金针拔出后，南宫流星的生命值就稳定在二十五了，南宫夫人这才松了口气。

接下来的日子，南宫夫人寸步不离地守在南宫流星床前。

南宫夫人天天掰着手指数日子，好不容易觉得挨到第七天了，赶紧拉着白嬷嬷商量："苏落今天会醒吧？"

白嬷嬷无奈地看着南宫夫人："夫人，今天……是第六天。"

"可是我数来数去，都觉得今天是第七天啊。算了算了，不管第几天了，你赶紧去星落院，看看她醒了没有。"

白嬷嬷应了一声："是。"

"哎，等等，顺道去下厨房，让厨房将万白雪莲花炖好了，温起来，她什么时候醒了，就什么时候送去给她喝。你瞧瞧她那身子，每次治病都把自己给治晕过去，以后生孩子可怎么办？"南宫夫人喋喋不休地念叨着。

大人这变化可真够大的，现在就已经想到了将来生孩子的事……不过，有了这句话，倒是表明夫人心里已经认可苏丫头了。

今天确实是第六天，苏落还没醒，南宫夫人没等来苏落，倒是将林夫人给等来了。

南宫夫人听到林夫人求见，第一反应就是不见。不过还没等她拒绝，林夫人就在下人的簇拥下快步而来了。

林夫人进来的时候，南宫夫人故意挺直了腰板，也不看林夫人。林夫人顿时没好气了："姐姐别装了，你这样子，一看就知道装得不像。"

林夫人先去看了南宫流星，然后在南宫夫人对面坐下："姐姐，要不是羽儿回家一说，我还不知道流星这么危险呢。"

南宫夫人轻咳两声："没事，我家星儿福大命大，死里逃生，必有后福。"

"那，这是要治好了？"林夫人问。

南宫夫人一瞪眼："那是自然了，怎么会治不好？也不看看是谁治的！"

"怡儿？"林夫人故意问。

南宫夫人脸色微红，不悦地瞪了林夫人一眼："不是！"

"不是怡儿吗？那到底是谁有这么好的医术？"林夫人打趣道。

南宫夫人心中有气：你家羽儿都回家说了，你还能不知道是谁救的星儿？你就装吧！但是，南宫夫人想起自己以前把话说得太满了，这时若是不圆回来，少不得要被对方笑一辈子。

于是，南宫夫人冷冰冰地说："你也别奚落我了，最后还是苏落那丫头治的，那丫头的医术确实不错。"

看到南宫夫人恼羞成怒却又硬生生憋着的样子，林夫人不顾形象地哈哈大笑。她身边的嬷嬷连声劝着："夫人悠着点，别笑岔气了。"

笑了好半天，林夫人才缓过劲来。不等她开口，南宫夫人就冷冷一笑："你乐什么乐？再乐这儿媳妇也不是你家的！"

林夫人一愣，随即长叹一声："是是是，你家的。"

南宫夫人顿时得意了："以后你家羽儿要是病了，还得指着我家落丫头呢，你敢笑话我，以后让落落不给你们家治！"

林夫人无语了："姐姐，你这态度，可真是……"

"我怎么了？我有个好儿子我骄傲！"南宫夫人得意地瞅着林夫人。

林夫人无语望天："姐姐，我怎么觉得，我今天不是来笑话你的，而是被你笑话的？"

南宫夫人也恍然大悟，对啊，刚才她还担心被林夫人笑话，但是这会儿，反倒是林夫人被她打击得无奈，这形势，是完全反过来了啊！

这一切的改变是因为什么？苏落！看来这丫头还真是福星啊。

南宫夫人突然觉得，她家儿子娶了苏落，不是被人看不起，而是可以拿出来炫耀的啊。想到这儿，南宫夫人顿时心情大好，林夫人则被南宫夫人打击得回家去了。

南宫夫人虽然跟林夫人说流星没事了，苏落肯定能治好，但是她也没有忘记苏落的话。

苏落说过，她只能暂时保住星儿的性命，至于复活的事……

南宫夫人忐忑地度过一天之后，时间终于到了第七天。

这一天，苏落终于悠悠醒来。

苏落还没反应过来，就被白嬷嬷请到了南宫流星的无白院。

无白院里，南宫夫人看到苏落，当即站了起来，快走几步迎上去："落落啊，你快来，快给流星看看。"

南宫夫人一声"落落"，叫得苏落全身汗毛倒竖。什么情况？南宫夫人被林夫人附体了吗？这感觉好怪异啊……

南宫夫人却不管苏落现在什么心情，她一伸手就将苏落拽住，拉着苏落赶紧来到南宫流星面前，眸中有一丝焦急："落落啊，你快给星儿看看，你看今天能不能把他复活了？"

苏落把南宫夫人的奇怪表现暂时放到一边，她抓起南宫流星的手，认真地给他诊脉：生命值停留在二十五，生命迹象稳定下来，原本衰竭的器官，在这七天的温养下也在渐渐恢复，虽然恢复的速度很慢，不过……

苏落认真地看着南宫夫人："有件不太好的事，夫人确定现在就要听吗？"

不太好的事？南宫夫人脸色一白，盯着苏落问道："什，什么不好的事？"

苏落叹了口气，认真地说："经此一事，南宫流星的身体耗损得非常严重，几乎不可能恢复到原来的状态了。如果现在复活他的话，危险性高达百分之九十九，所以……"

危险性高达百分之九十九？南宫夫人被这话吓到了。苏落慢悠悠地瞥了南宫夫人一眼："夫人不会以为我是故意拖延治疗南宫流星，从而达到勾引南宫流云的目的吧？"

南宫大人神色一顿，但是下一刻就摇头道："不是我家流云迫的你吗？"

而这时，南宫珈怡听到苏落来这边后，也屁颠屁颠地跑来了。南宫珈怡跑到苏落面前，皱着眉头："你的意思是，弟弟被我治坏了，现在你复活不了他了？"

南宫夫人紧盯着苏落，生怕错过她脸上的每一丝情绪。

苏落理所当然地点头："你明白就好。"

南宫珈怡怒视着苏落，但苏落却没有理她，而是对南宫夫人说："也不是不能复活，而是复活的难度增大了，不过我的金针释放出的电流不够，所以我得去炼药师公会一趟，至于这趟能不能成功还不好说，夫人等消息吧。"

南宫夫人拉着苏落不放："如果，如果你不成功……会怎样？"

苏落叹口气："如果不成功的话，妙影金针拿不到，到时候有两个选择——一是勉强进行复活，百分之一的成功率；二是等我医术精进了再说，这个时间就不知道了，而且也不知道南宫流星能不能撑到那个时候。"

苏落直言相告，南宫夫人被苏落说得悲怆极了。也就是说，如果苏落这次不成功，她的星儿……

"如果你这次成功了呢？"南宫夫人死盯着苏落。

苏落淡淡地说："如果成功拿到妙影神针，南宫流星复活的几率会高达百分之八十。"

"啊！"原来区别竟然这么大！南宫夫人惊呼一声。

"苏丫头，那你可一定一定要拿到啊！"南宫夫人紧紧拉住苏落的手，非常用力，眼里有着深深的恳求和希冀。

苏落叹了口气："妙影神针，连副会长大人都拿不到，我拿到的几率也很低……等闯完药王谷再说吧。"

苏落跟南宫夫人告别，就要离去。

"闯药王谷？你要去闯药王谷？"南宫珈怡听到这句话，直接挡在苏落面前。

苏落看了她一眼："怎么了？"

"我也要去！"南宫珈怡高傲地说，"我倒要看看你怎么闯药王谷！"

苏落没好气地摇摇头。药王谷从第一关到皇级炼药师的关卡她可都闯过了，南宫珈怡若是知道这个，还不知道会有怎样的表情。不过，去就去吧，反正她是皇级炼药师这事是瞒不住的，早晚都会爆出去，不过好在她现在的实力又提升了很多。

南宫珈怡要陪着苏落去炼药师公会，南宫夫人自然没有异议。

自从苏落离开后，南宫夫人就忐忑不安，嘴里不断念叨着苏落的名字。

而苏落，此刻已经来到了炼药师公会。

在炼药师公会，苏落身份特殊，所以她不走正门，而是直接转向专门的炼药师通道。

南宫珈怡一看，顿时拉住苏落："你干吗？"

苏落没好气地望过去："你干吗呢？"

南宫珈怡瞪着苏落："你这是要去哪儿？"

苏落一脸不解："当然是直接去药王谷啊，之前不是说了吗？"

南宫珈怡黑着脸，认真而严肃地警告苏落："我跟你说，你最好现在立刻从这里退出，乱走特殊通道，可是会被乱箭射死的！"

南宫珈怡也来过炼药师公会，那时公孙炼药师就是这么严肃而认真地警告她的。

苏落哦了一声，然后继续往里面走。

南宫珈怡怒了："苏落，你可别敬酒不吃吃罚酒！这话我可告诉你了，被乱箭射死可别怪我！"

苏落没好气地指指通道左右两边："箭呢？"

南宫珈怡这才反应过来："咦，箭呢？"

南宫珈怡想不明白，她也弱弱地踏进去一只脚，左右看看，发现没有箭射出来，于是又踏进去一只脚，还是没有乱箭射出来。

咦，什么情况？

"走吧。"苏落带头，慢悠悠地走在前面，南宫珈怡一脸狐疑地跟在后面。

在确定了不会有乱箭飞出来后，南宫珈怡快步跑到苏落身边，不解地瞪了她一眼："你……这是怎么回事？进药王谷，不都是需要皇级炼药师同意的吗？"

而且，炼药师公会的皇级炼药师，可是皇级炼药师中最厉害的存在，不是家里的那位皇级炼药师可比的。

南宫珈怡一直对他们怀有很重的敬畏之心。

然而，苏落却淡淡地说："不需要那么麻烦，直接闯就是了。"

第六章　施针救人

南宫珈怡皱眉。原本她对苏落的印象已经有所好转，但是看到苏落这么狂妄，对苏落的印象又不好了。她硬邦邦地说："到时候被皇级炼药师抓到，可别赖我！"

来之前她就问过楚三哥了，楚三哥说公孙炼药师就在炼药师公会里住着，到时候他出来，苏落可就麻烦了。

苏落没好气地说："没人赖你，赶紧走吧。"

苏落没想到，南宫珈怡这么骄傲的人，原来也有啰唆的一面。走特殊通道的时候，她一直在苏落耳边唠叨，一直在说被捉到了会如何如何，听得苏落耳朵都要长茧子了。

不过苏落一概无视，安然地走她的路。

特殊通道之所以被称为特殊通道，就是因为其特殊性。走正常通道要走很久，但是特殊通道，不出三分钟就到了药王谷前。

南宫珈怡见苏落抬脚就要迈进药王谷，顿时吓出了一身冷汗。

虽然她是南宫家的三小姐，但是在炼药师公会，她只是一位小炼药师，人家可不会给她面子。

只见她死死瞪着苏落："这可是禁地中的禁地，你就这样进去？你是在找死吗！"

苏落黑白分明的眼眸中一片不解："不进去，在这里晒太阳啊？"

南宫珈怡冷哼，目光中带了一丝鄙夷："苏落，我可告诉你，以我南宫三小姐的身份，我都不敢直接闯药王谷，而你……啧啧。"

苏落："……"

见苏落没说话，南宫珈怡还以为她默认了，于是冷冷一笑："我告诉你正确的流程。你应该做的是，跟门口的接待员申请，得到其中一位皇级炼药师的允许，拿到令牌后再回来，这样才有资格闯药王谷，你知道吗？连我南宫三小姐都不能有特殊待遇，就算公主来了，也得是这样的流程，你还想有特殊待遇？啧啧，一看你就是什么都不懂，还闯药王谷呢，真是……"

苏落用看白痴的眼神看着南宫珈怡，她忽然有一种感觉：南宫流云那么恐怖的智商到底是从哪里来的？明明他的母亲和妹妹的智商都低于正常人啊。

就在南宫珈怡喋喋不休地秀优越感时，有几道身影快速而来，瞬间就站到了苏落面前。

"哎哟，落丫头回来啦？"

"你这丫头，回来了也不跟我们说一声。"

"快过来，让咱们看看你瘦了没有。"

四位皇级炼药师将苏落围住，将原本站在苏落身边的南宫珈怡给挤出去了。南宫珈怡丝毫没有怪罪的意思，反而小心翼翼地退到了一边。

眼前这四位，南宫珈怡只认出了一位，但是这一位已经足够她胆战心惊了，因为他是楚三的舅舅——公孙炼药师。

公孙炼药师跟南宫家族比较亲近，所以南宫珈怡认识他，曾经她想拜师，但是被拒绝了。

公孙炼药师，堂堂皇级炼药师，此刻居然像个慈祥的老爷爷一样关心苏落。能够跟公孙炼药师同进同出的，自然是处于同一级别的，那么这几位难道就是传说中的……南宫珈怡傻乎乎地看着四人，事情变化得太快，她有些反应不过来。

就在这时，苏落很好心地向她介绍："这位是副会长大人，这位是熊炼药师，这位是牛炼药师，这位是公孙炼药师，他们都是皇级炼药师。"

然后转头她又向四位皇级炼药师介绍："她是南宫流云的妹妹，南宫家的三小姐，南宫珈怡。"

四位皇级炼药师对苏落那是热情洋溢，但是转头对南宫珈怡的时候，一个个清高孤傲，把皇级炼药师的架子全都端出来了。

"南宫家族的三小姐？"

"没有令牌，这里可不是谁都能进的。"

"落丫头，你的朋友？"

"既然是落丫头的朋友，那自然可以特殊对待，这也不算什么大事。"

四位皇级炼药师鉴定完毕，注意力又转到苏落身上："这次去修罗界，有没有什么奇遇？"

"你这丫头的实力又精进了一层，你可别光顾着修炼而忘了炼药。"

"照我说，修炼完全可以放一放嘛，咱们这么好的天赋，还是主攻炼药比较好嘛。"

南宫珈怡眼睁睁看着四位皇级炼药师苦口婆心地劝着苏落，心里五味杂陈。她还记得，当初父亲、母亲亲自陪她去拜访公孙炼药师，结果公孙炼药师查看了她的天赋之后，说了一句，这孩子修为天赋不错，还是注重实力修炼吧。

她可是堂堂的南宫家三小姐，但是她的身份在皇级炼药师的眼里一文不值。

南宫珈怡想起娘亲说过，林若羽是苏落救活的，当时连副会长大人都救不了他。看副会长大人对苏落的态度，莫非这事是真的？

苏落跟四位皇级炼药师寒暄完了，直接说道："我现在要闯药王谷。"

公孙炼药师看看苏落，又看看南宫珈怡，欲言又止。

苏落淡淡一笑："公孙炼药师有话就说吧，她是我带来的。"

公孙炼药师点点头："你已经闯过皇级炼药师了，接下来，难道要闯精英级皇级炼药师？"

公孙炼药师此言一出，南宫珈怡当即倒抽一口冷气：什么？苏落闯过药王谷的皇级炼药师？

如果这话是别人说出来的，南宫珈怡肯定不信，而且还会冷嘲热讽，但这话是公孙炼药师说的，而且他身边还有其他三位皇级炼药师，足以证明此言非虚。

苏落点点头，将南宫流星的情况说了一遍，最后说："这也是个无奈的选择，如果不拿到精英级皇级炼药师的认证，就拿不到妙影神针，拿不到妙影神针，这成功率……我可不敢保证。"

而且，一旦拿到妙影神针，往后她治病的成功率可就更高了。

四位皇级炼药师却连连反对："这事看起来容易做起来难，如果失败了，对你的修为会有影响，你还是慎重考虑吧。"

副会长大人颇为无奈地说："早知如此，就不告诉你药王谷有精英级皇级炼药师这回事儿了。"

苏落调皮地勾起唇角："我知道，再过几年来考核的话，成功率会比较高，但是现在形势不等人，再等下去南宫流星可就死了，他若是旁人也就罢了，他可是我未来的小叔子，他死了我就算嫁进了龙凤族，这日子也不好过啊。"

四位皇级炼药师同时皱眉，目光不悦地扫了南宫珈怡一眼。

苏落虽然没有明说，但是仅凭她口中提到的几句，他们就能联想到事情的关键。

南宫珈怡被四位皇级炼药师瞅得心惊胆战、脊背发寒。

苏落没好气地说："你们就答应了吧，我保证，绝对不会出事。"

熊炼药师顿时笑了："既然你执意要考，那好吧，我同意了。"

熊炼药师都答应了，其他皇级炼药师自然不好说什么，只能硬着头皮答应了。

副会长不厌其烦地叮嘱苏落："如果不成功就出来，不要一遍一遍地试，你的身体承受不住。"

"嗯，我知道，一定会量力而行的。"苏落口头应道。

苏落进药王谷之前，对被冷落在一边的南宫珈怡说道："你在这里无聊的话，就跟几位前辈聊聊天、学习学习，两个小时之后我就会出来。"

如果没有苏落这句话，四位皇级炼药师也不会搭理南宫珈怡，不过苏落既然这么说了，四位皇级炼药师就把这事当成了任务——帮落丫头交好未来的小姑，这可是头等大事啊。

于是，四位皇级炼药师的态度都变好了，言谈间不仅让南宫珈怡见识了各种高级炼药师的技术，还赠送了她不少珍贵的药方。

总之，南宫珈怡一下子收获超级多。

南宫珈怡都蒙了，此刻的她，就像个腼腆害羞的小姑娘，特别的不好意思。在她的印象中，炼药师公会是冰冷、清高、孤傲、嚣张、难以亲近的神圣之地，炼药师们也同样如此，但是现在她的待遇却忽然间有了翻天覆地的变化。

南宫珈怡自然知道，这一切都得归功于苏落，看来她真是太低估苏落的实力了，回去后一定要跟母亲好好讲讲。

苏落进入药王谷后，一路毫无悬念地闯到了精英级皇级炼药师考核的入口。

对于苏落来说，精英级皇级炼药师考核的前两关难度不高，所以她很顺利地闯过去了。

进入第三关，苏落只觉得眼前一黑，再睁开眼时，已经置身于一座城池之内。

苏落打量着周围的场景：这里有一种历经浩劫的荒凉感觉，宽广的街道，雄伟的建筑，街上的人很少，一个个都面带惊恐、神色匆匆。

苏落的脑海里出现了一段信息：天劫城，五百万人口。大妖魔下了尸毒雨，被雨淋到的人已经感染尸毒，一天之内就会变成丧尸咬人。被咬中者会感染尸毒，最后全城的人都会变成丧尸。而你的目标就是拯救这座城市，成功后奖励妙影神针。

苏落知道精英级皇级炼药师的考核很难，却没想到会这么难。而且如果考核失败的话，还会影响苏落的修为。

在苏落的脑海里，左边是黄皮信纸模样的任务信息，右边是感染尸毒的人数，而她的眼前则出现了一个木盒。

苏落将盒子打开，当即眼前一亮：这就是妙影神针吗？比自己用的金针长了大约一寸，灵气浓郁，治疗效果一定很好。

苏落来不及多想，一把抓过妙影神针，冲到外面就开始治疗。

苏落的脑海里，被感染的人呈红点，而没有被感染的呈黑点。

所以，苏落带着妙影神针直奔红点而去。

很快，苏落就找到第一家被感染的人，这是一位壮汉，他被感染了之后，整个人呈疯魔状，力气很大，对着他的家人疯狂乱咬。

苏落一记手刀将他拍晕，拿着妙影神针就给他治疗。

不得不说，妙影神针不愧是神针，苏落一用就发现，治疗效果比她的金针好太多了。

妙影神针治疗的速度很快，苏落渐渐总结出一个方法——只要将妙影神针刺入天灵穴，手指一弹，尸毒就会从鼻孔里冒出来，然后这个人就被治好了。

然而救治的速度根本比不上扩散的速度，在她治疗了五百人之时，感染尸毒的人数已经飙升至一万。

怎么办？苏落知道，这次闯关肯定失败了，那么，就趁着全城还没有被完全感染，她还没有被踢出去，好好观察观察这座被感染的城市吧。

不得不说，苏落的决定是正确的。若是她再治疗下去，除了耗费自己的精力和耽误时间外，没有任何好处。

于是，苏落丢下一大堆尸毒患者，迅速在天劫城里游走，一边施展影舞步躲避着丧尸的攻击，一边冷静地查看着城池的情况。

留给苏落的时间并不多，她的目光如鹰隼般在四周掠过，就像手机截屏一样，咔嚓咔嚓，将一帧帧珍贵的画面留在脑海。

可惜不能在城里动用空间里的东西，不然记忆果实会帮苏落很大的忙。

即便苏落已经非常抓紧时间了，但是，还没等她走到一半，她脑海里的感染数据已经高达4900000了，她的时间所剩无几。

越到后来，苏落的行动就越艰难，全城都是丧尸，凝聚起来的力量非常可怕。尽管苏落的速度那么快，还有瞬移护体，还是有好几次差点死于丧尸之口。

最后，苏落脑海里的数据已经达到4999999了，只剩下最后一个没被感染的人了。

而这幸存者是个小女婴，是苏落从一户全家被丧尸咬了的人家里救出来的。

苏落之所以将她打包挂在胸前，是因为，只要城里最后一个人不死，她就不会被踹出天劫城，这小女婴为她赢得了很多时间。

苏落带着小女婴将整个天劫城走了一遍，将所有的重要地址都记在脑海里，当她掌握了全城的情况之后，便果断地放下了可怜的婴儿……

然后，苏落就被踹出了天劫城。

"咯咯咯……"苏落捂着胸口，只觉得心中一阵疼痛，脑子更是抽筋似的疼。

好半天，她才缓过神来，发现自己还在药王谷中。

苏落出现在药王谷中，外面的人是看得见的。

所以，正在跟羞涩的南宫珈怡聊的四位皇级炼药师，霍地站起来，目光紧紧地盯着前方的屏幕。

"落丫头失败了……"

"是啊，失败了，不过没关系，失败了就出来吧，身子养养也就好了。"

"她还这么年轻，一次失败算什么，过几年再来，肯定能闯过去。"

四位皇级炼药师无奈地摇摇头，眸中带着一丝遗憾。

苏落的失败，于四位皇级炼药师而言虽然不算什么，但是对南宫珈怡来说却非常重要，因为这事关弟弟的性命。事到如今，在得知苏落早就是皇级炼药师之后，南宫珈怡知道，弟弟真是被自己治坏了。如果没有她横插一手，弟弟现在已经被复活了。

想到自己之前还得意扬扬，南宫珈怡恨不得抽自己几巴掌。眼泪夺眶而出，这一刻她真的好无助、好懊恼、好后悔……

就在南宫珈怡以为苏落会走出药王谷时，屏幕中却失去了苏落的身影。

"咦，苏落怎么不见了？"南宫珈怡的声音里带了一丝哽咽，哽咽中带着一抹疑惑。

如果她出来了，应该不会消失不见吧？

熊炼药师的脸色当即一变："这丫头不会又进去了吧？她已经被踹出来了，要是再进去的话，精神力和体力只有原来的百分之八十了啊！"

副会长的脸色也微微一变："又进去了？这丫头，怎么这么任性？！"

牛炼药师和公孙炼药师也是满脸的不赞同。

在完全健康的状态下都完不成，现在各状态被削弱到百分之八十，还能完成吗？更何况，这样做的话，对她自己的身体一点好处也没有。

四位皇级炼药师比自己受伤了还紧张。

现在他们哪里还有心情陪南宫珈怡东拉西扯啊，全都聚精会神地盯着屏幕，生怕错过一丝信息，虽然他们什么都看不到。

"这可不行，必须得看到，不然落丫头在里面遇到危险怎么办？"四位皇级炼药师对视一眼，都在彼此眼中看到了一抹坚定。

随后，三位皇级炼药师齐齐望向副会长大人。

副会长大人只好从衣袖中拿出一块七彩水晶，没好气地说："仅此一块，拿去吧，省得你们惦记。"

这块七彩水晶可以暂时链接皇级炼药师考核室，会长大人离开的时候，只留下了一块。

他们赶紧用七彩水晶接通了皇级炼药师的考核室，屏幕上瞬间出现了苏落的身影。

苏落再次站在天劫城中，她很清楚，如果还像上次那样救人，救治的速度绝对比不过病毒扩散的速度。前一次闯关，苏落已经将整座天劫城的布局和人物都记在了脑海里，所以她知道这座城里哪里有医馆、哪里有守军、哪里有佣兵队伍、哪里有……

苏落现在的状态只有百分之八十，所以，她必须主动出击，有目的地治疗。

刚才在外面的时候，苏落就已经想出了一张救治人员优先级别图，先救谁、这个人在哪里、有多少人，都分析得清清楚楚，所以苏落进城之后，直奔目标而去。

苏落先去城主府，将城主和他的护卫、士兵治好。如此一来，这些士兵就成了阻挡丧尸的主力。而只要政府机构还在，就可以号召伤员朝城主府聚拢，让苏落批量救治，这就节省了大量时间。

随后，苏落瞬移到佣兵队。经过治疗，这队佣兵也成了抵抗丧尸的一股重要力量。

这一次，经过苏落的精密计算，效果好了很多，现在感染的人数是100000，离全面爆发还有一段时间。

现在已经有了足以抵抗丧尸的力量，还缺乏帮忙治疗的炼药师，所以，苏落第三个选定的是炼药师公会。

在一群丧尸的追杀下，苏落冲进了炼药师公会，她的身后跟着一队佣兵。这支队伍是路上被苏落救下来的，苏落干脆带在身边保护自己。

苏落本想将炼药师救活，然后帮她一起治疗，可惜她来迟了，炼药师公会的人已经成了丧尸，根本救不回来了。

如果他们救不回来的话，那……

苏落心中隐隐有些担忧，就在此时，一道阴影忽然从楼上迅速朝苏落扑去。

"啊——"一直盯着屏幕的南宫珈怡被吓得尖叫一声，四位皇级炼药师也满心不安。

这是一只精英级的丧尸，不仅全身是毒，而且身上还冒着难闻的毒气……

在苏落跟这只丧尸战斗的时候，四位皇级炼药师纷纷表示，如果是他们的话，绝对通不过。听到四位皇级炼药师这么说，南宫珈怡的脸上浮现出一抹绝望：连四位皇级炼药师都这么说了，那苏落肯定是通不过了。可怜的弟弟，是姐姐害了你。如果你真的死了，姐姐就去地下陪你……

在南宫珈怡暗下决心之时，苏落正在跟那位强大的精英级丧尸战斗。因为受制于他身上冒出来的毒气，所以苏落束手束脚，难以发挥出真正的实力。

不过，最后还是苏落占了上风。可是，苏落虽然赢了，却也输了……

跟这位强大丧尸战斗浪费了太多时间，如今，她脑海里的数据显示，感染者将近一半了。

这个数字是相当惊人的，一旦超越半数，就是神仙也无力回天了。

苏落立马从炼药师公会冲了出去，在大街上瞬移，发现原本抵抗丧尸的一些高手，现在都成了丧尸中的一员。

而此刻，屏幕外面的人，也都为苏落揪着一颗心。

就在这时候，一位身体瘦削、全身罩在黑衣黑帽里的神秘人，从大火中走出。

他抬起右手，瞬间，尸毒全面爆发，所有的丧尸都在这一刻狂化，整座天劫城顿时成了一座死城，而苏落也被狠狠地踹了出来，摔在地上。

又失败了……苏落捂着胸口站了起来。经过前两次考核，现在的苏落，实力大不如前，浑身都是冷汗，可她竟然又往里走去。

都这样了还不放弃？四位皇级炼药师吓得脸都白了。

南宫珈怡也震惊地看着苏落。苏落虽然脸色苍白、步履蹒跚，但是眸中那股不屈不挠的坚毅却令人震撼。

明明可以靠脸吃饭，她却一定要靠自己的实力。

南宫珈怡原本对苏落印象不好，但是看到她这样努力，心中除了敬佩，也因自己对她的态度不好而感到懊悔。

熊炼药师大掌一拍："这丫头想做什么？不是跟她说了吗，不要试了！"

牛炼药师跟着叹息："她原本就是勉强去考核，现在的实力只有原来的百分之六十了，注定会输的啊。"

公孙炼药师也很无奈："明知道过不了，为什么还要去试？"

最后，三位皇级炼药师的视线都从南宫珈怡脸上掠过，其意不言而喻。

南宫珈怡紧咬着下唇，心情极其复杂。她既希望苏落试一试，因为只有试，才有通过的机会；但是她又不希望苏落试，因为现在的苏落太虚弱了，成功率几乎为零。

南宫珈怡觉得自己好自私，为了救弟弟，害苏落这么辛苦……

如果可以的话，她宁愿承受这些痛苦的人是她自己，可自己偏偏这么笨！想到这，南宫珈怡不由拍了自己一巴掌。见她如此懊恼，几位皇级炼药师也不好再说她什么，纷纷转过身，视线落到苏落身上。

此刻的苏落，在情势极端恶劣的情况下，又进入天劫城内，开始第三次闯关。

如果这次任务失败，苏落还要试的话，实力就剩百分之四十了，那是绝对不可能成功的，所以，对于苏落来说，这是最后一次机会了。

治疗病人需要精神力，而苏落的精神力现在大幅度削弱，所以苏落很清楚，她必须要将每一丝精神力都控制好。

脑海里，感染的人数在不断攀升，但是苏落并没有乱了手脚，而是异常冷静。

"开始！"苏落在心中默念了一声，然后身影一动，迅速开始此次考核。

苏落先用妙影神针治好了五十名佣兵，让他们守住了通往炼药师公会的必经之路。

然后，她又治好了佣兵中的三位头目，让他们带领队伍保护她。

再之后，苏落以最快的速度冲向炼药师公会。因为精神力和体力都被削弱，苏落奔跑的速度明显不如之前，屏幕外面的人都替苏落捏了一把冷汗。

一定要加油啊！所有人都在心里默默地祈祷。特别是南宫珈怡，她发誓，以后一定好好对待苏落，一定不再欺负她了。

苏落以最快的速度冲到炼药师公会，此时炼药师公会的门口已经躺着几个人了。

苏落带着佣兵队冲杀进去，发现已经有一部分炼药师感染了病毒，还有一部分已经变成丧尸，活着的炼药师已经没有了。

"来晚了……"

"又来晚了……"

"还是来晚了……"

"怎么又来晚了……"

四位皇级炼药师齐齐哀叹。他们都知道，在整个天劫城，这座炼药师公会才是关键中的关键，只有炼药师公会的会长，才能激活苏落的妙影神针。

四位皇级炼药师脸上都露出了遗憾的神色，南宫珈怡的眼里一片绝望。

苏落都这么拼命了，自然再怪不了她什么，可是弟弟怎么办？南宫珈怡怔怔地看着自己的双手，整个人陷入呆滞状态。

就在这时，忽然，熊炼药师大叫一声："咦？这是什么情况？"

因为熊炼药师看到苏落忽然打开一道隐秘的大门，沿着朝下的石阶，闪电般朝下方冲去。

公孙炼药师惊呼一声："落丫头是不是发现了什么？"

牛炼药师："这是不是代表着有转机？"

副会长大人："都别吵，快看！"

南宫珈怡也被这声惊呼打断了自怨自艾，目不转睛地盯着屏幕，生怕错过一丝细节。

这时，画面上出现了一座地下室，门口有一道难题，属于皇级炼药师范畴。

四位皇级炼药师也看到了题目，他们皱紧眉头迅速计算着。

上千种药材的变化，不是那么容易就能计算出来的，而时间已经不多了，四位皇级炼药师都替苏落着急，但是此刻的苏落，依旧认真、冷静、专注地算着……

"第三百五十七种药材——断空冥兰过量三株。"苏落冷静地说出答案。

三位皇级炼药师都紧紧盯着副会长大人，南宫珈怡也盯着副会长大人。

三位皇级炼药师是来不及算，南宫珈怡是连题目都还没看明白。

但是，副会长大人却一脸苦笑和无奈："我还没算出来……"

而这时候，叮咚——地下室的门应声而开，苏落迅速冲进地下室里。

地下室里一片漆黑，只在角落里有一束光。一位须发皆白的老者坐在那里，半倚着墙壁，闭着眼睛。

他看上去很虚弱，甚至连抬手的力气都没有了。

苏落冲上去，半跪在他面前。

老者缓缓睁开眼睛，看到苏落，嘴角勾起一抹笑意，声音微弱地说："姑娘，你终于来了。"

"我帮你治疗。"苏落掏出妙影神针，老者却摇摇头："你治不好我的……"

苏落坚定地说："我一定能治好你的，老人家，你要坚持住！"

情况已经很紧迫了，因为苏落能够清晰地感觉到，她脑海里的被感染人数正在呈直线上升，那嘀嘀嘀的警报声吵得她脑壳生疼。

"你是个好姑娘、好医者，应该得到福报……"老者话未说完，一口血就喷到了苏落的那套妙影神针上。染了血的妙影神针突然发出耀眼的光芒，然后恢复如常，就好像刚才的光芒大盛只是大家眼花了。

屏幕之外，四位皇级炼药师的眼中都现出欣慰。

熊炼药师满意地点头："看来，地下室通道之门，考核的是观察力。"

牛炼药师也说："地下室开启的门，考核的是炼药能力。"

公孙炼药师摸着胡须慢条斯理地说："救老者，考验的则是医者仁心。"

副会长又做总结陈词："身为医者，这三者缺一不可，而落丫头则是天生的医者。"

南宫珈怡紧张兮兮地看着副会长大人："那……这次苏落能通过吗？"

这个问题……副会长他们也很想知道答案。

"按理说，妙影神针被激活后威力翻倍，救人的速度也会加快……"

苏落小心翼翼地将老人家的身体放好，然后拿着金针飞跑出去救人。

果然，她救人的速度快了很多，手中的金针嗖嗖嗖地飞，而且每一针都能准确地插入伤者的灵台穴。

于是，各种金针乱飞、各种争分夺秒，苏落凭着高效率，竟然真的控制住了病毒的蔓延。

这样也可以？屏幕外的人都看傻眼了，如果不是亲眼所见，他们根本就不会相信。

熊炼药师激动极了："控制住了，真的控制住病毒的蔓延了！"

牛炼药师也跟着高兴："也就是说，只要苏落坚持下去，她就有成功的希望！"

公孙炼药师的眼里带着一抹担忧："但是落丫头的精神力和体力都只有原来的百分之六十，恐怕她支撑不住啊。"

大家闻言，眼里都露出深深的遗憾。若是苏落有百分之百的精神力和体力，这次还真说不定就被她扭转乾坤了，可现在……实在是太遗憾了。

而雪上加霜的是，那道黑色身影又出现了。

"你们看！"熊炼药师眼尖，当即指着屏幕大叫。大家都顺着熊炼药师的视线望过去，立刻就认出来了——是那位一挥手就放出超强病毒，将整座城池变为废墟的黑衣人！

黑衣人头戴黑帽子，帽檐遮住了大半张脸，全身都罩在宽大的黑袍里，看不清身形，没人知道他是谁，但是所有人都知道他非常厉害。

只见黑衣人一挥手，苏落身后那群保护她的佣兵，就浑身痉挛着倒地身亡。

黑衣人举起左手，一道前所未有的重击，挟着雷霆万钧之力，朝苏落呼啸而去。

实力相差悬殊，苏落根本不是对手，只好绝望地闭上了眼睛……

眼看那道恐怖的冲击波袭向苏落，大家都不忍心看，纷纷别过脸去，然后就听到一阵轰隆隆的巨响。

唉，终于结束了……

众人抬头看向屏幕。

咦？苏落怎么还活在屏幕里？刚才那道巨响难道不是砸在她身上才发出来的吗？

大家都睁大了眼睛，眼底满是疑惑，就连苏落自己也很困惑。刚才有那么一瞬间，她真以为自己要被砸死了，甚至都做好了被砸死的准备。但是，等她睁开眼，她发现被砸的人不是她，而是黑衣人。

城墙上不知何时出现了一位圣洁如仙的白袍人。

白袍人一挥手，神秘黑衣人就被打飞了。

白袍人再轻轻地一拂袖子，黑衣人直接被打得粉身碎骨。

苏落错愕地看着眼前这一幕，惊得久久回不了神。

白袍人两招收拾完让苏落绝望的神秘黑衣人后，朝苏落招招手。

苏落已经认出了他是谁，激动得整颗心都要跳出来了，赶紧瞬移到白袍人面前。

绝世容颜，超然气质，圣洁若仙，温润儒雅……

他那双深邃绝美的漆黑眼眸，犹如夜空中最闪耀的星辰，目不转睛地盯着苏落。

"师父！"苏落直接冲上去，紧紧抱住他，泣不成声。

来人确实是容云大师。

自从碧落大陆一别，师徒二人已经许久不曾相见了。

容云大师那样淡然超凡的人，此刻竟也微微有些动容。

修长如玉的手指拍拍苏落的脑袋，无声地安抚着她。

苏落则抱着师父的腰不放，口中一直喊着："师父……师父……师父……"

容云大师被逗笑了，拍拍小徒弟的脑袋道："还小吗？见到师父还哭？"

"很久不曾见到师父了嘛，突然觉得好委屈……"苏落止住哭声，眼泪汪汪地看着容云大师，"师父这次来了，是不是不走了啊？"

"你说呢？"容云大师没好气地看着眼前这傻徒弟。

"嗯……"苏落也意识到自己问了个傻问题，"那这妙影神针……"

苏落现在有点不知道该怎么办了。按理说，黑衣人是师父杀的，那这到底会不会算在她头上啊？

容云大师向来冷情，唯独在苏落面前，嘴角总是含着一抹笑意，这一点连他自己都没发现。

他双手交负在后，慢悠悠地瞟了苏落一眼："很想要这套妙影神针？"

苏落说："当然啊，可等着这神针救命呢。"

容云大师没好气地点点小徒弟的额头，故作严肃地板着脸说："救别人的命，也别把自己的小命给丢了。"

"是是是，师父教训得对，那师父啊，这妙影神针……"苏落摇晃着容云大师的衣袖撒娇。

在师父面前，她哪里需要什么高冷，只管撒娇就对了。别看师父平时冷冰冰的，其实可吃这一套了。

果然，容云大师轻咳一声，拍拍苏落的小手："好了好了，既然你喜欢，就先拿去用，等你实力上来后，再过来把这试给考了。"

"哇！师父万岁！"苏落搂住容云大师的脖子，笑得很开心。

容云大师真拿她没办法。虽然他板着脸故作严肃，但是那目光中的宠溺根本藏不住，简直恨不得将全世界最好的东西都送到小丫头面前。

"那这些被传染的丧尸……师父，丧尸好多啊，我的精神力不够，如果治疗的话，我出去后肯定会在床上躺很久很久的，师父……"苏落得寸进尺地摇晃着容云大师的衣袖。

容云大师只好无奈地说："算了，反正下次还要考。"

传说中高冷疏离难以接近的容云大师，竟然任由苏落说什么就是什么！

而此刻，屏幕外的人全都呆若木鸡。

容云大师，何等传奇的大人物，传说中不是清高、冷漠、疏离，神一样难以接近吗？为什么苏落一摇着他的衣袖撒娇，说什么就答应什么了？这也太……宠溺了吧？

南宫珈怡像被雷劈了一样，跟个木桩似的站在那里，身子发僵，脑子也是木的：那可是容云大师啊，竟然那么宠着苏落……

苏落并不知道师父的出现给外面的人带来了巨大的震撼，见机会难得，她赶紧问道："师父，我娘呢？"

苏落的娘是谁？屏幕外的人满脑子都是问号。容云大师挥挥衣袖，屏幕哗啦一声黑了。众人暗暗咋舌——容云大师竟然什么都知道，好可怕！

"师父师父，我娘呢，我娘呢？"在天劫城最高建筑物的屋顶上，苏落拽着容云大师的衣袖，就是不让他走。

本想离去的容云大师无奈地看了小徒弟一眼，见她仰着巴掌大的小脸，双眼里满是渴望，只得停住脚步。

苏落和容云大师坐在高高的屋顶上，背后是夕阳余晖，彩霞满天。

"想知道什么？"容云大师问她。在这虚拟的天劫城里，倒是不容易被天道发现。

"师父，这到底是怎么回事？我现在越来越糊涂了。"苏落想起海皇老爷爷说的那些事，问道，"我爹是逆天大帝？"

容云大师神色微敛，眸中迸出一抹寒光："时间不早了，虽然这里是虚拟界，但是难保不会被他发现。你只要记住，十六万年前，为师、你城主义父，还有你娘，为了躲避'那个'，离开灵界带着记忆重生转世。如今你爹你娘还要你去解救，现在明白自己身上的担子有多重了吧？"容云大师认真地凝视着苏落。

"刘抗……"苏落伸出右手食指，指指上空。

容云大师点头："嗯，还敢不敢不练功？"

苏落低着小脑袋："不敢。"

容云大师："还敢不敢偷懒？"

苏落："……不敢。"

容云大师："还敢不敢撒娇？"

苏落仰着小脑袋，眼睛亮晶晶的："敢！"

容云大师宠溺地拍拍她的小脑袋："好了，师父们暂时还不能出现在你身边，除了避免被'那个'注意到之外，还有一个原因，你知道吗？"

苏落弱弱地举手："……知道。"

"说说。"容云大师轻哼。

苏落："……有师父们保护，我成长不了，所以……"

容云大师轻哼："你倒是知道。"

苏落不服气地说："可我进步也不小了吧？从那会儿玄化阶到现在大圆满三星了，师父……"

容云大师认真地看着苏落，神色前所未有地凝重："是，你进步很快，但是你爹娘没有多少时间等你成长了，所以，丫头，你要努力啊。"

"师父，你这话是什么意思？"是不是又出了什么变数？苏落不解。

"知道得太多对你没有好处，你现在要做的就是尽快提高医术和实力。时间不早了，出去吧。"容云大师揉揉苏落的小脑袋，苏落只觉得眼前一花，就已经到了药王谷。

师父呢？苏落焦急地四处张望，可是哪里还有师父的身影。苏落郁闷地抓抓脑袋，只能接受这个事实。

苏落沉默地推开药王谷的大门，发现四位皇级炼药师和南宫珈怡都等在门外。

苏落将离愁别绪压下，跟四位皇级炼药师告别，然后和南宫珈怡回龙凤族去了。

在路上，苏落嘱咐南宫珈怡，不要把她师父是容云大师的事说出去。

"为什么？"南宫珈怡分外不解。她要是有这样的师父，恨不得昭告天下，让全天下的女人都嫉妒她，苏落居然还要隐瞒？

"我师父低调嘛，他不喜欢被人议论。"苏落把事情推到容云大师身上。

"好吧，既然是容云大师的意思，我当然会保密。"事关容云大师，南宫珈怡严肃地承诺。

南宫珈怡跟苏落手拉手回来，惊呆了整个龙凤族的人。谁不知道三小姐看苏姑娘不顺眼，可是现在，三小姐居然拉着苏姑娘的手不放！

很快，两个人携手来到南宫流星的院子。

南宫夫人已经等得望眼欲穿，好不容易才将苏落盼来。她看到南宫珈怡牵着苏落的手，眼睛顿时有种抽筋的感觉。

"你们这是……"南宫夫人揉揉眼睛，不解地看着南宫珈怡。

南宫珈怡兴冲冲地说："娘亲，我跟你说，苏落可了不起了！她费了好大的劲，终于拿到妙影神针了。但是这过程太艰难了，娘，你今后可一定要对苏落好点儿啊……"

不等南宫夫人说话，南宫珈怡就吧啦吧啦说了一大堆苏落的好话，听得南宫夫人脑袋都有些晕了。

南宫夫人狐疑地看了苏落一眼：这丫头给珈怡吃什么药了？怎么珈怡满口都是夸她的话，生怕自己亏待了她似的。

不等苏落说话，南宫珈怡就拉了她母亲一把："娘，你看苏落干吗？你不会以为她对我做了什么吧？娘亲，你也太多疑了，苏落不是这样的人，她可好了，你都不知道，如果不是她拼了命地坚持，根本就拿不到妙影神针！你可不许怀疑她！"

南宫夫人无语地瞪了自家女儿一眼。她不就是多看了苏落一眼吗，怎么惹来这么多话，真是气死人了！这丫头，不会变成苏落的脑残粉了吧？

苏落看到她们母女互动，眼底闪过一丝羡慕：如果母亲还在，自己也会这样被母亲宠着吧？想到这里，苏落更加坚定了"要刻苦修炼，尽快将娘亲和父亲救出来"的信念。

苏落淡淡一笑，说："你们聊，我去看看南宫流星。"

南宫夫人和南宫珈怡也赶紧跟了进去。

苏落认认真真地将南宫流星的身体检查了一遍。南宫夫人紧张地盯着苏落，不放过她的每一个动作，见苏落停下来，赶紧询问："怎么样，怎么样？"

苏落淡淡地点头："还不错，生命值比较稳定，而且在慢慢恢复当中。"

"那，那什么时候能够复活？"南宫夫人追问道。

苏落想了想，对南宫夫人说："事不宜迟，那就明天正式开始吧。"

翌日，南宫家族的人全部请假，留在家中守护家族，导致整个军部濒临瘫痪。

苏落到达无白院时，南宫墨渊已经在那里等她了，他身边是诸多的家族将领。除了南宫老爷子，能来的几乎都来了。

大家原以为苏落看到南宫墨渊会紧张，但苏落只是朝这位统帅大人淡淡地点头。

统帅大人认真地看着苏落："苏姑娘，南宫流星的事，拜托你了。"

"我会尽力的。"苏落点点头，"不过，我需要五名小神境界、三名中神境界、一名人神境界的强者进来帮忙。"

南宫墨渊直接指派了九名将领给苏落，其中就有南宫流云。

南宫炼药师和南宫珈怡作为助手，也被允许进来。

最后进去的人，包括苏落在内，一共是十二人。

苏落先检查了南宫流星的身体状况，一切安好，又跟两位助手和九位强者说了复活的流程，复活就有条不紊地开始了……

南宫流星之所以会成植物人，是因为头部受了重创，损伤了脑神经。

此刻的他平躺在床上，一动不动，面色苍白得可怕。他的头发已经被苏落全部剃光，看上去像个小和尚。

八位强者占据八个方向，盘膝而坐，双眼紧闭，同时源源不断地给南宫流星输入灵力。

而苏落则屏息凝神，将二十四根妙影神针一一插入南宫流星头部的穴道，只剩一点点针尾露在外面。

碧羽仙藤延伸出茂密的青藤，将南宫流星包裹进去，而苏落千辛万苦拿到的噬灵珠，此刻正在南宫流星的脑袋里，修复着一条条神经。

做完这一切之后，苏落接过南宫珈怡手中的毛巾，擦了擦额头上的汗，又把毛巾递回去。

"接下来做什么？"南宫珈怡双眼闪亮地看着苏落，准备看苏落大展身手。

苏落双手一摊："该做的都做了，老天爷如果长眼的话，你弟弟就会没事；如果不长眼的话——"

"那会怎样？"南宫珈怡的心猛地提起，却见苏落做了个无奈的表情："还是会没事啊。"

南宫珈怡原本泫然欲泣，听到这句话，顿时破涕为笑："你说话能不能别这么吓人啊，刚才差点被你吓死！"

苏落轻笑起来。

直用灵力护着南宫流星的几位强者听了，不禁皱起眉头。他们能够感受到，南宫流星的身体到现在还没出现生机，听苏落说出"醒来毫无问题"的话，心里有些怀疑：这位从来没听说过的炼药师是从哪里找来的？可不可信啊？

"不要分心，东北方的那位将军，你的灵气强了点。"苏落毫不客气地对南宫志虎说道。

"西南角的将军，你气息不稳，是不是有话要说？要不要我过去替你？"苏落微微皱眉。

西南角的南宫浩智是位中将，实力了得，一千个苏落加起来都不是他的对手。

南宫珈怡没想到苏落这么不给面子，赶紧扯了扯苏落的衣袖："这位是中将。"

苏落笑道："是中将的面子重要，还是你弟弟的性命重要？"

南宫珈怡顿时回过神来："当然是弟弟的性命重要！浩智叔叔，你千万别分心，我弟弟的小命可全都捏在你的手里了！"

南宫浩智闻言，怒气直往脑门上冲。明明感觉不到南宫流星的生机，这丫头却非说百分之百能救活。如果救不活的话，就是他们八个人的责任，这丫头一手好算计啊！

南宫浩智当即质问苏落："你究竟在干什么？"

苏落一句话都没说，哐当一声，直接将门打开。

开门的声音很大，把外面的人吓了一跳。

苏落冲着南宫墨渊说道："西南角输入中断，南宫流星有性命之忧，需要立即换人。"

南宫浩智一阵错愕，没想到苏落竟然这么不给面子。

就在他错愕的时候，南宫墨渊已经点将了，那位被点到的将领冲进去，一把将南宫浩智推开，而他自己则坐在南宫浩智的位置上，继续传输灵气。

可怜的南宫浩智，还没反应过来，就被人捆绑起来。

苏落并不是无缘无故这样做的。在今天之前，苏落曾跟南宫墨渊聊过，当时苏落问了一句，南宫家族有奸细吗？统帅大人深深地看了苏落一眼。苏落又来了一句，如果有怀疑的对象却没有确凿证据的话，就让他进名单吧。

然后，苏落就很潇洒地走了。

所以，在今天进来的这群人里，南宫浩智其实是一直被怀疑，却一直都没露馅的。

他怎么都没想到，苏落已经设好了局等他。其实他的一举一动，都通过碧羽仙藤传入了苏落的脑海，所以他稍有异动，就被苏落立即识破。

至于他的罪名——当然是谋害南宫三少了。

南宫浩智被拿下后，在场的所有人都很镇定，唯独南宫志虎的表现异于常人。

苏落冷冷一笑，指向南宫志虎："将他拿下！"

统帅大人跟苏落早有默契，于是，两位强者出现，南宫志虎还没反应过来，就被拿下。

这是探测奸细的最好时机，苏落不想白白浪费。至于南宫流星的安危，有南宫九叔暗中坐镇，谁能伤得了他？

苏落此举，不仅帮统帅大人揪出两个奸细，还在这群没有正眼看过她的将领中立了威，可谓一举两得。

没了奸细捣乱，苏落的治疗速度快了许多。碧羽仙藤犹如花朵绽放那样缓慢展开枝条，露出南宫流星的躯体。

此刻的南宫流星，双眸紧闭，面无表情，浑身不带一丝生机。

几乎所有人都用怀疑的目光看着苏落：为什么南宫流星看起来还跟死去一般？

苏落走到南宫流星身边。

南宫珈怡一直盯着苏落的一举一动，但是苏落拔针的速度太快了，南宫珈怡还没看清楚，妙影神针就被拔出来了。

"手指动了！"南宫炼药师忽然大叫一声，众人都朝南宫流星的手指望去。

"天哪！弟弟的手指真的动了！"南宫珈怡兴奋地大叫起来。

南宫夫人听到这句话，顿时欣喜若狂，直接冲进房间，跑到南宫流星的床前，握着他的手激动地摇晃。

苏落赶忙阻止："夫人莫激动，治疗还没结束，南宫流星还很虚弱，你再这么晃下去，他会被你活活摇死。"

南宫夫人顿时被吓到了："好，好，我，不插手……"

苏落神色淡然："想看他动手指有什么难的，看好了——"苏落将妙影神针刺入南宫流星的脚底，二十四根细针全部刺入半寸。

在妙影神针刺入之后，苏落轻轻拨动针尾，二十四根妙影神针全部颤抖起来。

南宫夫人一直盯着南宫流星的手指，脸上浮现一抹狂喜："动了，星儿的手指动了！"

"这是不是表示他已经好了？"南宫夫人激动地拉着苏落的手，脸上的肌肉都在颤抖。

"这只是说明，他的身体对灵力的刺激有了反应。"苏落淡淡一笑，"不过，他的病不可能一两天就能治好。"

"当然当然。"南宫夫人点头，"星儿毕竟在床上躺了那么久，怎么都不可能一天就活蹦乱跳。"

"我的意思，恐怕夫人还不是很明白。"苏落认真地看着她说，"以后的脑部复健会很痛苦，每一次都生不如死，要完全康复，必须经历十次生不如死的考验。"

南宫夫人现在还不知道那到底是怎样的痛苦，所以她的反应并不大。但是苏落知道，南宫流星已经醒过来了，这句话是专门说给南宫流星听的。

果然，一道虚弱的声音从床上传来："我愿意……接受……"

这突如其来的声音，竟然是南宫流星发出的。

"星儿！"见南宫流星因力竭而昏睡过去，南宫夫人求助地望着苏落。

苏落淡然说道："让他睡两天，睡足了自然就能醒。"

说完这句话，苏落朝诸位将领点点头："辛苦了，治疗已经结束，诸位请回吧。"

苏落走到南宫流云身边，认真地看着他，似水星眸闪着灵动的光芒："我没有让你失望。"

南宫流云深情地看着苏落，两人四目相对，仿佛整个世界只剩他们两个。忽然，南宫流云修长的手臂一动，下一刻，苏落已经被他紧紧搂在怀中。

苏落非常理解南宫流云此刻的心情。对南宫流星的愧疚在心里压了那么多年，已经发酵成最深的遗憾，然而现在，这个遗憾被她补上了。

"谢谢你……谢谢！"南宫流云这辈子从来没有对人说过"谢"字，但是这一刻，镇定如他，也抑制不住内心的激动。如果苏落此刻看到南宫流云的眼睛，就会发现，他的眼眶有些湿润。

苏落也用力抱他："我们是一起的！"

有了他这句话，再多的辛苦都是值得的。

正在照顾南宫流星的南宫珈怡抬头，看到深情相拥的一对恋人，看到缱绻缠绵的两道身影，心中暗暗羡慕——这两个人看上去好幸福啊……

南宫流星苏醒，龙凤族沉浸在喜悦之中。但是，漫漫长夜，帝都的很多人今晚都睡不着觉了。

惠妃的惠锦宫里一片狼藉，各种摆设器皿摔了一地。

那位将南宫流星打成植物人，后来又被南宫流云灭了的七皇子，是惠妃唯一的儿子。

惠妃冷冷一笑，对着黑暗的角落，面目狰狞地下令："给我去查苏落，查得越细越好！"

冷家此刻也极不平静。

几乎没人知道，当初七皇子找上南宫流星时，冷家在其中横插一杠。不然七皇子也不会鲁莽地打死南宫流星。

冷家大少爷冷开元眉头紧锁、神色不宁。南宫流星醒了，真相如果被挖出来，后果不堪设想。

冷开元本想找冷七商量对策，但是冷七被老祖带去闭关了，在很长一段时间里都见不到。偏偏这时还传来冷家安排在南宫家族的间谍被捕的消息，而那个举报者，偏偏就是苏落！

怎么办？冷开元愁得睡不着觉。都怪苏落！冷大少将所有仇恨都转移到苏落身上。

"来人，给我去查苏落，细细地查。"

"死"去多年的南宫三少居然醒了，而且还是被一个名不见经传的小丫头给治好的。这事很快就传遍了帝都，苏落一夜爆红。

第二天，唐雅岚和费君平被护送到龙凤族。

唐雅岚一见苏落就严肃地说："苏姐姐，有人在调查你，我和君姐差点被掳走，多亏副院长大人出手，才将敌人打退。副院长大人要你小心冷家，还有皇宫。"

"你们先安心住下，龙凤族比哪都安全。不必拘谨，在学院里什么样，在这里就什么样。"苏落将唐雅岚和费君平安顿好，然后回了星落院。

南宫流云近期一直留在家中，既陪苏落，又保护南宫流星。这是南宫墨渊准了的。苏落没想到救活南宫流星还有这种好处，心中暗喜。

房间里，南宫流云正在研究棋局，苏落凑了过去："那两个奸细究竟是谁家的，查出来了吗？"

"这次你可立了大功。"南宫流云眸中闪过一丝寒意，"谁会想到冷家的线埋了这么久——南宫浩智其实并非真正的南宫浩智，真的南宫浩智刚出生就死了。正

第八章　偷换概念

155

是因为出生后就被调包，所以调查起来难度很高。"

冷家在南宫浩智身上费了那么多心思，伪装得几乎毫无破绽，结果苏落就那么一指，南宫浩智多年的辛苦经营就毁于一旦。

至于另外一位——南宫志虎，他是南宫浩智一手提拔起来的，而且南宫浩智杀了南宫志虎的爹，嫁祸给南宫流云，所以南宫志虎一直都恨南宫流云。如此一来，他就被南宫浩智策反了。

苏落恍然大悟。难怪呢，她就说嘛，龙凤族铁桶一般严密，怎么会出这么两个间谍？原来是从小就被调包了。

就在这时，南宫夫人找苏落一起去看南宫流星。两人到了无白院，刚好听到南宫流星跟南宫珈怡的对话。

"姐，静仪姐呢？"南宫流星的声音很轻，有气无力。

宁静仪？宁三？南宫珈怡眉头深锁："你问她做什么？"

南宫流星说："她救了我的命，我想当面感谢她……姐，我想见她。"

南宫珈怡一皱眉："谁救了你的命？你不会以为是宁三救了你吧？流星，你睡糊涂了！"

"不是静仪姐救了我吗？我记得是她啊。我睡了好久好久，静仪姐对我说，星啊，别睡了，父亲母亲哥哥姐姐都在等你醒来哦，然后我就醒了……"南宫流星吃力地说出这番话。

"醒你个头！"南宫珈怡戳着南宫流星的额头说道，"宁静仪治你？她没把你治死已经很好了，你还指望她救你？"

"三姐，静仪姐姐对你那么好，你不是也很喜欢静仪姐姐吗？现在怎么可以这样？"南宫流星不悦地看着南宫珈怡。

南宫珈怡一开始也是很喜欢宁静仪的，后来听母亲说了才知道，原来宁静仪那么假，居然故意将流星治坏了。

因为只有这样，她才能名正言顺地待在二哥身边，接近二哥，安慰二哥，走进二哥的心里。如果她肯好好治的话，弟弟早就可以醒了。

南宫珈怡指着南宫流星，义正词严地说："南宫流星，救你的人是苏落，她才是你的救命恩人，也是我们未来的二嫂。"

未来的二嫂？南宫流星茫然说道："可，可是……未来的二嫂，难道不是……静仪姐姐？"南宫流星觉得自己睡了好长一觉，醒来之后，整个世界都变了。

"宁静仪早就——"就在南宫珈怡喊出"宁静仪早就已经死了"这句话之前，

哐当一声，门被踹开了。

南宫珈怡偏头，看到门口的苏落。晨光在她身后形成逆光，笼罩在她身上，有一种迷离而神秘的美感。

苏落走进房间，来到南宫流星面前。

南宫流星愕然地看着苏落，苏落淡定地自我介绍："你好，我是苏落，你未来的二嫂。"

"二，二嫂？"南宫流星错愕地盯着苏落。

二嫂……不应该是静仪姐吗？应该就是静仪姐啊，怎么会是这个漂亮得出奇的陌生女人？南宫流星脑袋一歪，晕过去了……

南宫夫人正要冲过去，半途又硬生生挺住，扭头去看苏落。可见南宫夫人现在有多信任苏落。

苏落淡定地拍拍针筒，眼神都没瞟一下，慢悠悠地说："无妨，他晕不了多久，一会儿就会痛醒。"

苏落在南宫流星脑门上找到青筋的位置，手疾眼快直接就扎了进去，输完液体后迅速拔出，整个过程不到一秒钟。

等苏落归置好针筒后，南宫流星忽然痛呼一声，从床上弹起来，坐得笔直，双手抱着脑袋，冷汗淋漓，疼得全身颤抖。

南宫夫人心疼得不行，扯扯苏落的衣袖，弱弱地说："稍微教训教训就行了……"

苏落叹了口气："夫人想错了，前天我就跟你说过，南宫流星要彻底康复，必须经过十次生不如死，现在是第一次。"

原来不是蓄意报复啊……南宫夫人和南宫珈怡对视一眼，这才放下心来。

"那，那要多久？"南宫珈怡看到弟弟痛得抱着脑袋在床上打滚，心疼得不得了。

"一个时辰后我再过来。"苏落朝南宫夫人和南宫珈怡点点头，转身就走了。

看到苏落走了，南宫夫人才恨恨地说："这个宁静仪，死了都不让人安宁，真是……"

"娘，不是说，她是为了救二哥才死的吗？"南宫珈怡问道。

南宫夫人冷笑："她对星儿下手，为的就是接近你二哥，她还没得手，怎么会去死？"

不得不说，南宫夫人的逻辑难得清晰了一回。

"娘，万年前到底发生了什么事情？"南宫珈怡皱眉。

南宫夫人正要说的时候，南宫流星忽然大叫了一声静仪姐姐，就痛得晕过去了。

母女俩也不好意思去请苏落，于是一左一右守在南宫流星床前，小心翼翼地看着他，生怕再出什么事。

一个时辰之后，南宫流星终于醒了，苏落也慢慢悠悠地从外面走了进来。

南宫夫人忙迎了上去："落丫头，快来看看，你看星儿痛成这样……"

南宫流星虚弱地睁开眼睛，打量着苏落，视线却通过苏落的眼睛，穿过时间和空间的距离，寻找着另一个人。

苏落落落大方，任由他打量。

南宫流星闭上眼睛，一动不动。那闭上的眼眸中，谁也不知道酝酿着怎样的思想。

苏落并不是很关心这个。她救南宫流星，只是为了弥补南宫流云的遗憾，并不是为了南宫流星的感谢。当然，如果南宫流星感谢她的话，是再好不过了，如果救了个白眼狼，苏落也只能认了。

接下来的时间，苏落有条不紊地给南宫流星施针。

依旧是二十四根妙影神针循环刺入。

苏落的手法如行云流水般流畅，一气呵成。

在苏落施针的时候，南宫流星一直闭着眼，神色漠然，高深莫测。

苏落施针完毕，收拾妥当，开了张方子递给南宫夫人，然后飘然而去。在此期间，她没有跟南宫流星讲一句话。

直到苏落离开，南宫流星才缓缓睁开眼睛，那眼眸清润得犹如被水洗过一般，星辉闪闪。

"姐，跟我讲讲这些年发生的事吧。"南宫流星疲倦地靠在靠垫上，声音轻轻的，犹如一阵微风吹过。

南宫珈怡狐疑地瞟了他一眼，见他神色如常，这才跟他讲了起来。

南宫珈怡一边讲，南宫夫人一边补充，讲到宁三的时候对视了一眼。

南宫流星认真地看着南宫夫人。

南宫夫人瞪了南宫流星一眼："还不是因为你！你被七皇子打了之后，你二哥为了给你报仇，把七皇子给……皇家哪能咽下这口气，当然会报复。事发的时候宁静仪刚好在，帮你二哥挡了灾，你二哥下界重新转世，前不久才接回来。"

南宫流星认真地盯着南宫夫人："就这么简单？"

南宫夫人没好气地冷哼："你还想多复杂？"

南宫流星眼眸微闪："既然静仪姐姐是为了二哥，那二哥又怎会另娶他人？"

"那你是要让你二哥为她守节一辈子？"南宫夫人冷笑。

"可是……二哥移情别恋也太快了……"南宫流星嘟哝着，"原来二哥也会被美色所惑。"

这话南宫夫人不爱听了："什么叫你二哥也会被美色所惑？如果你二哥喜欢宁静仪，那婚事早八万年前就定下来了，哪里还由得你生出那些心思？"

南宫珈怡忍不住说道："南宫流星，做人就算没有良心，也得凭本心。为了救你，苏落可是冒着生命危险去了修罗界，千辛万苦才拿到噬灵珠救你这条小命。你醒过来之后，没人奢望你能有一句感谢的话，但是你也不能把恩人当仇人！"

南宫珈怡恩怨分明，脾气火暴，当即就发飙。

可怜的南宫流星，在昏迷之前，个个都拿他当宝贝宠，但是他一睁开眼，世界全变了。最疼爱他的娘亲和姐姐都义正词严地训斥他，他忽然觉得好委屈……

虽然他也认为姐姐说得对，如果没有那个叫苏落的姑娘，他永远也不会苏醒，但是，想起她取代了静仪姐姐的位置，他心里就很别扭。正因为这种别扭，他一直都不知道用什么态度面对自己的救命恩人。被自己的母亲和姐姐拎着耳朵教育了一通之后，等南宫流星再次见到苏落的时候，他就用心地观察苏落。

他忽然发现，这姑娘不仅长得漂亮，而且还很酷。她全程冷静、冷漠、淡然，一句话都不说，施针完毕立马就转身走人。

南宫流星皱起眉头：二哥会喜欢这样的姑娘？这跟温柔可亲的静仪姐姐完全没法比嘛。

"救命恩人是救命恩人，但是，她真的很冷漠啊，不像静仪姐姐那么亲切。"南宫流星反驳道。

"宁静仪差点把你害死，是苏落救了你的命，结果你现在竟说苏落比不上宁静仪！你个小白眼狼，我看你的脑子真的坏了！"南宫珈怡毫不客气地训斥弟弟，说完就气呼呼地走了。

南宫大人看看一脸委屈的小儿子，再看看气跑了的闺女，一时之间真是很为难。

"你呀你！"南宫夫人戳戳南宫流星的额头，"以后不许再提那个女人的名字，再提就一直关你禁闭，你就永远别想出门了！"

"娘亲……"南宫流星试图撒娇，但是南宫夫人瞪了他一眼，转身也走了。

一时之间，偌大的房间，只留下南宫流星一个人。南宫流星觉得委屈极了……他不就是实话实说吗？家里的人怎么都向着那个女人？那个女人给大家灌了什么迷魂药？

南宫流星想起严肃内敛的大哥，忽然心神一动。

还好随着他的复活，通讯珏也恢复正常。

"大哥？"南宫流星发过去信号。

南宫大少这会儿正在遥远的祖地修炼，冷不防看到这通信息，当即倒抽一口冷气。

三弟？他不是……植物人吗？竟然醒了？也没人告诉自己这件事啊！

南宫大少当即将通话接起。

不等他询问，南宫流星就滔滔不绝地告状："大哥，你现在在哪里？我很需要你……"

从通讯珏里传来南宫大少惊喜的声音："流星，你醒了！怎么回事？"

南宫流星含糊地应了一声："我被苏落救活了，大哥，我跟你说哦，这个苏落……"

除了南宫大少和南宫流星，没人知道他们谈了什么。但是南宫大少立刻召唤出坐骑，往龙凤族飞去。

苏落……没想到这个阴魂不散的丫头又出现在流云身边，而且还得到了母亲的认可？这不可能！

南宫大少可清楚自家母亲大人了，她是最讲究门当户对的。希望此苏落不是彼苏落，南宫大少如此想着。

当他千辛万苦地赶回家时，苏落刚好送走了唐雅岚和费君平。

"大少，您回来了！"门口的护卫忙迎上去，恭恭敬敬。

苏落眼眸都不带扫一下南宫大少的，转身就要进去。

南宫大少紧盯着苏落，眸中的寒意越发浓烈。

"给我站住！"南宫大少发现自己被无视后，怒火瞬间高涨。

一个下界来的臭丫头，居然敢给他摆脸色。南宫大少觉得挺不可思议的。

苏落停住脚步，慢悠悠地回头，歪着脑袋打量着南宫大少。

南宫大少盯着苏落："我不管你是用什么借口进的龙凤族，现在我只跟你说一句话——立刻给我滚出去！"

说完这句话，南宫大少没有给苏落说话的机会，大步流星地离去。

立马离去吗？苏落微微勾起唇角。

南宫流星的情况已经稳定下来，所以南宫流云回军部去了。南宫老爹也在军部，并不在龙凤族内。这事找南宫流云不行，找南宫老爹也不行，那应该找谁呢？

还没等苏落想好，南宫大少就来检查她离开没有。他来到星落院，看到苏落悠闲地躺在藤椅上仰望星空，顿时心头火起。

"你还没走？"南宫大少黑着脸站在苏落面前。

苏落慢悠悠地瞟了南宫大少一眼，没想到他居然这么迫不及待地赶她走。

苏落的态度让南宫大少很不悦，不过他敛住了怒火，在苏落对面坐下，声音冰冷地说："看来，我们需要好好谈一谈了。"

"哦？"苏落慢条斯理地瞟了南宫大少一眼。

南宫大少严肃而认真地说："我不知道你是用什么办法笼住流云的，让他以为真的是你救了流星。"

"确实是我救了流星啊。"苏落用看白痴的眼神看着南宫大少。

但是南宫大少却嗤笑一声："你真当我是白痴吗？副会长大人都治不好流星，你能治？谁知道你从哪里偷来的秘方！你都不知道外面的人是怎么议论你的？"

"外面的人是怎么议论我的？倒要请教南宫大少了。"苏落淡淡地看着他。

南宫大少冷嗤："苏落，你何必这样胡搅蛮缠？你真以为你的医术有多好？我劝你还是小心点，免得底都让人掀了！"

"哦？倒要请教南宫大少，我的医术有多差？底怎么就被人掀了？"苏落似笑非笑地问。

南宫大少瞪着苏落，阴戾的目光充满了恶意。

苏落无语地看着南宫大少，平静地说："不管我从哪里偷来的秘方，你家三弟的命确实是我救的。南宫大少就是这样对待救命恩人的？龙凤族就是这样对待救命恩人的？如果南宫大少说一声是，那我也只能对龙凤族的教养甘拜下风了。"

南宫大少为之气结，冷哼一声："牙尖嘴利！"

苏落得意地挑眉。

南宫大少右手指背敲击着桌面："你要怎样才肯离开龙凤族？"

苏落似笑非笑地看着他。

南宫大少忽然朝苏落丢过去一个储物戒指："你接近龙凤族、利用流云，不就是为了钱吗？这里面有五百万紫晶币，够你用一辈子了，你走吧！"

南宫大少轻蔑地扫了苏落一眼，起身离去，边走边在心里鄙视流星：这个弟弟，睡了这么久，脑子真是不够用了。

他离开后，春月和夏月面面相觑，苏落把玩着储物戒指，嘴角勾起一抹冷笑。

五百万紫晶币？南宫流皓这是在打发乞丐呢？从她的珍宝轩随便拿一件东西出来，价值会低于五百万紫晶币？

苏落抬眸看了春月和夏月一眼，这俩丫头赶紧围上来："姑娘……"

"既然龙凤族不容我，自然有我的容身之处，你们去帮我收拾收拾，我立刻就走。"说完，苏落站起来就往里间走去。

两位丫鬟顿时慌了，春月留下陪着苏落，夏月跑去给南宫夫人报信，还补了一句："姑娘可生气了，说不定这会儿已经走了！"

"什么？流皓给落丫头五百万紫晶币赶她走？"南宫夫人正在吃饭，一听这话，碗都砸地上了，"这个孽障！我直接去星落院，白嬷嬷，你将那孽障给我提到星落院去！"

南宫夫人赶往星落院时，苏落收拾好行李正准备走人，却被夏月苦苦挽留。

苏落皱眉："让开！"

夏月噙着眼泪直摇头："苏姑娘，您不能走啊！"

南宫夫人领着一群人冲了进来，正好看到这一幕，当即慌了："落丫头，你这是做什么？这大晚上的，谁惹你生气了？来，告诉伯母，看伯母不狠狠打他一顿！"

苏落委屈地看了南宫夫人一眼："我在府上叨扰已久，也该回去了，至于南宫流星的病，夫人请放心，我还是会给他治的。"说着苏落就要走。

"你不能走，快坐下快坐下。春月，还不给你们姑娘倒杯茶！"南宫夫人看出苏落是真生气了，赶紧柔声哄她。

春月应了一声，忙跑去泡茶。

这时，南宫珈怡得到消息也匆匆赶来，大声询问："落落怎么要走？谁惹落落不高兴了？这是找死呢吧！"

南宫夫人叹了口气："还能是谁，就是你那不省心的大哥呗。好好的祖地他不待，非要跑回来，跑回来就跑回来吧，还偏偏看落丫头不顺眼，你说你大哥这是怎么了？"

就在南宫夫人吐槽自家儿子的时候，白嬷嬷领着南宫大少进来了。

听到南宫夫人的话，南宫流皓当即脸色一沉，神色不善地质问苏落："你怎么还不走？"

苏落看着南宫夫人，弱弱地说："我看我还是先——"

"你不能走！"南宫夫人腾地站了起来，眸中跳跃着两簇怒火："南宫流皓，现在，立刻，马上，给苏落道歉！"

南宫大少直皱眉头："母亲，你知道吗，这臭丫头想嫁给二弟。"

南宫夫人一听："对啊！"

南宫流皓不解地看着南宫夫人："那您还不赶紧将她撵走？就不怕二弟被她缠上？"

南宫流皓之所以用简单粗暴的手段赶苏落走，是因为在他的印象中，苏落还是那副弱小的模样，他并不知道如今的苏落已经有了那么多的底牌和靠山，若是知道，他的手段就不会这么简单了。

南宫夫人用一种看白痴的目光看着她家傻儿子。南宫流皓被南宫夫人看得心里发毛，强硬地梗着脖子问道："母亲，难道你同意这门婚事？"

南宫夫人皱眉道："这门婚事不好吗？我看挺好啊。"

"母亲不是最讲究门当户对吗，不会不知道这丫头来自下界吧？"南宫流皓深深地看着南宫夫人，"母亲真的愿意龙凤族娶进来这么一个女子？难道您就不怕龙凤族被人耻笑吗？更何况，母亲应该知道弟弟将来的位置！"

南宫流云将继承龙凤族，这是整个家族公认的事。

南宫夫人还没说话，苏落就冷冷一笑："那我倒要请教一下南宫大少了，什么叫'娶进来这么一个女子'？这样的女子是怎样的女子？还有，什么叫'不怕龙凤族被人耻笑吗'？那我倒要问一问，我苏落做什么了，会让你们龙凤族被人耻笑？"

苏落哐当一声将行李往桌上一放，脚步往前一踏，昂首挺胸，强势地盯着南宫大少，那陡然爆发的气势让南宫大少一愣。

当初在下界时，在他眼里，苏落就是一只抬脚就能踩死的蝼蚁，他连正眼都不会看一眼。

"早知道，当初就该杀了你！"南宫大少磨着后槽牙说。

苏落闻言冷笑起来："杀了我，谁来救你们家南宫流星？"

什么？南宫流皓居然还想杀苏落！南宫夫人啪的一巴掌拍过去，清脆的声音在寂静的室内响起。所有人都惊呆了，傻傻地看着南宫夫人。南宫夫人气势十足地朝南宫流皓低吼："居然敢杀落丫头，看我不打死你！"

南宫流皓傻眼了，在他的印象中，母亲从来不曾对他这样凶过。

南宫夫人左看右看，刚好看到椅子上的靠垫，于是抓起靠垫就朝南宫流皓拍去："我打死你个破儿子！你居然敢杀苏落，你居然敢……"

南宫夫人拿着靠垫狂砸南宫大少，可怜的南宫大少只能挨着，却完全不解母亲的反应为何这么大。而且，他还清晰地听到现场响起两声嗤笑。

南宫大少抬眸望去，毫无疑问，第一道笑声来自苏落——这个臭丫头，唯恐天下不乱！

第二道笑声竟然来自南宫珈怡——这臭丫头，什么时候也被苏落收买了？

"你个浑蛋，居然敢杀落丫头，我打死你！"南宫夫人心里真是后怕。先不说星儿的事，如果老二知道了这件事，兄弟两个还不定会闹到什么程度呢。

南宫夫人把靠垫都打破了，羽毛在空中纷纷扬扬，南宫大少不敢还手，只好狼狈而逃，临走时还不忘放狠话："苏落，你给我等着！"

南宫夫人一听，更是怒火中烧："等着？你要落丫头等着什么？看我不打死你！"

可怜的南宫大少，一溜烟跑了。白嬷嬷又是好气又是好笑，上前扶住气喘吁吁的南宫夫人："夫人啊，大少毕竟是成年人了，您好歹给他留点颜面嘛，哪能像小时候那样说打就打。"

南宫夫人将破靠垫往地上一丢，豪迈地对苏落说："落丫头，那不省心的浑蛋已经被我打跑了，你安心地住着吧，他要是再敢欺负你，你就来找伯母。"

苏落也看得直了眼。这位南宫夫人，怎么忽然间变得这么……可爱呢？

话都说到这个份上，如果她再闹着要走，那就是她矫情不懂事了。

于是，苏落故作委屈地点头应道："好。"

于是，南宫夫人就这样顶着一脑袋羽毛，领着一大拨人，浩浩荡荡地离开了。

但是，这件事并没有完。

也不知道是不是苏落运气不好，她走哪儿都能碰到南宫大少。

苏落正要去给南宫流星那小白眼狼治病，路上就被南宫大少拦住了。

苏落看了看左右，发现这里是去往无白院的必经之路。看来不是她跟南宫大少有缘，而是人家特地在这里等着她呢。

苏落并不是一个人，这回身边跟着春月和夏月。

这俩丫鬟一看情形不对，春月转身就跑，跑得飞快。

苏落有些无语，这丫头的反应太快了，她想拉都拉不住。

164

南宫大少眼角微抽，这还是他龙凤族的丫鬟吗，吃里爬外！

这是条小径，南宫大少往那一站，就占了三分之二的路，但是苏落并没有停下脚步，而是依旧淡定地往前走。

擦肩而过时，南宫大少身形不动，但是苏落却被撞了出去，噔噔噔地后退，最后重重地倒在地上。

怎么会这样？南宫大少惊呆了。刚才这臭丫头经过他身边时，他们只是衣袖稍微有点碰触而已，他就算再愚蠢，也不会在这个时候动手吧？

南宫大少忽然有种很不好的预感，还没等他朝苏落发难，就见南宫夫人炮弹一样冲了过来，手里拿着一根棍子，对着南宫大少砸。

"你个浑蛋！落丫头有老娘我护着，你居然还敢欺负她！"南宫夫人怒了。

南宫大少赶紧反驳："我没有！"

"做了就做了，你要是敢认，老娘还敬你是条汉子，可你做了居然还不认！"南宫夫人心里那叫一个怒啊。

南宫大少百口莫辩，只能无奈地看向站在南宫夫人身边的南宫墨渊："爹，刚才……"

南宫墨渊目光深沉地看着他。

南宫大少："我刚才真的是……"

"谁让你回来的？"南宫墨渊盯着南宫大少，神色冰冷，"让你去祖地是修炼，你半途跑回来，要是有事也就罢了，可你跑回来居然只是为了欺负流云未来的媳妇儿，你真是……让人失望！"

南宫老爹本来在军营待得好好的，但是昨天南宫夫人回去后，直接就找他告了儿子一状。

南宫老爹想得深远。他知道南宫流云用情至深，这辈子非这丫头不娶了，若是老大从中作梗的话，二人连兄弟都没的做。南宫老爹知道过程会很曲折，但结局必然会是这样，所以，不等事情发生，便以雷霆手段镇压。

南宫大少："爹！"

南宫墨渊冷哼一声："把大少押到祖地，禁闭，没有修炼到既定目标，永远都别想出来！"

南宫大少见大家都皱眉看着他，似乎对他很不满，顿时傻眼了。

这还是他家吗？他不就是警告了那丫头两句，怎么搞得好像众叛亲离了？

可怜的南宫大少，就这样被押住了。

南宫夫人冲过去将苏落扶起来，眼中充满了歉意："落落，真是对不住啊，伯母没想到他这么浑蛋，居然还敢拦路撞你，伯母给你道歉了。"

南宫夫人就怕苏落跟南宫流云一说，南宫流云脾气上来不好收场，当务之急就是平息苏落的怒火。

南宫夫人并不知道，刚才南宫大少还没机会说威胁的话，就被苏落自编自导的撞飞坑惨了。

苏落揉揉右手，很无奈地对南宫夫人说："右手伤到了，应该伤得不轻。"

"那怎么办……赶紧请炼药师过来？"南宫夫人关切地说。

"这伤我自己倒是能治，不过……"苏落看了南宫夫人一眼，认真地说，"不过今天刚好是给流星施针的日子，伯母也知道，这施针最讲究精细，稍有不慎，就有性命之忧。"

"啊？"南宫夫人脸都白了。

"所以，这施针我暂时不能做了，还望伯母谅解，至于南宫流星，伯母还是另请高明吧。"苏落朝南宫夫人点点头，看了眼呆若木鸡的南宫大少，带着春月和夏月扬长而去。

除了苏落，还有谁能治流星的病？南宫夫人不满地瞪着南宫大少，嫌弃地说："流皓啊，你就不能不回来吗？"

南宫墨渊也不悦地摆摆手："好了好了，带回祖地吧，让他闭关去。"

可怜的南宫大少，本想将苏落赶走，结果却被他自己的父母给赶走了。

南宫大少没有好日子过，将他叫回来的南宫三少，日子也不好过。

今天本是治疗的日子。南宫三少会在今天发病，发病时极其痛苦，生不如死，而唯一能够缓解痛苦的办法就是苏落的妙影神针。

南宫三少觉得今天有点迟了，苏落居然没来。

事实上，到了这时候，他已经可以确定，他的病确实是苏落治好的了。但是那又怎样？救命之恩，家里自然会给予报酬，难道他南宫三少还要为她做牛做马不成？所以，南宫三少很心安理得地享受着苏落的治疗。

南宫三少看了看时间：苏落怎么还没来？前几次她都是很准时的。这是出了什么事吗？南宫三少心里隐隐有些不安。

就在这时，南宫三少只觉得脑子里有根筋抽搐，顿时脸色一白。根据前几次的经验，南宫流星清楚，头疼又要发作了，赶紧朝丫鬟低吼："还不快叫苏落过来！"

小丫鬟立刻往外跑去，可她还没跑几步，就听到三少爷发出一声惨叫："啊……好痛！"

疼痛来得又快又急，南宫流星头痛欲裂，差点晕过去。

小鱼刚跑到院外，就看到夫人、老爷和三小姐朝这边走来。

小鱼说了南宫流星的情况，南宫夫人只觉得自己的脑袋也跟着疼了。

看到南宫流星的惨状，南宫夫人吓了一跳。此刻的南宫流星，全身痉挛，疼得直拿脑袋撞墙，都快把墙给撞塌了。

"这可怎么办啊？"南宫夫人心疼得直掉眼泪，南宫墨渊的眸中也闪过一丝心疼。

"我去找落丫头！"南宫夫人提着裙子就要去找苏落，南宫墨渊却拎过南宫流星冷冰冰地问："你大哥回来，跟你有没有关系？"

南宫夫人的身子瞬间僵住，南宫珈怡也愣了。

南宫流星疼得快晕过去了，但是面对父亲严厉的目光，还是下意识地点头。

南宫墨渊将南宫流星往地下一丢，对南宫夫人冷冷一哼："你现在还有脸去找她？"

南宫夫人懊恼地指着南宫流星："你大哥是大浑蛋，你就是小浑蛋！我怎么生了你们这两个浑蛋！"

南宫流星疼得眼泪都出来了："母亲……母亲……好疼……"

"疼是吧？疼就对了！"南宫夫人戳戳南宫流星的脑袋，"可是，你再疼母亲都没办法了，母亲没脸去找人救你！"

她就说嘛，老大怎么会无缘无故地回来，原来是流星给叫回来的！想想老大回来做的这些事、说的那些话，南宫夫人就脸红。

南宫夫人指着南宫流星骂道："落丫头为了救你，付出多大的努力，吃了多少苦？结果她刚救醒你，你的小命还在她手里捏着呢，你就指使你大哥赶她走。如今你发病了，还想让她来治你？"

南宫夫人虽然很心疼南宫流星，但是坚决不去找苏落来救人。她就不惯着他这自私的毛病。

而此刻，苏落正在星落院里休息。其实她是自己飞出去的，右手臂怎么会受伤呢？

苏落是故意的。

南宫大少为什么忽然回来了？这一点苏落有过疑惑，最后，她的目标锁定在南宫流星身上。因为她能够从南宫流星眼中看到敌意。

是为了宁三吧？苏落不确定这事是不是南宫流星做的，只是有所怀疑，但这已经足够了。苏落借手臂受伤之故走了。

这已经是第五次治疗了，身为南宫流星的治疗师，苏落比任何人都清楚，这次治疗至关重要，而且是最疼的一次，必须疼得死去活来十次才能过去。

当然，如果有她出手的话，痛苦的时间会缩短到原来的十分之一。可是，为什么要帮他呢？反正不会危及性命，疼疼就疼疼呗。

苏落一边悠闲地喝着茶，一边捧着本书看。春月在她身边伺候着，夏月出去打听消息，很快就跑回来禀报："姑娘，三少爷发病了。这回可严重了，据说拿脑袋去撞墙，撞得墙都快塌了。"

苏落淡淡地哦了一声，夏月又继续说："刚刚三少爷疼晕过去了，夫人刚松了口气，结果三少爷又硬生生疼醒了，又要拿头去撞墙，被夫人命人用绳子捆起来了。"

"夫人呢？"苏落慢悠悠地问。

以南宫夫人疼爱南宫流星的程度来说，她是忍不下去的，这会儿也该来叫人了。

说到这个，夏月也觉得有些难以置信："夫人说不惯着三少爷，他要痛就让他痛，痛了才会长记性。"

漫长的一天一夜终于过去了。南宫流星痛得死去活来、活来死去，果真如苏落所料，足足循环了十次，才渐渐停歇。

南宫流星躺在床上，脸色苍白如纸，全身冷汗淋漓，气息微弱，连抬一根手指的力气都没有了。

南宫夫人觉得这次治疗应该还没算完。如果痛一夜就能当第五次治疗，岂不是不需要苏落再治了？

南宫夫人找到了苏落。当她问了苏落这个问题时，苏落肯定地说："这不能算第五次治疗，如果不治的话，他会一直痛下去。"

也就是说，南宫流星的伤就卡在这第五次治疗上了。

南宫夫人当场脸色就白了，拉着苏落恳求："落丫头啊，伯母知道流星不好，你不看僧面看佛面，看在流云的分上，也不能不管他啊……"

苏落知道，能让南宫夫人低声下气到这种程度已经很难得了，毕竟是未来的婆婆，不能做得太过，于是点点头："我的手三天后就能施针了。"

第四天，苏落来到星落院。

南宫流星有气无力地躺在床上，看向从逆光中走来的苏落，视线有些恍惚："静仪姐姐……"

苏落嘴角微抽。这个南宫流星，到这时候还不忘耍心机，明明认出她是苏落，还故意喊出那个名字。他明知道她很讨厌那个人。

苏落还没说话，南宫夫人已经看不下去了："流星！你给我闭嘴！"

苏落要是生气了喊手疼，又休息十天半个月，看你臭小子怎么办！

苏落朝南宫夫人淡淡一笑："伯母，你先出去吧。"

南宫夫人不安地看了苏落一眼，见她确实不像生气的样子，这才拉着南宫珈怡走出门。

苏落一抬手，门关上了，室内一片寂静。

苏落拎着把椅子，在南宫流星面前坐下。南宫流星冷漠地闭上眼睛不看苏落。

苏落微微勾起嘴角："南宫流星，你喜欢宁静仪？"

南宫流星的眼珠子一动，却没有睁开眼睛。

"我知道你喜欢宁静仪，不过说实话，我很讨厌她。"苏落坦白的话，毫无征兆地在南宫流星耳边响起，南宫流星猛地睁开眼睛盯着苏落，眸中寒光闪闪。

"为什么要讨厌静仪姐姐？"南宫流云咬牙切齿地问。

"那你又为什么要喜欢她呢？"苏落似笑非笑地将问题抛回去。

"静仪姐姐比你好，她什么都不比你好，如果不是她死了，你根本取代不了她的位置！"南宫流星痛苦地低吼。

不仅是在二哥心中的位置，还有母亲、姐姐、族人，眼前这个女人完全取代了静仪姐姐的位置，将静仪姐姐的存在抹得一干二净，就好像她从来不曾出现过一样。

"明明是她救的二哥，可二哥非但没有感激她，还恩将仇报！"南宫流星恨恨地盯着苏落，"既然二哥可以这样做，那我跟二哥学又有什么不对！"南宫流星说得理直气壮。

"哦，你一直对我怀有敌意，原来是在学你二哥。"苏落似笑非笑地点头，"可是，我告诉你，你还真的不对。"

"哪里不对，你说啊！"

"你在偷换概念。"

"什么叫偷换概念？"南宫流星从来没听说过这个词，所以他不懂。

苏落淡淡一笑："你二哥根本没有喜欢过宁静仪。你不要反驳，如果他们互相喜欢的话，就没你这个小屁孩什么事了。"

"你……"南宫流星指着苏落，一个字都说不出来，因为苏落说的是事实。

南宫流星比谁都清楚，二哥不喜欢静仪姐姐。

"还有，你怎么就确定是她救了你二哥呢？你怎么就确定你二哥没有感激她？你怎么就确定你二哥恩将仇报？你一个昏迷了几万年的人，你知道什么？"苏落轻蔑地瞥了他一眼，"知道你现在应该怎么做吗？"

南宫流星略显狼狈，却又恨恨地瞪着苏落。

苏落没好气地说："他们都说你聪明，我以为凭你的智商，在经过昨天的事后，应该会想明白，在这灵界，除了我之外，再也找不出另外一个可以救你的人了。"

因为如果可以的话，昨天南宫夫人就不会一边默默流泪，一边看着他痛苦打滚。

南宫流星昨天就意识到了，可他故意忽略了这一点。

直到现在苏落点出，他还是不服气地别过脸去。

苏落淡淡一笑："既然现在只有我一个人能够救你，那么就算你恨我，这时候的你也应该将仇恨隐藏起来，乖乖地将身子养好，等你能够出门走动的时候，你才可以凭借你手中的力量，去查出这些事的真相。"

门外，南宫夫人听到苏落这番话，心都软化了，拉着南宫珈怡的手赞道："你瞧瞧，落丫头多好，这些话都是她的肺腑之言啊，可咱们家大小两个浑蛋，做的事真让人寒心。"

南宫珈怡也噙着泪默默点头。落落真是太善良了……

苏落是这么善良的人吗？她不是的，她这样说，自然有这样说的用意。

南宫流星盯着苏落："你有这么好心？"

苏落理所当然地点头："如果我没这么好心，你早就死好几百回了，难道你不觉得吗？"

南宫流星听了苏落的话，猛然抬头，看到苏落那张略带冷漠的笑脸，眸中闪过一道高深莫测的光芒。

这几天，他醒来后就不安分，一开始是真的，后来纯粹是为了试探苏落。他想过苏落厉害，但没想到她会这样厉害。他不断地试探，试图摸清她的底线，但是还没触到她的底线，自己就快痛死了。

　　苏落会选择跟他坦诚，是因为她知道，这位被誉为"南宫家族小天才"的南宫流星不会那么愚蠢。

　　南宫流星白了苏落一眼："你敢杀吗？"

　　苏落慢悠悠地瞟回去："如果有这个必要的话。"

　　"你……"南宫流星真没见过这么胆大、这么不把龙凤族放在眼里的人，"我真是服了你了！"

　　昨天他原本以为苏落会来救他，结果她竟然不来；他原本以为母亲会把她拉来，结果母亲竟然不去；他原本以为经历了昨天的事之后，大家会对苏落产生嫌隙，可结果还是没有……

　　这才是南宫流星郁闷的真正原因。

　　苏落没好气地对他说："听说你是龙凤族撒娇卖萌可爱无敌的小少爷，现在看来可一点都不像哦。"

　　南宫流星气闷地瞪了苏落一眼，扭过头去不理她。

　　苏落淡淡一笑："接下来还要忍耐五次治疗，你才见不到我。"南宫流星眼前一亮。

　　"但是你要想永远都见不到我的话，大概只能离开龙凤族了，因为这里，我要住。"苏落笑嘻嘻地看着他。

　　"我讨厌你！"南宫三少气鼓鼓地说。

"我才不用忘恩负义的人喜欢，被宠坏的臭小子。"苏落弹了弹针筒，针尖凑近南宫流星的脑袋。

"喂，你要干吗？"南宫流星看到苏落笑容怪异，大声尖叫。

"臭小子，你叫破喉咙也没人来救你哦。"苏落像拍西瓜一样拍着他的脑袋，"行了行了，别装了，又不疼。"

就在南宫流星额头青色血管突突暴起的时候，针尖倏然扎进他的血管。

等南宫三少反应过来，苏落的针也打完了。

看到南宫三少想说话又说不出来，还在那酝酿的样子，苏落没好气地说："行了，今天的治疗到此结束。"

南宫三少闷闷的声音传来，还是重复着那句："我讨厌你。"

苏落丝毫不被影响，她一边慢悠悠地收拾手里的器具，一边漫不经心地说："纠结了这么久才纠结出这句话啊？我们彼此讨厌，我比你更不想见你，忍耐着来治你已经是我的极限，你要是再敢啰唆，你就自己治吧。"

苏落状似厌恶地白了他一眼，转身很潇洒地走了，留下南宫三少一个人生闷气。

苏落离开后，南宫夫人和南宫珈怡就赶紧进来了。

"母亲、姐姐，你们都听到了，她想害死我！"南宫三少告状。

南宫夫人瞪了他一眼："落丫头要是真想害死你，你还能醒过来？"

南宫三少一愣：母亲怎么突然变聪明了？以前可是自己告什么她都信的。

"母亲，她说她讨厌我！"南宫三少继续告状。至于是不是真的告状，他自己也不知道，他只是怀念这种可以撒娇的感觉。

但是，南宫夫人却冷冰冰地瞅了他一眼："你这样对她，还指望她喜欢你？她又不是你母亲！"

"母亲……"南宫三少无语地靠在床上，经过一番试探，他已经明白自己斗不过苏落。

南宫夫人戳戳他的脑门："以后别闹了，要是你二哥回来，看到你这样对落丫头，非揍你不可！"

"二哥就这样喜欢她？我不信。"南宫三少嘟着小嘴。

南宫夫人白了他一眼："你二哥这次是真栽了，算了，还是跟你讲讲吧，免得你犯了忌讳，得罪了不能得罪的，到时候被你二哥一顿打，谁也救不了你。"

在南宫夫人眼里，小儿子是根本无法跟二儿子比的，二儿子那眼睛一瞪，连她自己都怕。

于是，南宫夫人就坐下来，细细地跟南宫流星讲着她知道的那些事：帝国学院破新生纪录、救唐家老爷子、在慕容家宴会上惊艳四座、新生联赛第一、救军方关键人物、老爷子亲送飞船、修罗界大胜、炼药师公会闯药王谷，听得南宫三少暗暗咋舌。

"就她一个下界来的小丫头，能做这些事？"南宫三少不信。

"下界来的丫头怎么了？下界来的丫头都能做这些事，你们这些养尊处优的上界少爷能做什么？我看下界来的丫头可比你们强多了。"南宫夫人傲娇地说。

现在南宫夫人喜欢苏落，所以看苏落全身都是优点，简直喜欢得不行。

南宫三少叹了口气，唉，看来在母亲心中第一的位置被抢了。至于静仪姐姐的事，那下界来的丫头说得不错，等他能自己走动了，亲自调查便是，不必急于一时。

教训了南宫流星，之后的日子，苏落过得无波无澜，平静得泛不起一丝涟漪。

反倒是她不理南宫流星之后，每次治疗，这位小少爷都用好奇的目光偷偷瞅着她。当苏落看回去之后，小少爷又傲娇地收回视线，就仿佛什么都没发生过。见苏落盯着他瞧，他还会很傲娇地冷哼："看什么看，没看过本少爷这么帅的人吗？"

苏落淡淡一笑，不理这小破孩。

就这样，治疗慢慢到了尾声。

最后一次治疗结束，苏落将针一拔，拍拍南宫流星的小脑袋瓜："好了，从此以后你绕着我走的话，大概就不用见到我了。"

"这是治好了？"南宫夫人充满期待地看着苏落。

苏落点点头，略带深意地看了南宫夫人一眼："是啊，治好了，以后注意养着，不要胡乱折腾身体，也就没事了。"

南宫夫人和南宫珈怡喜极而泣，又蹦又跳，释放着内心的喜悦。南宫流星看到母亲和姐姐疯子似的又蹦又跳，眼角微微一抽。

至于吗？他好奇地抬头朝苏落瞥去，这个下界来的丫头，这下子终于要失宠了吧？哈哈哈！难道她不知道，母亲之所以对她那么宠，是为了给自己治病吗？

面对南宫三少那嘲讽的目光，苏落的眸光也有些幽深。她也想知道，当她治好南宫流星，暂时没有了利用价值之后，南宫夫人还会不会对她那么千依百顺？

南宫夫人并不知道对面两个人的心思，她拉着苏落的手，难掩心中的兴奋："落丫头啊，这回可真是太感谢你了，伯母真不知道拿什么东西感谢你才好。"

苏落淡淡一笑："既然伯母不知道该怎么感谢我,那不如让南宫流星自己感谢?"

苏落在试探南宫夫人,若她的态度有变,苏落真的会失望。

南宫流星也紧紧盯着母亲:"娘,不要!这丫头会折磨死我的!"

南宫夫人一巴掌朝南宫流星的脑袋拍去:"什么这丫头那丫头的,她是你未来的二嫂!你个破孩子,要是再让我听到你这样叫,非抽你嘴巴不可!"

南宫流星捂着脑袋,眼中有着不解、困惑和惊讶。他以为苏落没有利用价值之后,母亲就不会对她那么好了,可是,现在从母亲的态度来看,她对苏落更好了。这怎么可能,这还是他熟悉的那个母亲吗?

苏落朝南宫流星微微挑眉,眸中得意。输了一筹的南宫流星瞪了苏落一眼,似乎在说,走着瞧!

南宫夫人的态度还算让苏落满意,所以,苏落拿出一瓶她自己炼制的皇级愈合丹递给南宫夫人:"隔一个月吃一颗,对他的恢复有好处。"

南宫夫人并不知道刚才苏落和南宫流星暗自较劲,拿着苏落给的丹药,她非常开心。

南宫流星暗暗撇嘴:如果母亲改变了态度,这下界来的丫头就不给丹药了吧?有心机的丫头,哼!

夜晚,南宫夫人的院落。

南宫夫人今天很开心,拉着南宫墨渊聊天。

"你瞧这是什么?"南宫夫人炫耀似的将那瓶皇级愈合丹给南宫墨渊看。

南宫墨渊倒出来一看,发现是皇级丹药。

"这是……"南宫墨渊自然知道皇级丹药的重要性。

"落丫头给的。"南宫夫人提起苏落,顿时眉飞色舞,拉着南宫墨渊的手,难掩心中的激动,"我现在越来越发现啊,落丫头真是了不起。"

南宫墨渊没好气地瞅了南宫夫人一眼:当初是谁对苏落眼睛不是眼睛、鼻子不是鼻子的,还干了过河拆桥的事。

南宫夫人没有注意到南宫墨渊的眼神,滔滔不绝地说:"我可问过了,这皇级丹药是她自己炼的,这么高的成功率,整个灵界都找不出第二个来。而且你瞧她,为人稳重、淡定、端庄,最重要的是脾气还很好。"

"她脾气好?"南宫墨渊都觉得不可思议,那丫头的脾气可真说不上好。

"对啊！你都不知道，流星那破孩子，说话那么难听，要是我啊，早一巴掌拍下去了，可苏落却硬是忍下来了。这才是龙凤族未来主母该有的气度，这才是为人嫂子该有的胸襟，反正这丫头我是满意极了。"南宫夫人得意扬扬地说，"我现在啊，就担心有人半路杀出来，将她给抢了。"

南宫墨渊摸着下巴，南宫夫人没好气地捶了他一下，很八卦地凑上去："听说，冷家那七小子，也对落丫头有兴趣？"

南宫墨渊皱眉："夫人会不会觉得苏落朝三暮四？"

南宫夫人没好气地捶了他一下："窈窕淑女，君子好逑，这只能说明咱落丫头吸引人，你可不许说她！"

南宫墨渊也是醉了，他什么都没说好吗？

南宫夫人摸着下巴："冷家小七都动心了，这帝都动心的少年怕是不少，不行，还是找个日子赶紧让他们成亲吧。等生米煮成熟饭，我看那些臭小子还敢不敢垂涎咱儿媳妇！"

南宫墨渊无语了，夫人这思维跳跃的……之前她可是提起苏落就瞪眼的，现在恨不得将苏落捧在手心里生怕被人抢了。

南宫墨渊摇摇头，提醒他的夫人："族规里可是有规定的，得帝国学院毕业了才行，老二早就毕业了，可是落丫头……"

南宫夫人唉声叹气道："这要等到毕业，我头发都要等白了，什么时候才能抱上小孙孙啊？唉……"

大儿子就不指望了，可二儿子明明找到了真爱，却卡在这一步。

"要不我亲自去找院方？"南宫夫人说道，但很快又摇摇头，"落丫头出身本就低微，再加上是老二的婚事，多少人盯着呢，这事不能作假，也不能通融，还是得按正常流程走。唉，你说落丫头要是能跳级该多好啊，突突突地跳上去，哗啦啦地就毕业，然后我们就等着抱小孙孙。"

南宫大人无奈地瞟了南宫夫人一眼："你之前不是说，他们两个人的婚事要暂缓吗？还说要对苏落实施考验？"

南宫夫人娇嗔地撞了南宫墨渊一下，顺带白了他一眼："说什么呢？落丫头这样好的姑娘，要不赶紧订下来，被别人家抢了你赔得起吗？"

南宫大人也是……笑了。

"那你现在预备怎么办？"南宫大人问。

南宫夫人无奈地叹了口气："真希望落丫头赶紧跳级啊，可这跳级，哪是说跳就能跳的？看来老二要搂媳妇，至少也得等上五六千年啊。"

南宫大人拍拍南宫夫人的肩头："好了好了，快睡觉吧。"

"可我这心里发愁啊，真替老二发愁，唉……"南宫夫人揉着胸口，表示怎么都睡不着。

不管南宫夫人怎样急，日子依旧有条不紊地过着。

在治好南宫流星的第三天，苏落就收到帝国学院的通知，要她回学院一趟。

考核就快开始了，而一年级晋升到二年级的考核，不是想升级就有资格报名的，要看积分。

现在，积分的发放就要开始了，苏落的队伍在第一排，却只有二十个人。大家都看着第一排第一列的位置，那里站的应该是苏落，但现在却空着。

龙凤族那边，南宫夫人还在拉着苏落的手依依惜别，而此刻，帝国学院里，校方已经在分发积分了。

这次是四大分院一起进行的，所以就算东华学院的副院长想拖延时间也不行。

虽然说是发放积分，但是，真正的积分并不是由人发放，而是水晶球。

此刻，在众人的前面有一个半人高的水晶球，水晶球闪闪发光，吸引了所有人的视线。

每个人手里都有通讯珏，只要开启任务状态，就能记录任务的完成程度，所以只要拿着通讯珏在水晶球的凹槽里一刷，水晶球就会显示出此人的积分。

系统发放积分，谁也作不得假。

一年级的新生都知道苏落没来，为了给她争取时间，一个个都抢着上。

周二飞拿着他的通讯珏站在水晶球前，双手合十道："水晶球啊水晶球，虽然一切都是苏老大的功劳，但是我们跟在后面没有功劳也有苦劳嘛，好歹，好歹给我们一点点积分啊……"

周二飞对着水晶球祷告的样子，引得二年级学生哄堂大笑。

周二飞之所以站在那不刷卡，是想为苏落拖延时间，直到实在没办法耗下去了，周二飞才拿着通讯珏用力往凹槽里一刷。

"嘀——"水晶球发出声音，数字显示红色，意味着刷出来的积分超过一万了。

"三万五千三百六十七！"不知道是谁大声喊出结果。

居然有这么多？周二飞激动得浑身都在颤抖。在去修罗界之前，他平日里接的任务，奖励的积分只有几十个，然而现在，竟然高达三万五千三百六十七分。

"我来！"辛一豪一看周二飞的积分，眼睛都红了。

辛一豪上去之后，又是一番磨磨蹭蹭，终于也刷了一下通讯珏。

"四万！竟然比周二飞的积分还多！"

辛一豪、周二飞的积分一出，一年级的新生们忽然有了一种无与伦比的自豪感。

"我就不信了，一年级还能再出三万四万的！"二年级里有一个人不服气地说。

费君平推了唐雅岚一下，唐雅岚迷茫地看了她一眼。

费君平说："你去。"

唐雅岚忙摆手："不行，我上去会给大伙儿丢脸的。"

但是她话音未落，费君平就将她给推出去了。

费君平心里很清楚，既然辛一豪、周二飞都有三四万积分，唐雅岚的分数也不可能低，大家都是跟在苏老大身边听她吩咐行事的。

众目睽睽之下，唐雅岚被推出来，这会儿她想走回去都不可能了。

"还想不想帮老大争取时间了？"费君平没好气地瞪着唐雅岚。

唐雅岚也意识到问题的严重性，于是慢慢吞吞地上台，又磨磨蹭蹭地翻了半天，等得二年级的不耐烦了要揪她下来时，她才拿出通讯珏，闭着眼睛往水晶球上一刷。

"嘀——"这声音一出，绝对是过万了。

"她居然有五万积分！"五万积分啊……

二年级排名前几的人自然对五万积分没感觉，但是对于其余的二年级学生来说，入学十几年就拿到五万积分，这个……有点……刺激人啊。

唐雅岚也没想到自己会拿到五万积分，整个人都蒙了。怎么会呢？她何德何能，竟然拿到这么多？要知道，就算是去修罗界，她好像也没干啥啊，一直跟着苏落，苏落吩咐什么她就干什么……

唐雅岚不知道的是，正因为苏落一直带着她，而且她在苏落小队里属于核心队员，所以积分才有加成。

接下来是费君平。

当费君平上去刷积分的时候，又掀起了一小股热潮。因为费君平拿到的是六万积分。这才仅仅是一个任务啊，新生入学不过十几年，一次任务就拿了六万积分！

二年级的很多人，看着费君平，心里都有异样的想法。

"当初冷开元新生入学十几年的时候，有拿过六万积分吗？"

"冷开元没有，但是蔺长东肯定有。"

"牧雪滟那时候好像差不多六万积分的样子。"

"也就是说，这姑娘跟牧雪滟那时候相差无几？"

"要知道，牧雪滟现在可是二年级的第三名啊！"

"如此说来，这届的新生……也不差嘛。"

不仅不差……反而比二年级学生做新生时有过之而无不及啊。

二年级的脸色都不好看了。

"慕容方来了！"

一年级很多人都饱含期待地看着慕容方，二年级的人也有些警惕地盯着慕容方。

要知道当初慕容方和苏落在新生联赛时大战，当时那场战斗可谓惊心动魄，引起了各方的关注。

慕容方，在大家眼里可是能够跟苏落并列的人啊，所以看到他上去刷积分，大家的心都高高提起。

慕容方会刷出多少积分呢？

苏落的积分，是不是可以从他身上得到参考呢？很多人都紧紧盯着慕容方的一举一动。

而此刻，慕容方的内心是既高兴又忐忑的。他高兴，是因为前二十刷出来的积分，都比预期的高，而身为前二十名的领头人，他的积分也不会少；他忐忑，是因为他不知道自己跟苏落的差距有多大。

慕容方将通讯珏放到水晶球上时，都有些不敢看那显示出来的数字。

"怎么会这样？"很多人都惊呼出声。

慕容方的眼睛是闭着的，当他耳边传来这些议论声时，他微微睁开眼睛。然而这一眼，却让他死死地瞪大了双眼。

"四万三千积分……怎么会这样……"慕容方犹如雕塑似的傻在那了。这积分，如果在唐雅岚费君平他们之前出来，慕容方是能接受的，而且还会欣喜，因为这数字超过了他的预期。可是，当唐雅岚五万、费君平六万的积分出来后，他这位足够跟苏落并列的领头人物却只有四万多积分，这就太打脸了。

"慕容方在修罗界做得很差吗？"

"他居然比那俩小姑娘的积分还少，真丢人啊，原本还对他期待很大呢。"

"不是都说他足以跟苏落比肩吗？他的积分这样少，那是不是代表着苏落的积分，其实也就是这个数？"

台下众人议论纷纷。

一年级的都表示不信，二年级的则都表示鄙视。

慕容方好半天才回过神来，脸色红一阵白一阵，不过声音还算镇定。

他转头望着负责发放积分的老师："薛老师，系统会不会算错了？"

慕容方的声音让薛老师的眼眸闪过一丝寒冰。

"你怀疑系统出错了？"薛老师冷笑。

"是，我怀疑系统出错了。"慕容方很冷静地说。

"你的意思是要复查？"

"我要求复查。"

薛老师冷冷地瞟了慕容方一眼："复查的后果如何，不需要说明吧？"

大家都怔怔地看着慕容方，慕容方淡淡地点头："如果复查结果依旧是这个数，这次所得积分全部上缴，这个规定我知道。"

复查由帝国学院的长老亲自计算，很快结果就出来了。

"慕容方的积分四万三千，结果无误，所有积分全部上缴。"薛老师瞟了慕容方一眼，目光朝下方扫去，"下一个。"

慕容方怔在当场。他的积分居然比一个什么都不是的小丫头还少，这对慕容方来说是个巨大的冲击。

"快看现在上去的这个——冷云毅啊，冷家的旁系，快看看他有多少积分。"

"一万五。"冷云毅的积分很快就出来了。

"冷云毅的实力在二年级能排第五吧？没想到他才一五万啊。他的实力可比唐雅岚和费君平强……"

接下来上去的几个都是慕容方的队友，结果普遍不理想，基本都在一万左右。

看到他们一个个垂头丧气的懊恼样子，很多人都替他们惋惜。

这就是站队问题了，这要是一开始就让苏落领队，哪会是现在这样？

最后，除了苏落，一年级的新生都领了，而积分的发放是有时限的，二年级那群唯恐天下不乱的人纷纷要求立刻开始发放二年级的积分。

薛老师的眉头微微皱起。他正要说话，某位老师走到薛老师身边，附耳低语一句："苏落还没来，得等她。"

没人知道这位老师说了什么，但是都猜得到他的意思。

第九章　迦南秘境

179

薛老师闻言，冷冷一声："闭嘴！"

那位老师被训斥后，赶紧避开人群拿出通讯珏说了句话。

薛老师扫视四周，最后冷冰冰地开口："一年级的积分领取已经结束，至于还没有到的人，全部视为——"

很多人的嘴角勾起得意的冷笑。就在薛老师要说完那句话时，忽然觉得脑门抽痛，随后，一道愠怒的声音在他的脑海里暴喝："你敢清零那丫头的积分试试！"

这道声音……这道声音的主人竟然是……

一向以公正严明著称的薛老师，这一刻只觉得双腿一软，差点就跪下去了。

这苏落到底是什么来头，居然能请动那位！

那位的话，不是在说情，而是在威胁……

薛老师很清楚，一旦他敢宣布苏落的积分清零，那么，还没等他说出口，他的脑袋就先落地了。生还是死，取决于他的一念之间。

薛老师只觉得脊背发寒，汗水已经将他的后背浸湿了。他没有想到，不过是监督一年级的积分发放，竟会引起轩然大波。

薛老师轻咳一声："至于……至于还没来的新生，等二年级学生领取完毕，再进行领取。"

原本等着苏落的积分被清零的人，这一刻全都傻掉了，纷纷表示不满。

薛老师义正词严地说："吵什么吵？再吵就取消这次领取。"

此言一出，现场一片寂静。薛老师冷冷一哼："行了，现在二年级的开始领取积分。"

而这时候，在军部总部，统帅大人正悠闲地坐在椅子上。刚才南宫夫人急切地用通信珏告诉他苏落迟到的事，于是南宫墨渊这位三军统帅，直接就跟帝国学院的院长沟通了。

帝国学院，二年级的上去领积分，最弱的也能领到三万，到了前十名的时候，居然出现了百万积分。

一年级新生眼中各种羡慕嫉妒恨。他们辛辛苦苦那么久，只有几百几千的积分，但是二年级随随便便就是几十万上百万积分，这差距，简直让人咋舌。

就在二年级的学生全部领完积分，而薛老师故意迟迟不宣布结束，所有人都干瞪眼时，从远处飞来一艘飞船，船身带着军部的标志。

就在众人百思不得其解的时候，飞船停稳，苏落率先从飞船里出来，随她一起出来的还有两位少校。

两位俊朗的少校给苏落敬了一礼："我代表军部，感谢苏姑娘的相救之恩。"

苏落淡淡一笑："无妨，看见了岂能见死不救。"

而此刻，所有人的目光都落到苏落身上，眼中带着疑惑：被军部的飞船送来，而且军部的人还感谢她，难道她在路上救了人？

事实确实如此，本来苏落怎么都不会迟到，却在去往帝国学院的路上遇到一位军人，这位军人受伤非常严重，如果不治疗的话，当场便会死亡，所以苏落就停下来救人。

这一番抢救，人是脱离生命危险了，但是苏落也迟到了。

苏落救的这个人可不简单，他是皇甫家的人，在军队里的军衔也不低，在皇甫军来接手后，龙凤族的人说了苏落迟到的事，于是皇甫军派出两位少校护送苏落前来。

两位少校说清楚了事情的经过，驾驶着飞船离去。

众目睽睽之下，大家看苏落的目光非常复杂。原本以为她耍大牌故意迟到，却没想到人家竟然救了皇甫家的人，而且救的还是一位少将。皇甫家一向中立，皇甫老爷子脾气暴躁，谁也不好接近，但最是知恩图报。

苏落救了那位少将，以后就算没有龙凤族撑腰，在帝都也没人敢欺负她了。

众人都羡慕苏落的好运气，走个路都能碰到皇甫家的少将，但是他们却没有想过，就算他们自己碰到了，能将人从死亡线上拉回来吗？

知道了真相之后，自然没人敢在迟到这件事上为难苏落。薛老师轻咳一声："磨磨蹭蹭做什么？快去领积分，就剩你了。"

所有人的目光都集中在苏落身上。苏落朝薛老师点点头，不紧不慢地走到水晶球前。

苏落拿出通讯珏，在所有人的注视下放到水晶球上。

所有人都做好了听到嘀嘀嘀响声的准备，但是没有声音。

薛老师急了，赶紧召集在场的老师们商量对策。

"可能是水晶球出现故障了吧。"其中一位老师说。

"对对，一定是水晶球出故障了，我们亲自下场检修试试？"另一位老师也跟着说。

然而，检查的结果却是，水晶球没有任何故障。

"要不……"其中一位老师弱弱地建议，"我们换个限额更大的水晶球？"

薛老师当即同意："就换个大的水晶球试试！不就是从三年级的校区里抬过来

嘛，我亲自去交涉。"

没人知道薛老师去了三年级后经历了什么，但是人家都看得出来，老薛回来之后脸色很不好看。

薛老师瞪了苏落一眼，然后将借来的大水晶球往中间一摆，对苏落说："别的可能性都排除了，如果这个水晶球再无法显示，那就只能当零分处理了。"

苏落哦了一声，朝那个中型的水晶球走去，表面上淡定无波，内心却难以平静。

算了，死就死吧！苏落在水晶球前站定，闭着眼睛拿通讯珏往水晶球上一刷。

全场一片寂静，所有人都目不转睛地盯着中型水晶球，但水晶球还是没有反应。

二年级反对派回过神来后顿时哈哈狂笑，一位跟过来的三年级老师叹了口气，走到水晶球旁，怜悯地看了苏落一眼，又默默地看向薛老师，问道："能量晶石放了吗？"

"啊？对对对，能量水晶，能量水晶……"薛老师这才反应过来，忙不迭地拿出一颗品质最好的能量水晶塞进去，然后对苏落说，"行了，你再试一下。"反正你还是零分，这是薛老师的心里话。

苏落读懂了薛老师眼中的意思，嘴角微抽。

苏落这次也不闭眼了，直接将通讯珏往水晶球上一放。

事实上，这时候大家都已经对苏落的积分不抱期望了，有不少人转身就要离开。

但是，随着苏落将通讯珏往中型水晶球上一放，嘀嘀嘀嘀嘀……一道道急促的声音，犹如警报一样在每个人的耳边响起。

这声音太急促太刺激了，所有人全都朝水晶球望去，只见红色的数值不断飙升，很快就冲破了五百万，最后停在五百二十万积分的位置。

全场一片寂静，众人呆若木鸡，苏落不疾不徐地回到她自己的位置。

薛老师好不容易才从震惊中挤出一丝笑容："苏同学啊，这么多积分，能供你修炼很久了，你可以兑换很多东西的，比如说——"

不等薛老师说完，苏落就摇摇头道："不用了，我要留着积分去考迦南秘境。"

薛老师一听，顿时惊呼道："你要参加跳级考试？"

苏落理所当然地点头："是啊，我就是要跳级啊。"

薛老皱皱眉头："如果没记错的话，你入学才十几年吧？这么短的时间就要跳级？其实你可以——"

苏落淡淡一笑："薛老不必多劝，跳级是早就决定好的，不会改变的。"

跳级考试还是蛮贵的，考核一次，林林总总加起来，需要五十万积分。而这五十万积分不过是一次考核的报名费，如果没过，积分是不会退回来的。

五十万积分，对于别的一年级学生来说就是天价，但是于苏落而言，不过是她账户里的零头罢了。

苏落的效率很高，早上刚说要考迦南秘境，下午就将申请表给交了。

副院长看着苏落，目光深沉地问："你确定要跳级？"

苏落点点头："我确定。"

"其实你不必操之过急，毕竟你入学才十几年，而正常情况下，千年才能升一级……"言下之意，苏落太着急了。

苏落淡淡一笑："副院长大人觉得，我现在的实力，比不上二年级的吗？"

副院长大人语塞。他被苏落这句话将住了。

因为，当初在基地的时候，苏落的实力是直播到大屏幕的，苏落不论从智力还是实力来说，都不弱于二年级那群学生。

副院长大人皱眉："我不怀疑你的实力，当然，如果你现在考核的话，跳级到二年级，完全没问题，但是到了二年级之后，你的排名会比较靠后，这样的话，各种资源就不会倾斜到你身上。"

苏落淡淡一笑："副院长大人又怎么确定我的排名一定靠后呢？"

苏落心意已决，副院长大人自然无话可说，只能在申请表上签了"同意"二字。

在苏落的坚持下，考核时间就定在了明天。自从知道苏落要跳级考核后，一年级的新生们各种不舍。感觉到一年级学生压抑而悲伤的气氛，苏落哭笑不得。她要走的路很长，在成为强者的路上，她不会为任何人而停留。

迦南秘境，是帝国学院的公用战网。秘境里有很多块地图，而苏落只须完成其中一块的任务就行。

第二口，苏落进入迦南秘境之后，迦南秘境前的广场上围满了看直播的人。

苏落进入迦南秘境之后，直奔二年级的地图。她看过说明，只要闯过二年级的地图，她就能晋升到二年级了。

这样的考核，没有老师，只有挑战。但是，要进入二年级的地图，却并不是容易的事。

因为一年级是没资格进入战网的，这个战网，只有二年级才有资格进入。所以，刚一进去的时候，就像网游一样，苏落睁眼就发现自己站在一座小村庄中。

苏落做过功课，所以她很清楚，这就是传说中每个新人的起点——新手村。

站在新手村，苏落有一种玩网游的感觉。她的武器是不允许带进来的，就连她此刻的身体也是迦南秘境里的身体，而她真正的身体正躺在液体舱里呢。

苏落手里只有一把黄铜剑，破破烂烂的，攻击力极弱。但是，苏落并没有自怨自艾，她也没时间抱怨，因为她的时间只有十二个时辰。

苏落很冷静地先跑去隔壁王大婶家接了一个送信的任务，将信送给村长后，从村长手里接了一个出村砍杀十只赤兔的任务。拿着十块赤兔肉，苏落跑去烧烤店，接了一个烧烤的任务……

苏落的准备工作很充分，所以，当她做了一圈任务，回到隔壁王大婶家里时，她开始交任务，然后跑去找村长交任务，再去烧烤店交任务……

一圈任务交下来，苏落终于得到了一把稍微好点的武器。

没多久，苏落在新手村就无敌了。于是她再次跑去找村长，得到村长的委托，终于可以去二年级了。

当苏落一脚踏出新手村的时候，忽然，迦南秘境里传来一阵晃动。

苏落非常不解，她不明白发生了什么情况。

其实，不仅她不解，帝国学院观看的学生也都不明白发生了什么事，很多老师也都不明白，唯有支撑迦南秘境运行的长老们脸色微变。

距离上次迦南秘境异变，过去多少年了？久得已经记不清了。

就在这时候，众人看到屏幕上出现一段话：新手村任务最快完成纪录刷新，破纪录者苏落，你的名字将永远铭刻在新手村。

就在这句话之后，众人看到，在新手村的村口突然出现了一块石碑，石碑上有一行鲜红的字：新手村破纪录者——苏落。

什么？新手村任务还有最快纪录？以前怎么没听人说过啊？

这石碑，怎么突然之间就出现了呢？

所有人都看着苏落。而此刻，苏落自己都蒙了。纪录？这还有纪录？她不过是现代网游打多了，熟练度高，所以才……

这样也行？苏落绕着石碑走了一圈，眼里有丝迷惑，喃喃自语道："怎么没有呢？不是破纪录了吗，就不给点奖励？"

苏落又绕着石碑走了十圈，抬头望天十次，终于确定没有奖品了，这才失望地离去。奖品真的没有吗？那倒未必，只是苏落现在还没有发现而已。

苏落拿着她好不容易爆到的狼爪剑，行走在通往二年级地图的路上。

然后苏落很快就发现，要到达二年级的那块地图，必须闯过一座山贼的山寨。

苏落并不莽撞，因为是在陌生的迦南秘境，她的空间不能用，她的凤舞剑也不能用，所以她必须谨慎再谨慎。经过一番观察后，苏落发现，这群山贼人数众多，而且实力都不弱，她要打赢的话，似乎有些困难。

苏落坐在一块石头后面闭目养神，看似在睡觉，其实已经想好了办法：先用火攻，再派出小黑猫利用厄运之法，然后……

苏落美滋滋地想好对策，这才从石头后面走了出来，慢慢往前潜行。

然后，苏落就发现了一件很奇怪的事情——原本只有她一个人的路上，忽然间人就多了起来，不断有人要跟苏落结伴同行，苏落想拒绝都拒绝不了。

苏落很明确地告诉对方，她要去闯山贼窝，九死一生很危险啊，但是对方拍着胸口表示，路见不平一声吼啊，该出手时就出手啊。

因为在迦南秘境里，每个人的脸和装束都是自己虚构的，所以，认不出彼此是谁。

这些人到底是谁？难道是南宫流云派来帮助自己的？还是自己的人缘忽然变好了？带着疑惑和戒备，苏落开始跟这群人同行。

可怜的苏落，她无论如何都想不明白，这些跟她同路的人，竟然是二年级的反对派。

这群二年级的反对派在现实里互通消息："苏落现在的坐标是……大家快去加入啊！"

这群二年级的学生，以冷开元为首，全都涌过去帮苏落打山贼。他们很想让苏落进入二年级，因为一旦她进入，就可以任由他们欺负了，想想都觉得很爽。

有了这群人的帮助，苏落在进入山贼窝的时候都不用出手。

要知道，这些山贼放在这，是为了测试一年级学生跳级考核的，所以，这些山贼的实力不会太高。而苏落身边聚集的这群人，没一个是简单的，最弱的也是二年级前百名的存在。

所以，苏落根本不需要出手，山贼就死得一个都不剩了。

总之，苏落不费吹灰之力，这座山寨就被夷为平地了，而她，也成功地进入了二年级的地图。

一路上，苏落虽然没有动手，但是她的眼睛却没有闲着。

虽然在迦南秘境里看不出这群人是谁，但是苏落却早已经将他们的身形、招式、习惯动作等特征记得清清楚楚，等出去后一核对，苏落自然就能查出这群人是谁，以及他们的目的究竟是什么。

这群人，他们一开始的目的，就是帮苏落过关。他们觉得将苏落送到二年级，就可以随便欺负了。在帮助的过程中，他们忽然灵光一闪，发现他们自己干了一件一箭双雕的事。

因为他们帮助苏落，在外人看来这就是作弊，而苏落作弊……嘿嘿嘿……

苏落皱着眉头感谢那群帮她平定山寨的人。那群人摸着下巴嘿嘿嘿地笑，一边虚伪地说"不要客气，千万别客气"，一边飞快地下线，生怕被苏落抓住问出端倪。他们却不知道，苏落早已将他们每个人的特征都记熟了。

而这时候，外面已经沸腾了。

苏落在新手村破了纪录，苏落在十分钟之内平定了山寨，但是她作弊了！

于是，苏落在退出迦南秘境后，一睁眼就看到帝国学院的监察队将她包围起来。

苏落淡淡地瞟了他们一眼。

第三校区监察队的队长，正是二年级的冷开元，也就是这场帮苏落作弊事件的始作俑者。

冷开元，一看姓氏就知道，他是冷家的人。

苏落跟南宫家走得近，这已经是公开的秘密，所以冷开元为什么要针对苏落，也是一想就能想明白的事了。

冷开元阴险地一笑："苏学妹，你终于出来了，跟我们走一趟吧。"

"去哪儿？"苏落淡淡一笑。

"院长室。"冷开元不屑地说。

"去做什么？"苏落的神色依旧从容，看不出一丝异样。

"苏小学妹，到现在你还要装傻吗？需要学长提醒你吗？"冷开元似笑非笑道。

"哦？在你提醒之前，我想先提醒你一句，'学长'这个称呼大可不必，因为我们已经是同年级的了。"苏落慢悠悠地说。

"小学妹啊小学妹，容学长提醒你一句，迦南秘境跳级考核的时候，是对外开放的。"

"哦？那又怎样？"

"这样的后果就是，第三校区所有的师生，都从头到尾欣赏了苏小学妹作弊的过程，所以，这次考核不但作废，而且，小学妹，你的问题还挺严重哦。"

面对冷开元的指责，若是换成旁人，此刻早已惊慌失措了。但是苏落依旧那么淡定，仿佛冷开元说的如同"你今晚没饭吃了"这么简单。

人群都朝这边聚来，很快，一二年级的人就将苏落和冷开元包围起来。

身为监察队队长，冷开元本来就是故意来捕捉苏落的，又岂会放过她？他冷冷一笑："小师妹，这种作弊的事，师兄可帮不了你，跟我们往院长处走一趟吧。"

苏落似笑非笑地瞟了冷开元一眼："你无非是觉得，我的实力不够上二年级嘛。"

冷开元笑了："小学妹果然是快人快语。"

苏落点点头，受了他这一声赞："那么这位学长，身为监察队队长的你，在二年级里又是排名第几呢？"

冷开元还没说话，他身边的小弟就得意地说："你是问我们老大吗？我们老大在二年级可厉害着呢，这个数——"

这位傲慢的小跟班举起四根手指。

"第四十名？"苏落故意这样说。

"什么？我们老大明明是第四名！"小跟班义愤填膺。

"哦，二年级第四名……"苏落点点头。

"你问这个干吗？"小跟班警惕地盯着苏落，忽然有一种不太好的感觉。

苏落淡淡一笑："多谢了。"

"嗯？"小跟班不解，但是很快他就了解了。

只见苏落身形一动，原地已经失去了她的身影。就在这时，众人只听到一阵刺耳的对掌声。

嘭嘭嘭，连对三掌！

苏落和冷开元的身形交错而过，苏落淡然而立，而冷开元则捂着胸口倒退了九步，这才勉强定住身形。

所有人都用震惊的目光瞪着苏落，仿佛今天才第一次认识她。

这时候，就算白痴都知道苏落问那些话的用意了！

她问明白了冷开元在二年级的排名，然后打败了排名第四的冷开元，那么，还有谁敢说苏落考上二年级是作弊？要知道，二年级第四名，那都可以参加三年级的跳级考核了。

大家全都傻愣愣的，就连冷开元自己都傻眼了。谁能想到，一位一年级入学才不过十几年的新生，实力竟然比二年级的第四名还强？而且看上去，强得还不止一点两点。

苏落这一出手，不需要任何解释，就洗清了作弊的嫌疑！这样的实力，哪里需要作弊？根本就没有这个必要嘛。

苏落似笑非笑地看着冷开元："你觉得，以我的实力，需要作弊吗？"

冷开元盯着苏落，不服气地说："刚才你能赢，纯粹是运气——"

然而，冷开元的话还没说完，就被苏落的七十二下疾风腿踹得只剩半条命了。

苏落踹出最后一脚，可怜的冷开元被踹得撞到墙上，然后摔在地上。

"喀喀喀……"冷开元捂着胸口不断地咳血。他挣扎着想站起来，但是苏落却一脚踏在他的胸口上。

这里的动静闹得很大，学院的老师纷纷跑来，为首的那位正是薛老师。

薛老师一看到苏落就感到头痛。苏落看到薛老师，朝他淡淡一笑。

薛老师瞪了这老爱惹事的小丫头一眼，带着一群老师走进包围圈内："什么情况？"

苏落还没说话，周围的学生就七嘴八舌地说开了。

薛老师不耐烦地大喝一声："全都给我闭嘴！"

薛老师还是很有威信的，一声怒吼，瞬间全场寂静。

薛老师瞟了苏落一眼："你来说。"

"哦。"苏落点点头，指着冷开元说道，"他故意让他手下在我考试的时候进入迦南秘境，装成路人帮我过关，然后指责我作弊。"

冷开元神色微变。不得不说，苏落一句话就道出了真相，但是这罪名可不能认。

"苏落，我真没想到，还没进二年级，你就诬陷学长。"冷开元躺在地上，盯着一脚踩在他胸口苏落，感到非常屈辱。

"诬陷学长？学长？呵呵……"苏落淡淡一笑，手指在空中一点，"你，你，还有你们几个，都站出来，别跑，一跑就证明你心虚。"

苏落点到的那十几个人，就是刚才帮她平山寨的，一个不多，一个不少。

众目睽睽之下，就这样被点出来，他们的内心是发虚的，确实，第一反应就是跑，但是在苏落说了那句话后，他们就不敢跑了，全都垂头丧气地站在那里，一副认罪的模样。

冷开元一看，恨不得踹他们一脚。这副样子，明显就是认罪了嘛！

苏落一笑："在绝对的实力面前，一切阴谋诡计都是纸老虎，第五名的这位同学，你怎么看？"

冷开元恨恨地瞪了苏落一眼，别过脸去。

"我们老大明明是第……"冷开元的小跟班大声嚷嚷，但是说到后来，他自己就闭嘴了。

冷开元原先确实是二年级的第四名，但是苏落打败了他，那他就只能降一位，变成第五名了。

这位小跟班的话还没说完，大家就哄堂大笑起来。冷开元毒辣的目光狠狠地从那位小跟班脸上扫过。

因为苏落打败了冷开元，简单粗暴地证明了她的实力，所以没有人再敢诬陷苏落，反而是冷开元被薛老师逮走了。

于是，可怜的冷学长倒血霉了，而苏落则成功地升入了二年级。

按照规定，通过考核之后，苏落可以挑战二年级的学生，一共有三次机会，取最好的成绩。

薛老师问苏落："你有三次挑战的机会，冷开元就当你用过一次了，那么，剩下的两次机会……"

苏落摇头道："放弃吧。"

薛老师皱眉，他最不喜欢这种半途而废的学生了。谁知苏落又来了一句："反正很快就要对上了。"

"什么意思？"薛老师忽然有一种不好的预感。

在知道苏落升到二年级后，二年级的老师们都很开心，因为终于来了一位有背景、有天赋、有前途的学生，他们下定决心要好好栽培苏落。

但是现在苏落却对薛老师一笑："因为听说他们也要参加升入三年级的考

核啊。"

他们也要？第一名的缪宁、第二名蔺长东、第三名牧雪滟，这三位早就申请参加三年级的升级考试了，什么叫"也要"？

"你也要参加？"薛老师这才反应过来。

苏落看着薛老师问道："跳了一级后，不能连续再跳一级吗？学院有这样的规定？"

薛老师摇摇头，苏落顿时笑了："那我不能参加吗？"

薛老师无奈地说："你能参加，但是，你确定要参加吗？你刚升到二年级，基础还没打好。修炼一途，切忌好高骛远，要脚踏实地、一步一个脚印地走才行。"

二年级的这群老师也加入了游说苏落的行列，然而，不管老师们怎么摆事实、讲道理，苏落一概摇头："我要参加。"

最后老师们全都无奈了，只能尽最后的努力："如果有什么问题，随时可以来找我们。"

苏落淡淡一笑："一定。"

当苏落走出考核场地时，一位老师定定地站在她面前。

苏落微微一笑："南宫老师。"

这位老师，就是跟薛老师一起送中型水晶球过来的那位。

南宫老师对苏落淡淡地点头："跟我来。"

说完，南宫老师深深地看了苏落一眼，带头离去。

苏落朝身后的小伙伴们挥挥手，跟着南宫老师悠然而去。

南宫老师将苏落带到一座凉亭。

"知道我为什么要带你过来？"南宫老师淡淡地看着苏落。

"不是普及跳级知识吗？"苏落不解地看着南宫老师。

南宫老师脸色一滞。若是普通的二年级学生，能有机会得到他的讲解，一定会高兴得发疯，但是眼前这位……南宫老师苦笑着摇摇头。他在南宫家族里不算什么人物，但是眼前这位姑娘，据说是未来的当家主母，可得罪不起。

南宫老师轻笑，他也不多说废话，直接就跟苏落进入正题："二少吩咐过，让我知无不言、言无不尽，所以，按下来我要讲的便是跳级考试的流程。"

原来南宫流云暗中交代过啊……心中淌过一股暖流，苏落下定决心，既然他关注，她就绝对不能让他失望，跳到三年级，一定要成功！

眼前，南宫老师还在给苏落讲解："跳级考试一共分四项，分别是理论、体能、剑术和魔法。其实正常的二年级升三年级，考核的也是这四项。每项一百分，加起来就是四百分。正常的升学考核，总分只要达到二百四十就能通过，但是跳级考试的总分，不能低于三百六十分。"

也就是说，正常的升学考试，只要每科六十分、总分二百四十分就及格，但是现在则要每科九十分。

"所以，你还愿意参加考核吗？"南宫老师的目光落到苏落身上。

"为什么不？"苏落嘴角噙着一抹微笑。

跳级考核十天后开始。

每一科考完，都有十天的休息时间。

苏落本想住在帝国学院，但是南宫夫人怕苏落在这段时间出意外，就让苏落回去住，考试的时候再送过来。

苏落回来后，到南宫夫人的正院去道谢，发现南宫夫人的院子里挺热闹。

南宫夫人正享受着众人的簇拥，看到苏落，当即站了起来，亲自迎到门口，拉着她的手，一边走一边关切地问："落丫头，申请表填好了吧？只要申请表填好了，别的东西你都不用担心，只管好好准备考试便是。"

今天在场的夫人可不少，林夫人在，宁夫人居然也在。

上次宁夫人被南宫夫人抽了一巴掌，两个人闹翻了，后来宁夫人被宁家家主狠狠教训了一顿，勒令她来道歉。

宁夫人当然不乐意啊，可宁家家主放话了，要么道歉恢复两族和气，要么他换个夫人跟南宫夫人道歉。

要知道，宁家虽然跟南宫家族同在四大超级世家之列，但宁家的实力是远远比不上南宫家族的。而且宁家跟冷家有仇，宁家如果不依附南宫家族，迟早会被冷家吞噬。

宁夫人吓坏了，即使再不情愿，还是得硬着头皮来道歉。

今天，正是宁夫人过来道歉的日子。

宁夫人并不是一个人来的，她央求慕容夫人陪她一起过来，到时候南宫夫人就算给她脸色看，慕容夫人也可以从中斡旋一二。

宁夫人最近一段时间被宁家主勒令闭门思过，所以对外面的事情很不了解，苏落救南宫流星的事，她就不知道。所以，当她看到南宫夫人热情地迎到门口，亲热地拉着苏落的手时，顿时有些反应不过来，眼珠子都瞪圆了：这是什么情况？

不只宁夫人反应不过来，在场的十几位夫人，每一位的眼中都闪过一丝惊愕。

南宫夫人可是最傲慢疏离的，和她关系最好的就是林夫人了，可就是对林夫人，她也没这么热情过啊。

对这位姑娘，其实大家都不陌生。当初大家被南宫夫人拉着在这里看了帝国学院新生联赛的实况转播，所以大家都知道，这位姑娘是苏落，南宫二少看上的丫头。

这时，南宫夫人已经将苏落拉到了主位，当着所有人的面，执起苏落的手，跟大家正式介绍："这丫头就是苏落，我儿流云未来的媳妇儿，你们都看好了，可不许欺负她，以后看到有人胆敢欺负我家落丫头，可得早早跟我说，免得我家落丫头受委屈。"

听了南宫夫人的话，在场的十几位夫人全都面面相觑，她们没听错吧，南宫夫人亲口宣布，苏落是她二儿子南宫流云未来的少夫人？这才多久，看新生联赛的时候，南宫夫人对这姑娘还很不屑呢！

南宫夫人自然看到众人脸上怪异的表情，她当即一笑，对苏落说："落丫头啊，伯母以前有做得不对的地方，你看在流云的面上，要原谅伯母啊，好吗？"

苏落知道南宫夫人说的是她让南宫珈怡治疗南宫流星的事。可见这件事给南宫夫人心里留下了很深的阴影。不过她能当着这么多人的面道歉，苏落就很高看她了。

苏落淡淡一笑："伯母说什么话呢，我从没怪过你啊。"

"好孩子，伯母知道你最好了，真想让流云赶紧将你娶回来，免得被别人家惦记上。"南宫夫人发自内心地感叹。

她确实是担心啊。要知道，她家流云那么忙，整天不是修炼就是忙军部的事，连陪苏落的时间都没有，这个时候，如果别家的少年接近苏落，把落丫头给拐跑了，那南宫夫人可真要哭了。所以，她故意当着这么多夫人的面，大声而骄傲地宣布：落丫头是我们家的，你们回家管好自家儿子，谁都不准觊觎！

南宫夫人拉着苏落："你也别走，就坐在伯母这。"

南宫夫人坐在上首，她的左边是林夫人，右边是宁夫人。南宫夫人命人搬了把椅子放在她跟宁夫人中间，让苏落坐下。

苏落顿时苦笑，这是要让宁夫人把她当成眼中钉肉中刺吗？

果然，宁夫人恶狠狠地剜了她一眼。

苏落本想回房间去安心备考，可是被宁夫人一挑衅，倒是不急着走了，就那么稳稳当当地坐下了。

宁夫人的眉头深深皱起，她看着南宫夫人，淡笑道："姐姐，这事有点不妥吧？"

"哪里不妥了？"南宫夫人神色淡漠。

"这位苏姑娘，虽然现在有姐姐喜欢，但毕竟身份上有些……"宁夫人吞吞吐吐。

"有话你就直说，不想说就别说，吞吞吐吐的，你想糊弄谁呢？"南宫夫人不悦地扫了她一眼。如果不是南宫墨渊交代过，南宫家族和宁家要和平共处，她都懒得跟宁夫人说话。

要知道，她家宁三可是治坏过流星的！只要一想起这事，南宫夫人心里对宁夫人就恶心得不行。

在场的可有不少夫人，她们最会察言观色，看到南宫夫人神色不悦，想说话的人都闭了嘴，只有宁夫人例外。她不知道哪里来的胆子，这次铁了心要为难苏落，于是，她不顾南宫夫人不悦的脸色，笑着说："这位苏姑娘毕竟是下界来的，好说不好听啊，她坐在这个位置，是要将我们在场的所有夫人都压下去吗？所以，还望夫人三思啊。"

宁夫人这话真是惹毛南宫夫人了，她嫌弃地瞪着宁夫人说："看来，上次那巴掌扇得还不够重，你这么快就忘了啊。"

宁夫人当即脸色一白，冷冰冰地盯着南宫夫人，她就不信了，众目睽睽之下，南宫夫人还敢扇自己巴掌！今天的她，可是来道歉的，如果真被扇了巴掌，到时候看南宫夫人怎么跟南宫墨渊交代。心头闪过一股恶意，宁夫人非但不惧，反而起身走近南宫夫人，故意激怒她。

"难道我说得有错吗？龙凤族是如此高贵的家族、如此高贵的血统，可她呢？"宁夫人指向苏落，目光却狰狞地盯着南宫夫人，凑到她耳边低声说道，"她一个下界来的小丫头，血统低贱肮脏，你竟承认她是你未来的儿媳妇，而且还是许配给天纵之资的南宫流云！我原本以为你只是生性愚蠢，现在却发现，你脑子里装的全是豆腐！"

"你……"南宫夫人本来就不善言辞，被这般故意激怒，气得差点晕过去，当即抬掌恶狠狠地朝宁夫人的脸扇去。旁边那十几位夫人全都大惊失色。

"不能打！"林夫人急了，朝南宫夫人冲去，但她还是喊迟了，眼看南宫夫人的巴掌就要扇下来了，宁夫人的眼里闪出一丝诡异的笑意。

然而，就在这一巴掌快拍下去的时候，南宫夫人的手却毫无征兆地停住了——

苏落握住了南宫夫人的手。

南宫夫人不解地看向苏落，苏落回以一笑："伯母难道没看出来，宁夫人这是在故意讨打吗？咱们打了她，岂不是让她称心如意了？"

见南宫夫人不信，苏落又说："伯母想想，宁夫人刚才说的那些话，哪一句不是故意激怒您的？您不会以为，堂堂宁家当家主母，就这样愚蠢吧？"

南宫夫人一想，也是，这个宁夫人平日里可是自恃优雅端庄，刚才那几句话分明就是在故意激怒她。一旦自己打了她，到时候南宫家族就处于下风了。

宁夫人看到南宫夫人被半路阻止，目光毒辣地横了苏落一眼：多事！如果不是因为她，南宫夫人已经下手了。

南宫夫人皱眉道："落丫头，她骂了你，就是在骂龙凤族，而我们龙凤族，岂是被骂不还口的家族？"

宁夫人顿时感到不妙，就在此时，找到打人理由的南宫夫人，抬手就朝宁夫人的脸上抽去——啪！

宁夫人震惊地捂着左脸，愣了好一会儿才回过神来，当即惊呼："你居然敢打我！"

"谁嘴脏就打谁！"南宫夫人说得理直气壮，"居然敢当着我的面侮辱我龙凤族的人，你这次真是来道歉的吗？还是上次被我打了气不顺，故意来龙凤族找碴的？"

还是她家落丫头聪明，刚才给她暗示了，不然她打了人可就说不清楚了。现在好了，不仅打了宁夫人，说不清楚的还是宁夫人，哈哈哈，爽！

诸位夫人看到南宫夫人和宁夫人掐了起来，心里那叫一个纠结啊：一个是南宫家族，一个是宁家，四大超级世家里的两个，帮谁都不对啊。

她们心中不免暗暗责怪宁夫人多事。人家爱娶谁娶谁，你说你手伸那么长干吗？别忘记你今天来是道歉的，而不是结仇的啊。这种时候，夫人们又不能视而不见，于是，绝大数人都跑到南宫夫人那边，宁夫人身边也有几位夫人。

"宁夫人，你看天色也不早了，要不咱们今儿个就散了吧？"慕容夫人的额角突突突地抽啊。她跟宁夫人交好，一旦南宫夫人和宁夫人闹得不可开交，她就会被南宫夫人自动划为宁夫人那边的人……这不是她愿意发生的，也不是慕容家族愿意接受的。

慕容夫人嘴里发苦，暗中狠狠拉住宁夫人的手，不让她冲动地冲上去。其他夫人虽然都知道宁夫人吃了亏，但是绝大部分都向着南宫夫人。她们担心的不是宁夫人发脾气，而是南宫夫人不依不饶，于是专门拣南宫夫人爱听的话来讲。

"好了好了，不过是一点误会嘛，我看这位苏姑娘挺好的啊。"

"我觉得也是，你们看，长得多漂亮啊，看着就赏心悦目，更重要的是，以后生出来的宝宝也漂亮。"

这话南宫夫人爱听！她当即眼睛一亮，扯着那位夫人问道："你也觉得落丫头漂亮，以后生出来的宝宝漂亮？"

这位夫人没想到自己无意中的一句话戳中南宫夫人的爽点，当即回过神来，用力点头："那自然啊，夫人您不就是一个例子吗？您这样的容貌，才有南宫二少那样的绝色啊。放眼整个帝都，有哪位少年的容颜能比得过南宫二少？"

说到这个，南宫夫人就得意上了，就是，她家流云那容颜，可是让帝都的少女们都恨不得撞墙呢。

"落丫头可比我好看，哈哈哈！"南宫夫人得意扬扬。

南宫夫人一说起她家二儿媳妇的容貌，脸上那叫一个得意啊。

诸位夫人很快就听出了南宫夫人的言外之意，见风使舵，纷纷夸赞苏落。

慕容夫人真的很不愿意讲这种话，因为她也曾肖想过让自家女儿嫁给南宫流云，但是看情形这是绝对不可能的了。为了挽回自己在南宫夫人心里的印象，她咬着牙挤出笑脸："落丫头这么漂亮，南宫二少又是那样的绝世无双，这宝宝要是生出来——"

不得不说，慕容夫人真的取悦到南宫夫人了，南宫夫人当即拉住她的手，双眼难掩激动之色："怎样怎样？"

"那得美成什么样啊？这还让不让别家宝宝活了？"慕容夫人非常不情愿，却不得不故作兴奋地跟着南宫夫人一起激动。

南宫夫人这时候哪里还拿慕容夫人当反派看啊，当即一拍大腿："对啊！真是想想就让人兴奋……我跟你说啊，我现在整晚整晚都睡不着。"

"为啥啊？"诸位夫人问。

南宫夫人长叹一声："我一躺下，就想着那位未来的小胖娃，真是兴奋得睡不着啊。你们不知道啊，我盼得心都疼了。"

诸位夫人都用一种很神奇的目光看着苏落。苏落的额角微抽，即便她冰雪聪明，也不会想到，这好好的一场掐架，怎么忽然之间画风就变了？而且变得这么……诡异？

不仅苏落傻眼了，宁夫人这会儿也傻掉了。如果不是知道南宫夫人脑子缺一根筋，她还真会以为这是南宫夫人为了转移话题而故意为之呢。

正因如此，宁夫人感觉到了来自这个世界的深深恶意——南宫夫人竟然生生将她无视了，她堂堂宁家当家主母，在跟对方招架的时候，被无视了……

看到她们热热闹闹地讨论生孩子问题，宁夫人有一种一拳打到棉花上的感觉。

就在这时，宁五挽着南宫珈怡的手，两个人说说笑笑着进来。

苏落心里闪过一丝疑惑：南宫珈怡跟宁五的关系还不错？

宁五抬头就看到苏落，眉头微微一皱："苏落！你怎么还赖在南宫家不走？你就不能要点脸吗？"

宁五看到苏落这个情敌，顿时分外眼红，气冲冲地走到苏落面前，瞪着她，冷笑连连："你不会真的被南宫二少收为侍妾了吧？你可真给我们女孩子丢脸！"

宁五此话一出，全场寂静。围在南宫夫人身边的那群人，一个个都用看白痴的目光看着宁五：这位宁家的五小姐傻了吧，居然说出这种话？

南宫夫人怒了，今天宁家的人是怎么回事？专门来挑衅龙凤族的吗？一个傻不拉几的宁夫人还不够，现在又来了个更愚蠢的宁五？

还没等南宫夫人骂出来，南宫珈怡就怒了，啪的一声，随手就将宁五推开。

刚才她见宁五拖着她走到苏落面前，还以为宁五对苏落有兴趣，所以她刚准备好了话，要将苏落介绍给宁五认识。因为南宫珈怡认为苏落始终是从圈外进来的，多认识点圈内的小姑娘，可以打开社交圈子。她这脸上的笑容才刚打开，谁知道宁五就发了神经。

宁五讨好南宫珈怡，讨好了整整一个下午，这才终于将南宫珈怡哄高兴了，所以她完全没想到南宫珈怡会推开她。

宁五一个不小心，被南宫珈怡推了个趔趄，直接就跪坐在苏落面前了。

苏落淡淡一笑："宁小姐知道错了就行了，何必行这么大的跪拜礼？这也太懂事了吧？"

宁五被苏落挤对得脸色通红，她赶紧爬起来，指着苏落："你给我——"

她一句话还没说完，就见南宫珈怡面如寒霜，啪的一声拍落她的手。

"指指指，你手指指谁呢！我落是你能指的？再指，小心剁了你的手！"南宫三小姐脾气很人。

不得不说，在脾气方面，南宫三小姐真是得了南宫夫人的真传，母女俩都是一样的火暴脾气。

宁五都被骂傻了。她难以置信地瞪着南宫珈怡："你……你傻了吧？"

南宫珈怡一听，顿时怒了："你才傻了呢，你全家都傻了！"

宁夫人脸色涨红，快气出血来了！

而此刻，宁五才反应过来，她当即说："珈怡姐姐，我不是故意骂你，我的意思是，你骂错对象了吧？我们是一国的啊，一起对付苏落的啊。"

"好啊，你个臭丫头，原来你想对付我家小落落，这下子说实话了吧！"南宫珈怡冷笑连连。

宁五："……"

到底是哪里搞错了？她记得不久前珈怡姐姐还跟她吐槽很讨厌苏落这个不知道从哪里冒出来的野丫头呢。

宁夫人觉得这次真是丢脸丢够了，再在龙凤族待下去，她都要找个地缝钻进去了。

于是，她拉着宁五的手："闭嘴！走了！"

"不是啊，娘，等等……"宁五推开宁夫人的手，拉着南宫珈怡，把她拉到偏僻的角落，压低声音问，"珈怡姐姐，你不是很讨厌苏落吗？不是说小姑子跟嫂子是天敌吗？你护着苏落干吗？你没傻吧你？"

南宫珈怡被气乐了。什么天敌不天敌的，落丫头的师父可是容云大师，如神祇一般的容云大师，你到底懂不懂！南宫珈怡在心里咆哮，这句话却没有说出来，她说出口的话也很不好听："宁五，什么小姑子跟嫂子是天敌？你这是在挑拨我们姑嫂关系，你这是在破坏我们南宫家族的内部和谐！你这人怎么这么恶毒！"

宁五："……"

南宫夫人一听这话，顿时心头火气，她噔噔噔地冲过去，恶狠狠地瞪着宁五："你这丫头原本看着不错，心思怎么这么歹毒！你母亲骂我家落丫头，你来挑拨她们姑嫂关系，你们宁家的家风就这样？真是让人不敢恭维！"

宁五被南宫夫人骂得一愣一愣的，她看看南宫夫人，又看看宁夫人，顿时觉得委屈极了。以前为了嫁给南宫二少，她刻意讨好南宫夫人，南宫夫人对她也是很喜欢的。

"呜呜呜……南宫伯母……"宁五眼眶里的泪水滴滴滚落。

南宫夫人原本还对她印象不错，但是将她跟落丫头一比，南宫夫人顿时就皱眉了。她以前怎么就瞎了眼呢？还觉得宁五不错？看看她这弱不禁风的小身板，再看看她动不动就哭的委屈样子，再对比她跟落丫头的容颜，最后是心肠……

南宫夫人忽然就发现，跟她家落丫头一比，别人家的丫头那都是渣啊。

想到这，南宫夫人就是一阵后怕，如果之前答应了宁夫人让宁五这恶毒又愚蠢的丫头嫁进来……有句话不是这么说的吗：如果你恨谁，就把自家女儿养坏了去祸害谁。这宁家，可当真是谋划深远啊！

而这时候，宁五还不知道南宫夫人百转千回的心思，她弱弱地拉着南宫夫人宽大的衣袖，委屈地抽泣着："南宫伯母……我……我……真的不是故意的……您就原谅小五吧……呜呜呜……"

南宫夫人此刻对宁五的印象已经很差了，所以，她不顾情面地抽回衣袖。

宁五被南宫夫人的手臂一带，一个跟跄，差点被甩出来。

宁五难以置信地望着南宫夫人，一副泫然欲泣的表情："南宫伯母……"

南宫夫人瞪了她一眼："行了，哭哭啼啼的，晦不晦气？不知道的人还以为我们龙凤族怎么欺负你们母女俩呢！"

此刻，苏落的内心是复杂的。她知道南宫夫人对她不错，但是没想到，南宫夫人竟会这样维护她。这样的南宫夫人看上去真是好可爱呢。

南宫夫人瞪了宁五一眼后，走到苏落面前，温柔地执起她的手，态度温和极了："落丫头，你别怕，以后谁敢欺负你，只管跟伯母说，伯母帮你出气！"

周围的夫人嘴角都微抽，心里说，您都说到这份上了，谁还敢欺负苏落啊？这丫头也不知道走了什么狗屎运，竟然被南宫夫人这样宠着。

苏落听了南宫夫人这话，只觉得心头一暖，她对南宫夫人说："伯母，谢谢你。"

苏落几乎不对人说谢谢，因为说了谢谢，就表示占了别人的便宜，这是要还的。然而现在，苏落心甘情愿对南宫夫人说感谢，她愿意还南宫夫人对她的好。

南宫夫人听出了苏落话中的真心，心里头高兴极了。这对未来的婆媳，就这样在别人面前秀融洽，很多人内心都嫉妒得发疯啊。

宁夫人原本想拉着宁五走的，但是在看了南宫夫人跟苏落和谐的关系后，眼底闪过一抹恶毒之色。她恨南宫夫人，也恨苏落，看到她们关系融洽，心里极不舒服。

宁夫人心思一动，脸上不由得带出一抹假笑，说道："南宫夫人要抱小孙子，只怕还要等好些年呢。"

南宫夫人横了宁夫人一眼，这个人看着真讨厌！

诸位夫人都暗中拉着宁夫人，暗示她不要说了，但是宁夫人却冷冷一笑，说得更起劲了："南宫夫人，难道你就不好奇我为什么要这么说吗？"

南宫夫人问道："为什么这么说？你今天就给我说出个道理来，不然的话，龙凤族可不是你说来就来、说走就走的。"

宁夫人瞟了南宫夫人一眼，冷冷一笑，径自寻了椅子坐下，这才慢条斯理地说："听说苏落这丫头要跳级？"

说起这事，南宫夫人得意地笑道："那当然，我家落丫头，入学才十几年，就已经从一年级跳到二年级了，怎样，羡慕吧？"

宁夫人冷笑："不过是东华分院，有什么好羡慕的！"

南宫夫人重哼一声："你以为中帝学院没请我们家落落吗？你去问问冷家，那位副院长可求着我家落落呢，是我家落落不去。"

宁夫人不知道这件事，但是南宫夫人既然说得出这句话，可见这事是真的。

宁夫人眉头一皱，她可不要被南宫夫人将话题带歪了。

于是，宁夫人冷笑道："跳到二年级也就罢了，听说苏落还妄想跳到三年级？"

南宫夫人不高兴了，这是她们家落落天赋好、实力强，怎么能说是妄想呢？

南宫夫人瞟了宁夫人一眼："你这话什么意思？"

"字面上的意思。"宁夫人慢条斯理地端起茶杯，一口一口地喝着，心里有种将南宫夫人玩弄在股掌间的得意。

南宫夫人皱眉："你的意思是，我家落落不可能跳到三年级？"

宁夫人哈哈大笑："你见过有人连跳两级的吗？"

南宫夫人冷哼："别人不行，但是我家落丫头肯定行！"

宁夫人引诱了南宫夫人这么久，等的就是这句话，所以她当即就接口问道："如果她不行呢？"

南宫夫人从来没想过这个问题，因为在她眼中，苏落就像南宫流云一样无所不能，是从来不会输的，所以南宫夫人怔住了。

宁夫人冷笑道："南宫夫人，既然你这么相信苏落能够跳级成功，那么，我们不如打个赌吧！"

南宫夫人冷哼一声："打赌？我最喜欢打赌了！你说，怎么赌？"

宁夫人不给任何人插话的机会，冷冰冰地盯着南宫夫人："如果苏落赢了，我亲自下跪给她道歉！"

"好！"南宫夫人觉得这个赌注简直太棒了。

"但如果苏落输了……嘿嘿，这赌注也不用应验到她身上，而是南宫夫人你，一百年内只许吃素，如何？"宁夫人得意地笑道。

她深知南宫夫人是个无肉不欢的人，每餐都要吃肉，一天不吃肉就会浑身不舒服，就会心情暴躁，就会看谁不顺眼。

一天不吃肉就会变成这样，那如果一百年呢？到时候，只怕整个龙凤族都会大乱吧！哈哈哈……

宁夫人只要想起这一幕，内心就狂笑不止。

南宫夫人怔了怔，说实话，这个赌注她是一万个不想答应。

不等她说话，苏落皱眉道："还是换个赌注吧。"

凡事不怕一万，就怕万一。

但是，苏落这话才刚说出口，宁夫人还没来得及嘲讽，南宫夫人就迅速一拍椅子："行！就这么办！"

南宫珈怡当即皱眉："母亲……"

苏落也心有不忍。这个赌注……给她的压力会很大。

对于一个无肉不欢的人来说，一天不吃肉还能忍着，一年不吃肉估计就疯了，一百年不吃肉……早就自杀了吧？

宁夫人见苏落垂头丧气的样子，顿觉神清气爽，仿佛今天受的委屈通通都烟消云散了。

宁夫人朝南宫夫人冷冷一笑："口说无凭，这事，得用笔写下来。"

"有这个必要吗？"南宫夫人无语。

"如果南宫夫人到时候想抵赖的话……"宁夫人漫不经心地说。

"谁抵赖了？签就签！"南宫夫人当即让人拿来纸笔。

苏落："……"

等她闲了，她一定要找南宫夫人好好谈一谈。这激将法对她太有效了，一激一个准啊。

南宫夫人和宁夫人的赌约很快就写好了，在场所有的人都摁了手印，表示她们都是见证人。

宁夫人看着摁了手印的赌约，小心翼翼地将之收好，然后心情大好地看了苏落一眼，眼神带着一丝诡异，看得苏落心头微跳——宁夫人会在她的跳级考试中做什么手脚？

"走！"宁夫人兴高采烈地牵着宁五，高高兴兴地离开了。

宁五在离开之前，深深看了苏落一眼，那眼中的深意，让人不寒而栗。

宁五那一眼，不仅苏落看到了，南宫珈怡看到了，南宫夫人也看到了。

南宫夫人当即皱眉："这宁家的丫头什么时候变得这么奇奇怪怪了？跟以前简直变了个人似的，看着当真让人不喜！"

南宫夫人不知道，当初的宁五，因为幻想着加入龙凤族，所以对她刻意讨好、千依百顺，说的做的都是南宫夫人喜欢的，所以南宫夫人觉得她顺眼。但是现在宁五的希望破灭后，她哪里还会在乎南宫夫人的喜恶？当然是怎么高兴怎么来了。

"那丫头最后那一眼，看得我心里很不舒服，是不是会有什么不好的事情发生？"南宫夫人抓着苏落的手问。

苏落淡淡一笑："夫人觉得宁五的智力如何？武力如何？魅力如何？"

南宫夫人实话实说："远不如你。"

南宫珈怡在旁边打趣："现在在母亲眼中，当然是咱们家的最好了。"

南宫夫人没好气地白了南宫珈怡一眼："那你说，别人家的，有谁能比得上咱们家落落？"

南宫珈怡把在场的这些夫人都看一遍，回忆她们家的闺女，最后摇摇头："还真是就咱们家落落最好。"

南宫夫人得意地嘴角上翘。

诸位夫人面上一个个都强撑着笑，但是心里却并不那么想。

很快，她们就一个个告辞回家了。

南宫夫人并不知道这些夫人心里不太高兴，南宫珈怡也没看出来，不过就算她们看出来了，也觉得无所谓，心里不高兴就不高兴吧，敢当着我们的面不高兴？

等人都走干净后，南宫夫人越想越不对劲，越想越皱眉头，拉着苏落问道："落落啊，你说，你能跳级成功吧？"

苏落在南宫夫人面前坐下，认真地跟她分析："南宫老师曾跟我说过，主要考四科，分别是理论、体力、剑法和魔法。"

南宫夫人和南宫珈怡点点头，认真地看着苏落。

"后面三个科目先不说，咱们单说这理论。"苏落叹了口气，"我了解过，一年级每年要看一本书，一千年也就是一千本书，二年级也是如此，而考题，就是从这两千本书里出的。但是我入学才十几年，总共才看过十几本书……"苏落为难地看着南宫夫人和南宫珈怡。

南宫夫人当场脸色就白了。

"这是正常学生要看的书，正常学生平均分六十就能升上去，但因为我是跳级，所以需要平均九十分才行，而要达到九十分……"苏落不忍心地看了南宫夫人一眼，"要达到九十分，必须要通读三四年级的书，因为南宫老师说，难题都在三四年级的书里。"

"落丫头啊，这，这可怎么办哪！"南宫夫人想起她跟宁夫人的赌约，这才明白宁夫人的险恶用心。

"这个可恶的女人！她是算准了我会答应，所以故意激怒我……可恶！"南宫夫人气得一拍桌子。本来嘛，苏落跳级的话，能跳上去固然好，就算跳不上去，大不了在二年级念个十几年，然后下次再跳啊。但是宁夫人却逼她签下赌约。

苏落本以为南宫夫人会冲她发脾气，南宫珈怡也以为母亲大人会迁怒于苏落，但她们都小瞧南宫夫人了。

南宫夫人执起苏落的手，深深地凝视着她，极其认真而饱含愧疚地说："落丫头啊，这赌注一签，你身上的压力突然就大了……你不要担心，好好备考，别的事你都不需要操心，知道吗？"

南宫夫人的态度可以说是非常非常温柔，苏落都被唬住了。

"母亲，你不骂落落啊？"南宫珈怡不解地问。按照她对母亲的了解，她做错了事，总是会找个替死鬼来发泄怒火的。

南宫夫人没好气地戳着南宫珈怡的额头："说什么呢你，现在赌约都签了，落丫头的压力已经那么大了，你还说这种话？你还是不是好小姑子了？"

南宫珈怡："……"

苏落真没想到，南宫夫人会对她好到这种程度，非但没有责怪她，反而还那么温柔。人心都是肉长的，南宫夫人这样对苏落，苏落又岂会辜负她的好意？

苏落对南宫夫人淡淡一笑："夫人放心，还有十天呢。"

南宫夫人脸色一垮，只有十天了，还叫人放心？

南宫夫人忽然神来一笔："对了，一年级到四年级的书，你手里头准备好了没有？"

苏落干咳一声："我手里……其实一本书都没有。"

之前的十几年，苏落不是忙于修炼、忙于救人，就是身在修罗界，一本理论书都没看过。

南宫夫人很想干脆利落地晕过去，不过她总觉得落丫头跟流云一样，是无所不能、永远不败的。

流云……

第十章　跳级考核

"对了！流云有！而且他念书那么好，肯定划重点了！"南宫夫人立马吩咐白嬷嬷，"快去开小书房，流云念书时的书都在那堆着呢。"

然后南宫夫人一把拉起苏落，风风火火地说："走走走，咱们去小书房看看，先把书给拣出来。"

南宫珈怡默默摇头：只剩十天了，哪来得及啊？那是四千本书啊！

等南宫夫人到的时候，所有的书都被挑出来了，整整齐齐地摆在一列列书架上，每一本都有苏落前世见过的《现代汉语词典》那么厚。南宫夫人倒抽一口冷气："这，这么多？"

小书房虽然有个"小"字，其实有近千平方米，一点都不小。

白嬷嬷愁眉苦脸地说："是啊夫人，四千本呢，这两百个书架上的，全都是……"

两百个书架？南宫夫人只觉得脑子一晕，脚底一个趔趄，差点就扑下去了。好在白嬷嬷及时扶住了南宫夫人的身子。

"两百个书架啊！十天的时间！你的意思是说，一天看二十个书架的书？！"南宫夫人的脸色白得吓人，"不行！这不是人能做到的！落丫头，走走走，咱们回去。"

南宫夫人苍白着脸，拉着苏落就要走。苏落看着南宫夫人，认真地问："去哪里啊？"

"去找宁夫人！"南宫夫人咬牙切齿地说，"这个赌注不公平！这根本不是人能做到的，你别怕，伯母一定会护着你的！"

到了这种程度，南宫夫人还是没有责怪，而是坚定地保护苏落。苏落只觉得心里酸酸的……

南宫夫人如此待她，她又岂能让南宫夫人失望？苏落淡淡一笑："夫人放心，这里的书虽然多了些，不过我会尽量看完的。"

南宫夫人瞪大眼睛："二百个书架呢，即使扫一眼就能将内容记下来，你也看不过来啊。好了，别想了，咱们抄家伙打到宁家去！"

南宫珈怡也唯恐天下不乱地嚷嚷："竟敢算计咱们家！走，抄家伙杀到宁家去！"

苏落忙拦住南宫夫人和南宫珈怡："咱们这样杀到宁家去，好像有点欺人太甚吧？"

南宫夫人冷冷一哼："就欺人太甚了，怎么啦？"

南宫珈怡："咱们凭什么不能欺人太甚？家族里牺牲了那么多鲜血，不就是让咱们去欺人太甚的吗？"

苏落想想，觉得这话也有点道理，然后指着那两百个书架对南宫夫人说："其实看完这两百书架的书，也不是不可能完成的任务嘛。"

南宫夫人指指那一排排伫立的书架，再指指苏落："你……确……定？"

苏落极其认真而郑重地点头："我确定。"

南宫夫人顿时无奈了，她揉揉苏落的脑袋："好了，既然你要试试的话，那就试试吧，实在不行你也别勉强，时间多着呢，至于赌注，哼哼！"

南宫夫人这哼哼两声颇有深意，如果输了，她就去宁家闹。苏落嘴角微抽。她知道，赌输了去宁家闹对龙凤族的声誉有百害而无一利，这不是南宫老爷子愿意看到的事。

现在苏落已经在南宫夫人、南宫老爹面前刷足了好感，可是如果南宫老爷子不喜欢她，她就不算成功，所以，这次跳级就算不能成功也得成功了！

时间紧迫，事不宜迟，苏落当即将南宫夫人和南宫珈怡哄了出去，然后将小书房的门紧紧关上，开始抓紧时间复习。

每个年级的一千本书，都有一个目录总纲。说是总纲，其实也是厚厚的一本，比砖头还厚。

对于别人来说，或许这是很难的一件事，但是对于苏落来说难度并不大。

苏落坐在小书房里唯一的一把椅子上，闭上眼睛，灵魂进入空间之内。

经过这些年的发展，苏落的空间从原来的十倍时间已经晋升到了一百倍。也就是说，外面一天，里面一百天。这也是苏落敢对南宫夫人夸下海口的原因之一。

苏落进入空间之后，在神仙茶树下打坐的人缓缓睁开眼睛。这个人跟苏落长得一模一样，只是身上多了一股圣洁的韵味，看上去神圣不可侵犯，正是苏落的光系分身。在灵界时，苏落就让这个分身主修光系，至于光系元素的来源，自然是来自于碧落大陆了。

在碧落大陆，苏落救了北漠公主，让她代替自己在碧落大陆建立光明教，吸引了无数教徒。而这些教徒的信仰之力，凝聚成白色的光点，全都被苏落吸收了。

这些年来，苏落的分身一直都在空间里修炼，沉浸在光芒教义中。苏落也曾想过让她的分身出来活动，必要的时候还可以帮她战斗。但是海皇老爷爷告诉苏落，天道唯一的软肋就是光明，所以光明分身不能轻易露面，这样在将来救她父母的时候，就会成为一张极有用的底牌。所以到了灵界之后，苏落就不再让光明分身露面，唯恐天道察觉她的存在。

不过，只要她不出空间，天道就难以察觉。

苏落的灵魂和分身都在空间里活动，而她的身体则趴在桌上沉睡。

苏落丢给光明分身两本深奥的目录大纲，让光明分身跟她一起看，这就相当于两个苏落同时学习。

于是，在神仙茶树下，一位鹅黄色裙衫姑娘，一位雪白裙衫姑娘，两人一模一样的容颜、一模一样的表情，全都深深地沉浸在书本的世界中。

苏落看书的方式跟别人不同。在碧落大陆的时候，苏落还是一目十行地看，过目不忘地记，但是到了灵界后，她的方法又升级了。更准确地说，现在不是看书，而是截屏。

簌簌簌簌……苏落翻页的速度极快，就像闪电一样，都翻出残影来了。每一页都深深地烙在她的脑海中，一辈子都不会忘记。

若是宁夫人知道苏落有这样的技能，不知道会不会气得将契约撕碎了吞进肚子里去。

苏落的光明分身本来还一页页地看，但是她偶尔抬头看了苏落一眼，发现自己太慢了。于是，她就学苏落的方式开始看，然后她很快就发现，这样速度真的很快。

这还不够，时间上远远不够。苏落歪着脑袋想了想，还有没有更快的办法呢？

如果可以像放电影一样把这些书播放一遍，那速度就能快很多了。

忽然，苏落眼睛一亮，随即一挥手，顿时，整整一本的书页全部散开，一千页全部平摊，像电影胶卷一样一帧帧地横着排列。

苏落的唇角勾起一抹笑意，一眼扫过去就是十页，然后："过，过，过……"

好在这里的书只有正面没有背面，不然还真不好办。

一千页，犹如放电影一样唰唰唰地放映过去，内容全都深深地烙在了苏落的脑海里。苏落看了看时间，才过去一分钟，不禁得意地笑了。

苏落的光明分身也很聪明，看了一眼就学会了苏落的方法。于是，四本砖头一样厚的目录大纲，不过几分钟的时间，就铭记在她们的脑海里了。

背完四本总纲，苏落其实还有很多地方不明白，但是这并不影响她进行记忆。她相信，等她把所有的书看完，该明白的都会明白，该融会贯通的，以她的智商，也绝对能够融会贯通。

背完四本总纲之后，苏落马不停蹄地开启了她的背书计划。

苏落一挥手，两个书架就被她收进了空间。

是的，现在苏落看书已经不是按"本"来计算了，而是直接把整个书架给顺进来。

两个书架，苏落面前一个，光明分身面前一个，两个虽然都是苏落，但还是会暗中较劲，而有了竞争，效率无形中就提高了很多。

苏落一挥手，一本书就按顺序排成一行，苏落设置了匀速滑动，然后就悠闲地靠在墙壁上扫描眼前的一张张页面，就像在看好玩的电影。

没多久，苏落就完成了一个书架的书，她发现自己的脑子还很清楚，没有被繁多的文字搞乱，于是她决定继续背。而分身的速度，只比主身稍微慢了一点。

在接下来的时间里，她们一直在努力地背书。至于被拆开的书，因为是南宫流云看过的，上面还有他的笔记，所以苏落又花了点时间将书还原，按顺序放回书架上。

等苏落告一段落的时候，空间里已经过去十天了，而外面只过了几个小时。原本两百个书架，已经有六十个被苏落收进空间，外面只剩一百四十个了。

苏落又在空间里待了二十天，外面就剩二十个书架了，而外面连一天都没过完呢。苏落很高兴，决定再接再厉，将最后二十个书架的书全部背完。

然而外面，南宫夫人很担心苏落累坏了，饭也吃不好，一直在唉声叹气，南宫珈怡怎么劝都劝不了。

于是白嬷嬷自告奋勇道："要不老奴去偷偷地看一眼，如果苏姑娘太累了，夫人就去将她喊出来？"

"快去快去，可别累坏了。"南宫夫人急急忙忙让白嬷嬷去了。

白嬷嬷来到小书房外，见门窗紧闭，只好爬到气窗那往里面看，见苏落趴在桌案上一动不动，顿时大惊失色，赶紧将这个消息传给南宫夫人。

南宫夫人急了，立马带着一大群人，浩浩荡荡地朝小书房冲去。

当南宫夫人赶到的时候，苏落和她的分身已经将书全部背完，所以，当南宫夫人撞开门冲进书房时，第一眼就发现，书架全都不见了，上千平方米的空间里空荡荡的，什么都没有。

不过南宫夫人的注意力显然不在这里。她冲到苏落身前，拉着苏落的手使劲摇晃："落丫头，你怎么了？你可千万别有事啊！"

空间里，苏落能够感觉到南宫夫人摇晃她的手，但是她已用脑过度，无数文字正在她的脑海里飞来飞去，她实在睁不开眼睛，头一歪昏睡过去。

南宫夫人一看苏落虚弱成这样，急得眼泪都快掉下来了。

"快去喊炼药师，看看落落这是怎么了？"南宫夫人急得直跺脚。

南宫珈怡将苏落扛在背上送回星落院，接下来就是一阵紧急治疗，可苏落却怎么叫都叫不醒。

南宫珈怡急得直跺脚："马上就要考试了，她还有那么多书没看……"

南宫夫人心疼地说："不看就不看，没醒就没醒，就这样吧。"

"可是赌注……"南宫珈怡看了南宫夫人一眼，南宫夫人没好气地说："到时候再说呗，我在家吃不吃肉，她宁家能管得着？！"

南宫珈怡无语了，这么做多丢脸啊，自家母亲大人不是最好胜的吗？

南宫珈怡深深地看着苏落，奢望她能在下一秒醒过来……

南宫家族里发生的事，因为有了通讯珏这么方便的通讯工具，所以是瞒不住的。

苏落看书看晕过去，昏睡了九天还没醒的消息迅速传到宁家。

"哈哈哈……"宁夫人笑得前仰后合，"小五，你听到了吗？那个苏落，哈哈哈哈哈……"

宁五也乐得花枝乱颤。笑了好久好久，母女俩终于笑累了，这才停下来。

"母亲，我怎么觉得，苏落在故意装睡啊。"宁五提出疑问。

"嗯？"宁夫人疑惑地看着她。

宁五说："母亲，您想啊，四千本书，十天时间，苏落能看几本？往死里看，顶多也就一百本吧？"

宁夫人点头，宁五又继续说："理论考试的时候，苏落要是考个零分或者十分来，龙凤族岂不是很丢脸？"

"所以，她故意昏迷不醒，以此来逃避考试？"宁夫人越想越觉得这个说法正确。

宁五点头："苏落是因为身体原因没有办法参加考核，所以南宫夫人就算怪，也不能怪到她身上啊，这个苏落，还真是聪明。"

宁夫人冷笑："你太小看南宫夫人了，以我对她的了解，她心里肯定恨死苏落了。这个苏落，只怕嫁不进龙凤族了！让她那么嚣张！"

宁五："那表哥那里……"

宁夫人嘴角勾起一抹冷笑："你表哥那里自然要好好准备，争取考个前所未有的高分，将龙凤族的气焰狠狠地打压下去。"

宁五口中的那位表哥，就是最近被人反复提起，却一直都还没有出场的缪宁。

这位缪宁，连蔺长东和牧雪滟都对他服气得很，可见他的实力真的很强。

这次跳级考试，缪宁是志在必得。

苏落昏睡的消息，通过宁夫人之口，几乎传遍整个帝都。外面的人议论纷纷，就连龙凤族内也不平静。

南宫夫人拉着白嬷嬷倾诉："南宫炼药师怎么说的？落落的脑子真的不会受影响吗？"

"夫人放心，南宫炼药师说了，只要苏姑娘正常苏醒，脑子就不会受损。"

"唉，我这不是担心嘛，这么聪明的丫头，要是脑子受损了，多让人心痛啊，流云回来非怪我不可。不就是一个跳级考试吗，非得这么拼命……"南宫夫人叹了口气，又担心地说，"这要是脑子受损了，我的小孙孙……哎，派人守住星落院没有？一只苍蝇都不许飞进去，打扰到落丫头，我非杀人不可！"

白嬷嬷忙说："夫人放心，别说一只苍蝇，就是一片叶子都飞不进去，烟云八十八护卫在那守着呢。"

"将另外一百八十八位高手也派过去，不怕一万，就怕万一。"南宫夫人不放心地说。

白嬷嬷道了一声是，瞅了南宫夫人半晌才问道："夫人不担心外面那些传闻？"

"什么传闻？"南宫夫人兴致不高。

白嬷嬷弱弱地说："有传闻说，苏姑娘是为了逃避理论考试，所以故意装晕。"

南宫夫人重重一拍桌子："落丫头如果不想参加考试，只要说一句，谁会不同意？再者，以咱们家的实力和地位，直接让那什么迦南秘境出点问题不就行了，还用装晕来逃避考试？这群人的脑子是豆腐渣做的吗？"

南宫夫人很生气："我看啊，这种说法，一定是宁家那位白痴想出来的！"

谁说南宫夫人智商令人着急？人家一猜就猜出了真相。

南宫珈怡守了苏落整整一个晚上，到了第二天凌晨，苏落还是没有苏醒。

南宫大人再也坐不住了，丁脆也搬过来守着苏落。

母女俩从凌晨一直守到黎明，再到东方出现鱼肚白，苏落依旧没有苏醒……

母女俩对视一眼，眼底闪过一丝无奈之色。

就在这时，南宫流星来了。

经过这段时间的调理，南宫流星已经能够下床走路了，而且健步如飞。

不过在星落院门口，他被人拦下了。

南宫夫人可说了，除了她跟南宫珈怡，外人谁都不许进去。

后来还是南宫夫人亲自出来，南宫流星再三保证不捣乱，这才让他进去。

南宫夫人一路走一路警告："南宫炼药师可说了，落丫头只能自然醒，不然对她的脑子会有损伤的，到时候会影响到小宝宝。那可是你未来的侄子，所以你千万得给我当心，不然我扒了你的皮！"

一提起未来的小孙孙，南宫夫人连儿子都不要了。

南宫流星没好气地瞟了南宫夫人一眼："母亲偏心。"

南宫夫人理所当然道："那是自然。对了，你到底有什么办法？可千万别出岔子。"

南宫珈怡见南宫夫人将南宫流星带进来，不由得急了："母亲，你不知道弟弟跟苏落不和吗？这会儿他要是大叫一声将落落吵醒了，借此来报仇的话……"

南宫流星额角抽搐：这是什么姐姐和母亲啊，一个个胳膊肘都往外拐！

南宫夫人问南宫珈怡："现在什么时辰了？"

南宫珈怡说："再过一个时辰，理论考试就要开始了，而从咱们这到帝国学院，就算在空中飞，也得半个时辰吧。"

在空中飞，对于别人来说很难，但是对于龙凤族来说倒不是多难的事。因为普通人是不允许在空中飞的，但是军部的人如果有任务在身，赶时间的话是可以的。

现在的问题是，怎么才能在半个时辰之内将苏落叫醒？

南宫流星看着床上昏迷不醒的苏落，嘴角勾起一抹坏笑："我有办法。"

南宫夫人和南宫珈怡都狐疑地看着他。南宫流星被她们看得有些不自在，摸摸鼻子道："我真的有办法。"

他将手里的瓷瓶丢给珈怡："你给她闻闻这个，保管她立马就能苏醒过来。"

南宫夫人皱眉道："等等，这样算不算强行刺激她醒来？会不会影响她的脑子？"

南宫珈怡拿着那白色瓷瓶，犹如捧着烫手山芋。

南宫夫人盯着南宫流星："这东西是哪来的？"

南宫流星说："以前静仪姐姐送我的小礼物。我不是爱赖床吗？静仪姐姐说，闻了这个，立马就能清醒过来。"

南宫夫人和南宫珈怡一听到宁三的名字，顿时都皱起眉头。南宫珈怡直接将瓷瓶给南宫流星扔回去："拿去拿去，那个女人的东西，我们落落不要用！"

南宫流星皱眉："三姐，别管东西是谁送的，但这清风酥真的有效，不信你就试试。"

就在这时，南宫夫人却一把将白色瓷瓶抢到了手里。

南宫流星不解地看着南宫夫人："母亲？"

南宫夫人理直气壮地说："等落落醒了，让她检查一下这东西是不是有问题，看看宁静仪是不是真的想害死你！"

南宫流星："……静仪姐姐没有你们想的那么坏！"

南宫夫人皱眉看着自家宝贝儿子："那臭丫头将你哄得团团转，你还说她不坏？"

南宫流星："……娘，别忘了，以前你可说过，她跟二哥是天造地设的一对，为了撮合他们，你可没少花心思。"

接下来，母子俩针对这个话题展开了辩论，"宁静仪"这个关键词被反复提及，以至于谁也没有发现，苏落的睫毛微微翕动，随后睁开了双眸。

南宫珈怡听得有些无语，转头看向苏落，忽然发现她睁开了眼睛，顿时大叫一声："落落你醒啦！"

南宫夫人立马丢下南宫流星，来到苏落面前，亲手扶着她靠在床垫上。

"怎么样？有没有哪里不舒服？要不要请炼药师过来看看？"南宫夫人关切地打量着苏落。

苏落苦笑道："不严重，我自己就是炼药师，我清楚自己的身体状况。"

南宫夫人一听，顿时放了大半的心。

"夫人手里拿着的是什么？"苏落看到南宫夫人手里的白色瓷瓶。

南宫夫人一听，赶紧将白色瓷瓶递到苏落手里，严肃地问："落丫头，这清风酥是宁家三丫头送流星的，你快看看里面有没有毒？"

苏落接过瓷瓶，瞟了南宫流星一眼。南宫流星的表情有些古怪，那双漂亮的眼眸里似乎有所期待。

苏落心中闪过一丝狐疑，不过还是打开了瓷瓶的木塞。

刚一打开，苏落就将木塞塞回去了。南宫夫人一看苏落的脸色，担忧地问："怎么样？是不是有问题？我就说嘛，天杀的宁静仪能安什么好心，我看她就是个——"

苏落眼里闪过一丝无奈，对南宫夫人说："这不是清风酥。"

南宫流星眼眸含笑，挑衅地望着苏落："那这是什么？"

苏落微微勾起眼眸："南宫三少最近大蒜吃多了啊，嗯，还有油葱、韭菜味，啧啧，看来吃了不少东西啊。"

南宫夫人不解地看着苏落，苏落将瓷瓶递给她，苦笑道："这哪是什么清风酥，分明就是南宫三少放的屁。"

南宫夫人："……"

南宫珈怡："……"

南宫夫人反应过来，恨不得将南宫流星掐死。

南宫流星老神在在地站在那里，双手环胸，那张漂亮的脸上带着一丝桀骜不驯。

苏落阻止南宫夫人道："其实他是好意。"

"落丫头，你别护着他，这破孩子就是欠揍！"一想到自己手里拿着南宫流星收集的屁，南宫夫人就气得要命。

谁知苏落却笑了，看着南宫流星的目光带着一丝欣赏："既然要帮我，何不明明白白地帮？非要做这么容易让人误解的事，你可真别扭。"

南宫流星横了苏落一眼："谁帮你了？想得真美！"

说完，南宫流星看都不看苏落一眼，径自转身离开了。

"哎，你这破孩子……"南宫夫人根本想不明白这其中的弯弯绕绕。

苏落解释道："南宫流星想叫醒我，但是又不能强行叫醒我，所以他想刺激我主动苏醒。"

"刺激你？"南宫夫人还是不解。

南宫珈怡恍然大悟："我明白了！"

南宫夫人不解地看着南宫珈怡："你明白什么了？"

南宫珈怡得意地说："流星故意说白瓷瓶里装的是宁静仪的清风酥。咱们落落怎么会用宁静仪的东西？所以她的大脑一收到这个信息，就自动醒过来了。"

南宫夫人这才明白："这么说，流星不是要捉弄落落，其实真是好意？"

南宫珈怡撇嘴道："虽是好意，但我看他也是真想捉弄落落。"

南宫珈怡猜得很对，南宫流星既想帮苏落，又不愿让她知道，而且还不想让她好过。

"这破孩子，脑子怎么长的？弯弯绕绕的，都把人搞糊涂了。"南宫夫人没好气道。

苏落淡淡一笑，看来南宫流星也不完全是小白眼狼。这孩子很聪明，宁三的事只能由他自己去查了，等他查明白了，自然就好了。

"对了，现在是什么时辰了？"苏落问道。南宫夫人顿时惊呼："只剩半个时辰了，快起来，现在赶过去还来得及！"

南宫夫人早就跟南宫墨渊打过招呼了，军部的飞船已经备好，载着苏落朝帝国学院赶去。

帝国学院这边，正常情况下，迦南秘境的大门早该打开了，可是直到现在，开启迦南秘境的老师还没到，学生们全都聚在门口议论此事。

缪宁、蔺长东、牧雪滟早就来了，肃然立于人前。缪宁想起姑姑的交代——一定要将苏落那臭丫头狠虐一顿，必须让她颜面尽失。

就在这时，军部的飞船将苏落送来了。

苏落走出飞船，来到迦南秘境的大门前，一眼就看到蔺长东和牧雪滟簇拥着一个蓝袍的年轻人，国字脸，面容严肃，一看就知此人性格严苛、不好相与。

苏落当即就明白了，这人肯定就是缪宁。

因为气场不合，所以苏落没有过去跟他打招呼。

"哼！"缪宁不屑地冷哼一声。

苏落瞟了他一眼：自己招他惹他了？

就在这时，四大分院的副院长全都来了。东华学院的赵副院长解释道："由于迦南秘境里出了点小事，所以迟到了一点点，好在事情已经解决。好了，现在开始点名。"

众人一听，全都心里有数。迦南秘境里出了点事？早不出，晚不出，偏偏在苏落迟到的时候出？但是在绝对权力面前，质疑根本无济于事。

"缪宁！"

"到！"

"蔺长东！"

"到！"

"牧雪滟！"

"到！"

"苏落！"

"到！"

副院长点点头："参加跳级考核的四人全部到场，事不宜迟，你们按点到的顺序，依次跟我进来吧。"副院长大人说罢，带头往里面走去。

"不自量力，自取其辱！"缪宁在经过苏落身边时，冷冰冰地去下这八个字，不等苏落回过神来，就快步进去了。

"哈哈哈，缪老大霸气！我喜欢！"牧雪滟在经过苏落身边时故意留下这句话。

蔺长东在经过苏落身边的时候皱了皱眉，想说话，但最终还是没有说出口。

苏落纳闷地看着缪宁的背影，不知道自己什么时候得罪他了。

苏落是最后一个进入迦南秘境的。进去之后，一睁眼就发现自己站在了二年级的地图上。

四人的一举一动，全都显示在外面的大屏幕上。学院里一二年级的学生聚集在广场上，关注着他们的进展。

缪宁他们已经开始答理论题了，苏落还在城里做连环任务，只有完成了寻找秘境高手的任务，她才会知道考试的地点在哪里。

跟上次一样，这次南宫夫人的院子里依旧进行着实况转播。宁夫人大大咧咧地坐在南宫夫人对面，神情得意而嚣张——她要亲眼看着苏落惨败，亲眼看着南宫夫人丢脸。

南宫夫人皱着眉头，神色不悦。当她看到屏幕上的情况，顿时气傻了：什么？落丫头还要做寻找隐秘高手的连环任务，完成了任务才能找到考场的入口？这是谁定的破规则啊！

宁夫人见此情形，摇着头很遗憾地说："唉，怎么可以这样？太欺负人了！"

南宫夫人冷笑："你也知道欺负人啊？"

宁夫人搭腔说："是啊，这也太欺负人了。我们家缪宁本来就能稳赢，这样一来，倒显得我们家缪宁胜之不武了。有这么欺负人的吗？我们家缪宁真是太委屈了，唉！"

见宁夫人得了便宜还卖乖，南宫夫人气得够呛。南宫珈怡握住南宫夫人的手安慰她："母亲，咱们要相信落落。"

南宫夫人只能无奈地点头，心里却觉得这次一点希望都没有了。

这时候，屏幕上，苏落依旧在满城转悠。寻找隐秘高手这个任务可不简单，一共有九个环节，别说做任务了，光是在里面跑来跑去就要花费很多时间。好在苏落机灵，简化其中三个环节，再加上她脑子好使，任务完成得迅速，所以九环任务下来，她只花了半个时辰。

可这半个时辰，在考试的时候，差距就很大了。

宁夫人的注意力主要在苏落身上，但也没忘了关注缪宁。

"我们家缪宁怎么才得了四十分啊？这速度会不会太慢啦？"宁夫人故意皱着眉头。

慕容夫人看着宁夫人在那嘚瑟，再看看南宫夫人快要发飙的样子，很想对宁夫人说，差不多就得了，免得南宫夫人失去理智又抽你。

南宫夫人本想发飙，却被南宫珈怡拦住了，所以母女俩现在正盯着苏落呢。

苏落经过九环任务后，终于得到了线索。按照线索，苏落找到了缪宁他们答题的地方。当苏落进入考场时，缪宁已经得到五十分了——十道题，他答对了五道。

而蔺长东和牧雪滟的表现也不错：蔺长东已经答了四道题，三十六分；牧雪滟四道题，二十八分。

答题的地方在一座客栈的大堂里。此时大堂里空荡荡的，只有他们四个人。

当苏落进去时，蔺长东和牧雪滟都下意识地看向苏落，蔺长东朝苏落点了点头，而牧雪滟则不屑地勾起嘴角，随后两人继续答题。

时间很紧，沙漏上的时间走完，答题就结束了，而现在时间已经过半。

四个人的座位，分别设在东南西北四处，见东、南、西都有人坐了，苏落就坐在北边的位子上。

四个人都面朝中心而坐，计时的沙漏就放在正中间的桌案上，保证每个人都能看清楚。

苏落就座之后，她的面前出现了一个虚拟的屏幕。苏落点开试卷一看，顿时就放心了。

外面观看的人，只能看到考生名字下方的红色分数，却看不到考试内容。此刻，屏幕上的成绩，明明白白地展示在所有人面前。

缪宁：五十分。

蔺长东：三十六分。

牧雪滟：二十八分。

苏落：零分。

鲜红的零蛋，闪瞎了所有人的眼，人群中响起一道道嘘声，可惜苏落全都听不到。

此刻的苏落，正稳稳当当地坐在位子上，在时间显然不够的情况下，依旧淡定地翻阅着职业选项。

第
十
章

跳
级
考
核

理论考试涉及医术、厨艺、琴艺、棋艺、书法、绘画、钓鱼等几十种职业，而考生只需选择十种职业进行答题。

选什么职业呢？琴棋书画，肯定要选。

钓鱼？这个苏落很精通，所以也选了。

厨艺？这个不可能不选啊。

然后加上医术，一共有七项了。

剩下的三项选什么呢？苏落摸着下巴，将职业目录一页页往下翻：舞蹈？射箭？冶金？裁缝？讲师？铭文？石雕？……

其实很多职业苏落都懂点皮毛，但拿满分的话，肯定没把握。

最后，苏落谨慎地选择了讲师、铭文、冶金。

此刻时间已经过了大半，苏落还是零分。

苏落能够猜到宁夫人怎样嚣张、南宫夫人怎样郁闷了。她开心地对着屏幕挥挥手，然后问道："夫人，咱们考多少分？"

苏落的声音就这么传出来了，南宫夫人顿时傻在那了，宁夫人最先反应过来，大笑起来："你们听到了吗？苏落在问她考多少分呢，你们觉得她能考多少分？"

诸位夫人面面相觑，南宫夫人和宁夫人之间的斗争，她们真的不想参与啊。

南宫夫人不知苏落为何这样问，还没等她开口，苏落又说："宁夫人又在丑人多作怪吧？"

"噗！"南宫夫人刚端着茶喝了一口，闻言当场笑喷。诸位夫人想笑又不好意思笑出来，只好硬生生憋着，脸色全都涨得通红。

苏落的声音清晰地传了出来，大家都觉得好奇：迦南秘境可以传出声音来？以前怎么从来没听说过？

这到底是怎么回事？其实这是苏落独有的特权。

苏落上次不是在新手村破了纪录吗？所以，苏落得到了一个独一无二的技能，那就是她的声音可以传播出来。

所有进入迦南秘境的人，唯独她一个人，可以将声音传出来。当然，外面的声音是传不进去的。

宁夫人气得差点跳脚："这是诋毁，赤裸裸的诋毁！"

帝都现在有多少人关注着苏落，就有多少人看着实况转播，苏落当着这么多人的面，说她堂堂宁家夫人"丑人多作怪"，这影响简直太恶劣了！

南宫夫人瞟了她一眼，慢悠悠地说："诋毁什么？这灵界就你一家姓宁啊？就你一位宁夫人啊？你确定她口中的宁夫人就是你吗？还真会对号入座，难怪人家说你'丑人多作怪'呢。"

苏落优雅地坐在位置上，手里悠闲地转动着触屏笔，对着屏幕笑嘻嘻地说："宁夫人肯定希望我考零蛋吧？大概要让你失望了。"

宁夫人瞟了沙漏一眼，坐在位置上冷笑：失望？时间只剩四分之一了，我看最后谁失望！

苏落又笑嘻嘻地问："夫人，要考多少分才能打宁夫人的脸？一百分够不够？"

虽然知道苏落听不到，但是南宫夫人还是眉眼含笑地答道："够，够，一百分够够的。"

话虽如此，可南宫夫人说这话时心里发虚啊。

"哼！还一百分呢，我看你怎么考一百分！"宁夫人冷笑连连。

只剩最后一刻钟了，现在的分数是：

缪宁七道题，六十五分；

蔺长东七道题，五十六分；

牧雪滟七道题，五十分；

而苏落，零道题，零分。

鲜红的零分刺激着所有人的眼睛，而这零分的主人，还在慢条斯理地调侃宁夫人。

这分明是放弃比赛的节奏啊。苏落自己不急，但是别人却都替她着急。

苏落淡淡一笑，终于开始认真答题了。众人不知道苏落写了什么，但是每答完一道题，总分立即就会显示出来，所以——

"咦，苏落的分数动了！"

"十分了！"

"哇！二十分了！"

"哎哟！三十分了！"

"这才过了不到五分钟吧？"

"三道题全部满分啊！"

"她的分数又动了，四十分！"

"快看苏落的分数！"就在这时，所有人都亲眼看到，苏落的分数竟然从四十直接跳到了六十。这是什么情况？还从来没听说过直接加二十分的。

宁夫人原本还悠然自得地品着香茗、奚落着南宫夫人，但是见诸位夫人全都霍地站了起来紧盯着屏幕，不禁吓下了一跳：干吗呢这是？

宁夫人优雅地看向屏幕，本想奚落一下苏落的零分，却突然瞪大了双眼——六十分！鲜红的六十分！而且旁边还有括弧呢——已经完成答题：六道。

这一刻，宁夫人的内心其实是崩溃的：才一会儿工夫，怎么就完成了六道题，而且得到了六十分？就算知道答案，写字也需要很多时间吧！

"缪，缪，缪宁呢？"宁夫人急得连话都说不清楚了。

大家都下意识地朝缪宁看去——他已经答完第八题了，这道题答得很棒，得了十分，总分七十五分。

宁夫人这才松了口气，挑衅地朝南宫夫人飞了一记眼刀："说到底，还是我家缪宁厉害！"

南宫夫人略带同情地瞅了她一眼，瞅得宁夫人心里发毛、脊背发寒。

南宫夫人为什么要用这种同情的目光看她，她有什么值得怜悯的吗？

宁夫人下意识地朝苏落的分数望去，顿觉双腿发软——七十分！苏落答了七道题，得了七十分，也就是说，她选的七个辅助生活技能全是满分！

经过一小段时间的努力，缪宁完成了第九题，拿到了七分，总分八十二；而苏落的分数，却停在了七十分。

南宫夫人紧张地握着帕子，目光紧盯着屏幕。

宁夫人看看缪宁的分数，再看看苏落的分数，视线最后落到沙漏上，笑里带着得意："你们看，时间已经所剩无几。"

慕容夫人点点头："最多只有五分钟时间了。"

"五分钟的时间啊？唉，真是可惜。"宁夫人故作无奈地叹息道，"你们说，苏落是不是很可惜？前面七道题全拿了十分，可最后的三道题却……可惜啊。所以说啊，这答题是讲究策略的，不能一味地追求满分而耽误时间。说到底啊，还是我们家缪宁聪明。"

宁夫人见南宫夫人不吭声，知道她肯定胸闷，顿时笑得更开心了："南宫夫人啊，这次苏落肯定是不成了，等下次她再考试的时候，你可得帮我把这句话转达给她，我这也是为她好嘛！"

南宫夫人很想一巴掌扇在宁夫人脸上。

"快看，时间快到了，只剩最后一分钟了。"慕容夫人指着沙漏，声音中带了一丝急切。

南宫夫人下意识地朝苏落的分数望去——依旧是鲜红的七十分。

南宫夫人心急如焚，双手握拳，眼珠子都快瞪出来了。

就在这时，苏落的分数突然涨了——八十分！九十分！一百分！

这一刻，场外观众的热情，全部被苏落的表现给点燃了，有多少年没发生过这么让人激动、兴奋的事情了？

"落落一百分！你们看到没有，我家落落一百分！"南宫夫人双手叉腰，得意极了。

而宁夫人则脸色刷白。如果她刚才没有说那些挑衅的话，那么苏落赢了也就赢了，至多心里不舒服一下。但是在她说了那些话后，苏落却拿了满分，百分百超越了缪宁，这让宁夫人怎么下得来台？此刻的她，僵立在那里，双眼发直地瞪着屏幕。

就在这时，苏落还转悠着笔，对着屏幕勾起一抹得意的笑容："宁夫人会不会已经气傻了啊？嗯，真想看看她现在的脸色，有没有人帮忙录下来啊？"

众人："……"

宁夫人："……"

南宫夫人："哈哈哈，哈哈哈哈哈……"

南宫夫人笑得直捶桌子。这脸打得太爽了！她跟宁夫人斗了这么多年，一直以为抽宁夫人的脸是最爽的，现在才发现她错了。

看着宁夫人羞愤交加却偏偏无法发作，这才是最爽的！不愧是她最疼爱的落丫头，太会给她出气了！哈哈哈哈哈……

只有最后五秒了，如果众人以为这件事就这么完了，那就大错特错了。

"一百二十分！"有人突然大叫一声。

苏落的分数，竟然升至一百二十分，后面还有注释：附加题1，附加题2。

在激动完苏落的分数后，大家看着传说中的缪老大，忽然有种心酸的感觉：时间都结束了，可是缪老大连最后一道题都没解出来呢。

总分出来了。

缪宁：八十二分。

蔺长东：七十分。

牧雪澹：六十五分。

苏落：一百二十分！

至于附加题，系统也给出了解释——做完十道题后，运气好会解锁附加题，当然，运气不好就没办法了。所以，这次考试苏落拿到了前所未有的高分——一百二十分！

看到这一幕，宁夫人傻掉了。

南宫夫人得意扬扬地瞟了宁夫人一眼："你们家缪宁连最后一道题都做不出来啊？我家落落可是连两道附加题都得满分呢！哎哟，这货比货得扔，人比人得死啊！"

不等宁夫人反应过来，南宫夫人就大声吩咐下去："今儿个落落大胜，吩咐下去，大摆筵席庆祝！"

白嬷嬷看着宁夫人那张扭曲的脸，憋着笑，应声而去。

南宫夫人对诸位夫人说："大家今儿个都留下，等落落回来了，咱们都敬她一杯，祝贺祝贺嘛。"

南宫夫人越是如此，宁夫人越是憋屈。这地方，宁夫人是真待不下去了。

"走！"宁夫人恼羞成怒，气急败坏地走了。

看着宁夫人离去，南宫夫人叹了口气："这人啊，走就走了，免得留下来说三道四影响气氛，咱们喝咱们的。"

有几位夫人想陪着宁夫人一起离去，但是被南宫夫人拖住，愣是走不了。如此一来，更衬得宁夫人形单影只、落寞寂寥、凄凄凉凉。

考完试之后，缪宁本以为自己的分数是最高的，所以经过苏落身边的时候，他故意冷冰冰地瞟了她一眼，不屑地冷哼一声，拂袖就要离去。然而，就在他的目光扫过屏幕时，忽然怔住了。

"一百二十分！"缪宁猛回头，惊骇地瞪着苏落。

苏落慢条斯理地整理好自己的用品，在经过缪宁身边的时候，回敬了一句："不自量力，自取其辱。"

这八个字，原本是缪宁评价苏落的。

苏落悠然而去，但是留下的那三个人全都傻了。

缪宁纯粹是给气的。他那样冷漠的性子，也被苏落气得七窍生烟、面色涨红，可见这句话对他的杀伤力有多大。

至于蔺长东和牧雪滟，他们还没有反应过来，苏落已经离开了迦南秘境。

因为十天考核一个科目，所以距离下次的身体素质考核还有十天，他们自然不需要一直待在迦南秘境里。

苏落身心舒爽地回到龙凤族，又被南宫夫人拉着跟诸位夫人炫耀了一番，就回去备考了。

回到星落院后，苏落摸着下巴，神色间带着一丝苦笑。

下一科要测身体素质，听说每次考核的题目都不一样，都是随机抽出来的。

身体素质啊……苏落捏捏自己软绵绵的小手，顿觉无奈。

当初在碧落大陆的时候，苏落的身体素质一直不好，血脉觉醒后才稍微好了一些。前段时间，苏落的血脉觉醒到百分之七了，身体素质提升了不少，但是最近一段时间，苏落的修为虽然提升了，但是身体素质一直都没跟上。

如果血脉能够觉醒到百分之十，应付这场考试就没问题。但是，能在短时间里提升到百分之十吗？

血脉觉醒可是没有规律可循的。

其实苏落自己也不知道。她能做的就是努力。接下来的十天时间，苏落将自己关在房间里，不允许任何人打扰。

十天的时间一晃而过，到了考核身体素质的这一天，苏落提前赶到了学院。

当苏落到的时候，时间还很早。不过唐雅岚、费君平早就已经守在迦南秘境的门口了。

看到苏落过来，她们很兴奋地围上去。

"苏姐姐，这次总算没迟到了，刚才我们还在担心呢。"唐雅岚迎上去。

"苏老大，这次有信心吗？"费君平看着苏落那细胳膊细腿问道。

身体素质是练出来的，反正她跟苏落同别墅那么久，就没见苏落练过。

苏落："……勉勉强强吧。"

唐雅岚笑道："苏姐姐说勉勉强强，那肯定是信心十足啦，反正我们苏姐姐，肯定会再次让大家激动万分、刮目相看的！"

苏落摸摸鼻子，脸上露出苦笑。闭关十天，她感觉到自己的血脉热了，涌动着，好像要觉醒了。但是，这种感觉稍纵即逝，等她再想捕捉时，它却跑得无影无踪了。现在都快考试了，她觉醒的血脉还是只有百分之七，真让人着急啊……

苏落心里焦急，面上却不动声色，看上去依旧那么淡定、从容。

第十章　跳级考核

龙凤族，苏落前脚刚走，南宫夫人就广发请帖。

这第一张帖，她就发给了宁夫人。十天前的打脸，南宫夫人还想再看一次呢。

宁夫人收到南宫夫人的请帖，顿时气得面目狰狞，狠狠地将请帖给撕了。

"去什么去？自取其辱吗？不去！"宁夫人气急败坏地怒吼。

上次被打脸打得那么狠，虽然已经过了十天，但宁夫人还是没脸出去见人。

南宫夫人见宁夫人不来，不由得冷笑："这个宁夫人，也就这点度量。算了，不来就不来吧，那其他夫人也不用请了。"

于是，这次考核，只有南宫珈怡陪着南宫夫人一起看。

迦南秘境开启的时间都快到了，缪宁、蔺长东和牧雪滟才到。缪宁看到苏落，眼底闪过一道寒光。不过这次他可学乖了，并没跟苏落放什么狠话，而是在经过她身边时直接无视她。

经过上次苏落逆袭成功的事件后，这次大家对苏落很有信心，现在看好她的人，甚至已经快跟看好缪宁的人持平了。

很快，副院长便过来开门了，四个考生鱼贯而入，相继进入一个空旷的房间里。

这次抽到的考核项目非常简单，居然是举重。

现场有四把椅子，四个人坐成一排，从左到右依次是缪宁、蔺长东、牧雪滟、苏落。

忽然，灯光猛地一暗，四道光束分别射在他们四人身上。

咣当！一根黑棒子从上往下砸落，速度极快，如果反应稍慢，就会被砸破脑袋。

苏落手疾眼快，当即双手往上一撑，像举重一样将黑棒子举了起来。缪宁他们的反应也很快，每个人都稳稳地坐在椅子上，双手举着一根黑棒子。

此刻，四位考生的表情看上去都很轻松，没人显得吃力。

南宫夫人跟南宫珈怡坐在自家宽敞的庭院里，一边轻松地嗑着瓜子，一边看实况转播。

南宫夫人看到苏落稳稳地握着那根黑棒子，顿时笑了，对南宫珈怡说："你看，落丫头的表情看上去很轻松吧？"

南宫珈怡却皱皱眉："不对啊，我怎么看她额头上好像出汗了？"

南宫夫人白了南宫珈怡一眼："你个破丫头，怎么说话呢？这才第一个十分，你的意思是，落丫头第一个十分就很吃力了？"

"可是——"南宫珈怡还未说完，南宫夫人就道："没什么可是，落丫头厉害着呢。"

见南宫夫人对苏落这么盲目地自信，南宫珈怡顿时无话可说了。

忽然咣当一声重响，苏落手中那根棒子竟然从她手中滚落。而苏落的注意力根本就不在这根棒子上，因为她感应到了血脉觉醒的契机！

好不容易才感应到，苏落怎么可能分心？所以，即便黑色棒子已经脱手，她自己都没发现。

苏落闭着双眸，身上的血液在这一刻沸腾起来，迅速在奇经八脉中流窜，犹如岩浆般炙热。

而这时候，缪宁他们的分数哗啦啦地往上涨了——三十分，四十分……八十分！

八十分的时候，牧雪滟被淘汰了，蔺长东也失败了。

九十分的时候，缪宁还在坚持，可众人的视线却被苏落吸引过去，因为从她体内逸出了一缕缕白雾，很快她就被裹在里面，形成一个大白茧。

最后，外面的人只看到一团白茧，却看不清里面的苏落。

这一幕太离奇了，大家都不明白是怎么回事，就在众人议论纷纷的时候，白雾终于散了，露出一副姣美的容颜。

学生虽然看不明白，但是观看这场比赛的还有老师啊。三年级的几位老师原本对苏落拿二十分的成绩纷纷摇头表示失望，但是，当白雾散去，他们再看向苏落时，全都惊讶地睁大了眼睛。苏落并不知道，她现在已经被三年级的两位精英老师盯上了。她只知道，现在的她浑身充满了力量。

苏落缓缓睁开眼睛，就看到缪宁居高临下地站在她面前，不屑地丢下八个字："不自量力，自取其辱！"

说完就拂袖而去，仿佛多跟苏落说一个字就会侮辱他高贵的身份似的。

蔺长东狐疑地看了苏落一眼。他觉得苏落不应该只有二十分，这其中定有蹊跷。

牧雪滟却没想那么多，她现在最想做的就是奚落苏落，狠狠地奚落。

"苏落，你可知道缪老大这次多少分？"牧雪滟得意扬扬地瞟了苏落一眼。

苏落看了眼屏幕："哦，一百分啊，怎么没激活附加题呢？真遗憾。"

牧雪滟的脸色倏然一变，随即狰狞地冷笑："缪老大拿了一百分，就是我，也拿到了八十分，可是你呢，你才二十分，有什么资格猖狂！"

苏落看了看屏幕，果然只有二十分。

苏落无奈地用手指揉揉眉心，觉得有些头痛。

刚才光顾着激活血脉了，好不容易才将血脉激活到百分之十，还没来得及高兴呢，就被兜头泼了一盆冷水。

二十分啊……南宫夫人得多失望啊。

苏落有些无奈。她现在身体里充满了力量，如果让她再考一次的话，那成绩肯定杠杠的，不说能激发出一百二十分，但一百分肯定妥妥的，可现在……苏落只能无奈地接受事实。

当苏落回到龙凤族的时候，心里还在想，南宫夫人会不会因为这件事对她有看法？苏落下了马车，发现南宫夫人带着南宫珈怡，还有一大拨下人候在门口迎接她。

看到苏落，南宫夫人忙迎上来，握住她的手，心疼地说："落丫头，你说你是怎么回事啊？是不是受伤了？"

苏落淡淡一笑，摇头道："没有啊。"

"那你怎么才考了二十分呢？是不是里面有人捣鬼？你告诉伯母，伯母给你出气去！"南宫夫人说得义正词严。

苏落又摇摇头："这事……说来话长。"

难道要苏落说，在考试的时候，为了抓住血脉觉醒的契机，她自己放弃了考试？这话说出来，就算南宫夫人能理解，心里也会有疙瘩啊，毕竟输了的话，她可要吃百年的素。

"那……"南宫夫人犹豫地看着苏落。

"下次考试，如果宁夫人要来，夫人就让她来吧。"苏落淡淡一笑。

南宫夫人正愁这个呢。

第一次她不乐意，但是宁夫人非要来。

第二次，她发了请帖，宁夫人偏不来。

但是第三次，只怕不用她邀请，宁夫人也非来不可了。

十天后，剑术考核开始。

果然如南宫夫人所料，宁夫人还真的不请自来了。她不仅自己来了，还拉了一位面生的夫人过来。看她对那位夫人的恭敬模样，就知道对方的身份、地位不低。

"靖北王王妃？"南宫夫人的眉头微微皱起。

在帝都的权势之家，除了皇族外，还分为两大阵营——远古贵族和新兴贵族。

远古贵族，就是以南宫家、苏家、宁家、冷家这四大超级世家为首，八大豪门为辅的势力。

新兴贵族，则是在新皇即位后特意扶持起来的家族。这些家族虽然没有远古底蕴，但是在朝中都担任要职，而且家族的实力本来也都不低，所以发展得很快，隐隐有跟远古贵族抗衡之势。而灵帝就是想让这两股势力互相制衡，这样他才能高枕无忧。

一般情况下，都是远古贵族跟远古贵族交往，新兴贵族跟新兴贵族交往，而以远古贵族为首的南宫家族尤甚。

但是现在，宁夫人不仅自己来了，还将靖北王王妃给带来了。

话说，她什么时候跟新兴势力中的靖北王王妃关系那么好了？

她们来得早，正赶上南宫夫人送苏落出门。

苏落对南宫夫人淡淡一笑："夫人不必忧愁，今天你想怎么奚落宁夫人就怎么奚落，我给您撑腰。"

南宫夫人原本愁眉不展，顿时被苏落逗乐了："你可不许再考个二十分回来。"

苏落当即笑了："那哪能啊，必须一百二十分啊。"

"你这丫头。"南宫夫人被苏落逗笑了。

就在她们互相打趣的时候，宁夫人扶着靖北王王妃来了，后面还跟着一大群夫人。南宫夫人微微皱眉。

宁夫人率先打破寂静："姐姐，我们不请自来，你不会赶我们走吧？"

南宫夫人心里冷哼，面上却淡淡地看了宁夫人一眼："你说呢？"

宁夫人笑起来："姐姐这么好客，怎么会赶我们走呢？出门时刚好碰到靖北王王妃，这不，就一起来了。对了，苏姑娘这是要出门了吧？"

苏落淡淡一笑。

宁夫人自说自话："我们这次啊，就是专程来看你考核的，这次你可不要再拿个二十分回来，不然真要让人笑掉大牙了，哈哈哈……"

这么明显的嘲讽，谁听不出来呢？

南宫夫人当场就要发作，但是苏落却拉住南宫夫人的手，在她耳边低语了几句。

于是，众人就看到盛怒的南宫夫人瞬间笑成一朵花，她拍了拍苏落的肩膀："行了行了，再不去就来不及了，免得迟到了又有人说三道四。"

诸位夫人已经习以为常，靖北王王妃却深深地看了苏落一眼。她是知道南宫夫人性子难相处的，却不知道竟有人能将南宫夫人哄得这么好。

这姑娘可不简单。靖北王王妃将苏落记在了心里。

第三次考核很快就开始了。

这次，苏落来得不早也不迟，在迦南秘境的大门打开时，苏落刚好到达。

缪宁连正眼都没给苏落，径自进去了。

上次他如临大敌，结果苏落只得了二十分，此后他就再也没将苏落当成对手。毕竟前两轮他已经高达一百八十二分了，但是苏落只有一百四十分，这么大的差距，苏落就算再逆天也没办法超越他了。

进了迦南秘境后，如之前一样，苏落又被排在了第四位。

不过这一次，四个人虽然还在同一房间里，但是这个房间却被隔成"田"字。中间的隔断是透明的，每个人都能看到其他三人的情况，彼此间却不能互相打扰。

缪宁在东北方，蔺长东在东南，牧雪滟在西南，苏落在西北方向。

第三科考的是剑术。

如果考别的，苏落还不会很有信心，但是考剑术——难道这不是专门给苏落送分的吗？

要知道，苏落学的可是神女剑法。何为神女剑法？妍华神女最得意的剑法。

苏落现在已经学到第六重第一式了。更让苏落得心应手的是，她手里还有一柄绝世神剑——凤舞剑。

凤舞剑，凤舞主神的主神器，虽然还没完全解开封印，但是威力却不是一般人能抗衡的。

苏落稳稳地站在分配给她的考场里。

房间里很安静，仿佛除了她，什么都没有。

苏落的目光扫过其他三人的考场，发现全都一样——尽管考核已经开始了，但是空旷的房间里，除了他们自己，什么都没有。

正是因为什么都没有，所以才更让人紧张。

屏幕外的一群人屏息凝神，全都专注而认真地盯着大屏幕。

只见缪宁盘膝而坐，神色冷凝而肃穆；蔺长东皱着眉头，左右查看；牧雪滟手中握剑，警惕戒备。

忽然，不知是谁大喊了一声："什么东西？"

众人不解："哪有什么东西？"

"难道你们没看到吗？一只飞虫正朝他们缓缓飞去啊！"这个人专门修炼眼睛方面的技能，所以一眼就发现了。

众人仔细一看，这才发现，在四个透明的考场里，每个考场都有一只蚂蚁般大小的黑色飞虫，正在缓慢地向考生飞去。

众人都傻眼了，这是要考什么呀？

就在黑色飞虫距离四人很近的时候，他们各自举起手中的剑，朝黑色飞虫砍去。黑色飞虫被劈成两半，而这时屏幕上也给出了考试规则。

这次考试，比的就是斩杀黑色飞虫。

别看现在黑色飞虫移动的速度那么慢，而且只有一只，但是那上面可写了，每过一分钟，黑色飞虫的数量增加一倍，而且速度也提高一倍。

只要漏了一只飞虫，让它飞到房间的另一头，就算失败。失败之后，会被踢出考场。

说白了，这场考核就是比谁能够在房间里待得更久。

围观群众都微微皱眉，很多人都以为很容易，都抱着一种"我要是参加也能拿满分"的心态来观看。

但是，随着时间的推移，黑色飞虫的数目不断增加，飞行速度也在不断变快。

一倍，两倍，三倍，四倍……

至于得分情况，很简单，能够坚持一分钟，得一分；坚持到一百分钟，就能够得一百分。当然，如果能坚持一百二十分钟，得一百二十分又何妨？

当然，这几乎是不可能完成的任务。

苏落从看到这道题起就知道，这是一场硬仗。

苏落不像别人那样，全神贯注地盯着黑色飞虫。她的注意力还放在了飞虫出现的点上。

苏落相信，这些点是有规律可循的。所以，在黑色飞虫还不多的时候，苏落分出三分注意力在黑色飞虫上，六分注意力在寻找规律上，另外一分则在计算。

前十分钟，每个人都应付得很轻松。

苏落不仅有时间计算、寻找规律，还将神女剑法第六重第一式拿出来，找这些蚂蚁般大小的飞虫试剑——一招三十只。

苏落发现，有些黑色飞虫被平均分成两截，而有的黑色飞虫则分得不规则。

这可不行。苏落拿着她的凤舞剑，用这些黑色飞虫不断地练习剑招。

宁夫人一看苏落那吊儿郎当样，顿时掩唇而笑："这苏落啊，真不是我说她，你们瞧瞧，她哪像在比赛啊，反倒像是在玩。"

确实，与其他三人的严肃戒备相比，苏落神色轻松地跳来跳去，看上去就像玩儿一样。

南宫夫人皱了皱眉，并不说话。宁夫人又道："这苏落啊，上次拿了二十分，竟然一点也不觉得羞耻，现在又这样，啧啧，这脸皮可真够厚的。"

南宫夫人可不是骂不还口的性子，她冷冷一笑："少胡说八道，我家落丫头这次肯定拿一百分。"

宁夫人闻言，顿时捂唇大笑起来："一百分？南宫夫人真爱说笑，也不怕等下丢脸丢大发了。"

南宫夫人气得要命，但是她决定不跟宁夫人一般见识——就让她吹牛去吧，落落可是说了，这次会狠狠地打宁夫人的脸。想到这里，南宫夫人的脸色顿时好转。

此刻，随着时间的流逝，透明空间里的情况越来越紧张。因为黑色飞虫已经不是一只两只了，而是一批又一批，太恐怖了！

看着那群密密麻麻的飞虫朝考生飞去，围观群众只觉得脊背发寒。这至少有上万只吧？而他们消灭黑虫的时间只有一分钟，一分钟后，翻倍的黑虫又会气势汹汹地飞过去。

"现在大家都停留在四十五分，看来这次他们都得拿低分了。"

"是啊，你们看，他们砍杀得多吃力啊，特别是苏落！"

"是啊，只有二十米，黑色飞虫就要飞到尽头了，她要输了！"

"你们有没有发现，其实苏落已经是自暴自弃了？"

"自从上次拿了二十分之后，她就算不放弃也得放弃啊，所以后两场考试，她不过是走个过场而已。"

"难怪她看上去那么漫不经心。"

众人对苏落都有一种说不出的失望。要知道，比赛要有比赛精神，就算明知道自己拿不了第一，也不能自暴自弃啊。

一、二年级中，原本有不少苏落的拥护者，但是看到她现在的样子，很多人都对她失望至极，印象也直线下降。

但是，那两位关注苏落的三年级老师却不这么认为。当他们看到苏落的举动时，眼中闪过一丝惊艳。

"这孩子……不错啊！"美艳老师惊叹出声。

"在危险的处境中，还能冷静地找出规律，这孩子确实不错。"高瘦老师也点点头。

美艳老师白了他一眼："何止是找出规律，她还拿这些黑虫练剑呢。"

高瘦老师点头："不仅练剑，她的剑法可比刚进来时精准了不少。"

美艳老师："何止精准了不少，你仔细看她的步法，我可以很明确地说，在进这个房间之前，她连式微的门槛都摸不准，但就在刚刚，在一剑砍杀一万只黑虫后，她摸到了式微步法的门槛。"

高瘦老师："她并不满足于这样的进步。"

美艳老师："这孩子……简直优秀得让人无话可说！这样的孩子，居然在东华学院，而没有被中帝学院网罗，冷副院长的眼睛是摆设吗？"

高瘦老师："没有那双摆设的眼睛，能有这条漏网之鱼？这孩子，十个缪宁都比不过。"

美艳老师又白了他一眼："一百个、一千个缪宁，都抵不上这丫头一个！说好了，升入三年级后，这孩子是我的！"

高瘦老师冷哼："你说是你的就是你的？我还说这丫头是我的呢。再说了，现在她的考核还没通过呢。"

美艳老师冷笑："就算她没通过考核，三年级她也必须得来！"

别人是求着上三年级，可是现在，苏落就算不想上三年级都有人哭着求着让她去上了。

这两位老师在第二校区可是鼎鼎大名，现在却为了一个还没考完试的苏落争得面红耳赤，甚至差点大打出手，这在帝国学院还是头一遭。

就在这时，牧雪滟失败了，原本透明的空间很快就被黑虫填满，她的成绩是五十九分。

牧雪滟三科总共两百零四分，但是要通过跳级考核，总分不能低于三百六十分。也就是说，就算她在第四场考试中拿到一百二十的高分，总分也不够三百六十分。

"牧雪滟没资格参加下一轮考试了。

"是啊，真可惜，谁能想到今天这科这么难呢。"

"哎呀，蔺长东的房间也被黑虫占满了。"

众人朝蔺长东的分数望去——六十八分。有心人迅速计算，蔺长东三科共二百二十八分，还差一百三十二分才够三百六十分，也就是说，蔺长东也没资格参加下一轮比赛了。"

"果然，蔺长东也被淘汰了。"众人眼中都带着深深的遗憾。

"苏落还没被淘汰呢！"忽然有人惊呼，所有人都朝苏落看去，顿时大吃一惊。

苏落并不知道她已经再次成为焦点，此刻的她还在认真研习剑术。自从她的神女剑法进入第六重第一式之后，就止步不前。但就在刚刚，当苏落一剑挥去，十万只黑虫被她砍杀殆尽时，苏落的脑海中忽然有一根弦动了！

于是，苏落就进入了一种很奇妙的境界，这种境界叫——杀戮。

杀杀杀！神女剑法第六重第二式——无尽杀戮！

当苏落使出这一招时，即使隔着屏幕，围观群众依旧能够感觉到剑意，一股冷意，从脚底开始，蔓延到四肢百骸，让他们不寒而栗。

能够让他们不寒而栗，这足以说明，苏落现在的实力超过他们许多！

继牧雪滟和蔺长东被淘汰后，缪宁也被黑虫包围了……

而这时候，龙凤族。

原本夫人们还悠闲地聊着天，但是随着黑虫越来越多，她们的脸色也渐渐凝重起来。

南宫夫人此刻内心淡定着呢，因为苏落跟她透过话了，这次就算拿不到一百二十分，也肯定能拿到一百。所以，前半段苏落失利的时候，南宫夫人就故意引诱宁夫人说话。

宁夫人也没有让她失望，那鄙视的话就跟不要钱似的，流水般说了出来。

诸如——

"你们家苏落就这点水平啊？唉，早知道你就不应该让她去参加，丢人现眼。"

"我们家缪宁这次稳稳当当第一名了，你们家就不要痴心妄想了！"

"呵呵，苏落算什么？我看啊，她不到六十分铁定完蛋！"

南宫夫人不生气也不反驳，任由她去说，在她不说的时候还故意引诱她说，在她说累的时候，还让丫鬟上茶润润喉。

宁夫人一开始还以为南宫夫人服软了，但是当她看到，苏落的房间里空空如也，一只黑虫都没有，而缪宁的房间已被黑虫占领时，她的额头开始冒冷汗了。

南宫夫人轻蔑地瞥了她一眼，嘴唇微动："愚蠢！"

宁夫人故作镇定，冷冷一笑："还没到最终结果呢，你得意个什么劲？难道你看不出来，其实我家缪宁在保存实力吗？"

南宫夫人："呵呵……"

一直默不作声的靖北王王妃忽然说了一句："苏落了不得啊。"

靖北王王妃一句话就把所有夫人的注意力吸引过去。要知道，她可是宁夫人带来的，理应是宁夫人那一派的，怎么夸起苏落来了？宁夫人心里不服。

"靖北王王妃，你这话是什么意思？"宁夫人皱眉问道。

王妃淡淡一笑："你们没发现吗？苏落已经掌握了黑虫的出现规律，在黑虫还没涌现之前，她的剑就已经等在那了。如此一来，别说一百二十分钟，就是二百二十分钟，她都能坚持下来。"

这话的意思是——苏落拿一百二十分还亏了？！

诸位夫人朝苏落望去，果然看到，每当一批黑虫出现，苏落的凤舞剑已经挥至，把黑虫全歼之后，苏落就举着凤舞剑等着下一批黑虫出现。

是苏落在等黑虫出现，这说明她完全掌控了局势。

众人的视线转向缪宁。此刻他已陷入黑虫的重重包围之中，显得力不从心。

"缪宁悬了！"

"他现在已经八十分了，希望他能坚持下去。"

"黑虫爬进他脖子里了，他的身体肯定正在被无数只黑虫噬咬，好可怕哦。"

"你们看，他眉头紧锁、额头上冷汗淋漓，也不知被黑虫咬到哪个部位了。"

"真邪门啊，苏落怎么就能应对自如，别人怎么就是应接不暇呢？"

对啊，为什么苏落应付得那么轻松？这事很多人不明白，只有极少数人知道，苏落早就将黑虫的出现规律摸透了，所以这一局苏落注定会赢，就是不知道她会赢到什么程度——会是一百分呢，还是一百二十分呢？

龙凤族内，宁夫人已经彻底沉默了，因为缪宁已被黑虫淹没了。

但是，不得不说，缪宁还是很有实力的，他最终坚持到了八十五分。

缪宁的三科分数，分别是八十二、一百、八十五，共二百六十七分。也就是说，第四关只要不低于九十三分，他就能跳级。

宁夫人沉默了，而大家心中都充满了好奇：苏落真的能拿到一百二十分吗？

时间一分分过去，黑虫多如狂潮，但是苏落依然游刃有余，原本生涩的无尽杀戮，在斩杀了数不尽的黑虫之后，早已练得炉火纯青。

"九十一，九十二，九十三……"

"苏落的剑好快！"

"那股杀气好可怕！"

"这次苏落不会又拿一百二十分吧？"

"我看她真的能坚持到一百二十分。"

大家全对苏落充满了信心，就连宁夫人都已经认命了。

"一百！"

"哇！苏落真的一百分了！"

"苏落现在应付起来还很轻松呢，她还能继续！"

但是下一秒，透明的空间里突然空空如也，一只黑虫也见不到了。

苏落神色严肃地高举着凤舞剑，足足等了三分钟，都没等来黑虫。

宁夫人乐了："没有一百二十分！哈哈哈……"

南宫夫人哗的一声站起来："为什么没有一百二十分？她明明有这个实力！"

这附加题的二十分就像是白送她的一样，为什么不给！

宁夫人得意扬扬："运气不好激活不了附加题怪谁啊，快快快，谁知道苏落现在的总分是多少？"

其实苏落的总分很好算——二百四十分，离跳级及格线正好差一百二十分。

宁夫人狂笑："苏落还差一百二十分呢？哈哈哈，我家缪宁可是只差九十三分了！"

南宫夫人白了她一眼："赶紧走，看着就讨厌。"

宁夫人高调地走了，一边走一边对白嬷嬷说："这十天让你们家夫人天天大鱼大肉吧，要知道，往后的一百年可都吃不着了。"

靖北王王妃看看南宫夫人，忽然一笑："苏落不错，我很看好她。"

一行人都离开了，南宫夫人还愁眉不展地坐在那里：还差一百二十分呢，就算实力爆棚拿到一百分，还得看老天爷开不开眼让不让激活附加题呢，而且附加题是那么好做的吗？

南宫珈怡安慰南宫夫人："其实现在的状况已经很好了。"

"说什么呢？"南宫夫人不悦地扫了她一眼。

南宫珈怡说："母亲您想啊，当初我们哪料到苏落能走到现在这一步啊？理论考试之前，大家都以为她只能得零分，可结果呢？最坏的情况我们都经历过了，后面还有什么好担心的？母亲，你要相信落落，因为她还有一个名字——"

"什么名字？"南宫夫人好奇地问。

"她还有一个名字，叫作奇迹。"南宫珈怡满脸感叹，"她是一个会创造奇迹的女孩……"

南宫夫人想了想，苏落的确如此，这才心中稍安。

很快就到了考最后一科的日子，南宫夫人的院子里非常热闹，宁夫人不仅自己来了，把靖北王王妃带来了，还带来了不少新兴贵族的人。

宁夫人的娘家就是新兴贵族，所以她跟新兴贵族走得挺近。

靖北王王妃来了，武宁侯夫人来了，就连长公主都被宁夫人请来了。

她这么做是有目的的，就是要监督南宫夫人，让南宫夫人没法赖账。

南宫夫人看到这些夫人不请自来，心里有些不爽，但还是把她们请进来了。

看到宁夫人那上蹿下跳的样子，南宫夫人的心情就越发恶劣了。但是，贵族夫人有贵族夫人的气度，她并没有表现得太明显，而是招呼大家坐下，奉上茶点。

南宫夫人一言不发，但是宁夫人的声音却不断，就仿佛这里是她的主场，是在她们宁家一样。连白嬷嬷等人看了都直皱眉头，南宫夫人却没有当场发作。

这时候，实况转播的画面上出现了缪宁和苏落的身影。

宁夫人跟长公主介绍："那翩翩美少年就是我们家缪宁，怎么样，不错吧？现在他的总分可是二百六十七分哦！"

长公主神色淡然地注视着缪宁身边那个鹅黄色的倩影，红唇微启："这姑娘长得真是赏心悦目，绝世无双。"

宁夫人皱眉，她正夸她家缪宁呢，长公主可真不给面子。不过想到长公主是陛下的姐姐，她只能将不悦放在心底，面上挤出一抹笑容："漂亮是漂亮，心地可不怎么好。"

长公主微微摇头：在宫里生活，心肠好的可活不长，这丫头越看越对她的眼。

宁夫人不知道长公主的心思，还在各种贬低苏落："这丫头，不仅心地不好，而且高冷、倨傲、清高极了，连我都不放在眼里呢！"

高冷？倨傲？清高？陛下最喜欢的就是一身傲骨的倔强美人！好好好，越看越不错。

宁夫人还想说，却被南宫夫人打断："你话怎么这么多？这么爱说，怎么不回你家去说？这么多吃的，也堵不住你的嘴？"

如果不是长公主和靖北王王妃在场，宁夫人哪还能坐在这里？早被南宫夫人给赶出去了。

宁夫人意识到真惹恼了南宫夫人，这才略略压低声音。

过了今天，往后龙凤族请她来，她都不来呢！

慕容夫人看到场面弄僵了，赶紧转移话题："你们快看，考核开始了，这次考核的地方可不一般啊！"

听到慕容夫人这句话，众人的注意力顿时全被吸引过去。

不得不说，这最后一科考核真叫人大开眼界。

屏幕上，苏落和缪宁走进迦南秘境，然后画面一闪，二人出现在沙漠之中，屏幕从中间一分为二，左边是缪宁的画面，右边是苏落的画面。

苏落和缪位于沙漠之中，眼中都有些茫然——什么说明性的东西都没有。

缪宁负手漫步于沙丘上，好像有所发现。

缪宁摊开手，一道土黄色的光圈出现在手掌之中。

"这是土元素！这片沙漠空间里并没有禁止元素。"

"快看，淡蓝色的水元素。"

"看，火红色的火元素。"

"还有青色的风元素！"

"也就是说，在沙漠里，给他们提供了土水火风四种元素？"

"而且你们注意到没有，每一种元素只有100单位的能量。"

"他们要用这100单位的四种元素干吗？"

"……不知道。"

这是他们见过的最奇葩的题目，只给了条件，对答题的方向和目的却没有说明。

缪宁思索了一会儿，很快就开始行动了。

"缪宁猜出考什么了吧？"

"不愧是学霸，脑子跟我们普通人就是不一样。"

"苏落还在那仰望天空呢，不知道她在想什么。"

大家的注意力全都集中在缪宁身上，几乎没人去关注苏落了。

众人通过缪宁的举动，渐渐看出来一些门道。

"原来是要比控制元素的能力。"

"考试时间有七天，根本走不出这一望无际的沙漠，所以考的就是如何在沙漠里生存。"

"排除了所有的不可能，只剩这一个可能了。"

"缪宁聪明啊，他已经有思路了，接下来就看他怎么做了。"

"对了，苏落呢？"

"还在仰望天空呢。"

"……"

而此刻，缪宁已经出手了。

要在沙漠里生存，首先得有水，所以缪宁用水元素造了一口清泉。

沙漠不适合居住，所以，缪宁又用土元素造了一座土坯房。

众人纷纷赞不绝口。

"缪宁的水元素掌控力何等精确！"

"我敢说，他的土元素掌控力更胜一筹，就是在三年级，也得排在前面。"

"脑子好，实力强，而且元素掌控力这么强，如果连缪宁都考不上，那就没人能够考上了。"

"对了，苏落呢？"

"还在仰望天空呢。"

"……"

缪宁并不满足于现状。水元素和土元素已经用了，还剩火元素和风元素。

因为时间富余，所以缪宁并不着急。他坐在土坯房上，目光注视着掌心的一缕火苗。这缕火苗就是火元素，缪宁在思考如何利用它。

夜渐渐深了，沙漠里的气温骤然降到最低点。

缪宁终于知道他要如何使用这缕火元素了。只见他手指一点，火元素飞下去，成了一簇篝火，将周围这块地方映照得亮如白昼。

"对，火元素就该怎么用！"

"风元素呢？也不知道缪宁会如何处理风元素。"

众人全都目不转睛地盯着缪宁，等待着他的最后一举。

而这时候，夜风吹得篝火忽明忽暗，似乎随时会被吹灭。

缪宁的眸中闪过一抹亮光，将风元素释放出去，形成一堵风墙，抵御风沙的侵蚀。

四大元素，缪宁已经操控完毕，众人眼中都有赞美之意。

在龙凤族观看实况转播的那些夫人当中，当数宁夫人最活跃了。

她看到缪宁熟练地掌控四大元素，毫不掩饰脸上的得意："我就说吧，我家缪宁可是二年级当之无愧的第一！七天的考试时间，我家缪宁愣是用一天就给完成了！"

南宫夫人冷冰冰地扫了一眼："就这破玩意儿，谁不会？"

"谁不会？哈哈，你家落落还在仰望星空呢，她就不会！"宁夫人得意扬扬，"你不服？不服来咬我啊，好歹还能吃口肉呢。"

南宫夫人气得面色通红，诸位夫人面面相觑。

靖北王王妃慢悠悠地瞥了宁夫人一眼。她虽然是跟宁夫人来的，不过她最喜欢看的却是苏落的表现。因为缪宁的表现中规中矩，没有最差，也没有惊喜，平淡如白开水，一点都不让人激动。相反，苏落的表现时而让人无比惊艳，时而让人扼腕叹息，高潮迭起，跌宕起伏，太抓人心了。

所以，靖北王王妃对宁夫人的话不太赞同，她说："你们不能太小看苏落了，至少我觉得，苏落后面肯定会给我们带来惊喜。"

"就是，我家落落只是还没发挥而已，要知道，这可是有七天时间呢。"南宫夫人觉得靖北王王妃真是太对胃口了！

"七天时间？那我倒要看看，你们家落落怎么给大家一个惊喜！"宁夫人瞪了靖北王王妃一眼，她对靖北王王妃的印象变差了。

"反正我家落落再怎样表现，也不会比你们家缪宁差——水元素变成一口泉水，土元素变房子，火元素变篝火，风元素变风墙，这也太简单了吧？我家落落才不会做出这么简单的答案！"南宫夫人对宁夫人的得意表示不屑。

"呵呵。"宁夫人回以冷笑。

就在这时，苏落终于行动了。然后，众人就惊讶地看到，苏落将水元素变成一口泉水，将土元素建成一座土坯房，火元素依然是篝火，风元素也是风墙……

两个人的思路居然一模一样，创造出来的东西也是一模一样的……

"哈哈哈哈哈……"宁夫人爆发出一阵狂笑，边笑边捶桌子，"刚才是谁说，她们家落落才不会做出这么简单的答案的？这脸打的，丢人啊！"

南宫夫人的脸都黑了。林夫人怕南宫夫人对苏落心存芥蒂，对宁夫人冷冷一笑："落落这么做丢人的话，那被你夸上天的缪宁也一样丢人吧？"

南宫夫人道："就是，我们家落落才多大，你们家缪宁多大？我们落落现在这样已经很了不起了。"

宁五小姐淡淡一笑："只可惜，她拿不到一百二十分哦。"

南宫珈怡冷笑："至少她有资格参加跳级考试，不像某些人，自己没资格考，却在这里说三道四。"

宁五小姐的脸瞬间黑了。

"好啦好啦，你们不要吵了，快看，屏幕里又有变化了。"

变故发生在缪宁那里。

之前他一直在思考：将水元素变成泉水、土元素变成土房、火元素变成篝火、风元素变成风墙，这么做虽然没错，但是过于普通，别的元素法师也能做到，所以他并不满意。

这样的掌控力，大概只能拿六十分，想拿高分，必须技高一筹。

于是，缪宁就坐在土房的房顶上冥思苦想。

最后，当他看到几乎快要熄灭的篝火时，瞬间眼睛一亮，终于明白问题出在哪里了——之前制造的这一切都是分散的，支撑不了几天，一旦他退出来，这些东西都会回复原状。

那么，有什么办法能够阻止这一切的发生呢？

人群中聪明人很多，他们看到缪宁的行动，很快就猜出了他的想法。

长公主是在场实力最强的，眼光自然也是最毒辣的，她看着缪宁的举动，眼里闪过一丝惊讶："没想到还真有个不错的苗子，不枉你一直夸他。"

宁夫人到现在还不懂呢。

不仅宁夫人看不懂，在场所有的夫人，全都一脸茫然地望着长公主。

长公主微微勾起唇角："他在做循环系统——泉水、土房、篝火、风墙，这四大元素若能形成一个循环，将会相生相克、生生不息，脑子真是不错。"

靖北王王妃点头表示赞同："你们看，他利用风元素来吹篝火，篝火就不会熄灭，用水元素来滋润大地，用土元素来构建风元素流动的通道——一环扣一环，精彩绝伦啊！"

长公主眼眸含笑："四系元素，在他手中形成了一个完美的循环，就可以一直存在下去，此子绝非一般人可比啊。"

宁夫人其实到现在还不太懂她们在夸什么，但是她听得出来这是好话，靖北王王妃和长公主都在夸缪宁呢！这可是莫大的荣幸！要知道，这两位在新兴贵妇圈里可是举足轻重的大人物，能得到她们的夸奖，就等于得到她们身后势力的赞赏，前途不可限量啊！

宁夫人高兴得快哭了。不过，她在高兴之余，还不忘去损南宫夫人。

"怎么样？现在你还有什么话说？你家苏落可是……"

但是，宁夫人的话还没说话，她就发现自己错了，因为苏落又行动了。

而且，这一次，苏落的思路居然跟缪宁又是一模一样！她想出来的，竟然也是用四系元素建造生生不息的循环系统。

苏落真不知道缪宁已经先她一步构建了四大元素循环系统，此刻的她还在完善循环系统，完善之后，苏落拍拍手，脸上露出一抹笑容。

就在这时候，众人发现，缪宁选择了退出。

"这就退出了？比赛不是还有五天吗？"

"这是提早交卷啊，看来缪宁对自己的作品很有信心嘛。"

"可不管怎么有信心，这么重要的考试，他也应该待满七天吧？要不然的话，谁知道其中会不会还有变故？"

众人都替缪宁担心，但是当系统第二次询问缪宁是否决定退出时，缪宁选择了"是"。

龙凤族里，一群夫人都看着宁夫人。

宁夫人得意扬扬："做好题目了，不出来，还待在里面浪费时间啊？出来好啊。"

出来真的好吗？

当缪宁出来时，他的成绩也出来了——九十分。

这个分数虽然已经很高了，但是对缪宁来说还不够，他至少要得九十三分才能跳级。

缪宁站在迦南秘境门口，傻傻地看着屏幕，那鲜红的九十分刺得他眼眶生疼。

迦南秘境前面的广场上，无数的围观群众，此刻全都傻乎乎地看着缪宁，四周是死一般的寂静……

缪宁的脸像是被狠狠抽了一巴掌，瞬间面无血色。

不仅缪宁如此，宁夫人此刻也全身僵硬，傻在当场。

南宫夫人在最初的震惊之后，忽然反应过来。

"哈哈哈……哈哈哈哈哈……"南宫夫人笑得眼泪都出来了，她一边笑一边捶桌子，另外一只手还揉着肚子，"哎哟，真是笑死我了，哈哈哈哈哈……"

南宫夫人的笑声，犹如一道道巴掌，狠狠地抽在宁夫人脸上，宁夫人的脸色青一阵、红一阵，非常难看。此刻她极度怨恨缪宁：他到底在搞什么！明明还有五天时间，他为什么要提前退出来？待在里面会死吗？

宁夫人面目狰狞地盯着南宫夫人，含恨问道："很好笑吗？"

南宫夫人笑得趴在桌案上，南宫珈怡和白嬷嬷正在帮她揉肚子。

好不容易止住笑了，南宫夫人脸上带着一丝得意："这么高兴的事，为什么不笑？花开堪折直须折，有料可笑只管笑，此时不笑你，更待何时啊？"

南宫夫人和宁夫人之间的关系破裂得已经很直接了。

世家夫人之间，即使互相看不上眼，好歹面上还能过得去。但是南宫夫人和宁夫人之间，已经撕破了那层窗户纸，剩下的就是赤裸裸的互相攻讦。

很多夫人都看习惯了，但是这次不少夫人是新来的，所以看着她们如此开撕，既新奇又很担忧。

长公主面色淡定从容，无波无澜。

靖王妃神色端庄，目不斜视。

其余的夫人也只能装作没看见，纷纷别过头去，但眼角余光还是时刻关注着南宫夫人和宁夫人之间的较量。

宁夫人听了南宫夫人的话，恨得咬牙切齿："别以为你家苏落能赢，一百二十分呢！"

南宫夫人得意扬扬："就算我家落落不能赢又如何？大不了打成平手，谁也不需要受罚，这个结果我还是乐于接受的啊。"

南宫夫人乐于接受，但是宁夫人却不乐意，她还想逼南宫大人吃一百年的素呢！

见宁夫人面目狰狞，南宫夫人很好心地提醒她："反正一百年的素我是肯定吃不了啦，反倒是你，你现在最该做的就是祈祷，祈祷我家落落拿不到一百二十分，否则——呵呵呵……"宁夫人就要向苏落和南宫夫人下跪道歉了!

宁夫人冷笑:"你就放一百二十个心吧!一百二十分?苏落?呵呵呵……"

两位夫人互相看不对眼,彼此别过脸去。

而此刻,苏落已经成为众人的焦点。她能不能跳到三年级大家不甚关心,但是大家关注的是她能不能拿到一百二十分,因为这关系着宁夫人会不会下跪。

屏幕中,苏落依旧在看着她所建立的循环系统。

一天、两天、三天,苏落一动不动地守着她创作出来的循环系统。众人露出失望的神色。他们比苏落还清楚,这套循环系统只值九十分,苏落差的可是一百二十分啊。

还剩最后两天,可是苏落却一点动静都没有。她甚至盘膝而坐,进入忘我的修炼状态。

倒数第二天匆匆而过,今天已经是最后一天了。迦南秘境的时间是可以调整的,所以,里面已经到了第七天,外面却连一天都没过完。

缪宁一直握拳站在屏幕前面。此刻,他的内心是煎熬的,既希望苏落维持现状无计可施,又期待苏落能打破禁锢想出新办法。

前者是因为他自己已经丢脸了,所以希望苏落也跟他一起丢脸,这样就不显得他很丢脸了;后者是因为他很好奇,那么完美的循环系统才得九十分,到底怎样才能拿一百二十分?

最后一天眼看就要过去了,让众人失望的是,苏落一直都盘腿而坐,似乎在等待着最后时刻的降临。

宁夫人此刻无疑是紧张的,她攥紧拳头,在心中无声地呐喊:就这样,就这样,千万不要变了!

也不知是不是宁夫人的呐喊起了反作用,苏落突然睁开了眼睛。

苏落深深地看了循环系统一眼,眼中闪过某种亮光。

其实这五天,她一直都在思考一个问题——这片沙漠,除了考验生存能力之外,还有没有更深层的意思?

答案是:有!除了生存之外,还有一种更深层次的境界,叫作生命。

所以,就在宁夫人在心里拼命喊着"不要动"的时候,苏落站了起来,步伐坚定地走到循环系统旁边,然后伸出手——

哗啦一声,辛苦建立起来的循环系统被彻底推翻了。

此时距离结束已经不到一个小时了,苏落却将循环系统给毁了。她到底要做什么？这一刻，几乎整个帝都的人都在好奇，而苏落却貌似什么都没做。

她对着屏幕绽开一抹灿烂的笑容，然后转身离开，并且选择了退出。

什么？所有人都惊呆了。大家都以为苏落会创造出一套更好的系统，谁也没想到她在推翻了原有的创作后，竟会一走了之。

大家都蒙了，宁夫人可高兴坏了："退出？苏落自动退出了！哈哈哈……"如果不是自恃身份，宁夫人绝对会又蹦又跳。

南宫夫人惊讶地后退了几步，身子一晃，软软地坐了下去，神情极度难以置信。

靖北王王妃和长公主同样不解："难道是因为她自知无法取胜，所以宁愿一分都不要？"

此刻，没有人能够猜中苏落的心思。

然而，就在苏落退出的同时，分数出来了——一百二十分！

宁夫人的笑容当即僵在嘴角："怎么回事？苏落不是弃权了吗，怎么会有一百二十分？"

大家也都想不明白：苏落明明毁了原来的系统，怎么就跳级成功了呢？

"有人操控！一定有人暗中操控！"宁夫人气急败坏地嚷道。

不只宁夫人这么想，其实绝大多数人都不信，因为她们都亲眼目睹苏落毁掉循环系统然后选择了退出，这不是弃权是什么？

这时，靖北王王妃和长公主却对视一眼，眼中闪过一丝蹊跷。

靖北王王妃说："在苏落退出之前，我看到她好像将四大元素揉巴揉巴，全都揉成一团了。"

长公主眸中闪过一抹沉思："难道蹊跷在此？"

帝国学院的长老团立即召开紧急会议，决定派凌长老进入迦南秘境寻找证据。

很快，凌长老就找到了证据，不禁连连苦笑。

众人见凌长老笑得古怪，全都大惑不解。

凌长指着被苏落揉在一起的四大元素说道："看，答案就在这里。"

那里是一片沙尘，除此之外什么都没有。

"哪有什么东西啊？"

"凌长老在糊弄我们吧？"

大家脸上都带着深深的不解和怀疑。

凌长老冷冷一笑，往沙土中一指："睁大你们的眼睛看这里。"

众人全都朝着凌长老所指的方向望去。

那里，一点小小的绿芽破土而出。

这抹绿色代表什么？大家心中隐隐有所领悟，但灵光却一闪而过，根本捕捉不到。就好像朦朦胧胧中很快就能点破却始终想不出来的那种混沌感觉，大家都急死了。

凌长老神色认真地说："难道你们到现在还不明白吗？这最后一场考试，考的不仅仅是生存，更重要的是生命——创造生命！"

众人这才恍然大悟。

是了，这道考题的重点，是创造生命。所以，即便缪宁将循环系统建得再完美，也只能拿到九十分，因为他答偏了。

"这道题，表面上看是考对元素的掌控力，实际上考的是——思想境界。"长公主长长叹息一声，看着缪宁，神色有些赧然。之前她还一直为缪宁叫好，可见她的思想境界也没跟上。倒是那位苏落……长公主的眼里闪过一抹算计——小小年纪就一身傲骨，聪明绝顶又容颜倾世，这样的女子，不正是为陛下准备的吗？

不过，这苏落还得再细细调查一番，不求有功，但求无过。

于是，长公主打定主意，暂时先不跟南宫夫人要人。

"落丫头怎么就赢了？我家落丫头赢了，我家落丫头赢了哦！哈哈哈哈哈……"南宫夫人冲着面色煞白的宁夫人炫耀。

宁夫人想跑，因为她很清楚，她输了！而输了是要履行承诺的。

不等宁夫人付诸行动，南宫夫人就从怀里拿出一卷羊皮纸，抖了抖。

宁夫人一看，顿觉大事不妙，因为上面写着她跟南宫夫人的赌约！

现在整个帝都的人都知道她跟南宫夫人打赌的事了，这可真是搬起石头砸自己的脚啊！宁夫人悔得肠子都青了，她好想哭。

这一下跪，别说她，就是整个宁府，那面子里子全都被她丢光了！

这时南宫夫人已经将契约展开了，她看了一眼羊皮纸，再瞟了一眼宁夫人，得意地嘿嘿笑。这哪里像是贵族夫人？分明就是一个女恶霸。不过，很多人都觉得，这位女恶霸怎么看着那么顺眼呢？

"家里诸事繁忙，我先告辞了。"宁夫人话音未落就要跑。

但是，早已得到南宫夫人吩咐的白嬷嬷却挡住了她的去路。

宁夫人怒了："滚开！"

南宫夫人走到她身后，拍拍她的肩头："哎哟，还这么凶呢？来，看看这上面写的是什么，要不要我帮你念啊？"

宁夫人不用看就知道，肯定是赌约！可怜的宁夫人，她偏偏将赌约散播得全城皆知，她偏偏带了这么多夫人来龙凤族，而这里偏偏是南宫夫人的主场，她又能怎么办？

宁夫人可怜兮兮地望向长公主。

长公主自然听过赌约的事，但这事岂是她说一句作废就能作废的？她还没这么自信。于是长公主摇了摇头。

宁夫人好想哭："我想回家……"

南宫夫人冷笑："你想回家别人还拦着你啊？来来，趁着现在人少，你赶紧跪了，等下落落回来，你再跪一遍，端个茶倒个水的，倒完了你就可以回家了。"

此刻，所有人的目光都集中在宁夫人身上，宁夫人顿觉骑虎难下。今天如果她跪下了，以后她还拿什么脸见人？宁家还拿什么脸见人？

南宫夫人见她目光闪烁，不由得急了，一把抓住宁夫人的肩头："你倒是快点跪下啊！"

"啊——"就在南宫夫人抓到宁夫人肩头的时候，宁夫人眸中闪过一道毒辣的光芒，顺势一转身，惨叫一声，然后软软地倒了下去……

宁五赶紧扶住宁夫人，口中大喊大叫："母亲，你怎么样了？母亲！"

然后，她演技很好地怒视南宫夫人："你把我母亲怎么了！"

南宫夫人："……"

诸位夫人都不想搅和到这两位夫人的乱斗中，所以默默地低着头。

长公主到底还是偏向宁夫人的，于是淡淡地说："这事也不要追究谁对谁错了，赶紧把人送回去吧，免得耽搁了治疗。"

这时很多人都听出了言外之意。谁不知道宁夫人是在装晕啊？长公主这是在明目张胆地护着宁夫人呢。

长公主身份尊贵，为人又严肃刻板，所以当她板起脸的时候，几乎没人敢反驳她的话。

宁五一听这话，心里顿时乐了，面上却装出一副惊慌失措的样子："母亲，母亲，你醒醒啊！我立刻带您去找大大，您撑住啊！"

宁夫人心里狠狠松了口气，看来今天能够逃过一劫了。

就在这群人要将宁夫人抱走时，南宫夫人冷冷一笑："给我围起来！"

于是，原本炮弹般往前冲的宁五不得不停下脚步，她转过身，对南宫夫人怒目而视："我母亲都快被你杀死了，你还想做什么？再拖延下去，我母亲死了你能负责吗？"

南宫夫人冷冷一笑："如果她死了，我负责埋！还有你，口口声声说你母亲死了死了的，你就这么想让你母亲死吗，好让你爹给你找个后母严加管教你？小姑娘家家的，心思怎么如此恶毒？你母亲晕了都能被你气醒！"

宁五被说得哑口无言，想了半天也没想出什么反驳的话来，气得面色通红。

宁五求救地望着长公主，长公主皱皱眉头，瞪了南宫夫人一眼："吵什么？人是你伤的，现在还不让人治了？"

南宫夫人冷笑地看着长公主，她对这位长公主一直都看不顺眼，仗着自己是皇帝的姐姐，老爱管别人家的事，也不嫌丢人！

龙凤族，这是何等骄傲的存在，何等庞大的底蕴，会怕你一个皇帝的姐姐？龙凤族那么多热血男儿出生入死，为的就是让家里的妻儿挺直腰杆，不畏惧任何势力。

所以，南宫夫人冷冰冰地瞟了长公主一眼："伤人？这有没有伤人也得验了才知道，长公主什么时候学得跟市井小民似的，随口就污蔑起别人来了？"

众人倒抽一口冷气：这位可是长公主啊！陛下的亲姐姐哎，你南宫夫人就不能客气一点？

但是南宫夫人觉得这没什么必要啊。皇帝的儿子，她儿子说杀也就杀了，还会跟一个长公主客气？龙凤族的人可什么都不怕！

南宫夫人冷冷一笑。

长公主这些年被人捧着、奉承着，就连皇子的妃子们都对她客客气气的，哪里受过这种顶撞？她的脸当即就拉下来了。但是南宫夫人有底气，一点都不惧，不仅不低头，还抬眸迎上去！

宁五一看，心中暗爽，面上却说："南宫夫人，这位可是尊贵的长公主，连陛下都对长公主尊敬着呢，你居然对长公主不敬，难道你觉得你比皇帝陛下还厉害吗？"

这一顶帽子扣下来，可当真是极重。

南宫夫人冷冷一笑："皇家的事你倒是了解，你是皇帝陛下的谁啊？"

这句话，暗示得很明显，宁五小姐当即像长公主一样，差点被憋死。南宫夫人可是什么话都敢说，什么人都敢骂，跟南宫夫人吵架，不是自己找虐吗？！

来一个打一个、来一双骂一双之后，这群战斗力羸弱的夫人纷纷歇菜，全都眼巴巴地看着长公主。

不等长公主发话，南宫夫人已经吩咐下去："将南宫炼药师请过来，好好给宁夫人诊治诊治。这人是在龙凤族晕过去的，怎么也得醒了再抬回去，不然以后要是她说自己有个后遗症什么的，那就说不清楚了。"

众人纷纷绝倒。什么叫"醒了才给抬回去"？什么叫"她说自己有个后遗症什么的"？这不明摆着说宁夫人以后会讹她吗？

宁夫人气得半死，可惜她正在装晕，不能起来跟南宫夫人对掐。

南宫夫人可一直都在观察她呢，见她面色涨红、睫毛微颤，不由得冷冷一笑：装，继续给我装！

南宫炼药师很快就来了。这位皇级炼药师虽然实力不如苏落，但是放眼整个帝都，也是屈指可数的人物，名望和声誉都很高。

南宫炼药师正要给宁夫人把脉，宁五赶紧阻止："男女授受不亲……不妥，这个不妥。"

一把脉，不就全露馅了吗？！

南宫炼药师淡淡一笑："医者眼中无男女，宁五小姐若是真关心你母亲的话，不该因为这点微末细节而拒绝就医。"

如果拒绝，就是不孝；如果接受，立即就会被诊断出装病。

怎么办？宁家母女的额头都快冒汗了，宁五再次求助地看向长公主。

长公主看着眼前这场闹剧，心中不喜，她觉得再待下去有辱她高贵的身份，所以，长公主气鼓鼓地甩袖："走！"

她正要带着夫人们离开，就在这时，外面传来一道声音："苏姑娘回来了！"

苏姑娘？苏落？长公主原本要离开的脚步微微顿住，因为某些不可告人的心思，她决定留下来见见这位刚刚跳级到三年级的姑娘。

于是，不用别人请，长公主就很自觉地在一旁的椅子上落座，慢悠悠地端起一杯茶。不愧是尊贵的长公主，这一套她做起来如行云流水般流畅，看不出一丝尴尬。

长公主都打算留下来看好戏了，诸位夫人自然也不会走了。她们纷纷坐回原位，学着长公主的姿态，端起香茗品了一口，还做出一副意犹未尽的神态。

南宫夫人的目光在她们脸上扫过，心中暗哼：这群女人，可真会演戏！

不过，她现在可没工夫收拾这群打算看好戏的人。

南宫夫人听到苏落回来了，立时有种找到主心骨的感觉。别看刚才她那么威武霸气，其实心里虚着呢。她总觉得如果苏落在的话，肯定有更好的办法惩治对手，不仅不费吹灰之力，而且还能让对方颜面尽失。

在众人的期待中，苏落款款而来。

南宫夫人赶紧迎到门口，拉着苏落的手，难掩内心的激动："好丫头，你做得真好！非常好！"简直让她扬眉吐气！

苏落淡淡一笑："我可不能让夫人吃一百年的素。"

南宫夫人哈哈大笑："就是就是，还得让别人给咱们下跪！来来来，你医术好，快来看看宁夫人，说是被我打坏了，天地良心，我就碰了她一下。"

南宫夫人不由分说地将苏落拉到宁夫人面前。

苏落可是传说中能够将南宫流星治好的炼药师，所以，她刚往宁夫人面前一站，宁五就开始发抖。

苏落淡淡地看了半躺在宁五身边的宁夫人一眼，问南宫夫人："这是怎么了？"

南宫夫人就将刚才的事说了一遍。

于是，苏落蹲下来给宁夫人检查，宁五本想拒绝，可是被苏落扫了一眼就闭嘴了。因为这是在人家的地盘上，长公主也不给她撑腰，她不得不低头。

苏落装模作样地给宁夫人把了把脉，然后摇摇头："宁夫人这是病了。"

"病了？"众人的视线都集中到苏落身上，这分明是在装晕，苏落居然说她病了？

苏落像煞有介事地点点头："宁夫人真的病了，不过大家不要担心，我立马就能让她药到病除。"

"什么药？"这下连长公主都好奇了。

她之所以留下来，就是想看苏落的表现，如果苏落表现得不好，她倒真要失望了。

苏落哪里知道长公主的心思，她淡淡一笑，对南宫夫人说："宁夫人病得可严重了，若不抢救，立马就会死掉，所以咱们得赶紧治疗。"

南宫夫人狐疑地看了苏落一眼，见苏落的表情那么凝重，她都快相信宁夫人真要死了。

"要怎么做？"南宫夫人疑惑地看着苏落。

"把她的鞋脱了。"苏落说。

"好咧。"南宫夫人的手快如闪电，在宁五还没反应过来的时候，就已经将宁夫人的两只鞋子给扔飞了。

就在这时，苏落手中出现了一根针——一根又长又粗、锋利而尖锐的针。不是金针渡穴用的细针，倒是很像纳鞋底的粗针，足足有一只手那么长。

众人看着这根大粗针，齐齐倒抽一口冷气，四周顿时鸦雀无声。

看到苏落拿出那根针，宁五的脸变得煞白，当即怒喝苏落："你要做什么？"

苏落淡淡一笑，晃了晃手里的大粗针："你说呢？"

不等宁五说话，南宫夫人已经快如闪电地从苏落手里拿过粗针，直接扎向宁夫人的脚心！

苏落都惊呆了，其实她只是想拿针吓唬吓唬宁夫人，逼她主动睁开眼睛，却没想到南宫夫人会这么雷厉风行。

那么粗那么长的一根针，直接从脚底板扎进去，想想都让人毛骨悚然。

"啊——"宁夫人发出一声凄厉的惨叫，倏然睁开眼睛，同时双脚用力一蹬。

南宫夫人本来会被踢中心口，如此一来，她就算不死也会丢掉半条命。

但是，谁让南宫夫人有一位聪明绝顶、工于心计的准儿媳妇呢！苏落在千钧一发之际，拉住南宫夫人的手，将她往边上一扯。与此同时，苏落又不小心勾了宁五一脚。

于是，南宫夫人退开，宁五跌撞，宁夫人蹬脚，这一切都发生在一秒钟之内。

"啊——"

"啊——"

"啊——"

"啊——"

连续响起四声尖叫。

第一声是被苏落一把扯开的南宫夫人发出来的。

第二声是被踹飞的宁五发出来的。

第三声是意识到踹了自己女儿的宁夫人发出来的。

第四声是围观的夫人们发出来的。因为她们不仅看到了如此精彩的一幕，还看到原本还剩下一寸的粗针，在宁夫人蹬脚时齐根而入。

宁夫人连声惨叫，痛得差点晕过去，但是这次她咬紧牙关都不会让自己晕了。因为这里是龙凤族的地方，她要是敢晕，南宫夫人就敢再次扎她。

宁五是最无辜的，她明明站得足够远，却还是被算计了。

被踹飞的宁五捂着胸口，嘴角硬是挤出一抹血迹，然后晕了过去。

宁五试图以自己的晕厥来结束这场闹剧。

宁夫人当即明白了宁五的意思，哽咽着说："我要回家……送我回家……"

南宫夫人会拿针扎宁夫人，却不会拿针去扎宁五。

为什么呢？原因很简单，大家都知道宁夫人是装的，所以宁夫人被扎的时候，大家都觉得她活该。但是宁五真的受伤吐血了，如果南宫夫人还去扎宁五的话，在道义上就站不住脚了，到时候相信长公主会很高兴地训斥她一顿。

果然，随着宁五的晕厥，众人看向宁夫人的目光充满了同情。

眼看事情已经脱离了自己的掌控，南宫夫人求助地望向苏落。此刻，连她自己都没有意识到，她现在一有难解决的事，就想向苏落求助，就像当初她有任何事，第一个想到的都是南宫流云一样。

苏落的嘴角微微勾起。

就在这时，一道冰冷的声音响起："闹够了没有？"

苏落抬头，看到长公主那张冷漠而愤怒的脸。

长公主站起来，冷着脸走到南宫夫人面前，目光跟南宫夫人对视："事到如今，你还想怎样！"

"什么叫我想怎样？输了就是输了，愿赌服输哪里错了？长公主的意思是，输了只要晕倒就可以不认账了？"南宫夫人虽然口齿不是很伶俐，但是什么话都敢说。

长公主没想到南宫夫人这么不给她面子，顿时愣住了。

南宫夫人冷笑道："依长公主的意思，这事就这么过去了？那是不是以后任何人打赌，输了都可以假装晕倒，再抬出长公主这句'事到如今你还想怎样'，然后就可以扬长而去了？"

"你……"长公主面红耳赤，她还从来没有被人这样指责过，但这次是她送上门来找骂的，而且南宫夫人还没骂完呢。

"如果长公主担得起责任的话，那就把宁夫人抬回去吧。"南宫夫人慢悠悠地瞟了她一眼。

也就是说，只要长公主将宁夫人抬回去了，那么，往后南宫夫人就按照长公主那句话赖皮了，而且肯定会宣扬得天下皆知，到时候天下人都知道长公主如何仗势欺人了。

长公主没想到这位传说中愚昧蠢笨的南宫夫人竟然也有如此聪明的时候，不由得傻眼了，果然还是小看南宫家族了，长公主恶狠狠地瞪了南宫夫人一眼，深吸一口气："走！"

说完，长公主气呼呼地带着一群人走了，留下来的都是跟南宫夫人交好的人。

此刻，室内一片寂静。

宁夫人和宁五静静地躺在地上，南宫夫人皱眉看着她俩，不知该如何是好。

苏落见南宫夫人皱眉，不由得笑了："夫人刚才对长公主的话说得很好。"

"真的吗？"原本深锁眉头的南宫夫人听了这句话，顿时眉开眼笑，就像分到糖块的小孩子一样。

"一句话就将得长公主无话可说，只能羞愧地败走，夫人厉害！"苏落一边说一边朝南宫夫人竖起大拇指。南宫夫人闻言越发得意，抓着苏落一个劲地问："真的吗？那句话真的这么厉害？"

苏落笑着对南宫夫人点点头，南宫夫人双眼闪闪发亮，显然开心极了。其他夫人一看，纷纷无奈地摇头。南宫夫人现在真是……被苏落一夸就高兴成这样，以后这对婆媳的身份还不得倒过来啊？但是南宫夫人并没有意识到这一点，只怕她就是知道了，也不会觉得不妥。

诸位夫人心里都很好奇：事到如今，南宫家到底如何处理宁夫人的事？她们的目光在南宫夫人和苏落身上扫来扫去。就在这时，外面传来一阵急促的脚步声，听声音，来的不止一人。

苏落眸光微凝，听出脚步声有熟人的，也有生人的，难道……

想到这里，苏落对躺在地上的宁夫人动了点手脚。

南宫夫人也听到了脚步声，她抬头望去，只见南宫墨渊陪着宁大人到了后院。

宁大人为何会来？想都不用想，肯定是长公主通知的。随着他们两个人进来，四周一片寂静。

宁大人的视线从地上躺着的宁夫人和宁五身上扫过，目光微冷，随即落到南宫夫人脸上，眸中带着一丝怨怼。

苏落一看，就知道长公主肯定跟他说了什么。

南宫夫人被宁大人的目光一扫，当即有种如坠深渊的恐怖感觉，全身如雕塑一般僵硬。像宁大人这种实力超强的高手，连眼神都能杀人，更何况这暴怒时的对视。

苏落察觉了，南宫墨渊自然也发现了。如果是别人，这时候为了家族面子，也会苛责自己的夫人，但是一贯以护妻为己任的南宫墨渊却狠狠瞪了宁大人一眼："你干什么！"

宁大人当即一愣，不解地看着南宫墨渊。

苏落心中暗笑，她这位未来公公可真会护短，南宫夫人被人瞪一眼他都不舍得，如果宁大人敢责备南宫夫人一句，只怕下一刻就会被赶出龙凤族。

暗笑归暗笑，苏落知道，龙凤族必须占理，因此在所有人都愣神的时候，她就站了出来，淡淡一笑："南宫大人，宁夫人愿赌不服输，堂堂超级世家的夫人，为了赖账竟然装晕，这事您看……"

南宫夫人和宁夫人打赌的事传得沸沸扬扬，谁人不知？南宫墨渊和宁大人自然也知道。

宁大人眉头紧锁，长公主可不是这么跟他说的。

南宫墨渊知道，苏落比南宫夫人聪明多了，有她在，南宫家就吃不了亏。于是他轻咳一声，看着苏落："怎么回事？我怎么听不懂？"

苏落心中暗笑，面上却不动声色。她将宁夫人和南宫夫人打赌的事从头到尾说了一遍，还故意提了宁夫人那些嚣张傲慢诋毁她的话。

宁大人听得脸上红一阵白一阵，苏落却看着宁大人笑道："宁夫人怎么都不愿意履行赌约，这可怎么办呢？"

众人的目光都随着苏落转向宁大人，这一刻，宁大人觉得丢脸极了。

"喀喀……"南宫墨渊没好气地看了苏落一眼，"不过是个小小的赌约，你们怎么这么……"

苏落一脸无辜地问："您的意思是，这赌约就这么算了？"

南宫大人故意板着脸道："难道你还当真了不成？"

苏落故作委屈地说："如果这样，于龙凤族倒是没什么影响，只怕有碍宁家的名声啊。"

"真履行了赌约，于宁家的名声才有碍吧？"南宫大人跟苏落你来我往，根本不给宁大人插话的机会。南宫夫人心里暗乐。她家落落聪明着呢，有落落在，她可吃不了亏。

果然，当南宫大人问苏落："这话怎么讲？"

苏落叹了口气，说："如果真如宁夫人这样，假装晕倒故意赖掉赌约，那叫外面的人怎么想宁家？要知道，现在全帝都的人都盯着这件事呢，只怕连上头都在关注。"

苏落手指指着上面，大家都很清楚，说不定连陛下都在关注此事呢。

苏落注意到，宁大人的脸都被气红了。

扫了宁大人一眼后，苏落又继续说道："在这么多人的关注下，如果宁家说话不算话，许出的承诺随便就可以赖掉，那么……"

后面的话苏落没说，但是大家都明白——如果宁家说话不算数，那么以后宁家的话谁还敢信？整个宁家还有何信誉可言？这不仅会让宁家成为全帝都的笑柄，还是宁家没落的开始。这件事虽小，但是在全帝都的关注下，它代表的意义可不小。

苏落的话才说完，宁大人就快步上前，一把拎起宁夫人，如老鹰捉小鸡一样提着，直接一巴掌甩过去，怒声咆哮："给我醒来！"

其实刚才宁夫人真是痛晕过去的，所以她并不知道苏落刚才的那番话。但是宁大人那一巴掌，生生将她给拍醒了。

宁夫人睁开眼睛，第一眼看到的就是宁大人，她当即抓住宁大人的手："快替我报仇，把苏落那臭丫头杀了！"

宁大人顿觉眼皮子一抽，而南宫夫人和南宫大人则双双沉下脸来。

不等南宫家的人开口，宁大人就踹了宁夫人一脚，让她跪到南宫夫人面前，怒喝一声："磕头！"

"什……什么？"宁夫人蒙了。宁大人来了，她以为自己的靠山来了，不料却是来逼她磕头的！

"宁卓然，你知不知道你在干什么！"宁夫人朝宁大人嘶吼，"这一跪，让我以后怎么见人！"

这一下，宁五也不好继续装晕了，她迅速爬起来，一把抱住母亲，怒视着父亲："不行，绝对不能跪，绝对不能磕头！"

宁夫人哭道："我可是宁家的人，我这一跪，就代表着宁家向龙凤族下跪了！你们宁家丢得起这个人吗？"

"对啊，父亲大人，咱们宁家，这是要给龙凤族下跪吗？咱们家族不是跟龙凤族平起平坐的吗，什么时候变成上下级的关系了？"宁五当即将这件事上升到两个家族的高度。

宁大人的脸色顿时非常难看，而南宫大人和南宫夫人的脸色也不好看。

此刻南宫夫人失望极了，看来这件事要就此揭过了。

"宁五小姐说得没错。"苏落瞟了宁夫人和宁五一眼，转头看向宁大人，"但是，刚才的话有一个前提，宁大人可能没注意到。"

什么？大家都不解地看着苏落，宁大人也有些摸不着头脑。南宫大人倒是猜到了苏落的意思，看向苏落的目光里带着一丝惊讶——这丫头，还真是胆大包天啊……

异世奇情系列

一世倾城

武侠奇幻

8

探秘境

YISHI
QINGCHENG
SUXIAONUAN WORKS
苏小暖 著

下

江苏凤凰文艺出版社
JIANGSU PHOENIX LITERATURE AND
ART PUBLISHING, LTD

"什么前提？"

"苏丫头，你有话就说，把话说一半算什么！"

看热闹的不嫌事大，众夫人都猜不到苏落葫芦里卖的什么药，纷纷催她快说。

苏落背手走到宁夫人面前，笑嘻嘻地说："这个前提就是——如果宁夫人不是宁夫人了呢？"

"宁夫人不是宁夫人？那她是谁？"

"宁夫人不是宁夫人，这话是什么意思？"

"如果宁夫人不是宁夫人，那是不是表示——宁夫人被休了啊？"

此言一出，众人皆惊，宁夫人瞬间脸色煞白。

南宫夫人用一种极其崇拜的眼神望着苏落，没想到原本以为失败的事，会这么峰回路转地绕回来，而且还死死地将了宁大人一军。

"你这臭丫头胡说什么，我要杀了你！"宁夫人反应过来，挣扎着爬起来就朝苏落冲去。但是宁大人却一手拉住了她，冷冰冰地盯着她。

其实，如果他够自私的话，他是可以舍弃宁夫人的，而且这是宁夫人自己挑的事，怪不得任何人。

如果宁大人将宁夫人休了，那她就不是宁家的人了，那么，她丢不丢脸，又关宁家什么事？她守不守承诺，又关宁家什么事？所有人都想明白了这一点，正因为想明白了，所以才更想看宁大人的抉择。

南宫大人知道，事情到了这一步，如果真逼宁卓然休妻，南宫家和宁家就算不决裂，肯定也会产生嫌隙。

"喀喀……"南宫大人轻咳两声，"好了好了，事到如今——"

"不！"宁大人严肃地对南宫大人摇摇头，"这件事不能就这么算了，宁家没有说话不算数的人，如果这件事就这么算了，以后别人都会当宁家人说的话是放屁！"

说完，宁大人盯着宁夫人，也不说话，但是所有人都懂他的意思——如果宁夫人赖账的话，那她就不是宁家的人了。

苏落不由得多看了宁大人一眼。看来宁夫人虽然糊涂，但是宁大人却不糊涂，难怪他能带领整个宁家。

怎么办？宁夫人的内心备受煎熬。夫妻一场，她怎么可能不懂宁大人的意思？正因为知道，所以越发心寒——他竟然不帮她，不仅不帮她，还逼她下跪道歉！

宁五气得浑身发抖："父亲大人！"

宁大人一个眼神都没给宁五，他目光森冷地盯着宁夫人，眼中有着前所未有的决绝——不下跪道歉就休妻，除此之外，没有第三条路可选。

"我……我……"宁夫人泣不成声，悔得肠子都青了。如果不是想让南宫夫人丢脸，她怎么会打赌？如果不打赌，又怎么会落到现在这个地步？现在别说面子了，连里子都丢得干干净净。

"母亲……"宁五眼看局势无法挽回，恶狠狠地瞪了苏落一眼，留下一个"走着瞧"的眼神，然后双手扶住宁夫人，在她耳边低声说，"母亲，留得青山在，不怕没柴烧啊！"

宁五的一句话，点醒了梦中人。宁夫人顿时醒悟。如果死撑着不道歉，宁卓然绝对会说到做到，真会休了她。以后她怎么办？她还怎么报仇？只要她还坐在宁夫人的位置上，就不怕报不了仇！

宁夫人恶毒地瞪了苏落和南宫夫人一眼，深吸一口气，扑通一声对着南宫夫人跪了下去。诸位夫人看了，眼中都有一丝复杂的神色。

宁夫人的选择在她们的意料之中。

宁夫人一副悲戚的样子，弄得周围的气氛很压抑，别的夫人一句话都不敢说。

但是南宫夫人却并不觉得如何，她嘲讽地瞟了宁夫人一眼："一开始就履行赌约多好啊，非要上蹿下跳赖来赖去的，结果还不是一样？"

宁夫人捏紧拳头，她好恨！

苏落拿了个空茶杯和一壶茶来，将空茶杯递给宁夫人。宁夫人抬头看到苏落那张明媚的笑脸，气得浑身发抖。

苏落淡淡一笑："这茶水不烫，宁夫人拿住了，如果杯子摔了，可没第二个了。"

宁夫人脸色一凝：这臭丫头会读心术吗？自己心里想什么，她怎么都知道？

刚才宁夫人确实想装作被茶水烫了手，然后将茶水泼在南宫夫人身上，让她也出出丑——有人垫背，总好过她一个人被嘲笑。可是这个念头刚刚冒出来，就被苏落一语道破。

不过既然已经被苏落点破，大家的视线全都集中在她手上，她只好老老实实地道歉："南宫夫人请喝茶。"

南宫夫人眉毛一挑："你说什么，我没听见。"

宁夫人深吸一口气，竭力忍耐，声音提高了一点："南宫夫人请喝茶。"

这回声音够响了，所有人都听清楚了，但是南宫夫人还是不满意："为什么要请我喝茶？"

宁夫人深吸一口气："我……错了，南宫夫人请见谅。"

说完，茶杯高高举至头顶。

南宫夫人这才满意，抄起茶杯慢悠悠地抿了一口："嗯，知道错了，就不知道你改不改。算了，你改不改祸害的又不是我，该当心的是宁府，所以你也不必跟我说。行了，你也跟我道过歉了，现在该跟落丫头道歉了。"

南宫夫人这话一出，在场的人无不震惊。要知道，南宫夫人身份尊贵，所以给她下跪道歉还说得过去，但是苏落……

"苏落可是下界来的小丫头啊。"

"这如果跪下去，可就真的……"

"这……不能吧……"

南宫夫人却不理周围窃窃私语的声音，她将当初写的赌约拿出来，当场宣读了一遍，然后扫了周围一眼，所有人的声音都消失了。

南宫夫人似笑非笑地瞟了宁夫人一眼："你这态度有问题啊，一点诚意都没有，还不如不道歉呢。"

宁大人眉头紧锁，脸色越来越难看。

南宫大人有些为难，但他并没有阻止，因为他把苏落当成自家人了，自然要护短。

宁大人的视线从南宫大人脸上扫过，见他不管这事，心里暗暗叹了口气。

宁夫人死死瞪着宁大人，希望他说出一个"不"字。苏落可是她最看不起的下界来的贱丫头！只要一想到给苏落下跪，宁夫人就心有不甘。

此刻，所有人都注视着苏落，众多夫人，甚至连宁大人都觉得，苏落如果懂事的话，就该主动站出来打圆场，别让宁夫人下跪道歉了。如此一来，宁家的面子就圆过来了，南宫家族也落了一个宽容大度的美名，这是你好我好大家好的结果。可是谁都没想到，南宫夫人竟然如此得理不饶人，而南宫大人居然还纵容她。

苏落真的不站出来打圆场吗？毕竟她还没嫁进龙凤族，不是该小心翼翼地讨好未来的公婆吗？

而苏落则淡淡一笑，她又给了宁夫人一杯茶："拿好了，碎了后面还有。"苏落指指丫鬟手里那一托盘的茶杯。

宁夫人愣了。宁五反应过来，一把将宁夫人推开，将她的茶杯拿在手里，然后扑通一声给苏落跪下了："苏姑娘，我娘糊涂，我代她向你道歉！"

宁五的反应，倒是有些出乎苏落的意料，大家对宁五的举动都表示赞许。

"宁家五小姐倒是不错，孝顺。"

"代母道歉，这事做得不错，真不错。"

"还以为这姑娘没担当呢，没想到不仅孝顺，还很聪明。"

苏落听到了这片赞誉声，宁五也听到了。她微微抬起眼眸，在众人看不到的角度，朝苏落勾起一抹得意的冷笑。

宁夫人是长辈，如果给苏落跪下，那宁家真是丢脸死了。宁五跟苏落是同辈，跪了也就跪了，只丢宁五一个人的脸，而事实上这并不丢脸，因为大家都赞她孝顺。

事情到了这一步，如果苏落再硬逼着宁夫人道歉，指责的声音就会指向苏落，因为她太过咄咄逼人。

苏落还没融入这群贵妇之中，就得了这种名声，于她以后没好处。

所以，不等苏落说话，南宫夫人虽然很不甘心，但她还是替苏落答应了："宁五这丫头倒是有心，既然你代母道歉，算了，落丫头你就受了吧。"

苏落慢悠悠地瞟了宁五一眼，看到她嘴角那抹得意的冷笑，心中微微一动。

苏落接过茶杯的时候，一个药瓶从宁五的衣袖中滚了出来。

南宫夫人眼尖，赶紧大叫了一声："等等！"

南宫夫人快步上去，在宁五惊慌失措想抢回之前，直接将瓶子给捞走了。

瓶子里装的是神经性麻痹药剂，一旦中了毒，三天后才会发作。宁五从空间储物袋里拿出来，本想暗中给苏落下毒，但是宁大人和南宫大人突然来了，有这两位在，她哪里还敢做手脚啊，只好乖乖地将药瓶藏在衣袖里。刚才她双手高举的时候，不知怎么搞的，药瓶突然就掉出来了。

南宫夫人拿起药瓶，她都不用闻，就知道这是什么药剂了，因为药瓶上面写着呢。

"神经性麻痹药剂？"南宫夫人一个字一个字地念了出来。她念的时候，目光森冷如刀地盯着宁五。

宁五慌了，她虽然没来得及做，但是她确实想过。

"这药是我的，南宫夫人还是还给我吧。"宁五伸手跟南宫夫人索要。

南宫夫人冷冷一笑："你的药，很好，你承认就好！"

宁五故作茫然："我不知道南宫夫人的意思。"

"你不知道我的意思，那你把神经性麻痹毒药放茶里了你是要毒谁啊？你拿着有毒的茶水就来给我家落丫头道歉？你们宁家就是这样道歉的？！"南宫夫人死死盯着宁大人。

这件事不说清楚，南宫夫人誓不罢休。

"我家落丫头如果喝下这杯茶，岂不是会被你活活毒死！"南宫夫人又气又急。

宁五蒙了："我没下毒，这茶水好着呢。"

南宫夫人冷笑："好？好的那你喝啊！当着众人的面，有本事你将这茶水喝下去！"

宁五气呼呼地端过茶水。这茶水真没下毒，喝就喝，谁怕谁啊！

就在这时，一直沉默的苏落接过南宫夫人手里的药瓶，在鼻子下闻了闻，说："这神经性麻痹药剂可不一般啊。"

"怎么不一般？"南宫夫人问。

"别的神经性麻痹药剂，三天后才会发病，发病的时候腹部疼痛不堪，最后一命呜呼，但是这瓶神经性麻痹药剂……可有些不一样哦。"苏落挑眉看了宁五一眼，笑了笑。

"这瓶怎么了？"众人脸上都带着疑问。

"这瓶药剂里面不仅有神经性麻痹药剂，而且还下了腐蚀药剂，融合之后，毒性越发强了，发作的时候，从腹部开始腐蚀，最后全身腐烂成一摊黄水。宁五小姐，你真的要喝吗？"

苏落一边说，一边拿手绢擦了擦茶渍。刚才她接茶杯的时候，茶水洒在了她的手指上。

茶水不仅洒在了苏落的手指上，也沾到宁五的手指上了。

见苏落慢条斯理地擦着手指，不知为什么，宁五忽然觉得手指有些痒，还有点微微的刺痛。

她下意识地朝自己的手指望去，发现手指上一片赤红色，顿时惊得尖叫起来："啊——"

苏落说道："刚才你敬茶的时候，茶水溅到了你我的手上，难怪我觉得有些痒。"

南宫夫人闻言，赶紧抓过苏落的手指仔细查看，见她的手指微微泛红，顿时怒了，一脚朝宁五踹去："贱丫头！你这是要毒死我们家落落啊！"

将宁五踹飞之后，南宫夫人气呼呼地瞪着宁大人："这就是你们宁家的道歉方式？你们宁家道歉的时候就是要毒死人的？！这样的道歉，我们南宫家可受不起！"

宁大人眉头紧锁，这一出又一出的，弄得他头都大了。

宁五被踹出去后，狠狠吐了一口血，这才缓过来，她挣扎着爬起来为自己喊冤："我没有下毒，我没有！"

她是真的没有，但是南宫夫人不信啊，她冷笑道："你没有？刚才你可承认了，那瓶药是你的！"

"药虽然是我的，可茶水里的毒不是我下的啊！而且，茶水里的毒，也不是我药瓶里的毒！"宁五爬过去抱住宁大人的腿，"爹，我真的没有下毒，请您帮女儿澄清！"

宁大人头都痛了，事到如今，这已经不是简单的道歉了。

于是，宁大人看着南宫大人。

南宫大人点点头："此事不能就这么算了，必须彻查，不知宁大人有何建议？"

宁大人说："此事，要看茶水里的毒，究竟是不是药瓶里的毒了，如果证明茶水里的毒就是药瓶里的毒，那么这罪名，宁五跑不了，如果证明不是，那这罪名，我家宁五也不会认。"

南宫大人说："那么，便请人过来检验吧。"

南宫炼药师就在跟前，但是此事涉及南宫家族和宁家，所以南宫家族和宁家的炼药师都要避嫌。

"不如请炼药师公会的人过来吧。"宁大人提议。

南宫大人点头表示赞同，立即派人去炼药师公会请人。

炼药师公会很快就派来了一位皇级炼药师——熊炼药师。苏落没想到来的会是熊炼药师。熊炼药师可是四大皇级炼药师里脾气最大的一位，同时也是最护短的一位。

南宫大人和宁大人看到熊炼药师，赶紧上前见礼。

一般的皇级炼药师就已经很受人尊敬了，更何况是炼药师公会的皇级炼药师。别看熊炼药师在苏落面前好像助手一样，事实上，在龙凤族，熊炼药师的地位还是很崇高的。

"急匆匆地请我过来，有什么事啊？"熊炼药师皱皱眉，他还有很多事要做呢，落丫头上次布置的题目他只解了一小半，任务繁重啊。

宁大人也知道炼药师公会里的人脾气大，这位熊炼药师的脾气更是比副会长还大。不过他虽然脾气暴躁，但是从不徇私，也不怕得罪权贵。

宁大人最担忧的就是炼药师怕得罪龙凤族所以即使查出了什么也不敢说。

宁大人将之前发生的事简略地说了一遍，他说的只是宁五给苏落敬茶的那一小段情节，所以三言两语就讲清楚了。

"事情经过便是这样，还请熊炼药师明察，替小女讨回公道。"宁大人最后说了一句。

但是他这句话，却让很多人皱眉。

特别是南宫夫人，她就差直接骂出口了。什么叫替宁五讨回公道？暗指落丫头冤枉宁五吗？简直岂有此理！

看到苏落，熊炼药师当即傻了，正想跟苏落说话，却被苏落瞪了一眼。

熊炼药师跟苏落对视一眼，两个人之间的小九九便算计完了。

"喀喀……"熊炼药师毫无心理压力地走到宁五面前，拿过那瓶神经性麻痹药剂看了看，又接过茶碗，仔细地看了看，没多久就将这两样东西放下了。

"怎样？"宁大人上前一步，宁夫人心里紧张无比。其实在宁夫人心里，已经认定是宁五下的毒了，她很清楚宁五的秉性。

熊炼药师平淡地看了宁大人和宁夫人一眼，走到宁五面前："把手伸出来。"

宁五确定自己没有下毒，所以很勇敢地将手伸了出来。

熊炼药师又看了苏落一眼，苏落淡淡一笑，从容地将手伸到熊炼药师面前。

"查清楚了。"熊炼药师点点头，心里其实有些郁闷。他确实查清楚了，宁五是无辜的，真正下毒的是他家落丫头啊，可是，要怎么帮着落丫头嫁祸给宁五，然后还能自圆其说呢？

熊炼药师纠结的是这个，但是宁夫人不知道啊。她见熊炼药师看着宁五的目光有些不善，心中暗道一声不好，趁别人不备，她从熊炼药师身边走过，把一枚空间戒指塞进他的口袋里。

这是……这是赤裸裸的贿赂啊！熊炼药师顿时激动得老脸通红，他正找不出说法来自圆其说呢，宁夫人怎么这么善解人意，主动送把柄给他呢？难道宁五不是宁夫人亲生的，而是她情敌生的？

不管了，反正能帮到落丫头就行！

熊炼药师当即瞪着宁夫人的背影大喝一声："你干什么！"

所有人都被熊炼药师这惊天一吼吓呆了，大家的视线都随着熊炼药师的目光，聚集到宁夫人身上。

宁夫人浑身僵硬，犹如木桩似的站在那里，心里懊恼极了：浑蛋！不就是行贿吗，就算你不帮忙，东西收了也就收了，喊什么喊！那些东西，就当老娘白送你了行不行！

熊炼药师瞪着宁夫人那僵硬的背影，气呼呼地大喝："你摸我！你这个徐娘半老自以为还是风韵犹存的女人呢，竟然摸我！"

熊炼药师既委屈又愤慨，犹如被老女人占了便宜的小鲜肉。

这次如果来的是副会长大人，或者是公孙炼药师，他们绝对做不出这种事情来，但是熊炼药师一直将规矩当儿戏，有话就说，有屁就放，什么事做不出来？

熊炼药师这句话一出，所有人都为之绝倒。在别人看不到的角度，苏落默默给熊炼药师点了个赞。

什么情况？宁夫人居然趁大家不注意揩熊炼药师的油？这……这口味未免也太重了吧？大家看向宁夫人的眼神渐渐变了。

宁大人的脸黑沉沉的，一副风雨欲来之势。

苏落看看熊炼药师，又看看宁夫人，心中为宁夫人默哀了一分钟。

刚才她跟熊炼药师对视的时候，熊炼药师的意思是：要怎么处理？苏落回过去的意思是：你自由发挥。但是，苏落万万没有想到，熊炼药师的脑洞这么大，宁夫人会这么蠢。现在这出戏是越来越精彩纷呈了。

南宫大人嘴角微抽，却不得不出面打圆场了。

"这个嘛，其中定有误会，熊炼药师切莫生气。"南宫大人笑哈哈地说。

但是，熊炼药师的牛脾气一上来，谁的账都不买，梗着脖子大声怒骂："没有误会，她刚才就是摸我了！她就是趁着你们都没看到摸我了！”

南宫大人无语了，心说就算宁夫人真对你有意，也不可能当着这么多人的面、当着宁大人的面摸你吧？这得多饥渴啊？

当然，南宫大人知道他这句话如果说出来，熊炼药师绝对会梗着脖子涨红了脸大声辩解：这个老女人就是这么饥渴！

所以，南宫大人干脆什么话也不说了。

宁夫人快被气死了。她知道，如果任由熊炼药师污蔑下去，她的名声就毁了。所以，为了还自己清白，宁夫人只能说出实情：“熊炼药师误会了，刚才真的不是……摸你，你看看你的口袋。”

宁夫人知道，这句话说出之后，宁五就真的……可是，身为母亲，她已经仁至义尽了，总不能将自己也赔进去吧？

熊炼药师伸手摸进口袋，掏出一枚空间戒指：“这不是我的东西。”

结合宁夫人刚才那句话，众人都明白了这枚空间戒指的用意。

熊炼药师这才恍然大悟的样子，他瞪着宁夫人：“原来刚才你不是在摸我，而是贿赂我啊？”

这话问得露骨，叫宁夫人怎么回答呢？宁夫人咬紧牙关。

“原来刚才你不是在摸我啊？”熊炼药师状似松了口气。

“嗯嗯嗯。”终于为自己洗去了污蔑，宁夫人大大松了口气。但是，这也就证明了，刚才她是在贿赂熊炼药师。

熊炼药师没好气地白了她一眼：“既然是贿赂，好歹你也隐蔽点啊，这么高调，弄得尽人皆知，叫人还怎么收啊？”

熊炼药师这番责备的话，差点把宁夫人气死。隐蔽点儿？这么高调？如果不是您大声嚷嚷出来，谁会知道啊？！

就在宁夫人怒视熊炼药师的时候，熊炼药师却话锋一转，板着脸怒骂：“贿赂！竟敢贿赂我！你们宁家请我过来，就是要贿赂我，然后将下毒的罪名推给那位无辜的苏姑娘吗？你们就是这样算计我的？就是这样算计炼药师公会的？你们这群浑蛋！这件事，炼药师公会不会就这样算了！”

气呼呼地怒骂之后，熊炼药师捏爆那枚空间戒指，里面昂贵的宝贝如泉水般喷射出来。但是熊炼药师却气冲冲地转身就走，那背影，犹如燃烧的火焰。

熊炼药师来得快去得也快，虽然他没有亲口说出“宁五下毒”这四个字，但是宁五下毒这个事实却深深地烙在了每个人的脑海里。

“这……熊炼药师怎么走了？”南宫大人摸着下巴，“他还没宣布呢。”

宁大人脸上青白交加，看上去前所未有地狼狈。

宁大人朝南宫大人拱拱手："下次再来叨扰，这次麻烦老哥了。"

说着，宁大人就要拎着宁夫人和宁五离开。

"哎，等等，什么都没交代，这就要走？"南宫夫人拦住宁大人。

宁大人眉头深锁，看了南宫大人一眼。

南宫大人长叹一声："你还想做什么？"

南宫夫人横了南宫大人一眼："你不要说话！"

南宫大人朝宁大人做了一个很无奈的表情，默默走到一边。

众人都难以置信，南宫大人竟然也惧内？

只有苏落知道，这件事南宫大人不好出面，因为身为家主，他的一言一行都代表着龙凤族，所以他故意无奈地退到一边，将舞台留给了南宫夫人。

南宫夫人将南宫大人挥开后，冷冰冰地盯着宁大人。

宁大人也目光冰冷地盯着南宫夫人。事实上，他快要忍耐到极限了，他从来没有这样丢脸过！宁家也从来没有这样丢脸过！

但是南宫夫人却不管他丢不丢脸。

南宫夫人冷笑道："以敬茶道歉为名，想毒死我家落丫头，事情败露后，还试图贿赂熊炼药师，做出这样的事还说走就走，宁大人，你觉得合适吗？"

南宫夫人有一点跟熊炼药师很像，那就是仗义执言，她真的什么话都敢说。

宁大人的脸上红一阵青一阵。事实摆在眼前，众目睽睽之下，他根本无法辩驳。

宁大人嗜血的目光在宁夫人和宁五脸上扫过，最后定格在南宫夫人脸上。

他的眼睛布满血丝，声音如寒霜笼罩："宁家自有家法处置。"

南宫夫人还是不满："当着众人的面都敢行贿，谁知道你们回家后会有什么猫腻？我不管你们家法如何处罚，在我这里必须有个交代！"

"那南宫夫人想如何？"宁大人咬牙切齿地问。

"我也不叫你们偿命，但是你要答应我三个条件。第一，以后我家落丫头出现的地方，宁五必须离开！"

"好。"宁大人握拳。

"第二，如果叫我知道你们宁家暗中报复落丫头，到时候别怪流云出手。"

"好。"宁大人再度握拳。

"第三，找个好日子，让宁五来敬茶道歉。"

"好。"宁大人朝南宫夫人点头，左手右手分别抓着宁夫人和宁五，大步流星地离去。

从背影就能感觉到宁大人那冲天的怒火。

"哎，这个人真是的，我这话还没说完呢。"南宫夫人气呼呼地抱怨。

南宫大人无奈地看了南宫夫人一眼："好了好了，再捉弄下去，宁卓然真的要怒了。"

"那是他眼光不好，娶了那样的妻子，生了那样的女儿，啧啧……"说到这点，南宫夫人就特别自豪特别骄傲，论子女，放眼天下，谁家儿子有她生的儿子优秀？

南宫大人彻底无语了。

诸位夫人见当事人都走了，她们自然也不好再留下，于是纷纷告辞。

不过她们离开的时候，眉眼间都带着笑意。谁能想到，今日普通的聚会，竟是这样一场精彩纷呈的大戏？宁家这次简直惨不忍睹啊。她们手里握着这样的谈资，又可以聊很久了。

苏落看了南宫大人和南宫夫人一眼，也笑着离去。

这么多年了，南宫夫人在面对南宫大人的时候还如少女般娇憨，可见南宫大人呵护有加。南宫流云应该也遗传到他老爹的专情了吧？想到南宫流云，苏落满眼惆怅，刚才赢了宁家的那点兴奋劲也慢慢消失了。

在修罗界的时候，她还能和南宫流云朝夕相处，但是自从回了灵界之后，他就一直忙军部的事，抽不出身。

"难道军部有那么多事要忙吗？晋升军衔比修炼还重要吗？"苏落一边嘀咕一边走进星落院。

"晋升军衔可没陪落落重要。"一道温润的声音从软榻上传来。

苏落这才意识到，原来刚才她竟然将心里话说出来了，而且还被人听到了。

这个人，还是南宫流云。

南宫流云半倚在软榻上，手执书卷，笑吟吟地看着苏落。苏落看到他却定住脚步，下意识地转过身去。

南宫流云眼里闪过一丝疑惑。女人心海底针，就算他脑子再好，再会谋划算计，此刻也猜不到苏落那娇羞责怪气愤羞恼的少女心情。

见苏落转过身去，南宫流云丢下书卷就漫步朝她而去。

此刻，苏落的内心是复杂的。她既希望他回来，又因为刚才说出口的那句话而羞恼。刚才那话，岂不明摆着说自己想他，责怪他没有陪在身边吗？太丢人了！

听到身后传来的脚步声，苏落迈开步子就想走。还没等她走几步，身后的脚步声加快，在她还没有反应过来的时候，那修长的手臂已经将她环腰抱住。

"上哪儿去？"南宫流云从苏落身后抱住她，双手环过她的纤腰，将她牢牢圈在怀里，下巴搁在她的云鬓之上，声音带着宠溺。

"你想做什么？放开。"苏落还没来得及跑就被抓住，觉得很没面子，言语间既有羞涩也有恼意。

"不放。"南宫二少长臂一转，苏落已经跟他面对面了。

"傻丫头，跑什么跑？在我面前你跑得了吗？"南宫流云修长的手指轻点她的鼻尖。

"谁说我跑了？你哪只眼睛看到我跑了？你又不是洪水猛兽，我看到你为什么要跑？"

苏落已经转换了话题，理直气壮地瞟了南宫流云一眼。

南宫二少："真没跑？那刚才是谁转身要走？"

苏落轻咳两声："我把东西忘在伯母那里了，要去拿回来，这不刚好想起来了嘛。"

南宫流云知道苏落睁着眼说瞎话，也不戳穿她，拦腰将她抱起。

"哎，你干吗？放我下来！"苏落挣扎起来。

南宫二少将苏落丢到软榻上，欺身而上。

"你别——"苏落抬手抵住他的胸膛，突然感觉掌心一热，这触感……

苏落当即坐起身来，将南宫流云往软榻上一推，抬手就去扒他的衣服。

此刻，外面响起了一阵脚步声，春月、夏月端着吃食进来："苏姑娘，你最喜欢的……"

当她们看到软榻上的两个人时，顿时面色一变：二少什么时候回来的？不不，重点不是二少是什么时候回来的，而是他们两人现在在做什么……苏姑娘的手刺啦一声就将二少的衣服撕开了。明明解开盘扣就可以了，苏姑娘这都等不及吗？好勇猛啊！

两位大丫鬟对视一眼，赶紧将踏进去的那只脚往外收，同时乖乖地把门给带上了。

带上门之后，两位丫鬟对视一眼，都在彼此眼中看到了一抹喜色：苏姑娘如此勇猛，那夫人经常念叨的小乖孙孙岂不是很快就……

春月反应最快，她将手里的炖品往夏月手里一塞："拿着，我去去就来。"

话音未落，春月早已经提着裙子跑得不见人影了。

苏落急于查看南宫流云的伤势，所以对两位丫鬟无意间闯入的事充耳不闻。南宫流云倒是知道，不过他见苏落如此专注，嘴角便扬起一抹笑意。

"怎么受伤了？"苏落皱着眉头不悦地盯着南宫流云，"怎么这么不会照顾自己呢？非要让别人为你担心吗？"

看着睁着清澈漂亮的大眼睛、故作凶巴巴样的落丫头，南宫二少心里熨帖极了，面上却默默地看了苏落一眼。

"说话啊，为什么又受伤了？你们军部就这么忙吗？什么任务都得你亲自执行吗？"苏落就想不明白了，军部就忙成这样？就没别人了？

南宫流云看着发飙的小丫头，眉眼间带着笑意，拉住她的手。

苏落生气地甩开。

"啊——"南宫二少捂住胸口，一副很痛苦的表情。

苏落心疼得不得了，急忙拉扒他的手："是不是扯动伤口了？我看看……真的出血丝了，对不起，我刚才——"

苏落的话音未落，她的身子却被南宫流云压在怀里，他的唇覆在她的唇上……

许久之后，两个人才分开。

南宫二少那双星眸晶亮，带着满足的笑意。

苏落却又羞又气地瞪了他一眼："都什么时候了你还……你这伤口这么深，失血那么多，还有力气做坏事啊？"

南宫流云凑到苏落耳边，声音魅惑低哑："我还有力气做更坏的事，落丫头要不要试试？"

"厚颜无耻。"苏落娇嗔地瞪了他一眼。

"只对你。"南宫二少懒洋洋地靠在床垫上，漂亮的星眸笑盈盈地凝视着她。

苏落都不想跟他说话了。她忙将南宫流云胸口的绷带解开，解绷带的时候，南宫二少又动手动脚的，害得苏落极度无语："要不要把你的手绑起来？"

小孩子似的，说什么都应着，可转头该怎么做还是怎么做，苏落简直对他无奈极了。

看到苏落板着脸，南宫二少那双清澈如水的星眸里有些委屈，犹如孩子般无辜。

"你不要给我装可怜，我才不信呢，哼。"苏落觉得，越是相处下来，现在的南宫二少就越像碧落大陆的南宫流云了。

原先还觉得他严肃高冷没情趣，但是双方表明心迹后，他内心深处隐藏的性子又慢慢地出来了。

苏落想，不论重生转世还是失去记忆，不管怎样压抑着本性，在最亲近的人面前，还是会表现出最真实的他吧？

在下界的时候，南宫流云也是对别人腹黑狡诈阴谋算计残酷绝情，唯独对她嬉笑调戏装可怜扮无辜卖萌。

南宫二少眼巴巴地看着苏落，当苏落给他上药的时候："嘶——嘶——"

虽然不说疼，但是那紧皱的眉头、苍白的脸色，还有滚落出来的汗珠，都表示他很疼。

"真有那么疼？"苏落狐疑地看着他。

"你居然怀疑我装疼！"南宫二少不高兴地别过脸去。

苏落："……"

见南宫二少不理自己，苏落暗想，难道真的冤枉他了？

于是，苏落又凑上去："哪里疼？这里吗？还是这里？"

苏落的手在南宫二少身上摁来摁去。但是南宫二少却赌气地别着脸，嘴上嗯嗯哼哼，却不理苏落的问话。

"好啦，我错了还不行吗？到底是哪里疼？这里吗？"苏落摁在南宫二少雪白的肚脐上。

南宫流云傲娇地回头瞟了苏落一眼，闷闷地轻哼："这就是你的认错态度？"

苏落无奈，只能严肃认真地看着南宫二少："你说要怎样的认错态度？"

此刻的苏落，就像在哄一个赌气的孩子。

南宫二少的视线慢悠悠地在苏落头顶瞟过，语气冷淡地说："你就不会唱个小曲儿跳个小舞之类的逗我开心？"

苏落："……"

南宫二少见苏落瞪着眼睛，也觉得自己这个要求有点过了，但是他的态度却更强硬了："谁知道你会不会唱歌又不会跳舞？没才没艺，哼。"

苏落："……"

南宫二少傲娇地看着苏落："那你会什么？"

苏落叹气："做饭。"

南宫二少摸摸肚子："我饿了。"

苏落："……"

直接说要吃她做的饭多好啊，非要拐七八道弯，才道出他真正的目的。苏落万分庆幸南宫流云不是她的敌人，不然这弯弯绕绕的，她什么时候被玩死都不知道。

"那你乖乖坐着，我去给你做饭。"苏落交代了一句。

"嗯，快点。"自从吃了苏落亲手做的饭后，别人做的南宫二少是一口也吃不下去了，所以他是真的快饿坏了。

没多久，苏落就提着食盒进来了。

食盒里的东西倒不多，就是一碗纯味鸡丝粥。

苏落端着碗，拿了调羹递给南宫二少。

南宫二少那双绝美的星眸不解地看着苏落，愣愣的。

"拿着啊，不用调羹你用手吃吗？"苏落直接将调羹塞到南宫流云手里。

南宫二少还是用那双清澈如水的美眸看着苏落，半晌后，哼的一声别过脸去。

苏落："……又怎么了？"

南宫二少不理。

苏落："……哪里不对吗？"

南宫二少很不开心。他好不容易才借着受伤回来见她一面，很快就要走的，她居然还让他自己拿调羹吃饭，真是岂有此理。

但是他不说，苏落又不知道他在别扭什么，所以两个人就这样僵持住了。

苏落想了想南宫流云的本性，有些明白了，于是她试探地问："要不……我喂你喝粥？"

南宫二少心里顿时高兴了，但是依旧沉着脸，他慢条斯理地瞟了苏落一眼："是你主动要喂我喝的。"

"是是是，是我主动要喂你喝的。"苏落都觉得自己是在养小屁孩了。

"我可没逼你。"南宫二少眼里有一抹掩饰不住的得意。

"是是是，你一点都没逼我。"苏落有一种深深的无力感。

"你是心甘情愿的。"南宫二少看着苏落。

"是是是，再没有更心甘情愿的了，我跪着求着南宫二少给我这个喂粥机会的。"苏落都快哭了。

南宫二少这才傲慢地点点头，施舍了苏落一个喂粥的机会。眼前这位幼稚别扭傲娇的南宫二少，谁会想到他就是传说中那位让灵界亿万少女为之疯狂尖叫失去理智的南宫流云？谁会想到他会是传说中那位杀伐果断铁血手腕冷漠绝情的南宫流云？

苏落真觉得，这位南宫二少本质真恶劣，还特别爱角色扮演，每次她扮演的都是受欺负的那个。

"啊——"见苏落傻愣愣的，传说中优雅矜贵的南宫二少张开红唇，露出皓齿。

苏落只能认命地喂他喝粥，一口又一口。

南宫二少喝粥的时候，还嫌太安静了，还要苏落讲故事给他听。

苏落："……"

"原来你不喜欢给我讲故事，不想吃了。"南宫二少将碗一推。

于是，苏落又只能认命地给南宫二少讲故事。

讲什么故事呢？这不现成就有一个嘛——宁夫人vs南宫夫人的故事刚发生不久，还新鲜热乎着呢。而且这故事精彩纷呈高潮迭起，最后的结局既在情理之中又在意料之外，真真是好看又好听。

于是，苏落一边给南宫流云喂粥，一边眉飞色舞地给他讲这件亲身经历的事。

苏落投入在故事中，所以她没有注意到，南宫流云看着她，眼中带着得意而满足的笑意，还有着一抹难以察觉的温馨和幸福的感觉。

看着眼前灵动的丫头，南宫流云脑海中浮现出军部桌案上那厚厚的一沓纸……

其实苏落经历的事，他都知道。她身上发生的大大小小的事，他无所不知。因为他担心她的安危，派了人日日夜夜地守护她。守护者将苏落身上发生的事记录下来，每天都会发送给南宫流云。

那些枯燥的文字，哪里比得上她亲自口述？温软的声音、灵动的美眸、勃勃的生机，都让南宫流云爱极了眼前的小丫头。

已经很久没有见到这丫头了，所以，这次他才会故意受伤，只有这样，他才有机会见到他心心念念的她。只要看她一眼，就足以让他思念到下一次见面。

看到南宫流云微微闭上眼睛，苏落以为他困了，于是将碗放下，温柔地擦拭他的嘴角："既然困了，那你好好睡一觉，我先出去……"

苏落的手却被南宫流云牢牢握住，那双漆黑深邃的眼眸倏然睁开："你要去哪里？"

"我……就是出去一下。"苏落说。

"我跟你一起出去。"南宫流云直接就起身了,他的手还是抓着苏落不放。

苏落下意识地问:"去哪儿?"

南宫流云那双深邃的眼眸扫了苏落一眼。

苏落顿时反应过来,明明是她先说要出去的。

谁知,此时的南宫二少抿唇一笑,笑意直达眼底:"跟我走。"

南宫流云牵着苏落出了门,随即将他的坐骑召唤过来。

自从突破了大圆满进入小神境界之后,南宫二少的坐骑就换了。看着这只通体黑毛、形似马驹的风雷黑龙驹,苏落还愣了愣。

就在苏落愣神之际,南宫流云已经牵着苏落的手飞身坐在了风雷黑龙驹的脊上。

这已经是苏落第二次蹭南宫流云的坐骑了。

风雷黑龙驹载着苏落和南宫流云一路朝南而去。

耳边是呼啸的风,南宫流云的声音却在她耳畔响起:"执行任务也是一种修炼方式。"

"嗯?"苏落不解。

"甚至可以说,执行任务是最好的修炼方式。"南宫流云将手里的缰绳递给苏落,而他修长的双臂环住苏落的纤腰。

苏落忽然就明白了,南宫流云这是在回答她最开始的那个问题——之前她回星落院的时候,不是吐槽过军部就那么忙吗,一定得南宫流云亲自执行任务吗?

苏落不由得好奇:"执行任务能更快地升级?"

很快她就恍然大悟:"难怪你这么快就晋升到小神境界了,不久前你还是大圆满六星呢。"

南宫流云揉揉她的脑袋:"你现在还不行,执行任务太危险了,一不小心就会受伤,你要加入军部,至少也得毕业之后。"

"那是不是毕业之后,我加入军部就能跟在你身边?"苏落仰首看着南宫流云。

南宫流云轻笑:"不跟在我身边,你还想跟在谁身边?"

两个人相视一笑。

"对了,我们现在去哪里?"苏落问。

"邪山。"

"去邪山干吗?"

"看日出啊。"

"你千里迢迢赶往邪山只是为了看日出?"苏落不解地看着他。

"嗯,千里迢迢赶往邪山只是为了陪你看日出。"南宫二少理所当然地说。多了"陪你"两个字,意义截然不同。

苏落娇嗔地看了他一眼,南宫二少的星眸中满满的都是笑意。

情之一字，甚为奇妙。

南宫二少以前对这些事一直都持不屑的态度，但现在为了讨他心爱的丫头欢心，他也会主动做些傻事，而且还干得挺开心。

邪山从脚程上来说挺远，但是以风雷黑龙驹的速度，不到一个时辰便到了。

"我们爬山上去吧？"苏落拉着南宫流云的手建议。

有风雷黑龙驹，他们固然可以直接飞到最高峰，但那样也少了很多的乐趣。

"只要你不怕累。"南宫二少宠溺地揉揉小丫头的脑袋。

"不累，我们一起走上去吧，我喜欢和你并肩而行。"苏落主动牵起南宫流云的手，南宫二少自然不会拒绝。

邪山，是帝都郊外原始丛林保持最完整的一座山，又名狩猎山。邪山山脉连绵起伏，占地很广，山中魔兽横行，不过强大的魔兽一般都在中央区域出没，很少会出来晃荡。

邪山的主峰是邪云峰。邪云峰笔直挺立，直冲云霄。不知是谁在邪云峰上修了一条笔直的阶梯，阶梯呈七十度，爬上去的难度非常高。当然，这难度是相对普通人来说的，像苏落和南宫流云这样的实力，走邪云峰那是如履平地。

邪云峰的后面是广袤的原始森林，这里是帝都权贵的狩猎场，不过两个人是来看日出的，所以并没有去后山，而是直接去爬邪云峰。

一开始，路上还能偶尔见到几个人。但是苏落和南宫流云的脚程很快，没几下就将别人甩在了后面。

"对了，就我们两个人吗？"苏落问。

"你还想有别人？"南宫二少没好气地问。

"楚三他们也是好久没见了。"

"你倒是挺惦记他，哼。"

"我哪里是惦记他？我是觉得，如果他在的话，肯定会跑到后山狩猎。"苏落笑了。

南宫二少瞅了苏落一眼。

苏落被他看得有些莫名其妙，摸摸脑袋："干吗这么看着我？"

"他们明天过来。"想了想，南宫二少又加了一句，"狩猎。"

苏落顿时笑起来。

南宫流云没好气地瞟了苏落一眼："你倒是了解他。"

"那是他简单，想不了解都难。"苏落笑着说。

南宫流云摇摇头，楚三可不简单，只不过，只要被他认可的朋友，他就会表现出真性情。想走进楚三的圈子可不容易，这丫头就是有这样的本事，很容易就被人接纳。

两个人路上话不多，但是有一种岁月静好的温暖味道。

一路上携手并肩，三个时辰后，到了邪云峰山顶。

这是十万米的高空，温度低得惊人。

邪云峰高耸入云，山顶是一片连绵的湖泊。

一眼望去，碧波荡漾，犹如置身于仙境。

湖泊的中央有个小岛，小岛上有座雅致的庄园。

苏落眼力好，虽然隔得远，但她还是看得很清楚，小岛上景色怡人、绿树成荫，庄园里的亭台楼阁错落有致。

苏落回头，惊奇地看着南宫流云："这里……"

"惊奇吗？"南宫流云搂着苏落，将她禁锢在怀里。

"当然惊奇啊，谁会想到，十万米的高空上，会有这碧波荡漾的绝美风光？不要告诉我这是你建的？"苏落的眼眸闪闪发亮。

南宫流云摇摇头，又点点头。他拥着苏落走上那唯一一条通往湖心的廊桥，一边走一边说："这邪云峰，早在爷爷那会儿就已经被发现了，原先是一片白雪，光秃秃的，没什么看头，后来我要寻一处地方安静念书，所以把这里拾掇出来了。"

苏落听了，羡慕得咬牙："奢侈。"

要知道，这里可是邪云峰，最靠近苍穹的地方，就连皇宫都没这么高的。

南宫流云不过是念个书，都能够独占帝都最高峰，周围湖波荡漾，往下一看，雾霭沉沉，所有人都在他的俯视之下。

南宫二少得意地挑眉："闲了，湖里可以钓鱼；晚上的时候，躺在湖心亭上看星星，倒也不错；看日出的时候上观景楼，那里视野最好；嗯，书房里的书倒也不少，闲暇时你可以去翻翻。"

而此刻，知道二少过来，忙着迎上来的贵伯嘴角微抽。书房里的书倒是不少？我的二少哟，那是能用"不少"来形容的吗？谁不知道这里的藏书全都是孤本善本，本本珍贵、世间难寻，谁不知道就连皇族都垂涎您这藏书阁啊？您说得可太谦虚了。

贵伯腹诽完了，赶紧迎上来："二少来了？可吃了饭？晚上可歇在这里？"

南宫二少给苏落介绍："这是贵伯，以前跟在爷爷身边的，从战场上退下来后就一直守在藏书阁，平日里做做打扫、做饭的活。"

苏落嘴角微抽。

南宫流云说得随意，但是苏落看了贵伯一眼，就知道这位伤了一只眼睛的贵伯一点都不简单，实力只怕不在小神之下。

还只做做打扫、做饭的活？南宫二少，您家的扫地僧遍地走吗？

苏落腹诽南宫流云的时候，南宫流云正在给贵伯介绍苏落："你家未来的二少夫人。"

别的统统不用提，只这一个身份就够了。

贵伯在邪云峰上消息闭塞，所以并不知道，这在帝都已经不是什么秘密了。

听了南宫二少的介绍，他不由得多看了苏落一眼。不过，毕竟是当年跟在老爷子身边的人，养气功夫那是一流的，所以在瞬间的惊讶之后，贵伯很快就恢复了正常。

"二少夫人有什么话尽管吩咐，老奴一定给您办妥。"贵伯朝苏落散发出善意。

能跟着二少来邪云峰的，这姑娘可是第二个。当年的宁三姑娘也曾偷偷溜进来过，不过没多久就被二少请出去了，不知道这位姑娘……

贵伯有些为难，这随意园虽然名为"随意"，但事实上一点都不随意。这里的一草一木、一片花瓣，甚至一页书，二少都不轻易让人动，这位未来的二少夫人如果动了，可如何是好？

就在这时，他家二少说了一句："在这随意园里，她就等同于我，明白吗？"

贵伯心里倒抽一口冷气，不由得抬头看了二少一眼。

"不明白？"南宫二少傲娇了。

"明白！"贵伯明白了。

看来宁三姑娘跟这位姑娘根本没法比，难怪这位会是自家未来的二少夫人呢。

而接下来发生的事，才让贵伯彻底明白了苏落的地位。

因为南宫二少温柔地对苏落说："一路爬上来，累不累？"

苏落摇头："不累啊。"

"说谎。"南宫二少将苏落打横抱起，驾轻就熟地朝主屋而去。

站在一旁的贵伯惊呆了——这还是他熟悉的那位板着脸拒人于千里之外的二少吗？

前方隐隐有声音传来：

"南宫流云，你放我下来！"

"不放！"

"有人看着呢，你给我规矩点，不要动手动脚！"

"就动！"

"你这个流氓！"

……

贵伯犹如被雷劈了一样，呆呆地站在原地，许久之后，他才擦擦额角的汗，感叹一句："老爷子，二少终于长大了……"

接下来，贵伯才真正见识了南宫二少疼女人的厉害。

这看着最冷漠的人，一旦真正敞开心扉要对人好，那是能好到极致的。

晚上，苏落和南宫流云就在随意园里住下来。

平日随意园里就贵伯一个人，冷冷清清的，所以也没预备什么好吃的，南宫二少来得突然，现在下山去准备却是迟了。

不过苏落有储备食物的习惯，晚上就决定吃火锅。那么低的气温，吃上热热的火锅，倒是不错的选择。

虽然接触少，但是苏落看得出来，南宫流云对贵伯很尊敬，并没有拿他当下人对待。

苏落一问，果然南宫流云就给她解答了。

严格意义上讲，贵伯并不是下人，他是老爷子的亲卫之一。

年轻的时候跟着老爷子上战场，浴血奋战了大半辈子，一身修罗炼狱里杀出来的实力，那是相当的不凡。但是奋战了大半辈子，一身的伤病，最后还是退下来了，不过他退下之前的军衔可不低。

"那贵伯怎么就独自一个人？没有成亲吗？"

"贵伯一直都没有成亲。"南宫流云话中有话。

苏落点点头，看来贵伯也是一个有故事的人。

因为南宫流云对贵伯敬重，所以苏落也没拿贵伯当外人。

晚上三个人聚在一起，吃了一顿火锅。

留下贵伯收拾残局，南宫流云带着苏落往湖心亭而去。

"去做什么？"苏落好奇地看了他一眼。

南宫二少挑眉："做点爱做的事。"

苏落顿时警惕："怎么叫'做爱做的事'？南宫流云你说清楚。"

南宫二少得意："陪我看星星。"

湖心亭上，两个人平躺着，看着夜晚的星空。入眼处，满目星辉，灼灼发光。

四周一片寂静，只能听到彼此的呼吸声，以及不远处的蝉鸣声。

虽然平静，但有一种难得的温馨。苏落双手交叠在脑后，看着头顶那璀璨的星辉，眼底是安静和满足。

"在这里看星星怎么样？"南宫二少目光望着星空，话却是对着苏落问的。

"很好，宁静、安详、温馨，好像什么烦恼都没有了。"苏落望着夜空中最亮的那颗星，感叹道，"不愧是视野最好的地方，这里的星星看起来特别的亮。"

南宫流云眸中浮现一抹淡笑，顺着苏落的视线望过去："那些最大最亮的星，知道代表着谁吗？"

苏落当即一惊："这还有说法？"

南宫二少傲然道："当然，只要晋升到神位，天空中就会出现代表他的那颗星。"

"那你现在已经是小神了，岂不是天上也有你的那颗星？"苏落顿时觉得惊奇极了，倏地半坐起来。

南宫二少不紧不慢地瞟了她一眼："难道这不是常识吗？"

苏落："……"

在苏落瞪眼的时候，南宫二少笑着将她揽入怀中，傲然道："这天空中，自然有我的那颗星。"

而苏落感叹的却是："这满天繁星皆是小神之上的实力，灵界可真是强者如云。"

苏落现在才是大圆满三星，距离小神境界还很遥远。

南宫流云却淡淡一笑："光灵界就有三万多座城池，灵界何其大，有这些高手也不算什么。"

"那颗最亮的星星是谁？难道是……"苏落指指皇宫的方向。

南宫二少认真地点头。他看着那颗最亮的星星，眸中高深莫测，星芒闪烁。

那张俊朗不凡的完美侧脸，比夜空中的璀璨星光还要耀眼，苏落看得简直移不开眼。

"喀喀，对了，那你呢，你的那颗星在哪里？"苏落问。

南宫二少瞟了她一眼，不说话。

"南宫流云，告诉我嘛，你的那颗星在哪里啊？"苏落摇晃着南宫二少的手臂。她知道，南宫流云可吃这一套了。

果然，南宫二少傲娇地瞟她一眼："真会撒娇。"

苏落抿唇看着他。

南宫二少没好气地拍她的脑袋："若是被别人知道自己的星座在何处，可是会招来杀身之祸的，有些人即使是父子之间也不会透露。"

"啊？"苏落当即脸色一白，"那你别告诉——"

但是，苏落的话音还未落，南宫流云就已经抓住她的手，将她的手摁在他的额头上："闭眼，用心感受。"

很快，苏落的脑海里就出现了一颗莹亮剔透的星星。

这颗星虽然没有最中央的那颗帝星光芒四射，但是它光华内敛，内里生机无限。

当苏落的手接触到这颗星星时，只觉得一道白色光芒直击脑海深处，脑子一阵灼痛。她下意识地倒抽一口冷气。让她没想到的是，那道白光冲进她的空间，被光系分身吞噬得干干净净，然后光系分身的实力唰唰唰地往上涨。

许久之后，光系分身才终于虚弱地闭上眼睛，苏落也回到了现实当中。

苏落茫然睁眼，近在咫尺的是南宫流云的俊脸。他的眼睛灿若星辰，定定地凝望着她。

苏落好奇地问："刚才那道光是什么东西？"

"光系精魄。"南宫流云有问必答，"你最近不是一直在偷偷寻找光系元素精灵吗？所以我帮你偷了点光系元素精魄。"

元素精灵自然比不上元素精魄珍贵。

灵界修炼光系的人非常稀少，所以苏落很难找到光系元素精灵。

苏落也不问南宫流云是怎么找到的，反正南宫流云是万能的，别人那里千难万难的事，在他这里可能就是稍微动一动脑子罢了。

"谢谢。"苏落真诚地说。

因为刚才那道光系精魄，让她的光系分身实力大涨，比她自己修炼一千年还厉害。

其实，刚才南宫流云帮苏落感应星座，主要是为了帮她打通心境，只要心境一打通，晋升起来也就容易了。

只是绝大多数人都不会愿意将自己的星座告诉别人，因为这就意味着，把自己的命交到了对方手里。所以，即便有这样快捷的方法，绝大多数人也不会这么做。

南宫流云的星座并不是普通的星座，而是超品级的，所以苏落受到的醍醐灌顶也最强烈。

她来不及多想，闭上眼睛，沉浸在那种玄之又玄的境界当中。

南宫流云说是带苏落来看日出，这只不过是个说辞，其实他早就决定带她来感应他的星座了。未来多艰险，苏落得罪了冷家和宁家，还有个慕容家在虎视眈眈，他虽然派了不少高手暗中保护她，但是靠别人不如靠自己，他需要帮助苏落在最短的时间内成长起来。

从黑夜到白天、白天到黑夜，十天后，苏落才缓缓睁开眼睛。

"醒了？"南宫流云垂眸看她，那精致的容颜令人心神荡漾。

"嗯。"苏落深深地凝视着南宫流云。直到这时她才明白，原来带她来看日出是假，让她感触独属于他的星座，从而提升境界才是真。他总是这样，从来不说，而是用实际行动来证明他有多在乎她。

"我很快就会有自己的那颗星，很快。"苏落握拳，既是对南宫流云说，也是对自己说。

南宫流云轻笑，摸摸苏落洁白的小脸："好了，小猫似的，下去洗个脸。"

"楚三他们呢？"

"狩猎去了。"

"那我们……"

"好。"

苏落见南宫流云答应了，回给他一记灿烂的笑容，笑着跑开了。

梳洗了一番后，苏落他们还没去找楚三，楚三他们就回来了。

只可惜，楚三手里空空如也。

苏落抬眸："你们不是打猎去了吗？猎物呢？"

说到这个，楚三眼底浮现一抹冷笑："猎物？都被人赶跑了，还有什么猎物？"

苏落见楚三火气大，转而望向宁天皓。

苏落见到宁天皓并没有尴尬的感觉，因为她早就知道，宁夫人不是宁天皓的母亲，宁五也不是宁天皓的亲妹妹，所以欺负了也就欺负了。

苏落还很好心地问："对了，宁大人将宁夫人和宁五带回去后，有没有处罚？"

"家法处置了，短期内你是见不到她们了。"宁天皓不由得摸摸鼻子苦笑。苏落是他见过的最天不怕、地不怕的女孩子了。一开始他还怕这个下界来的野丫头担不起龙凤族的荣耀，结果她的表现一次次出乎他的意料，这次她对宁夫人和宁五做的事更是让他大开眼界。至此，宁天皓也不会不识趣地说什么苏落配不上南宫流云的话了。在他看来，还真是只有苏落才配得上南宫流云。

"那宁家会报复我吗？"苏落很坦然地问。宁天皓无语，哪有这样问的啊？不过他还是摆摆手："宫二找二叔谈了，肯定没事，你放心吧。"

南宫流云竟然亲自找宁大人谈了？他可什么都没跟她说啊。苏落心里浮现一抹感动。

被冷落在一边的楚三适时出声："喂，你们两个还有完没完啦，特别是你，落落，你不是问我话吗？问一半你就聊别的去了啊？没诚意。"

苏落嘴角微抽，看着楚三："……哦，对了，发生了什么事？你被人欺负了？"

楚三这别扭孩子顿时不高兴了，大声嚷嚷："什么话嘛，我被人欺负？我没欺负人就算好的了。宁天皓，你说对不对？"

宁天皓无语望天。

楚三大声嚷嚷："还不是羿笑那几个臭小子，仗着跟皇帝沾亲带故，竟然故意惊扰玄冥灵骨兽，看老子下次不揍死他们！"

"玄冥灵骨兽？你们居然差点猎到玄冥灵骨兽？"苏落顿时眼睛一亮，"玄冥灵骨兽可是好东西啊，炼制出来的灵骨丹有增强体质的效果。如果让我来炼制的话，皇级灵骨丹妥妥的，到时候一人分一颗，让你们的体力集体上涨。"

楚三先是大喜，随后大怒，气呼呼地一拍桌子："可惜啊，就那么一只，受了惊扰跑掉了，下次再找就难了。"

玄冥灵骨兽，功效如此了得，自然可遇而不可求。楚三能够碰到一只，实属运气好。

而且据苏落所知，玄冥灵骨兽一向白天藏匿、夜里出动，出动时无声无息，就算从人的身边走过，也不会被人察觉，所以非常非常难捉到。但是，既然有一只出现在这里，苏落就不会放过。

"对了，羿笑是谁？"苏落这才发现自己没听说过这名字。

楚三当即诧异地看了苏落一眼。

苏落被看得莫名其妙："干吗用这种眼神看我？羿笑很有名吗？没听过就是一种罪过？"

"羿笑啊，他是……"楚三想了半天，最后用一句话总结，"他是新兴贵族那边最让人讨厌的一个人，长公主唯一的儿子，平时宠得跟什么似的，就宠成了现在这副无法无天的性子，回头看到他，还得狠狠揍一顿才能让他长长记性。"

苏落眼眸微挑。

羿笑？被长公主宠坏的唯一的儿子？

不知为何，苏落对长公主有一种说不出的厌恶感觉，后来苏落想，或许是因为长公主看她的眼神吧，就像在看一件待价而沽的商品，眼神中充满了算计。

苏落对长公主不喜，连带对这位未曾谋面的羿笑也没什么好感。她懒得再问，只说："事不宜迟，走吧，带我去看看玄冥灵骨兽。"

"玄冥灵骨兽跑了啊。"楚三强调。

苏落抚额："玄冥灵骨兽跑了，所以让你带我去看看它逃跑的地方，不然的话，很难捕捉到它。"

这话的意思就是，只要看了，苏落就有很大的把握捕捉到那只玄冥灵骨兽？

楚三那双漂亮的眼睛闪闪发亮地看着苏落。

苏落点点头："所以，前面带路吧楚三少。"

苏落也迫切想要得到玄冥灵骨兽。要知道，血脉激活后，苏落的身体素质确实得到了提高，但是，如果有了玄冥灵骨兽，苏落的血脉就可以进一步激活。所以，苏落比任何人都渴望得到它。

这玄冥灵骨兽，苏落和楚三他们都是志在必得的。

"走走，前面带路。"苏落催促楚三。

"老二呢？"楚三见南宫流云不在苏落身边，不由得问了一句。

要知道，对方领头的可是长公主家被宠坏的儿子，很凶残的。

"他去书房帮我找书去了，咱们先过去，拖得越久，玄冥灵骨兽的痕迹消失得越多，到时候找起来就麻烦了。"幸好苏落的脑子好使。曾经有一段时间，苏落将自己关在国立图书馆里，那堪比十个足球场的藏书，都被苏落扫过了，还都是关于医学方面的书。所以在医药理论方面，苏落现在确实达到了很高的造诣。

事不宜迟，楚三给贵伯留了一句话，就带着苏落匆匆忙忙地走了。

楚三、宁天皓和林若羽三个人都在。

路上，楚三、宁天皓走得很快，林若羽有些吃力，苏落不由得看了他一眼，说："等找到玄冥灵骨兽，我帮你把虚气排出去。"

林若羽还未说话，楚三就凑过来，一脸喜色："落落，林小四的身体能治？"

苏落不解地看他一眼："为什么不能治？"

"可是当初我舅亲自看了，说没法治，只能养啊。"楚三口中的舅，就是公孙炼药师。

苏落点点头："这要是放在之前，我也没办法，不过如果真找到玄冥灵骨兽的话，倒是很有可能。"

"治疗林小四，你有几分把握？"宁天皓望着苏落。

"八分。"苏落言简意赅。

那就是成了！

宁天皓和楚三都知道，苏落可不是那些虚伪的炼药师，她说八分那就是有十成的把握。

"如果早知道玄冥灵骨兽对林小四的身体这么重要，就算揍死弈笑那王八蛋我也得把玄冥灵骨兽给抢到啊。弈笑你给老子等着，如果找不到玄冥灵骨兽，就找你充数！"楚三悔得肠子都青了。

原先，玄冥灵骨兽在他们眼中只是稀罕物，有了是锦上添花，没了也无所谓，但是现在不一样了，不仅能够集体提升大家的身体素质，而且还能治愈困扰林小四的顽疾，这玄冥灵骨兽必须捉到！

带着迫切、激动的心情，一行人进入后山的狩猎场，来到原先玄冥灵骨兽差点被捉到的地方。

"就在这儿。"楚三指着那株碧绿的古树对苏落说。

这株古树据苏落看，至少有上万年的历史，绿条垂下，每一根都有一人粗。

"确实是大悲冥树。"苏落点点头，"据说大悲冥树开花之时，便是玄冥灵骨兽现身之际。"

楚三郁闷地点点头："大悲冥树昨日刚好开花，所以昨晚我们就守在这株大悲冥树上，瞪着眼准备捕捉呢，谁知道大半夜的，弈笑那群蠢货会来骚扰！"

大悲冥树并不罕见，邪王山上就有不少，但是正好开花的可是万年难得一遇。而且大悲冥树开花，还没有预兆的，想开就开了，而且不到一分钟就败落了。

谁能一万年就守着一株树，就等着花开的那一分钟啊？所以偶尔碰上一次，真的是非常难得。

楚三一次又一次咬牙切齿地提到弈笑，苏落想不记住这个人都难了。

"现在怎么办？"楚三问苏落。

"你们都跳到树上去。"苏落没有回答他的话，反而命令他。

楚三少听话地跳到树上，撩开垂下来的枝条问苏落："这样行了吧？"

苏落点点头。

为避免打扰苏落，楚三少不再说话，而是关注着苏落的一举一动。他看到苏落时不时地蹲下身子，捡起一点土，观察一株草，最后竟然还在一百米范围内绕圈，绕得楚三眼睛都呈蚊香状了。

"到底怎样了啊？"事关林若羽的健康，楚三少很急，宁天皓也前所未有地认真和严肃。

反倒是林若羽，他斜靠在粗大的树枝上，笑吟吟地说："得之我幸，不得我命，哥哥们不必太过焦心。"

"闭嘴！"楚三和宁天皓回头瞪了他一眼。

被两位哥哥严厉的目光一瞪，林若羽只能摸着鼻子苦笑。其实他何尝不希望恢复健康？只是，从小到大失望了无数次，他的希望已经被掐得连苗都不剩了。想到父母那一次又一次的叹息，他不敢希望，因为他怕再失望下去，就是绝望。

苏落正在研究昨晚玄冥灵骨兽的行走路线。

通过行走路线，苏落可以分析出玄冥灵骨兽的行动速度、特征、方位等有用的信息。

就在苏落皱着眉头思考的时候，一群人笑嘻嘻地从远处走来，一眼就看到了苏落。

山中竟有如此绝美的少女？以弈笑为首的纨绔少年团简直看直了眼。原本笑嘻嘻的他们，一个个像被点了穴道一样，一动不动地定在原地。

还是弈笑见过大世面，所以最先回过神来。他擦擦嘴角，屁颠屁颠地朝苏落奔来。

"王八蛋！"

弈笑还没跑到苏落跟前，就被楚三认出来了。三道身影从大悲冥树上跳下来，稳稳地立在苏落身后，犹如三位保护神。

弈笑原本笑嘻嘻的，看到楚三，顿时皱起眉头。

"你怎么还在这里？"弈笑不高兴地瞪了楚三一眼。

楚三黑着脸，那双漂亮的眼睛此刻蓄满了怒火。

"喂，问你话呢，你杵在这儿干吗呢？快走开，别打扰我跟小美人儿的好事！"弈笑挥挥手，就像在赶苍蝇。

他不知道的是，此刻楚三脑海里浮现的是那只逃跑的玄冥灵骨兽。如果昨晚捉到玄冥灵骨兽，今天苏落就能炼药治林小四了，说不定现在的他病都好了。

楚三冷冷一笑，上前一步。

"喂，楚三，你想干吗？报昨晚上的仇？玄冥灵骨兽我们得不到，你们也别想得到，哈哈哈……"弈笑笑了，他身后的那群同伴也跟着笑了。

但是——

嘭！一记重拳头砸到弈笑脸上，砸得他呆若木鸡。但身为新兴贵族纨绔团的首领，弈笑也不是好欺负的。

"你敢打我？你居然敢打我？"弈笑捂着被揍了一拳的左脸，难以置信地看着楚三。

楚三黑着脸："打你怎么了？"

想起昨晚的事，楚三就怒不可遏，拳头如雨点般砸向弈笑。

一见自家老大被人欺负，弈笑身后的小跟班们全都冲上来，将楚三围住。

宁大皓岂能让自己兄弟吃亏？自然也冲上去了。

苏落还没反应过来，林若羽就拉了苏落一下，笑着说："快站一边去，免得被误伤。"

苏落没好气地看着泰然自若的林若羽："你倒是沉得住气。"

林若羽笑着说："从小打到大，看都看腻了，你别担心，他们有分寸的。"

果然是有分寸。楚三这边两个人，将对方的十五个人全撂倒了。当然，他们自己脸上也开花了，带了几丝血痕，躺在地上气喘吁吁，略有些狼狈。

好不容易歇够了，弈笑好奇地瞟了楚三一眼："玄冥灵骨兽不是跑了吗？你们还在这里干吗？"

"关你屁事！"楚三不理他。

"你们不会还想找玄冥灵骨兽吧？"弈笑觉得不可思议。

楚三摇摇晃晃地站起来，朝苏落这边走来，话都不跟弈笑说了。

弈笑一见他这样，顿时惊讶了，也跟着站起来冲着楚三背影喊："你们也太异想天开了吧？玄冥灵骨兽已经跑了，还怎么捉？怎么会有这么愚蠢的人！"

苏落叹了口气："如果我能捉到玄冥灵骨兽呢？"

苏落一出声，顿时将大家的视线都引到她身上。

"你？"弈笑狐疑地看着苏落。

苏落淡笑着点头。

弈笑差点被苏落的笑容晃花了眼，又失神了。

楚三气得不行："闭上你的狗眼，落落是你能看的吗？小心有人揍死你！"

弈笑不满地瞪了楚三一眼，殷勤地凑向苏落："你有什么办法？快说与我听听。"

他想凑近些，后衣领却被楚三提溜着，怎么都蹭不上去，看起来很滑稽。

苏落被逗笑了："山人自有妙计，说出来就不灵了。"

"什么说出来就不灵了，我看你根本没办法吧！"一道幽冷的声音从弈笑身后传来，是个女声。她边说边挑剔地将苏落从头打量到脚，最后冷冷一笑，"不过如此。"

说完，她就想返回去。

"月平郡主好像对我们落落有意见啊？"楚三慢悠悠地叫住那道傲慢的倩影。

月平郡主，平北王家的姑娘，素日清高孤傲，能被她看上眼的还不曾出生。

月平郡主冷笑："有意见怎么了？我堂堂郡主看不起一个野丫头你也要管？楚三，你管得未免也太宽了吧？"

楚三似笑非笑："看不起？你凭什么看不起？你长得有她漂亮吗？人缘有她好吗？性格有她好吗？医术有她好吗？你哪都比不上，凭什么看不起？谁要你看得起了？还真当自己是个人物了，啧啧。"

月平郡主一向眼高于顶、清高孤傲，这样被楚三当众打脸，还打了一巴掌又一巴掌，气得她快哭了。

"就凭身份！我表姐的身份比她高出一大截！"殷程沁走到月平郡主身边，扶住她的手，冷笑着说。

"哦？身份吗？原来月平郡主的身份比龙凤族未来当家主母的身份还要高啊，你们家这是要造反吗？"楚三毫不客气。

宫二不在，他可不能让人欺负了落丫头。

然而，楚三这话一出，弈笑以及他身后的那群人全都傻了。

龙凤族未来的当家主母？难道她就是那位将宁夫人和宁五小姐弄得声名狼藉的苏落？

弈笑完全傻掉了："她是苏，苏，苏落？"

最近整个帝都都是关于苏落的话题，而且他的母亲大人还是这起事件的围观者之一，他自然听过，而且还听到了现场版本。在母亲口中，这丫头聪明、漂亮，但是狠毒，弈笑怎么都不能将这位小仙女似的漂亮姑娘跟狠毒联系到一起啊。

他觉得，母亲的看法有些狭隘了。

苏落不知道自己在世家权贵圈子的知名度这么高，还很茫然地问："你们知道我？"

我们怎么可能不知道你！最近话题的头条都是你啊！

月平郡主和殷程沁等少女，看着苏落的目光，犹如淬了毒的利箭，恨不得将苏落刺死！

弈笑笑得尤其苦涩。

原本还想跟小仙女亲近亲近，结果人家已经名花有主了，若是别的主，抢了也就抢了，但那个人是南宫流云，借给他一百个胆子他都不敢再冒犯苏落半句。

楚三还嫌打击得不够，冷冰冰地说："昨天被你们弄跑的玄冥灵骨兽，据说能救林小四。"

楚三轻飘飘一句话，弈笑却惊得几乎下巴都掉了。

要知道，他们跟楚三的关系虽然从小打到大，但也不是誓死不休的那种仇敌，因为楚三他们的老大是南宫流云。

南宫流云一出，谁与争锋？真要是死仇，弈笑这群人早就被团灭了。所以弈笑他们打架归打架，却不敢动林若羽一根手指头，因为怕被削；也不敢真的下死手，因为怕被削。所以，楚三这句话一出，弈笑就知道昨晚的玩笑开大了。

他死盯着楚三："你开什么玩笑！"

楚三冷冷一笑："开玩笑？落落亲口说的，你觉得是在开玩笑？"

苏落治愈南宫流星的事，帝都谁人不知、哪个不晓？虽然很多人都半信半疑。

"这，这……我们又不知道！"不管怎样，先推卸责任再说，"那玄冥灵骨兽比鬼还难捉，就算我们没捣乱，你们也捉不到啊！"

说完这句话，弈笑身边的那位少年捅捅他的手臂。

他这才回想起来，苏落刚才说过，她能捕捉。

弈笑看着苏落："你说你能？"

"我能。"苏落淡然答道。

"呵呵。"弈笑身后的月平郡主和殷程沁冷冷一笑。

真不是她们小瞧了苏落，而是玄冥灵骨兽真的很难捕捉，它们出现得悄无声息，速度比闪电还快，以他们现在这种实力，根本就捉不到。

"就算进入神位阶也捉不到，你说你行你就行啊？"月平郡主很不客气地冲苏落冷笑。

苏落没理她，当她是空气。对一个骄傲的人，最佳的报复手段就是无视她。

月平郡主气得俏脸通红，却只能自己跺脚。

"我倒要看看你是如何捕捉玄冥灵骨兽的！如果捉不到，可别怪我到时候把你这副嘴脸说出去！"苏落有南宫流云罩着，月平郡主不敢对苏落动手，那就只能用舆论了。

"如果捉到了玄冥灵骨兽，你们也别眼红，更不要说什么见者有份！"楚三对苏落很有信心，接口就道。

玄冥灵骨兽何等珍贵，何等难得？弈笑可以随时进宫觐见那位，到时候来一个见者有份，苏落都没地方哭。

"好啊，那就看你们怎么捕捉了！"

弈笑虽然不敢再对苏落动歪心思，但是这并不代表他不能用欣赏的目光看她。

苏落无奈地摸摸鼻子，这玄冥灵骨兽还没到手呢，他们就把分配方式谈妥了。

"接下来我们要做什么？"楚三问苏落。

"森林里还有未曾开过花的大悲冥树吗？"苏落略歪着脑袋思考。

"有。"

"有邪山的地图吗？"

"有。"

苏落跟楚三一问一答，弈笑在一旁看着，心里暗暗惋惜：这苏落真是越看越让人觉得惊艳，可是她怎么就被南宫二少给订下了呢！

苏落跟楚三走在前面，弈笑等人跟在后面。

整个下午，弈笑发现他们就像傻子一样跟在苏落后面，一会儿东一会儿西，再一会儿又南和北，一直在森林里兜圈子。

走到后来，大家心里都有气了！

"这苏落不会是在耍我们吧？"弈笑身边的第一小跟班班军暗自嘀咕。

他这一嘀咕，把大家的情绪都勾起来了。

"就是，这苏落不会是在耍我们玩吧？这东走西走的，她到底要干吗啊？"

"也没见她做什么事啊，每次都是爬到树上看一眼就走，她能看出什么来啊？"

"难道真是带着我们在森林里转圈子，借此来耍我们？"

大家的怨气越来越重。

楚三还未说话，弈笑就已经冷哼了："不想跟着的自己回营地待着去！"

弈笑在这群纨绔里还是很有威信的，他一声冷喝，顿时那些埋怨声就没了。

楚三狐疑地看了弈笑一眼，弈笑没搭理他。他可不是为了别的，仅仅是因为他知道，他能这样近距离走在苏落身边的机会并不多，下次再挨得这样近也不知道是什么时候了，所以趁着现在能接近赶紧接近。

这会儿就是长公主亲自出面，也别想把弈笑从苏落身边拉走。

可怜的长公主，她算计来算计去，却怎么都没想到，她竟然有一位纯情的儿子，而这位纯情的儿子以后还会坏了她的大事呢。

苏落经过一番细致调查，最后选中了一株枝繁叶茂的大悲冥树。

"这树还没到万年吧？"楚三问。

苏落点点头："八千九百三十七年。"

众人："啊？"

所有人都看着苏落，他们大致也能推测出一棵树的树龄，但精确到年的，却一个都没有，只怕植物系强者也不可能知道得这么详细。

"原来这棵树八千九百三十七年了啊。"弈笑崇拜地看着苏落，他不知道苏落是怎么推算出来的，他就是相信她是对的。

苏落怎么也没想到，光一个照面，弈笑就对她这样深信不疑。

楚三没好气地白了弈笑一眼，转而认真地看着苏落："可是，那也不够一万年啊。"不到一万年就不能开花，不能开花就吸引不到玄冥灵骨兽。

苏落嘴角勾起一抹笑意。

弈笑看得整个人都呆了，他就那样痴痴地看着苏落。

楚三一巴掌拍到弈笑的脑门上："把口水给我擦擦！"

宁天皓看着苏落："你有办法将八千九百三十七年催熟成一万年？"

众人全都看着苏落，还能这样？

苏落笑了笑："别忘了我是皇级炼药师哦。"

"皇级炼药师还管催熟植物？"众人无语。

"为什么不管？"苏落从空间里拎出一桶上品天灵水，开始浇灌大悲冥树。

苏落之所以能够说出这株大悲冥树的树龄，倒不是她看出来的，而是碧羽仙藤说的。催熟是碧羽仙藤的技能之一，虽然还不纯熟，但催熟万年以下的大悲冥树还是绰绰有余的。

苏落在上品天灵水里掺入碧羽仙藤的汁液，慢慢地浇灌着大悲冥树。

每浇灌一次，就是一年。所以，苏落付出的代价也是蛮大的。

眼看着大悲冥树的树龄在增加，很快就要接近万年了，苏落拿起通讯玉摁了几行字。

没人知道苏落输入了什么，也没人知道她是输给谁的，做完这件事之后，苏落就停下了手中的活。

众人都看着苏落，苏落双手一摊，狐疑地问他们："都看着我干吗？"

"然后呢？"弈笑跃跃欲试。

"什么然后？"苏落不解。

"接下来难道不是应该排兵布阵吗？把人手分派出去，占据有利位置，等着玄冥灵骨兽自投罗网……吗？"

弈笑一开始还说得一本正经，但是见苏落用看白痴的目光看着自己，他顿时就没自信了，说到后来都结巴了。

苏落没好气地看了他一眼。

弈笑忙赔笑道："你放心，这次我绝对不捣乱，而且我的人随便你用，怎么样？"

弈笑一副讨好的谄媚样，顿时让月平郡主和殷程沁说不出地愤怒。哼哼，她们是一定一定会捣乱的！

苏落淡淡一笑："连楚三他们都不用出手，哪还需要用你的人？你的好意只能心领了。"

"啊？"不能为女神出力，弈笑表示好遗憾，"那，那玄冥灵骨兽……"

苏落淡淡一笑："这个你放心，会有人出手的。"

苏落对弈笑的印象不好也不差，不过她算是看明白了，弈笑跟南宫流云他们看似敌对，却不是死敌，交不交恶在两可之间，所以她犯不着把他划分到敌人之列。

月平郡主气恼地瞪了弈笑一眼：还长公主的儿子呢，怎么这么没骨气！

她气恼弈笑，越发地挤对苏落："玄冥灵骨兽何等稀少，就算大悲冥树开花了，玄冥灵骨兽就一定会来？你未免也太自信了吧！"

苏落看都没看她一眼，继续无视她，气死她！

弈笑也很好奇，他眼巴巴地看着苏落，那双漂亮的眼睛眨呀眨呀。

苏落倒是觉得弈笑这人还行，于是问道："你想知道？"

"嗯嗯！"被女神点名，弈笑激动得差点跳起来。

月平郡主差点疯了：拜托！你是长公主的儿子，皇帝最宠爱的外甥，太后最喜欢的外孙，身份何等尊贵，至于激动成这样吗？太丢人了！月平郡主真想装作不认识他。

弈笑眼巴巴地看着苏落，苏落淡淡一笑："那是你们没有仔细观察，如果你们细心查看的话就会发现，这只玄冥灵骨兽快临盆了，快临盆却还未临盆，因为它还缺一朵大悲冥花的花魂。"

"大悲冥花的花魂？"众人惊讶，这是什么？

"世人皆知大悲冥树开花，玄冥灵骨兽会来，却很少有人知道，大悲冥树开花之所以吸引玄冥灵骨兽，是因为它的花魂能助玄冥灵骨兽提高修为。"

"眼下这只玄冥灵骨兽怀孕了，而且还受伤了，它急需大悲冥树的花魂来疗伤，不然的话它和它的胎儿会一起死掉。"苏落自信地说。

"你怎么知道的？你怎么就如此笃定？"月平郡主表示不服。

苏落还是不理她，气得这位郡主差点跳脚。

弈笑笑嘻嘻地看着苏落："为什么呀？到底是为什么呀？"

苏落没好气地说："如果你们仔细观察过之前那棵大悲冥树周围的泥土和血迹就知道了，也没什么了不起的。"

苏落为什么会知道这么多呢？除了她博览群书外，还因为她有碧羽仙藤。

有关于植物系的，碧羽仙藤少有不知道的，所以，苏落知道即将临盆的玄冥灵骨兽是一定会冒险跑回来的。

玄冥灵骨兽对大悲冥树开花有着本能的敏感，只要开花，它必来。所以，苏落现在要做的就是等待，于是她对弈笑说："叫你的人退到十里之外。"

如果楚三让弈笑退出十里之外，那双方就只有继续打了，可苏落开口，弈笑顿时乐呵呵地应下，然后将他的人全赶走了。他的小跟班们虽然气恼他重色轻友，但是又无可奈何。

至于弈笑，苏落相信他不会捣乱，所以就让他留下来了。

第十二章 阴谋诡计

夜，寂静如水。

留下的人全都上了树，除了苏落。

苏落之前故意留了一点点还没浇完，所以此刻的她正认真地浇水。越是到后来，需要的精确度就越高。没人注意到，苏落的额头上出现了一层细密的汗水，脸色也有些苍白。

这件事，并没有她说起来的那么容易。

毕竟，世间难寻玄冥灵骨兽。

每一只玄冥灵骨兽，都是救命良药。

苏落一开始还是用桶浇灌，到后来，她已经用精密的刻度针来注射了，只有这样才能准确地控制开花的时间。

毕竟，大悲冥树的花只开一分钟。

忽然，苏落眼眸一亮，随后，她一个瞬移躲到了树上。

大悲冥树庞大的躯干上，以肉眼可见的速度长出一个海碗大小的花骨朵，然后，这花骨朵在月光的照耀下绽开一片又一片花瓣。

看着这奇景，众人都暗暗屏息。眼看花都开到一半了，玄冥灵骨兽怎么还不来？发生了什么情况？让众人着急的是，大悲冥花开了一分钟，然后在所有人的注视下凋谢，可玄冥灵骨兽一直都没现身。

弈笑已经沉不住气了："不是说玄冥灵骨兽会来吗？现在是怎么回事？"

楚三等人都看着苏落，苏落淡淡一笑，从树上跳了下来。

众人的神色更是疑惑：这是准备放弃狩猎玄冥灵骨兽了？

就在众人疑惑间，隐隐有一道脚步声传来。

"来了。"苏落淡淡一笑。

楚三几个顿时就明白了，一个个都笑起来："原来如此，难怪大悲冥树的花都谢了，玄冥灵骨兽还没来，原来你早就留了后手。"

弈笑还是没想明白，但是他很快就看明白了，因为南宫流云拎着一只兔子大小的玄冥灵骨兽大步流星地过来了。

苏落当即迎上去："呀，真的给捉到了啊，不过怎么有血？"

南宫流云将玄冥灵骨兽放到苏落手里，淡淡地说："它自己身上流出的血。"

苏落看着手里的玄冥灵骨兽，此刻它已经晕过去了，但是腹部鼓鼓胀胀的，下身出血，像是难产。

苏落当即说："不好，它的灵气不够，再这样下去，幼崽还没生下来它就要死了。"

在苏落给玄冥灵骨兽接生的时候，南宫流云慢悠悠地瞟了弈笑一眼。

因为弈笑的眼神就像狗皮膏药似的一直黏在苏落身上。

弈笑看着苏落，眼中的笑意幸福而满足。但是他忽然感觉到一道利剑般的目光直刺而来，刺得他脊背发寒、全身发冷。他下意识地抬头，正好对上南宫流云的目光。

弈笑只觉得心底发凉，下意识地倒退一步。他虽然对苏落一见钟情，但是与性命相比，他还是选择后者。他是被南宫流云从小打到大的，所以他对南宫二少的敬畏已经深入骨髓。

"我，我先走一步……"弈笑深深地看了苏落一眼，郁闷地抹把脸，快步离开。

怎么偏偏就是南宫流云呢？若是换作别人，自己看中的姑娘，抢了也就抢了，就算是皇子看中的，他也有办法鼓动他娘去帮忙抢，可南宫二少的人……他真的不想死啊。

楚三坏坏地想，怕是只有冷七，才稍微有那么点竞争力吧？可惜冷七不知道被塞到哪个犄角旮旯里修炼去了，不然还有点戏可以看。

就在众人各怀心思的时候，苏落已经帮玄冥灵骨兽把幼崽生下来了。

只是玄冥灵骨兽受过重伤，之前又失血过多，生完幼崽就死了。若没有苏落帮它接生，它连这只幼崽都生不出来。

苏落将小幼崽放进空间里，让碧羽仙藤帮她养着。

全十这只玄冥灵骨兽，苏落就算心里再纠结，也只能拿它当药材了。

将玄冥灵骨兽扛回随意园后，苏落立即开始炼药。

苏落的炼药技能又进步了，不到一个时辰，就炼制出五颗玄冥灵骨丹。

南宫流云、楚三、宁天皓、林若羽、苏落，五个人刚好每人一颗。

"还得回帝都去，那里药材丰富，炼制出三界汤，配合着服用才好。"苏落说。

就在这时，一道剧烈的爆炸声远远地传来。

爆炸声隔得远，而且随意园还设有结界，所以众人只感觉到一阵轻微的晃动。

与此同时，无数道烟花往天上射去，红的、黄的、蓝的……

南宫流云的脸色微微一变，楚三几个也跟着变了脸色。

苏落还没明白出了什么事，就见几人飞身往外去了。

南宫流云原本跑在最前面，但是他忽然又回来了，扛起苏落就往外冲。

苏落虽然到现在也不知道发生了什么事，但是看南宫流云几个人的反应也能猜到，肯定是出大事了。

南宫流云并没有让苏落疑惑太久，在路上就将事情告诉了苏落。

"听到刚才的爆炸声了吗？"

"嗯。"

"看到烟花了吗？"

"嗯，赤橙黄绿青蓝紫，各色都有，怪好看的。"苏落想了想，笑着说。

但是南宫二少却笑不出来了："每个家族都有自己的求救信号，刚才的烟花就是一种求救信号，信号等级，超级。"

苏落："……可刚才那么多烟花。"

南宫二少的脑子不是别人能比的，所以在别人还没反应过来的时候，他的猜测已经接近真相："这不是一个两个家族遇袭，而是十几个，羿笑那群人出事了。"

羿笑这个人，苏落一开始对他的印象特别不好，但是后来一接触，发现此人还有可取之处，如果就这么死了有点遗憾。

不过，那群纨绔死了也就死了，南宫流云急什么？这想法也就在脑子里一过，随即苏落就变了脸色："羿笑曾跟我们发生过冲突，如果他们出了事，该不会有人认为是我们动的手吧？"

楚三也纠结："应该不至于，像这种小规模冲突，那是从小打到大的，大家都知道彼此不会下死手。"

南宫流云的眉头越皱越紧。

苏落忽然突发奇想："他们身边应该有护卫吧？"

楚三说："护卫肯定是有，但是刚才那爆炸声你也听见了，即使隔了这么远，我们这儿都有震感，若是近距离爆炸，以他们这群三脚猫的功夫……"

楚三觉得肯定是凶多吉少。

"如果他们都死了……"苏落也意识到事情的严重性了。

楚三看了南宫流云一眼，说："那群人可都是新兴勋贵系的——长公主家的羿笑、平北王家的月平郡主、靖北王家的小世子，还有敏国公家最得宠的小幺孙……总共十五位勋贵家的下一代，如果全死了……"

宁天皓看了苏落一眼，默默地说："南宫伯伯统管三军，如果这十五位一块儿死了，而且他们的死又跟我们扯上关系的话……"

大家全都沉默了。苏落这才明白南宫流云为什么一听到爆炸声就变了脸色，因为那时他就想到了眼下的情况。

不远处出现一个大坑。

大坑周围散落着一具具尸体，四周鲜血淋漓，根本认不出谁是谁。

被南宫流云放下来的时候，苏落的脚步有些发软。

楚三扶着苏落，口中喃喃自语："完蛋了完蛋了……这群人死得不能再死了……"

就在这时，南宫流云的声音响起："还活着。"

短短三个字，却让大家有一种回到天堂的感觉。

苏落他们把尸体清理到一边，这才发现被护在底下的那十五个血肉模糊的人。

上面的那些尸体，是他们的护卫。

苏落最先冲过去，第一个就查探羿笑的脉息。

她面色微微一松："还没死，不过也快了，内脏全部碎裂，肋骨全断，其中两根插入心脏，现在必须马上给他止血。"

苏落抽空看了前方一眼，那里还有十四个人，也不知道是不是已经死了，现在最重要的是保住他们的性命，至于救治，并不急于这一时。

还好苏落有妙影神针，如果她现在用的还是金针的话，今天她就无能为力了。

苏落一边快速给羿笑止血，一边问南宫流云："援手什么时候到？"

"还有一刻钟时间。"南宫流云早在事发的第一时间就告诉南宫老爹和南宫老爷子了。

幕后黑手来势汹汹，还不知道有怎样的诡计呢。

"炼药师呢？"苏落将妙影神针刺入羿笑的心脏，将他衰竭的心脏刺激得恢复跳动，硬是把羿笑从死亡边缘给拉回来了。

这可是精细活，一般的炼药师根本做不到，也就苏落能做到这种程度。

南宫流云说："还需要一段时间。"

苏落看了看前面十四个人，再看垂死的羿笑，摇摇头："不行，必须要炼药师增援，我让副会长他们过来。"

说完，苏落抓起通讯珏通知了副会长他们。

"他们一刻钟后就到。"苏落说。

有了副会长他们帮忙，苏落只需要救致命伤，其余的伤可以让他们处理。

比如羿笑这样的，苏落只要负责让他的心脏恢复跳动，其余的比如五脏六腑的修复、肋骨的续接，由副会长他们接手就是了。

宁天皓他们暗暗咋舌。炼药师公会的副会长大人，那是跟他们的爷爷平起平坐的人物，苏落一个通讯珏就能将人召唤过来，她在炼药师公会到底是什么地位啊……

把羿笑救活后，苏落并没有着手救治下一个，而是迅速将那十四个人的伤势查看了一遍。

楚三忍不住问道："怎么样？"

"都还活着，但是得尽快抢救。"苏落将十四个人的生命值划分了一个优先等级。

她是按照分钟算的，比如月平郡主还能活五分钟、殷程沁还能活三分钟、班军的心脏只能跳动一分钟了……

心里有数后，苏落救治起来就不会显得手忙脚乱。

此刻，苏落正在抢救班军。

"胸骨尽碎、头骨断裂、脾脏破碎……"苏落一边抢救一边念叨。

而楚三则给苏落当助手，苏落念什么他写什么，写完后将纸条往班军脸上一贴，然后就跟着苏落去救下一位。

因为症状和救治方法都已经写清楚了，等副会长他们过来后，不需要检查，直接救治即可，这就大大缩短了时间，提高了效率和救治的成功率。

苏落处理得很好，但是谋划这件事的幕后凶手气炸了。如果人被救活了，所有的努力不就功亏一篑了？绝对不行！

于是，隐蔽很久的凶手突然蹿出来，径直朝着那群伤员砍去。

一共三十位黑衣人，个个实力都不弱，其中五个还是小神境界。

南宫流云虽然已是小神境界，但以一敌五还是有些吃力，情况万分紧急。

"再坚持五分钟。"南宫流云的声音在苏落耳边响起。

只要守住大坑，这群人就不会有事。但是大坑这个地理位置也太差了，很容易让对方朝里面扔炸弹的。苏落刚这么想，就看到黑压压的一片炸弹朝大坑砸过来。

楚三眼中出现一抹绝望，他朝苏落大声喊："快出来！"

对于弈笑这些人，他们已经尽力了，总不能将自己的命都搭进去吧？

南宫流云也杀红了眼，但是他被五位小神团团围住，分身乏术。

那么多炸弹，不是人力所能阻挡的，而苏落却不闪也不避，就在炸弹即将爆炸的那一刻，苏落大喊一声："给我收！"

绝大部分炸弹都被苏落收进了空间，集中到荒野上，那里没有任何生物，随便炸吧。

但是，这爆炸的效果太惊人了，炸得整个空间几乎天崩地裂，连碧羽仙藤和小黑猫都被震得吐了血，神仙树也被劈得只剩下一半，上品天灵水流得整个空间都是。

苏落的空间，经历了一场巨大的浩劫，没有一定的时间是恢复不到原来的样子了。

苏落虽然收了大部分炸弹，但还有一小部分炸弹没收进去。

这些落下的炸弹，砸到大坑里，又是一阵地动山摇。

幸好苏落提前祭出了她的底牌——重力空间。

重力空间将她和那十五个躺着的小勋贵全都笼罩起来，那些炸弹落下来，被重力空间卸去了冲击力和杀伤力，处于重力空间里的人丝毫不受影响。

倒是苏落自己，空间里爆炸，同时外部又发生爆炸，内外双重爆炸，炸得她脑袋嗡嗡作响，精神力更是濒临衰竭。

好在她的血脉已经激活了百分之十，所以身体素质好了很多，不然现在她已经跟弈笑他们一样，躺在地上一动不动。

"喀喀喀……"抖落一地的泥土，苏落只觉得胸口闷极了，她吐出一口鲜血，这才觉得又活过来了。

苏落拿出那颗玄冥灵骨丹塞入嘴里，同时对楚三他们说："快服用玄冥灵谷丹。"

楚三看到苏落这里发生爆炸，狂扑过来，到了近前见她安然无恙，这才松了口气："你没事啊？吓死我了！"

盯着楚三将玄冥灵骨丹吞下去，苏落摇头道："受了点内伤，不过现在管不了那么多了，外面是什么情况？"

楚三面露苦涩："宫二被围住了，别人倒是伤不了他，可他也很难突围。黑衣人已经死了十五个。"

说话间，黑衣人又围上来了，继续往坑里扔炸弹。黑衣人扔一个，苏落就接一个。

就在这时，空中传来一阵轰隆隆的响声。

苏落抬头一看，好多的飞船啊！

黑衣人见援军已至，知道自己已无胜算，便孤注一掷地点燃了捆在身上的炸药包，飞身朝大坑扑去。事到如今，就剩最后一次机会了，拼了！

在这千钧一发之际，贵伯赶至，一脚将几名黑衣人踹出了大坑。与此同时，一道青藤从飞船里射出，卷起其余黑衣人往空中抛去，随即半空中响起了一连串的爆炸声。

就在这时，副会长带着三位皇级炼药师匆匆赶来，一下飞船就着手救人，而军部派来的援军则负责保护他们的安全。

被南宫流云牵制住的五位强者，在大军到来时跑了两个，南宫流云把剩下三个全部拍晕了，转身就去追那两个逃走的人。

南宫墨渊亲临，此刻他就站在不远处看着苏落救人。他面容镇定、神色冷漠，虽然看不出内心的情绪，但是苏落能够感觉到从他身上爆发出来的怒气。

这是一起针对南宫家族的阴谋，必须揪出幕后之人，以除后患。

苏落强撑着将十五个人的治疗方案交代清楚，眼睛一闭就晕过去了。南宫老爹及时把她扶住，命人迅速送回府里，临行前还嘱咐了一句："让大人好生照料着，不能有任何差池，知道吗？"

南宫墨渊一听说爆炸的事，就意识到了事态严重。如果这十五个孩子真的死了，那十五家新兴贵族肯定不会善罢甘休，届时南宫家族的处境就相当被动了，而身为最高统帅的他也

第十三章　幕后黑手

289

难辞其咎，极有可能帅位不保。

没想到一场针对南宫家族的惊天阴谋，竟然被苏落这丫头给摆平了。多亏了苏落，龙凤族不仅占尽先机，而且还有恩于那十五家新兴贵族，成了这次事件的大赢家。想到这里，南宫墨渊摸着下巴无声地笑了。

当夜，南宫墨渊回到龙凤族，南宫夫人边伺候他更衣边问："现在什么情况？长公主、平北王他们都走了？他们没有为难你吧？"

南宫墨渊坐在床榻上点点头："谢我还来不及呢，怎么会为难我？夫人太多虑了。"

那十五个人先经苏落抢救，再由四位皇级炼药师治疗，生生从死神那里抢回了生命，现在都被安置在龙凤族里。

刚才长公主他们气势汹汹而来，在得知真相之后，再看到四位皇级炼药师在此坐镇，感激龙凤族还来不及呢，哪敢兴师问罪。

要知道，炼药师公会地位超然，连皇室都不可能将四位皇级炼药师一起请去，可是龙凤族却做到了。

说到最后，南宫墨渊得意地笑道："多亏了咱们家落落，不然那十五家早就带兵围住龙凤族了，到时候免不了一场恶战。"

新兴勋贵虽然底蕴不足，但是实力不俗，若是十五家联手，即便是龙凤族也会感到棘手。

南宫夫人无比庆幸地拍拍胸口："幸好咱们有落丫头，不然后果真是不堪设想。可怜的落丫头，救了别人，自己到现在还昏迷不醒呢。"

南宫墨渊关切地问："副会长大人怎么说？"

"副会长大人说落丫头疲劳过度，精神力严重透支，必须好好休息，等她自然醒来就好了。"南宫夫人还是很担心，"你说这'自然醒'是什么时候？会不会一直睡下去啊？"

南宫墨渊安慰她道："落丫头可是福星，老天爷偏向她，不会让她有事的。"

"真的吗？"

"真的！"

但是，南宫墨渊没想到苏落会睡那么久，直到那十五人都活蹦乱跳地回家去了，苏落还在昏睡。

这一天，南宫流云回来了。

南宫流云不仅把那两个黑衣人抓住了，而且还查明了事情的真相。

南宫流云坐在苏落的床头，看着她那苍白的容颜，心疼极了，握住她的小手凑到唇边亲了一下。就是这一下，让苏落缓缓睁开了眼睛。

"醒了？"南宫流云问道。

"刚回来？"苏落看着眼前的美颜，有一瞬间的恍惚。

"刚回来。"南宫流云拉着她的手，在他脸上亲昵地蹭蹭。

苏落问："还没去见过你父亲吧？"

整个家族那么多人都在等着南宫流云带回来的消息，可他回来后就跑这儿来了。

"我想让你第一个知道。"南宫流云凝视着苏落，"这件事的主谋，是修罗界。"

苏落睁大眼睛："因为十三皇子和谭凯旋？"

南宫流云点点头，苏落顿时无话可说了。如果是来自修罗界的报复，那么，针对龙凤族也就说得通了。

"仅仅修罗界出手，能闹出这么大的动静？那些黑衣人潜伏进来，就没有人知道？"苏落的话已经问得很明显了。

南宫流云点点头，苏落无语，好吧，真的有内应。

"龙凤族跟十五大勋贵家族混战，对谁最有好处？——宁家？冷家？还是……"苏落忽然睁大眼睛看着南宫流云，南宫流云又严肃地点头。

苏落苦恼地揉揉脑袋："这事，麻烦大了。"

南宫流云却淡淡一笑："麻烦是很大，你怕不怕？"

"我怕什么？对你们这些大佬来说，我只是个小人物。"

"可是你口中的小人物却逆转乾坤，改变了大局。"

"那个人会报复我吗？"苏落做了大好事，却惹了大麻烦。

"幸好你跳到三年级了，这个地方，别人插不进手，即便是那个人也一样。"南宫流云揉揉苏落的脑袋，"很快我就会去修罗界，你要好好照顾自己。"

又要离开吗？苏落眼中有着不舍，闷闷不乐地垂下小脑袋。

南宫流云心疼极了，温柔地将苏落拉入怀中："让这件事冷却下来需要时间，等你四年级毕业后从加勒岛回来，那时候我们就能相见了。"

"四年级毕业？那要等很久很久吧？"苏落没好气地说。

"以你的天赋，很快。"南宫流云温柔地摩挲着苏落粉嫩的脸，那双绝美深邃的眼眸中浮现出深深的留恋，"丫头，快毕业吧。"

不只南宫夫人和南宫墨渊想早点将苏落娶进门，南宫流云更是迫不及待。

苏落快要去加勒岛了，却忽然想起一件事，她手里还有好多积分呢。

帝国学院里的积分是分等级的，六年级的积分是A级，五年级的积分是B级，四年级的积分是C级，以此类推，现在苏落手里可是握着大量的E级和F级的积分。

这些都是完成修罗界任务后奖励的积分，她跳到三年级之后，这些积分就没用了。

所以，苏落就做了件好事，在帝国学院开了一个分积分大会。

这次分积分，获利对象主要是东华学院的学生。跟苏落认识的，自然分得多些，就算不认识，同在一个学院的也见者有份。

东华学院人人都非常激动。天上掉馅饼的事谁不喜欢？更何况，这是苏落学姐赠送的积分。

苏落学姐那是谁啊？那可是东华学院有史以来天赋最强也是最风光的一位。

据说，珍宝轩是她家开的。

据说，炼药师公会就跟她家开的似的。

据说，龙凤族是她未来的婆家。

据说，这姑娘可凶残了，跟她对上的人，无论身份多尊贵、实力有多强，全都死啦死啦的。

所以，跟着苏落学姐有肉吃！

一时间，苏落几乎被捧上了天，传入她耳中的全是溢美之词，就连那些反对派都不敢再说苏落半个不好的字眼了。

刀疤脸远远地看着苏落被人簇拥着离开，心情非常复杂，他下意识地摸摸自己的脖子，确定它还长在原位，这才放心。

当初在修罗界的时候，他居然敢为难这样一位姑娘，他能活到现在，真是奇迹。

比刀疤脸更心有余悸的是宁逸海。

想当初在修罗界的时候，他居然拉着苏落表白，还说自己看上她是她的荣幸，现在一想起这句话，宁逸海就想狠狠抽死自己。她是那样耀眼的明珠，而他不过是地上万千蝼蚁中的一个，就连走近她身边的资格都没有。

宁逸海和刀疤脸一样摸摸自己的脖子，他居然还活着，万幸万幸。

在另一个位置，另外三人呈品字形站着，一人在前，两人在后，也在看着风光无限的苏落。

牧雪潋撇嘴道："有什么了不起的？不就是发放积分吗？这么多人围着她，真当她是公主啊？"

蔺长东默默地看了牧雪潋一眼，垂下眼眸。在帝国学院，除了苏落，谁会舍得将积分往外分？就算不能带到加勒岛，她也可以用这些积分兑换对自己有用的东西。她这么慷慨，传说中的珍宝轩不会真是她家开的吧？

缪宁一直凝视着苏落，眼神高深莫测，没人能看清楚他眼中的意思。

最后，缪宁说了一句："加勒岛，可是跟中帝学院在一起。"

说完，他转身离去。

牧雪潋闻言，笑容浮现在脸上："是啊，跳到三年级，可没四大分院之别了，大家都跟中帝学院混在一起，她能有什么好日子过！"

苏落并不知道这件事，因为她没有接触过三年级的学生，而南宫老师、南宫夫人和南宫珈怡都以为已经有人告诉她了，以至于苏落在飞往加勒岛的飞船中看到还有其他学生时有点傻眼。她记得四大分院只有她一人跳级到三年级了，怎么会有这么多人跟她同行呢？

苏落意识到，她一定是错过什么信息了。

苏落旁边的位置坐着一位皮肤白皙的陌生少年，苏落刚看了他一眼，他就耳垂微红。

"怎么称呼？"苏落率先伸出友好的橄榄枝。

腼腆少年瞬间脸色涨红，声若蚊蚋："叶、叶丁零。"

"你好，我是苏落。"苏落淡淡一笑。

"苏、苏、苏落？"叶丁零同学顿时变得口吃了，那双本就很大的眼睛瞪得更大了。

苏落面露疑惑之色："你听说过我吗？"

叶丁零看着苏落，深吸一口气，再深吸一口气，才稍微稳住情绪："听过。"

谁没听说过你啊，将中帝学院的风头都给抢走了，可是有很多中帝学院的人看你不爽呢。

好在苏落跟叶丁零说话时声音不大，别人没有听到他们的对话。

"哦。"苏落开始打探消息，"咱们这是去加勒岛吧？"

"是啊。"

"你以前是哪个学院的？"

"中帝学院。"

苏落当即眼眸一亮："这飞船上的，都是中帝学院的？"

叶丁零理所当然地点头："是啊，这批从二年级考到三年级的，就我们二十九个人，还要加你一个。"

苏落："……"四大分院就考上她一个，但是中帝学院却跳了二十九个，果然差距很大。

"中帝学院的也去加勒岛？那以后怎么区分中帝学院和四大分院？"苏落问。

可怜的苏落，原本她在龙凤族随便拉个人，都能跟她普及这些事，可偏偏大家都以为别人会告诉她，以至于她坐到飞船上才发现自己对加勒岛一无所知。

叶丁零无语地看着苏落："从三年级开始，就没有四大分院和中帝学院之分了，难道你不知道吗？"

苏落本能地摇头。叶丁零看了苏落一眼，说："那你知不知道，我们被空投进加勒岛，不从四年级毕业是出不来的？"

苏落："啊？"

叶丁零简直无语："你连这个都不知道？"

苏落在去加勒岛之前，只专心做了一件事，那就是治疗林若羽。她把林若羽治得差不多了，时间也就到了，而大家都以为有人给苏落普及了常识，所以她完全不清楚加勒岛的情况。

看着苏落默默点头，腼腆少年都恨不得给苏落拍拍脑袋了。

"那你知不知道加勒岛的势力构成？"

苏落摇头。

"那你知道不知道加勒岛的掌控者是谁？"

苏落摇头。

"那你知不知道加勒岛进去后，所有的东西都会被封印？"

"什么？"苏落瞬间瞪大眼睛。

叶丁零同学看着苏落，默默地给她普及："加勒岛最大的掌控者是神秘的殊大人，殊大人在帝国学院是超然的存在，别说帝国学院的院长要让着她几分，就连帝国都命令不动她哦！"

"哦？"苏落惊讶。

叶丁零神秘地看着苏落："这可是我拿到的独家消息，你不要告诉别人。你只要知道，在加勒岛，只要抱紧了她老人家的大腿，就能混得如鱼得水，谁都欺负不了你。"

苏落："哦。"

叶丁零严肃地看着苏落："你可别不当一回事儿，加勒岛可不同于别处，这里有殊大人的屏障，哪家的手都伸不进来，你被欺负了，没人会给你撑腰的。"

苏落："哦。"

叶丁零又有些苦恼地揉揉脑袋："可惜殊大人地位太崇高了，也太神秘了，我们肯定是接触不到的，怕是也只有那几位长老能接近吧，唉，所以我刚才那些话说了也是白说。"

苏落："……"

"不过你知道一些，对你总是有好处的。"叶丁零又高兴起来，"殊大人手下有两大首领，分别是立首领和威首领，他们率领着加勒岛上最精英的队伍，不过能进他们队伍的至少得是四年级学生，我们暂时是进不了精英队的。"

苏落："哦。"

殊大人下面是管理着四年级精英队的立首领和威首领，再下面应该就是三年级的团队势力。通过叶丁零的话，苏落脑海里已经勾勒出加勒岛势力的雏形。不过她现在刚进去，别说殊大人，就是立首领和威首领也都离她很远。

于是，苏落又问了叶丁零关于三年级势力划分的情况。有人的地方就有江湖，加勒岛上是全封闭的，划分势力本就是理所当然的事。

三年级的事，叶丁零表示不是很清楚，但是据他所知，中帝学院的学生是看不起四大分院考上去的，所以，双方必然不会和睦。

叶丁零怜悯地看了苏落一眼。

光是从这艘飞船上就可见一斑了。

一艘飞船三十个人，四大分院的却只有苏落一个，其余的二十九个全部都是中帝学院的学生，可见，加勒岛上绝大部分学生都来自中帝学院，四大分院学生的地位可想而知了。

苏落也想到了这个问题，所以眉头微微皱了一下。

"对了，你刚才说，所有的东西都会被封印，这是什么意思？"苏落不解地看着叶丁零。

叶丁零无奈地看着苏落："字面上的意思。"

苏落的眉头狠狠抽了一下，不会是她想的那样吧？

就在说话间，飞船狠狠地颠簸了一下。

那位一路上都眉头紧皱的严肃老师走到飞船中央，他的视线从所有人脸上扫过，最后冷冷一哼："目的地马上要到了，接下来，你们会被空投到加勒岛。"

"在进入加勒岛之前，我再提醒一句，所有的东西都会被封印，所有外来的东西不允许出现在加勒岛上，现在，依次来过这道空间封印之门吧！"

严肃的柯老师指着飞船上那道闪闪发光的门。

那道门发出莹莹的白色光芒。除此之外，并无别的点缀。

进入空间之门并不是按照座位顺序的，而是自己选择的，所以一开始所有人都坐在座位上，没有反应。

很快，苏落就看到第一个人站起来。

这个人高大威猛，浓眉大眼，威武极了。

他豪迈地一挥手："我来！"

叶丁零对苏落说："他叫云鹏清，这次考核排名第十，力量型，力气特别大。"

苏落点点头，她注意到的是云鹏清腰上的空间储物袋。

云鹏清威武地从空间封印之门跨过去后，苏落清楚地看到，他身上的空间储物袋不见了。

众人即便一早就知道有这个可能，但是当亲眼看到的时候，还是有些难以接受。

云鹏清跨过空间之门后，一摸腰上的口袋，神色一凝："空间储物袋果然不见了！还有我的腰牌、紫晶……"

"所有东西都被封印在空间储物袋里了，等你四年级结束离开加勒岛，这个空间储物袋会还给你。"柯老师说完，将从云鹏清身上搜刮下来的空间储物袋丢进了一旁的手推车里。然后，穷光蛋云鹏清就被柯老师踹下了飞船。

"啊——"云鹏清同学爆发出凄惨的叫声。

所有人都趴在窗口往下望去。下面是一座海岛，岛屿很大，一眼望不到尽头，海岛上郁郁葱葱，眼底全都是绿色。而云鹏清掉落的地方，则是一处还算平整的山谷草地。

众人亲眼看到云鹏清狠狠地砸落在地上，好半天才爬起来，很多人的脸色都变了。

柯老师冷冷地盯着众人："下一位。"

很快第二位就进入了空间之门，他所有的东西也都被封印在储物袋里，丢进手推车中。

第三个、第四个、第五个……

苏落微微皱起眉头，因为她看到，这些人的武器和灵宠也都被没收了，那么她呢？苏落的眉头越皱越深了。

苏落有小黑猫，有碧羽仙藤，有光明分身，还有凤舞剑、从副会长大人那里诓来的药鼎、各种炼制好的丹药。

苏落想的是，她的空间储存袋肯定会被封印，但是她的随身空间呢，会不会逃过一劫？

如果所有的东西都被封印，苏落真有点过不下去的感觉。

她问叶丁零："所有人都要变成白板？"

叶丁零很肯定地点头："无论是谁，都不允许携带外界的东西进加勒岛，不过你放心，在加勒岛上可以赚取货币，用货币就能购买你所需要的东西。"

这时候，人已经走得差不多了，轮到叶丁零了。他朝苏落笑着点点头，淡然地走过空间之门，然后不等柯老师踹，他朝苏落展颜一笑就跳下飞船。

其他人都走光了，苏落是最后一个。

苏落深吸一口气，成败就在此一举了。

柯老师盯着苏落，目光严肃，声音冰冷："快点，就剩你了。"

苏落捏了捏拳头，提起身上的空间之力，抬脚朝空间之门走去。

当苏落走进空间之门的时候，空间之门竟然发生了一阵晃动。

难道是自己眼花了？柯老师用力眨眨眼睛，再睁开眼的时候，发现从来都很稳定的空间之门，竟然左右摇晃起来。

柯老师死死盯着苏落。而此刻的苏落，也是有苦说不出。她本想像别的学生一样快步跨过空间之门，但是她刚一进去，就发现身体仿佛被黏住了，那无孔不入的空间封印之力很快就将她的储物袋封印起来。

这也就罢了，但是那讨厌的空间封印之力竟然想封印苏落的随身空间。

要知道，苏落的随身空间可是她的金手指和作弊器，从碧落大陆到现在，随身空间以及里面的东西帮了苏落多少忙，救了苏落多少次性命？苏落怎么甘心随身空间被封印？

所以，苏落运起空间之力，跟空间封印之力相抗衡。想必空间封印之力也没料到有人竟敢反抗，一开始还真让苏落占了一点优势，以至于苏落又往前迈了一步。

此刻，苏落距离迈出空间之门只有短短的一小步了。可这一步她却无论如何也迈不出去，就这样定格在一脚悬空的状态。

苏落竭尽全力抵抗空间封印之力，空间之门左右晃动，仿佛随时都会崩塌。

空间之力和空间封印之力奋力较量，苏落最后还是棋差一着，因为她的空间之力消耗得越来越多，到最后精疲力竭，而空间封印之力终于占了上风。

苏落能够清晰地感觉到，这一路上陪伴着她长大的随身空间，被一寸寸地封印住了。

小黑猫它们全都冲上来，想跟苏落说点什么，但是苏落却只能留下一句话："等我！"

等我从四年级毕业，等我从加勒岛出去，就能放你们出来了，你们在空间里好好修炼，一定要等我。

苏落郑重地握着拳头，放弃了对空间封印之力的抵抗。

最后，她的随身空间被彻底封住了。

苏落深吸一口气，终于走出了空间封印之门。

柯老师严肃地打量着苏落，目光中闪过一抹深思。苏落淡淡地看了柯老师一眼，在他询问之前，故作迷茫地说："看来这空间之门的质量不大好啊，看着快裂了呢。"

然后，不等柯老师踹，她自己就跳出飞船，进入加勒岛。

苏落稳稳地降落到地上。

叶丁零看到苏落下来了，松了口气，跑到她身边："我还以为你出事了呢，怎么这么久？"

这时候，柯老师也从飞船上下来了，冷冷地看了苏落一眼。

苏落对叶丁零淡淡一笑："轮到最后，空间之门可能能量不太足吧，所以多费了一点时间。"

在飞船上的时候，因为大家都坐在自己的位置上，视野不广，所以很少有人注意到苏落。现在这里是广阔的山谷，所以苏落很快就被人注意到了。

"叶丁零，这位姑娘是谁？"

苏落的容貌，使得她无论在什么时候，都会第一时间引起别人的注意，这不，很快就有一位男同学走过来，一手搭在叶丁零肩头，一副哥俩好的样子。

叶丁零看着腼腆，但实力却一点都不弱，他在中帝学院这次升级考试中可是排名第二。所以，他一手将那人挥开，神色冷淡地说："魏铭学，回去站好。"

魏铭学的目光在叶丁零和苏落身上睃巡，他的眼神让苏落不喜。

四周本来很安静，因为这　点骚动，很多人的视线都转移过来，于是，苏落就这样暴露在众人的视线里。

"那姑娘好漂亮，我怎么没见过？"

"确定是跟我们乘同一艘飞船来的吗？"

"这是咱中帝学院的？那隐藏得可真够深啊，完全没见过。"

"叶丁零跟她什么关系？"

很多人看到苏落的第一眼，就是惊艳。

以上赞叹声就出自男生们之口。

中帝学院这次过来的第一名陶霄月皱皱眉头："据我所知，这次一共过来了三十个人，其中二十九个是咱们中帝学院的，唯一一个是四大分院的，而这位姑娘，就是在场我唯一没见过的。"

言外之意，这姑娘是四大分院来的。

"叶丁零，这姑娘真是四大分院过来的？"陶霄月最忠实的小跟班雷星琪同学冲叶丁零嚷嚷。

陶霄月本来就是中帝学院二年级的第一，在同学间威信很高，所以她们这样一说，很多人都用奇怪的目光看着苏落。

叶丁零皱皱眉头。这让他有些不好回答，他知道，只要他回答是，那苏落以后在加勒岛上的日子就不好混了，但如果说不是，可她偏偏还真是。

见叶丁零为难，苏落朝陶霄月望去，点点头道："我是从东华学院来的。"

见苏落如此坦荡，很多人心里都觉得不可思议。

如果说中帝学院是主子的话，那四大分院在中帝学院面前就是奴仆般的存在，所以，当他们看到苏落如此坦然地承认时，心里都有些惊讶。

雷星琪顿了顿，看向苏落的目光有些轻视："哦，东华分院啊，好些年没听说过东华分院了，我还以为早散了呢，没想到还在呢。"

雷星琪此话一出，很多女生都跟着笑起来。

中帝学院一向看不起四大分院，态度极其不屑。

中帝学院的那些男生却皱皱眉头，他们有些矛盾，一方面，喜欢东华学院出来的姑娘会被人看不起，另一方面，他们又觉得苏落很漂亮，清新脱俗，让人本能地喜欢。

女生们见男生们还是偷偷地朝苏落看，不由得扼腕。

不知道谁多了一句嘴："啧啧，雷星琪，你就少说两句吧，小心人家秋后算账哦。"

雷星琪得意地冷笑："秋后算账？就凭东华分院的人？你是在说笑吗？"

那位看热闹不嫌事大的丁雪敏则笑着说："人家实力是比不上你，但是呢，人家有一张好看的脸，凭着这张脸，还有人家干不成的事吗？"

说着，她暧昧地笑起来。那笑声，那语气，让很多人浮想联翩。

叶丁零真的怒了。在他眼里，苏落是女神般的存在，现在居然被人这样当面诋毁，是可忍，孰不可忍！

"丁雪敏，你有胆子再说一遍！"叶丁零目光冰冷地盯着她。

丁雪敏有些害怕，但是一想到陶霄月才是这里的第一名，她要讨好的人是陶霄月，于是压低声音嘀咕："这不，立马就有人替她出头了。"

女生群里顿时爆发出一阵嘲笑。

苏落的出现，让她们产生了强烈的危机感，所以在共同排斥苏落这件事上，她们配合得无比默契。

这次来的人中，男生十五个，女生十五个，刚好三十个人。

所以，女生的团结不容小觑。

很多男生看苏落的目光有些变了，变得有些复杂。

苏落无奈地摇头，有人的地方就有江湖，这不，立马就有争端了。

苏落淡淡地看着丁雪敏。

丁雪敏怕叶千零的实力，但是对苏落，她是很有自信的，所以，当苏落看过去的时候，丁雪敏狠狠瞪了苏落一眼："你盯着我干吗？"

苏落嘴角勾起一抹冷笑，慢悠悠地朝丁雪敏走去。

在场的很多人眼中都带着不解。这位姑娘想干吗？分院的人看到中帝的人，不都是夹着尾巴低调得不得了吗，她这是送上去找打吗？

苏落一步一步往前走，视线一直盯着丁雪敏。那双清澈的眼眸，犹如一柄森冷的利剑，刺入丁雪敏的心脏，刺得她脊背发寒，全身不由自主地僵硬。

最后，苏落终于稳稳站定在丁雪敏面前。

"你，你干吗？"丁雪敏绝对不会承认，在苏落那凌厉的目光下，她的心里竟有些恐慌。

"我的名字叫苏落。"苏落淡淡地看着丁雪敏说道，语调没有起伏。

很多人都莫名其妙地看着苏落：这是在自我介绍？她是在讨好丁雪敏吗？

就连丁雪敏自己都这样认为。

她深吸一口气，不屑地扫了苏落一眼："谁要知道你的名字？真不要脸！"

反倒是陶霄月，看向苏落的目光中含着一丝锐利。

苏落却仿佛没听到丁雪敏的话，还对她淡淡一笑："不记住我的名字，以后你找谁报仇呢？"

就在丁雪敏还没反应过来的时候，苏落一巴掌抽过去，啪的一声，犹如飓风刮过。

苏落明明抽的是丁雪敏的脸，却愣是将她抽飞了。她重重地撞到山壁上，将山壁撞进去一个人形大洞。

这一刻，四周死一般寂静，所有人都死死地盯着那慢慢从洞里爬出来的丁雪敏，然后视线再默默地转移到苏落身上，就好像，一只小白兔突然将大灰狼抽飞一样让她难以接受。

"苏落！"丁雪敏终于从洞里爬出来了，此刻的她发丝凌乱、衣衫破损、左边的脸颊高高肿起，看上去狼狈至极。

苏落冷冷地看着失去理智后，牛一样狂冲上来的丁雪敏。她的右脚尖往后一步，旋转着脚腕，嘴角带着微笑。谁都看得出来，她这是要再次踹飞丁雪敏啊！

陶霄月看了雷星琪这个小跟班一眼，雷星琪当即会意，赶紧抱住丁雪敏，同时朝苏落怒喝："你不过是东华学院出来的，敢欺负我们中帝学院的人，好大的胆子，真以为我们中帝学院没人了吗？！"

雷星琪这话一出，顿时将个人矛盾上升到学院之争的高度。

很多人看着苏落都皱眉了。

就是啊，你不过是东华分院出来的，敢打我们中帝学院的同学，你这是在打我们的脸！

在场三十人，可是有二十九个是中帝学院的学生。

苏落漫不经心地看了陶霄月一眼。

雷星琪不过是奉陶霄月之命行事，所以苏落真正要对付的人是陶霄月。

"你是这群人里的第一？"苏落慢悠悠地问。

陶霄月目光冰冷地看着苏落："是。"

"那就是你了。"苏落淡淡一笑。

"什么意思？"陶霄月眼眸微眯。

苏落理所当然地说："你不是这群人里的第一吗？只要打败你，就没人敢叽叽歪歪了啊。"

众人都用看白痴的目光看着苏落。亲！你知道陶霄月的实力吗？你这不是找死吗？

就连叶丁零都暗中扯扯苏落的衣袖。

苏落抬眸看他，叶丁零压低声音："不要比。"

陶霄月嘴角勾起冷笑："还从来没有分院的人敢跟我挑战的，你是第一个，不过，我拒绝。"

苏落淡淡地看着她。陶霄月的忠实小跟班雷星琪同学马上站出来代她家主子发言："你以为谁都有资格让月姐出战吗？想挑战就挑战，我月姐多没面子，你以为你是谁啊！"

"看来得先打败你，你家主子才会出手了？"苏落语言犀利。

雷星琪的脸色瞬间冷若冰霜。她虽然一直奉承陶霄月，但从来没人敢明说陶霄月是她的主子，这苏落简直太可恶了！

"好了！"一道威严的声音从上方传来，众人都望过去，只见柯老师严肃地站在高高的石头上，他身边不知何时多了几个人，这几个人正用惊奇的目光看着苏落。

来者三男一女。

柯老师冷冰冰地说："把你们的学弟学妹领回去，教好规矩，从明天开始，再不懂规矩就按照岛规处理！"

众人都注意到，柯老师说的是处理，而不是处置。

那四个人都恭敬地点头，目送柯老师扬长而去。

这四个人，其中三个男生朝着中帝学院走去，只有一位女生朝苏落走来。

这位女生看着苏落，目光中带着笑意，笑容阳光而爽朗："没想到新来的小学妹胆子挺大，不错，姐喜欢，走吧。"

苏落看着她，并没有跟她走。

"我叫牧晴，你可以叫我牧姐，我也是东华分院出来的。"牧姐本来不会对苏落这么热情，但是看到她一出手就将中帝的那位妹子拍飞后，牧姐表示，这姑娘自己喜欢。

牧姐对苏落说："走吧，一边走一边给你介绍，希望听了介绍后，你不要晕过去。"

苏落疑惑地看了她一眼："为什么要晕过去？"

"因为分院的人在加勒岛很难混啊。"牧姐带着苏落一边走一边说，"虽然大家都是通过同样的考试进来的，但是这加勒岛几乎是中帝学院的天下，而我们四大分院的人则少得可怜。"

"因为人少，所以经常被欺负，如果只是这样也就罢了，可在这岛上，哪有那么容易存活的？"

"上岛之前，所有的东西都被封印了，到了岛上，要生存下去就得努力干活。"牧姐带着苏落来到一座院落。

院落错落有致，顶上是青色琉璃瓦，摆设奢华大气。

牧姐将苏落领进去，很恭敬地对那位打瞌睡的白胡子老头说："闵管事，新人到了。"

闵管事被吵醒，非常不悦地扫了苏落一眼。

牧姐对苏落说："通讯珏。"

苏落拿出通讯珏，闵管事在苏落的通讯珏上一扫，目光越发不好看了："果然是分院的，啧啧……"语气颇为不屑。

苏落看了牧姐一眼，见她神色自然，想来早已习以为常，不禁暗暗叹了口气，淡淡地看着那位闵管事。

闵管事拿出十个金币和一把钥匙，丢到桌案上，傲慢地说："拿去！"

苏落微微皱眉。

闵管事本该告诉苏落在加勒岛的注意事项，但是他却闭上眼睛继续打瞌睡，把苏落当成了空气。

就在这时，外面传来了一阵喧闹声。

"他们来了。"牧姐的声音中带了一丝冷笑。

果然，那三位学长带着三年级新生过来了。那三个人看到牧姐轻蔑地一笑，随即朝闵管事走去。

闵管事哪还睡得着啊？他早已从桌子后跑出来，谄媚地迎上去："你们这是接到新生啦？"

"是啊，这次有二十九个，潜力都不错。"三人中为首的那个淡淡地回答。

牧姐告诉苏落，此人叫郑点，在这片区域里属于说得上话的，也是最欺负分院同学的人之一。苏落的视线从郑点脸上扫过。

闵管事对郑点带来的人，态度可跟对苏落完全不一样，简直热情得让人受不了。

牧姐受不了了，她对苏落说："走吧，我带你去住的地方。"

这里的住宿条件跟东华分院一样，三个人住一栋别墅。

牧姐一边把苏落往别墅带，一边给她科普："我现在给你普及一下岛上的规矩。这十个金币是启动资金，用完就没了，知道吗？"

"哦。"苏落拿起金币看了看，这金币不同于外面流通的金币，不论是铸造上还是材质上都是独一无二的，而且金币上还刻着"加勒金币"这四个字。

牧姐将苏落带到二楼临海的空房间里："这房间不错，原先住在这里的那位升到四年级去了，所以空了下来，正好便宜你了。"

苏落见牧姐不太愿意提起原先住在这里的那位，也就没有多问。

苏落看了看房间的位置，这里地处海滩边缘，从窗口望出去就是一片湛蓝的海景，空气中还带着一丝淡淡的海风味道。

对这住处，苏落表示还挺满意的。

牧姐见苏落满意，不由得苦笑："我们三年级只能在山底住着，等升到四年级，就能去半山腰住了，到时候日子会好过许多。"

"嗯？"苏落不解。

牧姐没好气地说："住在山下，就只能靠海赚取加勒金币，但是住到山腰就有资格加入狩猎队，狩猎魔兽赚钱可多了，那日子才叫好过呢。对了，我没告诉过你吧，这十个金币，只能够让你在岛上活两天。"

苏落："嗯？"

牧姐见苏落一脸茫然，解释道："在岛上住一天租金是四个金币，再加上基本生活需求一个金币，也就是说，一天最少要花五个金币。"

苏落："啊？"

"这还不包括学费呢，我们的学费可是要凭自己的本事赚到。"牧姐补充道。

苏落不由得问道："如果赚不到这么多金币怎么办？"

"那就要欠债了。"牧姐很坚定地看着苏落，"欠债的话，最多允许欠五百金币，也就是说，一百天之后，如果还不能每天赚到超过五个金币，就会越欠越多。欠的这些金币是要利息的，而且还是九出十三归的算法。"

苏落眼睛一瞪："这是高利贷啊！"

牧姐很冷静地点头："对，这就是官方发布的高利贷。"

苏落："……"

苏落自然知道九出十三归是怎么回事。这利息太高了！剥削得也太严重了吧？

简单地说，就是借十个金币，但是官方只给九个金币，然后每个月的利息是一个金币，等还的时候又要加收三个月的利息。也就是说，即便只借一天，也要还十三个金币，而且利滚利。

牧姐见苏落终于严肃起来，这才放心，拍拍她的肩头："对，就是这么回事儿，所以能不借，咱千万不要借官方的，很多人就是栽在这上面的。"

"借钱不还会怎样？被退学吗？"苏落认真地看着牧姐。

牧姐说："如果被退学还好了，还能自由生活，但是在这加勒岛，一切都是殊大人说了算，就连咱们帝国学院的院长大人都插不了手，而殊大人的规定是——还不了就到矿上做苦力，那可不是人待的地方啊。"

牧姐说了这么多，苏落总结了一下：一、每天的基本生存，需要花费五个金币；二、不仅要赚钱保障基本生活，还要赚学费；三、千万不要欠债，绝对不能借钱。

就在这时候，牧姐的通讯珏响了，她将苏落往隔壁房间一推，对着里面喊道："陆丹妮，照顾下新人。"

然后牧姐对苏落说："我有事还要去忙，你这里……"

苏落点点头："我能照顾自己。"

"那好。"牧姐将苏落交给陆丹妮，急忙跑开了。对于她们这些处于温饱线上的学生来说，赚取金币可是最重要的事。

或许是因为四大分院的人进来的本来就少，所以自己人分外团结。

这位陆丹妮同学是南楚分院的，也是受中帝学院那些人排挤的，她看到苏落，虽然不如牧姐热情，但态度和善："你随便做，有什么不懂的可以问我。"

说这话的时候，她还没停下手中的活。

苏落看了一眼陆丹妮的房间，简洁，明快，就一张床、一张桌案、两把椅子，除此之外，再无别的家具。看来过得很艰辛啊，苏落在心里下了个结论。

苏落走到陆丹妮前面那把空椅子上坐下，看着忙碌的陆丹妮。

陆丹妮一边跟苏落说话，双手一边灵活地将散落的小贝壳黏成一只只白鹤。

这些小白鹤栩栩如生，更难得的是，苏落发现陆丹妮在这些白鹤身上释放了不少的灵气。陆丹妮的手法非常不错，在苏落看来，已经可以用"精妙"来形容了。

一只看似简单的白鹤，她做了整整一刻钟才完成。

这样做一只小白鹤，会不会太浪费了？苏落在心里暗想。

苏落注意到，陆丹妮做完一只白鹤后，抬手抹了下汗，然后又继续开始做另外一只。

"做这些小白鹤有什么用？"苏落拿起一只在手里把玩。

陆丹妮的视线盯着苏落手里的小白鹤，神色间有些紧张，生怕苏落将小白鹤弄散了。

陆丹妮对苏落说："在这岛上，通讯珏的大部分功能都被封印了，是不能互相交流的，所以需要用这些小白鹤来传递消息。"

苏落神色一顿，拿起自己的通讯珏一看，刚才在领取金币的时候扫了一下通讯珏，果然绝大部分功能都被关闭了。

陆丹妮看着苏落，微微叹息："你刚来，什么都不懂，这岛上的日子，难过啊。"

"你不是会这手艺吗？"苏落问。

陆丹妮无奈地摇摇头："会这手艺的人多着呢，可不止我一个，看你什么都不懂，我给你算一笔账你就知道了。"

陆丹妮掰着手指算着："每天五个金币，只能维持最基本的生存，但是我们还要修炼啊，灵石、晶石全被封印了，哪里能够修炼？所以，我们还得自己赚灵石来维持修炼，这可是一笔很大的开支，而且每年还要缴纳高昂的学费，更恐怖的是，学费每年成几何式递增，真是想想都让人哆嗦。"

"这小白鹤吧，它能当通讯工具、传递信息，可是拿出去卖，才十个银币一只。"陆丹妮想想都觉得心酸，"十只才赚一个金币，每天要做五十只才够一天的开销，而且还不包括修炼的费用和学费。"

苏落简直无语了："这岛上怎么这么黑啊？"

陆丹妮带着哭腔："可不是吗？好多人都快熬不下去了，可是这里与世隔绝，别说逃出去，连信都送不出去，总不能跳海自杀吧？没辙啊，只能想尽一切办法生存下去，只要四年级毕业，就能离开这鬼地方了。这里虽然叫加勒岛，但是我们私底下都叫它恶魔岛。"

陆丹妮用略带同情的目光看着苏落："你是新来的，十个金币够什么用？赶紧想想生存的办法吧，如果你要学小白鹤的做法，我来教你。"

苏落的运气还算不错，虽然中帝学院那群人让她糟心，但是这两位室友还不错。

苏落摸着下巴："除了做手工，难道没有别的办法赚钱了？"

陆丹妮一边做着第二只小白鹤，一边回答苏落的话："不做手工，那你就只能去打工了。"

"打工？"苏落好奇地问。

陆丹妮说："不过打工一般都被中帝学院那边包圆了，我们分院的人实力不行，所以……不过打工确实比做手工赚得多。算了，你还没见识过，去见识见识也好，实在不行就跟我学做小白鹤吧。"

苏落点点头。

事不宜迟，还是赶紧打工赚钱吧，不然后天就要借钱了。

苏落抹抹额头上的汗，想她堂堂珍宝轩的少主，富可敌国，现在为了几个金币居然要去打工，真是苦啊。

此刻苏落还不知道，因为空间被封印，海皇老爷爷也被封在里面了，所以没有人告诉她，她要收集的某件神器就在这座岛上，也不知道苏落会不会发现。

苏落跑到打工的地方一看，顿时脸都黑了。

海里有很多海兽，等级都很高，而打工就是去消灭海兽。那种最弱的，一只才值五十个银币。苏落快疯掉了，这纯粹就是剥削嘛！

看看别人，都是以团队为单位行动的，每个团队至少有五个人。

苏落见附近有一位少年，于是走上去，碰运气地询问："组队吗？"

这位少年第一眼被苏落的容貌惊呆了，第二眼，他下意识地去看苏落的右臂。

此刻，他队伍里的同伴也都围了上来。

"唐老大，怎么回事？"后面的人问。

这位少年名叫唐东风，是这支队伍的队长。

队伍里四男一女，那位女生警惕而戒备地盯着苏落，恨不得一巴掌将苏落拍开。

唐东风还没说话，那唯一的女生就掐尖了声音嚷道："哟，你怎么没戴臂章啊？快戴上吧，不然人家还以为你不是中帝学院的呢。"

瞬间，一道道目光全都集中到苏落的右臂上。苏落这才注意到，他们的右臂上都戴着一个有星号标记的臂章。这个星号标记是中帝学院的学生为了与分院区分开，为了秀优越感而发明出来的东西。

"雪妮，不要说了。"这位队长制止了那名唯恐天下不乱的女生，转头朝苏落淡淡一笑，"抱歉，我们人满了。"说完，带着一群人扬长而去。

知道苏落是分院的学生后，他对苏落的态度就有一种高高在上的疏离，这种疏离并没有明显地表现出来，却能让人明显地感觉到。

卫雪妮得意地回头嘲笑苏落。

中帝学院跟分院的学生还真是泾渭分明啊，生怕会被分院的学生赖上似的。

苏落无语，看来分院的人在加勒岛上真的好难混啊。不过苏落却是越挫越勇的性子，现在看不起她是吧？很好，睁大你们的狗眼看着，到底谁能笑到最后。

中帝学院的人不会跟分院的人组队，看不起是一方面，更因为在他们眼里，分院的人实力太弱了，不仅帮不上忙，还会帮倒忙。

苏落倒是看到没戴臂章的了，不过他们看到苏落直接就绕过去了，因为苏落看上去很柔弱，一看就不是战斗型的。自己都处于饥饿状态，哪里还有余力帮助别人啊？

苏落干脆自己跑去领任务。反正以她现在的实力，打小海兽还是绰绰有余的。

发任务的人看了苏落一眼："你们的队伍呢？"

苏落淡然答道："就我一个。"

那位小哥上上下下打量了苏落一眼："你确定？"

"一个人不能接任务吗？"苏落反问。

倒不是不能接，只是这样很危险啊。小哥见苏落坚持，就将其中一个小任务划给了苏落，末了还问了一句："初级海底吐纳功你学过吧？"

海底吐纳功？这是什么东西？应该是能够待在海底的功法吧？

苏落点点头："学过了。"

她虽然没学过海底吐纳功，但是自从融合了海皇三叉戟后，就能够自由进入海底，并且没有时间限制。而海岛上的这些同学要想进入海底，必须要花高价购买海底吐纳功的功法来修炼。这种功法根据在海底停留的时间不同，有初级、中级和高级之分，而苏落在这方面的花费就全免了，所以省了一大笔钱。

接了捕捉青煞乌云兽的任务后，苏落就独自出海了。

海上的风光苏落是见过的，所以对她来说没有什么好奇之处。

在接任务的时候，苏落还拿到了一小张附赠的地图。

青煞乌云兽的任务等级并不高，所以距离海边也不是很远，苏落出海不到一个小时，便到了目的地。

将小船停泊在礁石上，苏落一个猛子就扎入了海里。

这艘小船可不是白给的，而是苏落花了十个金币的押金租的，这要是丢了，苏落立马就进入赤贫阶层了。

入海后，苏落顿时有种如鱼得水的感觉。自从融合了海皇三叉戟，海底就是她的第二故乡啊。这块海域离海岸线并不远，所以海底不深，不到一百米的深度。不过因为这里是青煞乌云兽的老巢，所以苏落一路上没有看到别的海兽。

忽然，苏落眼眸微动，闪身躲到了珊瑚丛后，握紧手中的匕首蓄势待发。就在下一刻，一只青煞乌云兽出现在视野之中。

就在青煞乌云兽无忧无虑地从珊瑚丛里穿过时，苏落悄无声息地刺中了它的心脏。

青煞乌云兽虽然受了重伤，但还有余力朝苏落发动攻击。双方你来我往，打得非常激烈。最终青煞乌云兽被苏落一掌击中头部的灵台穴，这才断了气。

苏落拖着青煞乌云兽那根长长的尾巴浮出水面，心中忍不住感叹，在这加勒岛上赚点钱可真难啊。

就在苏落准备回去的时候，一艘比苏落这艘船稍大一些的船疾驰而来，稳稳地停在了苏落的小船前面。

船上的人苏落竟然认得，正是刚才不屑与苏落组队的那群人。苏落不想惹事，解开船上的缆绳就要离开。

卫雪妮的视线落到苏落身上，眸中闪过一丝厌恶，然而当她看到苏落那只青煞乌云兽时，眼眸倏然一亮。

卫雪妮凑近唐东风，在他耳边嘀咕了一声，唐东风微微皱眉。但是那句话不仅被唐东风听到了，别人也听到了。

"什么？居然是……"卜一海盯着卫雪妮，"你确定？"

卫雪妮点点头，但是唐东风还在犹豫。

苏落跳上小船，正准备将青煞乌云兽往自己的船上拖，忽然发现卫雪妮和卜一海一人一边，网住她刚才费了老劲才打到的青煞乌云兽，往他们的船上拉。

苏落愣住了。

"你们这是在干吗？"苏落一把拎住那张网，不让他们动弹。

卫雪妮傲慢而嫌弃地对苏落挥挥手："这里没你的事，快给我走开。"

苏落用看白痴的目光看着她："什么？"

卫雪妮理直气壮地瞪着苏落："这青煞乌云兽是我们打死的，你站在那儿干吗？"

苏落真没见过颠倒黑白还能如此理直气壮的人，饶是她一向嘴皮子利索，也被卫雪妮的厚颜无耻给打败了。

卫雪妮恶狠狠地瞪了苏落一眼："还不快放手！怎么，想抢我们的青煞乌云兽？找死吧你！"

卜一海冷笑道："就是，这可是我们打到的青煞乌云兽，你快滚开，不要妨碍我们！"

苏落下意识地看了唐东风一眼。那两个人无耻，难道他也要跟着无耻？身为这支小队的领队，唐东风一开始也觉得这样做很羞耻，但是在他还没反应过来的时候，卫雪妮已经这么做了，而且卜一海也这么做了，如果他现在开口，岂不是让他们离心？所以，唐东风干脆当什么事都不知道。

反正这种抢四大分院猎物的事时时都有发生，轮到谁只能说明谁运气不好。

所以，唐东风的沉默其实就是在纵容。

卫雪妮和卜一海见唐东风没有反对，两个人笑得很无耻，同时动手将网往自己的船上拉。

哈哈哈，刚出海就白捡了一条，今天都不用干活了，回去就可以休息了，好棒！卫雪妮和卜一海对视一眼，欢快极了。

可是他们忘记了，眼前这个人，并不是普通的分院学生，她的名字叫苏落。

苏落冷冷一笑："你们这是要明抢了？"

"什么明抢？明明就是我们猎到的青煞乌云兽！"卫雪妮得意扬扬，"我们五个都是证人！"

她轻蔑地瞟了苏落一眼，一副"你能奈我何"的得意表情。

苏落发现，这加勒岛上的姑娘，大多都不怎么可爱啊。

心里如此想着，手里可没有放松，苏落算好了力道，挂着渔网的手用了点巧劲，猛然间一拽！

扑通！可怜的卫雪妮，一点防备都没有，就被苏落狠狠地拽落水中。

不等卫雪妮破口大骂，苏落就大笑起来："既然说青煞乌云兽是你们狩猎的，你们却一点都没沾水，不是穿帮了吗？我这是在帮你啊。"

卫雪妮指着苏落，气得面颊通红。

卜一海看到卫雪妮吃亏了，当即伸手将她拽上船，然后目光凌厉地瞪着苏落："小姑娘，奉劝你一句，不要找死！"

"这句话还是奉劝你自己吧，我看你才是找死。"苏落漫不经心地回了一句。

对方船上的五个人，唐东风、卜一海、卫雪妮，还有另外两个比较中立的人，此刻都皱眉看着苏落。

在他们的印象中，分院来的人，遇到他们的时候从来都是自认倒霉主动吃亏息事宁人的，像苏落这样强烈反击的，他们还是头一回遇到。

卜一海将卫雪妮往唐东风怀里一推，纵身朝苏落扑去，人还未至，掌风先到。他一出手，苏落就判断出了他的实力——大圆满三星初级。

这实力虽然不错，但对苏落来说，卜一海还不够。苏落完全可以一拳将他砸飞，但是苏落习惯了扮猪吃老虎，所以只拿出三分力来应战。

三招之后，卜一海被苏落狠狠踹飞。众人只看到卜一海的身体在海上划过一道漂亮的抛物线，最后啾的一声响，砰的一道回音，重重砸落海面，咕噜咕噜就沉下去了。

决不能让自己人吃亏！唐东风一挥手："大家一起上！"

然而，就在这群人冲上去要跟苏落战斗的时候，突然驶来一艘大船，船身写着"巡逻队"。

"你们这是在干什么？"巡逻队稳稳地停在众人面前。

苏落还是第一次见到巡逻队呢，卫雪妮当即朝巡逻队跑去："学长，她抢我们小队狩猎的青煞乌云兽！"

明显的恶人先告状。

巡逻队的成员也是五个人，四个男生一个女生。他们都是三年级的老生。能进巡逻队的，都是实力强且威信高的学生。

为首的那位少年看了卫雪妮一眼，又朝苏落望去。

他微微皱眉："她抢你们狩猎的青煞乌云兽？你确定？"

那姑娘柔柔弱弱的，而且还孤身一人，哪里像是能抢怪的？反观卫雪妮这支小队，人员齐全，设备齐全，一个个张牙舞爪的，哪有吃亏的样子？

更何况，巡逻队长注意到，卫雪妮五个人都戴着袖章，而那位姑娘则没有。这说明了什么？事实已经很明显了好吧？就算你恶人先告状，你也别当我是白痴啊！巡逻队长瞪了卫雪妮一眼。但是卫雪妮很自信，有破绽又怎么样？巡逻队的人也是中帝学院出来的学长学姐，难道还会反过来帮分院的不成？

巡逻队长看了苏落一眼："你怎么说？"

苏落淡然地看着巡逻队长，神色从容地说："他们抢我的青煞乌云兽，反过来却说我抢他们的，恶人先告状，不知道会不会罪加一等？"

卫雪妮冷笑："明明是你抢的！"

苏落淡笑："你抢的。"

"你抢的。"

"你抢的。"

……

巡逻队长听得头都大了，怒喝一声："好了！都给我闭嘴！"

双方全都住嘴了。

苏落暗中打量着巡逻队，既然是巡逻队，就代表着维护正义，如果连巡逻队都刻意偏袒的话，那苏落决定，等有机会出去，她一定会利用龙凤族的特权跟校方反映一下了。

不过这位巡逻队长倒是没让苏落失望，他盯着苏落和卫雪妮："既然你们都说这青煞乌云兽是你们打的，那好，你们来说说打死青煞乌云兽的过程。"

巡逻队长此言一出，卫雪妮的脸色就变了，她队伍里的人也都微微变色。因为他们根本没杀死青煞乌云兽，怎么说杀死的过程？万一说错了，可是可以验证出来的。

怎么办呢？

巡逻队长的视线在苏落和卫雪妮脸上扫来扫去，严肃地问："谁先说？"

卫雪妮指着苏落："她抢的青煞乌云兽，当然她先说，我倒要看看她能怎么编！"

一时间，所有人的视线都落到苏落身上。

因为卫雪妮太理直气壮了，以至于大家都怀疑，难道真的是这位看上去柔柔弱弱的小姑娘抢怪？

苏落看了卫雪妮一眼："我先说就我先说，也没什么不能说的。"

于是，苏落就将自己潜入海底，躲在珊瑚丛后面，伺机在青煞乌云兽的心脏处给予致命一击的过程说了一遍。

巡逻队长连续问了几个细节，苏落都回答得清清楚楚。

巡逻队长对苏落的回答表示满意。这姑娘不仅长得漂亮、气质脱俗，更难能可贵的是不卑不亢、淡定从容，看着就让人心生好感。不像卫雪妮，骄纵粗暴，一点女孩子的温柔样都没有。

巡逻队长的心已经偏了。

而他是这艘巡逻船的队长，其余四位队员自然是以他为首。

然而，就在巡逻队长对苏落表示满意的时候，被他评价为"骄纵粗暴"的卫雪妮突然指着苏落破口大骂："好你个臭丫头，竟敢偷看我们狩猎青煞乌云兽！当时你躲在哪里？居然连细节都观察得这么清楚！"

实在是卫雪妮太理直气壮、太有自信和勇气了，所以，巡逻队的人又对苏落产生了一丝怀疑。

卫雪妮见巡逻队的人皱眉，心中暗喜：不就是颠倒黑白吗？这事儿姑娘我常干，简直太熟练了！

苏落看着卫雪妮上蹿下跳，微微眯了眯眼：卫雪妮这业务熟练度，看来没少干坏事啊，分院的学长学姐们被他们欺负惨了吧？

苏落这才想到一个问题：分院的学长学姐们都在哪呢？她到了加勒岛上后，见到的绝大多数都是中帝学院的人。

就在苏落分心的时候，巡逻队长问向苏落："这事你怎么说？"

"不是谁主张谁举证吗？"苏落盯着巡逻队长，"她说我抢了她的青煞乌云兽，证据呢？"

巡逻队长被苏落问得噎住了，他摸摸下巴，忽然发现这姑娘看着柔柔弱弱的，这眼神、这气势，可一点都不弱啊。

卫雪妮得意地盯着苏落："我刚才说的难道不是证据？青煞乌云兽是被我用匕首刺入心脏杀死的，你还要什么证据！"

巡逻队长有点为难了，因为他一眼就看出来了，那只青煞乌云兽的致命伤其实在头部。

但这时候，苏落却慢悠悠地看着对方："可是，我刚才说错了啊，其实青煞乌云兽的致命伤在头部，它的灵台穴被我一拳头砸碎了，这才死掉，不信你们去看看它的脑袋。"

苏落一开始并没有说青煞乌云兽的头部有伤。而且青煞乌云兽的灵台穴被击碎，这种伤从外表是看不出来的。

卫雪妮哑口无言，狠狠地盯着苏落。

这下该怎么说？卫雪妮下意识地望向唐东风。而这时候，巡逻队的人也都盯着唐东风看，特别是那位巡逻队长。

唐东风的视线从青煞乌云兽转移到苏落身上。他看了苏落一眼，视线往下移，注意到苏落的手。

此刻的苏落背挺得笔直，脸上洋溢着淡定的笑容，但是她的手却抓住身侧的衣服，微微发抖。

她这是在紧张！她在紧张什么呢？唐东风脑中电光石火间就有了答案——她说青煞乌云兽的灵台穴被击碎是在使诈！对，一定是在使诈！这只青煞乌云兽并不普通，哪里是她能够一巴掌击碎的？

于是唐东风对巡逻队长慷慨激昂地说："哪有灵台穴被击碎的事？胡说八道！这只青煞

乌云兽的致命伤就在心口！"

巡逻队长的目光从唐东风那群人脸上扫过，其他四人也都跟着点头："老大说得对！就是这样的！"

巡逻队长又看了苏落一眼，苏落不疾不徐地说："明明致命伤就在灵台穴，怎么会是心脏处呢？所以说，不是自己亲手打的怪，连致命伤在哪都不知道啊。"

见苏落说得笃定，卫雪妮忽然有种不好的预感。但是唐东风很自信，因为他确信苏落在使诈。

巡逻队长这时已经带着四名巡逻队员来到青煞乌云兽的尸体旁，他的手掌贴着青煞乌云兽的灵台穴……

其他四人也一一检查了一遍，最后，五个人齐齐点头。

最终的结果是由巡逻队长亲口宣布的："青煞乌云兽的死因，确实是灵台穴被击碎了。"

什么？唐东风脸色骤变，卫雪妮顿时跳起来："这不可能！这……这怎么可能嘛！"

巡逻队长凌厉的视线在唐东风脸上扫过："恶意抢怪，反而诬赖对方，你们不觉得羞耻吗？！"

唐东风等人默默地低下头，垂头丧气。

确实很丢人，而且还被这样训斥。

巡逻队长冷哼："这只青煞乌云兽归——"

"你叫什么名字？"巡逻队长问苏落，"算了，你别说了，免得……"

"我叫苏落。"苏落对巡逻队长淡淡一笑，"没事，我能打死这只青煞乌云兽，就不怕他们蓄意报复。他们打不过我。"

巡逻队长见苏落笑容甜美，神色也跟着一缓，他问苏落："以前怎么没见过你？"

苏落从容回答："今天刚从帝都过来，规则还没摸熟就被人抢了怪，也怪倒霉的。"

竟然是新人？分院的新人就有叫板中帝学生的勇气，而且还以一敌五？果真是初生牛犊不怕虎啊。巡逻队长对苏落的印象更好了，原本他并不打算处罚唐东风等人，但是现在改变主意了。

巡逻队长对唐东风冷哼一声："这只青煞乌云兽本来就是苏落打的，现在归她所有。"

"是……"唐东风觉得好丢脸，好想赶紧溜之大吉。

"蓄意抢怪，此风不可长，如果不罚你们，怕你们不长记性。"巡逻队长冷哼一声，"你们每个人给苏落两个金币做赔偿。"

金币可是很值钱的，这样一只青煞乌云兽才值一个金币。

唐东风很不甘心，但是他知道眼前这位巡逻队长名叫荀星宇，脾气直、来头大，如果他拒绝赔偿，他相信下一刻赔款价格就会翻倍。

唐东风很无奈，只好默默地取出十个金币递过去。

"滚吧！"巡逻队长踹了唐东风一脚。

在这些老生眼中，新生就是可以随意欺负的。

唐东风生怕留下来还会被巡逻队长剥削，当即带着队员逃之夭夭。

苟星宇将十个金币都递给苏落："拿着吧，够你活两天的了。"

苟星宇也知道新人生活不易，他对苏落印象不错，所以才把金币全给了苏落，这要是换成别人，能拿到两个金币的赔偿就不错了。

苏落很不客气地将十个金币全收了，然后对苟星宇说："等等，我还不知道你的名字呢。"

"苟星宇。"巡逻队长对苏落咧开嘴笑了。

难得有他看着觉得舒服的姑娘，稍微照顾点也没什么。

倒是苟星宇身后的人，看到他们家小队长笑得这样开怀，不由得面面相觑：他们家小队长不是看到女人就讨厌吗？他们又看了苏落一眼——好吧，这位姑娘确实很容易让人对她产生好感。

苟星宇见苏落将青煞乌云兽拖到小船上要回去，他想了想，从腰间解开一只白玉瓷瓶丢给苏落。

苏落顺手接住，茫然地看着他。

苟星宇摸摸鼻子，说："漂亮的女孩子扛着这么血腥的海兽算怎么回事？这玉净瓶反正是搜刮来的，送你好了。"

见苏落依旧茫然，苟星宇又好心地解释："玉净瓶能装海兽和魔兽，不过空间很小，刚好够装这只青煞乌云兽，对了，你这是接了任务来的？"

苏落点点头。

苟星宇却对苏落说："任务奖励是一个金币？"

苏落又点点头。

苟星宇皱皱眉："不划算。你将这只青煞乌云兽带回去，就不用去缴纳任务了，直接去海产品市场，把这只青煞乌云兽拆了卖，怎么都不止一个金币。"

"会有人买？"

"什么话？"苟星宇看了苏落一眼，"这个岛上，有好多学生都是借助生活技能来赚钱的，青煞乌云兽的皮、肉、骨、血，还有头上这两只角，都是好东西，肯定会有人买的。"

"那任务……"苏落有些犹豫。

"任务完不成会自动标记失败，没什么的。以后如果有人欺负你，就来找我。"苟星宇朝苏落点点头，径自带着小队继续巡逻去了。

不得不说，刚才苏落的表现让他有些刮目相看，所以他才会对苏落另眼相看。如果苏落也像分院的其他学生那样，遇到中帝的学生就退让，这忙他可不会帮。

有了荀星宇的话，苏落心里就有底气了。而且怀里还有赔偿的十个金币呢，能活四天了，所以有底气的苏落就将青煞乌云兽装进玉净瓶中，返航后上岸，给了十个银币的租金，取回了押金。

因为苏落是将青煞乌云兽装进玉净瓶里的，所以大家见苏落空手而归，都以为苏落失败了。

租船的老伯用同情的目光看着苏落离去的背影。

苏落并不知道别人同情她，她带着玉净瓶直接来到摆摊的小市场，幸运地占了个好位置。

也不知道苏落今天走了什么运，她刚拿出玉净瓶，就有人来了。

这位一看就是老生，而且看他的眼睛，精光闪闪的，苏落心中就有数了。

玉净瓶是透明的，透过瓶壁能够看到里面的青煞乌云兽。

那位老生名叫谷万清，如苏落所料，他确实是老生，而且是一位特别爱占便宜的三年级老生。

当他看到苏落将玉净瓶拿出来的时候，当即心中一喜。他走到苏落面前，蹲下来看了看玉净瓶，然后漫不经心地问苏落："这怎么卖？"

苏落对他怀有戒心，但是面上不显，淡淡地问："阁下怎么说？"

"五个金币！"谷万清指着白玉瓷瓶，"连带瓶子，五个金币，我买了！"

苏落皱眉。她初来乍到，虽然不知道行情，但是那位巡逻队长将这玉净瓶拿出来的时候，他的四个小跟班都是一脸肉痛的表情，岂会只值五个金币？

于是，苏落摇头。

就在这时，果然另一个凑上来："老万，你开什么玩笑，这玉净瓶可是好东西，你出五个金币就想拿走？你以为这是玻璃瓶呢？"

谷万清看到凑上来的这个人，顿时脸上露出不悦的神色。

因为这个人叫莫敬意，老拆他台。

莫敬意嘲笑了谷万清一句，然后很豪迈地对苏落挥手："行了，我也不要你的玉净瓶，里面这只青煞乌云兽五个金币，我收了。"

苏落心中微微一喜。卖给官方才一个金币一只，但是这个人一出口就是五个金币，难道天上掉馅饼了？

苏落从来都觉得，世上没有无缘无故的好事，真要有，那肯定是人为的。

而且苏落回想起来，如果这真是只普通的青煞乌云兽，唐东风他们应该不会抢得那么疯狂吧？应该问问巡逻队长，这只青煞乌云兽是不是有奇特之处。苏落在心里想着。

而这时候，莫敬意却对苏落笑着说："小姑娘，看你也不容易，五个金币足够你活一天了，怎么样，卖不卖？"

谷万清原本想说什么，但是莫敬意在苏落看不到的角度，给谷万清打了个手势，谷万清顿时就噤声了。

但是，他们不知道的是，正是因为谷万清的噤声，让苏落看出了端倪。

要知道，刚才这个人可是坏了谷万清的大事，以他咋咋呼呼的性子，怎么都得出来搞破坏，可是谷万清很安静。但是安静中他又和莫敬意挤眉弄眼。

真当我没看见吗？苏落嘴角勾起一抹冷笑。

就在这时，又有人站了出来，冷笑着看着谷万清和莫敬意："你们两个居然联合起来欺负人，倒是少见啊。"

莫敬意眼眸半眯，警告地盯着那个人。

谷万清就没那么客气了，他盯着那位少年，挥了挥拳头："宫清泉，少管闲事！"

宫清泉却轻蔑地扫了他一眼，转而对苏落笑眯眯地说："你别被他们骗了，这只青煞乌云兽不是纯种的，如果是纯种的话，绝对卖不到五个金币，就算拆了散卖，也就值两三个金币，但是你这只是非纯种的，价值就会高很多。"

"非纯种？"苏落好奇地看着宫清泉。

宫清泉指着青煞乌云兽的眼睛："你看，它的瞳孔里有一圈金边，脚趾上也有一缕金色，所以明显不纯嘛。"

苏落愣了愣："不纯的，价格还能高？"

宫清泉笑着点头："对啊，不纯的很值钱呢，照我说，你这只青煞乌云兽，最少值五十个金币。"

苏落眼中浮现一抹喜色。本以为只值一个金币的青煞乌云兽，现在居然值五十个金币，在金钱短缺的情况下，谁都会狂喜，苏落也一样。

苏落原来就有十个金币，后来从唐东风那儿得到十个金币，现在又能赚五十个金币，立马就有七十个金币了，足够她在小岛上活小半个月了！

跟做手工的陆丹妮比起来，苏落简直太有优越感了。

不过，现在这只青煞乌云兽还没人买呢，再看看天色，不早了啊。

刚才骗她的那两个人早已灰溜溜地走了，现在她面前只宫清泉一人。

于是，苏落问宫清泉："你买吗？"

宫清泉不由得苦笑："我倒是想买，可我手头没那么多金币，如果你愿意让我欠着的话，那我就买了。"

苏落想，如果不是宫清泉提醒，她也不知道这只青煞乌云兽是不纯的，所以，苏落就问："你能拿出多少金币？"

宫清泉说："只有三十个。"

苏落想也不想就说："那好吧，三十个就三十个，成交了。"

于是，青煞乌云兽就到了宫清泉手里。

苏落也不急着回去，她想多了解一些加勒岛上的事，免得日后吃亏。

于是她就问宫清泉："你拿青煞乌云兽干吗用啊？"

宫清泉笑着说："如果我没猜错的话，这只变异的青煞乌云兽，它的母亲是青煞乌云兽，而它的父亲肯定是金煞乌云兽，力大无穷。所以，用它的心脏做动力，可以给战斗傀儡提供很强的力量。而且，这只青煞乌云兽的骨架也是制作战斗傀儡的上好材料。"

接下来苏落又问了不少问题，宫清泉有问必答，为苏落普及岛上的各种知识。

末了，苏落又问："以后再有青煞乌云兽的话你还要不要收啊？"

宫清泉忙点头："要的要的，有多少要多少，等我把用这只青煞乌云兽炼制的战斗傀儡卖出去就有钱了，不但能还欠你的钱，还有富余。"

于是，两人就这样约好了。

然而，就在苏落准备收摊子走人的时候，前方一群人却气势汹汹地冲来！

苏落和宫清泉站起来，目光冰冷地看着来者。

打头的人就是莫敬意，刚才想出五个金币买走变异青煞乌云兽的那位。

莫敬意盯着苏落，冷哼一声："五十金币是吧？老子买了！"

说完，很傲慢地朝苏落砸去一个荷包。

苏落掂了掂荷包，不用数就能分辨出来，这里确实是五十个金币。

宫清泉眼眸半眯起来。

莫敬意带的人可不少，如果真打起来的话，恐怕他和这位苏姑娘都要吃亏。

如果换成常人，这会儿为了息事宁人，应该会把青煞乌云兽卖给莫敬意吧？宫清泉的眼眸黯了黯。

莫敬意催促苏落："青煞乌云兽呢？收了金币，赶紧把青煞乌云兽给我交出来！"

苏落淡淡一笑，将荷包砸回去："青煞乌云兽已经卖出去了。"

莫敬意见青煞乌云兽在宫清泉脚边，不由得怒道："姓宫的，你这是故意跟我过不去吗？"

宫清泉冷笑道："先来后来，钱货两讫，什么叫故意跟你过不去？莫敬意，你别以为有人撑腰就横行无忌，这里还没你嚣张的份！"

莫敬意嗤笑道："你敢抢我的傀儡材料，还敢这么对我说话，今天这事没完！"

原来宫清泉和莫敬意的手艺都是炼制战斗傀儡，这两个人本就是同行，正所谓同行是冤家，他们俩的手艺又在伯仲之间，本就是明里暗里地斗，现在杠上，自然谁也不让谁。

眼看就要打起来了，苏落顿时皱起眉头。

莫敬意盯着苏落："再给你最后一次选择的机会，你究竟是卖给我还是卖给他！"

苏落眉头微锁："都已经卖出去了，还有什么可卖你的？你这人好生不讲道理。"

莫敬意带了那么多人冲过来，可不是吃素的，眼看双方就要打起来了，忽然——

"住手！"一道冰冷的声音从不远处传来。

苏落听这声音有些熟悉，不由得抬头望去，来者竟然是牧晴。

"牧姐？"莫敬意和宫清泉看到来人，全安静下来。

牧姐并不是一个人，她身边带着十来个人，此刻正冷冰冰地站在众人面前。

"你们这是在做什么？"牧姐不悦地问道。

"我……我们……买东西。"莫敬意瞪了宫清泉一眼，对牧姐的态度非常友好，"我们正在跟这位姑娘买东西呢。"

牧姐扫了宫清泉一眼。宫清泉淡淡一笑，跟牧姐点点头："确实是在买东西。"

于是，牧姐的视线就转到苏落身上，这时候她也认出来了，眼前这丫头就是她今天刚接过来的苏落。

苏落还不太明白，但是莫敬意却一个劲地给苏落使眼色。

"我看着怎么像打架呢？"牧姐扫了莫敬意一眼。

"哪能啊，咱们分院的人团结还来不及呢，怎么会自己人跟自己人打架呢？牧姐看错啦，哈哈哈……"莫敬意摸着脑袋笑着说。

牧姐看着苏落，苏落点点头，指着莫敬意："这位同学想买我手里的青煞乌云兽，但是青煞乌云兽已经卖给这位同学了，所以有点争执。"

莫敬意赶紧接话："对对，有点口角而已，真没打架，牧姐明鉴。"

牧姐冷笑："谅你也不敢！行了，滚吧！"

牧姐霸气地一挥手，莫敬意赶紧带着人飞快地溜走了。

苏落看得有些惊讶。刚才莫敬意还很嚣张，看到牧姐立马从大灰狼化身为哈士奇，难道牧姐在加勒岛上的身份还不低？

牧姐扫了宫清泉一眼，宫清泉也识趣地退下了。

牧姐问苏落："可以回去了？"

苏落点点头。

于是，牧姐就带着苏落回去了。

在回去的路上，牧姐又抓紧时间给苏落普及："在加勒岛上，分院的同学一直挨欺负，所以组成了一个个小帮会、小团队，来抵抗中帝学院的欺压。在这些小帮会之间，有不互相争斗的约定。莫敬意之所以对我那么恭敬，是因为我是琉光团的团长，而他是琉光团一队的队长。"

苏落："啊？"

牧姐问苏落："你刚来，不如加入我们琉光团吧？"

"加入琉光团有什么好处？"

"至少出海狩猎可以组到人。"牧姐对苏落说，"如果没加入团队，孤身一人，在加勒岛上是很难生存的，就是被中帝学院的人欺负了也无处申冤，而且中帝学院的人特别爱欺负落单的人。"

苏落说："我需要考虑一下。"

牧姐没有逼苏落立刻做出决定。

因为她见识过苏落的实力，当时一巴掌就将丁雪敏抽飞了，这样的人能拉拢最好，拉不到也要尽量做朋友。

怎么才能快速累积财富呢？苏落摸着下巴，回忆自己有什么可以拿出来用的技能，第一个想到的就是医术。

"对了，牧姐，岛上有炼药师吗？"苏落问。

牧姐摇摇头："没有，小病的话自己买药，大病的话找院方，还没听说学生中有炼药师呢。"

苏落摸着下巴寻思：可惜了，如果妙影神针能拿出来的话，她的医术在加勒岛上那就是横行无忌，积累财富的过程会很快。

没有妙影神针，给她一个药鼎也成啊。

于是，苏落就问牧姐哪里有卖药鼎的，牧姐摇头："炼药师都没有，哪有药鼎卖啊？"

苏落："……那制作药鼎的材料总有吧？"

牧姐想了想，说："如果运气好，碰到四年级同学从山上下来卖的话，倒是能买到水原木，至于深海冶精铁，平时是碰不到的。"

苏落说："牧姐，有空的话帮我留意一下。"

只要让她炼制出药鼎，再让她找到草药，以后岂不是财源滚滚？所以现在最重要的就是赚钱买材料，将炼药工具制作出来。

苏落问牧姐："水原木和深海冶精铁要多少金币啊？"

牧姐算了算："至少也得一千金币起。"

苏落咬牙："赚钱！"

苏落终于有了初期的小目标！

牧姐和陆丹妮都很忙，没时间逛街，所以苏落打算自己先逛一回街，熟悉熟悉加勒岛。

也不知道苏落的运气是好还是不好，她刚来到街头，就碰到一位熟人。

"咦，你今天没去海上狩猎啊？"宫清泉看到苏落，热情地打招呼。

"逛逛街，熟悉熟悉环境。"苏落知道，至少在最近一段时间里，她只能住在山脚下了。

宫清泉听说苏落要逛街，顿时来了兴致，对苏落发出邀请："我也正要买些制作战斗傀偏的材料，要不一起去？"

"好啊，我正熟悉环境呢，有你带着，倒是方便许多。"苏落点点头。

这条商贸街是学生自发建成的，流动性很大，如果有好东西，一旦没买下，可能转眼就没有了。

摆摊卖的多是原材料，宫清泉带着苏落一路逛过去，一边走一边介绍："你看，这是卷毛踏雪乌龙兽，它的血液在岛外卖得可贵了，可是在咱们加勒岛，只需要三个金币。"

苏落点点头。卷毛踏雪乌龙兽的血液，是炼制复血丹的主材料，在外面确实很贵，但是在这里……苏落看得好眼红。苏落摸了摸荷包里的几十个金币，最后还是咬牙放弃了。

一路上，宫清泉不断给苏落介绍，苏落看得眼红，都是好材料啊，可惜自己囊中羞涩。这也刺激得苏落越发想要赚钱了。

"对了，金币不只可以在这里买东西，还可以用来在岛上的藏经阁兑换功法呢。"宫清泉对苏落说。

苏落并未动心，因为黑白师父留下的《灼阳神功》和《空间奥体神功》她还没练完呢。

但是宫清泉接下来说的话却让苏落的心猛地一跳。

他对苏落说："听说殊大人是空间魔法大师，藏经阁里多的是空间功法，当初有一位同学空间功法大成，竟然打开了空间储物袋。"

苏落："有这种事？"

宫清泉不无羡慕地点点头："是啊，他能打开空间储物袋，殊大人就将他的空间储物袋还给他了。要知道，大家的空间储物袋全都被封印了，就他的打开了，里面有很多外界的东西，他占了多大的便宜啊！"

真是想想都让人眼红啊！宫清泉握拳。

苏落也暗中握拳。因为她想到了在飞船上她过空间之门的时候，那空间之门哗啦啦响，而且还产生了裂缝，这说明了什么？这说明她的空间之力跟空间封印之力其实差距不大！

如果不是因为在跟修罗界的人战斗时空间被炸，说不定她的随身空间，空间封印之力根本就封不住。

苏落深吸一口气：现在不仅找到了短期目标，连中期目标都找到了——短期目标就是炼制药鼎，炼制出丹药赚大钱；中期目标就是利用卖丹药赚来的钱去藏经阁兑换空间功法，争取早日打开随身空间。

苏落没想到跟宫清泉随便聊聊都能聊出这么有效的信息来，顿时心情愉悦，她说："走走，咱们快看看正街有没有水原木和深海冶精铁。"

宫清泉问她要做什么，苏落说："炼制药鼎啊，我是炼药师呢。"

宫清泉顿时就明白了："丹药，确实是暴利行业，但是这里的药材很少，药鼎又难制作，你确定要走这条艰难的路吗？"

苏落点点头："很确定啊。"

要她偶尔出海打工一次还行，若是每天都跑出去打海兽，那她还修炼不修炼了？她可不想上千年都耗在这加勒岛上。

宫清泉见苏落回答得理所当然，不由得苦笑。以前也有人想炼药谋取暴利，可惜啊……没有药鼎，没有药材，怎么暴利？

苏落在寻找水原木和深海冶精铁时，还真让她找到了水原木，一问，对方要价一千五百金币。

苏落："……这么贵？"

对方是位学姐，态度不善："这可是从半山腰扛下来的，爱要不要！"

这破态度，要是换了以前，苏落理都不会理，但是现在……苏落深吸一口气："你住哪，我再看看，回头我没看到别家，你又不在的话，可以到你住的地方找你。"

这位学姐一听，买不到别家的才想买我的？她正要发作，宫清泉在旁边解释说："如果学姐卖不出去，也有我这朋友帮忙收不是？难道这不是好事吗？"

学姐一听，冷冷一哼，给苏落报了个地址。

拿到地址后，苏落和宫清泉就走开了。

苏落说："这水原木是从山上找到的，那我们岂不是也可以去山上找？"

宫清泉没好气地说："不行啊。"

苏落问："为什么？"

宫清泉很严肃地告诫苏落："我们三年级的活动区域只能在山底下这个区域范围内，狩猎也只能到海里去，只有升到四年级，才有资格进入山里狩猎。水原木肯定是山里出的，不过我们现在根本没资格上山。"

见苏落不以为然，宫清泉加重语气道："三年级和四年级泾渭分明，不可越界，不然被打死了也是白死，你可千万不能上山，我们没有资格上山！懂了吗？"

苏落："……哦。"

四年级……在苏落的小目标和中期目标间，苏落又加了一笔：加速升入四年级。

"咦，离火石！"在苏落思考的时候，宫清泉突然发现了离火石，赶紧带着苏落冲过去。

离火石冶炼后可以得到素金属，用素金属制作的零件，可以增加战斗傀儡的威力。

"离火石怎么卖？"宫清泉看着卖家。

卖家也是学生，矮矮胖胖的，看着挺和气。他说："这离火石可是好材料，不管是炼制战斗傀儡还是别的东西，能量都能有一定程度的增幅，所以价格不便宜，五个金币一块。"

"这么贵？前几天还四个金币一块呢！"在外面也算是富N代的宫清泉，此刻为了一个金币跟卖家讨价还价。

卖家早就习惯了这种讨价还价，立马就说："最近挖矿越发困难了，你若是不喜欢的话，去别家看看，都是这个价呢。"

"那我还是不买了。"五个金币一块离火石啊，这么贵！

昨天他好不容易借了二十个金币，现在花得只剩四个金币了。

宫清泉决定不买，但是苏落却拉了拉他的衣袖："买吧。"

宫清泉疑惑地看着苏落。

苏落说："你还有多少金币？"

宫清泉："只有四个了。"

"我借你十一个。"苏落拿着宫清泉手里的四个金币，连同她自己的十一个金币一起递给卖家，同时间，"我可以自己挑选吧？"

卖家顿时眉开眼笑："可以可以，当然可以。"

宫清泉看着苏落帮他选离火石。

"哎，这上面有青苔，不好不好……"宫清泉见苏落拿了三块沾着青苔的，赶紧阻止。

卖家也说："姑娘，这三块沾了青苔，炼制的时候处理起来挺麻烦的，你还是另选三块干净的吧？"

苏落笑着说："没事儿，不过是处理一下罢了，这几块放在你这儿也不好卖，我就当日行一善了。"

宫清泉在一旁着急。这不是稍微处理一下的问题啊，沾了青苔的那层离火石得削下来，亏大了啊。

卖家也是这样想的，他见苏落这样干脆，立马就心生好感："你这丫头不错，投了我的脾气，这里有半块离火石，也不好卖，干脆送你当添头。"

苏落白得了半块离火石，拉着宫清泉走了。

宫清泉边走边说："这沾了青苔的离火石真的不好，如果没有卖家另外送的半块，咱们就亏了。"

苏落没好气地说："哪里亏了，你仔细看看，这是青苔吗？"

宫清泉仔仔细细地看了一番，迷惑地看着苏落："这不是青苔吗？"

苏落抚额，好吧，不是知识渊博的炼药师，真的很难看出来。

苏落说道："这不是青苔，而是墨绿雪龙草，炼制体力丹的主要材料。"

苏落现在最缺的就是草药和药鼎，现在无意中找到了墨绿雪龙草，问题解决了一半。

宫清泉瞪大眼睛看着苏落："真的假的？"

苏落一抬手，就将三块离火石上的墨绿雪龙草给收拾好了，然后将干净的离火石递过去："收好了。对了，下次再遇到这种草，记得收集起来，我有用。"

"嗯！"宫清泉欠了苏落一大笔金币，自然是苏落说什么就是什么了。

就在两个人因为额外得了墨绿雪龙草而高兴的时候，老天爷都看不过眼了，立刻给他们找麻烦。

"那不是昨天那个莫敬意吗？"苏落眼尖，看到前方围着一群人，立马就认出来了。

苏落记得，牧姐一出现，莫敬意就跟老鼠见到猫似的，立马就老实了。

如果只看到莫敬意也就罢了，苏落偏偏还看到了另外几个人。

"唐东风？"苏落暗骂一声冤家路窄。

唐东风被巡逻队长训斥了一顿，而且还被迫赔偿了十个金币，心里肯定记恨着呢。

不过，这两方人马怎么搞到一起了？

苏落还没想好要不要避开，就被卫雪妮发现了。

"臭丫头，你给我站住！"卫雪妮噔噔噔地朝苏落冲来，这下唐东风和莫敬意他们全看到苏落了。

他们有十个人，而苏落这方只有她和宫清泉两个。

宫清泉问苏落："要不要找牧姐？"

苏落嘴角勾起冷笑："不需要。"

之前她能一巴掌抽飞卫雪妮、一脚踹飞卜一海，此时就有实力将这十个人团灭，哪需要找帮手啊，她不出手还真当她是病猫呢？看来真该立立威了！

而这时候，唐东风的团队和莫敬意的团队正在交流信息。

苏落不知道中帝学院的人跟分院的人为什么能和平相处，这其中定有利益关系。

而这时候，双方已经交流完毕。

好嘛，都是因为那只青煞乌云兽。

唐东风的人不由得扼腕。本以为只是一只普通的青煞乌云兽，结果居然是变异型的，早知道昨天抢了就跑，哪用等她废话，然后还等来了巡逻队长。

"居然是变异型青煞乌云兽，五十个金币啊！"卫雪妮心疼得心都抽抽了，因此更恨苏落了。

其实昨天他们团队的运气还不错，被巡逻队长训斥之后溜之大吉，然后他们也遇到了一只青煞乌云兽，费了九牛二虎之力终于打死了，发现也是一只变异型青煞乌云兽。

莫敬意是炼制战斗傀儡的，所以唐东风立马就找上他们，他们今天之所以一起出现在这里，是因为有了强大的青煞乌云兽心脏后，他们要合作炼制出一只完美的战斗傀儡。可是，想到宫清泉手里也有一颗完美的心脏，莫敬意如何能咽下这口气？

他把这事跟唐东风说了。

唐东风皱眉。完美的战斗傀儡，只有一只才稀罕，有两只就不值钱了。必须阻止。

不过，想到苏落身后有巡逻队长和牧姐撑腰，双方互相交流了一个眼神。

"联手？"

"成！"

于是，十个人将苏落和宫清泉围住。卫雪妮双手抱臂，慢悠悠地走到苏落面前，轻蔑地扫了她一眼："你嚣张什么？别以为荀学长帮了你一次就有倚仗了！你是新生，懂吗？要不要我教教你怎么做新生？"

苏落看着卫雪妮，嘴角的笑意意味不明，然后问宫清泉："这里可以打架吗？"

打架？宫清泉都快急死了，他们才两个人，对方有十个人，怎么打得过？

"嗯？"苏落瞟了宫清泉一眼，宫清泉摸摸鼻子："海滩上可以打，这里不行。"

苏落轻蔑地扫了卫雪妮一眼，掉头就往海滩上走去。

"你别走！"卫雪妮紧跟在苏落身后。

宫清泉生怕苏落吃亏，赶紧跟上去。

卫雪妮身后的人也全都跟着她。

于是，在苏落的带领下，一群人浩浩荡荡地来到了海滩上。

苏落慢悠悠地活动着手腕脚腕，淡淡地说："从昨天来到岛上开始，我可憋坏了，正想找人活动活动拳脚呢，你们就送上门来了，而且还是免费的。"

莫敬意对苏落冷笑道："这是你主动挑衅的，等下被打哭了，可别找牧姐告状。"

苏落笑着点头："其实我怕你哭。"

"哈哈哈……"莫敬意爆发出一阵狂笑。

"我先来！"唐东风上前一步。新仇旧恨加一起，他不想假手于人。

"你要是把她打坏了，我还有用武之地吗？我先来试试小学妹的实力。"莫敬意也想亲手报仇。

苏落不耐烦地看着他们："推让什么？反正一个上来也是输，十个上来也是输，干脆你们十个人一起上得了，简单，方便，高效率。"

"臭丫头，别太嚣张了！"唐东风怒了。

"臭丫头，既然你这么想死，那就成全你！"莫敬意冷笑着说。

宫清泉拉住苏落："你这是找死啊！你昨天刚来，怎么比得过他们，而且还是十比二！"

"不是十比二。"苏落笑嘻嘻地看着宫清泉，"是十比一。"

"什么意思？"宫清泉茫然。

苏落指着不远处一块凸出来的石头，对宫清泉说："看到那石头了吗？那上面有一个我需要的贝壳，你跑跑腿，帮我取过来。"

宫清泉狐疑地看着苏落，苏落朝他眨眨眼睛。

宫清泉忽然顿悟：难道那贝壳是取胜的关键？是不是只要拿到贝壳，苏落就能赢？

"好，你等着，我马上回来！"宫清泉飞快地跑过去。

苏落淡淡地扫了那十个人一眼："还等什么？我还要回家吃饭呢。"

"上！"两位小队长一声令下，众人一起朝苏落扑去。

谁也不知道苏落是怎样出手的，因为她的速度太快了，对手有的被踹到海里，有的被踹到沙滩上，两位小队长最惨，脑袋扎进沙里，双脚朝天。

当宫清泉捡到贝壳迅速跑回来时，看到众人那副惨状，再看苏落负手仰望着夕阳，仿佛在感悟人生，当即愣在原地。

"回来了？"苏落淡淡地看了宫清泉一眼。

宫清泉忙说："是啊，这是你要的贝壳。"

苏落随意地摆摆手："你留着做个纪念吧。"

就在两人说话间，被苏落踹飞的十个人终于回来了。他们看着苏落的目光就像看到鬼了一样。

苏落慢悠悠地看了莫敬意一眼："你不服？"

莫敬意心里害怕，面上却硬撑着，冷冷一笑："我就是不服！"

苏落瞟了莫敬意一眼："既然你这么欠揍，那我就成全你好了。"

"不是！"莫敬意赶紧大声疾呼，"我服你！可是我不服他！"

莫敬意一边说，一边指着宫清泉。

"不服他？"苏落冷冷一笑，"我管你服不服，揍到你服不就行了？"

莫敬意怕挨揍，赶紧大声喊着："宫清泉，躲在一个小丫头后面，你还要不要脸了！"

苏落微微皱眉。

莫敬意已经剑指宫清泉了，如果这时候她再插手的话，未免有些多管闲事，伤人自尊，所以，苏落看了宫清泉一眼。

宫清泉来到莫敬意面前，淡淡一笑："你想怎样？"

莫敬意冷笑："我要跟你比试！"

"什么？"宫清泉不解。

"你有青煞乌云兽的心脏，我也有，不如我们比试一下，同样的材料下，看谁的战斗傀儡比较厉害，输的人以后都不准再制作战斗傀儡，你敢不敢？"莫敬意知道，武力值上自己这边跟苏落完全没法比，所以，他就跟宫清泉比手艺。

一旦他赢了宫清泉，不仅可以将今天的场子找回来，而且还能逼走一个最强劲的竞争对手，真可谓一箭双雕。他知道，以宫清泉直来直去的性子，他一定会答应的。

果然，宫清泉热血上涌，冷哼一声："我为什么不敢比？比就比！"

说完这句话，宫清泉恨不得将自己的舌头咬下来：论实力，莫敬意不比他弱，而且也有变异青煞乌云兽的心脏。万一他输了，以后就要退出这一行了。见宫清泉愣在当场，莫敬意眼底浮现一抹冷笑。

苏落横了他一眼："还想下水？"

"走！"莫敬熹狠狠抻瞪了苏落一眼，一瘸一拐地走掉了。

不等苏落的目光扫来，唐东风已经带人快步离开，这次就连卫雪妮都捂着被打肿的脸悄悄溜走了。苏落对她最狠，专门打她的脸，把她的脸都打肿了。

苏落见宫清泉呆呆地站在原地，便问他怎么回事。

宫清泉愁眉苦脸地将自己的难处说了，末了他拍拍脑袋："这里就是受不得激，一激就断片，悔死了悔死了。"

苏落没好气地说："不就是打个赌吗？难道你还会输给他不成？"

"可是他们手里有钱有闲，而且背后还有团队支持，我一个金币都没有啦。"宫清泉哭丧着脸。苏落本着救人救到底的原则，拍拍宫清泉肩头："放心，过几天你来找我。"

"啊？"宫清泉不解。但是苏落已经走远了，只留给他一个模糊的背影。

宫清泉摸摸脑袋："难道她有办法？"

想到自己捡个贝壳的工夫，苏落就解决了十个人，宫清泉的眼里露出崇拜之色："这姑娘莫非是个深藏不露的高手？我看很有可能！"

苏落回到住处，坐在客厅，拿着一根小小的青草，一副若有所思的表情。

这墨绿雪龙草可以炼制三种药剂，其中两种是不需要药鼎的，纯手工就可以，因为工序很简单。但另外一种，则需要高温加热。

前两种都很便宜，等丹药全部炼制出来，大概可以卖二百个金币。

需要加热的丹药，应该可以卖到一千金币。

是先赚二百个金币，还是稍微等等，赚那一千个金币呢？

就在苏落纠结的时候，陆丹妮端着一碗面走过来。

她看到苏落，又进去拿了个木碗，将刚煮好的海鲜面分了一半给苏落："里面放了云霞海兽的内丹，补充体力，来点尝尝？"

苏落从昨天到现在一直饿着呢，于是就接过来，问："云霞海兽内丹？你买的？"

陆丹妮摇头："我可买不起，是牧姐从团队里带回来的。我穷得都快饿死了，唉……"

陆丹妮属于最底层的手工艺者，她正常情况下每天能赚五个金币，正好维持一天所需，加班的话还能多五十个银币，如果有时候偷懒，她就要挨饿了。

苏落同情地看了她一眼。她得攒到什么时候，才能攒够兑换功法的金币？太可怜了。

不过她都穷到这地步了，还舍得把食物分给自己，苏落觉得陆丹妮还是可以交的朋友。

陆丹妮吃得很慢，一边细嚼慢咽一边问苏落："要不要一起出去打工？"

陆丹妮说的打工，就是去打海兽。

苏落好奇地看了她一眼："你不是只制作小白鹤吗？"

陆丹妮愁眉苦脸地说："我现在每天赚的只够房租，吃了上顿没下顿，稍微一偷懒就会挨饿，手里不仅没有余钱，还欠了牧姐一百个金币。眼看快交学费了，我心里着急啊。"

苏落同情地看着陆丹妮。确实，在家里做手工艺安全是安全了，但是只能混个温饱，想要余钱那是做梦。

陆丹妮将半碗面吃完，连面汤都喝得干干净净，这才放下碗筷，郑重地问苏落："所以我想去海里碰碰运气，好歹我也是学过初级海底吐纳术的，你要不要一起去？"

这是穷则思变了。

苏落问："就我们俩？"

陆丹妮不知道苏落的实力，闻言直瞪眼："怎么可能就咱俩？这要出海，两个人出去就是一个死啊。"

苏落无语了，她一个人出海还带回来五十个金币呢。

陆丹妮说："我们有团队啊，就是牧姐的团队，我们琉光团也是个不小的组织，吆喝一声，还是能组到人的，听说你昨天没组到人？"

苏落："……嗯。"

陆丹妮高兴地说："那正好，我们小队里还缺一个名额，本来约好了今天去打火邪幻兽的，你也一起去吧？"

苏落心想，陆丹妮能找到的队员，肯定都是平日里做手工艺的，战斗力恐怕不强，危险系数很高啊。不过苏落还是问了句："火邪幻兽，是不是生活在海底火山旁边的火邪幻兽？"

陆丹妮说："对啊，不过我们只能碰运气，看能不能猎到普通的火邪幻兽，别的可不敢多想。你也一起去吧，我带你进去，她们不会说什么的。"

陆丹妮昨天听说苏落组不到团队，孤零零一个人，心里特别可怜苏落，所以才邀请了队友，不然以她的性子，还是会缩在屋子里做手工艺赚温饱钱的。

苏落并不知道她的室友如此善良，她担心室友遇到危险，而且正好需要火邪幻兽的内丹，所以点头同意："好啊。"

苏落很快就见到了陆丹妮的队友，没想到牧姐也在其中。

牧晴原本是不去的，但是听到陆丹妮这宅丫头要出屋子，她不放心，就把其中一个人换了出来，她自己进了团队。进来一看，苏落也在，她就更放心了。

团队共有五人，牧姐给苏落介绍两位陌生的队友："那楚溺，大圆满三星，力量型，攻击力还行，为人沉默寡言。"

苏落顺着牧姐的视线望过去，那楚溺同学长得高高壮壮，看起来蛮靠谱的。

不过，当牧姐介绍另外一位时，微微皱眉："水佳虹，大圆满三星，敏捷型，速度不错。"

苏落看向水佳虹，而水佳虹也冷冰冰地瞟了苏落一眼，看着牧姐时态度很好，脸上堆满笑容："牧姐，这是谁啊？怎么没见过？她是我们琉光团的吗？"

牧姐微微皱眉，苏落也微微蹙眉。

苏落对牧姐说："琉光团有请外援的习惯吗？"

牧姐点头："有时候会有，不过请外援的话，要拿出百分之五十的收入作为报酬。"

也就是说，不到万不得已，是不会请外援的。

苏落点点头："那就请我当外援吧。"

什么？！水佳虹睁大眼睛瞪着苏落，她真没见过这么厚脸皮的人，居然以外援自居，妄想拿走百分之五十的收入！

"牧姐！"水佳虹拉着牧姐的衣袖坚决反对。牧姐可不像水佳虹这么目光短浅，她早就见识过苏落的实力，所以笑吟吟地问苏落："你确定？"

苏落认真地点头："当然，这百分之五十的分配，如果队员们觉得我的表现值得，我拿走也无妨。"言下之意，若是对她的表现不满意，这百分之五十的收入她不要也罢。

牧姐没想到她如此自信，纵容地笑了笑："那好，就依你说的办。"

"牧姐！"水佳虹还是不满意，"这……你也太纵容她了吧？她到底是谁啊？"

牧姐身为琉光团的大姐头，可不是随便什么人就能左右得了的。她根本不理水佳虹，只对苏落说道："介绍一下你自己。"

苏落瞥了水佳虹一眼："苏落，来自东华分院；到达时间，昨日。"

水佳虹顿时有一种想要晕过去的冲动。

"牧姐，一个昨天才来的分院新生，你就让她来当外援？"一般的外援，就算不是四年级的学生，也是即将升入四年级的老生。

牧姐淡淡一笑："不是还要看最终的表现吗，你急什么？你要是不乐意，立马退出，有的是人想进来。"

有牧姐在的队伍，怎么会没人加入？水佳虹可不舍得退出，只好不满地瞪了苏落一眼，心里埋下了仇恨的种子。

就这样，五人租了一条中型船出海了。

三小时后，牧姐终于喊了一声："停！"

根据坐标显示，这里已经到了火邪幻兽的活动区域。

"所有人做好准备，火邪幻兽冲过来了！"牧姐面容严肃地发号施令，"单独面对火邪幻兽会很危险，所以接下来大家要注意配合，听我的指挥。"

就在这时，一只蓝鲸状的海兽一跃而起，冲向他们这艘船。这只海兽全身燃烧着火焰，在半空中划过一道橙色的影子。

"杀！"牧姐一声令下，五人一起出手，不到一分钟就将这只兽干掉了。

陆丹妮非常开心，对苏落说道："火邪幻兽别的部位都没用，但是内丹含有很强的火元素，是火元素学生修炼的最佳晶石，一颗火邪幻兽的内丹能卖五个金币呢！"

她做一天手工才赚五个金币，难怪会这么高兴。

苏落笑着点点头。

水佳虹恶狠狠地瞪了苏落一眼——这位所谓的"外援"根本就没出力，凭什么分走百分之五十的收入！

接下来发生的事，让水佳虹对苏落越发不满。因为普通的火邪幻兽很好对付，而其他四人配合默契，所以苏落一直都没有表现的机会。

这艘船名为满载号，苏落觉得，这名字虽然土鳖，但是说不定此行真能满载而归呢，刚才她数了数，已经猎到十五只火邪幻兽了。

到了中午，火邪幻兽出现得少了，水佳虹这才有空抱怨苏落。

她朝苏落冷冷一笑："还真是第一次见到这样的外援呢，一点手都不动，就差没坐着嗑瓜子看戏了。"话里话外，嘲讽意味十足。

苏落没理她。水佳虹以为苏落心虚，越发蹬鼻子上脸了。她冷冷一笑："这样的外援，还想要百分之五十？没让你缴百分之五十的观赏费已经很好了！"

陆丹妮不悦地看着水佳虹，牧姐也微微蹙眉。

水佳虹见她们不高兴，就解释说："我也是为了团队好啊，有牧姐在，我们哪需要请外援？她是新来的，连参加都是走了后门的，还想拿外援的份额，你们不觉得这太天方夜谭了吗？"

水佳虹见陆丹妮和牧姐脸色不善，就碰了碰那楚溺的手臂："我说得对吧？你也不想让自己辛辛苦苦打到的那份，无缘无故被别人分走吧？"

水佳虹想找个支持她的人，但是那楚溺冷冷地看了她一眼："丢人。"

"对啊！"水佳虹一拍巴掌，为终于找到知音而激动，"这也太丢人了！这样的人，居然厚颜无耻到以外援自居，哈，哈，哈！"

那楚溺用看神经病的目光看着水佳虹："不要再丢人了。"

水佳虹的笑声戛然而止。

扑哧！陆丹妮笑出声来了。

水佳虹的笑容僵硬在嘴角："你……你说我丢人？"

那楚溺一向沉默寡言，这次却说得稍微多了点："她是怕破坏我们的配合。"

水佳虹不信，求助地看向牧姐。牧姐白了她一眼："海上不比陆地，稍有不慎，就可能死无全尸，你少折腾，干好你自己的事就成了！"

牧姐有些烦恼，早知道就不带水佳虹出来了，可偏偏她欠了水佳虹哥哥一个人情，这次却不好不带。

水佳虹狠狠地瞪着苏落："怕破坏我们的配合？好大的口气！等下要是出来十几只火邪幻兽，我倒要看看你能怎么办！"

牧姐狠狠地皱眉："闭嘴！"

真遇上十几只火邪幻兽，整个团队都会完蛋！

水佳虹也意识到自己说错话了，脸色微微一白，然而，不等她说句话补救，就听陆丹妮焦急地喊道："你们快看！"

众人随着陆丹妮所指的方向望去，牧姐当即变了脸色："火邪幻兽，十五只！"

所有人都转头怒视着水佳虹，水佳虹也傻眼了。

"我……我……我只是随便说说，没想到会这么乌鸦嘴！怎么办？我要死了吗？"水佳虹的声音带着哭腔。

五人对付一只火邪幻兽，不费吹灰之力；每人对付一只火邪幻兽，难度就很大了，更何况一下子来了十五只。

出海狩猎，最怕的就是被成群的海兽围攻，那就只能发急救令了。

"我要发急救令！"还没开始战斗，水佳虹就吓得丧失了斗志。

"白痴！你要干什么！"牧姐横了她一眼。

"发急救令啊，不然大家都得死在这里，我可不想死！"水佳虹大喊大叫。

急救令是学院发给学生的护身符，每个学生都有一块，可以使用三次。只要用了急救令，就有专人出面营救。一旦用完三次机会，却还没达到毕业的水平，就会被踢出帝国学院。

一旦水佳虹使用了急救令，就相当于整个团队都使用了，所以牧姐才会说她白痴。

水佳虹急得快哭了："牧姐，你看领头的那只，头上有四个角啊，这可不是普通的火邪幻兽！我们要死了，快用急救令吧！"

水佳虹说得没错，为首的那只火邪幻兽不是普通级的，而是精英级的。

"怎么办？"陆丹妮紧张地看着牧姐，这会儿连她都想用急救令了。而水佳虹双腿发软，已经倒在船上了。

"掉头，快跑！"牧姐还算冷静，"难怪一路上这么顺利，原来是这只精英级火邪幻兽搞的鬼。它故意把我们引入包围圈，真是太有心机了！"

那楚溺冷静地说："我们狩猎它们，它们同时也在狩猎我们。"

牧姐身为大姐头，保护队友责无旁贷，眼看就要被追上了，她大喊一声："你们先走，我来断后！"

"快走，快走！"水佳虹不断催促操控着船只的苏落，看都不看牧姐一眼。

牧姐跳下满载号，奋不顾身地朝精英级火邪幻兽冲去。

战况异常激烈。

苏落不仅没走，反而慢条斯理地控制着满载号停下了。牧姐见了，大声喊道："快走啊！实在撑不住，我可以使用急救令！"

陆丹妮焦急地说："牧姐已经用过两次急救令了，如果再用一次，她会被退学的，还是我去吧！"说着，陆丹妮就要往回冲。

而水佳虹的反应却跟陆丹妮截然相反，她瞪了陆丹妮一眼，一把拽住她的手："牧姐都说她能顶住了，你去了不是给她添乱吗？快回来！"

"做人不能这么自私！"陆丹妮一把甩开水佳虹的手，噔噔噔地朝牧姐冲去。

"愚蠢！"水佳虹气得不行，冲着陆丹妮的背影大骂一声，转头催促苏落，"她们要留下是她们的事，咱们快走！"

那楚溺看了水佳虹一眼，扛着大刀就往回走。

水佳虹气得直跺脚："这群蠢货，牧姐就算用了急救令，也只是她自己那块，可这样回去，大家的急救令都会被浪费，你们怎么这么蠢！"

苏落默默地看了她一眼。

"看什么看？还不快回去！"在水佳虹眼里，苏落是个任人欺负的新人，所以她把所有的怒气都发泄在苏落身上了。

苏落嘴角勾起一抹冷笑："船上现在就剩我们两个人了。"

水佳虹不解地看着苏落。

苏落微微勾起唇角："所以，就算把你丢进海里喂鱼，都没人知道。"

水佳虹瞪大眼睛，死死盯着苏落。然而，她还未从震惊中回过神来，就被苏落一脚踹了回去，落入牧姐那边的战斗圈里，直接砸到其中一只火邪幻兽的脑袋上。

咔嚓！巨大的冲击力将火邪幻兽的脑袋撞碎了，水佳虹只觉得自己的背都要断了，好痛好痛……

陆丹妮刚好在她旁边，看到她的表现，还抽空拍拍她的脑袋赞道："水佳虹，好样的！"

好什么好！水佳虹心里暗恨。刚才陆丹妮独自对战这只火邪幻兽，差点被它咬死，水佳虹的出现恰好解除了她的危机。

"哎哟，火邪幻兽的脑袋碎了，火晶都爆出来了。"陆丹妮随手一抄，拿起那颗火晶，转身迎向另一只火邪幻兽。

水佳虹摇摇晃晃地站起来，突然对上苏落那淡然的目光。

"做得不错。"苏落笑嘻嘻地看着她。

"你想怎样？"水佳虹死瞪着苏落，"刚才被你踹飞只是意外，意外！"

苏落淡淡地说："那好吧，来个不意外的。"

苏落一把抓住水佳虹的腰带，抬头看了看，发现有三只火邪幻兽正在围攻那楚溺，那楚溺快要招架不住了。于是，苏落拎起水佳虹就朝围攻那楚溺的火邪幻兽砸去。

哐当！水佳虹直接压在了两只火邪幻兽身上，震得它们有一瞬间的呆滞。那楚溺的反应极快，手中的宽刀咔嚓咔嚓，像切西瓜一样，将两只火邪幻兽的脑袋砍下来丢进了船里。

那楚溺一边干活，还一边朝苏落点头致意："谢谢。"

水佳虹听了，差点气出内伤。明明是她帮了那楚溺的大忙，那楚溺却感谢苏落，真是岂有此理！

苏落完全无视水佳虹的怒火，拎着她对那楚溺点头道："继续。"

那楚溺看都不看水佳虹，对苏落说道："我去引怪。"

现在活着的火邪幻兽还有十只，牧姐牵制着最大的那只，苏落他们要对付剩下的九只。

那楚溺都不用怎么引，就有三只火邪幻兽冲了过来。

那楚溺看看苏落，再看看水佳虹。

水佳虹的心都在颤抖，大声尖叫："不要再砸我了，好痛啊！"

那楚溺突如其来加了一句："你哥不是给你防御铠甲了吗？"

要知道，这防御铠甲水佳虹曾大肆炫耀过，所以连那楚溺这么不爱八卦的人都知道了。

水佳虹有一种被当场抽了一巴掌的感觉。但是现在的形势已经不容她多想了。

苏落怜悯地看了她一眼，然后拎起她的脚，拿她当人形棒槌用。

水佳虹赶紧用上护身铠甲，将脑袋和身体护住。

砰！砰！砰！苏落拿着人形棒槌直接砸在火邪幻兽的头上。

可怜的火邪幻兽，每一只都被苏落砸得头晕眼花，然后那楚溺冲上去对着它们的脑袋就砍砍砍，候在一边的陆丹妮抓起砍下来的脑袋嘟嘟嘟地甩到满载号上。

不知不觉中，三个人的配合越来越默契了，只苦了水佳虹同学，被砸得眼冒金星。

这样的配合，效率极高。

"咦？火邪幻兽的脑袋呢？"陆丹妮突然发现自己闲下来了，意犹未尽地看向那楚溺。

那楚溺看向苏落，陆丹妮见了，也看向苏落。

听到陆丹妮的声音，已经快撑不住的牧姐担忧地朝她们看去，顿时目瞪口呆："火邪幻兽呢？"

鲜血将海水染红，而没了脑袋的火邪幻兽已经沉入海底。

陆丹妮指着后边的满载号："都砍了脑袋码在甲板上了，牧姐放心，丢不了——小心！"

就在这时，精英级火邪幻兽发现它的小弟都被砍死了，顿时发狂，不断地喷发怒焰。

牧姐看到狂暴的火邪幻兽，脸色陡然剧变。

"快走！"牧姐人喝一声。

就在这时，只见一道身影冲天而起，拎着大棒槌朝精英级火邪幻兽的脑袋狠狠砸去。

轰的一声巨响，几乎惊动了整片海域。海浪卷起有百米高，陆丹妮等人根本站不稳，纷纷朝后面倒去。

直到这时，她们才意识到，刚才冲上去砸精英级火邪幻兽的人正是苏落，而她手中的棒槌就是水佳虹。

"不要——"眼瞅着精英级火邪幻兽就要被苏落给砸死了，牧姐的喊声刚起，就戛然而止。

就这么简单？这就完啦？众人简直不敢相信自己的眼睛。

苏落提醒道："快将这只火邪幻兽的火晶拿出来啊，要是被海水卷走，有你们哭的时候。"

确实，普通火邪幻兽的火晶价值五个金币，但是这只精英级的火晶，运气好的话能卖一百个金币呢。

那可是一百金币啊！在岛上可以滋润地活好久了。

陆丹妮和那楚溺过去收拾火晶。

而这时候，苏落看着手里的人形棒槌，有些尴尬了。

因为牧姐的目光还一直盯在她身上呢。砸完精英级火邪幻兽后，可怜的水佳虹彻底晕过去了。

苏落将昏迷的水佳虹往牧姐手里一递，不好意思地摸摸脑袋："嘿嘿，这不是没有称手的武器嘛，水佳虹的牺牲精神可赞可叹啊。"

牧姐接过水佳虹，依旧用深沉的目光盯着苏落看。

苏落不好意思地看着牧姐，尴尬一笑。

"其实以你的实力，单挑这十几只火邪幻兽都没问题吧？"牧姐盯着苏落严肃地问。

这时候，陆丹妮和那楚溺已经收拾完精英级火邪幻兽的火晶回来了，听到牧姐的话，她们全都停住脚步，脸上浮现出一抹异色：牧姐是琉光团的团长，连她都对付不了的精英级火邪幻兽，却被苏落给击毙了……

大家齐刷刷地看着苏落，苏落淡然一笑："这要试过才知道。"

这答案虽然模棱两可，但是苏落的意思大家都听得出来，她是可以做到的。

牧姐深深地看了苏落一眼。

苏落心中暗想：如果牧姐对自己羡慕嫉妒恨，也是人之常情，毕竟自己是新来的，而她是老生，她这么明显地输给自己，面子上确实过不去。

陆丹妮也有些紧张。两位都是她的室友，如果彼此间不和谐的话，她该怎么办？拜托拜托，千万不要掐起来……

牧姐拍拍苏落的肩膀，展颜一笑："你真厉害，要不是你及时出手，我就要用掉最后一次急救机会了。"用完之后，就要被踢出帝国学院了。

苏落淡淡一笑："我也是队员嘛，我只是在做自己该做的事。"

牧姐赞赏地看着苏落，点点头道："以后琉光团的外援就是你了，可不许推辞！"

苏落见牧姐目光真诚，也真诚地笑道："一定一定，只要我有空。"

陆丹妮见牧姐这么快就调整过来了，高兴地欢呼："这次我们收获颇丰，快快，上满载号数火晶去！"

"你们先去，我看看那只火邪幻兽去。"苏落走到精英级火邪幻兽身边，摸摸它的脑袋，感应了半响之后，有些无奈地摇头，"温度还不够啊。"真让人失望……

这时候，众人在满载号上高高兴兴地挖着火晶——十四块普通火晶，一块精英级火晶，加起来值一百多个金币呢。

就在这时，水佳虹终于醒过来了。她甩了甩脑袋，想起刚才的事，虽然对苏落怀恨在心，却敢怒不敢言。

看时间还早，大家决定继续狩猎。水佳虹见苏落朝她看去，不由得瑟缩了一下，大声说道："我去引怪！"

苏落无语，她只是想问问水佳虹脑袋晕不晕。不过有人主动要求引怪，苏落自然乐意。

"不要深入，我们只在外围狩猎。"牧姐告诫水佳虹。

对苏落来说，这次出海，赚金币是次要的，主要是寻找炼制药鼎用的材料。而大佬级火邪幻兽脑袋里的那颗火晶，就是苏落要找的深海冶精火晶。

水佳虹有铠甲护体，防御值是五个人里最高的，所以让她去引怪也算是物尽其用了。

没过一会儿，水佳虹就带着五只普通火邪幻兽回来了。

啪啪啪！苏落像拍苍蝇一样把它们一一拍死。

水佳虹不由得多看了苏落一眼。虽然她很讨厌苏落，但是不得不承认，苏落这个外援当得相当称职。

见苏落的目光又扫了过来，水佳虹心头一紧，赶紧继续出去引怪。

不一会儿，引来六只，很快又被苏落拍死了。

没过一会儿，又引来七只，又被苏落拍死了。

其他人虽然不想当观众，但苏落的实力超过他们太多，他们根本插不上手。

打着打着，苏落发现，在水佳虹引来的那些火邪幻兽身上，都有风刀划过的痕迹，而水佳虹根本不会风系法术，不禁微微皱了皱眉。

就在这时，水佳虹狼狈地跑了回来，这次她的身后并没有火邪幻兽。

"水佳虹，你怎么搞得这么狼狈？被人打啦？"陆丹妮关切地迎上去。

水佳虹弱弱地看了苏落一眼，拉着牧姐告状："有人欺负我！牧姐，你要给我做主啊，呜呜呜……"

"到底是怎么回事？你别急着哭，先把事情给我讲清楚。"牧姐看到她哭得惨兮兮的，又心疼又气愤。

"牧姐，前方有一群人，我引怪的时候，他们抢我的怪，特别的嚣张，不然我现在都能带回来十只火邪幻兽了。不就是中帝学院的人吗，嚣张个什么劲啊！呜呜……牧姐你看我的脸，都被他们打伤了……"水佳虹哭得好不委屈。

牧姐一听到怪被抢走了，顿时就怒了。中帝学院的人以前就没少干这种事儿，牧姐也不是第一次碰到了。以前让就让了，但是这次有了苏落，岂能再让对方嚣张下去！

"走，带我们过去！"牧姐也不打火邪幻兽了，让水佳虹带路。

水佳虹心中暗喜。她之所以挑衅中帝学院的人，然后还跑来跟牧姐告黑状，是想借苏落之手教训教训那群人，这样既能解恨，又不用自己动手，还不会背负仇恨值，天底下还有比这更好的事情吗？水佳虹越想越得意。

牧姐一心想把场子找回来。然而，没等牧姐带团队过去，对方就气势汹汹地杀过来了。

"华新立？"牧姐冷冷地皱眉。这个人牧姐不仅见过，而且还很熟悉，因为双方的实力差不多，平时不论是个人还是团队都是竞争对手。

"牧晴？"华新立看到牧姐时愣了愣，随即冷笑道，"既然是熟人，那就打开天窗说亮话吧！"

牧姐冷哼，还没等她开口，水佳虹就冲华新立嚷道："打开天窗说你们抢火邪幻兽的话啊？"

华新立很生气，指着水佳虹问道："她是你们团队的吧？"

牧姐沉着脸点点头，华新立直接说："把她交给我。"

牧姐冷冷一笑："你这话什么意思？我的队员，岂是你想要就能要的？"

华新立怒了："牧晴，看在平时你也算个人物的分上，这次你们的人抢怪，我就不追究你们团队的责任了，但是这罪魁祸首却不能放过。"

牧姐一听，更愤怒了：你们真可恶，居然诬赖我们抢怪，我们分院出来的敢抢你们怪吗？

牧姐这话还没说出口，水佳虹就一巴掌抽到对方一个女队员的脸上："你敢抓我，找死！"

那个女孩子看起来柔柔弱弱的，她都没挨着水佳虹，却被水佳虹抽了一巴掌。这巴掌抽得又快又急，出乎所有人的意料。

"琴儿！"华新立看到自己喜欢的姑娘被水佳虹抽了，顿时怒火中烧，二话不说就朝水佳虹抽去。牧姐岂能眼睁睁看着自己的队员被抽？她不得已之下，只能接下华新立的攻击。

两位队长打得激烈，队员们也互相殴打起来。

琴儿跟水佳虹也在战斗，不过水佳虹占了上风，那可怜的妹子又被水佳虹踹了一脚——这下梁子可真的结大了。

很快就有人去帮琴儿，两个人打水佳虹一个。

水佳虹不解，明明双方都有五个人，一对一才是啊，怎么可能二对一呢？她下意识地朝苏落望去，果然如她所料，苏落稳稳地坐在一只火邪幻兽的尸体上，笑嘻嘻地看着她。

水佳虹心中暗怒：她本想逼苏落出手，吸引中帝学院的仇恨，以后中帝学院要报仇也是去找苏落报仇，跟她水佳虹没关系，可苏落现在气定神闲地看热闹，自己岂不是亏大了？

二对一之下，水佳虹很快被逼得节节败退。如果不是有铠甲护体，她早就跟那些火邪幻兽的尸体一样了。

"啊——救命！苏落救我！"水佳虹朝苏落的方向败退。她就不信这样还不能将敌人引到苏落那边去，她就是要逼苏落动手。

水佳虹想逼苏落动手，所以将人往苏落那边引。但是，苏落岂是她想算计就能算计的？

"落落，你是我们队里最厉害的，救我！"水佳虹朝苏落狠扑过去。

围攻水佳虹的两个人对视一眼，另外一个人正要朝苏落走来，但是她发现在水佳虹朝苏落扑过去的时候，苏落立刻走到牧姐那边去了。

那两个人不解地对视一眼："这是怎么回事？"

但是不管什么情况，关键是苏落走了，水佳虹没人保护！

水佳虹气得半死：这个苏落，简直太可恶了！

水佳虹被两个人逼到角落，实在躲不过去了，只能将她哥哥送她的护身宝物拿出来。

"你们要敢过来，我就引爆这颗爆炸球！"水佳虹威胁着不断朝她靠近的两个人。

爆炸球？在这海面上，地方就这么大，一旦爆炸，大家都会受重伤。

这时候牧姐和华新立已经停止战斗了，华新立快步朝琴儿冲去，一把将琴儿往后拽，藏在自己身后。

华新立回身瞪着牧姐："这就是你们的态度？同归于尽？"

牧姐也很不悦地盯着水佳虹。如果不是因为她，也不会有现在这场战斗，麻烦都是她引过来的。但是这只是牧姐的心里话，对外她还是得维护她的队员。

牧姐冷冷一笑："你们欺人太甚，如果不这样，我们岂不是白白被欺负了？水佳虹哪里做错了？"

"好好好！"华新立没想到自己不仅被抢了怪，还被对方污蔑，这口气他是绝对咽不下去的。

"牧晴，你给我记好了，这事没完！"华新立也不准备在这里跟他们扯皮了，等回去后，中帝学院那么多人，一人一口唾沫都能将这几个人淹死。

牧姐一看华新立的表情就知道不对，回去后说不定就会爆发中帝学院和分院之间的集体大矛盾，甚至还会引起双方大战。但是现在说什么都晚了，因为华新立已经带着琴儿和他的队员们跳到船上，飞快地开走了。

看着那远去的船只，牧姐的目光深沉、忽明忽暗，身侧的手更是紧紧握着。

水佳虹见牧姐气坏了，一直低着头，连口大气都不敢出……

这件事，她本想算计苏落，哪知道苏落根本没上当，而且自己还捅了这么大的娄子？如果中帝学院和分院真的爆发大冲突，那……想想都知道后果会很恐怖。

"牧姐，其实本来我也不想拿出炸弹球的，可是苏落她不帮我啊。"都这种时候了，水佳虹还不忘告状，她瞥了苏落一眼，跟牧姐继续告状，"当时那两个人夹击我，苏落却坐在那里悠闲地看着我挨揍。你说，她怎么能这样呢？好歹我们也是队友啊，总不能见死不救吧？"

牧姐转眸看了苏落一眼，苏落坦然一笑："是啊，我就是没动手。"

牧姐知道，有实力的人，脾气都古怪，苏落这样做也无可厚非，毕竟这是看实力的世界。

等回去后，若中帝学院和分院真的发生冲突，苏落可是中流砥柱。

所以，牧姐打圆场道："好了好了，这件事就这么算了，我们还是赶紧回去吧，免得华新立那群人乱说。"

其实苏落是不想回去的，因为她还没找到制作药鼎的材料。但是如果她不一起回去，分院的人肯定会受欺负。

苏落看了看队员，点点头："那就一起回去吧。"

五人以最快的速度赶回岛上，却发现同学们看她们的眼神都很怪异。牧姐随便拉了一个人问，问完后差点把肺给气炸了："这个华新立，抢我们的怪也就算了，还反咬一口，说我们跟中帝学院的人挑衅，简直忍无可忍！"

很快，琉光团全体成员就在牧姐的召唤下来到海滩边，一共五十人，分成十个小队。

与此同时，华新立也召集了一大批中帝学院的学生赶往海边，人数已经过百，而且还在陆续增加之中。

出了这么大的事，自然惊动了上面。

三年级有两位最杰出的人物，一个是中帝学院的领袖孔一枫，另一个是分院的领袖闻江。

虽然下面的人闹得不像话，但是这两个人的关系却不错。此刻，他们正坐在院子里喝茶闲聊，然后就听说了这件事。

"又闹起来了？"闻江剑眉一皱。

"是啊，因为抢怪的事。牧晴说华新立抢她的怪，华新立说牧晴抢他的怪，闹得还挺凶，很多人都跑到东海岸的沙滩上对峙去了。"来报信的正是荀星宇。

东海岸的沙滩地势平坦、方便打架，所以有了难解决的事，一般都是去那里解决。

"胡闹！"闻江一拍桌子，"牧晴看着稳重，怎么这么不懂事！她这是要把大家都拖下水吗？"

荀星宇似笑非笑地瞟了闻江一眼。

为什么分院这么受欺负？还不是因为他们的首领不中用。

当初尚洲在三年级的时候，那可是敢跟孔一枫拍桌子的人物，一点也不示弱，所以那时中帝和分院的人虽然也不和，但不像现在这么明显。但是自从尚洲考到四年级后，三年级的分院就由闻江接管了。

闻江的实力虽然是分院三年级里的第一，骨气却没跟实力成正比。凭他能安然坐在孔一枫这独栋别墅里喝茶，就知道他付出的代价是什么了。

他主动尊孔一枫为大哥，甘愿当孔一枫的小弟。

老大都成了人家的小弟，老大的小弟还有什么地位可言？所以分院的人才会那么受中帝的人欺负。

闻江对孔一枫说："孔大哥，我去将牧晴提来，让她给你赔罪。"

孔一枫心里暗爽，但是面上还是做出了正义的姿态："这怎么行？既然是冲突，必然是双方的矛盾，走，我跟你一起去瞧瞧。"

荀星宇在心里为牧晴默哀：姑娘，等着被拉偏架吧。

中帝的人越聚越多，牧姐不得已，只能广发英雄帖，在人数和气势上总不能先输了吧？

就在这时，华新立带着一群人浩浩荡荡地过来了。

苏落目测了一下，有两百来人。而牧姐这边，到现在才来了一百余人。

中帝的学生实力普遍比分院的强，所以还没开打，形势已经一边倒了。

牧姐瞪了水佳虹一眼："你哥呢？"

水佳虹的哥哥是四年级的学生，刚才水佳虹已经放出小白鹤求救了，但是到现在还没有消息。

水佳虹急了："我，我也不知道。四年级经常去丛林里狩猎，我哥说不定出去了。"

牧姐只能干瞪眼。

牧姐和水佳虹的对话被华新立听到了，他的嘴角勾起一抹冷笑。

"出去狩猎了？"华新立冷笑，"不会是躲出去了吧？"

水佳虹瞪着华新立，华新立懒得理她，只对牧晴说道："现在大家都在，是不是该把事情说清楚了？"

说清楚了最好，要是说不清楚，自然有说不清楚的解决方式。而这个解决方式非常简单，就一个字——打！

牧姐冷笑："好啊，现在我们就把事情说清楚，该怎样怎样！"

华新立傲慢地扫了她一眼，双手交负在后，老神在在地说："那好，你们队伍里的那个臭丫头抢了我们队伍的怪，你预备怎么赔？"

牧姐冷笑道："明明是你们抢了我们的怪，现在还反咬一口，你们要不要脸啊！"

华新立冷笑："我们抢怪？呵呵呵……"

他身后带着的四个人也全部发出怪异的冷笑。

牧姐皱眉，难道其中另有蹊跷？但这个念头一闪而过，她还是坚信是华新立的人抢怪。

牧姐冷哼："你有什么证据证明是我们抢的怪？"

华新立："我们五个人全看见了。"

牧姐："证据呢？"

华新立也郁闷，这要是在加勒岛以外，水晶果实就可以当场记录整个过程，但是在加勒岛上大家都是被没收了一切从赤贫阶层往上爬的，哪里有闲钱买水晶记忆果实这样昂贵又用处不大的东西？所以，要物证的话，他们是拿不出来的。

"看来，你们是不预备道歉赔偿了？你们分院的人都是这样厚颜无耻之徒？"华新立随即接话道。

事实上，华新立根本就没想过这件事能善了。他集结了这么多人，煽动大家对峙分院的人，如果轻飘飘地道个歉就结束了，这不是虎头蛇尾吗？

华新立坚定地表示，这一架是一定要打的，如果没有条件，创造条件也要打！所以才竭尽所能地挑衅牧姐。

华新立的话带上了整个分院，这仇恨立马拉得足足的，因为分院的人已经蠢蠢欲动了。

牧姐愤怒地盯着华新立："如果真是我们的人抢怪，我立即让她道歉并且赔偿，可现在不是——"

"我说是就是！"

"不是我们做的，你不能赖在我们头上！"

"就是你们做的！"

"不是！"

"就是！"

"不是！"

华新立和牧姐吵得不可开交。

"既然动口不能解决问题，那就动手吧！"华新立一挥手，他后面的人眼中全都露出兴奋的光芒。

中帝的人跃跃欲试，分院的人心中都暗自发愁。

就在这时候，一直在旁边当背景板的苏落，适时地站了出来。

"等等。"苏落的声音清新淡雅，却又中气十足。所以她一喊话，顿时所有人的注意力都集中到她身上。

"居然是她？"叶丁零终于看到苏落了。

在无数人的注视下，苏落优雅地走出来，稳稳地站在牧姐和华新立的中间。

牧姐不解地看着苏落，华新立也皱眉看着苏落。没人知道苏落这时候突然站出来做什么。拖延时间吗？牧姐和华新立在脑海中同时浮现出这个想法。

但是，苏落接下来说的话，却出乎所有人的意料。

苏落看了华新立一眼，又看了牧姐一眼，说："我知道是谁最先抢的怪。"

华新立冷笑，你一个牧晴队的队员出来说话，谁信你啊？

牧姐皱眉，苏落有什么事情瞒着她？

旁人都盯着苏落，眼中闪着好奇的光芒。到底是谁呢？快说快说啊！

苏落淡淡一笑，手指指向缩在人群里的水佳虹："抢怪的人，是她。"

苏落的手指纤细莹白，在明媚的阳光下散发着洁白的光芒，但是现在大家的注意力，却全都在苏落指着的水佳虹身上。

"什么？是她抢的怪？"

"她一个分院的居然主动挑衅中帝的人？"

"这人是分院的吧，她站出来指证分院的人？"

周围议论纷纷，华新立看到苏落指证水佳虹，顿时哈哈大笑："你这丫头倒是识时务，居然敢站出来说实话，以后你就跟我们小队混了，亏待不了你，哈哈……"

原本的僵局，因为苏落的指证，华新立不仅在战斗力上占上风，在舆论上也站在了正义的一方。

牧姐却呆住了，她难以置信地瞪着苏落，嘴巴张了张，却一个字都说不出口。

"你……"你这个叛徒！牧姐在心里撕心裂肺地呐喊，她那么看好苏落，却在顷刻间深受打击，差点吐出一口血来。

此刻，众人对苏落的议论也达到高潮。

"这苏落，为了投靠中帝，还真是什么都做得出来啊。"

"就是啊，真是厚颜无耻，给分院的人丢脸！"

"她以为她这样投敌，中帝的人就会好好待她吗？江山易改，本性难移，以后她还会出卖中帝的！"

以上是分院的人对苏落的评价，以下是中帝学院的人对苏落的评价。

"哈哈哈，我就说嘛，分院的人根本不用理会，他们自己连自尊都不要了，还要别人尊敬他们？"

"这丫头长得这么漂亮，只是没想到，骨子里竟然这样无耻。"

"如果分院的人都这么奴颜婢膝，那就真不好玩了。"

云鹏清、魏铭学、陶霄月等人看着苏落，脸上露出嘲笑。

"还以为这人有多清高呢，到了岛上才一天就背叛分院投靠中帝，啧啧，当初下飞船的时候，她不是很骄傲吗，怎么这么不要脸？"陶霄月的脸色非常不屑。

苏落这一站出来，竟没一个人说她好的。

水佳虹哭丧着脸弱弱地看着苏落，委委屈屈地抽泣道："苏落，我们有什么仇，私下解决不好吗？你为什么要公报私仇呢？你要害我没关系，可是你不能让我们整个分院的人陪你一起丢脸啊！呜呜呜……"

水佳虹一边哭一边指责苏落。分院的人都被水佳虹的表演所迷惑，挑起了对苏落的仇恨。

面对所有的指责和谩骂，苏落淡淡一笑，从玉净瓶中拿出一只火邪幻兽的尸体："这只就是水佳虹引来的怪。"

众人心想，那又怎么样？死掉的火邪幻兽，岂能证明它是先属于华新立，还是先属于牧晴？

看到众人皱眉，苏落瞟了牧姐和华新立一眼："你们都确定这是水佳虹引来的怪吧？"

牧姐目光复杂地看了苏落一眼，气呼呼地点头。

华新立夸赞地看了苏落一眼："没错，这就是被抢走的怪，它的尸体上还有我施加的独门魔法造成的伤痕，一检查便知。"

苏落点头道："尸体是不会说谎的，没错，这具尸体上有阁下施加魔法留下的伤痕，但是后来你们队过来的时候，大家并没有动手。"

这说明了什么？这说明伤痕是之前留下的。

华新立的队员紧跟着说道："当时我们圈了二十只火邪幻兽，队长将火邪幻兽打伤，然后丢给我们解决，这样省时又省力，但是受伤的火邪幻兽却被你们分院的这个臭丫头给引走了！"

所有人都看向水佳虹，分院的人全傻眼了。这岂不是说，真是水佳虹抢了华新立的怪？这姑娘好大的胆子啊！

水佳虹顿觉如遭雷劈，她万万没想到火邪幻兽的身上还有证据。

啪！牧姐一巴掌抽在水佳虹的脸上："你居然敢……"

"牧姐……"水佳虹捂着被打肿的脸就要跑，当然要赶紧跑了，不然等下就有她受的了。要知道，她可不仅是主动挑衅这么简单，为了拖苏落下水，她还抽了华新立的心上人两耳光。

她想跑，但是怎么可能让她跑掉呢？就在水佳虹经过苏落身边时，苏落一伸腿，哐当——可怜的水佳虹同学直接摔了个狗吃屎，脸朝下趴地上了。

"还没有道歉，你要上哪儿去？"苏落嘲笑地看着她。

所有人都用仇视的目光看着水佳虹。这个臭丫头，简直就是个搅货精！

水佳虹哭丧着脸爬起来，对着华新立一鞠躬，声音哽咽地说："我错了……对不起……"

道歉？华新立微微皱眉，这跟他的预期不符啊。他集结了这么多人，卖了这么多人情，难道就只是过来听这臭丫头一句对不起的吗？才不是！

华新立冷笑："一句'对不起'就想将之前的事抹掉？告诉你，老子不接受你的道歉！"

水佳虹红着眼睛看看牧姐，牧姐气得攥紧拳头。

水佳虹又转头看向苏落，苏落一脸似笑非笑的表情。

水佳虹只能继续鞠躬，保持九十度的姿势。

华新立依旧冷笑。

牧姐瞪着华新立："你到底想怎样？"

"赔钱！"华新立冷冷一笑，狮子大开口，"赔钱，不赔钱这件事我们是不会放弃的！居然敢抢我们的怪，哼哼！"

牧姐点头："赔钱是应该的，抢了你们多少怪，我们就赔多少钱。"

这件事怪她识人不清，等这件事了结后，她会清理琉光团的。

华新立似笑非笑地看着牧姐："抢了多少怪就赔多少钱？你记得清抢了几只怪吗？这就是你们的道歉方式？你会不会把事情想得太美了？"

牧姐皱眉。

而这个时候，苏落却淡淡一笑，再次站了出来："水佳虹引过来的火邪幻兽是我打的，所以我记得很清楚，一共二十只，不多也不少。"

苏落瞥了一眼在旁边愣住的牧姐："都是普通的火邪幻兽，一共二十只，牧姐，赔给他们。"

众人都不解地看着苏落。

咦，画风有些不对啊，这苏落不是投靠华新立了吗？怎么现在听她的语气，又像是支持分院这边的啊？她到底是站在哪边的？

牧姐点出二十只火邪幻兽的火晶，递给华新立。但是华新立很骄傲地别过脸去，老子才不收！

于是，在解释清楚事情的真相后，水佳虹道歉了，二十颗火晶也赔了，牧晴这边已经不欠对方什么了，华新立如果不接受，那就是他理亏。

所以，众人的视线又落到华新立身上。

华新立狠狠地瞪了苏落一眼："二十颗火晶？打发乞丐呢你们？"

苏落淡淡一笑："二十颗火晶你们不接受，那你们要多少？"

"两万！如果你们拿出两万颗火晶，那还差不多！"华新立狮子大张口，在场诸人都倒抽一口冷气。

两万颗？亏你讲得出来！你又不是不知道加勒岛上的物价——两万颗火晶，那就是十万金币啊!

岛卜三年级学生大部分都跟陆丹妮一样,每天最多赚五个金币,吃了上顿没下顿的,华新立居然一开口就是十万金币!

"你怎么不去抢劫啊!不对,抢劫你也抢不到这么多!"牧姐真的怒了。

华新立冷笑:"拿不出来?拿不出来就别挑衅我们啊,以为我们中帝的人好欺负吗?"

苏落冷冷一笑:"一定要十万金币?"

华新立骄傲地坚持:"必须得十万金币!"

苏落浅浅一笑:"如果拿不出来呢?"

华新立:"那就打!"

"那你预备怎么打?"苏落淡淡地看着华新立。

不知不觉中,已经成了华新立跟苏落对话,牧姐的话语权被苏落抢走了。

华新立被苏落问得噎住了,他梗着脖子:"还能怎么打?混战呗!我们中帝的人什么实力?不需要任何战术,都能把你们打趴下!"

苏落慢悠悠地点头:"那就打吧。"

"什么?"华新立愣住了。

"打啊。"苏落催促他。

为什么水佳虹引着被风刃灼伤的火邪幻兽回来时,苏落没有及时提醒牧姐?为什么后来华新立的人找过来,苏落也没有说出真相?为什么她要等到这个时候才站出来?

因为这一切都在苏落的算计之中,而水佳虹和华新立都是苏落的棋子,照着苏落设计的路线扮演着苏落所需的角色。

苏落知道,三年级学生的实力一般都在大圆满三星,中级的是大圆满四星,最好的也就是大圆满五星。而她虽然貌似只有大圆满三星,可是自从重塑丹田后就可以越级战斗了,对上大圆满五星都毫无压力。

既然有实力,为什么要让自己埋没于人海,还要憋屈地受歧视?才不要呢!所以,苏落比华新立更需要这场战斗,而苏落的计划,就是带领分院的人将中帝的人狠狠打趴下,一战成名。

就在战斗一触即发之际,又有人赶过来了,正是三年级的两位第一——孔一枫和闻江。

"老大来了,让开让开,快点让开!"有人大声吆喝。

孔一枫和闻江出现在众人面前,闻江落后于孔一枫半步。

这半步差距,代表了以孔一枫为尊的意思。

苏落微微皱眉:分院的人对于这种事竟然毫无反应,似乎已习以为常。

苏落纳闷地问牧姐:"落后半步的那个是分院的老大?"

牧姐已知苏落不是叛徒,对苏落的态度就更好了,点头道:"是啊,那是闻江,我们分院的第一名，不过……他跟孔一枫的关系一向很好。"

不像原来的第一名尚洲，跟孔一枫剑拔弩张，是完全对立的。

说话间，两位老大已经到了最中央。

闻江冰冷地扫了牧姐一眼，眼含警告之意："怎么回事？这是要聚众闹事？"

牧姐虽然对闻江不满，但面上不敢得罪他，只好如实地将事情说了一遍，最后说："我们道歉也道歉了，赔偿也赔偿了，可对方却不肯罢休，此事该如何处理，请闻老大指示。"

华新立立马辩解："道歉又怎样？只赔二十颗火晶，打发乞丐呢？"

牧晴冷笑道："你们中帝抢我们怪的时候还少吗，可见过道歉并且赔偿的？能道歉、赔偿已经很好了，你还想怎样？"

"十万金币！不赔休想了结今天这件事！"

"做梦！"

"不服那就打到你们服！"

"打就打，谁怕谁！"

双方眼看就要打起来了，闻江看了孔一枫一眼，见孔一枫皱眉，当即恶狠狠地瞪了牧晴一眼："明明是你们的人先做错了事，还这么嚣张，你是不是想死啊！"

牧晴被闻江一瞪，顿时心里发寒。她怎么忘了，闻江一直视孔一枫为老大，别说不会帮分院这边，他还会偏帮中帝那边吧？

牧晴看了闻江一眼，说："道歉和赔偿，该做的都做了，您说该怎么办？"

闻江被牧晴的话噎住了。

华新立冷笑，在旁边提示："二十颗火晶，打发乞丐呢？"

他知道，闻江肯定会为他说话。

果然，闻江的表现让他很满意。

闻江瞪了牧晴一眼："二十颗火晶，你也拿得出手？"

牧晴暗暗冷笑，直视着闻江，目光冷厉"那么请问，给多少火晶合适？"

闻江又被噎住了。

华新立心中乐开了花，表面上却故作姿态："喀喀，都说了两万颗火晶，你耳朵聋了吗？"

这下闻江没有立即接话，连他都觉得两万颗火晶太多了。

闻江看了华新立一眼。

华新立冷哼："必须两万颗，不然就打！"

闻江有些犹豫，不等他开口，苏落就冷冷一笑："不行！"

闻江瞪着苏落。他早就注意到了，这丫头似乎很想打架，一直都在鼓动双方。他正想训斥苏落，苏落却先一步说道："绝对不能开此先例！"

"为什么？"有人不解。

苏落冷笑道："先不说我们是否拿得出这笔巨款，一旦今天我们答应下来，以后中帝的人谁还出去狩猎啊？那么辛苦干吗？在分院的人狩猎时，他们只要将几只受伤的海兽赶过去，再说分院的人抢怪，就能得到天价赔偿。如此一来，分院的人还活不活啦？"

经苏落这么一说，分院的人脸都白了。苏落说得对啊，中帝的人向来爱欺负分院的人，这事绝对干得出来！

于是，分院所有的人都恶狠狠地盯着闻江，他要是敢答应这"丧权辱国"的条约，他们就敢起义！若只被一两个人盯着倒无所谓，可现在被那么多人盯着，闻江的额头都开始冒汗了："这、这……"

在加勒山的最高峰上，山顶云雾缭绕、仙气渺渺，一座古朴的四合院静静地伫立在那里。门前虽然没有人看守，但是所有人都知道规矩——擅闯者死。

美艳老师和高瘦老师来到山顶，敲响房门，殊大人的声音淡薄如空气："进。"

美艳老师和高瘦老师规规矩矩地来到大厅，发现立首领和威首领乖乖地立于殊大人下首。

立首领和威首领是四年级的领头老师，比美艳老师和高瘦老师整整高了一个级别。

"拜见殊大人。"美艳老师和高瘦老师严肃地跪下行礼。

殊大人淡淡地看了他们一眼，没有说话。立首领站出来，盯着美艳老师和高瘦老师问道："山下是怎么回事？是要集体暴动吗？"

美艳老师苦笑着解释："中帝的学生和分院的学生闹起来了，双方正在东海岸沙滩上对峙。学院有规定，不出特大事故不干预，现在战斗还没爆发，所以还没到要出面的地步。"

立首领冷哼一声："你确定他们闹不起来？"

美艳老师眸中闪过一道亮光："他们不会闹得很大，这只是一轮新的洗牌而已。"

"你确信？"立首领问。

美艳老师笑着点头："我确信，因为里面有苏落。"

"苏落是谁？"立首领皱起眉头。他偶尔也会关注一下三年级的好苗子，可苏落这个名字从来不曾出现在他关注的名单中。

"苏落是个新生。"美艳老师说，"昨天才从东华分院过来的。"

立首领脸上露出不屑的神色。美艳老师看到立首领的表情，再看看那位坐在阴影中看不清面容却散发着强者威严的殊大人，见殊大人没有不耐烦，她顿时有了底，于是便将苏落在迦南秘境里的表现说了一遍。

立首领和威首领听完，交换了一个眼神。这位学生在迦南秘境第三关最后一刻的表现，确实很惊艳。

"只能说心境奇巧罢了，这样的学生也不是没有，再惊艳也不过是刚进来的新生，为何你对她如此高看？"立首领对苏落有了一点印象，但这印象并不是很好。他觉得这姑娘太投机取巧，不踏实。

美艳老师接着就讲了山脚下发生的事情。她和高瘦老师虽然没有出面，但是三年级发生的事都逃不出他们的眼睛，他们要管，随时都可以管。

这就是老师和学生的区别。

"苏落虽然昨天才进来，但是她的表现很抢眼，第一天就狩猎到变异型青煞乌云兽，第二天狩猎了精英级火邪幻兽，当然，这些海兽对于我们老师来说不值一提，但是她是才进来的新生啊。"

立首领淡淡冷哼："这也没什么。"

能够站在四年级领队老师的位置，立首领的眼界极高，这么一点点成绩，还不能被他看在眼里。

美艳老师苦笑道："是，这些都不算亮眼，但是，如果我没猜错的话，接下来东海岸海滩边将会发生很震撼的事。"

立首领盯着美艳老师："学生如此大规模械斗，你们不准备阻止吗？"

美艳老师淡笑："这是学生间权力的重新排序，请问立首领，老师们要出手干预吗？如果要干预，我即刻下山让老师们出手。"

立首领被美艳老师将了一军，转头看向殊大人，等待着殊大人的指示。

殊大人没有说话，立首领又转头盯着美艳老师："你就这么确定苏落能上位？"

美艳老师笑笑："我不确定啊。"

"你确定事态不会失控？"立首领又问。

美艳老师苦笑："我也不确定啊。要不要阻止，立首领给个话吧。"

立首领为难了。

但这时候，殊大人却站起来，她一直往外走，走到悬崖边上。下方是浓浓雾霭，但是殊大人却通过浓雾看到了东海岸海滩上的情况。

苏落吗？殊大人想起帝都发来的那条信息，目光高深莫测。

"那就看看，你是不是如他说的那般惊为天人。"殊大人双手交负在后，看着很远的地方那黑压压的人群。

从这么远的地方望过去，只能看到一片小黑点。

殊大人手一挥，悬崖前方出现了一幅很大的屏幕。

如果苏落看到这大屏幕的话一定会很激动，因为它跟苏落前世里的电影屏幕几乎一模一样，而且还是3D效果的。

苏落并不知道自己被人看电影了，而且是被加勒岛最高领导人带队观看。

此刻的她，正目不转睛地盯着闻江，等着他的决断。

所有人都盯着闻江，闻江的压力很大，额头沁出密密的汗珠。

"二十太少，两万太多，那就两千颗火晶吧。"

"不行！"

"不行！"

华新立很想打架，牧姐这边也不服，就算他们赔得起，这个先例也不能开！

"那你们说赔多少？"

"二十！"

"两万！"

双方各执一词，坚决不妥协。

闻江怒了，老子说什么都不行，那你们自己解决好了。当然，想是这么想的，话还是说得很好听："既然谈判解决不了，那就只能拳头下见真章了。"

闻江不悦地瞪了牧姐一眼，冷淡地说："但是，现场这么多人，总不能每个人都冲上去打，不然只怕还没打出结果，就被上面制止了。"

众人点头，觉得闻江这话讲得还算是人话。

闻江看了孔一枫一眼，赔着笑脸请示："孔大哥觉得怎么打好呢？"

分院反正都是挨打的份，被打到什么程度，这得让孔老大做出指示。

孔一枫目光威严地在分院这批人脸上扫过。按理说，他是整个三年级的第一，不论是中帝还是分院，反正总的第一就是他。

正常来说，这群人都要服从他、尊敬他，对他唯命是从。但是分院的人很不老实啊，看着真是让他讨厌，所以，孔一枫并不介意教训分院的人一下。

但是，既要让老师们不出面干预，又能让分院的人记住这次教训，这个度得斟酌好。

可怜的孔一枫，如果他知道连殊大人都在看着他，他一定会拼命做好事，绝对不干欺负同学的事，可是这世上没有"早知道"这味药啊。

孔一枫略一思索，说道："中帝出十人，分院出十人，进入指定区域，哪个院的人先全部出局，哪个院就输。"

这个决定，在人数和场地上都是公平的，却故意没有考虑中帝和分院学生的实力。

中帝的人跃跃欲试，分院的人愁眉苦脸。

孔一枫看着分院那群愁眉苦脸的人冷笑："分院如果输了，支付两万火晶！"

他觉得，牧晴的团队肯定拿不出两万火晶，到时候"要命一条，要火晶没有"能有什么用？所以，把赔偿平摊到分院的所有学生身上，如此一来，既能让中帝拿到赔偿，又能让分院记恨牧晴，这才是上乘的报复之道。

然而，孔一枫却不知道，此刻，上面有人在摇头。

"心胸狭窄，难成大器。"殊大人给了孔一枫八字评语。

有了这个评价，至少在加勒岛上，孔一枫的前途已经黯然无光了。

孔一枫的提议一出来，中帝那边兴高采烈，分院这边却愁眉不展。

要知道，三年级的前十名里，有九个是中帝学院出来的，这还怎么比？

孔一枫已经划分好界限了，一共一百平米的比赛场地。

中帝学院已经选出了十个学生，是按成绩榜的名次来选的，当然，他们的老大孔一枫是不必出战的。

怎么办？分院的人面面相觑。事已至此，就算拼不过也得拼了！

勉强凑齐了十个人，好歹也是在年级里排名前一百的。

中帝那边的人看到分院这边选出来的人，顿时爆发出一阵哄笑。

"这还用比啊？分院的人这么弱！"

"咱们的第二名就能单挑分院那十个人！"

"这样咱们中帝会不会太欺负人了？我怎么觉得有点过意不去呢。"

"哎哟，是他们上赶着让咱们欺负的，如果不欺负回去，那不是暴殄天物吗？老天爷会打雷劈咱们的，哈哈哈……"

中帝那边很欢乐，而分院这边差点起内讧。出来的这十个人，脸上大半都带着不情愿，他们对牧晴的不满已经到了临界点。

就在这时，排第一百名的白俊华捂着肚子喊道："哎哟，我，我肚子疼……"

众人齐齐看他，但他还是默默地后退："我，我真的肚子疼……"

苏落淡淡一笑："那你下去，我上。"

白俊华忙不迭地点头："好啊好啊，有劳你了，我去方便一下！"

说完，不等苏落说话，他就一溜烟地跑了。

白俊华这一逃，中帝那边又爆发出一阵哄笑，分院的士气已降至最低点。

一百平米的场地，中间划了道线，将场地一分为二。

边是中帝，另外一边是分院。

中帝十个人，脸上轻松，带着肆意的嘲笑。

分院十个人，脸上紧绷，带着被笑的愤怒。

中帝十个人，分别是王牧、闻焕东、戴宏岩等处在三年级顶峰的人物。

分院十个人，分别是范玮沣、邴飘、房泊鑫等中上层的实力。

所有人都看着孔一枫，等他宣布比赛开始。

大家的表情都不太认真，这种毫无悬念的比赛，看起来一点意思都没有。

"预备——开始！"孔一枫一声令下，中帝十人以雷霆万钧之势，朝分院的人碾压过去，甚至都不用考虑战术。他们每个人都盯着一名分院的人，抬腿就踹。

哗啦啦一阵踹人声，啊啊啊一堆人被踹了出去。

等众人反应过来时，所有人都难以置信地看着那唯一一个站在场地里的人。

只见她衣袂飘飘、翩然若仙，那倾世的容颜、自信的神态、灿烂的笑容，在逆光中显得光彩夺目、璀璨无比。

那个人，不是中帝学院的任何一个人，她——

"她是苏落，分院的苏落！"

这声惊呼一出，中帝的人全都欲哭无泪。刚才太混乱了，中帝的十个人，每人都盯着自己的目标——第三名盯第十三名、第四名盯第二十三名……如此一来，就能保证分院的每个人都能在第一时间被他们踹出去，然后以迅雷不及掩耳之势结束战斗，让分院丢脸丢到下辈子。

这想法很实在，正常情况下，实施起来也没问题，但关键是这次分院的人里多了个苏落。

就在他们冲过来时，确实，分院的十个人中有九个都被踹出去了，唯独苏落例外。

盯着苏落的那位中帝的学生叫危晓风。

这位同学也是倒霉催的。他是中帝学院那十个人里头实力最弱的，因为他原本盯着的那位肚子疼跑厕所的分院白俊华同学，就是分院十人里实力最弱的嘛。

当他冲到苏落跟前时，忽然发现目标不见了，等他反应过来的时候，他已经被苏落踹得飞出赛场了。

而中帝学院其余九个人冲过去踹分院同学时，根本就没想到分院的人会跑到他们身后去踹人。所以，啪啪啪啪啪啪啪啪啪，眨眼之间，中帝学院的这九个人全被苏落踹出赛场。

如今场地里只剩她一人了。

从分院那边爆发出潮水般的掌声，苏落微微一笑，做了一个致谢的姿势，优雅而尊贵。

分院人人欢欣鼓舞，中帝个个如遭雷劈。被苏落一口气踹出去的那十位选手，全都怒视着苏落，就像在看杀父仇人。

这仇，在他们看来恐怕比杀父之仇还大，因为他们成了中帝的罪人。

王牧忽然铿锵有力地大吼一声："我不服！"

紧跟着，闻焕东也坚定地大吼："我也不服！"

戴宏岩同学也梗着脖子吼道："我也不服！"

其余七位同学发出冲天怒吼："我们不服！"

中帝的学生们被他们带得热血上涌，都仰着脖子大吼："不服！不服！不服！……"

喊得还非常有节奏。

分院的学生冷笑："不服个屁，输了就是输了！"

中帝的学生："你们投机取巧！不是靠真正的实力，就是不服！"

"投机取巧那也是赢！"

"不服！"

"老子管你们服不服，就是赢！"

"不服！"

于是，中帝和分院开始吵架了，吵着吵着吵不过，就要开始动手了。

孔一枫皱着眉头，非常不悦。他本以为中帝必胜无疑，谁知道这十个人这么不争气，说到底还是那新来的臭丫头诡计多端。想到这里，孔一枫阴森地盯着苏落。

闻江也瞪着苏落。

眼看就要发生大混战了，加勒山之巅几位看电影的高层却一点都不着急，因为孔一枫肯定不会让他们闹起来的，一旦闹起来，就会有老师插手，他就成摆设了。

"停！"孔一枫一挥手。

中帝的学生听惯了孔一枫的指示，所以他一喊停，大家都停下来看着他。

中帝的学生停下来了，分院的学生没人吵架，也都渐渐停息了。

孔一枫凌厉的目光从众人脸上扫过，最后停在了苏落脸上。他知道，能不能解决这件事，关键在苏落。

孔一枫盯着苏落："你怎么说？"

他故意释放出强者的威压，试图给苏落造成精神上的压力。

孔一枫如果将这威压放到别人身上，很容易奏效，不幸的是他遇到了苏落。

在孔一枫的威压下，苏落气定神闲地负手而立，淡淡地看着孔一枫："这局算谁赢？"

孔一枫眼眸危险地半眯起来。他发现一个问题，这个女孩不怕他，这就有点难办了。

"分院赢了。"孔一枫不能睁着眼睛说瞎话，只好如实宣布比赛结果。

苏落笑道："也就是说，那两万火晶的赔偿不用给了？"

孔一枫点头。

闻江见苏落那副傲然的姿态，顿时不爽地说："你对孔老大说话是什么态度！"

闻江觉得，苏落既然是分院的学生，那就是他闻江的手下。苏落对他的老大不恭敬，他理应训斥自己的手下。但是闻江忽然发现，他一训斥苏落，分院的人竟然用不悦的目光盯着他看，反了天了！

苏落淡淡地看了闻江一眼，没理他，转而看向孔一枫："你似乎还有别的想法？"

孔一枫看着闻江，失望地叹了口气，然后对苏落说："再比一局吧。"

孔一枫的话一出，全场都寂静下来。

分院的人脸上是明显的不情愿。他们很清楚，能赢一局已经是万幸了，要是再来一局的话……

但是中帝的人都在热情高涨地呐喊："再来一局！再来一局！……"

孔一枫看着苏落："人心所向啊。"

牧姐拉拉苏落的衣袖，暗示得很明显。

苏落淡淡一笑："刚才打得太激烈了，好累啊，我看还是……"

"两万火晶！"孔一枫盯着苏落，目光森冷而凌厉，"中帝出两万火晶，如果你赢了，这些火晶全部归你。"

苏落神色依旧。

分院的人在听到两万火晶时，眼眸亮了亮，但是他们很快就反应过来，没实力这两万火晶根本拿不回来。

所以，他们一个个反驳。

"两万火晶有什么了不起的？说得好像我们没见过似的。"

"我们落落累了，还是休息最重要。"

"不比了不比了，收摊了，大家都散了吧。"

分院的人趁机想走。

笑话，刚才苏落能赢全都是因为投机取巧好不好？这再比一局就是输啊，多丢人啊！所以坚决不比！

孔一枫朝闻江使了个眼色。

闻江会意，他对苏落瞪眼："叫你比你就比，啰唆什么！在这加勒岛，靠的就是真正的实力，投机取巧最要不得，你得改改这毛病！"

苏落看着闻江，淡淡一笑："你的意思是说，明知道我答应比赛会输，你还要让我答应下来？"

分院的人齐刷刷地盯着闻江，有些人眼中酝酿着怒意。

闻江感受到来自分院同学的怒意，他轻咳一声："我这是为你好，只有这样你才能记得深刻，改了这毛病，以后才能走上康庄大道。"

"说得冠冕堂皇，但其实掩盖在这句话之下的真相，就是你要分院输给中帝！"

苏落这话真可谓诛心，分院的人立刻明白过来，全都对闻江怒目而视。

闻江被说得哑口无言。

孔一枫看着苏落："你怎么说？"

不知不觉中，孔一枫已经把苏落当成主事人了。

苏落回头看着分院的人，淡淡一笑："两万火晶，你们每个人能分到多少？"

"五个！"所有人齐齐地喊道。

苏落对孔一枫无奈地摇头，表情略带嫌弃："太少。"

孔一枫差点被苏落给气死：这是什么表情？这是什么语气？太少？谁说这两万火晶就是

你的了！

不过好歹是中帝的老大，尽管内心已如老虎般咆哮，面上却不动声色。他淡然瞟了苏落一眼："那你想要多少？"

"阁下觉得中帝学院的面子值多少，那就给多少吧。"苏落深谙讨价还价之道，直接将球踢给了对方。

分院的人听到苏落这话，全都扑哧笑了起来。

这姑娘厉害啊！中帝学院的面子值多少，那肯定是无价的啊！所以，中帝那边不会再逼苏落出手了吧？

"中帝的面子无价，不过赌注有价，十万火晶如何？"孔一枫盯着苏落问道。

只见苏落口中念念有词："翻了五倍，也就是说，人均二十五个火晶，换成金币再乘以五……哎哟，好像还不错啊！"

孔一枫见苏落动心了，便冷冰冰地看着她。

苏落还在讨价还价："十万一千吧，额外的这一千火晶得给我自己留着。"

孔一枫被苏落气得鼻子都差点歪了。

这是什么语气？还没拿到手，你连火晶怎么分都想好了？

中帝的人气得咬牙切齿。

"答应她！"

"打败她！"

"拍死她！"

孔一枫身后是一波又一波的呐喊声。

王牧生怕孔一枫不答应，很坚定地站出来："我赞助一千火晶，请老大给我们一个为中帝雪耻的机会！"

闻焕东也站了出来："我也赞助一千火晶，请老大给我们一个为中帝雪耻的机会！"

后面的人都大声怒吼："我们自愿捐款，请老大给我们一个为中帝雪耻的机会！"

围观的中帝学生们更是热情昂扬，这可是为中帝正名的机会，机不可失，时不再来！他们生怕迟一点苏落就要走了，于是纷纷冲上去捐助。

不得不说，中帝的学生真是财大气粗，很快就凑够了十万一千火晶，在旁边堆成小山。

孔一枫看着苏落，苏落点点头，很随意地说："数目够了？那就开始吧。"

孔一枫又差点被苏落气死，苏落见孔一枫额角的青筋跳来跳去，不由得瞟了他一眼："看在这么多火晶的分上，就让你们 些，十比一吧。"

"啥？"中帝老大掏掏耳朵，表示自己没听清。

苏落对分院那群哭丧着脸的参赛者说："这里没你们的事了，回观众席去吧。"

牧姐不解地问："你要做什么？"

苏落挥挥手："那十个人，我自己就能对付，你们快去观众席，快去快去。"说着推着他们九个全都去了观众席。

"你……"中帝的人气疯了，有这么看不起人的吗？别忘了你是分院的分院的分院的！

苏落不耐烦地看着孔一枫："好啰唆，还比不比了？"

"比！"到底是谁啰唆？孔一枫快被苏落气死了。

苏落笑嘻嘻地挽留那些打算离开的分院同学："不要走，很快就比完了，到时候还有火晶分呢！"

中帝出战的依旧是刚才那十个人，苏落看了看那堆积如山的火晶，再看看眼前这十位对手，嘴角是大大的笑容："谢啦。"

谢什么？中帝的人都不懂苏落话中的意思。

中帝的十个人好不容易用十万一千火晶换来这次比赛机会，当然要好好珍惜。赢是毋庸置疑的，为了体现珍惜，他们决定围而不攻，就是将苏落围在包围圈里戏弄她、侮辱她，就算她想投降都不给她机会！

这是中帝这边的十个人早就商量好的对策。

但是，事实上呢——

苏落站定不动，十个人分散开来，慢悠悠地走到她身边，真的将她包围了。

王牧冷笑："怎么样？被包围的滋味如何？"

闻焕东："还敢不敢辱骂我们中帝了？"

戴宏岩："你出来啊，有本事你从包围圈里出来啊。"

其他的人也各种语言挑衅。

苏落脸上浮现出无语的表情："这战斗比的难道不是哪家先出局吗？你们将我包围起来不让我出去，你们的脑子没毛病吧？"

王牧、闻焕东、戴宏岩等人神色一凝：对哦！如果一直围着苏落，她岂不是出不去了？

于是，他们眼里出现一丝犹豫，这要怎么办呢？

还没等他们想明白怎么办，苏落身形一动，朝她正前方的两个人踹去。

啪！啪！本以为稳操胜券的两个人，就这样被苏落踹出了场地。

王牧大叫一声："不要轻敌，这个苏落的实力很不一般！"

然而，他话音未落，苏落身形一动，就转到了他的身后。

"王牧小心！"

"王牧快跑！"

但是，再多的提醒都是白搭，啪！王牧被踹出去了。

众人用看魔鬼一样的眼神看着苏落：那可是王牧啊，在三年级的排名中，就算不是第二也是第三啊！

平时的王牧多么傲慢、清高，连话都不屑跟下面的同学说，可是现在，他已经两次被苏落踹了个狗吃屎。

中帝这边丢了大脸，分院那边掌声如潮，苏落的声望噌噌地飙升。

闻焕东提议："我们剩下的人手拉手，形成一张网，将苏落逼出赛场。"

于是七个人手拉着手，将苏落逼至角落。

"冲！"闻焕东怒吼一声，七个人朝苏落狠狠一推。

就在所有人都以为苏落要被挤出去时，她的身影突然在眼前消失了。七人推了个空，皆因用力过猛收不住脚，直接冲出了边界。

他们自己先傻了，全场一片寂静，所有人都蒙了，而山顶上的殊大人原本淡漠的脸上，此刻却浮现出一抹笑意。

立首领一向唯殊大人马首是瞻，看到她的笑容，赶紧说道："这姑娘倒是有点意思。"

殊大人没有点头也没有摇头，依旧注视着人群中那个慧黠灵动的身影。

这一局中帝又输了，跟上一局相比，虽然过程不同，但结局是一样的。

分院的人过了好一会儿才反应过来，高兴得欢声雷动，激动得相拥而泣。

苏落抬抬手："都站好了，站好了，说好了分火晶的，还不快点！"

什么？真的要分？众人都难以置信地看着苏落，难道她不知道金币在加勒岛上有多重要吗？

苏落岂会不知？不过她现在一是为了收买人心，二是她用不了那么多金币，三是她有赚钱的本事，四是这次本来就是以分院的名义参赛的，哪能自己拿着钱走了，有这样做人的吗？所以综上所述，苏落是一定要分金币的。

"来，都站好了，每人二十五颗火晶。"价值一百个金币。

分院如陆丹妮这种吃了上顿没下顿的同学可不少，欠债的更是不在少数，所以这一百个金币对他们来说，那就是及时雨啊！

大家虽然没有说什么，但是对苏落的感激却在这一刻埋在了心底。

孔一枫很想甩袖子走人，但是如果就这样走了，岂不是丢脸丢到家了？

所以，中帝那边的一群高层经过商议，派人来告诉苏落，他们不服！

"不服？然后呢？"苏落双手背在身后，心情愉悦地看着火晶被分发下去。

这种助人为乐然后被人感激的感觉，还挺不错呢。

王牧盯着苏落，目光森冷而凌厉："再比一次！"

苏落回头，用看神经病的目光看着王牧，重复着他的话："再比一次？"

王牧郑重地点头。

苏落的视线又朝王牧后方看去，那群人见苏落看过来，全都郑重而严肃地点头："再比一次！"

苏落看着孔一枫，孔一枫冷笑："再比一次倒是可以。"

苏落回以冷笑："如果我说我累了呢？"

孔一枫气得直瞪眼：两次比赛，你都投机取巧，根本不是靠实力打赢的，怎么会累？

"比不比？"孔一枫瞪着苏落。

闻江也看着苏落，以老大的身份数落她："让你比就比，怎么那么多废话！"

苏落回以冷笑："彩头你出啊？"

孔一枫明白了，苏落想的不是累不累的问题，而是彩头足不足的问题。

"两万火晶。"孔一枫冷哼。

"还是十万。"苏落说，"我们分院太穷了，得攒些原始积累，这十万是压箱底以备不时之需的。"

孔一枫心中一动，跟闻江交换了一个眼神。

闻江是分院这边的老大，原始积累的火晶还不是放他身上，一旦火晶放到闻江身上，那不就等于还在孔一枫手上吗？咦，不对！谁说中帝要输的？明明是想用这场战斗赢回名声的嘛！

苏落看了闻江一眼："至于比赛规则嘛，分院就出我一个，至于你们，随便上来多少人都行。"

苏落这姿态一放，顿时激怒了中帝的人。

"比！我倒要看看这次她还能耍什么阴谋诡计！"

"就是，这次我一定要上！"

"我也要上！"

中帝学院上来很多人，黑压压一片，原本一百平方米的场地都盛不下了。

最后还是孔一枫做主："就五十个，其余的人全都退回去。"

很多人都皱着眉头不开心，他们也想为中帝出一份力啊。

苏落见他们愁眉不展，反而替他们求情："别呀，既然他们这么想上，那就上吧，大不了将赛场画大一点嘛。"

孔一枫用看神经病的眼神看着苏落：姑娘，他们是去打你的，你这样替他们说话，考虑过你自己的感受吗？

所有人都像看神经病似的盯着苏落：中帝的学生，一百个？您是来搞笑的吧？

"我很忙。"苏落说得一本正经。

"行！"孔一枫硬着头皮点头，一百个对一个，即便是中帝赢了，又能挽回多少面子？但是有总比没有强吧？

战斗再起，这一次众人才见识到苏落真正的实力。

前两次战斗，苏落用的都是巧劲，只用了不到三成的实力，这次当苏落把实力完全发挥出来之后，观众们全都惊呆了。

中帝虽然有一百个人，但是能够逼近苏落身边的，一次最多只有十来个，其他人只能待在外围。而一次解决十个人，对于苏落来说一点问题都没有。

一个又一个对手被苏落丢出战场，一道又一道惨叫声相继响起。

一百个人围攻苏落，结果却是中帝的人被一个个丢了出去，看苏落还这么能打，就说明她没有受什么伤。

场外的人这才意识到苏落很凶残。

她之所以让中帝上一百个人，就是为了在众人面前展示她的实力。

孔一枫暗暗握拳：难怪她敢口出狂言，原来这么有底气！

"她不是昨天刚来加勒岛的吗？"孔一枫瞪着闻江。

闻江苦着脸："这姑娘的名字，今天之前我都没听说过。"

这是自然。苏落在帝都虽然声名鹊起，但这只是最近十几年的事，而这群人早就被关进加勒岛了，所以完全没听过苏落的威名。

这一战，奠定了苏落的赫赫威名。她的威名是怎么定的？是踩着中帝上百位学生的脑袋爬上去的！再一想到那十万火晶，孔一枫欲哭无泪。本以为中帝必胜无疑，所以这十万火晶他也没跟别人要，现在输了……还能跟同学们要吗？肯定是从他自己的私库里出啊！

这些年的积累下来，孔一枫确实富有，但是一口气拿出十万火晶，他还是心疼得要命。

闻江见孔一枫提到火晶时脸色难看成那样，心里已经有了一个主意，笑着对孔一枫说："还有五十个人呢，未必会输，赢的概率还很大嘛。"

孔一枫瞪了他一眼：一百个人都拦不住苏落，五十个人还想拦她？你是白痴，还把我当成白痴了？

虽然这么想，孔一枫心里还是有一丝侥幸。但现实却无比打脸。

打到后来，分院的人齐声数着："二十、十九、十八、十七……三、二、一，耶！"

将一百个人丢出去后，苏落淡定地抚平衣袖上的褶子，抬脚就朝孔一枫走去。

苏落在孔一枫面前站定，笑吟吟地伸出右手，平摊。

十万火晶啊！孔一枫心痛得无以复加，他看了闻江一眼，见闻江点点头，这才将一个干净瓶丢给苏落。

苏落接过玉净瓶，用灵力数了一炷香的时间，这才点点头："孔老大就是爽快，十万火晶，一颗不多，一颗不少，谢啦。"

"等等！"孔一枫叫住苏落。

苏落回眸，眼底一阵狂喜："孔老大，你还要比啊？真的还想送我火晶吗？"

孔一枫的脸皮子抽搐了一下，苏落的兴奋表情刺激到他脆弱的心灵了。

闻江看着苏落："是我找你有事。"

"哦?"苏落似笑非笑地看着分院的这位老大。

"我记得你刚才说过,这十万火晶是要给分院做原始积累的?"闻江挺直胸背,像孔一枫一样双手背在身后,看上去就像上位者召见下属似的。

这种只可意会不可言传的感觉,敏感的苏落秒懂。

她眨眨漂亮的眼睛,看着闻江:"我是说过这句话,然后呢?"

闻江有些不悦地沉下脸。他已经把话说得这么明白了,难道她还不懂吗?到底是真不懂,还是在装不懂?

"你不知道我是谁?"闻江直勾勾地盯着苏落。

闻江虽然是孔一枫的小弟,但是他能做到分院的第一,那也是有小弟跟着的。所以这会儿,闻江的小弟花文觉适时跳出来,指着苏落:"分院的老大闻江大人,你不知道吗?以前不知道也就算了,现在知道了,还不快拜见闻江大人!"

闻江的手依旧背在身后,微微抬着下巴,眼睛往天上瞟,怎么看怎么装。

苏落似笑非笑地看着闻江,并没有叫老大。

闻江已经摆出姿态了,但是苏落不认。

四周顿时鸦雀无声。分院的人神色复杂,一个是自家老大,虽然对他谄媚中帝看不上眼,但毕竟是老大。

一个是苏落,虽然她对大家不错,还给分了火晶,但她毕竟是今天才冒出来的,大家都不熟……

中帝的人丢了大脸,本想悄无声息地溜掉,一见分院起了内讧,很多人都留下来看热闹。

本以为事情到这里就结束了,可现在看来,好戏才刚刚开始。

闻江也意识到，众目睽睽之下，他绝对不能后退！这火晶，他必须拿到手！但是，苏落就是不接花文觉的话。

闻江抬了半天下巴，抬得脖子都酸了，苏落还是不搭腔，他只能自己下台。

"年轻人，好强是好事，但实力不够的情况下好强，只能死得更快。"闻江伸出手，想用上位者的姿态拍拍苏落的肩头。

也不知苏落脚下是怎么动的，她避开了闻江的手。

闻江的手悬在半空，甚是尴尬。

"苏落！别以为你有些投机取巧的本事，就能跟我嚣张！"闻江盯着苏落，"我才是分院的第一，所以，你该知道怎么做吧！"

闻江一边说，一边盯着那装有十万火晶的玉净瓶。

苏落微微皱眉，嫌弃地看了他一眼："你好啰唆。"

闻江还没说话，苏落突然转身问分院的同学："怎么才能让他不啰唆呢？"

分院的同学不是不想反抗闻江，但他是第一名啊，反抗不了，但是现在苏落已经在众人面前展示了她的实力，所以，不知道谁大喊了一声："不想让他啰唆，那就让他下台！"

这句话，简直点燃了大家藏在内心深处的渴望。

突然有人带头高呼："打败闻江！打败闻江！打败闻江！……"

闻江浑身一僵，恶狠狠地朝出声的那个人望去，眸中恨意毕现。

见他要报复那位同学，牧姐忽然大喊一声："打败闻江！"

闻江的表现引起众怒，"打败闻江"之声不绝于耳。

闻江下意识地后退了两步。怎么会这样？从什么时候起，他竟然这么不得人心了？

苏落淡淡看着闻江："看来大家都恨不得让你下台呢，你说是不是？"

闻江恶狠狠地瞪着苏落，苏落却淡淡一笑："你这是要打架吗？嗯，很好，我正要向你挑战呢。"

事到如今，闻江怎么可能想不到苏落的用意？她这是要将自己取而代之！

"可恶！"闻江刚刚见识了苏落的战斗力，其实是有点担心的，但是一想到这臭丫头才来岛上一天，就能撺掇着这么多人跟他唱反调，时间一长，不定还会发生什么事呢，所以，最好现在就把这丫头给灭了。

想到这儿，闻江朝苏落诡异一笑："好，我接受你的挑战。"

苏落笑嘻嘻地问："那么，如果你输了……"

"这分院第一名的名头自然给你，分院的人也都归你管！"闻江冷笑，"但如果你输了，你就滚去矿上，一百年不许下山！"

苏落笑了笑："好啊。"

现场唯一让苏落摸不准实力的人就是孔一枫，其他所有人的实力苏落都看在眼中，包括闻江。

孔一枫盯着苏落，眼眸危险地半眯起来。在他看来，苏落的实力不过是大圆满三星，可是，她到底是怎么将中帝那一百个学生给扔出来的呢？难道她天生神力？孔一枫想不通。

正因为想不通，所以不会阻止闻江跟苏落的战斗，他正好借此机会探探苏落的底。

在他眼里，闻江不过是个可以利用的人罢了。

苏落和闻江的战斗开始了。

闻江采取的是速战速决的打法，一开始就祭出了他的底牌——大圣龙掌印。

一道清晰的掌印凭空出现，以迅雷不及掩耳之势，狠狠地朝苏落砸去。

大圣龙掌印距离地面还有百米，苏落所站之处已经像沼泽一样下陷了。

"苏落快跑！"牧姐急得大喊一声，但是苏落非但没跑，反而高举双手，在大圣龙掌印砸下来之际，以娇小的身躯顶住了重压。

苏落身边的沙土正在逐渐下降。

闻江脸上出现得意的神色。他本以为苏落很强，一交手才发现他简直高估苏落了！他的大圣龙掌印才使出了八分，苏落就抵挡不住了。眼看着地面越陷越深，眼看着苏落的双手撑得越来越辛苦，眼看着大圣龙掌印就要朝苏落脑袋砸下去的时候……

忽然，一簇火苗从闻江的脚底出现，正是休养了很久的陨落红莲。

陨落红莲从地底下冒出来，一开始还是小火苗，但是很快就变成火色锁链，哗啦一声，就将闻江的双腿捆住。

闻江在大圣龙掌印上用了八成的力量，哪里还有力气去反抗陨落红莲的火色锁链？只见火色锁链哗啦啦地往他身上缠，先是双腿，然后是腰部，一路往上，很快就把闻江捆成一个大粽子。

此刻，在苏落的控制下，大圣龙掌印已经从苏落的头顶上移动到闻江的头顶上。

闻江脸上露出惊恐的神色，大声怒吼："你要做什么？"

苏落对闻江的怒吼置若罔闻，看着闻江头顶上的大圣龙掌印摇摇头："有点歪。"

然后，苏落操控着大圣龙掌印正了正位置，让它正对着闻江的脑袋。

闻江怒骂苏落，但是锁链已经捆到他的嘴角了，谁也听不清他在骂什么。

此刻，很多人，特别是分院的人，都用一种近乎膜拜的眼神看着苏落。

在那高高的加勒顶峰，几位加勒岛的高层也在注视着这一幕。当看到苏落轻松地将闻江捆绑起来时，美艳老师和高瘦老师交换了一个眼神——不愧是他们看中的丫头，才来第二天，就把第一名给干掉了！但是立首领却看不惯苏落，冷冰冰地摇头："也就一般。"

苏落在端正了大圣龙掌印之后，哐当一声，让它砸了下来。

可怜的闻江同学，被陨落红莲绑着，根本无法闪避，只能眼睁睁看着自己最引以为傲的大圣龙掌印，狠狠地砸在自己的脑袋上。

这一砸，直接将闻江给砸晕了。

苏落这一手"大圣龙掌印"，自然受到了无数分院同学的膜拜。

闻江在分院的学生中耀武扬威，稍有不服就用大圣龙掌印镇压，不少人都吃过大圣龙掌印的苦，现在看到闻江自己被砸晕，怎能不弹冠相庆？

"你们说，苏落会不会跟闻江一样，对孔一枫马首是瞻？"有位分院的学生抛出了一个问题。

是啊，苏落会吗？她会迫于压力而对孔一枫俯首称臣吗？

没有人觉得苏落能赢孔一枫。

因为孔一枫不仅是三年级的第一名，以他的实力完全能进四年级了，但是不知出于什么原因，他一直没去参加考试。为什么会知道孔一枫的实力远超三年级，甚至比四年级的一些人还要强呢？

因为当初孔一枫跟一位四年级的学生约战过，而那位四年级的学生就是水佳虹的大哥水佳戈，然而，最后赢的人并不是水佳戈。

所以，从那个时候起，在所有三年级学生的认知里，孔一枫是三年级里无敌的存在。

而现在，苏落打了孔一枫的小弟，孔一枫会饶了她吗？

正如大家所期待的那样，孔一枫一步一步朝苏落走去，在苏落面前站定，强大的威压朝苏落狠狠碾压过去。

苏落不得不承认，这位让她看不清实力的孔一枫，确实不简单。

如果现在战斗的话，输赢在五五之间。

"小丫头，真是没想到。"孔一枫轻蔑地看着苏落，"没想到你能走到这一步，不过，现在你的胜利在我这里可以终结了。"

苏落从孔一枫眼底看到一丝战意。他要战！要战便战，难道苏落还怕他不成？

苏落冷冷一笑："是吗？如果我赢了你呢？"

苏落此话一出，她自己倒没觉得有什么，但是听到这句话的人，都用一种佩服的目光看着苏落。

那是孔一枫啊，能够把四年级的水佳戈打败的孔一枫啊。

牧姐关切地看着苏落，心中暗道：苏姑娘您就消停点吧，这位孔一枫咱是真打不过啊。

就在中帝的人得意、分院的人着急时，美艳老师和高瘦老师联袂而来。

"都聚在这儿干什么？闹事呢？"美艳老师那双潋滟美眸往围观群众里一扫。

美艳老师之所以有这个外号，就是因为她那双美艳无双的眼睛，她一身的修为也都修炼在眼睛上。那双冰眸看着虽美，却是杀人利器。被那样的眼睛盯着，很多人都有一种如坠冰窟的感觉。

"还不滚？等着老师欢送？"美艳老师冷冰冰地重哼一声。

在三年级，美艳老师是最有威严的，如果问学生最怕的老师是谁，如果美艳老师排第二，其他老师没人敢排第一。

所以被她这么一瞪，胆小的人马上就跑了，胆子稍微大点的，见别人跑了，也跟着跑了。没多久，围观群众就走得干干净净，最后现场只剩下苏落、孔一枫，还有躺在地上脑袋流血的闻江。

美艳老师的目光落到苏落身上，高深莫测中带了一抹复杂。很多人直到四年级毕业了，都得不到殊大人一个眼神的注意，但是苏落才来了两天，殊大人的视线就落到她身上了。

有了殊大人的关注，这丫头在加勒岛不说为所欲为，也可以横着走了。

当然，心里明白是一回事，口中却不会说出来。

苏落被美艳老师看得有些不解，她摸摸脸上，没什么啊，怎么这位面孔漂亮身材火爆的女老师对她看了又看呢？

美艳老师的视线从苏落身上转到孔一枫身上，冷冰冰地说了句："赶紧散了！"

说完，她跟高瘦老师就一起走了。

就这样走了？孔一枫看着美艳老师和高瘦老师的背影陷入沉思。他不像苏落那样，对这两位老师完全不了解，事实上，正因为对他们了解，所以才会感到奇怪。

正常情况下，老师是不会干预学生之间的矛盾的，但是现在他们出现了，而且阻止了……这意味着什么呢？孔一枫百思不得其解。

苏落倒是没想那么多，她见没事了，转身就走。

在走出沙滩后，苏落发现，在回寝室的必经之路两旁，站满了分院的学生，路中间铺着一条红毯。

苏落一脸不解："这是干吗呀？"

牧姐笑着对苏落说："这是大家对你的感激和拥护，快从这里走过去吧。"

苏落："这……不就是把赢来的火晶分了嘛，不至于吧？"怎么忽然之间，她就成了分院的大恩人？忽然之间，就有了这么多手下？

牧姐难掩内心的激动，推着苏落说："这不仅是火晶的问题，你不知道，大家被闻江欺压了多少年，现在你为大家出了这么大一口恶气，大家都感激你。"

苏落的视线从众人脸上扫过，道路两旁的同学们用微笑表明心迹。

一时之间，苏落心中百感交集：就在不久前，她还是一年级的新生，对她而言，这些三年级的学生是遥不可及的存在。但是，迦南秘境之后，她从一年级跳到二年级、从二年级跳到三年级，现在又成了三年级分院的第一……

苏落想到了唐雅岚，想到了费君平，想到了跟她同批进入帝国学院的同学们，有种恍然如梦的错觉，她的步子好像迈得有点快吧？

牧姐见苏落神色感慨，也不打断她，只微笑地看着她。

陆丹妮更是用一种崇拜的目光看着苏落。这位光彩照人的女神级人物居然是她的室友，昨天她还分了苏落半碗面呢，真是让人难以置信！

在陆丹妮和牧姐的催促下，苏落从这条铺着红毯的路上一步步走过。走这条红毯，不仅代表着分院众人对苏落的认可，同时也让苏落明白了她身为分院第一名的责任。

走过红毯后，苏落脑中忽然灵光一闪，转身问："你们的火晶够用吗？"

苏落的视线首先落到陆丹妮身上。陆丹妮老实地说："我还欠着牧姐一百金币呢，你发下来的火晶刚好还债。"

"对啊，有了这二十五颗火晶，可以缓解很大的生活压力。"

"如果没有这二十五颗火晶，我就要被送到矿上去了。"

其他人也纷纷附和，说有了这二十五颗火晶，他们的生活得到改善，不像原来那么窘迫了。

苏落看着他们："生存压力得到一定的缓解，但是还远远不够用，是吗？"

众人不解，但很快就有人反应过来："苏老大，那十万火晶，您还是留着做原始积累吧，或者做应急之用，不要再往下分了。"

众人这才想到，苏落从孔一枫那里还赢了十万火晶呢。

有人提醒苏落："孔一枫不是一般人，没人能占他的便宜，别看这十万火晶现在在您手里，保不齐明天孔一枫就找个借口收回去了。"

众人纷纷点头，对孔一枫的畏惧已深入骨髓。

苏落淡淡一笑，她并没有分火晶的意思。正所谓"授之以鱼，不如授之以渔"，既然她当了老大，就得给大家谋些福利，于是苏落说道："海里有那么多火邪幻兽，不狩猎也是浪费，走，我带你们狩猎去！"

众人闻言，脸上全都浮现惊喜之色。

苏落见大家都点头，于是一挥手："以团队为单位，朝火邪幻兽出发！"

于是，分院的几千名学生，浩浩荡荡地朝火邪幻兽活动的海域推进。

一开始他们只在外围打，但外围的火邪幻兽太少了，没一会儿就打没了。于是他们就往中级地域推进。中级地域的火邪幻兽可多了，而且精英级不在少数。

以前，看到精英级火邪幻兽，他们逃得飞快，但是这次形势却完全逆转过来，他们变成了追杀精英级火邪幻兽的狩猎者。

平时那么嚣张的精英级火邪幻兽，在几个回合之后，就意识到了危险。

它们觉得很奇怪：以前最多也就是几十个人类联合围攻，为什么现在一下子出现几千个？而且彼此之间配合默契，这还是人类吗？

不得不说，以前的闻江不作为，分院就是一盘散沙，现在有了苏落的领导，有了精神领袖，凝聚力一下子增强了。

面对精英级火邪幻兽，他们也不是完全等着苏落过来，而是几个、十几个人联手对付，不得不说，在齐心协力的配合下，精英级火邪幻兽还真让他们剿杀了不少。

天渐渐黑下来。

苏落看着热火朝天的狩猎景象，见大家累得快趴下了，便叫队伍先回去，等明天再来。

大家全都听话地回去了，清点完战利品，大家都乐开了怀。

不得不说，今天的收获是巨大的。即便人数这么多，每个普通队员也能分到十颗火晶，相当于五十个金币。要知道，他们平时出海一趟，最多也就赚五个金币，一下子翻了十倍，他们能不激动吗？

而主力和队长分到的就更多了。主力是二十颗火晶，队长是三十颗火晶，这样的收获，以前是想都不敢想的。

这一刻，原本对苏落不那么服气的团队队长们，看在火晶的分上也都服气了。

苏落并不知道，她兴致上来带大家出去狩猎一次火邪幻兽，会收买这么多人心。

苏落是个别人对她好一分、她就还三分的性子，见大家这么拥护她，赚火晶的积极性这么高，苏落也更乐意带着大家出去狩猎，反正她也要寻找火邪幻兽之王的踪迹。

一连七天过去了，分院的学生收获颇丰，很多人都清了欠债，已是无债一身轻。在率领大家狩猎之时，苏落通过一次次战斗，不论是步法还是剑法都有所突破。

苏落已经有足够的金币去藏经阁兑换她需要的空间功法了，而她之所以要找火邪幻兽之王，是因为火邪幻兽之王体内的火焰能够淬炼出最精纯的剑。

自从凤舞剑被封印在空间里之后，苏落一直没有称手的武器。所以，她想猎只火邪幻兽之王，用它体内的火焰炼一把称手的剑。至于剑坯，苏落早就准备好了。

连续狩猎了七天，众人郁闷地发现，火邪幻兽没影了，于是狩猎的事只能暂停。

终于静下来了，苏落决定去藏经阁看看。

藏经阁是座四合院，一共有三进，苏落先来到第一进的院子里，主殿门口上书：空法殿。

门口守着一位白胡子老爷爷。

"缴纳十个金币的进门费。"白胡子老爷爷见苏落要往里走，皱皱眉，出声提醒。

苏落点点头，掏金币时才发现金币都用光了，火晶倒是有不少。

"火晶行不行？"要跑去官方兑换金币，很麻烦啊。

白胡子老爷爷点点头："火晶也收。"

于是，苏落将两颗火晶递给白胡子老爷爷。

白胡子老爷爷想了想，提醒苏落："这里可以收火晶，但是里面只收金币。"

幸好有白胡子老爷爷提醒，不然苏落进去后又要转出来。

"这里可以兑换。"白胡子老爷爷笑容慈祥，见苏落什么都不懂，便问，"你是第一次进来？"

苏落点点头。白胡子老爷爷同情地看了苏落一眼："几十年才攒够钱来一次藏经阁，唉，苦啊。"

苏落："……"白胡子老爷爷这是把苏落当成上一批的学生了？

不过想想也是，刚进来加勒岛的学生，连饭都吃不起，哪里有余钱来藏经阁兑换功法？

苏落也没解释，只问白胡子老爷爷："怎么兑换？"

"一个火晶兑换五个金币。"白胡子老爷爷对苏落说，"主要是里面的功法很多都不是五的倍数，所以用火晶兑换不了功法，对了，你要兑换几个金币？"

苏落想，金币在加勒岛比火晶还通用，多兑换点准没错，于是，苏落从袋子里抓出一把火晶放在桌案上："就先兑换这么多吧。"

苏落这随手一抓，却让白胡子老爷爷惊了惊。

不过白胡子老爷爷也算见过世面，他点点头，然后开始清点火晶。

本以为这姑娘是赤贫阶层，转眼就发现她不是，而是土豪。

苏落兑换了一千个金币，然后走进空法殿。

白胡子老爷爷说得没错，空法殿里确实有许多功法，而且还都是空间功法。

苏落以前接触的空间功法很少，好在容云大师替她打下了不错的基础。

苏落从一个个架子上看过去·《空间法则精妙选集》《空间三十六法则》《如何多快好省地修炼空间法则》《空间法则各要素之间的联系》……

好多书！而且书名看上去还很吸引人。

苏落对这些书都很感兴趣。正所谓厚积薄发，苏落现在连积累都没有，又如何从量变引发质变呢？现在摆在苏落面前的，就是一个大量阅读的问题。

苏落不知道什么时候才会完成质变，什么时候她被封印的随身空间才会重新出现，但是她知道，如果不努力的话，随身空间不可能自己出现。

所以，来吧，看书！

这些书价格不菲，就连最便宜的那本《空间元素要点解析》都要一百金币，更遑论讲空间元素融合玄奥的那些书了。

空法殿里右边是书架，左边是桌案椅子，陈列方式有点像苏落前世的阅览室。

此刻，右边那一排排的书桌上，有五六个人正在伏案阅读，从他们的臂章看，这五六个人都是中帝学院的。

苏落没有留意这五六个人，但是这些人却注意到苏落了。因为前几天在东海岸沙滩上的那场大战实在是太火爆了，给每一位三年级学生都留下了难以磨灭的印象。

此刻，他们一边看书，一边偷偷抬头看苏落，然后互相交换着眼神。

苏落并不知道她被人注意到了，更不知道那些人正在商量要不要算计她。

苏落的注意力全都在右边的书架上，苏落准备把这些书全都过一遍。

她手里有一千个金币，看起来很多，但是实际兑换功法的时候，却只兑换了五本。

五本就五本吧，先看了再说。

苏落抱着五本书，选了一排没有人的位置，开始坐下来念书。

苏落的念书方式，真不是别人能比的，哗啦啦地翻书页，没几分钟一本书就看完了。

看完一本书后，苏落会闭上眼睛，将刚才看到的书从头到尾一字不差地过一遍，确保自己都明白后，这才拿起第二本。

暗中围观苏落的那几位中帝学生，惊讶地看着苏落的翻书动作，然后交换了一个眼神。

"她在干吗？"

"翻书页玩儿？"

"这有什么好玩的？"

他们只看到苏落哗啦啦地翻书，却不知道书上的每一个字，都深深地烙印在苏落的脑海里，而且都理解了。

不到十分钟，苏落就把这五本书全部搞定了。然后苏落站起身，将这五本书按照原来抽取的顺序放回去。

苏落朝白胡子老爷爷走去，白胡子老爷爷有些惊讶：这才刚进去，怎么就出来了呢？

"老爷爷，再兑换些金币。"在老爷爷的注视下，苏落又抓出一把火晶。

"刚才兑换的火晶呢？"老爷爷好奇地问。

"用完了啊。"苏落理所当然地说。

白胡子老爷爷愣了愣，随即反应过来，声音不由得加大："全兑换功法啦？"

苏落无辜地点头："是啊，都兑换功法了，所以又来换金币嘛。"

"不是，你这是……兑换完了你咋还来换呢？"白胡子老爷爷担心苏落不知道情况，语重心长地对她说，"丫头啊，你有所不知，这兑换的功法是有时限的，兑换了就赶紧看，要是看不完，你明天过来还得重新兑换啊。"

苏落淡淡一笑："我看完了啊。"

白胡子老爷爷瞪着苏落："你这丫头，又胡说了，一千金币至少能兑换三本功法，三本功法够你学几年的了，你居然说全看完了，叫人怎么说你好呢？"

苏落知道白胡子老爷爷是好心，于是她笑着说："这几本算什么？不出几天，这空法殿的功法就会被我看完啦。"

白胡子老爷爷没好气地瞪了苏落一眼："胡说。"

苏落嘿嘿一笑。

"你要兑换多少金币？"

苏落歪着脑袋想了想，最后语出惊人："老爷爷，看完空法殿的功法需要多少金币？"

老爷爷闻言顿时大笑起来："你这丫头，空法殿的功法一共八千八百八十八册，全部看完得上百万金币吧？"

"上百万金币啊？那具体是多少啊？"苏落开始计算她手里的财产。

上次从孔一枫手里拿到十万火晶，但是这笔钱既然说了要当作分院的原始积累，就不能随便动用。

苏落自己手里的火晶还真不少。她带队去海上狩猎火邪幻兽，绝大多数精英级火邪幻兽都挂在苏落手里。所以，后来分成的时候，苏落至少拿了一万火晶。

一万火晶也就相当于五万金币而已，要看完这座空法殿，那是远远不够的，该怎么办呢？

白胡子老爷爷见苏落为难，不由得笑了："怎么样，拿不出来了吧？"

苏落突发奇想："老爷爷，你们这里有没有包日看的啊？"

"包日看？"白胡子老爷爷从没听过这种方式，乍一听，觉得还挺新奇，"这个具体怎么说？"

苏落见白胡子老爷爷没有一口拒绝，便坐下来耐心地给他解说："这空间功法现在不是以本为单位兑换吗？可是，咱们为什么不能有以时间为单位的兑换呢？不然的话，对看得快的同学来说，很不公平啊。"

苏落越想越觉得这个办法可行，而且，这个办法简直就是为苏落量身定制的。

为什么呢？因为苏落看书的速度惊人，如果按本兑换，她很吃亏，如果以时间单位来兑换，那苏落就占大便宜了。

所以，无论如何都要说服白胡子老爷爷开通这种兑换方式。

苏落可怜兮兮地看着白胡子老爷爷，就算是卖蠢卖萌，她也拼了。

白胡子老爷爷不知道苏落的心思，他对苏落提出的问题持否定态度："以时间为单位？你以为你能占大便宜吗？这功法可不是一本书，你看了记住了就好了，如果你没有理解前面的内容、学会前面的东西，后面的内容根本显示不出来！所以呀丫头，你这想法不成熟，对你也没好处，咱就不异想天开了哈。"

苏落都急了！这方式对别人来说很亏，但是对她来说那是大大的赚啊！

如果按本数来付费，她至少要花几百万金币，但如果按照天数来算，嘿嘿，苏落差点流口水。

可是白胡子老爷爷却打击她："这事得跟上面打申请，等上面批复，要是碰到上面闭关修炼，还不知道得等到什么时候呢。"白胡子老爷爷觉得这件事根本不能成功。

苏落继续央求白胡子老爷爷："不试试怎么知道？老爷爷，您跟上面申请一下试试呗？"

白胡子老爷爷没好气地摆摆手："上面肯定不会批复啦。"

苏落拉着白胡子老爷爷的衣袖说："没试过怎么知道？说不定上面大笔一挥就答应了呢！"

白胡子老爷爷被苏落缠得没辙："好吧好吧，我就帮你打个申请，你倒是说说，按天数算，一天该收多少啊？"白胡子老爷爷觉得这事简直就是胡闹。

苏落歪着脑袋想了想："一天一万金币？"就算一天一万，她都占了大便宜。

白胡子老爷爷没好气地否决道："一万？开什么玩笑！"

苏落："……一万都不行啊？"

"一万肯定是不行的，一千都太贵了，一百吧！其实一天一百都没人看。"白胡子老爷爷一边看着苏落，一边减去两个零。

苏落："……您确定？"

白胡子老爷爷："反正是胡闹，随便填啦。"

苏落："……您老真会玩儿。"

白胡子老爷爷得意地说："那是，爷爷年轻的时候，在外面可是很会玩儿的。对了，你的名字？"

"苏落。"对于这个名字，白胡子老爷爷竟然一无所知。

"好了。"填好资料后，白胡子老爷爷停笔。苏落见他把资料收起来了，忙催促道："您老倒是把资料传上去啊。"

"不急不急，反正上头也不可能立即批复，你看，这得三年级的领导批复了，再送到四年级的领导那里去，最后还要请示殊大人，所以你就等着吧，我看至少得等好几年。"

好几年？那不是黄花菜都凉了？那可不行！

"您老快发送上去，说不定我的运气好呢。"苏落决定，如果上头不回复的话，她就去找三年级的领导，三年级的领导不行就找四年级的领导，四年级的领导不行就找殊大人。

"好吧好吧，现在就发……"白胡子老爷爷一边念叨着"这是绝对不可能批复的"，一边在苏落的注视下上传了申请文件。

见发送成功，苏落面露喜色。见苏落欢喜，白胡子老爷爷不忍再打击她。像这类普通文件，猴年马月才会被看到啊？这真的只是一个玩笑，千万别当真啊傻丫头。但是看到苏落那兴冲冲的表情，这话白胡子老爷爷愣是说不出口。

就在这时，叮咚，桌案上的机器响起一声提示音。

"是我的批复来了吧？"苏落兴冲冲地凑上去。

"来什么来，这个申请本来就是开玩笑的，上头会同意才怪呢，就算来了也只有一个字——否。"白胡子老爷爷点开文件看了一眼，顿时愣了，眼中有着震惊和难以置信。

苏落忽然有种很好的预感——不会是通过了吧？

白胡子老爷爷终于回过神来。他从来都不知道，上头批复文件也有这么快的时候，而且还不是一个人批复的，上面有美艳老师的签名，有威首领的签名，还有殊大人的"同意"。

同意？这么儿戏的申请，三位领导竟然都同意了，而且还是在三分钟之内回复的？白胡子老爷爷觉得这个世界玄幻了。

苏落凑上去，看到"同意"二字，顿时眉开眼笑："批复得这么快啊？这是允许了吧？"

白胡子老爷爷故意瞪着苏落："你是不是跟上层有什么关系，故意来消遣我这个小老头啊？"

苏落赔笑道："哪能啊，我要是认识高层的人，哪用让你帮忙申请啊，我自己去他们办公室不就得了？"

白胡子老爷爷一想也对，如果她真的认识上头的人，根本不需要缠着自己办申请。但是，这事也太不可思议了吧？

这事儿其实跟苏落的名字有关系。连苏落自己都不知道，现在她在加勒岛属于重点保护的人，一旦文件里出现她的名字，都属于优先级最高的文件，会以最快的速度到达上层手中。

这是上次高层们观看了东海岸沙滩事件后，殊大人给苏落的特殊待遇。

好在刚才上传文件的时候，白胡子老爷爷写上了苏落的名字，不然这份文件就要在角落待到发霉了。

苏落非常得意："太好了！一天只需要花一百个金币哦。"

白胡子老爷爷白了苏落一眼："这有什么好得意的？照我说，一天一百金币就是亏！"

这时候，又进来几个学生，听到白胡子老爷爷这么说，忙问怎么回事。

白胡子老爷爷说："现在开通了一种新的兑换方式，按天数算，一天一百金币，你们来不来？"

这几位刚来的是分院的同学，他们用难以置信的目光看着白胡子老爷爷："谁这么愚蠢，开通这样的方式？傻子才会选这个呢！"

苏落转头看过去。

"咦，苏老大，你也在这儿啊！"分院的同学看到苏落，忙打招呼。

苏落没好气地看了他们一眼："你们口中的那个傻子就是我。"

分院的同学缩了缩脖子，他们居然说老大是傻子，这不是找死嘛。

白胡子老爷爷没想到眼前这娇娇弱弱的小丫头居然是分院的第一名，目光中带着一丝笑意："好了，快拿上这个进去吧，只有你按天数算。"

白胡子老爷爷将一张卡牌交给苏落："拿着这张卡牌去投金币的那个箱子上刷，记住，一次最多只能借一本。"

"啊？一次就借一本，那多浪费时间啊，老爷爷，您帮忙升级一下吧！"

"行了，给你升级成一次借十本，虽然你根本用不到。好了，快去吧快去吧。"白胡子老爷爷生怕苏落再待下去，又要他给打折什么的，这丫头太难缠了。

苏落心情颇好，边走边朝后挥挥手，白胡子老爷爷见了，摇头笑道："这孩子……"

苏落再次进入空法殿，从最外侧的书架上拿了十本书，然后坐到书桌旁，一分钟看一本，很快就看完了十本。然后她又换了十本，继续看，然后再换、再看，如此十本又十本、一个书架又一个书架……

那五六个中帝的学生都吃惊地注视着苏落，就在此时，空法殿的门开了，白胡子老爷爷噔噔噔跑到苏落面前，用手指着她，手指微颤。

苏落笑嘻嘻地问白胡子老爷爷："怎么了？"

白胡子老爷爷扫了中帝学院那几个人一眼，那几个人很识趣地退了出去。

白胡子老爷爷瞪着苏落："你到底是怎么看书的？"

苏落："就是打开书，然后看啊。"

白胡子老爷爷瞪着苏落："你十分钟借一批，翻都没翻完就还回去！你你你……你就是这样浪费书的？你知不知道，每一本书被阅读后，都需要充灵气进去，你怎能这么浪费！"

苏落："……我都看了啊……"

白胡子老爷爷瞪眼："你看了？你怎么看的？一分钟一本？"

苏落一脸无辜："……我就是看完了啊……"

"还狡辩！"白胡子老爷爷不悦地瞪着苏落，"都看过，那你读给我看看。"

"好啊。"苏落抱来十本书，当场念给白胡子老爷爷听。

白胡子老爷爷终于明白，为什么苏落非要按日结算了，看着苏落十本十本地从书架上抱书，白胡子老爷爷的内心其实是崩溃的。

苏落看完十本书，对白胡子老爷爷腼腆一笑，白胡子老爷爷深深地看了她一眼，拍拍她的肩头，吐血地走了，背影踉跄而沧桑，可见苏落给他的打击有多大。

苏落并不知道自己给白胡子老爷爷造成了多大打击，她一直在看书，一连七天都没离开过空法殿，全身心地沉浸在学习中，终于把空法殿的书全看完了。

第八天，苏落走出空法殿，来到白胡子老爷爷面前："老爷爷，好久不见，最近好吗？"白胡子老爷爷没好气地摆手："一看到你，整个人都不好了。"

苏落笑嘻嘻地看着白胡子老爷爷，白胡子老爷爷有种被算计的感觉，瞪着苏落问道："你又想干吗？"

苏落："哎哟，老爷爷，你知道的啦。"

白胡子老爷爷又好气又好笑地瞪着苏落："我知道什么啊？"

苏落嘿嘿一笑："听说这里有三座殿宇专门收集了空间功法书。"

白胡子老爷爷哪能不明白苏落的想法？但是他把眼睛一瞪，没好气地说："不行。"

"怎么不行？上头明明同意了。"苏落抓着白胡子老爷爷的衣袖卖萌。

"后面的青云殿，一百金币一天肯定是不行的，照你这种看书速度，院方赔死了。"

因为每一本功法看完之后，都是需要充入灵力的，而苏落看过的书，充值的开销远远高于从苏落这里获得的金币，院方都要亏死了。

"那怎么办？"苏落问。

"涨价，必须涨价，青云殿里的功法书可都是上千金币起价的。"

"那要多少？"苏落问。

白胡子老爷爷有点卡住。

因为如果价格太高了，那这种模式对于别人来说就是摆设，但如果价格太低的话，对于苏落来说就是放水。

白胡子老爷爷想了又想，因为他承担不起这个责任，于是又把这个情况上报了。

因为在他的文件中提到了苏落的名字，所以，文件很快就送到高层手里。

什么？七天看完整个空法殿的书，现在正准备朝青云殿进发？收到文件的美艳老师和立首领当场就惊呆了：这是不可能的事啊！

但是，还没有等他们做出决定，殊大人的文件下发了——准。

当白胡子老爷爷拿到批复的时候，对苏落的身份起了怀疑：这丫头必然是享有特权的，不然为何明知道吃亏，院方还得硬着头皮答应？

白胡子老爷爷朝苏落摆摆手："去吧去吧。"

"那价钱……"苏落问。

白胡子老爷爷咬牙："一天一千金币。"

对于别人来说，一天一千金币肯定不可能，但是对苏落来说，一千金币太容易了。

苏落高高兴兴进了青云殿，发现里面的藏书比空法殿少了将近一半。

苏落在青云殿里忘我地看书时，中帝的人在孔一枫的默许下尽情欺负分院的同学。

分院的同学正在打怪，中帝的人突然跑过来说："这片海域我们包了！赶紧滚！"

中帝的人不仅抢怪，还把分院学生身上的火晶全部抢走，然后一走了之。

这些天，分院同学过得苦不堪言，而身为分院新任老大的苏落却不见了，于是分院里渐渐有了两种声音：一种是拥护苏落的，觉得她肯定是有事耽误了，所以才没有及时出面；另外一种是反对苏落的，觉得苏落肯定是怕了孔一枫，所以不敢露面。

虽然反对者不多，但牧姐还是气了个半死，当场怒斥道："苏落带你们打怪赚火晶的时候，怎么不见你们反对？现在出事了，就开始责怪苏落了？敢情好处都被你们拿了，骂名全是别人担着？"

反对派冷笑道："如果不是因为苏落太嚣张，中帝的人会这样撕破脸吗？你们愿意被中帝的人欺负，我们可不愿意！"

反对派为首的那个人叫顾逸，原来就是闻江的小弟。闻江被人抬回去，休养了几天就联系他的小狗腿子，开始闹事。在群龙无首的情况下，整个分院都乱哄哄，每天都是各种争吵和责怪。

中帝的人为了一雪前耻，约战分院的人，最后以压倒性的胜利，狠狠地教训了分院的人，并且嚣张地说："想报仇吗？叫你们老大过来啊！"

中帝的人扬长而去，分院的同学垂头丧气地坐在沙滩上，谁也不知道苏落在哪里啊。

就在这时，一个瘦小的少年突然开口："我，我知道苏落在哪里……"

少年身边的两个人跟着点了点头。他们在分院的人被欺负时，第一时间就去找苏落告状，但是被白胡子老爷爷拦住了，不许他们打扰苏落领悟功法。

"苏老大在哪里？"大家齐齐看着瘦小少年，眼睛睁得像铜铃那么大。

"在，在空法殿。"

然而，他们在空法殿并没有找到人，而是在青云殿找到的。

找到苏落的时候，她正在背书。

"什么？打架？"苏落放下手中的功法书，略带惊讶地看着牧姐。

牧姐苦笑着点点头，将这些天发生的事一五一十地跟苏落说了，最后说："至少有六百人受了不同程度的伤。"

"简直岂有此理！"苏落面带怒容，立马站起来，"走，我们回去！"

大家看到苏落回来，有一种找到主心骨的感觉，纷纷站起来迎接，唯独顾逸嘲讽道："哟，这是谁回来啦，我们的苏老大终于舍得回来了？"

苏落冷冰冰地看着他，顾逸冷笑道："以前闻江还在的时候，我们的日子过得可没现在这么惨。自从你接手后，中帝就疯狂地报复，这不是你的问题还能是谁的问题？难道你不该反省一下吗？你不应该负责吗？"

苏落依旧不动声色地看着他，顾逸指着苏落，慷慨激昂地说："如果再被这个人带领下去，我们分院将会变成什么样？——天天被欺负？天天被抢怪？天天挨打？那么请问，我们到加勒岛是来干吗的？来让人打的？"

随着顾逸的煽动，陆续有人站到了顾逸那边。

牧姐急了："顾逸，你这是什么意思？别以为我们不知道，你私下一直在跟闻江来往！"

顾逸也不否认，他冷冷一笑："我跟闻江来往怎么啦？我还真就认他这个老大了！"

"你……"牧姐气不过，要站出来训斥他，但是苏落拦住了牧姐："让他说完。"

顾逸对众人说道："没错，我就是跟闻江来往，我就是认闻江做老大，因为我不想天天挨打，不想连修炼的时间都没有，不想活得像条狗！"

顾逸指着苏落大声谴责："有事了就躲起来，让我们来承受中帝的报复，跟着这样的老大，你们安心吗？"

苏落没有阻止他说下去，顾逸得意地一笑："现在就有一个脱离苦海的机会——只要跟着闻老大，中帝就不会打击报复咱们，大家不仅可以恢复原来的生活，还可以得到中帝的扶持，金币、功法、经验……应有尽有哦！"

这句话，成了压死骆驼的最后一根稻草，顾逸身后原本只有十几人，现在却有五十人了。

现场一片嘈杂。

顾逸看到才来了五十人，很不满意！

他盯着众人，似笑非笑："你们跟着苏落不就是因为她会狩猎吗？怕什么，我们有中帝撑腰，以后中帝的学生会带我们去狩猎啊。"

于是，在顾逸的恐吓下，又讨去了五十个人。剩下的人，无论顾逸怎么威逼利诱，都冷冰冰地看着他。

不过，一下子就拉到一百个人，顾逸的内心是满意的。至于剩下的人，只要中帝的人使劲欺负，还怕他们不过来？

顾逸一边愉快地想着，一边回头冲苏落得意地笑："苏老大，拉走你的人真是不好意思啊。不过嘛，水往低处流，人往高处走，这也正常啊，你说是吧？你不会记恨他们的，对吧？"

顾逸一边说，还一边恶心人地眨眨眼。

苏落看了那些人一眼，淡淡一笑，点点头："这点，顾逸同学说得没错，水往低处流，人往高处走，这是自由选择的结果，为了自己的前途利益嘛，有什么错不错的？"

众人惊讶于苏落的大度。

苏落随后又道："当然，落子无悔，你们选好了站哪队，接下来的后果就要自己承担了。"

苏落这句话一出口，原本跑到顾逸那边的人又跑回来了，原本的一百多人，跑得只剩下五十人。

"你……"顾逸恶狠狠地瞪着苏落，"你要是真有本事，就杀到中帝报仇去啊！"

此话一出，分院的队伍顿时鸦雀无声，大家都知道，这是不可能完成的任务。

苏落将众人的表情尽收眼底，然后淡淡一笑："好啊。"

众人全都倒抽一口冷气，顾逸也惊呆了，结结巴巴地问道："你，你说什么？"

苏落无辜地看着他："不是你说的吗？杀到中帝去啊。"

苏落环视全场，自信地说："现在我要去中帝讨回公道，愿意一起去的就跟上。"

说完，苏落毫不拖泥带水地走了，分院的学生都愣住了：跟还是不跟？不跟的话，难道让自家老大独自涉险？如果跟的话，明知道打不过中帝还去找虐……

牧姐一看苏落走远了，赶紧追上去，大声喊着："我跟你一起去！"

牧姐一动，琉光团的人都随她而去，这时分院有人振臂疾呼："中帝欺负得我们这么惨，我们打上门去，让他们知道，我们分院也不是好欺负的！"

几千名分院学生闻言，群情激愤，不再迟疑，浩浩荡荡地朝着中帝的根据地冲去。

这时中帝的人大部分都外出活动了，留在根据地里的只有两种人：一种是钱太多只用修炼的，另一种是钱太少在家里做手艺的。

苏落率众闯进中帝的根据地，警报声响起，留守的学生立刻跑了出来，为首之人名叫方一。不过这群人加起来也就一百人。

方一看到苏落，顿时眉头紧皱："苏落？你来这里干什么？想打架吗？"

苏落似笑非笑地说："打架？我不打架，只打人。"

说完这句话，苏落很帅气地一拳将方一砸飞。苏落身后那几千人看得热血沸腾，而中帝的人则怒不可遏。

一阵噼里啪啦的战斗之后，中帝的学生全都狼狈地躺在地上，被打得鼻青脸肿，身上没有一块好肉。

方一又惊又怒，气急败坏地瞪着苏落："中帝的人很快就会过来！"

苏落淡淡一笑，往主位上一坐，端起茶杯，只说了三个字："我等着。"

第十五章　接受挑战

接下来的时间里，中帝的人陆陆续续地回来了。

方一设法将消息传出去，中帝的人收到信，紧急召来两千人，浩浩荡荡而至。

战斗一触即发，两千中帝学生对上数千分院学生，本来是稳赢的，但是分院有了苏落坐镇，两千名中帝学生最后全被打趴下了，而分院学生还有大部分是站着的。

中帝的人惊讶了，分院的人也震惊了。在战斗之前，他们一点赢的奢望都没有，以前三个分院的学生都打不过一个中帝的人，但是现在……

所有人的目光都转向苏落，因为多了苏落这个特殊的存在啊！在战斗时，苏落瞄准了中帝学生的右手，一出手就让它们暂时麻痹、疼痛、无法用力。绝大多数人，一身实力都在右手，苏落此举几乎废掉了他们的半身功力。

在那么短的时间内，上千名中帝学生都被伤了右手，实力大打折扣。

怎么会这样？因为有了苏落，所以就这样了。

中帝的人，此刻看着苏落，目光中带着深深的敬畏；分院的人，此刻看着苏落，目光中有着激动的崇拜。

当然，也有很多中帝的学生不服气，冲苏落大声嚷嚷："你得意什么？我们老大还没过来呢，你们分院很快就会遭到中帝的报复！"

苏落有些郁闷。她今天打上中帝的地盘，就是想当众打败孔一枫，来奠定她三年级第一的地位，不料充当垫脚石的孔一枫居然不在。

就在这时，一道冷淡的声音慢悠悠地响起："谁敢在中帝撒野？"

孔一枫出现了，他的身后跟着乖巧的闻江。

"苏落？"闻江一看到苏落，恨得咬牙切齿。

众人听到声音，回头一看孔一枫和闻江来了，下意识地给他们让出一条路来。

孔一枫傲然走到苏落面前，眼底闪现一抹寒光。

苏落淡然立在那里，似乎一点都没将孔一枫放在眼里。

"打了我的手下，你预备怎么办？"孔一枫看着苏落冷笑。

"打了小的，大的就出来撑腰了？"苏落似笑非笑地说。

孔一枫盯着苏落，眸中闪过一抹杀意："既然你找死，那我就成全你！"

苏落淡然应战。这段时间她在空法殿和青云殿看尽空间功法，虽然实力没有显著提高，但是在空间瞬移上有颇多领悟。

孔一枫冷冷一笑："既然如此，那就开始吧！"

于是，中帝老大和分院老大正式开战，这一战，将决出谁才是名副其实的三年级第一。

苏落跟孔一枫打着打着，渐渐进入山林，一连四天都未出现。美艳老师和高瘦老师始终关注着此事，只好将事情汇报上去。

殊大人不在，立首领接到消息，只看了一眼就皱起眉头："这个苏落，真不是省油的灯！"

立首领对苏落的印象从一开始就不好，他觉得苏落太不安分了，于是冷冷地批示道："让他们打！"

就让孔一枫好好教训教训苏落这不知天高地厚的臭丫头，让她长长记性。

当美艳老师和高瘦老师看到上面的批示时，同时皱眉。

"怎么办？"高瘦老师看着美艳老师。美艳老师有些担忧地说："我们去山林盯着吧，孔一枫被打死也就罢了，若是苏落出了事，那麻烦可就大了。"

高瘦老师无语地看着心直口快的美艳老师。都是三年级学生，美艳老师的心可真够偏的。不过她说的却是事实，因为他自己也是这样想的——孔一枫死不足惜，苏落损失不起。

于是，两位老师以最快的速度进入山林寻找苏落，最后在大峡谷找到了他们。

看到苏落，他们放心地对视一眼，然后悄然离开。

苏落并不知道美艳老师和高瘦老师来过，此刻的她，身受三处剑伤，鲜血染红了衣衫。

她一步一步从山林中走出，身后留下一个个血脚印。

苏落就这样一步步从山林中走出，走进众人的视线当中。

分院的人看到苏落，在震惊之后，欢声雷动。

中帝的人难以置信地盯着苏落，苏落活着走出来了，他们的老大呢？

"你们的老大在里面。"苏落看了一眼茂密的丛林，对中帝学生邪恶地一笑，"丛林里魔兽纵横，重伤昏迷的人很容易被魔兽吞噬。"

这一刻，分院的人无比激动，有人高呼："苏老大打败了孔一枫！苏老大才是三年级的第一名！"

几千号分院学生齐声欢呼："第一名！第一名！第一名！……"

分院学生簇拥着苏落回到分院的根据地，看到被捆在杠了上的顾逸，忽然哄堂大笑起来。

"你们在笑什么？"顾逸见苏落身上带伤、衣裳带血，心中了然，教训苏落道，"被孔老大打的吧？现在知道孔老大的厉害了吧？"

"哈哈哈……"牧姐轻蔑地扫了顾逸一眼，"你们家孔老大是很厉害，厉害到现在还在丛林里喂蚊子呢。"

"你……你这话是什么意思？"顾逸盯着牧姐。

"什么意思？"牧姐的视线从顾逸那伙人的脸上一一扫过，"孔一枫输了，现在正半死不活地躺在后山的丛林里呢。"

"这不可能！"顾逸把脑袋摇得跟拨浪鼓似的。

"不信？"苏落淡淡一笑，"来人，将他们丢进山林，让他们眼见为实。"

苏落一声令下，众人将这几十人用麻绳一捆，全丢进山林里去了。

当顾逸看到血肉模糊的孔一枫时，差点吐出来。

怎么会这样？苏落的情况比孔一枫可好多了！也就是说，真的是苏落赢了，虽然难以接受，但顾逸不得不承认这个事实。

最后，中帝的学生还是将孔一枫从山林里抱出来。

顾逸他们也默默地跟着出来了，但是中帝不敢收留他们，分院不会收留他们，他们无家可归，每天都过得战战兢兢。

经过这一战，分院的学生变得很团结，很有凝聚力。中帝的学生对苏落充满了敬畏，再没人敢怀疑她的实力。中帝的人依旧看分院的人不顺眼，但是没人再敢欺负分院的人了。

孔一枫自从被中帝的学生抱出来后，就一直在中帝的根据地进行治疗。

前三天还好，从第四天开始，孔一枫的生命值开始往下掉，每天平均下跌三个点。

"快去请老师过来！孔老大可是重点学生，如果他死了……"

所有人都想到一个问题，如果孔一枫死了，苏落会受到什么惩罚？

校规规定，学生之间斗殴致死，轻则逐出校园，重责以命相抵。

如果孔一枫死了，那么对苏落最轻的惩罚都是逐出校园，如果她被逐出校园……众人的目光渐渐变得复杂起来。

当美艳老师和高瘦老师闻讯赶至时，孔一枫已经浑身抽搐，身体硬得跟石头似的。

美艳老师和高瘦老师脸色凝重，他们并非担心孔一枫，而是同时想到了那条该死的校规。

"快去把乌药师请来！算了，我亲自去！"美艳老师丢下高瘦老师，匆忙而去，不过几分钟时间，就扛回来一位高瘦的老头。

美艳老师将晕晕乎乎的乌药师往孔一枫床前一放，急声催促："老头，快救人！"

乌药师本来已经上床睡觉了，是被美艳老师从被窝里拎出来的，路上还迷迷糊糊的，但是一看到孔一枫的情况，顿时就清醒了。

"怎么搞的？昨天我看人不还是好好的吗？怎么现在看着就差断气了？"乌药师也知道，孔一枫是三年级的重点学生，他死不得啊！

美艳老师瞪眼道："乌老头，你少废话，还不快救人！如果他死了，殊大人饶不了你！"

此话一出，众人皆惊：孔一枫如果死了，殊大人……会出手帮他报仇？原来殊大人对孔一枫另眼相看啊……

美艳老师的本意是，如果孔一枫死了，苏落因为校规而被开除，殊大人绝对饶不了乌药师。可是众人却理解为，如果孔一枫死了，殊大人会替他报仇，于是就有了一个美丽的误会。

乌药师苦笑道："我也想救人，可是孔一枫已经死了，我能救活人，却没办法救死人啊。"

死了？众人全都看向孔一枫，见他浑身僵硬，躺在那里，一动不动，全身泛着死灰色。

美艳老师伸手去探孔一枫的鼻息："真的没有呼吸了！"

孔一枫要是死了，苏落怎么办？

中帝里面有几个人已经被分院策反了，于是，他们暗中将消息传到分院。

接到消息的同学急得满头大汗，飞一般朝苏落的住处赶去。

"老大，坏事了，孔一枫死了！"这位同学焦急地冲进院子，一边敲门一边大声嚷嚷。

苏落一弹指，门应声而开，一位瘦弱的同学跑了进来："苏老大，不好了，孔一枫挂了！"

苏落点点头："哦。"

陆丹妮见苏落不解，赶紧给她讲了校规，然后担忧地说："老大，所有人都知道，孔一枫是被你打伤的，他要是死了，你就会被逐出学院！"

"啊？"还有这规定？苏落当即站起来，"我去看看。"她得看看孔一枫还有没有救，毕竟她对自己的医术挺自信的。其实苏落下手很有分寸，孔一枫伤势虽重，但绝不致命。

苏落直接朝中帝大本营赶去，而此刻的中帝大本营已经乱成一团。

孔一枫的死带给中帝的人太多复杂的情绪，然而，还没等他们酝酿出哭意，就见孔一枫的中指动了一下。

乌药师赶紧去探孔一枫的心脉，过会儿才松了口气，说："放心，孔一枫没死，刚才他应该是被一口气憋住了，现在透过气来，自然就没事了。"

没死？美艳老师和高瘦老师对视一眼，都在彼此眼中看到一丝庆幸。但是对于中帝的那些学生来说，这无疑是一个不好的消息。

就在这时，苏落来了。

美艳老师看到苏落，朝她点点头。

苏落觉得奇怪，这是她与这位老师第二次打照面，但不知为什么，她却能明显感觉到，这位老师对她的印象不错。

苏落朝美艳老师淡淡一笑。

美艳老师对苏落说："别着急，没事，孔一枫憋住了一口气，现在这口气透过来，也就没事了。"

苏落点点头，然后朝孔一枫望去，眉头微微皱起。

美艳老师不解地看着苏落："有麻烦？"

苏落苦笑，对她来说，这还真是件麻烦事。她发现孔一枫的体内出现了一簇异火，而他体内之所以会出现异火，完全是因为他在濒死之际突破了桎梏，激发了潜藏在体内的异火属性。如果不在濒死之际，这异火可能一辈子都不会激发出来。也就是说，孔一枫这次因祸得福了，而且还是大福，未来前途不可限量。

现在大家还不知道这件事，苏落要弄死孔一枫不过是分分钟的事，但是她有自己的底线和原则，也有自己的尊严和骄傲，她并不怕激活异火的孔一枫，她会堂堂正正地击败他，而不是鬼鬼祟祟地害死他。

所以，面对美艳老师的询问，苏落淡淡一笑："要恭喜孔一枫了，他激活了体内潜藏的异火，以后前途不可限量呢。"

自带异火，这种人简直就是凤毛麟角，历史上每一位自带异火的人，成就都不可限量。所以，当听说孔一枫没死成却激发了体内的异火时，所有人都惊呆了。

苏落认真地说："现在这簇异火还很弱小，比小火苗大不了多少，稍有不慎就会熄灭，所以我建议你们还是认真对待为好。"

乌药师上前为孔一枫号脉，他的脸色越来越震惊，最后他朝美艳老师点点头。

美艳老师深深地看了苏落一眼，这一眼，有惊讶，也有敬佩。

"如果没有别的事，我先走了。"苏落朝美艳老师点点头。

苏落很清楚，美艳老师对她印象不错，但孔一枫同样是中帝学院的学生，出现这样一位稀罕的学生，对美艳老师来说，是个不小的功绩。

在美艳老师讶异的目光中，苏落飘然而去，所有人都看着苏落远去的背影发呆。她究竟知不知道，在不久的将来，她会面对一个多么强劲的对手！

如果是我，在所有人都不知道的情况下，我会提醒吗？中帝的学生都扪心自问。

虽然没有说出口，但是他们心中都有一个呼之欲出的答案，正因为知道自己的选择，所以他们有些抬不起头。

苏落真的不怕孔一枫以后强过她吗？

等苏落回到分院，牧姐当众说出心中的疑问："孔一枫很快就会变得很厉害了，你就不怕他会超过你，然后打败你？"

苏落轻笑起来，摇摇头道："能问出这个问题，可见牧姐你还没想明白。"

"什么？"牧姐不解。

苏落摇头："你的眼界还是太小了。"

"你的意思是？"牧姐隐隐有些明白了。

苏落看看牧姐，又看看分院的同学，从容说道："在通往强者的道路上，会碰到各种各样比自己强的人，难道都要杀了他们吗？武道一途，修炼的本源是内心的强大，内心无惧，则无可畏惧！还有，做人做事要心胸坦荡，不然就会滋生心魔，甚至会走火入魔，所以从一开始就要问心无愧。"

听了苏落这番话，很多人都陷入了沉思。苏落见他们愿意去思考，神色间有些欣慰。很多人只知拼命地修炼，却忘记了最重要的一点——修心。修心，其实就是修炼境界。如果境界提不上去，光修炼身体有什么用？

在苏落离开后，美艳老师当即上报了孔一枫的事。

按照正常流程，如何处理此事本该由殊大人定夺，不过殊大人闭关了，所以文件就落到立首领手里。而立首领就是本源异火属性的武者，所以，当他得知有新的本源异火武者出现时，突然有种找到传人的感觉，高兴得差点手舞足蹈。天知道他要找一位传人，找得有多辛苦！

立首领迅速赶到了孔一枫所在的中帝大本营，进去之后的第一句话就是："激发出本源异火的学生在哪里？"

美艳老师和高瘦老师站起来给立首领见礼，立首领冷哼一声："不必多礼，那位学生在哪儿？"

美艳老师无奈，看了立首领一眼："请跟我来，就在屏风后躺着呢。"

立首领闻言，焦急地冲到屏风后面，目光如探照灯似的打量着昏迷不醒的孔一枫。

这少年真的激发了异火吗？立首领一把抓住孔一枫的手腕……

"哈哈哈……"立首领大手一挥，"来人，把他给我抬走！"

美艳老师皱皱眉头："立首领这是做什么？孔一枫还是三年级的学生，理应住在山下，抬到山上就逾矩了。"

立首领冷冷一笑："孔一枫现在是我的亲传弟子，我说怎样便怎样，怎么，你这是要违抗我的命令吗？"

说完，立首领让人抬着孔一枫，一阵风似的就走了。

自从孔一枫被立首领接走后，中帝的学生又耀武扬威起来，开始挑衅分院的学生。

苏落狠狠收拾了中帝几次，中帝的人盼着孔一枫来给他们主持公道，却一次都没等来孔一枫，最后他们终于死心了。

苏落一统三年级，此后三年级再无中帝和分院之分，大家一开始有些别扭，到最后就习以为常了。

在这段平静的日子里，苏落也没闲着，除了帮大家去打最危险的海兽，绝大多数时候，她都在藏经阁里看书。

在藏经阁里，存放空间功法的殿宇有三座，分别是空法殿、青云殿和法云殿。前两殿的书，苏落早就看完了，现在她正在法云殿里钻研。跟前两殿相比，法云殿的书不多，每个书架上只放着一部功法，但是每一部功法都比前两殿的书加起来还深奥。

看这种书，苏落必须把每一个字都吃透，所以看得很慢，而且看不了几页就会卡住。

这一日，苏落在看《空间破解玄功》时，在第三十七页又卡住了。于是她将《空间破解玄功》放回去，准备到沙滩上走走。说不定看看波澜壮阔的大海，忽然就领悟了呢。

然而，苏落还没到海边就接到通知，美艳老师正在找她。苏落对这位老师颇有好感，当即朝她的办公区走去。

等苏落赶到时，牧姐、王牧、闻焕东和闻江已经到了一会儿了。

美艳老师言简意赅地对苏落说："每年三年级的精英学员都必须执行一项精英任务，这次由你做领队。"

"什么任务？"苏落问。

"狩猎火邪幻兽之王。"美艳老师严肃地看着苏落，"这是最高星级的任务，五星。当然，你也可以选择四星或三星的任务。"

"五星、四星、三星有什么区别吗？"苏落皱皱眉头。

"如果选择五星，那么明年三年级获得的教学资源就是五星级的；如果选择了四星，那么明年三年级获得的教学资源就是四星级的，以此类推。当然，如果你们害怕的话，可以选择一星，一星级别的任务很容易就能完成。"美艳老师用了激将法。

"一星教学资源和五星教学资源有什么区别？"苏落又问。

"区别可大了，比如说：一星资源，只能让三年级的所有学生进入藏经阁免费看一天的书，但是五星资源，可以免费看一个月的书；一星资源，三年级的学生每天缴纳的房租是五个金币，而五星资源，三年级的学生每天缴纳的房租只有三个金币；一星资源，三年级的学生只有一个能进入四年级的山林狩猎，而五星则可以过去五个人。总之星级越高，整个三年级获得的好处就越高。"美艳老师笑眯眯地看着苏落。

"那么，孔一枫去年完成的是四星级任务了？"因为苏落每天的房租是四个金币，吃饭等花费是一个金币。

美艳老师点点头："孔一枫选的是四星级任务，他在执行任务时发生了危险，差点死掉，你要怎么选呢？"

孔一枫的实力苏落是知道的，跟她有差距，但是相差不大。

当然苏落经过这段时间看功法、领悟功法，在空间方面进步很大，虽然没有晋升，但是总体实力有了一个跨越性的提高，比之前的孔一枫实力要高很多。

苏落转过头看着那四个人，征询他们的意见："你们怎么看？"

经过苏落几次亮眼的表现后，牧姐已是苏落最忠实的追随者，她最先开口："苏老大，你怎么说，我怎么做，凡是你的话，我一概遵从！"

苏落点点头，然后望向王牧、闻焕东。

事关生死，王牧和闻焕东对视一眼，王牧先说道："五星级任务……我们从来没做过，这样会不会太危险啊？"

闻焕东也跟着说："四星级任务的话，我们会更有把握一点吧？"

苏落淡淡地看着他们："五星级的话，大家会有一个月的免费阅读时间，房租会变成三个金币，会有五个进入山林狩猎的名额，等等好处，你们想清楚。"

如果说前面两个好处只是为别人做贡献的话，第三个好处就是为他们量身打造的。

所谓的进入山林狩猎，可不是他们五个人组队，而是由四年级的学生带领他们狩猎。在三年级就有机会接触到四年级的修炼资源，这才是最大的好处。

苏落早就想狩猎火邪幻兽之王了，可惜一直都未找到，现在院方给出火邪幻兽之王的踪迹，苏落岂肯放弃这个机会。

见苏落想做五星级任务，王牧和闻焕东对视一眼，咬牙道："好吧，就五星级任务吧。"

苏落点点头，对美艳老师说："五星级。"

闻江脸上浮现出不悦的神色，他盯着苏落："我还没发表意见呢！"

刚才苏落问了牧晴、王牧和闻焕东，但是眼角都没扫到闻江，直接当他是空气。

因为这份忽视，闻江故意为难苏落。

但是，苏落的视线轻飘飘地从他脸上扫过："需要你发表意见吗？"

简单一句话，就把这位分院的前老大震住了。

苏落对美艳老师笑笑："其实我真的不介意把五人组变成四人组。"

闻江一个字都不敢反驳了。

现在三年级基本是苏落一言堂，比当初孔一枫的时候还夸张，苏落说不让闻江去，闻江还真会被踢出去，所以，他默默地瞪了苏落一眼，郁闷地忍下这口气。

美艳老师似笑非笑地瞟了闻江一眼，对苏落说："这个团队由你做主，人员方面自然由你决定。"见美艳老师支持苏落，闻江的脸色更难看了。

苏落选做五星级任务的事很快就传了出去，三年级几乎所有人都知道了。

当苏落往回走的时候，路上碰到一位熟人。

"苏老大。"荀星宇略带犹豫地喊住苏落。

"荀学长可是有事要说？"苏落认出他来，停住脚步，眸中含笑。

王牧、闻焕东和闻江见了，有些嫉妒地瞪着荀星宇。什么时候荀星宇能跟苏落这种大人物说上话了？

荀星宇的实力远远不及这几个三年级的顶尖人物，所以当他们看到苏落对荀星宇的态度比对他们都好时，心中很不开心。

"听说苏老大选了五星级任务？"荀星宇尽量忽略旁边那三双虎视眈眈的眼睛。苏落点点头："是的，你可是有什么想法？"

"那不知道……可不可以……"荀星宇说得吞吞吐吐，苏落善解人意地问："你是想去吗？如果你想去的话，没问题啊。"

荀星宇闻言，惊讶地看着苏落：难道苏落想让谁去，就可以让谁去吗？

闻江脸色骤变，恶狠狠地瞪着荀星宇。他很清楚，人数是固定的，如果荀星宇进去，那么被踹出来的人，一定是自己！

感觉到闻江的目光，荀星宇忙跟苏落摆手："不，不用，如果猎到火邪幻兽之王的话，能不能给我一片它脊背上的鳞片？我铠甲靠近心脏的地方需要一片。"

苏落笑着说："当然可以，别说一片了，荀学长要，十片百片都没问题啊，荀学长就在家里好好等着吧。"

在王牧、闻焕东等人羡慕嫉妒恨的目光中，荀星宇有种受宠若惊的感觉。他无比庆幸自己在苏落还没发迹时帮过她，不然现在连话都说不上。

走了几步路，闻江试图告黑状："这个荀星宇可不是好人，上次狩猎的时候……"

苏落瞟了他一眼："我真的不介意变成四人组。"

闻江被噎住了。原本也想告黑状的王牧和闻焕东对视一眼，全都把话咽下去了。也不知道荀星宇怎么得了苏落的青眼，怎么就对他那么好呢？还十片百片都可以？难道苏落不知道，目标猎物是要上缴的吗？不过，想到美艳老师对苏落的偏心，几个人都沉默了。

因为任务是有时限的，大家必须在一个月内完成，所以苏落小队的全体成员以最快的速度准备完毕，乘着三年级最坚固的战船——白龙号扬帆而去。临别之日，三年级的全体同学都来送行。

行驶了十天十夜之后，白龙号终于到达目的地，这里曾是火邪幻兽之王出没之地。

白龙号以坐标所示地点为中心，在方圆十里内搜索，没踪迹；扩大范围，在方圆百里内搜索，没有踪迹；再次扩大范围，在方圆千里之内搜索，还是没有踪迹。

路上花了十天十夜，到达目的地之后，寻找火邪幻兽之王又用了五天，这就过去十五天了，如今离截止日期只剩十五天了，而回程还要十天，大家必须在五天之内找到并打死火邪幻兽之王才能完成任务，可是……现在火邪幻兽之王在哪儿呢？

苏落沉思之后，让白龙号停下，然后取出一根鱼竿，悠闲地坐在甲板上钓鱼。

一分钟、两分钟、三分钟……在第三十分钟时，苏落终于钓上来一条白丝鱼。苏落取下鱼，往鱼嘴里塞了一颗小药丸，然后将鱼丢回海里。白丝鱼摇摇尾巴，飞快地游走了。

面对其他四人好奇的目光，苏落挑了挑眉："看明白了？"

众人："看明白了……"

苏落："照做。"

众人："……哦……"

在夜幕降临时，苏落放了十条鱼，牧晴放了五条，王牧六条，闻焕东七条，闻江零条，但是火邪幻兽之王却依然毫无踪迹。

忽然，苏落站起身来，就在这时，船身一阵猛晃。

"火邪幻兽之王来了？"众人顿时如临大敌。

"不是火邪幻兽之王，是三角蓝海鲸！哈哈哈……"闻江指着海面嘲笑苏落，"你想引来火邪幻兽之王，结果却引来了三角蓝海鲸这种最常见的小鱼怪，好丢人啊！"

面对闻江的冷嘲热讽，苏落淡淡一笑："我要引的本来就是三角蓝海鲸啊。"

牧姐好奇地问苏落："引来这些三角蓝海鲸干吗？"

苏落神秘一笑："能不能将火邪幻兽之王引来，就看这群三角蓝海鲸了。都别愣着，看到三角蓝海鲸头顶最中间的那个尖角没有？"

"嗯！"三人点头，闻江冷笑。

"就是它了，将它采集过来，越多越好。"苏落一声令下，众人开始行动，没多久，白龙号上就堆了一大堆三角蓝海鲸的角。

苏落用这些角做了许多引雷针，又将它们插在一块巨大的礁石上，然后看了闻江一眼："行了，现在有你表现的机会了。"

苏落明知闻江和她唱反调还将他带出来，就是看中了他能用雷元素引雷的本事。

闻江虽然不愿被苏落使唤，却斗不过苏落，只得祭出引雷之法，将一道道惊雷导入引雷针中。引雷针发出耀眼的光芒，持续了一刻钟才耗尽能量，四周又陷入黑暗之中。

很快，一丝让人内心战栗的危机感悄然降临，一只庞大的海兽跃出海面，冲向白龙号。

这只庞然大物的外形跟普通火邪幻兽差不多，只是额头上多了一只带刺的尖角。角上闪着寒光，显得锋利无比，这就是火邪幻兽之王。

火邪幻兽之王扑向实力最弱的牧晴，张开血盆大口，对准她的脖子就咬。牧晴本能地想逃，可是它的速度太快了，她根本就躲不开。在千钧一发之际，苏落揪住它的尾巴往后拽。火邪幻兽之王非常愤怒，但它跟苏落实力相当，绷直了身子往前扑，却始终够不着牧晴。

苏落给牧晴使了个眼色，牧晴心领神会，微微挪动脚步，后背对准一块尖锐的大礁石。火邪幻兽之王见牧晴在动，也跟着她挪动步伐。

牧晴调整好位置之后，苏落猛地一松手，与此同时，王牧他们在苏落的暗示下及时拽走牧晴。

火邪幻兽之王铆足了劲，脑子还没反应过来，身子已经蹿出去老远，一头撞在礁石上，额头破了个大窟窿，顿时血流如注。

"吼！"火邪幻兽之王怒不可遏，疯了似的冲向离它最近的王牧和闻焕东，直接将两人踹晕，然后转头对上了闻江。

"不要踹我，不关我的事！"闻江撒丫子就跑，火邪幻兽之王喷出一口海水，水珠如利箭一般射向闻江的后背。闻江觉得脊背发寒，只来得及护住脑袋，身上被水箭刺得伤痕累累。

火邪幻兽之王愤恨地盯着苏落，一步步朝她走去。牧姐出手阻拦，被火邪幻兽之王一爪子掀飞，直接就晕过去了。

五人组，只剩下苏落一个人了。

苏落知道，如果在这里交战，队友们极有可能殒命，她必须转移战场，远离这片海域。

于是，苏落佯装落败，转身就跑，火邪幻兽之王撒腿就追。

当苏落带着火邪幻兽之王远远离开那片海域之后，只见一道白光闪过，随后便不见了苏落的身影。正在疑惑之际，它忽觉肚子一凉，低头一看，发现苏落正在用剑坯捅它的肚子。

苏落算好了方位，出其不意地瞬移到火邪幻兽之王的腹部，拿着剑坯去捅它最薄弱的部位。可是这剑坯没经过锻造，破不了火邪幻兽之王的防御，根本捅不进去。

火邪幻兽之王用鼓鼓的腹部用力一顶，可怜的苏落就飞出去了。就在苏落飞出去时，它一巴掌拍向苏落，苏落却一个瞬移不见了。火邪幻兽之王恼火极了，但是怎么都找不到苏落。

"嗷——"火邪幻兽之王张开血盆大口，气得仰天狂吼，苏落乘机冲进它的口中，利落地一骨碌，就通过它的咽喉滚入食道，滑进了它的腹部。

火邪幻兽之王勃然大怒，但是不管它如何折腾，苏落都不理它。

火邪幻兽之王不像人类那样靠胃酸消化东西，而是靠腹部那团滚热的火焰来消化食物，所以苏落在里面只是感到灼热，却不至于受伤。

火邪幻兽之王在意识到苏落进入了腹部后，反倒不急不躁了，因为它的消化能力很好，火焰能够消化一切东西。既然进了它的肚子，那就等着被焚烧殆尽吧。

火邪幻兽之王干脆闭上眼睛，躺在海面上打瞌睡，而苏落却一直在跟它的火焰较劲。

她在用剑坯跟火焰战斗的同时，利用火焰之力锻造武器，如此三天，妖冶古剑终于炼成。

剑已炼成，苏落无须待在火邪幻兽之王的肚子里了。

怎么才能出去呢？苏落拿着妖冶古剑，对准火邪幻兽之王的丹田就砍。

"嗷！"火邪幻兽之王当即痛醒。

苏落每砍一剑，火邪幻兽之王就一哆嗦，疼得直冒冷汗。

感受到生命力的流逝，火邪幻兽之王又气又怕。它很清楚，如果任由苏落砍下去，自己一定会死。它很想把苏落弄出来，于是使劲折腾。苏落将剑狠狠插入火邪幻兽之王的丹田，双手握紧剑柄，任它怎么动都不撒手。

火邪幻兽之王越来越虚弱，折腾的力道渐渐小了，苏落乘机稳住身形，一剑将它的丹田连根拔起。

丹田被毁，火邪幻兽之王彻底绝望，想跟苏落同归于尽，却发现自己连自爆都做不到。自爆需要引爆丹田之力，可是苏落已经将它的丹田给废了。火邪幻兽之王怒极攻心，被活活气死了。

陨落红莲疯狂地吸收着火邪幻兽之王的火元素，苏落只好暂时留在它体内，一边等着陨落红莲吸收完火元素，一边给自己疗伤。

这时，王牧他们悠悠醒来，发现自己还活着，而苏落却不见了。

闻江冷笑道："苏落早就跑了，她丢下我们四个，自己跑了！"

牧晴气得想踹他；"胡说！苏老大怎么可能抛下我们，你少以小人之心度君子之腹！"

闻江质问牧晴："那你告诉我，为什么苏落不见了，白龙号也不见了？"

牧晴冷笑道："我怎么知道白龙号是不是被你藏起来的，然后又来污蔑苏老大？如果我没记错的话，你是第一个醒的吧？"

真相被牧晴言中了！

闻江是最早醒来的，他苏醒之后看不到苏落，当即想到是苏落引走了火邪幻兽之王。不过他非但不领情，还偷偷将白龙号藏了起来。他谋划了这么久，却被牧晴一语揭穿，顿时恼羞成怒，揪着牧晴就往死里打。

"住手！"王牧和闻焕东的脸色微变，互视一眼，双双上前阻止闻江的暴行。王牧抓住闻江的手腕，厉声喝止："够了！"

就在这时，飞来一艘巨大的飞艇，一群黑衣人从里面跳了出来，轻而易举地将四人拿下。

"你们是灵界的人？"黑衣人首领问。

"你们不是灵界的人！"王牧一眼就看出他们不像灵界之人，暗暗纳闷：加勒岛是个封闭的空间，没有殊大人的允许，外人根本进不来，修罗界的人是怎么进来的？而且还敢大喇喇地表明身份？

黑衣人首领冷笑道："这么快就发现了？没错，我们是从修罗界来的，你们四个被我们征用了，全都给我乖乖地听话！"

事实上，这群黑衣人，说起来跟南宫流云还有些渊源。

当初南宫流云进入修罗界救人时，灭了冯家不少人，使得冯家元气大伤，在军部的力量骤减，还差点被别的家族吞并。好在他们家族出了一位逆天少年，他带着冯家投靠了那位传说中的神秘殿下，于是冯家又崛起了。

这次冯家派高手进入灵界，有三个目的：一是救十三皇子，任务失败；二是陷害南宫家族，任务失败；三就是进入加勒岛，找到修罗界失踪的国宝——七色碧霞绫。

对于冯家人来说，前两个任务已经失败了，为了将功赎罪，他们必须找到七色碧霞绫并完好地送回修罗界。他们利用冯家的秘法避开了殊大人的监控，悄然潜入这片海域。为免被殊大人发现，他们不敢上加勒岛，只在偏远的海域转来转去。

这里人迹罕至，好不容易见到四个灵界的人，修罗界的人喜出望外，抓住他们进行审问。

牧姐已经被闻江折磨得半死不活，所以王牧、闻焕东和闻江成了被重点提审的对象。

不论修罗界的人怎么威逼利诱、严刑拷打，王牧和闻焕东都宁死不屈，非常有骨气。

闻江一开始挺有骨气，但是当生命受到威胁时，他还是叛变了。

闻江把加勒岛的现状、美艳老师的绝招、立首领和殊大人的实力都告诉给修罗界的人，然后提出要求："可不可以把这三个人杀掉？"

黑衣人首领居高临下地盯着王牧等人，似笑非笑地说："给你们最后一次机会，要死还是要活？"三柄刀架在他们的脖子上，泛着森冷的寒光……

此刻，苏落仍在火邪幻兽之王的腹中，还不知道她的四名队员已经出事了。待陨落红莲将异火吸收完毕，苏落爬到火邪幻兽之王的头部，从它的大脑里挖出一颗至尊火晶。只要将这颗至尊火晶及时交给学院，他们就完成任务了。

苏落将至尊火晶收好，正准备从火邪幻兽之王的体内出去，忽然听到外面传来一段对话。

"修罗界的大爷，这三个人不投降，真的不杀吗？"闻江的声音响起，苏落当即蒙了：修罗界的人怎么会在这里？闻江是怎么回事？

巧得很，火邪幻兽之王死后，尸体在海中随波漂流，竟然回到了三天前开战的地方，而她的四个队员全在这里。

苏落隐约听到修罗界的人在压低声音讨论一张地图，因为离得太远，又隔着火邪幻兽之王的肚皮，听得断断续续。

"……按照经纬度……旋涡……"

"可是……方圆百里……"

"扩大搜索……范围……"

"可惜……没有……船……飞艇……一只……"

虽然仅有只言片语，但是凭着这些信息，苏落还是聪明地猜出来了——修罗界的人是来找东西的，而且他们还有地图。

黑衣人将闻江叫了过去。闻江端详了地图许久，终于恍然大悟："这地方我有印象！"

黑衣人齐齐看着闻江。闻江指着地图说："这里以前有一处旋涡，但是后来旋涡转移了，转到这地方了。"

因为三年级每年都必须完成一次精英任务，而孔一枫每次都会带着闻江，所以闻江对那处旋涡真有印象。

"你确定？"黑衣人首领问闻江。

闻江谄媚地说："非常确定，因为我是三年级的第一名，经常会带队执行精英任务，来的次数多了，自然有印象。"

黑衣人首领盯着闻江说："如果找不到……"

"如果找不到，我就自刎在你们面前！"闻江信心满满。

"很好！"黑衣人首领拍拍闻江的肩头，"有我们修罗界男儿的热血激情，看来真得栽培栽培你了。"

闻江闻言，越发激动，当即拍胸脯保证。

黑衣人首领突然皱眉道："可惜没有船，飞艇在空中飞来飞去，目标太大了。"

闻江当即就说："我有啊！"

黑衣人齐齐看着他，闻江得意扬扬："如果没有船，我们四个怎么会出现在海里？"

"船呢？"黑衣人问。

闻江得意地一笑，然后一挥手，白龙号出现在众人面前。

"好！"黑衣人首领当即赞道，"做得很好，这柄嗜血剑赏你了。"

嗜血剑在修罗界并不是很珍贵，但它却是身份的象征，对于闻江来说，代表着归属感，是黑衣人将他纳入修罗界的一种认可。

拿到这柄剑，闻江兴高采烈地领着黑衣人登上白龙号，带着他们朝目的地驶去。

苏落还藏在火邪幻兽之王的腹部，她正想悄然跟上，忽觉有股庞大的力量朝火邪幻兽之王袭来，而且这股力量还带着一种阴森的感觉。

苏落当即意识到，有人发现了火邪幻兽之王的尸体，正试着操控它。此人实力之高，绝非她能相抗。

现在别说救人了，连她自己都有危险。如果被发现的话，她肯定会被修罗界的人抓起来，下场会很惨。

苏落立即给加勒岛发求救信号，每个学生都有三次求救机会，苏落不舍得用这一次，但是根本发不出去。

在那股恐怖力量再次袭来之前，苏落及时封印了火邪幻兽之王体内的出口。她刚封印完毕，火邪幻兽之王那庞大的身躯就在那股力量的操控下升到了半空中。

"火邪幻兽之王的尸体？七哥，你这操控魔兽尸体的本事真强啊！"有个黑衣人惊呼道。

冯七哥得意地一笑："不过是一只火邪幻兽之王的尸体而已，大惊小怪什么。"

冯七哥本来觉得这只火邪幻兽之王的体内好像有丝微弱的气息，被人这么一打岔就没多想，所以苏落才逃过一劫。

"火邪幻兽之王！"闻江、王牧等人见到火邪幻兽之王的尸体，激动得全身颤抖。

"火邪幻兽之王死了？"王牧忽然眼前一亮：如果真是苏落引走了火邪幻兽之王，既然它死了，是不是意味着苏落还活着？那么……苏落呢？

"苏落杀得了火邪幻兽之王？"闻江惊讶地盯着火邪幻兽之王的尸体，摇了摇头，"不可能，苏落的实力绝对比不上火邪幻兽之王。"

冯七哥瞟了闻江一眼："怎么回事？"

闻江对他说了此行的目的，又道："火邪幻兽之王的至尊火晶不知道还在不在。"

苏落听到这句话，握紧了拳头，真想当场拍死闻江。

冯七哥用神识在火邪幻兽之王头部一扫，冷哼一声："你是白痴吗？别人打死这种大佬级魔兽，还会把至尊火晶留下来？"

随后，冯七哥将火邪幻兽之王的尸体炼成傀儡，操纵着它在空中飞行，紧跟在白龙号之后。

没过多久，在闻江的带领下，黑衣人终于找到了那处旋涡。这地方不仅偏僻，还被浓雾包围，一般人极难找到，难怪黑衣人找不到。

旋涡巨大，产生的力量也无比惊人。白龙号还在旋涡外围时，就被冲击得摇摇晃晃，越接近旋涡中心，冲击力越大，船上的东西被撞得东倒西歪，但是这群人实力雄厚，全都盘腿坐在甲板上，身形稳如磐石。

牧姐实力最差，所以最先忍受不住，趴在栏杆上不断地呕吐。一个浪头猛地卷来，差点将她卷进海里，好在王牧离她近，在她飞出去的瞬间拽住她的脚，将她救了回来。

牧姐躺在甲板上，气息微弱，连眼睛都快睁不开了。王牧伸手往她的额头上探去，不出所料，牧晴的额头滚烫，身上也热得能煎鸡蛋了。

看着牧晴这副惨样，王牧心中既有同情，也有一丝兔死狐悲的凄凉。

闻江皱眉道："白龙号上不能有死人，把她丢下去，免得尸体在船上腐烂，不仅臭气熏天，而且还晦气。"

"人还没死，还能喘气呢！"王牧瞪了闻江一眼，看向黑衣人首领，"如果要将她丢出去，把我也丢出去吧，不然我就自己跳下去！活不容易，死还难吗？"

闻焕东见王牧这么说，立刻跟着表态："要死一起死！"

黑衣人首领没想到这几个学生性子如此刚烈，而且留着他们还有大用，只好摆摆手道："等死了再丢。"

就这样，王牧和闻焕东暂时保住了牧晴的性命。牧姐虽然迷迷糊糊，但是他们的对话她都听到了。

王牧和闻焕东的做法让苏落感到欣慰。原本她对王牧和闻焕东的印象不是很好，没想到他们这么有骨气。

王牧和闻焕东不知道的是，凭着今日之举，他们会在不久的将来得到丰厚的回报。

白龙号前进的速度并未因为船上发生的事而有所减缓，而且越到后来速度越快。

"不好，白龙号剧烈摇晃起来，船身快承受不住了！"闻江大叫一声。

黑衣人齐齐望向冯七哥，冯七哥冷冷一笑："不过是个旋涡，有什么好大惊小怪的？"

随后，冯七哥操控着火邪幻兽傀儡冲向旋涡，同时喊道："所有人都跳到它的背上，三秒之内！"

生死之际，众人迅速跳上火邪幻兽傀儡的后背。王牧将牧晴扛在肩头，在最后一秒飞身跃到它的背上，就在同一时刻，白龙号被旋涡撞毁，残骸瞬间沉没。

冯七哥操纵着庞大的火邪幻兽傀儡冲进旋涡中心，颠簸了半个时辰，前面终于出现广阔的平地。

冯七哥看到那片平地，眸中闪过一道亮光，口中大呼一声："停！"

砰！火邪幻兽傀儡的身体狠狠砸到地上，众人被甩了出去，摔得很惨。牧晴遭此重击，本来是死定了，不过谁也没有料到，在最关键的时刻，王牧会抱住她，用他自己的后背帮她抵消掉大部分伤害。

"王牧，你……"闻焕东难以置信地看着王牧口吐鲜血。王牧苦笑着擦去嘴角的血迹："不要问我，我也不知道为什么这么做。"

就在二人说话间，众人遭到了来自海底深渊的阴灵的攻击。

这些阴灵具有人形，浑身燃着烈焰，岩浆从他们身上不断滴落，很快就汇集成河。

黑衣人奋力斩杀阴灵，王牧和闻焕东没有出手，而是将牧姐护在中间。苏落发现牧姐恰好在火邪幻兽嘴边，于是爬到火邪幻兽嘴里，小心翼翼地掀开它的嘴唇往外看了一眼。

这时候，王牧刚好转过头来，正对上苏落的视线，整个人都傻掉了。他一直在琢磨苏落到底去哪了，却没想到她就在火邪幻兽之王的肚子里。

苏落朝他眨眨眼，见无人注意这里，赶紧划破手腕，把血珠滴入牧姐口中。王牧瞬间回过神来，沉默地看了苏落一眼，悄然挪了几步，用身体挡住了苏落的身影。

闻江在斩杀火焰阴灵之余往这边瞥了一眼，竟觉有些不对劲，赶紧到王牧面前，一把将他扯开，眼前所见，只是靠着火邪幻兽傀儡躺着的牧姐。

闻江微微皱眉，刚才他分明看到一截衣袖，好像是鹅黄色的，难道是他眼花了？

见闻江露出困惑的神色，王牧心里微微一松，瞟了闻江一眼："牧晴都快死了，还有什么仇解不开？"

王牧成功转移了话题，原本脑海里还在狐疑一截鹅黄色衣袖的闻江冷笑道："确实，不过是个苏落的小跟班而已，等苏落死了，这仇才算解开。"

说完，闻江嘲弄地瞥了牧晴一眼。

这时，黑衣人已将阴灵杀得所剩无几，那位首领正在招呼闻江过去。闻江哪还顾得上搭理他们，当即屁颠屁颠地跑了过去。

苏落不知道这群黑衣人的目的是什么，但是闻江帮她问出来了。

黑衣人首领告诉闻江，他们费尽心机来到这里是为了救人，顺便拿回他们冯家的东西。

"救人？救谁？"闻江好奇地问。

黑衣人首领说："也不怕告诉你们，要救的人，是我们冯家的老祖。"

冯家老祖？闻江自然知道冯家在修罗界的地位，那是相当于灵界八大豪门一样的存在，他们家的老祖，那是何等的实力，怎么会被封印在这里？

冯松源，也就是黑衣人首领，看出闻江的不解，恨声说道："当初老祖不过稍微得罪了逆天大帝，就被他抓到灵界关禁闭，一关就是无数岁月。多亏老天有眼，逆天大帝作恶多端，被天道抹去，早已消失在历史的长河里了。"

逆天大帝？这事竟然是逆天大帝的手笔？闻江激动得浑身发抖："这是真的？逆天大帝真的存在吗？那不是传说？"

此刻，藏在火邪幻兽傀儡体内的苏落也激动地攥紧拳头：逆天大帝可是自己的爹啊，既然这里是他关押犯人的地方，殊大人究竟知不知道真相？此地会不会有他留下的东西，比如说十二大神器之一？

苏落刚想到这个问题，闻江就问出来了："冯大人，当年逆天大帝抢走了什么？"

"七色碧霞绫。"反正这里除了自己人就是将死之人，冯松源也没什么好瞒的。

"七色碧霞绫？就是传说中妍华神女那曲《碧霞颂》里的七色碧霞绫？这真的不是传说？这在历史上真的存在吗？"闻江激动地问。

在灵界，几乎所有人都以为妍华神女就是神话人物，那是不存在的啊。

当闻江将这句话说出来时，冯松源哈哈大笑。如果不是祖上代代相传，他们冯家也不会知道逆天大帝、妍华神女是真实存在的，而且还跟他们冯家有着深仇大恨。

冯松源没好气地说："废话少说，有这力气，不如多杀几个阴灵。这里可是远古战场，阴灵多得很。"

"远古战场？"闻江忽然发现，对这海底深渊，修罗界的人比他懂得多多了。

冯松源像看白痴一样看着闻江："难道你不知道，这片海域以前是火山族的聚居地吗？"

"火山族？"闻江傻傻地摇头。海底竟然是火山族的聚居地，这像话吗？符合水火不容的自然规律吗？

仗着加勒岛的空间是封闭的，冯松源说话少了几分顾忌："火山族是逆天大帝的忠实追随者，跟着逆天大帝平定天下后，火山族的人听说这里能养好他们老祖的伤，非要住在这里，原来住在这里的水云族不肯相让，所以两族就打起来了。"

"那后来呢？"闻江特着急，任何上古时代的消息，都能让他激动半天。

"后来啊……"冯松源冷笑道，"你们那位逆天大帝知道了，直接下令让水云族搬走。这么护短的人，真是少见！"

苏落听得热血沸腾，忽觉丹田里有股热流涌过，随身空间紧闭的大门竟然晃了一下。苏落大喜，正要查看随身空间的情况，忽然听到一阵熟悉的脚步声，冯七哥正朝她这边走来。为避免被他发现，苏落当即将气息降至最低。

冯七哥只是过来看看牧姐死了没有，如果死了就将她做成护身傀儡。见牧晴还没死，他遗憾地走了。然而就是这么一耽搁，苏落错过了打开随身空间的最好时机，只能等下次了。

众人走在通往囚禁冯家老祖之地的路上，忽然听到一阵惊天动地的脚步声。

黑衣人有备而来，他们祖上多次营救过老祖，虽然屡屡失败，却积攒了不少经验，所以听到这铿锵有力的脚步声并未惊慌失措。

冯松源脸色凝重地说："真正的考验来了，来的是火山族的守护者之一——火山巨人，准备战斗！"

火山巨人每走一步，身上都冒着火花，一拳击出，就有火焰相随，好可怕！

这群黑衣人训练有素，又是有备而来，集三十人之力却打不过火山巨人。火山巨人像赶苍蝇一样挥挥手，黑衣人就嘭嘭嘭地倒飞出去。

苏落忍不住掀开火邪幻兽傀儡的嘴，露出一双乌溜溜的大眼睛，目不转睛地看热闹。

火山巨人有五层楼那么高，人类在它面前形如蝼蚁。就连火邪幻兽之王跟它一比，也是小狗狗跟人类那样的差距。

火山巨人伸手拎起两个人，将两颗脑袋一撞，顿时脑浆迸裂，就像打碎两个鸡蛋一样容易。

火山巨人露出这一手，修罗界的人都快崩溃了。

"老大，现在怎么办？"大家都看着冯松源，冯松源还在犹豫，火山巨人又拍碎了几颗脑袋。黑衣人本来有三十个，一路行来都没损耗，但是火山巨人出现后，人数很快就少了三分之一。

"所有人散开！"冯松源不再犹豫，从怀里拿出一个橙色的圆球，用力砸向火山巨人。火山巨人就像被点了穴道似的，僵立在原地。

"定身的时间只有三分钟，所有人，立即跟上！"冯松源大手一挥，就要带着人往前跑。但是不等他迈步，一阵阵雷鸣般的脚步声从四面八方朝他们这里涌来。

"不好！火山巨人召唤了徒子徒孙，火山阴灵正朝这边赶来！"冯松源的腿都哆嗦了。临行前族长千叮万嘱，务必在火山巨人一出现时就定住它，不要给它机会召唤徒子徒孙。但是冯松源过于自信，舍不得浪费昂贵的定形蛋，这才酿成悲剧。

怎么办？所有黑衣人都看着冯松源。冯松源也急了："还能怎么办？赶紧跑啊！"

但是他们跑得了吗？

火山阴灵有辨别敌我的本能，它们既没动王牧他们，也没动闻江，全都冲向修罗界的人。

冯七哥见倒下的黑衣人越来越多，当即念起咒语，操纵着火邪幻兽傀儡将火山阴灵们撞飞。此举让黑衣人有了喘息之机，却苦了苏落。苏落在火邪幻兽体内撞来撞去，撞得脑壳生疼，全身都是擦伤。

三分钟很快就过去了，这群黑衣人还没逃脱，定形蛋就失效了，恢复行动能力的火山巨人噔噔噔地朝火邪幻兽傀儡走去。

冯七哥一看，顿时心中一凛，正要操控火邪幻兽傀儡跑路，火山巨人那带着火焰的拳头就重重地砸在了火邪幻兽傀儡的头上，生生把那颗庞大的头颅打得陷进了脖子里。

苏落被这么狠狠一撞，晕头晕脑地从火邪幻兽的口中摔了出来，掉在地上滚了几下，才堪堪停在火山巨人脚边。

四周一片寂静，王牧和闻焕东几乎要捂脸了。

滚出来后，苏落抬起那张精致绝伦的小脸，尴尬地朝众人一笑，扬起雪白的手跟大家打招呼："嘿……"

大家都不打架了，专盯着苏落看。

苏落咽了咽口水，尴尬地笑道："如果我说……我只是路过的，你们信不信？"

信你就有鬼了！

就在这时，黑衣人副首领冯九明猛地放出飞艇："所有人立即上来！一秒钟！"

嗖嗖嗖！

反应过来的人全都冲上飞艇，苏落被冯松源抓住肩膀带进飞艇，王牧他们也被黑衣人拎上飞艇。

火山巨人见飞艇起飞了，一拳头砸去，把飞艇的尾部砸得凹了进去，里面的人摔得东倒西歪。

"快加速！"生死关头，黑衣人不断地催促。火山巨人在后面狂追，发出哐哐哐的脚步声。

副首领冯九明急红了眼，问冯松源："老大，现在怎么办？"

冯松源的视线一直盯着地图："有一条路能够躲避火山巨人的追杀，因为火山巨人的体形太大进不去，但是那条路危机重重——"

"老大，就那条路了，快，在哪里？"冯九明激动地大吼。

就在这时，追得很紧的火山巨人又是一拳头狠狠砸过来，原本就处于半瘫痪状态的飞艇严重受创。

"老大，飞艇承受不住第三次撞击了！"

"飞艇着火了！坚持不了一分钟就会爆炸！"

"老大！"

所有人都盯着冯松源。

冯松源一咬牙，终于下定决心："既然这样，那就拼一拼吧！往左行十秒，在第二个路口，往左前方行驶十秒钟，然后……"

很快，一条狭窄的通道出现在众人面前。

"立即跳下去，快！"冯松源当即下令，说完就拎着苏落跳下去了，众人相继跳下飞艇，迅速跑进那条狭窄的通道。随着轰的一声巨响，飞艇爆炸了。

火山巨人也不着急，索性坐在入口前面，一边抠脚一边等着他们。

冯松源清点完人数，重重叹了口气。他带着一百人来到灵界，前两次任务失败后还剩下三十人，经过刚才一役，现在只有十五个人了。

"所有人都跟上！"外面有火山巨人守着，他们无路可退，只能往前走。

走着走着，冯松源终于意识到，自己手里还提着一个丫头呢。

苏落一直在努力降低自己的存在感，果然蒙蔽了冯松源许久，但是现在眼看蒙不过去了。冯松源的手一紧，苏落就知道他要提审她了，赶紧抢在冯松源开口之前说道："大家还是加快脚步吧，火山巨人虽然进不来，但是它那群徒子徒孙都能进来，追上来不过是分分钟的事。"

冯松源一听，也是啊，现在还不是提审这丫头的时候，还是先逃命吧！

于是，冯松源一挥手臂："加速前进！"

苏落的嘴角勾起一抹狡黠的笑意，她必须拖延时间。

在进入地下通道之后，苏落发现这里的空气中混着毒气，灵机一动，才有了刚才那句"善意"的提醒，因为剧烈的运动会加快毒发的速度。

冯松源跑着跑着，发现后方根本没有动静，猛地定住身形："停！"

众人气喘吁吁地停下。

冯松源冷静地说："这里暂时是安全的，所有人原地坐下，休息一刻钟。"

众人跑得上气不接下气，听到可以休息，顿时放松下来，大口大口地喘着粗气。

好嘛，这下又吸进去好多毒气！苏落都替他们可怜。但是，大家见冯松源恶狠狠地盯着苏落，反倒都可怜起苏落来了。

冯松源拿出一颗夜明珠，把这里照得亮如白昼，然后将苏落往地上一扔，目光森冷地盯着苏落："你到底是谁？"

苏落慢悠悠地站起来，笑对冯松源，一句话也不说。

王牧紧张地看着苏落，目光中有一丝担忧。现在的情形让他绝望。他们五个同学，一个成了叛徒，一个重伤垂死，他们三个都是俘虏，而且对方的十五个人实力都很恐怖，任意一个都能打得他们三个满地找牙，根本没有一点能逃出去的希望。

闻江走到苏落面前，瞅着她阴森地冷笑："哟，这不是苏落同学吗？原来你一直都躲在火邪幻兽之王的肚子里啊。这么说，该听的、不该听的，都被你听到了？"

闻江这句话挑拨得太成功了！这一路上，冯松源说了不少秘密，连逆天大帝和妍华神女的事都说了，甚至连救冯家老祖的事和寻找七色碧霞绫的事也说了。如果让苏落活着出去，冯家的行动就会暴露，而此行皇家并不知情，到时候……

真是越想越恐怖！冯松源一把掐住苏落纤细的脖颈。

"你要掐死我吗？我奉劝你不要哦。"面对杀气腾腾的冯松源，苏落依旧泰然自若。

冯松源咬着后槽牙怒视苏落，他倒要看看这小丫头有什么伎俩。

四周一片寂静，谁也不清楚这个实力不怎么样的丫头凭什么敢这么跟冯松源叫板。

就在这时，闻江忽然觉得鼻子里痒痒的，有股温热的液体从鼻孔里流出。他抬手一抹，发现不是鼻涕，而是鲜血。

"血？我怎么流鼻血了？"闻江不解地看着手上的血迹。

"怎么回事？"冯七哥瞟了闻江一眼。闻江不在意地摆摆手："没事没事，可能是天气燥热，流了点鼻血，没什么大碍。"

现在最重要的就是赶紧把苏落杀了，闻江才不想节外生枝呢。

就在这时，有人忽然笑了一声："看来真是天气燥热，我也流鼻血了呢。"那人跟闻江一样，根本没当回事。

然而，这只是个开始。

"为什么我也流鼻血了？空气真有那么燥热？我觉得挺湿润的啊！"

"我也流鼻血了！"

"哎哟，怎么我也流……"

一开始，这些声音还带着一丝调侃，直到人人都流鼻血后，他们才意识到不对。

苏落也流着鼻血，身子一软，靠着墙壁倒下了，仿佛整个人都没了力气。

冯松源慌忙看向冯七哥："所有人都中毒了！"

冯七哥点点头："这里的空气肯定含有剧毒。"

冯松源立刻明白过来，怪不得火山巨人的徒子徒孙不追进来。

冯九明从怀里掏出一把丹药："这是七长老给的解毒丹，能解千种毒素。"

"能解眼下这种毒吗？"冯松源眼神一亮。

冯九明摇头："得试过才知道。"

"我先来试吧。"冯松源拿过一颗塞进嘴里，然后运功逼毒。他实力最强，中毒的症状最轻，是最容易解毒的。

所有人都注视着冯松源，能不能解毒，就在此一举了。

过了一会儿，在众人期盼的目光中，冯松源猛地睁开双目，不等众人发问就摇头道："不行，越运功毒素扩散得越快，再运行下去，我都要撑不住了！"

随后，四周陷入一种让人绝望的寂静之中，所有人都坐在地上默默地流着鼻血……

闻江可不想死，他绞尽脑汁想着各种可能，突然灵光一现：不对啊，自己不是实力最弱的，为什么会最先流鼻血？明明牧晴才是最该流鼻血的人啊。

想到这里，闻江下意识地朝牧晴望去……

"为什么她没流鼻血？"闻江指着靠在王牧怀里的牧晴，大喝一声。

什么？有人没流鼻血？一道道目光刀片似的射向牧晴，王牧下意识地想掩盖，但是已经太迟了。

冯九明一把抓住牧晴的手腕，查探了一番，脸上露出一抹惊喜："她没有中毒！"

"她为什么没有中毒？是不是喝她的血、吃她的肉就能解毒？"有人突发奇想。

冯九明听他这么一说，扯过牧晴的身子就想切下她的手脚给众人做解药。

"住手！"苏落扫了众人一眼，朝冯松源无奈地一笑，"这样做没用，解不了毒。"

冯松源皱眉道："不试试怎么知道？"

苏落笑吟吟地说："你派人取点她的血试试，不就知道能不能解毒了嘛，别一上来就剁手剁脚的，砍下来容易，再装回去就难了。"

王牧和闻焕东闻言，真是佩服死苏落了。

冯松源不得不承认，苏落说得很对，于是给了冯九明一个眼神。冯九明立即明白，取了一碗牧晴的血，端到冯松源面前。

冯松源饮下血液，然后打坐，但是很快就睁开眼睛，脸色中带着一丝青白。

他失望地摇头："不行，她的血里也有毒，只是因为她受伤了，血液流动缓慢，所以中毒迹象出现得最迟。"

"为什么你知道她的血不能解毒？为什么你从一开始就这么笃定？"冯松源身形一动，一把抓住苏落的手腕，令苏落动弹不得，"说！"

"好痛……"苏落觉得自己的手腕快被抓断了,当即瞪了冯松源一眼,"抓这么重干吗,你们有这么多人,还怕我跑了不成?"

冯松源面目狰狞地瞪着苏落,丝毫没有松手的意思。

苏落凶悍地抬着下巴:"你要是抓伤了我的手,看谁给你们解毒!抓啊,继续抓啊,别放手啊!"

为了十几条性命,冯松源无奈地放开苏落,厉声喝道:"快说!"

苏落揉揉瘀青的手腕,狠狠地瞪了他一眼:"不就是尸毒嘛,能有多难啊,看你们这如丧考妣的表情,真难看。"

苏落一边说一边移动脚步,冯松源又朝苏落的肩膀抓去,生怕她跑了。

苏落冷笑道:"不用我采药了是吧?"

冯松源的手在苏落的肩膀上方硬生生停住,打了个转,才冷硬地收回。

他对苏落又气又怒又无奈。这破丫头嚣张跋扈,脾气又差,真恨不得一巴掌拍死她,但是偏又有求于她,真是快要憋屈死他了。

王牧和闻焕东对视一眼,都在对方眼中看到了敬佩之意,同时想到:如果换成孔一枫,他能做得比苏落好吗?答案是绝对不能。

经此一事,王牧和闻焕东是真心佩服苏落了。

苏落走到墙角,这里长满了绿苔和上百种杂草。苏落采了好几种草药,走到冯松源面前,傲慢地将手里的草药砸到他怀里,冷冰冰地说:"看仔细了?那就采药吧。"

说完,苏落就坐在牧晴身边不动了。这姿态,这傲慢劲,哪像囚犯啊,简直比公主还公主!

冯松源狠狠地瞪了苏落一眼,对手下无奈地一挥手:"去吧,采药采药!"

冯松源哪里知道,苏落这是在心理上压制他。

在实力上,苏落是小白兔没错,但是她能解毒啊,如果苏落能解毒却表现得畏畏缩缩,那么,她依旧会处于弱势。但现在苏落强硬起来,修罗界的这群人就只能哄着她了。

不是东风压倒西风,就是西风压倒东风,就看谁更强势了。

修罗界的人听到能解毒,已经高兴疯了,哪还会跟苏落计较态度问题?

当即,一群人拥过去找草药。

为了能活命,闻江也加入了采药大军。

苏落这会儿终于有时间好好诊治牧晴了,她一边给牧晴治疗,一边听王牧和闻焕东讲她离开之后发生的事。

王牧将闻江污蔑她的事说了,又说了牧晴维护她的事,最后说了闻江如何叛变成灵奸的事。苏落愧疚地看看牧晴,然后看向闻江,眼中闪过一抹寒意,她是绝对不会让闻江活着走出这里的。

没多久，修罗界的人就把草药采回来了。因为草药不多，他们还暗中掐了几架。

苏落从玉净瓶中取出药鼎，放入草药，很快就炼出一大碗黑乎乎的浓汤。

"拿去喝吧。"苏落没好气地说。

"你先喝！"冯松源警惕地盯着苏落。

苏落饮了一大口，然后塞到王牧手里，催促："多喝点，等下就没了。"

王牧当即就是一大口，然后赶紧塞给闻焕东，闻焕东又是一大口。

冯松源急了，一把抢过那只大海碗，一看里面的药，气得脸都红了："你们三个人喝了一大半！"

苏落笑嘻嘻地看着他："不是你让喝的吗？哦，对了，你们采多少草药，我就给你们煎多少药，当然，前提是，草药得够。"

草药当然不够了！如果草药多的话，修罗界那几个自私的人会互相掐起来吗？

众人全都眼巴巴地看着冯松源。冯松源看着剩下的半海碗药，只能给每人分了一小口。

这么点药，能解毒吗？众人口中虽然没说什么，心里却在埋怨冯松源。当然了，就算他们每个人都喝一大碗，也解不了毒，因为苏落故意没放最重要的那样东西。

苏落明确地告诉冯松源："丑话说在前头，这里草药太少，我炼的药只能压制毒素，治标不治本。"

冯松源试探着问苏落："你都需要哪些草药？等凑齐了就给你送来，你可不许不炼制！"

苏落朝他冷笑，就是不说话。

冯松源无奈，只好命令队伍继续前进。

走了一会儿，冯松源拿出地图看了又看，最后说："这条路竟然直通关押老祖的陵墓，听长老们说，开启陵墓的钥匙就在这条通道里，可是在哪儿呢？"

"停！"走着走着，冯松源凭直觉感到有危险，赶紧做了个"撤"的手势。然而，不等他们行动，一具干尸就出现了，带着一股灼人的热浪。

"这是火山族的另一位守护者，生前是位控火强者，死后被人供奉在这里。"冯松源说出它的身份。

火山族的两大守护者，一个在后门堵着，一个在前门守着，这是再悲催不过的事了。

"老大，看它脖子上挂着的东西！"冯九明叫了一嗓子。

众人立刻齐刷刷地看向木乃伊，只见它的脖子上挂着一把明晃晃的钥匙："难道那就是打开陵墓的钥匙？"

苏落忽然幽幽地说："如果我没猜错的话，尸毒就是从这木乃伊身上传出来的。"

"什么？"黑衣人无比绝望。

但是，不管他们心情如何，木乃伊都不会放过他们。

战况越来越惨烈，木乃伊身上的尸毒也越来越浓烈，熏得众人头晕眼花、脚步踉跄。

"嗯，我又流鼻血了……"

"这回比刚才还恐怖！"

"苏落！快找苏落！"

而苏落呢？早在这群黑衣人跟木乃伊开战时，就悄悄给王牧和闻焕东塞了颗丹药。这是她在炼药时偷偷炼出来的。当时大部分草药都被炼成了浓汤，但草药的精华都被苏落留下来，炼出了她手里的几颗丹药。

苏落一心二用，一边炼药一边炼丹，那群人却完全看不出来。

苏落手里有丹药，当然有办法救他们，不过丹药只有这么几颗，怎么可能够分？

苏落的视线在四周打转，仔细地观察着周围的生物。她始终记得师父曾经说过的一句话：万物都是相生相克的，产生剧毒的地方一定有解毒的东西。于是，她就发现了一件很有意思的事……

当修罗界的人集体向苏落求助时，苏落不可能不救，毕竟她还要利用这群人找出那件神器。于是，苏落提醒他们："你们看到木乃伊身上的裹尸布没有？"

黑衣人一齐点头。

苏落轻咳两声："这些裹尸布跟木乃伊相伴千万年，天生可以抵御毒素，你们用这些裹尸布堵住鼻子，就可以抵抗毒素啦。"

冯松源一怔，一边跟木乃伊打一边扭头瞪着苏落："开什么玩笑！"

苏落无奈地一摊手："既然你们不信，那就被毒死好啦，也算是帮我报仇了。"

冯九明看看苏落，又看看冯松源，提醒他道："老大，裹尸布上长着虫子……"

他想说"好恶心啊"，但是苏落接口就道："对啊对啊，你们看，裹尸布上能长虫子，这说明了什么？这说明裹尸布能解毒！虫子能活，你们就不能活啦？"

冯松源他们负责缠住木乃伊，命闻江去弄裹尸布。闻江付出惨痛的代价，好不容易才从木乃伊的脚踝处割了一沓裹脚布。

冯松源将臭烘烘的裹脚布分给众人当口罩用，分到后来，裹脚布快不够了，就没给苏落他们。苏落正担心冯松源逼着她将这散发着恶臭的裹脚布当口罩用呢，不给更好。

冯松源他们拿裹脚布蒙住口鼻，彻底隔离了毒气之后，终于在战斗中发挥出全部实力，幸运地拿到了钥匙。

"快跑！"得手之后，冯松源等人在前面飞跑，木乃伊在后面狂追。他们跑出通道后，木乃伊就停下了。木乃伊强者不能踏出黑暗通道，火山巨人也不能踏入黑暗通道。

冯松源站在通道外，拿着钥匙得意地说："走，救咱们家老祖去！"

苏落闻言，面色微微一沉。她希望黑衣人和木乃伊打个两败俱伤，结果却事与愿违。她知道，到了目的地之后，黑衣人就该要他们四个的命了。

没走多久，他们终于见到了传说中的陵墓。一扇灵璧石的大门将入口封得严严实实，好在门上有个钥匙孔。

冯松源拿着钥匙比了比，发现形状是一样的，顿觉心花怒放："没错，老祖就被关押在这里！"

有黑衣人提醒："老大，还等什么，快开门进去救老祖吧。"

冯松源郑重地点头。

冯七哥对着苏落他们四个冷冷一笑："让你们带着新鲜血液走了一路，辛苦了，现在目的地已经到了，借你们的鲜血一用。"

当然，这鲜血肯定是有借无还了。

苏落嘲讽地看着冯七哥："如果不借呢？"

冯松源走到苏落面前，盯着她道："如果不借，那就只好请你们去死了。"

苏落顿时笑起来。

王牧威胁冯松源："你别忘了，你们还中着毒呢！这毒只有我们苏老大能解，所以你们不能杀她！"

冯松源哈哈大笑起来："愚蠢！难道你们没发现，出了地下通道后，尸毒的症状就完全消失了吗？"

苏落冷冷一笑："摸摸你的第五根肋骨。"

冯松源虽然不解，但苏落的神色实在是太高深莫测了，他不由自主地就照着做了。当他摸着第五根肋骨时，忽觉那里犹如蹿过一道电流，有着微微的刺痛。

苏落看着冯松源那微变的神色，又笑了："现在抬起你的无名指。"

冯松源抬了下无名指，疼得倒抽一口冷气，捂着胸口惊骇地盯着苏落："这是怎么回事？你到底做了什么？"

当他动无名指的时候，胸口剧痛，他差点晕过去。

众人看到冯松源这样，纷纷露出惊讶的表情，都好奇地按着苏落的指示去做。

"哎哟，哎哟，好疼！"这群人全都疼得额头直冒冷汗。

苏落无语地看着他们，就像在看一群大白痴。她真没想到事情会这样顺利。这群人居然自己把自己给折腾进去了。

这件事要从一开始说起。

其实苏落做的手脚不止一个，她在盛药的那个海碗里下了一味隐性毒药——松明子。

松明子为什么叫隐性毒药呢？因为如果没有外界刺激的话，中毒之人，一辈子都不会毒发。此毒的启动方式可由下毒者自行设置，而苏落则把开启松明子之毒的方式设在了第五根肋骨上。

所以，从一开始，苏落就在设计冯松源。

她让冯松源自己去点第五根肋骨，先激活了松明子之毒，然后又让他动无名指——如果把"按第五根肋骨"比喻成打开手枪保险的话，那么"将灵气运行到无名指"就可以比喻成扣动扳机发射了。

苏落是这样诱导冯松源的，但是她真没想到这群黑衣人那么蠢。

苏落原本还担心呢，冯松源中招后，又要用什么办法诱哄他们中招呢？

结果他们竟然全都按照她说的去做了，然后齐齐中招。

但是，这毕竟是刚刚中毒，这群黑衣人还能活蹦乱跳地活一段时间呢。

冯松源一把掐住苏落纤细的脖子，恶狠狠地逼问："这到底是怎么回事？"

面对冯松源的暴怒，苏落冷冷一笑，指指自己的脖子。

冯松源猛然醒悟，如果苏落有失，那么这群冯家人……

见苏落已被掐得脸色发紫，他赶紧松手，将苏落往地上一丢。

苏落微微喘息了一下，倚着墙壁，一动不动。

冯松源等人围着苏落，有些手足无措，最后还是冯松源纠结地踢踢苏落的脚："喂，醒醒，醒醒啊。"

苏落眼眸半睁，看了他一眼。

"说话！"冯松源有些烦躁。

苏落指指自己的咽喉，一个字都没说，意思很明白——伤了喉咙，本姑娘说不了话。

冯松源气得要死，却不敢再伤苏落，只好用商量的口气说："要不，每个人只取三分之二的血？"

苏落瞟了他一眼。

冯松源又说："那……一半的血？不能再商量了！"

苏落看着眼前这个蠢货，心说好在他是敌人，若是朋友，她还真不忍心算计他。

苏落没有点头也没有摇头，只是说："真相如何不重要，你们已经中毒了，想活命就别这么讨价还价。"

"什么意思？"冯松源冷笑。

苏落淡淡一笑："我只是想证明一件事罢了。"

冯松源一脸茫然："什么事？"

苏落朝他笑了："证明你们冯家一直在把你当猴子耍！"

冯松源暴怒："你胡说八道！"

苏落耸肩："我有没有胡说八道，证明一下就知道。如果我的猜测没错的话，'用灵界之人的血涂满整个墙壁'之说根本就是胡诌的。"

冯松源狐疑地看了苏落一眼："你要怎么证明？"

苏落笑了："不是说洒满了血才能用钥匙打开门吗？现在血还没洒，你先用钥匙试试看啊。"

冯九明的脸色忽然变得有些难看：如果苏落说的是真的，那么，告诉冯松源这件事的那位长老的目的是什么？

冯松源却没想到这一点，他大大咧咧地走到门前，一边把钥匙插进去，一边冷笑："怎么可能开得了？开什么玩——"

"笑"字还没说出口，就听到啪嗒一声，眼前出现一个仅容一人通过的入口。

所有人面面相觑。

"门就这么开了？"

"真的不用洒灵界人的热血？"

"要是早知道……"早知道带着这群累赘一点用都没有，在海上的时候就把人杀得干干净净了，还用留到现在？但是，冯松源和冯九明他们的脸却是黑的。

冯松源不解地问道："为什么要说必须用灵界之人的血才能打开陵墓之门？"

冯九明一脸同情地看着他："因为只有这样，才能跟灵界发生冲突，才能引起矛盾，才能——"

"你闭嘴！"冯松源恶狠狠地瞪着冯九明，拒绝听到这么戳心的话。

是谁告诉冯松源必须用灵界之人的鲜血开门的？是谁非要将这支队伍置于死地？大家都齐齐地望着冯松源。

冯松源咬牙切齿地说："七长老！"

这群人把七长老臭骂一顿之后，冯七哥指着苏落问冯松源："这四人怎么办？"

冯松源也很头痛。他本来就不擅长用脑，这事又如此纠结，他早已用脑过度。

"维持原状吧，等找到老祖再说。"冯松源无奈地说。

这个决定得到了大家的拥护——只要救出老祖，一切问题都将迎刃而解。

但是冯九明的脸色却黯淡下去，老祖是那么好救的吗？家族里出了叛徒，这个叛徒会让他们成功救出老祖吗？

"他怎么办？"忽然有人指着闻江问道。

闻江的情况很不好。只见他浑身发抖、四肢抽搐、脸上现出一股死气，哪里还有原来的意气风发？

冯松源皱眉，嫌弃地看着闻江："这个人已经废了。"

冯九明点点头："既然是废物，那就弃了吧，带着也是累赘。"

冯松源点头，带着队伍转身就要进入陵墓。

"等……等……"闻江爬过去抱住冯松源的腿哀求道，"不要抛下我……求你……"

冯松源毫不犹豫地一脚把他踹开。

"你们竟然抛弃我！"闻江怒视着冯松源，冯松源理所当然地点头道："你又没用了，不抛弃你，留着带回家过年啊？"

闻江："……原来你是这种人！"

冯松源不以为然地耸肩："说得好像投敌的你品德很高尚一样。"

闻江："……"

苏落他们顿时笑喷。如果不是怕打搅到两个人的对话，苏落恨不得鼓掌大声叫好。

原来愚蠢的冯松源，也有这么可爱的时候哇。

众人头也不回地走进陵墓，只留下半死不活的闻江。

通道一开始很窄，仅容一人通过，但是随着不断深入越来越宽。

最后，众人来到了正殿。

在看到正殿的一刹那，所有人都惊呆了，包括苏落。

正殿之内，花团锦簇、香气迷人、流光溢彩，奢华、精美得让人目不暇接。

最中间是一张黄金王座，王座上，一位尊贵的王者正被四个漂亮的阴灵伺候着。揉肩的揉肩、捶腿的捶腿、投喂的投喂，旁边还有个摇扇子的，就连人间的皇帝也不过如此吧？

众人怔怔地站在那里，难以置信地看着眼前这一切。

"这位真是咱们家老祖？"冯九明喃喃低语。

冯松源掏出老祖的画像看了又看，摇头道："不像。"

这时候，冯七哥忽然抽风似的浑身颤抖："我，我好像知道他是谁了……"

"是谁？"众人全都震惊。

然而，冯七哥还没回答，众人就被那位王者发现了。

"你们，哪儿来的？"那位一开口，就带着一股修罗界的腔调。

这群黑衣人虽然大多数还不知道他是谁，但都有一种很亲切的感觉。

"您，您是……"冯七哥看着这位白白胖胖的王者，"您是狂龙大将军？"

那位王者还没说话，修罗界这群黑衣人就惊讶地将目光投射在冯七哥身上。

所有冯家子弟都知道，狂龙大将军姓冯，庶出，他不借助家族势力，轰轰烈烈地崛起，成为修罗界历史上赫赫有名的大将军，最狂妄时曾冲进皇宫将刀架在了太后的脖子上。不过他确实有本事，做出这样大逆不道的事还能全身而退。

后来，他被族长派去营救老祖，据逃回来的人说他已经陨落，而且他那块供在族中的本命令牌确实也碎了。

很多冯家子弟都见过他的画像，知道他面容清俊、身形瘦削，但是眼前这个胖大叔，哪里有什么清俊可言？

冯松源没好气地看了冯七哥一眼："你看他哪像狂龙大将军啊，真是荒谬！"

但胖大叔却打断了冯松源的话："荒谬个屁！老子以前还真有个外号叫'狂龙'，也做过大将军！"

众人全都惊讶地看着胖大叔，冯七哥结结巴巴地说："狂龙大将军的额头上有颗黑痣……"

而眼前这位胖大叔也有，也就是说，这位真是狂龙大将军啊！

修罗界这群人顿时群情激动，狂龙大将军的目光从他们脸上一扫而过，皱眉道："瞎激动啥？看样子你们也是从修罗界来的？"

冯松源激动得说不出话来，当即练了一套冯家人才会的冯家拳，于是双方就这样相认了。狂龙大将军拉着这些小辈絮絮叨叨地聊了好久，冯松源才有机会询问："狂龙将军，咱们家老祖呢？"

狂龙大将军顿时皱眉："你们问老祖干吗？"

冯松源一本正经地说："我们是来救您和老祖的，只要找到老祖，咱们就可以回去了。"

狂龙大将军看了看这群小辈，没好气地问："长老团里那些老不死的呢？他们在哪儿？"

"老不死的？"冯松源倒抽一口冷气，小心地答道，"二十四位长老都在修罗界呢。"

"二十四个长老组团来都不够人家虐的，一个长老都没来，你们就敢来救人？"狂龙大将军无语地挥手撵人，"走吧，你们赶紧走，再不走就来不及了。"

"我们是来救您和老祖的，不把你们救出去，我们是绝对不会走的！"冯松源坚决不走。

就在这时，外面传来一阵高跟鞋踩在地上发出的有节奏的嗒嗒声，狂龙大将军听了，顿时露出恐慌的表情："你们还是快走吧，不然就来不及了。"

就在这时，门吱呀一声开了，一道靓丽曼妙的身影出现在众人面前。

来人衣着暴露、身材火辣、神色高冷，一副很难接近的御姐范。

看到这位漂亮的御姐，狂龙大将军当即迎上去，脸上挂着讨好的笑容："咦，今天哪儿吹来的风啊，怎么把云裳大人给吹来了？哈哈哈……"

他干笑，云裳大人没理他，所以他笑着笑着就自己停了。

火云裳乃是火山族的族长，火山巨人和木乃伊强者就是她座下的两大护法。

"你这里挺热闹啊？"火云裳似笑非笑地环视一周，最后视线落到狂龙大将军脸上，"这群小家伙是来干吗的？"

狂龙大将军试图说谎回护一下："这群人是误打误撞进来的，大概是附近的渔民。"

狂龙大将军只知道外面是加勒海，却不知道根本没有渔民。

"嗯？"火云裳漫不经心地笑着看他。

狂龙大将军一见火云裳那嘲弄的目光，就知道谎话说不下去了，赶紧招供："他们，他们是来接我回去的。"

火云裳扑哧一笑，声音中有着明显的嘲讽。

狂龙大将军尴尬地笑道："嘿嘿，他们就是在过家家，开开玩笑，就凭他们，怎么可能救我出去？"

火云裳冷笑道："过家家？过家家就杀了我那么多阴灵族人？过家家就让火山巨人和木乃伊追得气喘吁吁？你们家过家家玩得挺大啊。"

"嘿嘿……"狂龙大将军摸着脑袋苦笑。

"他们是你的族人？"火云裳在人群中看到了苏落，顿时一愣。

"嗯嗯！"狂龙大将军猛点头。

"嗯个屁！你们族里会有这么好看的丫头？"火云裳勉强调整好情绪，转头骂了狂龙大将军一句，借此来掩饰自己剧烈的心跳声。

狂龙大将军看向苏落，这姑娘长得还真好看，便问冯松源："难道这丫头不是咱们族里的？"

冯松源弱弱地来了一句："不是，她是俘虏。"

"俘虏？"狂龙大将军也是醉了，"我可一点都看不出来她是俘虏。"

还真没见过这么自由的俘虏。

冯松源也郁闷。

"你们怎么不早说呢？"狂龙大将军瞪着冯松源。

冯松源默默无语。您老说个不停，我们连老祖的事都没时间问呢，哪有时间提苏落啊。

"俘虏？"火云裳脸色一沉，"怎么回事？"

连狂龙大将军都怕这位云裳大人，冯松源就更不敢得罪她了。愚蠢的他没注意到火云裳脸色不悦，回答时使劲说苏落的坏话，强调苏落有多恶毒、多狡诈，一路上就知道给别人下毒，害得他们拿她当祖宗供着。

狂龙大将军被困在这里多年，难得听到这么精彩的故事，当即一拍大腿："这姑娘有意思啊！行了，你们别跟我抢，这丫头就留下来给我玩了。"

这里要解释一句，狂龙大将军的话真的只是字面上的意思，他没有要占苏落的便宜之意。

但是，这话听在火云裳耳中，就是另一个意思了。

火云裳眼睛一瞪，怒不可遏地盯着狂龙大将军："你说什么！"

狂龙大将军吓下了一跳，不解地看着火云裳，不明白她哪来的这么大火气。

火云裳冷笑道："你刚刚说要玩谁？"

"我……"狂龙大将军指向苏落，见火云裳的怒火快要喷出来了，当即改口道，"我……玩我自己……对，玩我自己！"

火云裳冷哼一声，看向苏落："你……叫什么名字？"

"苏落。"苏落的眸中闪过一丝狐疑，总觉得火云裳看她的眼神太炽热、太诡异。

火云裳在听了苏落的名字后，神色有片刻的僵硬，她眉头紧锁："你竟然姓苏？"

苏落笑着问她："不姓苏，那我该姓什么呢？"

"你应该姓……"火云裳猛然间回神，看了苏落一眼，非但不怒，反而轻笑起来，"小丫头，有几分胆色啊。你不怕我？"

苏落笑了笑："姐姐，你这么漂亮，我为什么要怕你？"

"姐姐？哈哈哈，你这丫头，真是会说话，要是你……"

说到这儿，火云裳的声音顿了顿，脸色也微微一变。

冯松源人虽然蠢，但是本能的感觉还有。他能够明显感觉到这位连自家大将军都惧怕的火云裳大人，对苏落有一种毫不掩饰的亲近。

这种亲近，让冯松源当即戒备起来。

他压低声音提醒狂龙大将军："苏落给我们下毒了……"

意思是，毒还没解呢。

狂龙大将军没好气地瞪了他一眼。跟他说这个有什么用？他在火云裳面前连个屁都不敢放。

火云裳拉着苏落大大咧咧地往软椅上一坐，然后开始问话。

她似乎对苏落很感兴趣，事无巨细，几乎把苏落的生平问了个遍——从小干什么、吃得好不好、穿得好不好、有没有被人欺负、有没有欺负人、有没有喜欢的人、有没有……

苏落一开始默不作声，火云裳对她耳语了一句，苏落心里猛地一震，当即瞪着火云裳。

火云裳对她淡淡一笑："放心，四周已经屏蔽了，没人知道我们在说什么。"

苏落指了指冯松源他们："那他们就这样干坐着看我们聊天？"

火云裳一想也是，于是，她就转头问狂龙大将军："你很想从这里出去是吧？"

"没，没有，绝对没有！"狂龙大将军狂摆手。

笑话，他敢说是，火云裳直接就会把他拍飞。

火云裳瞥了狂龙大将军一眼："说实话。"

狂龙大将军啊了一声。

"如果不想回去的话……"

"我想回去！"狂龙大将军当场大叫一声。

火云裳呵呵两声。

狂龙大将军当场蔫了："我不……"

"想就想，不想就不想，一个大男人，翻来覆去地改有意思吗？"火云裳冷哼。

白白胖胖的狂龙大将军摸摸脑袋，心说我不是怕你揍我吗？！

火云裳没好气地说："想回去，先给我干完活。"

狂龙大将军想解释，却被火云裳抬手拦住："你要回去不是不可以，可我这里的活你还没给我完成呢，做完了就让你走。"

狂龙大将军不敢相信地问道："干完活就能走？"

一个人被关押了这么多年，他会比任何人都渴望自由。

火云裳点头。

然后，她就拉着苏落闲话家常。

狂龙大将军得到火云裳的承诺，当即一咬牙，转身就走。

冯松源他们忙跟上去。

"大将军，什么活？我们帮您干。"

"对啊，人多力量大嘛！"

"有什么活我们来就好了，大将军您就在旁边歇息。"

这群人一个个自告奋勇。

为前辈服务，这是荣誉嘛。

狂龙大将军停住脚步，回头看了他们一眼，看得众人莫名其妙，但又心生好奇。

很快，他们就明白大将军那一眼的意思了。

因为大将军将他们带到一座陵墓前面。

然后大家都茫然地看着狂龙大将军。

大将军就说："你们不是问做什么活吗？看，就这活。"

眼前有什么活啊？

只见这里墓碑林立，一座座的墓整整齐齐地排列，前面的还好，都有墓碑，但是后面的绝大多数都是没有墓碑的。

见大家都茫然，狂龙大将军无奈地走过去，拿起一个墓碑就开始刻。

在刻墓碑之前，他还叮嘱道："记住了，墓碑上的每一横每一竖，都是有讲究的，用的灵气要均匀，而且灵力不能断，有一点点断裂就要从头再来。"

"你们这些小菜鸟啊，一百天能刻一个就算很好了，但是我熟练了啊，十天就能刻好一个，嘿嘿。"狂龙大将军还很得意。

但是，徒子徒孙们却用同情而又悲愤的目光看着他们家曾经雄霸天下的狂龙大将军。更有情感细腻的，眼眶都红了。他们家大将军这些年来过的原来是这样的苦日子啊……

堂堂大将军，蹲在地上，跟个工匠似的。

所以，当狂龙大将军得意扬扬地炫耀完他是熟练工，回头就看到一张张悲愤的脸。

"你们干吗？"狂龙大将军不解。

这群小辈义愤填膺："大将军怎么能做这种粗活？"

"简直欺人太甚！"

"走，我们找那个女人抗议去！"

见他们要找火云裳算账，大将军吓得脸都白了，大喝一声："站住！"

所有人停住脚步，回头看他。

狂龙大将军没好气地说："吵吵什么？那个女人脾气差得很，你们敢抗议，老子敢保证，这活儿绝对会翻倍！所以，统统给老子回来，好好干活去！"

徒子徒孙们一脸憋屈地走回来："那要刻多少个啊？"

"还有十万个墓碑没刻呢，都赶紧的。"狂龙大将军理所当然地说。

什么？十万块墓碑还没刻？开什么玩笑！

然而，他们家的大将军却一点都没有开玩笑的意思，蹲在那儿安安静静地雕刻。

这群黑衣人无奈，也只能蹲下来雕刻。

但是，正如狂龙大将军说的那样，这活儿新手并不好干。他们一开始三天都坚持不下来，石头倒是被他们浪费了不少。

这边在轰轰烈烈地干活，苏落那边却轻松多了。

火云裳在知道王牧等人是苏落的队友后，安排他们下去休息。

王牧和闻焕东对视一眼，背着牧姐就下去了。他们都看出来了，火云裳对苏落很亲切，那眼神就像在看小主子一样。

"苏老大……"王牧想了想，还是不知道该说什么好。

"我们不要多说，跟着沾光就好，以后苏老大有事，我们赴汤蹈火便是。"闻焕东认真而严肃地说。

王牧点点头，他很庆幸这次跟苏落出来历练。

而此刻，房间里，火云裳正跟苏落闲话家常，她问了苏落的基本情况，苏落都一一作答。

当苏落说到容云大师和城主大人的时候，火云裳的脸上露出惆怅的情绪。

她感叹道："这两个人还真是执着。"

苏落说出容云大师和城主大人，就是为了试探火云裳的身份。

火云裳的话表明了她跟容云师父和城主义父是认识的，而且看起来还颇有渊源。

苏落认真地看着火云裳："您……认识他们？"

火云裳这辈子还从未对谁慈祥过，但是这次，她却慈祥看着苏落，温和地笑了："是啊，我认识他们，还曾经并肩作战过呢。"

苏落更加认真地盯着她："所以，其实你是认识我娘亲的？"

火云裳笑了："是啊，我认识你娘亲。"

这一刻，苏落的心跳开始加速。有多久没有父母的消息了？每次想到海皇老爷爷说的，父亲和母亲等着她去救，她都恨不得立即将他们救出来。

"其实，你跟我父亲大人比较亲近吧？"苏落忽然说了一句。

火云裳轻笑起来，风情万种地捋了捋发丝，说："小丫头，你连这都知道？怎么猜出来的？"

苏落淡淡一笑："我能说，你在提到我母亲的时候，眼底有一闪而过的嫉妒吗？"

被人戳穿，很多人都会恼羞成怒，但是火云裳却笑了起来："小鬼头还挺机灵的。你说得没错，火云族曾是你爹座下十二大家族之一，而我，身为火云族族长，你说跟你爹熟不熟？"

这根本不是熟不熟的问题吧，而是你有没有暗恋我老爹的问题吧？

不过苏落也觉得奇怪。

按理来说，火云裳身为母亲的情敌，她对自己的第一反应难道不应该是敌对吗？

可是，她看到火云裳笑起来时，带着沧桑、惆怅的样子，她忽然就有些感慨、有些心疼眼前这个看起来强势霸道却内心孤独的女人。

火云裳漫不经心地朝苏落摆摆手："不要太高看我，是你运气好，偏偏是这个时候来。"

不然的话，情敌的女儿，她不折磨就罢了，还想有这种待遇？

苏落好奇："这个时候来？这个时候有什么特殊吗？"

火云裳对着苏落说了八个字。

当然，这八个字没有说出口，而只是摆出口型，但是苏落看懂了。

正因为看懂了，所以她的神色顿时微微一变。

"你说的是真的？"苏落皱眉看着她。

"这种事还能骗你？"火云裳身为当事人，却一副云淡风轻的样子，摆摆手，"这有什么好大惊小怪的？"

"这有什么好大惊小怪？"苏落这次真的大惊小怪了。

火云裳对苏落惊讶的表现表示很惊奇，凑上去细细地看。

苏落没好气地推了她一把："你在看什么？"

"这张脸可比你娘生动多了，居然还会惊讶呢。"火云裳笑嘻嘻地瞅着苏落。

苏落白了她一眼："对了，给我说说我父亲、母亲的事吧？"

火云裳哼哼："你敢问我你娘的事？难道你还指望从情敌这里听到什么好话？"

苏落："……"

"至于你爹……"火云裳想起那个进驻在她心里无数个岁月的男人，语气带了一丝惆怅，"他……是一个让人见一眼就会误了终身的男人啊。"

原来老爹这么完美？

"具体的呢？"苏落双手拄着下巴，漂亮的眼睛忽闪忽闪的。

从师父和义父口中，还有她自己这张脸，她能够想象出娘亲的样子，但是对于那位老爹，信息太少，完全拼凑不出来。

火云裳似乎沉浸在某种美好的回忆中，脸上是缅怀的表情，目光带着一丝温暖。

"你爹啊……"火云裳笑着说，"现在灵界在位面中的排位如何？"

排位？苏落看书的时候还真看到过这方面的资料，所以她很快就回答："灵界排第三，不过有往下掉的趋势。"

火云裳一听，顿时满脸怒气："第三？还往下掉？现在坐在那位置上的是哪个愚蠢的小浑蛋？"

苏落："……"

不愧是老爹座下的十二大护法之一，这位火云裳大人的脾气真是够火暴的，灵帝在她眼中居然是愚蠢的小浑蛋……

那位可是尊贵霸气、受亿万人敬仰的皇帝陛下啊，一根手指头就能捻死苏落的存在啊！

苏落没好气地说："那位皇帝似乎还挺厉害呢。"

"厉害个屁！"火云裳冷笑道，"当初你爹在位的时候，南征北战，别说什么修罗界、元界，就是这三千大位面，你爹也是尽数在手，受亿亿万万人臣服！

"那时候的灵界，从地域上说，虽然是三千大位面的其中一个，但是在你爹的带领下，它却凌驾于三千大位面之上，成为至高无上的王界！所以，灵界以前也叫王界，万王之王的王！"

火云裳一番话，听得苏落热血沸腾、激情昂扬！

老爹不愧是逆天大帝，不仅是灵界的王，而且他居然还统领了三千大世界，是万王之王！

火云裳还没炫耀够，得意地对苏落说："那修罗界，以前还是老娘带军征战的呢，当时老娘一脚踩在修罗界狗皇帝的脑袋上，硬生生把他从皇位上拽下来了！"

苏落眼睛都放亮了："真的？"

火云裳瞟了苏落一眼，哼哼两声："大惊小怪。"

苏落忽然觉得，说起这些回忆的时候，火云裳整个人都活了，光彩照人。

苏落连声催促："还有呢还有呢？"

火云裳得意地说："这种事儿多着呢，十年八年都讲不完，太平常不过了。"

苏落："……"

把皇帝拽下皇位这种事，在火云裳眼中居然再平常不过，那什么事才叫不平常呢？

"修罗界现在老实了吧？"火云裳问苏落。

"如果我没记错的话，修罗界现在排第二。"苏落都不敢看这位火暴女王的脸色。

想想也是，在灵界全盛时期，连老爹座下的护法都能将修罗界的皇帝拽下宝座，现在修罗界的排名竟在灵界之上，对于这位火暴女王来说，这确实是个难以接受的事情。

火云裳愣了许久，才气呼呼地一拍桌子："一群废物！"

苏落知道，自己也被骂进了废物里……

但是，苏落的内心是感慨万千的。她不知道修罗界的皇帝有多厉害，她只知道，当初驻守血海城的那位谭凯旋，在她眼中就是很厉害的存在，她和南宫流云联手用计才能将他灭掉。

那么，高高在上的那位皇帝，该厉害到什么程度？当年的火云裳大人又厉害到什么程度？自家的万王之王老爹又强大到什么地步？

简直让人想都不敢想。

这一刻，苏落才终于意识到，她现在的实力还弱得很，跟这些绝世强者相比，她要走的路还很长很长。

火云裳怒了一会儿，很快就接受了现实。她郁闷地抓抓脑袋："若是老娘能出去，哼哼！"

苏落好奇地问："你不能出去吗？"

火云裳白了苏落一眼："小公主，你觉得一具阴灵能够自由行走在阳光下吗？"

"你是阴灵？"苏落看看火云裳的脚。

苏落是见过阴灵的，阴灵走路是用飘的，人家根本没长脚。但是火云裳在苏落看来，就是一个正常人啊，怎么会是阴灵？

"老娘是比较特殊的阴灵。"火云裳烦躁地挥手，"反正出去了也会被天道那浑蛋发现，一挥手就给掐灭了，出去找死啊。"

说到这个，苏落当即就问："对了，天道到底是怎样的存在？"

火云裳直接怒骂："一个最大的浑蛋！"

苏落："……"

"那我父亲、母亲究竟是怎么回事？他们真的被关押了吗？真的需要我凑齐十二大神器，才有机会见到他们吗？"苏落紧张地看着火云裳。

火云裳惊讶地看着苏落："你怎么知道的？"

苏落说："海皇老爷爷说的，他就在我的空间里，不过空间被封印了，现在出不来。"

"海皇那老太监还活着？"火云裳看了苏落一眼。

苏落嗯了一声："虽然身体时好时坏，但是他提点我很多，对了，为什么骂他老太监？"

火云裳理所当然地说："他以前就是你爹的贴身太监啊，还是个太监头呢。没想到这老头还活着，哈哈哈，来，丫头，把手伸出来，让我看看你的空间。"

苏落心中一喜：火云裳出手，是不是可以帮她把空间打开？抱着这样的心态，苏落乖乖地伸出右手。随身空间是由龙之戒转变而来的，所以在苏落的手指上有印记。

火云裳闭上眼睛，那双冰冷的手搭在苏落的手指上。

苏落闭上眼睛，细细地感受着朝她席卷而来的空间之力，激动得无以复加，她最缺的就是空间之力，现在居然来了这么多！

就在这时，苏落感觉到自己的手指有点刺痛，就好像针尖刺入一样，不过很快就消失了。

忽然，一道声音传到苏落耳边。

"火云裳？没想到你居然还活着。"

"老太监，你不也没死呢吗？"

"来来来，喝一杯去。"

"自然是该好好聊聊了。"

一个火云裳，一个海皇老爷爷，故人相见，自然有很多话要说。

苏落支着耳朵想偷听，却根本听不到他们的声音。

而且，此刻的苏落也正处于一种很奇怪的状态中。

苏落整个人都迷迷糊糊的，就像在做梦。她想从梦里出来，身体却像裹着橡胶一样，怎么努力都挣不开。

忽然，苏落感觉被火云裳打开的空间之门有合上的迹象，顿时一激灵，猛地睁开双眼，发现她真的打不开空间了，差点崩溃。

不过也不是完全没有好处。

因为苏落感觉到她身上的灵气满得差点溢出来。

这是要晋升的节奏啊！

苏落当即静下心来，全心投入修炼当中。

时间一点点过去，苏落身上萦绕的灵气越来越多，雾蒙蒙的，将她整个人都包围起来，就像一个白色的笼子。

忽然轰隆一响，一道惊雷劈在了苏落的脑门上，但是苏落双眸紧闭，安静地入定，仿佛周围的一切都跟她无关。

雷一道又一道劈下，惊动了很多人，就连叙旧的火云裳和海皇老爷爷都惊讶地放下手中的酒杯。

"这丫头刚才看着还没晋升的意思啊，这么快就突破了？"火云裳不解。

海皇老爷爷摸着胡须淡淡一笑："这丫头的晋升方式，一般人还真摸不着规律。既然是陛下的血脉，自然有其独到之处。"

火云裳却皱皱眉头："这孩子的实力太弱了，现在才大圆满，真是……"

海皇老爷爷没好气地说："这你就错怪她了，小主人只花了几百年就晋升到大圆满，这速度还慢？"

"几百年？不可能啊，陛下消失……"火云裳不解。

海皇老爷爷就跟火云裳说了当初苏落被封印在蛋里的事，火云裳讶异地说："几百年就能晋升到这种程度，简直是绝世天才啊！"

海皇老爷爷笑眯眯地摸着胡须："确实是绝世天才，所以陛下的事才有转机。"

说到逆天大帝，火云裳沉默下来。

海皇老爷爷见火云裳不出声，多看了她一眼，这才发现她的脸色很不好，有一种难以形容的气息……

此刻，狂龙大将军那里的情况也不好。

一百天过去了，他们一直在雕刻墓碑，但是只有狂龙大将军的效率高，他的徒子徒孙们还没有成功雕刻出一个。

"大将军，我们用秘法来到这里，如果不能在一年内出去，那就永远出不去了啊，大将军，快想想办法吧！"冯松源快哭了。

"老子要是有办法，能被困到现在吗？"狂龙大将军瞪了他们一眼。

"那怎么办啊……"这样下去真不是办法啊。

狂龙大将军想了想，忽然说："其实也不是完全没有办法，如果是你们去求的话，说不定那死老头还会出手。"

"死老头？"众人不解，"谁啊？"

"你们这次来救谁？"狂龙大将军卖了个关子。

"咱们家老祖啊。"冯松源接得很顺口。

提到老祖，冯松源一拍脑门："糟了，光顾着刻墓碑，怎么把老祖的事给忘了！"

狂龙大将军说："对啊！你们现在去求那死老头，说不定那死老头就愿意出来了呢。走走走，我带你们去！"

冯松源不解地问："大将军跟老祖的关系难道不太好？"

狂龙大将军冷笑："那死老头一直龟缩着，如果他能早点站出来，说不定我早就回去了。"

冯松源等人一惊，大将军的意思是，老祖的实力其实有可能比火云裳还高，只是他自己不愿意出去？

狂龙大将军说："当初死老头差点就跑出去了，跟火云裳打得那么激烈，最后输了一点点，才被火云裳镇压在龙泉深潭之底，这些年来，他一直在龙泉深潭之底修炼，也不知道实力如何了。"

这话听着就有点炫耀的意思。

看来，狂龙大将军还是很看好冯老祖的。

于是，大家浩浩荡荡地跑去龙泉深潭。

冯松源他们不解："老祖被镇压，是想出来就能出来的吗？"

狂龙大将军摇头："当然不是，不过，那死老头对阵法还是很有研究的，这个你们不用担心。"

龙泉深潭距离此处不远，没多久就到了。还没走近，众人就感觉到一股寒气扑面而来，冻得浑身一哆嗦。

狂龙大将军的脸上现出一抹喜色。这股寒气比上次来的时候又冷了许多，可见死老头的实力提升不少啊。

狂龙大将军走到龙泉深潭的泉眼之处，对着那块区域一脚踩下去。

一阵巨响之后，泉水哗啦啦地往后流，泉眼之处更是喷出一道水幕。

众人都惊讶地看着眼前这一幕，只见原本波澜起伏的泉水，忽然就恢复了平静。

水面平得没有一丝涟漪，就仿佛刚才那一踩引发的躁动从来不曾发生过一样。

狂龙大将军冷冰冰地点点头，然后转身就走，背影决然。众人虽然不解，却不得不跟着他往回走。

冯松源追上狂龙大将军去问个究竟，狂龙大将军没好气地说："你怎么这么笨？若是那死老头真那么容易出来，他怎么可能不出来？想当初，他确实打不过火云裳，但是两个人的实力本来就相差不大。"

狂龙大将军观察了下周围，见没人注意，这才压低声音对冯松源说："那时候，老祖快要突破了，只是时间上来不及了，如果不被封印的话，说不定就被打死了，所以他假装打不过火云裳，主动被封印起来。"

"啊？"冯松源满脸讶异。狂龙大将军看看四周，严肃地说："不过他还算聪明，留了一个后手。"

冯老祖给来救他的后人留下一个玉简，玉简里记录了他之前经历的一切。

所以狂龙大将军才能那么清楚冯老祖的事。但是这个玉简，狂龙大将军瞒得死紧。因为他知道，这件事一旦暴露，火云裳就会知道，到时候不仅他要死，冯老祖也会死，所以这些年来，他装疯卖傻，其实一直在等待机会。

因为这件事，如果只有他一个人的话，根本不可能成功。

现在来了这几个小辈，他们虽然实力不行，但这个计划缺的是人和技巧，实力反而并不那么重要。

"老祖留了一手？留了哪一手？"冯松源特别好奇。

但是，这么机密的事，狂龙大将军肯定不会告诉他们，他只是高深莫测地看了他们一眼："知道刚才我带你们去龙泉深潭有什么用意吗？"

修罗界的人齐齐摇头："……"

狂龙大将军得意扬扬："太愚蠢了，这都想不明白吗？"

"不明白……"众人气息微弱。

狂龙大将军："既然不明白，那就不需要明白了。"

众人讶异地看着狂龙大将军，刚才还以为他会解释呢。

狂龙大将军没好气地说："反正是救老祖的环节之一，你们不需要知道具体的，只要知道，听我的话，就能让老祖自己站出来。以老祖现在的实力，我敢保证，结果一定是大家想要的。"

这样直白的承诺，让冯松源等人心中大喜，他们齐声说道："只要能救出老祖，让我们做什么都可以！"

狂龙大将军本来就是在等他们这句承诺，见他们主动说了，自然满意，得意地点头："放心，这次一定能成！"

他忍辱负重这么多年，为的就是有一天能光明正大地走出去，回到修罗界。

而现在，他觉得时机成熟了，所以决定启动计划。

"我们要怎么做？您只管吩咐。"冯松源对狂龙大将军郑重地承诺。

狂龙大将军点点头："之前我们去龙泉深潭，只是为了试探老祖的态度，刚才他已经给我们回应，也就是说，只要有机会让他出来，他就有足够的实力打败火云裳。"

冯松源等人激动得眼睛大亮。

狂龙大将军说："想要让老祖出来，就需要去龙泉深潭的上游破坏那里的一个总阵眼，但丑话说在前头，那里很危险，而我被限制在这里，根本出不去，所以只能由你们去破坏阵眼。虽然我去不了，但是我可以创造一个机会让你们离开。"

冯松源等人跟打了鸡血一样激动，异口同声地说："大将军请放心，我们保证完成任务！"

狂龙大将军说："只要你们坚定信念，就一定能把老祖给放出来！"

如果没有坚定的信念，他们也不可能从修罗界走到现在。那么，接下来就是怎么创造机会让他们逃出去了。

这个计划狂龙大将军计算了那么久，方方面面都考虑到了，接下来，他就开始实施计划。

很快，修罗界的这群人在雕刻墓碑的时候发生了冲突。

冲突双方，一边是想要跟着狂龙大将军混吃等死，另外一边则要救冯老祖，双方自相残杀，最后全部死光。

这时火云裳和海皇老爷爷正在为苏落护法，所以并未关注这里的事。

火云裳的手下宫赞得知此事，觉得不祥，命狂龙大将军赶紧将他们埋了，然后甩手就走。

宫赞的话正合狂龙大将军的心意，他立即将这群人葬进了早就设计好的地方。

当然，他们只是假死，所以到了半夜，这群人就悄悄从墓穴中爬出来了。

冯松源指挥着众人："快去中央区域破坏阵眼，这样老祖才能出来！"

众人精神抖擞地朝中央区域冲去，刚跑了几步就发现不对劲了，他们每走一步，身上的灵气就被抽走一分。

这要是走到中央区域，他们身上的灵气岂不是全被抽光了？那不就真的死了？

这到底是怎么回事？

冯松源忽然心头一震，他想起了之前大将军问他们的话。他说，你们真的要救老祖吗？为了救老祖可以付出怎样的代价？

当时他们异口同声地说："赴汤蹈火，在所不辞，就算死也甘愿！"

冯松源现在想想这句话，忽然有一种从脊背散发出来的寒意。但是现在，箭在弦上不得不发，他们就算明知道前方是刀山火海，也只能硬着头皮往前冲了。

而这时候，苏落那边也没闲着。

苏落晋升到大圆满四星之后就苏醒过来了，精神力处于巅峰。

但是她却悲催地发现，她的空间依旧打不开。

就在苏落纠结的时候，火云裳和海皇老爷爷过来了。

苏落抬眼看到海皇老爷爷，当即噌的一声站起来，眸中露出一抹惊喜之色。

海皇老爷爷看到苏落，脸上也带着笑意。

"海皇老爷爷，你没事了？"苏落迎上去，细细打量着精神力充沛的海皇老爷爷。

也不知道火云裳做了什么，他现在看起来就像完全没受过伤一样。

"没事了，再养养就好了，以后就能照顾你了。"海皇老爷爷欣慰地笑着。

"那……"苏落指了指自己手指上的空间印记，"你还进得去吗？"

说到这个，海皇老爷爷的脸色微微一变，摸着雪白的胡须，随即笑起来。

火云裳告诉苏落："如果你不能打开空间把他放进去，那就永远都没办法带他出去了。"

苏落："……必须在岛上打开空间？"

火云裳点点头。

苏落再次确认："……如果打不开呢？"

火云裳看着苏落，得意地笑道："那他就只能留在这里了。"

苏落眼眸微微一紧！

海皇老爷爷若有所思地看了火云裳一眼。火云裳在苏落身边坐下，拎起一瓶酒，很豪迈地仰首豪饮。

苏落看着她这样子，眼圈忽然有些酸酸的。

火云裳喝完，将酒瓶子往后一扔，那双饮酒后越发清亮的眼眸紧盯着苏落，忽然问道："你是不是很想知道七色碧霞绫在哪？"

苏落当即一怔："七色碧霞绫？修罗界那群人说，七色碧霞绫是他们冯家的。"

"他们冯家个屁！"火云裳说话粗暴不客气，"当初你娘多看了七色碧霞绫一眼，你爹就跑去冯家将七色碧霞绫给夺回来让你娘绑绳子玩儿。既然已经抢过来了，这东西自然就不是他们冯家的了。"

苏落："……"好吧，还真是从冯家抢回来的。

火云裳冷哼："当初那冯老祖追过来，口口声声喊着七色碧霞绫是他们冯家的传家宝，不还回去就誓不罢休。"

苏落："……"看来这七色碧霞绫还真是好东西。

火云裳冷笑："冯家老祖连你爹的一招都接不住，不过你爹没有赶尽杀绝，库里的东西任他挑，挑了赶紧滚蛋，但是冯老祖不识相，非要七色碧霞绫，不然就一头撞死在殿柱上。"

苏落："……"

火云裳笑着看苏落："你猜你爹怎么说？"

苏落歪着脑袋想了想，不太自信地说："要别的东西都有，就是七色碧霞绫没有？"

火云裳狐疑地看了苏落一眼，看得苏落茫然不解。

海皇老爷爷却捻着胡须，看着火云裳笑道："看吧，不愧是主上的血脉，连这无赖相都一模一样。"

火云裳无语地看着苏落："没错，当年你爹就跟你说的一样，气得冯老祖快疯了。不过冯老祖并没有失去理智，他转头就走，决定神功大成后再夺回至宝。可惜啊，任凭他怎么练，这辈子都打不过你爹。"

苏落听得津津有味，火云裳却不说了："总之，七色碧霞绫就在这片区域之中。"

苏落听她的意思，似乎七色碧霞绫并不在她手里，于是就问："那七色碧霞绫到底在哪里？"

火云裳若有所思道："七色碧霞绫不是一般的俗物，自从到了你娘手里后，竟然修炼出了灵智。后来，大战爆发，七色碧霞绫冲出海底深渊后，本想追随你娘而去，不过它受了重创，没飞多远就摇摇晃晃地坠入东边森林的火焰里了。"

苏落睁大眼睛："东边森林的火焰之中？"

火云裳点头说："这些年来，若是没人将它捡走的话，它应该还在那里。"

东边，森林，火焰……苏落歪着脑袋开始回忆。

这附近哪里有一片火焰？森林火焰？难道是活火山？

忽然，苏落眼前一亮，她想起来了，在加勒山脉有一座活火山，那里人迹罕至，危险重重，不是一般人能去的。

难道七色碧霞绫就在那里？

当苏落将心中的疑惑讲出来后，火云裳又问了苏落活火山的位置。

苏落比画了一番后，火云裳眸中带了一抹深思："应该就在那里。"

那事情就麻烦了。苏落至少得上了四年级，才有资格去那座传说中随时会喷发出岩浆的活火山。

"你的实力太弱了，三天之内，必须涨到大圆满五星。"火云裳冷静地宣布。

"我才晋升到大圆满四星，你就让我在三天之内涨到大圆满五星，这怎么可能？"苏落恼火地说。

"你自己当然不可能做到，但现在不是有我吗？"火云裳看着苏落，目光清澈如水，带着笃定和自信，"只要你按我说的去做，三天后保证出现一个大圆满五星的你。"

"那好，我倒要看看你能怎么做。"苏落半信半疑地说。

有了苏落的承诺，火云裳似乎松了口气。

在接下来的三天里，火云裳让苏落做什么，她就得做什么。

首先，火云裳让苏落学一种古体操，一共十三招，越到后面越难。

火云裳没有告诉苏落，这套古体操其实由苏落的老爹所创，专门用于军队训练，而这十三式只是入门级招式。

前两招苏落还勉强能做到，但是学第三招的时候，苏落就有些吃力了。

学到第四招时，苏落感到全身肌肉紧绷、酸痛。

第五招，额头开始冒汗。

第六招……

第七招……

海皇老爷爷和火云裳对视一眼，都在彼此眼中看到了惊讶。

"没想到她能坚持到第七招，这孩子，难得啊……"海皇老爷爷赞叹不已。

火云裳双手环胸，看到苏落额头上的汗珠如雨水般滚落，再看到她咬牙切齿的样子，忽然笑道："这丫头在心里骂我呢吧？"

海皇老爷爷见到苏落那苦大仇深的模样，不由得也笑了，他深深地看了火云裳一眼：

"以后她会感激你的。"

"我不需要她感激，只要她完成她的使命就行了。"火云裳无所谓地挥挥手，而她的目光中却带着一丝缅怀之情。她在看苏落，又仿佛透过苏落，穿过时间和空间的距离，看到了另一个人……

时间一点点过去，日头渐渐偏西，苏落不断地跌倒又爬起来，摔得浑身都是瘀青，看起来狼狈不堪，可是她却咬牙坚持着，终于练熟了前十二招，向着最后一招进发。

经历了不知多少次失败，直至夜幕降临，苏落忽觉一股暖流从丹田涌出，渐渐没入四肢百骸，精神顿时为之一振。

当这股温泉般的暖流走遍全身，最后又回到丹田时，那种极度疲惫的感觉竟然缓解了一成。

苏落顿觉醍醐灌顶，又从第一招练到第十二招，如此重复了九次，每练一次都能减去一成疲惫。

练到最后，她的疲惫已经完全消失，不仅消失了，而且苏落还感觉到体内的灵气冲到了一个新的高度！

难道这就是传说中的因祸得福？

这一次，苏落有一种很好的预感，她预感到原本难如登天的第十三招，好像突然间变得不是那么难以企及了。

苏落眼眸一闭，深吸一口气，再睁开双眸时，眸光如水，清澈动人。

开始！

第一招、第二招、第三招……第十招、第十一招……

苏落全神贯注地练着，那股暖流随着她的动作在体内沿着一条怪异的路线游走，不一会儿丹田内的灵气就充盈起来。

不知不觉中，海皇老爷爷已经转过身来，心疼而怜惜地看着苏落，火云裳的神色也是前所未有地凝重。

当苏落行云流水地将十三招全部使出来之后，连她自己都愣住了。

"成功了！成功了！"海皇老爷爷赶紧冲过去，将雪白的毛巾给苏落披上，一边披一边揉揉苏落的小肩膀，苏落仰头冲他甜甜一笑。

火云裳似笑非笑地看着苏落，慢悠悠地说："既然已经完成了第一件事，不如把第二件事顺便也给做了？"

苏落还没说话，海皇老爷爷就急了，指责火云裳道："你催什么催？好歹让小公主歇口气，等明天缓过来再说吧？"

火云裳没有接海皇老爷爷的话，而是嘲讽地看着苏落："所以，咱们的小公主是要先歇口气吗？"

第十七章　因祸得福

"不需要！"苏落冷冰冰地盯着她，"走吧。"

火云裳转身而去，火红色的裙摆划过一道靓丽的弧度。

苏落用瞬移跟上，惊喜地发现自己的身体轻盈、敏捷了许多，瞬移的距离也有了显著增加。

古体操还有这么大的好处？苏落暗暗惊讶。

"古体操最重要的是调整呼吸。"不知何时，火云裳出现在苏落身后，见她的瞬移能力有了显著提高，眸中闪过一抹满意之色，心中再次感叹：不愧是主上的血脉！

苏落把火云裳的话听进去了，在路上不断调整呼吸，瞬移的速度又有大幅提高。

没多久，火云裳就停在一处山洞前。洞口仅容一人通过，上方挂着一块匾，写着"琅环洞"三个字。

火云裳也不多说，抬腿就走了进去，将苏落带至一座宏伟的书房中，傲然说道："这些都是上古时期的书，内容包罗万象，涉及天文历法、宇宙洪荒、经史子集、功法韬略……"

苏落放眼望去，白茫茫一片全都是书！多得简直数都数不清。

"这些都是上古时期的书？"苏落的眸中难掩惊讶之色，"不是说所有的历史都被抹去了吗？怎么会有这些书留下来呢？"

"因为它们在琅环洞里啊。"火云裳看着苏落说，"这琅环洞，本就是神物，能够屏蔽天道的神识，当然它也不是万能的，随着时间的过去，没有灵力补充的话，屏蔽能力会越来越弱，直至消失。"

"没办法补充吗？"苏落疑惑地问。

"你爹的灵气，谁能补充？"火云裳双手一摊，很无奈地看着苏落，"后天太阳出来之前，这个琅环洞的灵力就会告罄，所以我让你早点过来是为了你好，能多看一本就多看一本嘛。你看，我对你还是很好的吧？"

"看不完我不能打包带走？"苏落问。

火云裳摇摇头："你觉得你打开空间就能带走？"

苏落点点头。

火云裳忽然笑起来："小丫头，如果你的随身空间能带走这些书，我早就帮你打开空间，然后把这些书塞进去了。"

苏落顿时哑然。

"失去琅环洞的庇护，这些书就会化成一缕缕青烟，消失在这个世界上，这是当时你父亲大人亲手设定的规则。"火云裳看着苏落，目光极其严肃，"所以，没有任何投机取巧的方法，你能做的就是看书，能看多少看多少，当然，也没人指望你把这些书全部看完，能看完万分之一便是你的幸运了。"

苏落自信地在第一个书架前站定，火云裳很好心地提醒苏落："这里是给一岁小孩子看的儿童书，识字用的。"

逆天大帝给他家宝贝闺女留下的，是足够她从出生第一年开始看到一千年的书。

"我知道。"苏落朝火云裳微微一笑，拿起一本识字书，随便翻翻就放下了。

然后，在琅环洞墙壁最中央的那块屏幕上出现了一行字：阅读进度，已完成万分之一。

火云裳惊讶地看向苏落，见她已经翻完了第一个书架最底下的一排，而那进度条正以肉眼可见的速度上涨——万分之二、万分之三、万分之四……

不到三个小时，进度条就飙升到百分之三十了；又过了三个小时，进度条跑到了百分之五十。

苏落在书架前不断挪动，从一楼到二楼，再到三楼，进度条涨到百分之七十之后，灵气的压制越来越严重，以苏落的实力，连一页一页地将书翻开都很吃力，严重影响阅读效率。

苏落从书架上抽出一本书，丢到火云裳手里，对她说："把灵气压制解开，然后按照十秒钟一本书的速度来翻页，麻烦你了。"

火云裳根本不信她能看完，冷冷一笑，真用十秒钟翻完了，然后随手往地上一丢。

苏落朝她点点头："请火族长准备下一本。"

说完后，苏落转头看着海皇老爷爷，完全一副公事公办的样子。被苏落的情绪所感染，海皇老爷爷很快就进入状态。

海皇老爷爷比火云裳和蔼多了，一边翻页一边观察苏落的表情。看完这本书，苏落就去看火云裳手里的书，然后再看海皇老爷爷翻的书……

苏落轻松得很，火云裳和海皇老爷爷倒是一直在忙碌，三人配合，终于在黎明前看完了最后一本书。

"终于看完了，终于完成了进度！"苏落看着那已到百分之百的进度条，神色虽然疲惫，脸上却露出满意的笑容。

火云裳冷哼一声，从书架上随手抽了一本数学书考苏落。当火云裳随口念出一题时，苏落立即说出答案。

火云裳狐疑地看了苏落一眼，丢开这本书，又翻开一本经书念了一段，然后让苏落背出后三十行的内容。

苏落双手背在身后，摇头晃脑地背诵了六十多行，还没有住口的意思。

"停——"火云裳示意苏落别背了，她的脑壳都要疼了。

火云裳又选了十本书继续考，苏落全部对答如流。

火云裳最后扑通一声跪到苏落面前，坦白地说："刚才怀疑你作弊，我向你负荆请罪。"

苏落笑了笑，很谦虚地说："我就是记性好点而已，没什么大不了的。"

火云裳默默地看了苏落一眼，心里既惭愧又欣慰，因为小公主越聪明越厉害，救出主上的概率就越高。

就在这时，书架上升起一缕缕青烟，所有的书都在顷刻间化为虚无。苏落遗憾地看着琅环洞渐渐消失在她面前，打算出去后也在自己的空间里建一个琅环洞，把背过的书都写出来。

火云裳嘱咐苏落："出去后你最好不要把这些东西拿出来，要是被天道发现就麻烦了。"

苏落一想也是，恨不得能够一巴掌拍死天道。

"趁着还有点时间，赶紧把古体操中后期的口诀都背下来。你记性这么好，不记白不记。"火云裳抓紧时间传授口诀。

虽然每一个字的意思都很费解，苏落还是硬着头皮记住了这篇三万三千字的口诀。

火云裳也不解释，只是淡淡一笑："现在你不需要懂，记住就行了，等以后实力提升了，上古语言丰富了，自然就会懂了。"

见火云裳心情好，苏落问道："不是说三天体验三件事吗，现在三件事都完成了？"

第一件事就是古体操十三式，第二件事就是琅环洞背书，第三件事就是背古体操中高级口诀？

"你想得美。"火云裳没好气地白了苏落一眼，"古体操中高级口诀本该在你修炼完初级的时候就让你背，但当时低估了你的记忆力，所以我放弃了。"

"如果我没有在琅环洞表现出这么强的记忆力呢？"苏落忽然问了一句。

火云裳笑了："那你就永远也不会知道古体操的中高级口诀了。"

苏落："……我可以问海皇老爷爷。"

火云裳似笑非笑地看着苏落："初级古体操不少人都会，甚至应用于军队，但是中高级古体操只有我会，你的海皇老爷爷可不会。"

苏落又问："所以，你说的第三件事是……"

火云裳笑着看苏落："你练会了初级古体操，背诵了这么多书，现在可以试试身手了，看看这两天进步了多少。"

"试试身手？"苏落忽然有种很不好的感觉。

火云裳一扬手："跟我来。"

火云裳将苏落带到一处山洞。

其实这处山洞距离琅环洞并不远，出门左拐，不到一公里的地方便是。

苏落刚走到洞口，就闻到一股浓重的腥臭从里面传来。

苏落纳闷地问："里面是什么东西？"

火云裳说："日月血蹄麒麟兽，它现在的实力是大圆满七星，如果你能打败它，就能把它带走，作为你的坐骑。"

"大圆满七星实力的坐骑啊……"苏落不是很有兴趣。

因为苏落进步很快，用不了几年实力就升上去了，到那时大圆满七星的日月血蹄麒麟兽就会成为她的累赘。

火云裳瞟了苏落一眼：不愧是尊贵的小公主，眼光就是高。

她说："这只日月血蹄麒麟兽的实力，绝对不止大圆满七星，只是被我压制在大圆满七星而已，至于它真正的实力如何……那就得看你的成长速度有没有它解封的速度快了，如果它解封的速度比你晋升的速度快得多，到时候就轮到它抛弃你了。"

"好！这只日月血蹄麒麟兽就是我的了！"苏落的声音略带激动。

火云裳没好气地说："大圆满七星哦，而且它是神兽血脉，所以还会有加成，而你只有大圆满四星实力。"

苏落郑重点头，火云裳继续说："一旦进了这个决斗场，是生是死，都要靠你自己了，进去之后，你在我眼里就不是公主了，而是一个普通的修炼者。"

"我可以拒绝吗？"见火云裳把日月血蹄麒麟兽说得这么危险，于是，苏落故意问了一句。

火云裳的回答果然是坚定的两个字："不行！"

但是火云裳说了一句话："你进来的时候，不是说你们那个什么五星破任务要在一个月内完成吗？"

苏落眉头一皱：糟了！这些天危险重重，她竟然把这件事给忘了个一干二净。

"那个任务很重要！"苏落严肃而认真地说，"我要出去。"苏落已经拿到任务需要的物品了，只要回去缴纳了，就能完成任务。

"你能及时赶回去吗？你们有船吗？会飞吗？"火云裳每说一句，苏落的脸色就白一下。白龙号已经没了，火邪幻兽之王的尸体也没了，他们根本没有办法回去。

火云裳笑了："如果你能收服这只日月血蹄麒麟兽，将它变成你的坐骑，你们不就可以回去了？"

"所以我必须成功，绝对不能失败。"苏落信心十足。

火云裳带着苏落走进洞穴。

很快，苏落就看到了她未来的坐骑——日月血蹄麒麟兽。它体形不大，全身披着厚重的白毛，阴森森地盯着苏落。被这样的目光盯着，苏落瞬间感觉到了它的敌意。

苏落越是朝它走近，它对苏落的敌意就越明显。

当苏落离它只有十米距离时，原本趴着的它忽然站了起来，朝苏落一阵怒吼。

火云裳说："你只有一天的时间驯服它，事不宜迟，现在就开始吧。"

苏落无奈地点点头。她坚信火云裳是故意的。这几天她不吃不喝不睡，身体超负荷运转，在这样的状态下，还被拉来驯服日月血蹄麒麟兽，而且一口喘息的时间都不给她，能不是故意的吗？

就在火云裳说出"驯服"二字之后，日月血蹄麒麟兽发出桀骜的冷笑，不等苏落反应过来就朝她扑去，速度快得惊人。

苏落一个瞬移避开了日月血蹄麒麟兽的攻击，转身跳上它的后背，站在它的头顶上。

日月血蹄麒麟兽被苏落激怒了，狂吼一声，扭头朝她咬去。如果没学过古体操，苏落还真会被它咬掉一大块肉。

苏落下意识地使出古体操的第六招，将身体扭成螺旋状，奋力朝后一滚，不仅避开了它的攻击，还顺势钻进它的肚子底下。等她再出来时，已经到了日月血蹄麒麟兽的心脏附近，她手中握着妖冶古剑。

苏落挥剑用力刺向日月血蹄麒麟兽的心脏，却刺不进去，只划出一道血痕。

不等苏落再次举剑，日月血蹄麒麟兽已经将苏落撞飞。苏落狠狠地撞到墙上，妖冶古剑脱手飞出去。

不等苏落反应过来，日月血蹄麒麟兽已经蹿至苏落面前，对着苏落的脑袋猛踩！

这要是被它踏中，苏落的脑袋就得碎了。

就在火云裳准备出手相救之时，苏落又本能地使出了古体操中的一招，就地一滚避开了。不得不说，学会古体操后，苏落身体的灵敏度有了很大的提高。

接下来，苏落在前面跑，日月血蹄麒麟兽在后面追。

苏落想找机会将妖冶古剑捡回来，但是日月血蹄麒麟兽似乎知道她的意图，就是不让她有机会把古剑捡回去。有没有称手的兵器，意味着苏落能不能将神女剑法用出来，对她来说这很重要。

眼看双方的距离越来越近，眼看苏落就要被日月血蹄麒麟兽一巴掌拍到脑袋上了。

就在这时，火云裳发话了："中级古体操，第一招，身子无影，胜似有影，身形往右，继而前驱……"

火云裳念一句，苏落就下意识地照着做。

然后，苏落就惊讶地发现，火云裳口中念着的具体招数，竟然跟她之前背会的中级口诀有一种微妙的联系。

虽然苏落还不明白是怎样的联系，但是她很清楚，这样的联系能给她带来很大的好处。

每次当苏落陷入危险时，火云裳都会指点一句；如果苏落能应付，火云裳就不出声。

三个小时之后，苏落已经精疲力竭，而日月血蹄麒麟兽却越战越勇。

直到这时，火云裳才认真教苏落怎样运用古体操、怎样抓日月血蹄麒麟兽的弱点、怎样把自身的威力发挥到极致。

在火云裳的指点下，苏落终于在体力耗尽之前，制服了日月血蹄麒麟兽。

日月血蹄麒麟兽不服气，冲着苏落直喷气。

火云裳拍了日月血蹄麒麟兽的脑袋一下："喷什么喷！住嘴！"

日月血蹄麒麟兽委屈地瞅了火云裳一眼，默默地垂下脑袋，好萌的样子。

苏落看得眼睛都直了："它好可爱啊，还会装委屈呢。"

"这是你老爹给你准备的坐骑！"火云裳没好气地说，"你的实力太差，日月血蹄麒麟兽的实力又太强，所以只能先将它的实力进行封印，否则你根本使唤不动它，即便你具有世间最高贵的血统。"

苏落伸手摸摸日月血蹄麒麟兽的脑袋。而日月血蹄麒麟兽已经开启了灵智，它听懂了火云裳的话。当知道苏落才是真正的主人时，虽然有些看不上苏落的实力，但还是硬忍着没有转开脑袋。

见日月血蹄麒麟兽一脸不乐意的样子，火云裳笑着拍拍它的脑袋："别扭什么？小主人才修炼了几百年，能跟你这样成精的比吗？快收拾收拾情绪，免得小主人揍你！"

日月血蹄麒麟兽郁闷地瞅了火云裳一眼，然后闷闷地看着苏落，想了想，往苏落这边蹭了一步。

苏落顿时有种欲哭无泪的感觉，她都那么努力了，竟然还被日月血蹄麒麟兽嫌弃。

火云裳见苏落情绪有点低落，便安慰她："你不要妄自菲薄，你的进步速度是我见过的人中最快的。"

苏落郑重地点头："我会努力的！"

日月血蹄麒麟兽终于意识到，它以后只能跟着苏落了，而且听了火云裳对苏落的评价，它对苏落的印象稍微好了一点，于是又往苏落那边蹭了一小步。

苏落暗下决心，就算为了让日月血蹄麒麟兽看得起，她也得尽快将自己的实力提升上去！

"那我是不是要跟它签订契约？"苏落忽然想起这个重要的问题。

火云裳摇头道："其实你们早就已经签订契约了，那时日月血蹄麒麟兽还是一颗蛋呢，所以现在你只要激活契约就行。"

说话间，火云裳用手指在空中画出一个五角星。

五角星散发着莹白的光芒，一分为二，一半星芒飞入苏落的眉间，另一半星芒射入日月血蹄麒麟兽的额头。

在五角星芒没入眉间的那一霎，苏落只觉得脑袋里嗡的一响，然后就能感受日月血蹄麒麟兽的内心世界了。

这只日月血蹄麒麟兽从小就被养在这里，从没接触过外面的世界，所以实力虽强，心智却很单纯，显得有些呆萌。

苏落很快就喜欢上了这只日月血蹄麒麟兽，虽然它现在和苏落不亲近，但是苏落相信自己很快就能征服它。

就在苏落高高兴兴地接受礼物时，那群将她绑来的黑衣人正按原计划行动。他们假死之后，被埋在龙泉深潭的上游，如今他们已经苏醒过来，破土而出，正在接近中央区域，试图破坏那里的阵眼，好放出他们家老祖。

这群人明知道每走一步灵力就会消失一分，还是义无反顾地朝阵眼逼近。一路上危机重重，不断有同伴倒下，侥幸活着的人也都受了重伤。他们好不容易来到中央区域，冯松源一点人数，只剩下八个人了。

"看到那块闪亮的大石头了吗？那就是阵眼！"冯松源的眼睛闪闪发光，激动地说，"只要将大石头击碎，咱们家老祖就能出来。"

"只剩下最后一步了，大家冲啊！"冯松源大吼一声，率领众人朝大石头扑去，哪知道他们却纷纷扑通扑通摔倒在路上。

眼前这区区二十来米的距离，于强弩之末的他们而言却如天涯之远，他们手脚并用，爬了很久才到达阵眼。

冯松源说："我们先试试用力量吧，听我的口令，大家一起发力！"

"好！"

"一，二，三——破！"冯松源大喝一声。

"哈！"八个人齐齐发力，八个拳头同时砸在大石头上。

"动了动了！"有人激动地大吼一声。

就在他们合力击中阵眼时，石头发出一阵晃动。这说明他们的办法是有效的。

冯松源激动地大叫一声："我们再来一次！只要把这块石头砸碎，老祖就能出来，到时候在冯家历史上，我们每个人都有浓重的一笔！"

"对！"大家大吼一声，齐齐发力，大石头又剧烈地晃了一下，光滑的表面出现了一丝裂痕。噗的一声，一股气体从裂缝中喷出，这群人猝不及防，被喷了个正着，全都抱着脑袋惨叫起来。

冯松源也被喷了一下，但还好他的实力比其他人强，所以只是眼睛痛了一下，并不是很严重。

现在的情况是：击碎阵眼的石头，大家会死，老祖会出来；如果不击碎石头，大家会活，但是老祖出不来。

是老祖生，还是自己生？这个问题摆在眼前，八个人里，往前冲的有四个，往后退的也有四个。

冯九明、冯七哥，还有两个不知名的黑衣人奋不顾身地往前冲，将所有力气都集中到脑壳上，然后一头撞向石头。就在他们不要命地往前冲时，另外四个人却在往后退，唯恐自己再被毒气所伤。

嘭！嘭！嘭！嘭！四个黑衣人的脑袋撞在石头上，顿时脑浆迸裂，而石头上的裂痕也越来越大，最后轰的一声粉碎，露出一个黑漆漆的洞口，毒气狂喷而出。

"哈哈哈哈哈……"伴着一阵狂笑，从洞口蹿出一个魁梧的老者。

"老祖！"四名黑衣人激动地跪倒在地，"拜见老祖！"

冯老祖皱眉看着眼前四人："你们伸出手来。"

四人都听话地伸出右手，冯老祖给他们把脉之后，这才点头："你们确实是冯氏子孙，对了，你们怎么会在这里？"

冯松源原原本本地将经过说了一遍，最后难掩激动地说："只剩下我们四个了，老祖，您一定要给大伙报仇啊！"

冯老祖严肃地点点头，就在这时，地面剧烈晃动起来，冯老祖急道："这里要塌了，你们快出去。"

大家站都站不住，又能跑多远？眼看他们就要被埋在里面了，冯老祖皱眉道："还是本老祖送你们出去吧！"

冯老祖抬手一挥，指间弹出四道白光，卷起四人脱离险境。

就在四人被白光粗暴地甩到外面时，整座陵墓瞬间坍塌，成了一片废墟。

冯老祖出来时的动静极大，岂能不被旁人知道？

狂龙大将军立刻朝龙泉深潭赶去，却被火云裳拦住去路，苏落立于她的身后。

狂龙大将军狂妄地说："火云裳，老子在你面前装了这么多年孙子，被你折磨了这么多年，现在终于可以报仇了！我家老祖出来了，一会儿就弄死你！"

火云裳冷静地看着狂龙大将军，云淡风轻地说："是啊，你家老祖终于出来了。"

"火云裳，你以为你打得过我们二人吗？"狂龙大将军这些年来一直在隐藏实力，如今终于扬眉吐气一回。

火云裳淡然地看着狂龙大将军，眼底满是嘲讽的笑意。

"哈哈哈……火云裳，老子终于出来了！"冯老祖凌空而立，居高临下地看着火云裳，"当年你敢封印我，就要想到我能出来复仇，我看你还有什么本事阻挡我！哈哈哈……"

狂龙大将军看到冯老祖，主动相邀："老头儿，要不要联手？"

冯老祖不屑地瞥了他一眼："你是谁？"

狂龙大将军自我介绍了一番。

"原来是你捡到了玉牌……"冯老祖打量着狂龙大将军，"下盘不稳，被酒色掏空了身子。就这点实力，还想和我联手？一边儿待着去！"

狂龙大将军脸色青一阵红一阵，讪讪地退到一边。

冯老祖摇身一变，有山那么高，一步就跨到火云裳面前："火云裳，这火云族的族地，今日就归我了！哈哈哈……"

火云裳似笑非笑，却没有出声。因为她正在做一件事，这件事将改变整个战局。

两人打得天昏地暗，冯老祖觉得自己已经稳占上风，这才得意地说："多亏这几个孩子，不然我还不知要等到什么时候才能找你报仇呢！"

火云裳冷笑道："是啊，确实多亏了这几个人，不然我还真不一定能够等到你从乌龟壳里出来呢。"

"你说什么？"冯老祖虽然没听懂，却有一种不祥之感。

火云裳轻蔑地看了他一眼，突然回手一指，四道光芒从她的指尖飞出，射向四名黑衣人。

嗖嗖嗖嗖，本想偷袭苏落的四人，每人脖子上都插着一片冰刃。

狂龙大将军想拿苏落要挟火云裳，找机会朝苏落抓去。他的实力比苏落强得多，这一击苏落根本就避不开。

在这危险时刻，一道白光朝狂龙大将军暴射而去，在狂龙大将军触及苏落之前，扑哧一声刺入他的脖子。

狂龙大将军下意识地摸着脖子上的那片冰刃，感到灵魂之力在不断消失……

冯老祖见到这一幕，当即脸色大变："你的伤好了？"

火云裳受过重伤，久治不愈，而冯老祖又晋级了，所以他才敢这么嚣张。

火云裳轻笑起来："这伤连主上都治不好，现在又怎么可能无缘无故地好了？"

冯老祖大大松了一口气，火云裳却一拳头砸中他的下巴，将他砸得倒飞出去。

冯老祖艰难地从地上爬起来，狼狈地捂着下巴，难以置信地瞪着火云裳："伤没好，你的实力怎么可能变得这么强？"

"当年我受伤后，火元素发挥不出来，简直就像一个废人。但那又怎么啦，火元素不行就改练水元素嘛，不过是从头再来罢了。说实话，我水元素的天赋一般，练到现在这种程度已经是极限了。"火云裳冷冷一笑，"不过没关系，极限就极限吧，能杀你就够了，你说是吧？"

火云裳这番话说得云淡风轻，带给苏落的震撼却是巨大的。谁都知道水火不容，火元素强的人，水元素的天赋必不会强。火云裳能够在火元素废掉的情况下改练水元素，而且还修炼成功了，其中的辛苦可想而知。

冯老祖不敢恋战，虚晃一招，转身就逃。火云裳微微一笑，手一扬，上千片冰刃全部射向冯老祖，瞬间将他钉成了刺猬。

冯老祖吃力地看向火云裳，突然发现了什么，难以置信地指着她道："你……"

火云裳笑了："你猜对了，在你死后，我也很快就要死了。"

火云裳轻描淡写地说着她要死了这件事，却把苏落吓了一大跳。她看了苏落一眼，然后笑吟吟地看着冯老祖："看到那丫头了吗？主上留下来的唯一血脉。"

冯老祖极怕逆天大帝，听到这句话，下意识地抖了一下。

火云裳似笑非笑地看着他："你说，我怎么能给你报复她的机会呢？"

所以，冯老祖必须死——魂飞魄散，永世不得超生！

"你知道自己大限将至，所以故意将我骗出来！"冯老祖在知道真相后，欲哭无泪。

"总算想到了？也不是太笨嘛！"火云裳开心地看着哭丧着脸的冯老祖，"说实话，如果你不出来，我还真奈何不了你。"

火云裳看着那四个被她刺穿脖子的黑衣人，笑嘻嘻地说："眼看大限将至，我心急如焚，却没办法激你出来。就在这时，他们来了，我正好将计就计……"

"你……"冯老祖怒视着火云裳，话未说完就断了气，死不瞑目。

该死的人全都死了，火云裳笑着看苏落："你不用哭丧着脸，很多年前我就应该死了。"

苏落白了她一眼："有这么喜欢咒自己死的人吗？"

火云裳扑哧一声笑了："我的大限真的已经到了，但是这老东西一天不除，我就一天不能安心。一旦让他逃出去，对于你来说，就是灭顶之灾。

"其实他不愚蠢，不然的话这些年早就被我骗出来了，何至于等到今天？"

苏落想说话，却被她抬手制止："我的时间不多了，你听我把话说完。"

苏落神色凝重地看着她，点点头。

虽然跟火云裳认识就这么短短几天，但是苏落却发现跟她很投缘，真的很不愿意她死。

火云裳笑着看苏落："不要这种表情，我早就告诉过你我会死的，不是吗？"

苏落别过脸去。

火云裳笑了："其实你应该庆幸我是将死之人，不然的话，对于你这位情敌生的闺女，我可不会有什么好态度。"

苏落没有打断她的话，却在心里默默想着：如果你不是真心想保护我，怎么会因为杀不了冯老祖而不甘心走呢？海皇老爷爷都告诉我了，为了把生命维持下来，你每天都得过得生不如死。

想到这儿，苏落的眼眶都红了。

火云裳看到苏落的表情，就知道她在想什么，抬眸瞪了海皇老爷爷一眼。

海皇老爷爷无奈地苦笑。

火云裳对苏落说："等我死后，这里所有的陵墓和阴灵都会消失，所以没办法把它们留给你用。"

"这个东西你拿着。"火云裳从脖子上扯下一块火焰图腾的令牌，塞到苏落手里，"这是火山族的族长令，持此令者，火山族人必尊其为主，你拿着这块令牌在外面行走，多少有点用，不过，我还真不知道火山族还有没有后人活着。"

苏落珍重地将令牌收好，郑重地说："您放心，如果碰到火山族人，我就把令牌　"

"不。"火云裳认真而凝重地看着苏落，"世人皆是主上的奴仆，我火山族世世代代都是主上的奴仆，你是主上唯一的继承人，自然也是你的奴仆。以后如果看到火山族人，任意驱使便是。"

将这件事交代完毕之后，火云裳很快就转移话题："你可能会很奇怪，为什么我能调动身体的灵力和力量，老海却不能。其实原因很简单，这里的无数阴灵，就是力量的源泉。靠着这股力量，我可以轻松打败任何人。但是现在，我真的要走了。"火云裳拉着苏落的手，仿佛透过肢体的接触，能够感觉另一个跟苏落血脉相连之人的存在。

火云裳死了。

她闭上眼睛后，还没等苏落反应过来，她的身体就渐渐化为虚无。

虚空中，苏落看到她对着自己灿烂一笑，然后连影像都消失了，就好像从来不曾出现过一样。随着火云裳的消失，周围的陵墓也开始晃动。阴灵也渐渐消失。

海皇老爷爷提醒苏落："快离开，这里即将爆炸！"

苏落当即叫了一声："不好，牧姐他们还不知道在哪儿呢！"

海皇老爷爷说："我知道他们在哪，跟我来，时间很紧了！"

苏落立刻唤出日月血蹄麒麟兽，跃到它的背上，在海皇老爷爷的指引下疾驰而去，迅速找到了三个同伴。

此时，牧晴他们已被岩浆包围，眼看就要死于非命，苏落从天而降，及时将三人拽到日月血蹄麒麟兽的背上。如果苏落晚来一秒，她看到的就是三具尸体了。

日月血蹄麒麟兽发出哼哼的声音，看起来不太高兴。它可是高贵的神族血统，认苏落为主，那是因为这位小主子血统高贵，现在实力稍微低些它也认了。但是另外三个人算怎么回事，居然敢让它驮！

日月血蹄麒麟兽很想将他们甩出去。但是它刚有点想法，脑袋就被苏落拍了一巴掌："加速冲出去，不要给我动歪脑筋！"

"哦……"日月血蹄麒麟兽伸出爪子，揉揉被苏落打疼的脑袋，闷闷地埋头前进。

有个胳膊肘往外拐的小主子，真是让人不开心。日月血蹄麒麟兽一边在心里抱怨，一边加速往前冲，很快就跑出了陵墓。

在陵墓的入口，众人看到闻江依旧半靠在墙壁上，而在他的对面，一只火山巨鹰正虎视眈眈地注视着他。

闻江瞥到日月血蹄麒麟兽背上的人影，震惊地站了起来："你们……"

闻焕东朝闻江挥挥手："嘿，你好啊。"

那得意扬扬的表情，让闻江恨得咬牙切齿。

"你们怎么出来了？他们呢？"闻江有一种很不好的预感。

他虽然没有明着问，但是大家都知道他问的是谁。

"你说修罗界的那群人吗？哈哈哈，全都死了。"闻焕东笑嘻嘻地告诉他这个消息。

全死了？居然全死掉了！

那么多修罗界的强者，每一个都能将眼前这几个讨厌鬼杀死，怎么就全都死了呢？老天真是不公平！

就在这时，火山巨鹰忽然发出一声哀鸣，扑腾着翅膀在半空中痛苦地挣扎，但是最后，还是抵不过世界的规则，化为星星点点的光芒，消失在茫茫苍穹。

"火山巨鹰哪去了？"闻江被这突如其来的变故吓了一跳，忽然有种毛骨悚然的感觉。

闻焕东很"好心"地告诉他："陵墓即将消失，地底火山爆发，这里很快就会被夷为平地。你要保重哦，闻江同学。"

"什么？被夷为平地？你们等等我！"闻江猛地蹿起来，竭尽全力朝日月血蹄麒麟兽的尾巴拽去。

还没等他拽住日月血蹄麒麟兽的尾巴，就见它抬起后腿，随意踹了一脚。

"不——"闻江大吼一声，身体被踹到陵墓的墙上。

哗啦啦，墙壁被撞塌，将闻江埋了进去。

就在这时，岩浆狂潮般涌来，瞬间就将好不容易从瓦砾中爬起来的闻江淹没。

"救我，快救我……"滚烫的岩浆，烫得闻江全身赤红，疼得他眼泪都要出来了。

他随着岩浆浮浮沉沉，朝苏落他们不断地呼喊着、求救着。

但是，想起闻江的可恨之处，没有人愿意朝他伸出手。

"我错了，我不做灵奸了，我以后一定改……救我，救我，嗯……"很快，闻江就被岩浆给淹没了。

眼看出口就在前方，苏落忽然想起火云裳说过的话，紧张地盯着海皇老爷爷："火云裳曾说过，如果我不能在这里打开空间，那么您……"

苏落真的把这件事给忘了，火云裳肯定也把这件事给忘了，不然她临死前就会将苏落的空间打开，将海皇老爷爷塞回去了。

海皇老爷爷却笑了："不要急，我是灵魂状态嘛，不需要你完全打开空间，只要打开一道细缝我就能飘进去，打开一条空间细缝对于你来说应该不难啊。"

如果只是打开一道空间细缝的话，那倒是可以勉强一试。

苏落又问了一句："还剩多少时间？"

海皇老爷爷估算了一下："三十秒。"

三十秒！苏落当即盘坐下来，调整好呼吸，同时对大家说："我要马上入定，你们帮我护法，这件事很重要！"

小伙伴们都紧张兮兮地瞪着苏落：她到底在跟谁说话？看起来好可怕的样子……

在众人还没反应过来的时候，苏落已经全身心地进入到入定状态，真我合一，全身的灵气都朝空间印记暴冲而去。

第一冲，空间印记纹丝不动！

苏落的额头都出汗了，因为她很清楚，留给她的时间非常短。

第二冲，空间印记依旧纹丝不动！

苏落恨不得一拳头砸过去。

第三冲，依旧毫无反应！

而现在，时间已经过去了二十秒，只剩下最后的十秒钟了。

苏落额头上都是冷汗。

火云裳已经因为她而消失了，她绝对不允许海皇老爷爷再消失。

他们都是父亲大人留给她的人，有他们在，她才会觉得这件事是真实存在的。

海皇老爷爷见苏落着急，他却依旧带着微微的笑容："不要着急，抱元守一，呼吸放稳，默念火云裳教你的口诀。对，不要着急，还有几秒钟时间，对，就是这样。"

在海皇老爷爷的引导下，苏落回归到最初的平静。

时间在一秒一秒地过去，忽然，苏落感觉到在灵力的冲击下，空间有一丝轻微的晃动。

"给我破！"苏落大喝一声。

这一声怒吼，惊动了日月血蹄麒麟兽，撒腿就往前冲。

日月血蹄麒麟兽的突然加速，使得原本预计的时间又硬生生缩短了一秒。

好在就在倒数第二秒的时候，空间真的微微出现了一道裂缝。

海皇老爷爷犹如一缕青烟，缓缓地冲进空间之内。

苏落能够维持这道空间细缝的时间并不长，也就只有一秒钟而已。

在感觉到海皇老爷爷进去后，苏落再也支撑不住，泄了一口气。而随着这口气的泄掉，啪嗒一声，空间又严丝合缝地关上了。

如果苏落不是全身心都牵系在海皇老爷爷身上，其实这一秒钟的时间，可以让她从空间中拿出她想要的东西。她需要的东西实在太多太多了。

不过现在苏落的心情极好，因为她终于在最后一秒保住了海皇老爷爷的性命。

等苏落终于睁开眼睛的时候，他们已经来到了海面上。

当初就是在这里，他们被修罗界的人俘虏，从而被挟持进入海底深渊。

"糟了！五星任务！"在没有性命之忧以后，小伙伴们终于想起他们的五星任务了。

王牧紧张地问："现在已经过去多少天了？"

牧晴因为一直昏迷，所以时间上记得并不准，她望着闻焕东。

闻焕东掰着手指头数了数，哭丧着脸说："今天已经是第二十八天了！"

王牧的脸都白了："我数的也是第二十八天……"

他们还记得，乘坐白龙号过来的时候，他们就花了整整十天的时间，而现在白龙号已经毁了。

"怎么办？"大家都有些惊慌失措。

因为他们很清楚，任务失败后的严重后果。

而且，明明任务已经完成了，只是没有在规定的时间赶回去而已。

最后，三双眼睛齐齐望向苏落。

虽然他们也不相信苏落有办法在一天之内赶回加勒岛，但是在遇到难以解决的事情时，他们还是下意识地看着苏落，等待着奇迹出现。

而这一次，奇迹果然又出现了。

苏落抚摸着日月血蹄麒麟兽的脑袋，淡淡一笑："一天时间回到岛上，确实是不可能完成的任务，不过——"

日月血蹄麒麟兽得到苏落的吩咐后，身子如离弦之箭，猛地朝加勒岛的方向冲去。

就在日月血蹄麒麟兽冲出去的那一霎，无数的岩浆冲出海面喷向半空，染红了整片天空。

众人看着身后这恐怖的变故，一个个脸色刷白。如果不是日月血蹄麒麟兽突然加速，现在他们已被岩浆吞没了。

好险！众人都感激地看着日月血蹄麒麟兽。它傲娇地抬着下巴哼哼两声，表示这有什么好惊讶的？日月血蹄麒麟兽的实力虽然被封印了，但是还能达到大圆满七星的水平，而且它本来就是以速度见长的神兽。

日月血蹄麒麟兽带着四人，以最快的速度返回加勒岛。

虽然来的时候，用白龙号行驶了十天，但是日月血蹄麒麟兽带着大家在一天之内就返回加勒岛了。

这些天，因为一直没有消息传来，所以整个三年级的气氛从一开始的担忧变成了后来的人心惶惶。

从前两天起，就不断有人跑到海岸边翘首以待。更有性急的人，驾船跑到海上到处寻找。可是，这几天来，海面上平静极了，他们等待的人一直都没有出现。

"这都最后一天了，他们怎么还没回来？"

"不会是任务失败了吧？"

"不可能！有苏老大在，任务怎么可能失败？"

"正是因为苏老大选择了五星任务，所以才很有可能失败啊。"

"如果任务失败，接下来的一年时间，我们将会过得无比痛苦。"

不仅学生们紧张，美艳老师和高瘦老师也有些担忧。

看着夕阳渐渐西下，美艳老师的脸上浮现出一抹忧色："如果仅仅是任务失败那也就罢了，但如果因此出了危险，恐怕就……"

高瘦老师的神色也充满了担忧："本来一开始还有黑暗者暗中保护他们，但是后来他们集体消失，就连黑暗者都找不到他们了。"

当时真把他们急坏了。但是殊大人却说不用管他们，他们自有自己的机遇，所以，当时并没有发动大家去找。

可是现在眼看夜幕就要降临了，他们还是没有回来。

"来了！"不知道谁大叫了一声！

众人齐齐朝海面上望去。

但是海面上除了渐渐兴起的波浪，别的什么东西都没有。

大家都用谴责的目光看着那位乱叫的同学。

那位乱叫的同学指着大家身后："四年级的两大首领来了。"

四年级的带队老师不少，但是掌管那么多人的首领只有两位，一位是立首领，一位是威首领。

立首领是只笑面虎，他一直看不惯苏落，再加上收了孔一枫当弟子后，天天被这弟子的耳边风洗脑，所以他对苏落的讨厌程度急剧上升。

威首领虽然神色习惯性严厉，但是他对苏落的印象却很不错。

此时，两个人从山上走下来，走近了人群。

美艳老师没想到竟然将这两个人惊动了，忙上去见礼。

立首领摆摆手，目光遥望着远处的江面，对美艳老师撇嘴道："看来，今天他们是回不来了啊。"

可别真让他乌鸦嘴给说中了！众人怒视着立首领，但是鉴于他的身份，全都敢怒不敢言。

立首领笑眯眯地摸着下巴："我可不是咒他们，而是用了千里眼。以我的眼程都看不到他们的身影，所以啊，他们今天肯定回不来了。"

立首领得意扬扬地瞥了威首领一眼："对吧？"

威首领却目光冷淡："会有奇迹发生的。"

立首领听了，当即哈哈大笑起来："奇迹？你以为奇迹是大白菜吗？还发生奇迹！"

然而就在这时，一阵急促的脚步声自远处传来，大家唰唰唰地回头望去，只见一道身影正在以最快的速度冲过来。

"殊大人！"立首领惊讶得眼珠子差点掉出来，他眼力最好，一眼就看出此人是谁。

此刻，高高在上、尊贵非凡、受无数人敬仰的殊大人，正急匆匆地朝这边赶来，身后还跟着无数四年级学生。

其实他们也不知道为什么要到这里来，只是看到殊大人跑得急，以为出大事了，下意识地跟着她往海岸上跑。

谁也不知道发生了什么事，谁也不敢去问殊大人，他们只是猜测，会不会是加勒山要爆炸了？而且是火山喷发、整座加勒山毁掉的那种大爆炸？

"殊大人！"立首领立马狗腿地迎上去。殊大人一把推开他，有些紧张地问："人呢？"

人？立首领不解，什么人？

威首领在一旁淡然开口："殊大人问的，可是去执行五星任务的那群三年级孩子？"

殊大人点点头，神色依旧没有从激动中恢复过来。

立首领难以置信地看着殊大人，再看看殊大人身后那群四年级的学生。

大家都面面相觑，有位四年级学生大着胆子问殊大人："殊大人，您来这里，只是因为三年级学生的五星任务？"

殊大人皱着眉头没理他，立首领赶紧站出来："问什么问？都老实待着！"

然后他谄媚地笑着对殊大人说："那群孩子可能出了意外，今天肯定回不来了，您看，您要不还是先回去——"殊大人冰冷的视线从立首领脸上扫过。只那么一眼，立首领顿觉脊背一寒，有种万箭穿心的感觉。

"来了。"殊大人看上去已经恢复了平静，恢复了那高高在上的尊贵姿态。

立首领的神色微微一僵，一回头就看到了让他难以置信的一幕。

在远处的海平面上，一道白色的影子在夕阳的余晖中踏浪而来。它的速度极快，快得让人眼花缭乱。

立首领的眼力好，一眼就看出这只坐骑血统高贵。

"这是……日月血蹄麒麟兽？"立首领的眼底露出一抹贪婪之色。

要知道，传说中的日月血蹄麒麟兽，不仅以速度见长，而且身体里蕴含着异火元素，它的主人不仅可以拿它当坐骑，还可以从它身上汲取异火的能量。

立首领就是本源异火的修炼者，所以这只日月血蹄麒麟兽简直就是专门为他而生的，所以，立首领看着日月血蹄麒麟兽，眼中的贪婪几乎掩饰不住。

随着日月血蹄麒麟兽的靠近，大家都看到了它背上的人。

而此刻，日月血蹄麒麟兽背上的苏落等人也有些惊讶地看着黑压压的海岸线。海岸上怎么会有这么多人？大家都在等着他们回归吗？

闻焕东顿时兴奋起来："看，大家多热情！这么多人都站在岸边迎接我们！"

"不仅有美艳老师、高瘦老师，连立首领和威首领都来了！"王牧激动地看向岸边，忽然纳闷地问道，"站在立首领和威首领中间的那位白袍美妇人是谁？"

苏落一眼就认出那是殊大人了，而且在这几个人里，只有苏落见过她的真面目。

苏落的视线从他们脸上扫过，然后默默地说："殊大人。"

"什么？"小伙伴们还没反应过来。

苏落又重复了一遍："那位白袍美妇，是殊大人。"

"殊大人是女的？"

"殊大人为什么会在那里？"

"殊大人特地下山来迎接我们？"

三个人面面相觑，最后都疑惑地看着苏落。

这只是一个三年级的任务啊，虽然是五星级的，但是对四年级的人来说并不算难，更何况是高高在上的立首领和威首领，更更何况是地位超然的殊大人？

到底发生了什么事？大家的脸色都为之一凝。苏落也不知道发生了什么事，但是直觉告诉她，这件事应该跟海上的事有关。

殊大人的到来，带给海岸上的人无尽的压力，让他们连大气都不敢喘，但是日月血蹄麒麟兽却毫无压力。

"来了来了！他们回来了！"海岸上爆发出激动的呼唤声和鼓掌声。

当然，发出这些声音的只是三年级学生。四年级的学生都略带嘲讽地看着从日月血蹄麒麟兽的背上跳下来的人——去时是五个，却只回来四个。但是谁也没有机会提出疑问，因为殊大人一个箭步走到苏落面前，一手抓住苏落，目光凝重地看着她。

苏落不解地看着殊大人，正要开口，却发现有件东西从自己身上转移到了殊大人身上。

殊大人拿了苏落的东西，转身就走。因为她的动作极快，所以除了苏落，没有人看到她从苏落身上拿了东西。

"喂，我的……"苏落朝殊大人的背影招手，但是殊大人却没有回头。她的身影在山路上一闪而过，转眼间就不见了踪迹。

这到底是怎么回事？殊大人为何要抢走那块火山族族长的令牌？苏落纳闷地看着殊大人消失在视线之中。

此刻，所有人的目光都凝聚在苏落身上。苏落不明白发生了什么事，围观群众更是一头雾水，四周有瞬间的寂静。

美艳老师最先反应过来，告诉苏落："刚才的事，你不需要多说，也不会有人敢逼问你。"

美艳老师这句话，顿时堵住了想要逼问的立首领。

高瘦老师也笑着说："没错，殊大人的事，没人敢过问。"

虽然他们也都很好奇。

立首领冷冷一笑："那你们可得保护好她，免得有些人好奇到狗急跳墙！"

说完，立首领转身就走。他刚说过苏落他们不可能回来了，苏落他们就回来了，这让他感觉脸上火辣辣的，自然在这个地方待不下去了。

威首领用一种复杂而深沉的目光注视着苏落，朝她点点头，也转身离去。

威首领虽然什么都没说，但是他的眼神里流露着善意，不像立首领的眼神，对苏落有一种难以掩饰的恶意。特别是立首领临走时看向日月血蹄麒麟兽的目光，好像黏上去扯不下来了似的，惹得日月血蹄麒麟兽冲他直喷气。

两位四年级的首领一走，四年级的学生很快也散尽了。他们来得莫名其妙，走得更是疑惑不解。不过他们今天都认识了一个人，那个人的名字叫苏落，一个让殊大人从山顶上跑下来的姑娘。

等四年级的学生和他们的大佬们离开之后，才是三年级狂欢的开始。刚才殊大人的事，大家虽然心中好奇，但是都不敢妄加揣测。

就在这时，美艳老师笑眯眯地问苏落："你们的五星任务做得怎么样了？"

一提到这事，三年级的学生哪还有时间去琢磨殊大人的事？瞬间，一双双眼睛齐刷刷地看向苏落他们。

苏落故意露出一抹愁苦之色。

"不会吧？没有完成？"

"是没有找到火邪幻兽之王吗？"

"还是打不过它？"

"所以，这次五星任务真的失败了吗？"

"所以，我们在接下来的一年时间内，将会过得生不如死？"

众人都被自己的想法吓坏了，瞬间开始清点自己的财产。

"马上要交学费了，我手里的钱交掉学费之后什么都剩不下了。"

"房租变那么贵，接下来的时间我只能喝粥了。"

"怎么就失败了呢……"

有个同学大声抱怨道："其实接四星任务就好了，好歹我们也能维持原状，不像接下来的一年，苦哈哈的。"

这位同学的话人肆无忌惮，以至于所有人的视线都射到他身上。

这时王牧他们终于明白，明明苏落早已经拿到了至尊火晶，却为何要做出一副忧愁的表情，原来她是在试探。

在任务失败之后，最容易看出一个人的心。

果然，除了这位同学，又有好几个人跳了出来，他们全是闻江的人。

"对了，我们闻老大呢？你们四个人回来了，我们闻老大哪里去了？"当他们要找闻江撑腰的时候，终于想起了他们家老大。

苏落无奈地一摊手："死了。"

苏落的话太轻描淡写，大家一时没反应过来。

"死了？"

"闻江死了？"

"闻江怎么死了！"

在加勒岛，虽然争端不少，但很少有学生陨落，所以闻江的死对他们的冲击很大。

闻江的几个小弟鬼哭狼嚎地指责苏落："你们早就看老大不顺眼，一定是你们害死老大的，我们要去告状！"

哭号完了，他们忽然想到，美艳老师和高瘦老师就站在一旁看着呢，却一句话也没说。

于是，他们悲戚地望着美艳老师和高瘦老师，而美艳老师则看着苏落。

苏落淡淡一笑："闻江投靠修罗界，做了灵奸。后来他没有了利用价值，惨遭抛弃，最后海底火山爆发，他被活埋在海底了，尸骨无存，就是这样。"

苏落并没有替闻江隐瞒的意思。闻江做了灵奸这件事，并不会因为他死了而被宽恕，苏落不仅要让他遗臭万年，还要让所有人都知道，只要做了灵奸，就要有被毁灭的准备。

众人都被苏落轻描淡写的话唬住了。

闻江、修罗界、灵奸、海底火山爆发这些事，哪一件拿出来都是大事，可苏落说得就像喝水吃饭那样简单。

四周一片寂静，大家都静静地看着苏落，脑海中还在慢慢消化这些信息。

"所以，你们才没有完成五星任务吗？"有人问了一句。

陆丹妮白了那人一眼，安慰苏落："闻江死了就死了吧，反正他也不是什么好东西。五星任务失败了就失败了，反正我们省吃俭用一年也就过去了，你千万不要自责哦。"

很多人也都反过来安慰苏落。

"苏老大不要有心理负担，不就是失败了吗，谁没失败过啊？！"

"就是，也不过是一年的事，勒紧裤腰带撑撑也就过去了，苏老大别太自责了。"

"我们不会怪你的，谁敢说你的坏话，我揍死他们！"

不得不说，这段时间苏落的表现还是很得人心的，三年级的学生对她几乎全都心服口服，就连那些桀骜不驯的中帝学生，也都唯苏落马首是瞻。

当初和苏落一起坐飞船过来的人，也早就服了苏落，这时候也纷纷开口安慰。

苏落笑了："我什么时候说过没完成任务了？"

众人："啊？"

苏落笑眯眯地从怀里拿出那颗至尊火晶，递给美艳老师："苏小队完成五星级任务，这是任务需要的物品，请老师检验。"

众人都傻乎乎地看着苏落，有一种从地狱一下子升到天堂的狂喜。

"哇！苏老大完成任务了！"

前一秒还处于哀伤气氛中的众人，这一刻全部欢呼起来，互相抱着蹦啊跳啊，声嘶力竭地喊着。

美艳老师鉴定后说："这颗内丹是真的，你们确实完成了五星任务。"

同学们兴高采烈地朝苏落冲去，把她高高抛起，接住，又高高抛起。在一起一落间，苏落忽然有一种融入到他们之中的感觉。

这一路虽然充满了艰难险阻，后来被火云裳特训更是苦不堪言，但是现在看到这一张张激动的笑脸，苏落有一种从内心深处油然而生的欢快感觉。被这么多人需要，就算她累一点、苦一点也是值得的。

五星任务非常难完成，但是完成任务后得到的奖励也极其可观——每人每天的房租只需要三个金币，每个人都能够自由进入藏经阁一个月时间，而且还可以有五名队员进入山林狩猎。

要知道，山林狩猎获得的金币，可不是打打那些海兽能比的。

还有更多更多的好处……

这几天，整个三年级都处于一种喜滋滋、乐悠悠的状态。

以前他们都很冷漠，对自己不认识的人更冷漠。但是现在他们逢人就笑，还会寒暄几句，三年级同学间的气氛变得前所未有地好。

三年级的瞭望塔上，苏落跟美艳老师并肩而站。

美艳老师看看苏落，再看看三年级同学那和谐的气氛，不由得心生感慨。

她双手背在身后，叹了口气："想想几个月前，也是在前面那东海岸的沙滩上，你们分院和中帝的人还斗得你死我活，可现在……"

现在三年级已经没有分院和中帝之分，大家和谐地融到一起，互相组队，相互帮忙，没有欺压也没有抢怪，有的只是欢声笑语、互相打趣。

苏落看到他们和气地互动，笑了："难道这样不好吗？"

美艳老师没好气地说："你知道你给老师们带来了多大的工作压力吗？难道你不知道，只有激烈的竞争才能激发潜能吗？"

所以高层其实是放任中帝和分院的人斗争的，只要不出人命，他们就不会干涉。

"可是，他们现在也在竞争啊，只是这种竞争压制在内心，没有表现出来罢了。这也不失为一个好办法啊。"苏落笑着说，"不然的话，等他们毕业出来，还是斗得你死我活，各种看不顺眼，那还有什么团结可言？"

美艳老师却摇摇头："是不是好办法，还得等这次晋升考试的结果出来再说，如果这种方式真的好，那么……"

美艳老师真诚地看着苏落那双清澈的眼睛，认真地说："那么，自你们这届之后，都会推广这种方式，往后每届三年级学生都会感谢你。"

这是开创了中帝学院历史之先河！

苏落也没想到自己无意间的一个举措竟有可能演变成这么意义深远的一件事。她笑了："那要怎么做，才证明这件事成功了呢？"

"晋升考试。"美艳老师笑着说，"三年级升四年级，每隔三十年将会考核一次，不过每次考过的学生都非常非常少，最多也就三个，有时候甚至一个都没有。"

苏落："啊？"

"所以，如果这次你们能考过五个，就算成功了。"

"晋升考试？"苏落其实对这场考试并不熟悉。

"晋升考试是三年级跟四年级的一场团队大作战，考核的不仅是个人的实力，还有团队的合作能力，具体细节不是一两句话就能说清楚的，回去你可以好好翻翻资料。"美艳老师看着苏落，忽然问了一句，"这次你参加吗？"

苏落："还可以不参加？"

美艳老师说："当然，你才进入三年级不到一年，按道理是不会被强制报名的，而且历史上也几乎没有刚入学不到一年就升到四年级的。"

苏落笑了："难道老师没意识到，我就是专为破纪录而进的帝国学院吗？"

美艳老师被苏落逗乐了，不过仔细一想，她说得还真没错。

她一年级新生没做几年，二年级都没念，立马跳到三年级。三年级才入学几个月，立马就成了三年级第一，这回又要提前考四年级了。

如果真让她过了，那她简直就是逆天少女！

"当然也不着急，离晋升考试还有好几个月呢，参不参加，你还有时间好好考虑。"美艳老师拍拍苏落的肩头。

其实她还是希望苏落能够在三年级多待几年，毕竟难得遇到这么出色的学生，一辈子能够碰到一个就是莫大的幸运了。

苏落笑了笑："我会好好考虑的。"

就在这时，美艳老师忽然一动，她抬起手腕看了下，然后转头，用一种复杂而又神奇的目光看着苏落。

苏落被看得一头雾水，问道："怎么了？"

美艳老师："我还想问你怎么了呢。这就跟我走吧。"

"去哪儿？"苏落问。

美艳老师笑道："殊大人找你。"

殊大人？就是那位一见面就抢走那块火山族图腾令牌的殊大人？

"好，我跟你去。"苏落还想把图腾令牌从殊大人那里要回来呢，毕竟这是火云裳留给她的唯一的纪念品。

从山脚到山顶只有一条路。这条路的最底下是三年级的活动范围，中部是四年级的活动范围，顶部是高层的活动范围。

大家一般情况下都非常遵守规则，在自己的范围内活动，很少有人敢越雷池一步。因为越雷池的后果，不是他们所能承担的。而现在，苏落在美艳老师的带领下，一路从山脚往山顶而去。

第十七章　因祸得福

路上会经过四年级区域，也会经过高层长老区域。

更何况这条路是从山脚笔直通向山顶，没有任何的弯曲，也没有任何的遮挡，站在高处任何地方都能一览无余。

所以，苏落还没走到山顶，就已经引起了很多人的注意。

特别是四年级的学生。

"你们看，是三年级那位漂亮的女生！"

"听说是三年级的第一名！"

"她怎么一路往山上来了？这是要来四年级吗？"

很多人都忙着修炼，但也有很闲的，所以都跑出来站在道路两边，等待着苏落的到来。虽然殊大人好像对这丫头有点特殊，但是他们并没有感觉到威胁。因为三年级跟四年级的差距就是天壤之别，是难以逾越的鸿沟。

当然四年级排名前列的人不会那么有空，能够跑出来看热闹的，大多都是在四年级里倒数的。

"这小学妹好漂亮啊！"

"不知道她什么时候能升到四年级，三年级的话，实在不方便下手啊。"

"这次晋升考试，要不要帮帮小学妹，让她晋升到四年级呢？"

大家热烈地讨论着。

苏落的耳力不是一般的好，所以这些话全都被她听到了。连苏落都能听到，美艳老师就更不在话下了。她冷冷地朝那群四年级学生扫了一眼，他们当即就有一种全身被冰封住、动弹不得的感觉。

美艳老师虽然是管三年级的，但是她的实力，四年级这群学生都是知道的。如果不是美艳老师威慑过他们，四年级欺负三年级的事会不断上演。

所以，被这样的目光瞪着，道路两边围观的这群四年级学生顿时噤若寒蝉，一个音都不再发出。

他们原本以为美艳老师带漂亮小学妹是来四年级的，结果这两位却越过众人，继续往前走去。

这是要去上头啊？是高层区域还是殊大人那里？

四年级这群学生面面相觑，眼中带着疑惑，其中几个微眯着眼睛，心中不知道打着什么主意。

美艳老师终于把苏落带到那座古朴的院落前面。

美艳老师细细地整理了自己的衣裳，直到无一处不妥，这才恭恭敬敬地前去敲门。

咚咚咚三下，不轻不重、不疾不徐。但是苏落能够看出来，美艳老师的神色有些紧张。

苏落发现，在面对殊大人时，不管是美艳老师还是立首领，都有一种发自内心深处的本能的敬畏。

但是，苏落觉得好奇怪，她怎么就没有那种特别敬畏的感觉呢？

就在苏落百思不得其解的时候，门吱呀一声开了。

"你可以走了。"殊大人的声音从里面传出，虽然没有指名道姓，但是两人都知道，这个"你"指的是美艳老师。

美艳老师恭敬地对着门内弯腰行礼，然后后退，直到退出院子之后，这才转身离去。在整个过程中，她始终全神贯注、专心致志，甚至都没有看苏落一眼。

"进来吧。"殊大人的声音在苏落的耳边响起。

让苏落有点奇怪的是，这声音对美艳老师说话时的语气，有一种上级对下级的程序化的漠然，但是现在对苏落说话的时候，却感觉好像有些亲近。

应该是自己的错觉吧？苏落摸摸脑袋，一脚踏入房间之内。

从外面看进去，里面漆黑一片，什么都看不见，但是当苏落真正踏入里面的时候，才发现无比宽敞明亮。

殊大人并没有高高在上地坐着，而是负手站立在窗前。

苏落从她背后望过去，发现窗外是悬崖峭壁，雾霭沉沉。

苏落没有先开口，殊大人也没有开口，两个人之间有一种无法言说的拉锯。

殊大人似乎在欣赏窗外的风景，忘记了苏落的存在。苏落径自在椅子上坐下，用红泥小炉烤着双手，还不忘为自己倒上一杯茶，自斟自饮。

如果外人看到的话，会觉得气氛有些尴尬。但是她们两个人却丝毫不觉得有什么不妥，径自沉浸在自己的小世界里。

一刻钟后，殊大人终于转过身来，目光幽冷地盯着苏落。

苏落朝殊大人展颜一笑："这茶不错，不过还是比不上我的神仙茶，等以后有机会我送你一点啊，坐吧。"

殊大人略带好奇地瞟了苏落一眼。

说实话，这些年来，在这加勒岛上，她见过形形色色的学生，特立独行的没有一千也有好几百了，但是像这丫头这么胆大妄为反客为主的，还真是头一个。

殊大人不疾不徐地在上首坐下，目光幽深地打量着苏落。

苏落忽然笑了："殊大人叫我来，就是为了盯着我看吗？如果殊大人不是女的，我还真会害怕。"

殊大人嘴角扯起一抹弧度："你也会有害怕的时候？"

苏落理所当然地点头："当然，是人就有在意的东西，有在意的东西，就有害怕的时候。"

"是人，就有在意的东西？"殊大人忽然叹了口气，小心翼翼地从怀里摸出一样用精美绒布包裹着的东西。

打开绒布后，里面是一层精致的棉布，打开棉布后，里面是……

苏落眼睁睁地看着殊大人打开七种不同的精美布料，最后，里面的东西才呈现在苏落面前。

"这是……"苏落都有点认不出来了。

因为这块图腾令牌被擦拭得干干净净、光泽闪亮，上面隐隐有光华流动。

"这图腾令牌什么时候变得这么漂亮了？"苏落下意识地就伸手去拿。

但是，她的手还没接触到图腾令牌，就被殊大人一手打开："不要动！"

原本淡然如佛的殊大人，小心翼翼地将图腾令牌一层层包裹好，最后缓缓地往怀里一揣。

在殊大人眼里，这块小小的令牌，比传国玉玺还要珍贵千万倍。

苏落："……这是我拿到的！"

殊大人淡淡一哼："所以，你必须说清楚，你到底是怎样拿到这块令牌的？"

苏落眨眨眼："能把令牌还给我吗？"

"这不是你能拥有的东西，由我来保管。"殊大人二话不说就将令牌没收了。

苏落淡淡一笑，用审视的目光在殊大人脸上扫来扫去："殊大人……不会是火山族的后人吧？"

殊大人神色微微一愣，有点不自然地打断苏落的话："问你话呢，怎么拿到令牌的？"

如果让人看到他们敬为天神的殊大人，竟这么无赖地霸占了苏落的令牌，还会露出这种类似于尴尬的人类表情，不知道他们会不会以为自己眼花了。

现在的两个人，不像是泾渭分明的绝顶强者和学生，反倒像是在平等地拉家常。

估计也就只有苏落有这么强大的内心吧。

要是换个四年级的学生来，殊大人让他坐，他也绝对不敢坐，更何况是像苏落这样故意戏弄殊大人了。

殊大人在苏落面前，不像在别人面前那样不食人间烟火，反而像和蔼可亲的长辈。

她很有耐心地又问了苏落一遍："这块图腾令牌，你是怎么从海上得到的？"

殊大人能够感应到图腾上的信息，所以她知道，苏落在出海之前是没有这块图腾令牌的，唯一的解释就是，苏落是从海上得到这块令牌的。

以殊大人的实力，她的灵识可以覆盖整片封闭的区域，所以修罗界那群人过来时，其实是逃不过她的眼睛的。

不过，她并没有出手。因为这件事还不值得她出手。直到后来，他们进入了海底深渊，进去之后，殊大人才发现她的灵识被隔绝在外面，她根本不知道里面发生了什么事。

苏落见殊大人这样好奇，也不好什么都不说，就想拣点火山族的事跟殊大人汇报。

但是，当苏落想说这件事的时候，她忽然发现自己什么都说不出来。她的咽喉就像被人掐住了似的，她想表达，但就是说不出来，就好像完全丧失了语言功能。

殊大人见多识广，见苏落这样，顿时明白过来，当即喊停。

苏落错愕地看着殊大人："我这是怎么了？"

殊大人的神色竟然前所未有地凝重："你被下了封口令。海底深渊的事就不用说了，你心里有数就好。"

苏落恍然大悟，一定是火云裳动了手脚。她怕火山族之事惊动天道，从而让天道对当年的事心生戒备，他一警觉，遭殃的人就是苏落。

火云裳看着凶巴巴的，说话也不好听，可是她却默默为苏落做了那么多事……

想到火云裳，苏落的心情又低落了。

殊大人看了苏落一眼，对她说："以后你每个月来这里一趟。"

苏落不解地看着殊大人。

殊大人没好气地说："这块图腾令牌里有一套古体之法，我不教你，你自己看得懂？"

见殊大人一副快翻白眼的样子，苏落真觉得这样的殊大人接地气多了，一点都不像众人面前那个冷冰冰的面瘫。

苏落很快就反应过来："咦，殊大人这是要把图腾令牌还给我吗？这图腾令牌不是被您没收了吗？"

殊大人抬手拍了苏落的脑袋一巴掌："该是你的东西，谁也抢不走，去吧。"

苏落摸摸被拍的脑袋，再定睛看时，殊大人已经不在原地了，房间里空荡荡的，一个人都没有。

苏落走出殊大人的院门，发现美艳老师正在门口恭恭敬敬地跪着。

苏落不解地问："您怎么跪在这里啊？又没做错事，跪什么呀？"

这回换成美艳老师惊讶地看着苏落了："见殊大人时，哪有不下跪的？你在里面没跪吗？"

最后一句话，美艳老师不由自主地提高了音量。

苏落心里暗想，跪什么跪？我还跟殊大人并肩坐着喝茶讨论呢。

但是面上，苏落却轻咳一声："殊大人可能急着问话吧，并没让我跪。"

至于殊大人急着问什么，美艳老师这么有分寸的人，自然不会多问。

美艳老师见苏落提到殊大人，神色间没有多少恭敬和慎重，不由皱了皱眉头，好心地提醒她："苏落，老师知道你天赋卓绝、心比天高，但是一山更比一山高，殊大人就是那座无数天才越不过去的高山，你对殊大人要恭敬才是。"

苏落哦哦两声应下："对了，我怎么觉得你们对殊大人有一种发自内心的敬仰和膜拜，而且是非常盲目的那种？"

连美艳老师这么不拘一格的性情中人，对殊大人都有着特殊的恭敬。

美艳老师叹了口气："殊大人可不就是神吗？她的地位，在整个帝都都是最高的。有些事情皇帝陛下拿不定主意，就会将殊大人召去咨询，可以说，她是半个国师般的存在。"

"哇哦！"苏落惊呼了一声。

刚才跟她一起喝茶的人，那位抢了她图腾令牌、说话还会略带尴尬的殊大人，原来是半个国师般的存在？苏落真的惊呆了。

美艳老师点点头："殊大人的实力深不可测，没人知道究竟高到什么程度，但是陛下最看重的并不是她的实力，而是她未卜先知的能力。"

"未卜先知？"苏落不解地看着美艳老师。

美艳老师点点头："她的名字里没有'殊'字，可是所有人都尊称她为'殊大人'，你知道这是为什么吗？"

"为什么啊？"苏落瞬间化身为好奇宝宝。

"因为她有一种特殊的能力，这就是未卜先知。"美艳老师举了个例子，"想当年，陛下并不是太子，而是一位最不起眼的皇子，但是殊大人却告诉他，在多少年之后，他会是掌控灵界的帝王，结果——"

苏落认真地盯着美艳老师，等着她的后文。

美艳老师郑重地继续说道："结果事实表明，殊大人说得非常正确，时间精确到了分钟。"

苏落："……"

美艳老师深吸了一口气，对苏落说："殊大人料事如神，她说谁三更会死，那个人就不会活到五更，所以没人敢得罪殊大人、没人敢对她不敬，大家都像敬畏神明一样敬畏殊大人。"

苏落想起刚刚在室内，自己还吐槽殊大人的茶不好来着，还说下次送些神仙茶给她，还让她不要站着，过来坐下……

苏落顿时觉得脊背发寒，她很想一巴掌将自己拍飞。

鬼使神差，苏落又多问了一句："殊大人最喜欢什么，最讨厌什么？"

美艳老师顿时眼睛一亮，忙叮嘱苏落："你千万要记住一点——"

"嗯？"苏落竖起耳朵听着。

美艳老师说："殊大人最大的喜好就是喝茶，最引以为傲的就是她自己亲手种植的蒲罗茶，立首领曾有幸被殊大人赐了一杯蒲罗茶，一直津津乐道到现在。"

美艳老师加重了语气，紧盯着苏落，非常认真地对她说："所以你千万记住，绝对不能说殊大人的茶不好！咦，你的脸色怎么突然这么难看？"

苏落："……没什么。"

苏落真是无语了，不知不觉间，她竟然把该犯的忌讳全给犯了个遍，不过好在殊大人没有生气。

在下山的路上，美艳老师又跟苏落说了几个忌讳，苏落都一一记在心里，至于要不要犯，苏落决定下次过去再好好咨询殊大人一下。

四年级的人这次没有光明正大地看，但他们都知道苏落从山顶下来了。一时间，他们看苏落的目光有些不善。因为他们注意到，苏落是从殊大人的院门里走出来的。

很多人心里都颇有微词，更有脾气暴躁的已经直接将嫉妒宣之于口："不过是个三年级的学生，还没到四年级呢，她凭什么得到殊大人的召见？我们四年级的学生，被殊大人召见的都很少呢。"

"就是，三年级和四年级的实力差距简直就是天壤之别，三年级在咱们眼里就是小蝼蚁，凭什么三年级的她能上山顶？老子不服气！"有位壮汉一样的四年级学生拍着胸脯嚷道。

他不服气，自然有人会怂恿他去惹事。

不得不说，这位叫胡尹凡的壮汉，实在是太轻视苏落了，也太愚蠢、太爱出风头了，所以他就被大家推出来去对付那位志得意满的小学妹。

一路向山下走去的苏落并不知道，因为她被殊大人召见这件事，已经有人盯上她了，而且人数还不少。

不过就算苏落知道，她也不会在意吧？

回到三年级的地盘之后，苏落过起了平静的生活：修炼，去藏经阁看书，继续修炼，继续去藏经阁看书……

她在静静地等待着晋升考试的到来。

不过在此期间，苏落在任务大厅，向三年级和四年级发放了一个悬赏任务。

这个任务看着很简单，但真正寻找起来却非常困难。

苏落记得海皇老爷爷曾对她说过，她的空间之力其实已经足够了，只是缺少一种媒介，所以才无法打开空间。这种媒介，虽然别的地方没有，但是加勒岛上却极有可能存在，它的名字叫作墨霜空间幻莲石。

只要有了墨霜空间幻莲石做媒介，打开空间的概率就会大大提高。

所以，苏落在刚从海上回来时就匿名发布了悬赏任务。

然而，一个月就快过去了，苏落都要不抱希望了，这一天却来了一个人。

这个人是四年级的学生，名叫黄源梓。

跟很多四年级的学生一样，他根本看不起三年级的学生，但是这次因为急需钱买丹药救好朋友，所以只能硬着头皮去帮三年级学生做任务。

黄源梓学长将墨霜空间幻莲石丢给苏落，然后傲慢地伸出手："赏金。"

苏落检查过，发现这颗墨霜空间幻莲石竟然真是她要找的那种黄皮的真品，心中的喜悦难以言表。

"这东西是从哪儿找到的？还有吗？"苏落问。

黄学长傲慢地瞟了苏落一眼："这是从某种动物的身体里排出来的，还有没有我可不知道，反正这么多年来我就找到了这一颗。你问来问去的好啰唆啊，到底给不给赏金？不会是想赖账吧？"

面对黄学长这无礼的态度，苏落身边的人都觉得不爽。牧晴指责他道："你着什么急啊，不就是赏金吗，我们苏老大还会赖账不成？真是可笑！"

牧晴站出来了，王牧和闻焕东自然也站了出来，紧接着在场的三年级学生全站出来了，对黄学长怒目而视。

如果只有一个人这么做，黄学长根本不会放在眼里，但是这一大群人全都凶巴巴地瞪着他，顿时让他不寒而栗。他下意识地往后退了一步，微微皱眉，心里暗忖：分院的学生和中帝的学生怎么变得这么团结了？真是活见鬼了。

苏落好不容易拿到墨霜空间幻莲石，心里高兴，也不跟他计较，而是问道："你是要金币还是要丹药？"

"你有丹药？"黄学长睁大眼睛盯着苏落，"你可别骗我，我拿了金币，就是要跟那位神秘的罗肃大人买丹药的。"

神秘的罗肃大人？苏落心中暗笑，她怕太高调，在炼制了皇级丹药后，就以罗肃之名放在官方药房出售。可惜这里的炼药设备太简陋了，她又打不开空间，难度太高的丹药都炼不出来。

见这位张扬的黄学长要买丹药，苏落好意地问他："你要买什么丹药？"

谁知这位黄学长根本不信任苏落："皇级内血丹……你管我买什么药！"

他根本不相信苏落手里会有丹药，而且就算她有，他也怕买到假药。

"你确定要赏金？"皇级内血丹还真是苏落炼制出来放在药房卖的。

"你不想给赏金？"黄学长还在催促苏落。

苏落很清楚，她的赏金，正好够从她手里买三颗丹药，可是去官方药房买，却只能买到两颗。而一个重伤的人想要彻底痊愈，必须连服三颗皇级内血丹。

苏落："好吧，给你赏金。"

黄学长拿到金币后，对苏落说了一句："其实你还不错，就是太啰唆了，以后改改吧。"

说完，黄学长扬长而去。

其实苏落有很多种办法可以对付这位黄学长，最简单的办法就是让皇级内血丹涨价。反正只有苏落一个人能炼制，卖多少钱还不是她说了算？

不过看在这位黄学长确实是为了救朋友的分上，苏落并没有计较他那恶劣的态度。

苏落手里握着墨霜空间幻莲石，脸上笑开了花。空间啊空间，很快就能把你打开了，很快，里面的东西就都可以用了，真是想想都觉得兴奋。

在接下来的日子里，藏经阁苏落是不去了，也不修炼了，她把全部心思都放在了墨霜空间幻莲石上。

白天的时候还好，到了夜晚，这颗墨霜空间幻莲石就会发出莹莹光亮。

苏落用心地研磨这颗墨霜空间幻莲石，把它磨成粉。

虽然没有人告诉她，但是苏落就是知道，墨霜空间幻莲石全部磨成粉之日，就是她的空间开启之时。

每当夜晚降临的时候，山下一片黑暗，但是苏落所在的地方，却发出莹莹的亮光。

如果只是一天两天也就罢了，一闪而过，很难会被人注意到。

但是连续十天半个月这样，被人发现的概率就很高了。

渐渐地，这件事被四年级某位半夜起来放水的学生看到了。

这位学生，很不巧，刚好就是之前被人怂恿，暗中仇视苏落的胡尹凡。

胡尹凡同学以为自己看到宝了，当即将苏落的事放下，转头就回屋子把同伴给拍醒了。

"快出去看看，有宝贝要现世了！"胡尹凡一句话，别墅里的另外两位同学当即一个鲤鱼打挺跳起来。

"宝贝在哪里？"

"就在山脚下，你们跟我来。"胡尹凡兴奋地压低声音。

他的室友一个姓文一个姓武，此刻这两位的兴致完全被胡尹凡勾起来了，于是也都激动地跑出屋子。

跑出来一看，还真有亮光一闪而过。

文同学激动地说："在那里，在那里！"

武同学一拍他的脑袋："闭嘴，你想嚷嚷得谁都知道吗？！"

他们三个在三年级面前可以耀武扬威，随便怎样欺负他们都行，因为三年级跟四年级本身的差距就很大，三年级的学生除非特别特别优秀的，否则根本拿四年级学长没办法。但是在四年级里面，他们三个却都是倒数的。所以，若是被别的四年级学生知道此事，这宝贝哪里还能等到他们去拿？早被别人抢走了！

文同学也意识到这一点，下意识地捂住嘴巴。

胡尹凡压低声音问武同学："你看那是宝贝吧？"

武同学有一种异能，他能够通过光亮，推算出是什么宝贝。

所以，当他凝神盯着那光亮看时，胡尹凡和另外一位室友都紧张兮兮地看着他。

半晌过后，武同学收回那发光的视线，不过他看着胡尹凡的目光却依旧闪烁着光亮。

"是宝贝吧？真是宝贝吧？"胡尹凡抓着他问。

武同学点点头，欣喜地看着胡尹凡："确实是宝贝，而且还是不可多得的宝贝，你们猜那是什么？"

"什么？"两人异口同声地问。

"如果我没猜错的话，应该是传说中的墨霜空间幻莲石。不是假的墨霜空间幻莲石，而是真的！"武同学难掩激动之色。

"不懂……"两个人齐齐摇头。

武同学给他们俩科普道："一般情况下，很多人都以为墨霜空间幻莲石是墨色的，但其实这种墨色的墨霜空间幻莲石效用很低，真正有效用的应该是带黄皮的。"

"所以？"

"所以，下面那颗是真正的墨霜空间幻莲石！真正的空间宝物！有了它，空间桎梏将会被打开，空间之力将会一日千里！尹凡，你不是被困住第六重很久了吗？有了这颗墨霜空间幻莲石，你的瓶颈将不再是瓶颈，你的实力将会暴涨，排名也会从倒数变成中游。"武同学越说越激动。

"什么？有了这颗石头，我能从倒数变中游？真的假的？我读书少你不要骗我！"胡尹凡激动得快跳起来了。

"当然是真的，你是空间异能属性，这东西对我们没用，但是对你来说，却非常有用。而且我骗你干吗？你的实力提升了，我们这个团队以后出去狩猎的时候收获才会更多，也更安全啊。"武同学笑眯眯地说。

提升同伴的实力，对他们这个小队来说，确实好处多多。

当即，三个人互相看了一眼，全都嘿嘿嘿笑起来，仿佛那颗墨霜空间幻莲石已经是他们的囊中之物了。

"不过，这颗墨霜空间幻莲石应该已经出土了吧？"文同学忽然插了一句。

武同学没好气地说："当然已经出土了，不然怎么会被我们看到？我的眼睛可没办法穿透泥土表层看到地底下的东西。"

胡尹凡点点头："从位置上看，这东西就在山下，肯定是哪位三年级的同学捡到的。"

文同学："如果是四年级的，处于底层的我们还真不好办，不过三年级嘛，嘿嘿嘿……"

武同学："不能太掉以轻心，也不能太小看别人，为免引起其他四年级同学的注意，我们得想个周密的计划出来，免得到时候被其他四年级的学生截和。"

不过眼前最重要的是，确定那颗墨霜空间幻莲石在谁的手里。所以胡尹凡亲自跑下去确定了那座房子的位置，临走还抓了个人，问明白了那房子的居住者是谁。

得到信息后，胡尹凡又跑回到半山腰，乐呵呵地告诉同伴们这个消息。

"什么？就是你原本就看不顺眼的那位三年级第一名？叫苏落的那个女生？"武同学觉得事情太巧了。

胡尹凡乐得不行："可见老天爷是很眷顾我的，原本还在找教训她的理由，现在好了，借口就这么出现在我们面前。咱们明天就行动吧！"

苏落还在专心致志地磨着墨霜空间幻莲石，丝毫不知道四年级有人正在打她的主意。

第二天，天刚微微亮，胡尹凡和他的室友们就迫不及待地展开他们昨晚商量了一夜的计划——碰瓷。

武同学对宝物很熟悉，所以他很容易就找到一个替代品，这是个会飞的，而且还闪闪发亮的物品，因为做了伪装改造，所以从外表看不出它是什么东西。

寂静的清晨，忽然响起一阵嘈杂的脚步声。

"哎哟，我的宝贝跑了，快追！"胡尹凡大叫一声，冲着那发光的飞行小石头追去。

文同学和武同学也激动地追在后面，一边追一边喊："快追！这可是极品宝贝，价值连城啊，可不能让它跑了！尹凡的晋升全靠它了，追啊！"

这声响，从半山传到山下，将四年级和三年级的大半学生都给惊动了。

看热闹本来就不嫌事大，更何况口口声声说是宝贝，谁会不好奇？于是，很多人都急匆匆地跑出来，想看看是什么宝贝。但是这宝贝的速度太快了，一阵风似的朝山下冲去，谁也没来得及看清那到底是什么宝贝。

在它后面，胡尹凡三个人疯狂地追逐着。

看到这三个人追得那么起劲，四年级中有不少好奇的同学也跟在胡尹凡他们后面追。

于是，追逐的人群从原来的三个变成了五个、十个，最后竟然发展壮大到上百个。

这上百个人浩浩荡荡地冲向三年级区域，把三年级的学生吓得脸都白了。

"抓住它！快抓住那个宝贝！"胡尹凡声嘶力竭地吼着。

三年级的学生倒是想帮忙抓住，但是这东西是武同学研究出来的，而且操控在他手里，普通的三年级学生怎么可能拦得住？

他们只能无奈地看着宝物继续飞啊飞。

最后的最后，只见宝贝嗖的一声冲进了苏落房间。

"快追！"胡尹凡第一个从窗户里冲了进去。

然后就是嗖嗖嗖，其他人也都学着胡尹凡的样子，从苏落房间的窗户里跃了进去，一个个身手敏捷得像猴子似的。

他们的动静这么大，苏落却一点反应都没有。

因为苏落在磨墨霜空间幻莲石的时候，忽然领悟了一点空间法则，所以她一整晚都沉浸在顿悟当中，对外界发生的事充耳不闻。

苏落盘坐在房间最中央的位置，那里原本空荡荡的，但是现在，许多人从窗户里跃进来，很快就将这小小的空间占满了。

而且，他们还亲眼看到，原来的那个飞行物，哐当一声撞到苏落面前的墨霜空间幻莲石上，然后，那飞行物就消失不见了。

大家看看苏落面前的墨霜空间幻莲石，再看看闭着眼睛沉浸在修炼中的苏落，面面相觑。

四周寂静得有些可怕。其实他们都知道，在别人修炼的时候千万不可以打扰，不然的话，如果导致对方的领悟被打断，或者修炼出了岔子，那就会结下生死大仇。

这群四年级的学生平日里在三年级面前虽然狂妄自大，但是在森严的校规面前，没有任何人敢违抗。

否则殊大人让谁三更死，此人绝对活不到五更。

看到苏落在闭目修炼，四年级的学生转身就想退出。

胡尹凡舔了舔嘴唇。他不知道原来苏落这么聪明，居然想出了修炼遁的法子。

就在这时，武同学碰了碰胡尹凡的手臂。

胡尹凡顺着武同学的视线望去，就看到了那颗被磨得只剩下半颗的墨霜空间幻莲石。

胡尹凡当即激动得眼睛都红了。

这颗石头就是室友说的那种可以让他一下子从四年级倒数跃升到中游的墨霜空间幻莲石？那么，这块墨霜空间幻莲石，今天他是志在必得了！胡尹凡嘴角勾起一抹得意的冷笑。

胡尹凡瞟了苏落一眼，自言自语地说："你在修炼，今天的事可以先不计较，但是你的破石头吃了我的宝贝，我必须拿走你的破石头，将宝贝从你的破石头里逼出来才行。"

胡尹凡一边说，一边走到苏落面前，弯腰就要捡起那颗墨霜空间幻莲石。

苏落虽然沉浸在修炼中，五感封闭，外界的一切都感觉不到，但是这并不意味着她的本能也消失了。

墨霜空间幻莲石对苏落来说简直太重要了，能不能打开空间就全靠它了。所以，就在胡尹凡走到苏落面前去拿石头的时候，苏落本能地挥出一拳。

胡尹凡完全没将苏落放在眼里，根本没有防御，因此，当苏落本能地挥出一拳时，他当即惨叫一声，痛得捂住肚子，双腿差点跪下去。

众人全都吃了一惊。胡尹凡虽然是四年级里倒数的，可三年级的实力远远不及四年级，这是共识。

一定是胡尹凡太轻敌了，所以才被打中。很多人都在心里这样猜测着。

就在这时，苏落缓缓睁开眼睛，那双似水清眸蕴含着无尽的冷漠。

"你们是谁？"苏落站起来，冰冷地扫了这群人一眼。

好胆色！真勇敢！不少四年级的学生都暗暗朝苏落竖起大拇指。要知道，三年级的人在面对四年级的学长时，会本能地心生敬畏，但是苏落面对这群来势汹汹的四年级学生，非但面不改色，还敢冷漠地质问他们。

胡尹凡嘴角勾起一抹诡异的冷笑："我们是谁不重要，重要的是，你的东西吃了我的宝贝，你说怎么办吧？"

文同学和武同学一左一右站在苏落身边，堵住她的去路，以防她逃跑。

就在这时，苏落的房门哐当一声被打开，一群三年级学生冲了进来。

刚才四年级的学生跳窗户，但是三年级的学生却不敢，他们是从楼梯上冲上来的，所以速度上慢了许多。

"老大！"

"老大你没事吧！"

"老大别怕，我们所有人都站在你身边！"

三年级的学生现在对苏落充满一种敬仰和仰慕，苏落的威望空前绝后，现在的三年级团结如铁。

苏落一句话，就能让三年级的人将矛头全部对准四年级。但是房间太小而人数太多，所以苏落的房间根本挤不下那么多人，三年级的学生只能站在门口，被四年级的挡住了视线。

他们急得想往里面冲，却怎么都冲不进去。

苏落淡淡一笑："房间里太狭窄，打起来也不方便，有什么事，大家去东海岸解决吧。"

说完，苏落抬腿就走。

文同学下意识地就想拦住苏落，但是苏落手一拨，文同学就被苏落轻飘飘地推开了，趔趄着差点摔倒。

文同学满脸错愕，转头去看胡尹凡。

胡尹凡心想，不愧是三年级的第一，还真有几分本事，不过，今天这墨霜空间幻莲石，你是拿也得拿，不拿也得拿了！

见苏落握着墨霜空间幻莲石离开了，胡尹凡赶紧追上去："走！"

于是，浩浩荡荡的一群人，全部转移阵地，来到了东海岸上。

当初，就是在这里，苏落一个人大战中帝三年级学生，打得他们落花流水。今天，历史是否会重演？

到了东海岸之后，三年级和四年级，楚河汉界般分两边站好。

四年级，胡尹凡站在最前面，他后面都是嘻嘻哈哈看热闹的四年级学生，人声喧哗，各种八卦。

三年级，苏落站在最前面，她后面的人面容严肃、目光森冷、杀气腾腾，犹如一支支蓄势待发的利箭，似乎只要苏落一声令下，这群人就会冲上去，誓死捍卫苏落的尊严。

看着这群比正规军还可怕的三年级学生，四年级的人心里出现了一种很微妙的变化。

三年级什么时候这么团结了？四年级就从来没有过这种团结一致的情况。但不得不说，这种团结，确实给了四年级一种发自内心的震撼，也震撼到了胡尹凡同学。

苏落慢悠悠地扫了胡尹凡和他身后的那群人一眼："你们闯进我的房间，看见我在修炼，竟然打搅我，这件事我会好好上报的。"

这件事触犯了校规。

在背校规上，就没人能比得过苏落。

胡尹凡试图狡辩，苏落却冷冰冰地打断他："等下个月见到殊大人的时候，我会好好问她一下，这校规是不是形同虚设，高一年级是不是就可以为所欲为！"

这是把殊大人都给搬出来了？

原本气焰嚣张的四年级学生，一下子就有些蔫了，更有不少四年级的开始往后撤。

原本跟着胡尹凡看热闹的有上百人，但是苏落这话一出，不管信与不信，不少四年级的学生都走了，到最后只剩下稀稀拉拉的十几个人。

三年级的学生都用一种崇拜的目光看着他们家女王大人。

原本他们对上四年级，心理压力确实很大，但是现在只剩下十几个人，跟他们几千人相比，那就不算什么了。

胡尹凡死死盯着苏落："说那么多废话干什么，你的墨霜空间幻莲石吞噬了我的宝贝，这是不争的事实，大家都亲眼看到了，就算闹到殊大人面前，我也是这么说！所以，一句话，你赔不赔？"

苏落慢悠悠地开口："你的宝贝？你的什么宝贝？"

"空间聚灵石！"胡尹凡咬牙切齿地说，"不要告诉我，你不知道空间聚灵石。"

空间聚灵石确实也很稀有，不过在市面上还是有价有市的，不像墨霜空间幻莲石，有价无市。

苏落心想，难怪墨霜空间幻莲石的威力一下子增大了，原来是吞噬了空间聚灵石啊，胡尹凡自动送上门来的东西，可真是帮了她的大忙了。

苏落淡淡一笑："哦，空间聚灵石啊，那可如何是好呢？"

胡尹凡冷笑道："既然是吞噬了，那自然是要分离出来的。"

苏落笑了："分离出来？我可没办法将空间聚灵石从墨霜空间幻莲石里分离出来。"

胡尹凡冷冷一笑："所以，你只能把墨霜空间幻莲石交给我了，在分离出来之前，墨霜空间幻莲石由我保管。"

苏落似笑非笑地看着他："如果我不同意呢？"

"如果文明的方式不能解决，那就只能动武了。"胡尹凡的目光里带了一丝诡笑。

"动武解决？也不是不行啊。"苏落一口答应下来。

原本以为说出动武，苏落就会吓死，但是胡尹凡发现苏落非但不怕，眼底反而还有一丝兴奋的火苗在隐隐跳动，这……

苏落还追问了一句："是团队战吗？你们四年级，我们三年级，团队作战？"

胡尹凡差点被气笑了！

你们三年级浩浩荡荡几千人，我们四年级就只剩下稀稀拉拉十几个人了，团队作战，怎么打？

所以，胡尹凡当即拒绝了苏落的提议，还想出了冠冕堂皇的理由："大规模战斗，校方不会允许，所以我们只能采取小规模作战，这样，我们以寝室为单位作战！"

以寝室为单位，那就是三对三了。

苏落还没说话，牧姐和陆丹妮就皱眉了。

"三对三？你们四年级三个对我们三年级三个？这让我们怎么打？"陆丹妮当即反对。

牧姐也皱眉："就是，你们一个，我们三个还差不多。"

胡尹凡则挑衅地看着苏落："怎么？你们三个，我们出一个？哈哈哈，这就是三年级的第一名吗？你就这点实力？那当初的孔一枫可比你强多了。"

苏落淡淡一笑："三对三，确实太委屈一方了，胜之不武，这样吧，就三对一。"

胡尹凡正要冷笑，苏落却又加了一句："你们三，我们一。"

四周的议论声顿时戛然而止，然后又爆发出一阵轰雷般的议论声。

"什么？"所有人都惊了。

"三年级出一个人，四年级出三个人？"

"这是在搞笑吗？怎么可能！"

胡尹凡面部肌肉抽动，他有一种被苏落深深侮辱了的感觉。

"苏落，你居然敢这样侮辱我，我要杀了你！"胡尹凡想也不想就冲了上去。

眼看着他冲过来了，苏落却没有接招，而是冲向站在胡尹凡右侧的文同学，啪的一声，扇了他一巴掌。

文同学一时不察，突然中招，顿时暴怒："你居然敢打我！"

苏落身影一闪，避开文同学的攻击，反手又抽了武同学一巴掌，响起一道清脆的掌声。

苏落拉得一手好仇恨。她若是攻击文武同学别的地方也就罢了，可是她却专门往对方的脸上招呼，怎能不激怒对方。

所以刚才还口口声声说三打一是在侮辱胡尹凡，但是现在，他们竟然真的是三个人在追杀苏落一个。

四年级的那些学生反应过来后，纷纷暗骂苏落狡猾。但是在暗骂的同时，却不得不佩服苏落的勇气。

面对四年级的学生，她居然还敢一挑三，这胆色简直逆天了！三年级的学生本想一拥而上，却被王牧等人拦住。

因为见识过苏落的实力，所以知道她有恃无恐。

王牧知道，苏落怕是要借这次机会威慑一下四年级吧，机会难得，所以不容错过。

三年级的同学原本还担心苏落会吃亏，但是当他们看到苏落脚踹一个、拳砸一个，四年级的三个人追得狼狈、伤得惨烈，还不断发出凄苦的惨叫，而苏落却打得游刃有余，翩然若仙子下凡时，他们都放下心来，开始用欣赏的眼光，来观看这场难得一见的好戏。

确实，四年级三打一，却输得这么惨，这几乎是不可能发生的事情。

三年级的学生看得开心，四年级的学生脸色可就不太妙了。再怎么说，胡尹凡代表的可是整个四年级，他要是丢脸了，整个四年级都得陪着他一起丢脸。

在围观的四年级学生当中，实力最强的是一位叫宗育博的同学。

四年级分为两大派系：一派归立首领管，另外一派归威首领管。

不过这两位大首领并不管具体的事务，所以他们两个人手下都有各自的学生会团。

而这位宗育博同学，就是立首领派系学生会团里最微末的一位干事。而在学生会团里，即使是最微末级别的角色，一旦拿到外面来，那也是个小头领。

这不，四年级这十几个人都用求救的目光看着宗育博。

宗育博不仅是在场的人中唯一有职位的，而且他的实力也是在场所有人中最强的。

宗育博也看不过眼了，他朝苏落大喝一声："住手！"

苏落这会儿正逗着那三个人玩儿呢，她就像猫抓老鼠似的，明明可以很容易就拍飞他们，可她就是带着他们遛，东出一拳，西踹一脚，既打疼他们身体，又让他们精神崩溃。

这群四年级的人，好事不做，居然敢觊觎她的墨霜空间幻莲石，那可是能打开空间的宝贝，如果有失，苏落真是会哭死的。

所以，在宗育博喊了"住手"之后，苏落不仅没有住手，反而连续三脚，将这三个人踹上高空。

宗育博气得脸色发白。

这臭丫头居然敢这么不给他面子！

可是宗育博为人谨小慎微，并没有脑残地冲上去和苏落动手。

苏落以一敌三还显得游刃有余，宗育博根本看不出苏落的深浅，虽然有很多人期待，但是宗育博是不会贸然出手的。

将三个人踹飞后，苏落优雅地落于地面，拍拍手，优雅地走到她的队伍前面，笑着看宗育博："有事？"

宗育博盯着苏落，恶狠狠地威胁她："做事留一线，你不要太过分了！"

苏落不解地看着他："我太过分了？"

然后苏落转头看向三年级学生，问道："我过分了吗？"

那无辜而迷茫的漂亮眼睛，看得人心都化了。

"没有！"三年级的学生是苏落的最强后盾，他们异口同声地支持苏落。

苏落朝宗育博一摊手，无奈地说："你们听，他们都说没有呢，所以说，如果欺人太甚事件确实存在的话，那肯定是他们欺人太甚了。"

苏落笑嘻嘻地指着地上呈三角形状躺着的三个人。最后那一脚，苏落为了让他们摆出好看的造型，还颇费了一番心思呢。

宗育博被苏落气得脸色通红，他恶狠狠地瞪着苏落："这件事说到底他们也是无辜的，怪就怪那空间聚灵石不好，非要飞到你的房间里去……"

"等等！"苏落打断了宗育博的话，"这位学长，我读书少，但是你不要骗我哦，你以为空间聚灵石真的有灵识吗，没有人的操控自己会长脚跑到我的房间里去？"

宗育博顿时被苏落的话噎住了。

三年级的学生很配合地哈哈大笑。

如果只是一两个人，声音还不会那么响，但是数千人的笑声汇在一起，那声响简直惊天动地。每一道笑声都像狠狠抽在宗育博脸上一样，抽得他的脸火辣辣地疼。

宗育博身边的一位同学碰了碰他的手。

宗育博也明白，刚才那借口确实太牵强了，其实有脑子的都看得出来，这事绝对是胡尹凡看中了苏落的墨霜空间幻莲石，不敢明着抢，就设了个局讹苏落，想把墨霜空间幻莲石据为己有，但是这话好说不好听啊。

不过，他说不出口，苏落会问啊。

只见苏落走到胡尹凡面前，对准他的腹部，重重地踩了一脚。

"啊——"胡尹凡发出一阵杀猪般的惨叫。

苏落冷冷一笑，问他："你想讹走我的墨霜空间幻莲石？"

胡尹凡偷偷朝宗育博瞅去，但是苏落挡住了他的视线。她很干脆地抬起脚，眼看又要一脚踹下去了。

"是是是，我是想讹走你的墨霜空间幻莲石！"胡尹凡的声音带着哭腔。

这臭丫头明明是三年级学生，实力怎么这么恐怖？刚才那一脚踹下去，胡尹凡感觉自己的腹腔都要塌陷成肉渣了。

"为什么要觊觎我的墨霜空间幻莲石？"苏落对这个答案还不满意，她要的是水落石出。

这次不等苏落用刑，胡尹凡就老老实实交代："小武说，只要我修炼了墨霜空间幻莲石，实力就能蹿到四年级中游。"

可怜的小武同学就这样被出卖了，求他现在的心理阴影面积。

"够了！"宗育博气得不得了。

亏宗育博刚才还想帮胡尹凡隐瞒，结果他自己倒好，倒豆子似的什么都倒出来了，四年级的脸真是让他给丢光了。

苏落丢开胡尹凡，笑嘻嘻地看着宗育博："这位学长，你觉得胡尹凡说得怎么样？如果你觉得有假，我可以再问一次。"

胡尹凡一听苏落这话，顿时脸色惨白："不不不！我说的都是真的，如假包换、童叟无欺！要是有一句话是假的，我就被天打雷劈、五雷轰顶！"

有句话说得实在是太好了——不怕神一样的对手，就怕猪一样的队友。

宗育博尽心尽力想帮胡尹凡圆谎，想把四年级的颜面保住，但是他还没想到借口推翻供词，好嘛，胡尹凡已经赌咒发誓他说的全部是真的了。

宗育博真的好心累。他很想甩袖子走人，这件事他不想管了，但是，偏偏他有学生会团干事的身份，别人都可以走，就他不可以走。

宗育博想了半天，终于改变了说法，他目光森冷地盯着苏落，言语中带着一丝恼怒："这件事确实是胡尹凡他们不对，他们想要讹诈你的墨霜空间幻莲石。但是现在他们已经偷鸡不成蚀把米了，空间聚灵石都被你的石头给吞噬了，你还计较什么？再说，他们好歹是四年级的，关系到所有四年级学生的面子，你作为三年级学生，要自重，要知道分寸，要懂得什么事该做、什么事不该做！"

苏落冷冷一笑："所以呢，这件事就这么算了？"

宗育博很不悦地盯着苏落："这件事事关四年级的面子，你要是聪明的话，就该知道怎么做，如果真惹得四年级众怒，等待你的将是什么？我相信你不是蠢货。"

苏落笑了："我很好奇等待我的会是什么呢？"

宗育博用看白痴的目光看着苏落，他都已经说得这么明白了，这臭丫头居然还不依不饶的，真是过分！

宗育博懒得再跟苏落浪费时间："既然如此，那你就好自为之吧，大家走着瞧！"

说完，宗育博转身就走。

那十几个人冲上去，把地上的三个人抬起来，扛在肩头上，追着宗育博而去。

四年级的人来得快，去得也快，很快就消失得无影无踪。

三年级的人还沉浸在不可思议的气氛中。

忽然，不知道谁大喊了一声："我们老大打败了四年级的学生？"

"而且还是以一对3？"

"还把学生会团的其中一员鼻子都气歪了？"

"耶！"

"老大好棒！"

"老大无敌！"

三年级的学生们抬起苏落，将她高高抛起又接住，再高高抛起！用这种方式来表达他们对苏落最崇高的敬意。

这一切发生得太快太不可思议了，苏老大的霸气再次深深地震撼了他们。

以前，三年级从来都是受四年级的气，孔一枫也都是对四年级的客客气气不敢招惹，可从来没有一天像现在这样扬眉吐气。跟着这样的老大，简直是人生最幸福的一件事了。

苏落也没想到一大早就有人送上门来找虐。

众人的心情好不容易才平静下来，各自开始了一天的生活。苏落回到她的房间，一进门就发现陆丹妮和牧晴正卷着袖子擦洗房间。

牧晴见是苏落来了，赶紧说："你快别进来，这里都是脚印，脏死了，客厅里有削好的水果，你过去坐着吃。"

陆丹妮也说："右首边有几卷书，还有茶水，快去吧，这里我们一会儿就打扫好了。"

这个房间被那么多臭男人踏进来过，牧晴和陆丹妮都快要气死了，所以死命地擦拭地面。

其实苏落很想说，用除尘卷轴一扫，房间就干干净净了，但是看她们这么用心地对她，苏落怎能不接受她们的好意？别人对她的坏，她会千倍还回去，但是别人对她的好，她也绝对不会忘记。就像今天的胡尹凡和宗育博。苏落就有理由相信，他们回去之后，一定会伺机报复。

但是，有绝对的实力，苏落并不担心。

然而，苏落不知道的是，宗育博并不是孤身一个人，他背后的关系网不是苏落所能想象的，而他这次想出的计划，只怕就连苏落也……

然而，现在的苏落还不知道这件事。

苏落并没有悠闲地喝茶看书，而是在客厅里闭目打坐，手里握着那块墨霜空间幻莲石。

在墨霜空间幻莲石吞噬空间聚灵石的时候，苏落就感觉到墨霜空间幻莲石发生了一些变化，好像变得更强大了，不过当时人太多，苏落没有机会仔细检查。

现在四周安静下来，苏落手中摩挲着墨霜空间幻莲石，细细地感受着来自它内部的变化。

"还真的是……"苏落眸中闪过一抹惊讶。

原本她还担心墨霜空间幻莲石的空间之力不足以支撑到她打开空间，正想着要不要再悬赏一颗，但是在吞噬了空间聚灵石之后，它的空间之力竟然增强了一倍。

胡尹凡真的是来害她的吗？

在接下来的时间里，苏落一心扑在开启空间这件事上，废寝忘食地打磨着墨霜空间幻莲石。

随着时间的推移，墨霜空间幻莲石从原来剩余的二分之一变成了三分之一、四分之一、五分之一……

当墨霜空间幻莲石只剩下小拇指那么大点的一块时，苏落遇到了瓶颈，怎么都磨不下去了。苏落百思不得其解，只好从修炼中退出来。她揉了揉酸涩的眼睛，走出寂静的房间。

屋里空无一人，牧姐和陆丹妮都不在。

奇怪，平时总是会有一个人在家，怎么现在全不在了？难道真发生什么事了？

就在苏落疑惑不解的时候，陆丹妮和牧姐从外面走了进来。

她们知道苏落在闭关修炼，看到她走出来，忙迎过来问道："修炼成功了？"

苏落苦笑着摇摇头："还差一点。"

剩下最后一点点了！这一点点，说不定下一刻就会顿悟，也可能会花很长时间，全看机遇了。

坐在家里肯定不会有什么机会降临，所以苏落问牧姐："最近有什么任务吗？"

牧姐当即点头："我们三年级每个人每年都要完成一个强制性任务，我们因为做了五星任务，所以强制性任务对于我们来说，可以选择不做，但是对于丹妮来说，却是非做不可。"

苏落见牧姐神色间有些变化，关心地问道："怎么回事？"

牧姐看着苏落，犹豫了一下。

苏落没好气地说："还犹豫什么？有事就说吧，免得耽误了事儿。"

牧姐叹了口气，拉着陆丹妮在苏落对面坐下。

牧姐还没说话，陆丹妮就抢先说："牧姐是担心我，也不想连累你，所以才犹豫不决的，这件事说起来真的挺让人担心的。"

苏落挑眉看了陆丹妮一眼，陆丹妮接着说道："每年一次强制性任务，以前这种任务虽然不会很容易，但也不会危及生命，但是这次有所不同，这次我分配到的任务很可怕……"

"有多可怕？"苏落好奇地问。

"这个任务里有杀人狂魔。"陆丹妮眼里闪过一丝害怕，同时提高了音量。

这件事说到底，还是跟之前那件事有关。

苏落打了胡尹凡，抽了四年级的脸，还噎了宗育博，身为四年级学生会团干事的一员，宗育博怎么可能会让苏落这么轻松地过下去？

四年级要欺负三年级有很多办法，冠冕堂皇的理由也很多。就拿这次的强制性任务来说，任务就是由学生会团指派的。也就是说，这些权力全都掌握在四年级手里。

真要说起来，学生会团里的这些四年级学生，个个都眼高于顶、高高在上，是不会照顾胡尹凡这种小喽啰的。

但是这次，因为有了宗育博，所以事情就复杂了。以宗育博在学生会团里的地位，他是接触不到核心的，也没有机会染指任务发放的情况。但是宗育博有一位很漂亮的姐姐，而学生会团那位专管任务的部长喜欢宗育博的姐姐，所以宗育博就有了可乘之机。

宗育博半夜去了任务部长的房间，跟他密谋了一个小时后离开了。

离开的时候，宗育博的脸色很愉悦，任务部长也笑得很开心。

而被他们不断提及名字的苏落，并不知道自己被算计的事，那时候的她还在专心致志地打磨墨霜空间幻莲石。

因为苏落和牧晴不需要参加强制性任务，所以只有陆丹妮一个人可以利用，于是宗育博他们就将目标对准了陆丹妮。

"这是个什么任务？"苏落见陆丹妮和牧姐神色凝重、如临大敌，不由得问道。

"去森林里给隐居前辈送补给品。"牧姐接过话，"本来这个任务很简单，完全没有难度，可是刚才四年级的一位学姐偷偷透露给我，说这个任务里出现了杀人狂魔，接了这个任务，将会九死一生。"

"一位学姐？"苏落问。

"嗯，是学生会团任务部门的一位学姐，叫阮珂。"牧姐说，"阮学姐很照顾我，所以才偷偷跟我讲了这件事，不然的话，陆丹妮这一头扎进去就回不来了。"

苏落眼眸半眯起来。如果真像这个学姐说的，那么，背后整她的人是谁？是宗育博吗？还是已经成为立首领亲传弟子的孔一枫？或者还有她不知道的其他人？

不过说到底，这件事陆丹妮是无辜的，她之所以被卷进去，是受了自己的连累。

就好像之前牧姐被闻江虐待，也是因为她跟苏落关系好一样。

"你们的队伍里有谁？"苏落问。

陆丹妮说还一个人都没有。

苏落点点头："去任务大厅吧。"

因为杀人狂魔的事，阮珂只告诉了牧晴，所以知道的人并不多。

苏落过来后，主动加入了陆丹妮这一组，牧晴也主动加入。

其他的同学看到苏落加入这一组，也都纷纷抢着要加入，简直快要挤破头了。

一个队伍只有五个人，几千个人抢这最后剩下的两个名额，怎么办？

最后自然只能由苏落点名。

因为知道这次任务会很艰巨，所以苏落在选人方面也很严格，最后还是定了王牧和闻焕东这两位熟悉又实力强的。

发放任务的人，是任务部副部长梁安，他的身边站着宗育博。看到苏落接受了这个任务，两个人的脸上露出奸计得逞的笑容。

而就在他们不远处，阮珂却微微皱眉。她都已经提醒牧晴了，牧晴居然还敢掺和进去，真是不想再理牧晴了。

阮珂转过头去，眼不见为净。

牧晴撞撞苏落的手臂："阮学姐生我的气了，她一定很不看好我们。"

苏落看看阮珂，又看看宗育博他们，淡淡一笑："其实，我也很不看好啊。"

"啊？"牧晴瞪着苏落。

苏落淡淡一笑："先回去再说。"

为什么苏落明知道杀人狂魔的存在，依旧这么有恃无恐呢？

因为——

第二天一早，苏落就上了山。

苏落不是去四年级区域，也不是去高层区域，而是直接来到殊大人门口。

咚咚咚，敲门声响起。

殊大人所在的最顶端，会没有人守护吗？当然不会。这偌大的一片区域，明哨暗哨多得数不胜数。

如果别人过去，自然会被拦住，但是殊大人吩咐过，只要是苏落，无论什么时候来都放行，所以苏落才能一路畅通无阻地来到殊大人的门口。

殊大人没回应。

苏落算了算时辰，这个时候殊大人应该还在做早课，所以她径自推开门。

"就让她这么推门进去了？"暗哨们交头接耳。

"那不然去拦着？"

"可是殊大人不在院子里啊，凌晨的时候殊大人就去后山了，她会不会乱动殊大人的东西？"

"所以，你去拦着？"

"可是殊大人真的不在啊，别人还从来没有这样的特殊待遇呢，如果少了东西……"

"所以，你要去拦着吗？"

……

这群人还没讨论出结果，苏落已经跟进自家院门一样走进去了。

剩下一群暗哨面面相觑。

他们不敢得罪殊大人，更不敢得罪苏落。因为殊大人是君子，大人有大量，宽容有度。可是苏落是个小姑娘，小姑娘可以任性骄纵，她随便告个状，殊大人都会听进去。

所以，比起来还是这位苏姑娘更可怕些。

进入院子后，苏落就发现殊大人不在里面。

这要是换了别人，肯定就小心翼翼地退出去了，免得出什么事情。

但是苏落却没有。她站在院子里，看到两侧的药苗有点蔫蔫的，于是就卷起袖子，从门口找到一柄小药锄，跑来给药苗松土。

松完土之后，她发现土地有些干燥，于是又跑去拿了喷壶给这些药苗浇水。

等殊大人回来的时候，就看到苏落卷着袖子和裤腿，帮她的药苗浇水施肥。

跟殊大人一起回来的是立首领。

立首领一看这副场景，当即上前一步，冲着苏落怒喝："你在做什么！"

立首领的震慑对苏落来说实在太强，苏落的手一松，药锄砸下，将一株幼苗砸死了。

殊大人种的药哪有普通的？立首领一看那药苗，当即就如炸毛的公鸡，噔噔噔地就朝苏落冲过去。

苏落下意识地后退一步。

立首领蹲下身子，双手捧起那棵被药锄一锄为二的药苗，惨叫一声："这是紫雾仙露苗！上次精英队深入魔药谷九死一生才采回来的紫雾仙露苗，你居然给锄断了！"

立首领用吃人的目光凶狠地瞪着苏落，他那根手指往苏落肩膀上一戳，苏落啪嗒一声往后倒退。

就在苏落感觉自己收势不住快要一屁股坐在地里的时候，一只温柔的手拉住了她。

苏落回头，是殊大人。

立首领还沉浸在悲痛中，朝苏落大吼："你到底知不知道紫雾仙露苗有多重要！这里的东西是你能动的吗？你以为你是谁啊！今天不教训教训你，简直咽不下这口气，你跟我过来！"

怒气冲冲的立首领抬手就要去拎苏落。

但是，他却对上了殊大人那双平静无波的清眸，不由得愣了愣。

有殊大人撑腰，苏落顿时朝他吼道："如果不是你大喊大叫，我怎么会被吓到？如果不是被你吓到，药锄怎么会掉下去？如果药锄不掉下去，紫雾仙露苗怎么会被砸到？"

"那怪我咯？"立首领完全没有意识到，他其实是在跟一个小姑娘计较。

苏落冷笑，声音比立首领更大："当然怪你啊，难不成还怪我咯？"

立首领被苏落气得快要七窍生烟了："你简直气死我了！跟我过来！"

立首领拉住苏落的肩膀用力一扯，顿时发出一声杀猪般的惨叫："啊——"

他抓苏落的时候却发现自己的手像是抓到一块炙热的铁块，当即被烫得缩回了手。

立首领低头看一下自己的手，发现手指被烫得通红，密密麻麻全是小水泡。他当即震惊地看着苏落，然后又迷惑地看着殊大人。

立首领不笨，他知道苏落的实力，所以刚才他之所以会受伤，其实是殊大人在帮苏落吧？

为什么呀？

殊大人微微皱眉，对立首领说："下去包扎下。"

"哦。"立首领在殊大人面前乖得跟猫咪似的，殊大人说什么就是什么。

"但是，这株紫雾仙露苗……"立首领还清楚地记得，当时自己手下的精英队找到紫雾仙露苗的时候那激动的表情，也清楚地记得自己将紫雾仙露苗献给殊大人时，殊大人高兴地赏了自己一杯她亲手种的茶。

殊大人点点头："下去吧。"

"哦。"立首领得意地瞟了苏落一眼，他知道，殊大人肯定要亲自处罚苏落了。

带着愉快的心情，立首领高高兴兴地离开了。

其实他到现在还没意识到，他一个高高在上的四年级大佬，居然跟苏落这位三年级的学生计较……

等立首领离开后，苏落没好气地看着殊大人："这紫雾仙露苗……"

殊大人从苏落手里拿过那株断苗，随手往地上一丢，带头慢悠悠地往里走，仿佛那地上的紫雾仙露苗一点都不重要。

"这次过来有什么事吗？"殊大人跟苏落说话的时候，还会带语气助词，和蔼又亲切，完全不像对立首领说话时那种上级对下级的态度。

回到内堂，殊大人还亲手帮苏落沏了一杯茶："没有神仙茶，这茶你将就着喝吧。"

被立首领这么一打岔，苏落终于想起之前的事了。

"杀人狂魔的事您知道吗？"苏落问。

殊大人原先迷茫，但是她闭上眼睛，几个呼吸的瞬间，殊大人就睁开眼睛，朝苏落点点头。

苏落："……我要带队去森林里的黄霞谷给隐居的前辈送生活物资，您怎么看？"

殊大人看了苏落一眼："他承受不起。"

苏落："……我的意思是，会有生命危险吗？"

殊大人无奈地看了苏落一眼，深深叹了口气。

这些在殊大人看来鸡毛蒜皮的小事，也就只有苏落提她才不会生气，若是换个人，后果就不堪设想了。

"在这岛上，你死不掉。"殊大人淡淡地看着苏落。

得到这个保证，苏落当即就放心了。

"对了，紫雾仙露苗……"苏落又多嘴问了一句。

殊大人随意开口："让他们再寻一株补上便是了。"

苏落内心嘿嘿偷笑，立首领估计又要气炸了。

带着愉快的心情，苏落回到山下。

第二天，苏落带着小队就进入森林。

森林里草木遍布，高耸入云的古树数不胜数，遮天蔽日，脚下的草木有一人多高。不过好在黄霞谷这条路经常有人走，所以走出了一条仅容一人通过的小路。

苏落走在队伍的最前面，王牧守在队伍的最后面，众人一路上没有耽搁，朝着黄霞谷开进。

"他们进去了！"宗育博站在悬崖高处，以他所在的角度，能够清楚地看到苏落小队的前进路线。

他的身边站着那位副部长梁安。

梁安朝宗育博诡异一笑："你姐姐……"

"姐姐吃了饭，已经睡了……"宗育博脸上带着一抹意味深长的笑容。

"好孩子。"梁安拍拍宗育博的肩头，朝着宗育博家里快步而去。

而此刻，宗育博看着苏落他们逐渐深入黄霞谷，脸上的笑容变得越发诡异。

敢得罪他？那就要付出生命的代价！宗育博恨恨地想。

苏落队里，王牧忽然皱眉："我怎么忽然有一种被人盯上的感觉？"

苏落说："不仅你有，我也有，回头东南方向七十五度角。"

众人齐刷刷地回头。

透过繁茂枝叶的遮挡，他们看得很清楚。

"那个人是谁？"陆丹妮不解地问。

"宗育博！"除苏落外，其余三人异口同声地说。

"宗育博？你们不要告诉我，这次的任务，是他做的手脚？"陆丹妮一脸疑惑。

众人都点点头。

"可这不对啊。"陆丹妮想不明白，"咱们又没得罪他，他干吗给咱们下套啊？要真说得罪，苏老大还打了胡尹凡呢！"

牧晴没好气地说："宗育博这个人最记仇了，一点点小事他都睚眦必报，更何况苏老大还当着那么多人的面狠狠下了他的面子，不被记仇才怪呢。"

"那我们怎么办？"陆丹妮急了。

"该怎么办就怎么办，反正跟着苏老大，有她在就有奇迹。"闻焕东笑哈哈，很乐观。

主要是之前海上一行，让闻焕东对苏落充满了敬仰，觉得苏落无所不能，觉得有苏落在的地方就有奇迹。

苏落没好气地回头瞟了他一眼："不要盲目崇拜姐，姐只是传说。"

"扑哧——"在场几个人全笑喷了。

如果宗育博知道这五个人明知有杀人狂魔还这么乐观，不知会不会骂他们愚蠢。

而这支队伍，原本因杀人狂魔带来的紧张情绪，也随着这些对话而变得轻松起来。

黄霞谷在森林的西南方向，距离居住区不远也不近，还不属于危险区域，所以如果没有杀人狂魔这件事的话，这任务其实是很轻松的。

路上大家并没有遇到所谓的杀人狂魔，一路畅通无阻地进入黄霞谷。

牧晴做过这个任务，所以驾轻就熟，指着前方那排严密的石头说："翻过这些花理石就到凌长老隐居的小院了。"

凌长老的隐居小院在峡谷深处，在繁茂树叶间若隐若现，看上去神秘极了。

"走吧。"苏落走在最前面，笑着说，"说不定这次的任务很简单呢，把物资一放，直接回去，不一定会碰上什么杀人狂魔。"

陆丹妮很天真地说："会不会其实所谓的杀人狂魔根本就不存在？是宗育博故意杜撰出来骗我们的？"

牧晴摇摇头："应该不会，因为告诉我们杀人狂魔消息的是阮珂学姐，宗育博瞒得死紧呢。"

就在众人议论纷纷的时候，走在最前面的苏落倏然停下脚步，同时做了个"停"的手势。

出事了？众人的心一下子悬起来，全都看向苏落。

此时离凌长老隐居的小院已经很近了，不到一千米的距离，苏落的眼里闪过一抹凝重，回头问大家："你们闻到血腥味了吗？"

血腥味？众人摇头。

苏落的神色越发凝重："我闻到了。"

牧晴当即脸色一变："凌长老不喜欢别人打搅，所以拒绝了弟子服侍，这座小院里只有他一个人！"

所以，如果有血腥味的话，难不成凌长老已经……

众人都被这个猜测吓了一跳，因为凌长老在加勒岛上的实力，那是非同一般的强。

"你们都留在这里，我过去看看。"苏落回头看了他们一眼，当即做了决定。

王牧不同意："还是我去吧？"

苏落扫了王牧一眼，他当即就不说话了。

苏落每一句话都有她的道理和用意，她的命令不容反驳。

王牧点点头："那你一定要小心。"

苏落对众人说："虽然没有感觉到杀气，但前面还是很危险的，你们就藏在这里，如果我向你们招手，你们再过来。"

交代了这句话后，苏落身形一闪，一个瞬移就到了小院的门口。

众人看到苏落的速度，都为之震惊。

"苏老大的速度比海上的时候又精进了许多！"王牧看得目瞪口呆。

"她到底是怎么修炼的啊？明明大家修炼的时间都一样多，为什么苏老大的进步这么明显呢？"闻焕东哭丧着脸，好有挫败感。

牧晴星星眼地看着苏落的背影，崇拜地说："因为她每时每刻都在修炼，从来没有一刻放松。"

因为住在一起，所以牧晴比任何人都清楚苏落的勤奋和努力。正是因为这份努力，所以苏落的进步速度是任何人都比不了的。

在苏落的带领下，陆丹妮的实力也在连续上涨，原本处于三年级倒数的她，现在已经是三年级中游了，这就是近朱者赤的道理。

苏落并不知道她这一个瞬移会引发众人这么多的感慨，更不知道她一个瞬移竟让这几位队员下定决心勤奋修炼。

此刻，她已经来到了隐居小院的外墙。

因为距离近，所以那股血腥味越发浓重。苏落非常确定里面有死尸，而且死亡时间就在不久前。

苏落跳过低矮的外墙，站在墙头朝里面望去，脸色微微一变。

里面果然有死尸，而且死状非常惨烈。

苏落绕着墙头走了一圈，发现没有别的危险后，这才朝后面的队员招手。

一千米的距离对于他们来说转瞬即到，他们很快就跑过来了。

"呕……"看到那具死尸，陆丹妮当即转头，捂着嘴巴不断地干呕。

牧晴的脸色也非常难看，但是她还算镇定，走过去将死尸的头部翻了过来。

"是凌长老。"牧晴咬着牙对苏落说。

凌长老的死状非常惨烈，因为他的身体是分开的，头部、四肢，还有上半身、下半身，都是分开的。

分开后，又被分别拉开一小段距离，重新摆成人形，乍一看非常恐怖。

就在这时，陆丹妮忽然尖叫一声："啊——"

众人都不解地看着陆丹妮。

陆丹妮右手捂着眼睛，左手指着凌长老的头部："嘴巴——凌长老的嘴巴在动！"

苏落却当即朝凌长老的头部看去。

果然，凌长老瞪着双眼，眼睛已经无法聚焦，但是他的嘴巴确实在微微嚅动。

苏落的耳朵贴近他的嘴边……

陆丹妮吓得不行了，双腿在剧烈颤抖。

但是这一刻，她的内心是庆幸的，庆幸有苏落一路陪着过来，不然的话，如果是跟她实力差不多的几位队员，这会儿非吓成神经病不可。

很快苏落就站起来了，这时凌长老的嘴巴已经不动了。

苏落用手将凌长老的眼睛合上，声音带了一丝悲愤："确实有杀人狂魔，凌长老让我们快跑！"

事实上，凌长老交代的并不仅仅是这一件事，但是苏落并没有说，因为说出来太吓人了，她怕队员跑都跑不动了。

"所以，我们现在应该先回学院，将这件事汇报上去，让上面来人调查。"王牧认真地看着苏落，"凌长老的实力这么强大，现在都死于非命了，我们几个在杀人狂魔面前实在是不够看啊。"

苏落点点头："我同意你的观点，但是……时间上恐怕来不及了。"

"什么？"众人都惊讶地看着苏落。

苏落苦笑："如果我没猜错，杀人狂魔已经来了。"

怎么办？众人脸上露出惊恐之色，全都看向苏落。

苏落还没说话，半空中就响起一声狂笑："哈哈，原来这里还有人啊，真是天助我也！"

这狂妄的笑声，如一道道天雷劈在众人头顶。

"头好痛！"陆丹妮痛得抱住脑袋，仿佛下一刻就要晕厥过去。

其他人也好不到哪里去，一个个都皱着眉头，苦苦地忍着。

"走！"苏落推了王牧一把，"带着他们快跑，能跑多远就跑多远！"

"可是你……"王牧急得大吼。

"我的速度你们追得上吗？还不快跑！"苏落气得推了他一把。

王牧眼睛都急红了。在生死关头，他竟然还是帮不上苏落，又急又气又自责。

为了不成为苏落的包袱，王牧抓起牧晴就扛在肩头。

闻焕东的反应也很快，直接将陆丹妮也扛在肩头。

两个人飞快地朝门口冲去。

就在他们冲过去的时候，杀人狂魔从天而降。

"咦，我刚来，你们怎么就要走啊？给我留下！"杀人狂魔一头白花花杂乱如狮子毛的头发，全身衣衫褴褛，神情状似癫狂。

他一出手就去拦王牧和闻焕东。

就在这时，苏落冷冷一笑："丑八怪！神经病！杀人狂魔！凌长老还活着，你要拦谁呢？"

说话间，苏落身形转出古体操那高难度动作，一把揪住杀人狂魔的头发往后扯。

杀人狂魔的注意力顿时被苏落吸引了去。

就在这一瞬间，王牧和闻焕东飞快地跑出去了。

杀人狂魔转过头，那双疯狂嗜血的目光盯着苏落，疯子似的跺着脚大喊大叫："你是谁？为什么要扯我的头发？我很不高兴！"

这跺脚表达不满的样子，真的很像弱智。

"我要杀了你！杀了你！杀了你！"杀人狂魔朝苏落狂冲过去。

"等等！"苏落大吼一声。

苏落的声音里蕴含了大地之音的韵律，所以这惊天一吼，还真把杀人狂魔给镇住了。不过也就只有短短的一瞬间。

杀人狂魔睁大眼睛，傻乎乎地看着苏落。

就在杀人狂魔愣住的时候，苏落身形一动，一个瞬移就跑远了。

"你骗我！"杀人狂魔指着苏落又蹦又跳，然后离弦之箭似的朝苏落追去。

苏落占尽先机，本以为自己能够逃出去，但她还是低估了杀人狂魔的实力。

一个能将凌长老杀死的杀人狂魔，他怎么会是一般人？瞬移速度再快，在绝对的等级压制下，那也完全没有办法。

杀人狂魔原本很容易就能追到苏落，但是他偏偏不按常理出招。

苏落原本的逃跑方向是西南，但是杀人狂魔却猛地蹿到苏落面前。看到苏落，他嘿嘿大笑："被我逮到了吧？嘿嘿嘿……"

苏落转头就往北跑，用了一个又一个瞬移，但是苏落抬头一看，杀人狂魔居然又站在她面前搞怪而得意地扭动着身子。

他一边扭动还一边嘲笑苏落："你是蜗牛吗？爬都比你快啊，快跑快跑！"

苏落郁闷地往西跑，可是跑出去没多久，杀人狂魔又挡在她前面，还吐槽她："哈哈哈，我都等睡着了，你怎么才到啊。我渴了，过来让我吸血，快快！"

苏落眼泪都快掉出来了。吸血你个头！本姑娘还要命呢！

于是苏落一把抹去额头上的汗水，深吸一口气，很无奈地往东边跑。

其实苏落很不愿意往这边跑，因为王牧他们就是往这个方向跑的。

希望刚才那段她努力争取来的时间，能够让王牧他们跑远一点吧。

苏落想，反正殊大人承诺过她不会有性命之忧的。

但是王牧他们，苏落就不敢保证了。

然而，苏落真的没有性命之忧吗？殊大人此刻真的注意到了杀人狂魔追杀苏落的这一幕吗？这还真不好说……

因为就在这一刻，殊大人忽然感应到天劫！她必须要度过九九八十一道雷劫才能晋升到下一阶。

九九八十一道天雷，一雷更比一雷难，殊大人为了不让加勒岛受到雷劫冲击，已经避到岛外偏僻的大海之滨。

可怜的苏落，她却还以为一切都在殊大人的掌握之中……

之前，杀人狂魔是在逗苏落玩，所以对她并没有杀意。

但是现在，杀人狂魔渴了。他一向想一出是一出、想干吗就干吗，现在渴了，要喝苏落的血，所以他就专门盯着苏落那纤细如玉的脖颈。

嗖——随着一声轻响，苏落感觉到脊背发凉，回头一看，杀人狂魔正狞笑着凑近她的脖子。

"哇！"苏落大吼一声，身子飞快地往前冲，再次逃出杀人狂魔的魔爪。

杀人狂魔有点生气了。这个玩具他玩够了，想要吃掉，可她怎么跟泥鳅似的抓了又逃？不行，追！

杀人狂魔还真跟苏落较上劲了。

多亏苏落在海底深渊学会了古体操，空间瞬移能力又提高了，不然早就被喝血了。

苏落跑了没多久就看到前面拼命跑的几个人，当即有种想吐血的冲动。她最不愿意碰到王牧他们，可是现在四位队员就在苏落前面。

说实话，他们已经拼尽全力在跑了，他们想要跑回居住区求救。但他们实力就在那儿，再怎么拼命也没用。就好像一个原本就只有考六十分实力的人，再怎么认真审题研究题目，他最多也就七十分，终究没有考到一百分的实力。

现在他们也是如此。

听到身后的动静，他们唰唰唰地回头，然后就看到了苏落。

"苏老大！"他们脸上出现一抹惊喜，正想朝苏落奔去。

但是——

"继续跑！不要回头！"苏落冲他们大喊。

其实不用苏落喊，他们的脸色也都变了。

因为就在距离苏落身后一百米处，杀人狂魔出现了。

一百米，五十米，三十米，十米！

最后，杀人狂魔一伸手就将苏落拎在手里。

苏落朝王牧他们大喊："快跑！不要管我，我不会死的！"

然而苏落的话才刚说完，杀人狂魔的嘴边嗖的一声就出现两根尖锐的獠牙。

锋利尖锐的獠牙在阳光下闪闪发光，发出刺眼的寒芒。

而此刻，诡异的獠牙正伸向苏落纤细的颈项。

"不！"牧晴从王牧身上猛地跳下来，不要命地朝杀人狂魔冲去。

王牧几个也都红了眼。

自家老大要被杀人狂魔吸血，他们怎能袖手旁观？

闻焕东将陆丹妮往前一推："你快跑！"

"我不！要死大家一起死！"陆丹妮眸中带泪，声音带着凄厉。

闻焕东甩了她一巴掌："不要再说了！你现在立刻回居住区求救，如果你跑得快，或许还能找到人救我们一命；如果你跑得不够快，我们四个就会命丧杀人狂魔之手！"

"我……"陆丹妮带着哭腔，手足无措。

"还不快去！"闻焕东猛地推了她一把。

"好！我回去搬救兵！但是你们记住，如果你们死了，我也不会独活！"陆丹妮深深地看了众人一眼，转身就以最快的速度朝居住区冲去，纤细的背影坚强而决绝。

苏落被杀人狂魔抓在手里，她能够感觉到冰冷的獠牙刺破她的血管，甚至能够清晰地感觉到她的血液正在流失。

这种感觉，让人无力而又无奈。

　　就在这时，苏落的三个小伙伴正从三个方位攻击杀人狂魔。

　　杀人狂魔的兴致被破坏了，很不开心地说："你们这群小蝼蚁，居然敢打扰我用餐，我很不开心！"

　　杀人狂魔扫了一圈，注意到牧晴的眼神仇恨值最高，于是他啪一声丢开苏落，一步一步朝牧晴走去。

　　"牧姐快跑！"苏落一边叫，一边冲上去抱住杀人狂魔的大腿。

　　虽然苏落整个人都吊在杀人狂魔的腿上，但是这并不影响他的速度。

　　牧晴转身想跑，但是还没等她跑出两步，她就发现自己的头发被人拎住了。

　　哐当！杀人狂魔拎着牧晴的头发，把她朝树上狠狠一砸，然后又朝王牧走去。

　　他盯着王牧发出诡笑，稳稳地朝他走去，一副"我就是要抓你，你就是跑不掉"的表情。

　　苏落发现她吊在杀人狂魔身上根本没用，于是就松开手让自己落地。

　　苏落的脑子在飞速运转着。

　　怎么办，怎么办……她必须想到办法，不然他们四个今天都得死在这里。

　　一定有办法。快点想！苏落不断催促自己……

　　苏落已经看出来了，杀人狂魔是修炼功法的时候走火入魔了，他的身体是冰冷的，所以他需要从新鲜血液中汲取营养，供养他的修炼。

　　所以，他们四个是绝对跑不掉的。

　　忽然，苏落脑中灵光一现，想起殊大人在把图腾令牌还给她时，特意在上面施加了一道剑光，用来保护图腾令牌。

也就是说，只要将图腾令牌拿出来，将上面的剑光用掉，殊大人就会知道，是这样吧？

苏落的眼睛顿时闪闪发亮。

就在杀人狂魔左手王牧、右手闻焕东，左右手上的两颗脑袋正要相撞时，苏落掏出图腾令牌，然后大喝一声："去！"

从图腾令牌上爆发出一道极致的火焰光芒，一时间狂风大作、飞沙走石、乌云盖顶，气氛压抑至极。

所有人都被这道剑光镇住了，连杀人狂魔都停下了手中的动作。

此刻，王牧和闻焕东的两颗脑袋距离只有一厘米。只要苏落这道剑光发出来的时间迟上那么一秒，那么苏落现在所看到的，就是两具尸体了。

幸好苏落早了一秒，刚好阻止了惨剧的发生。

杀人狂魔怔怔地看着那道朝他的咽喉袭来的剑光，随手就想将它拍飞，但是当剑光逼近的时候，他感觉到了剑上的恐怖气息。

"这是那个女人的气息！"杀人狂魔认出殊大人留下的印记，当即吓了一大跳。

要知道，他曾被殊大人抓住关起来过，而且一关就是无数年。

虽然他现在已经疯疯癫癫了，但是内心深处对殊大人有一种本能的恐惧，所以在发觉这道剑光属于殊大人后，吓得哇哇哇大叫，随即丢下一切能丢的东西，唰的一道白光闪过，眼前已经不见了他的踪影。

所有人都傻眼了。大家都看得出来，那道剑光其实只是防御性的，杀伤力非常弱。

可是让人闻风丧胆的杀人狂魔居然逃之夭夭了。

"这个……"王牧咽了咽口水，指着那枚令牌问苏落，"这是什么东西，这么有用？"

苏落摇头："其实不是令牌有用，而是殊大人在令牌上赋予了一道防御之光，上面有她的气息，所以才把杀人狂魔给吓跑了。"

王牧等人松了口气，抹去额头上的汗珠："还好还好，总算把杀人狂魔给吓跑了，不然今天我们几个人都将死在这里。"

闻焕东忽然问道："殊大人赋予的防御之光？殊大人什么时候对你这么好了？"

牧姐笑嘻嘻地说："这你们就不知道了吧？殊大人对落落好着呢，既然赋予了防御之光，那就是释放出一道信息——落落是她罩着的人，谁也不能轻举妄动，是吧？"

最后一句话，牧姐是看着苏落说的。

苏落摇摇头："防御之光只有一道，用完就没了。也别说罩着不罩着了，那位杀人狂魔是按常理出牌的人吗？我们还是快点离开这里吧。"

防御之光启动，但是苏落没有感应到来自殊大人的任何信息，所以她心里有点没底。

杀人狂魔跑了，众人心里都放松了不少，不过疯子的世界他们完全不懂，所以当务之急还是赶紧离开。

于是他们加快了回程的脚步。

杀人狂魔被殊大人的一道剑光吓坏了，一口气跑回凌长老的隐居小院，扶着门框大口大口地喘气。

忽然，他感到有些疑惑。

咦？不对劲啊！当年捕捉他的那个女人实力强得很，速度又恐怖，怎么老半天了还没追上来呢？不会是迷路了吧？杀人狂魔摸摸脑袋，百思不得其解。

他想得脑袋都痛了，也想不出答案来。因为来回奔跑这么剧烈运动，杀人狂魔觉得越发渴了，他舔舔干裂的嘴唇，忽然灵机一动。

刚才那道剑光如果真是那个恐怖女人的，她早就弄死自己了，怎么会放自己走？

当初她曾说过，他若敢跑就杀死他，她不会说话不算数的。

所以，其实刚才那道剑光不是那个女人的吧？

那他其实还是可以喝血的吧？

杀人狂魔想到这里，又跑回去了，很快就追上了苏落他们。

"哈哈哈……小娃娃们，你们怎么跑这么慢啊，是在等我吗？"杀人狂魔嚣张地狂笑。

此刻，殊大人正在抵挡九九八十一道雷劫，天雷一道比一道恐怖，她自己都有性命之忧。而且她封闭了五感，全心抵抗天劫，根本不知道苏落此刻正在遭遇的危险。

看着杀人狂魔那张脸，苏落在绝望之时，捏紧了那颗墨霜空间幻莲石。她也不知道为什么要这么做，这只是一个下意识的动作。

啪嗒！墨霜空间幻莲石居然被捏碎了，苏落顿时沉浸在喜悦之中——她被封印了那么久的空间之门，终于要打开了！

苏落空间发生的变化，对外界产生了剧烈的影响。因为要打开随身空间，必然要抽走四周的灵气。

杀人狂魔在哈哈狂笑的时候，忽然感到不对劲，抬头一看，发现周围所有的灵气都朝着苏落疯狂地涌去，形成一个巨大的灵气旋涡。

杀人狂魔从来没见过这么恐怖的场景，转身就跑。

苏落等人在心中祈祷：快跑快跑！

但是事与愿违，杀人狂魔跑了几步，忽然停住脚步，用手捂着眼睛转过身来，透过指缝观察着苏落身上的旋涡。

积聚了附近所有的灵力，苏落的空间勉强打开一条细缝了。

这样的细缝，小黑猫和碧羽仙藤肯定是出不来的，但是苏落很聪明，第一反应就是去抓丹药，而且还是丹药中的毒药。

当苏落抓出一把毒药后，她的心总算放下来了。

苏落现在已经清楚了，只有足够的灵力才能把空间之门彻底打开。

第二十章　击杀狂魔

475

而在这茂密丛林中，别的东西或许不多，但是灵气绝对够。

苏落手里暗藏着一把毒药，但是除了她自己外，谁也没有注意到。

这些毒药都是当初苏落在炼药师公会的时候，闲着无聊做出来以备不时之需的，所以不仅毒性强，而且还都属于爆炸型的。

杀人狂魔看见苏落身上的旋涡不见了，当即狂笑着朝苏落走去。

不过这次，杀人狂魔小心了许多。

苏落看到他过来，当即横眉竖眼地威胁："你不要过来！我手上有殊大人给的法宝，你过来你就死定了！"

"可是我好渴，你给我喝血吧！"杀人狂魔好声好气地跟苏落商量。

苏落气得差点吐血："你的血给我喝行吗？"

杀人狂魔闻言，顿时怒了。

"找死！"杀人狂魔大喝一声，朝苏落冲去。

"小心！"牧晴见苏落有危险，冲上去挡在苏落面前。

就在这时，苏落手中的一样东西已经狠狠砸向杀人狂魔。

"这是殊大人给的法宝！殊大人说，如果你还不识好歹，就亲自出来教训你！"苏落一边扔一边威胁他。

苏落丢过去的东西是她刚才临时做好的——一管药剂里塞进去十几种毒药，然后用幻术让它看起来闪闪发亮，但是高手一眼就能看穿这是障眼法。

当苏落将这管药剂砸向杀人狂魔时，杀人狂魔单手接住药剂，然后用力一捏……

"趴下！"苏落大吼一声。牧晴三人默契地趴在地上。

下一秒，突然响起一连串的爆炸声。杀人狂魔处于爆炸中心，浑身血肉模糊，而他捏爆药剂的右手则被炸开了花。

这些药剂是有毒的，在伤口出血后，这些毒素迅速侵入杀人狂魔体内，在他的四肢百骸中流窜，四处传染，蔓延得非常快。

杀人狂魔一开始并没发现，等他感到身体不适，才意识到自己中毒了。

杀人狂魔不愧是杀人狂魔，中了那么厉害的毒，一般人早就挂了，而他只是皱皱眉头，行动有点迟缓罢了。

等杀人狂魔回过神来要处理苏落等人时，这才发现他们早已不知所终。

"啊啊啊……又骗我，好讨厌！"杀人狂魔气得直跺脚，咬牙切齿地追了出去。

事到如今，已不是想喝苏落的血那么简单了，他恨不得亲手掐死苏落。

苏落抓着同伴，一个瞬移接一个瞬移地全速逃命。

眼看再跑五分钟就能逃出森林了，苏落突然脸色骤变："不好，杀人狂魔追来了！"

众人都快哭了：杀人狂魔都被炸成那样了，怎么还穷追不舍啊？

忽然，苏落身形一顿，脸上浮现出一抹笑意。众人全都莫名其妙地看着她，只见苏落对着空气自说自话："好，我试试！"

苏落到底怎么了？这样的苏落，让他们想起逃离海底深渊时，她也曾这样自说自话。

其实，苏落在跟海皇老爷爷说话。

苏落打开了空间，虽然只是一条细缝，但是已经足够海皇老爷爷和她沟通了。海皇老爷爷虽然不会空间技能，但他见多识广，在她的空间被重新打开后，不仅告诉苏落空间有了新技能，还传授了苏落口诀。

刚才苏落背会了口诀，决定试一试。

这个新技能的名字叫隐蔽空间。

继虚无空间、重力空间之后，又出现了隐蔽空间。

这时候，杀人狂魔已经追上来了，边跑边吼："我看到你们了，全都给我站住！"

在这千钧一发之际，苏落默念口诀，双手呈莲花状置于胸前。

王牧最先反应过来："咦，我怎么忽然感觉身体动不了啦？"

闻焕东："我也是。"

牧晴："我也动不了了。"

王牧："好像身陷沼泽之中，身体不受控制了？"

后面两个点点头。

王牧忽然又说："现在是不是又感觉到泥浆硬化，身体似乎……化为石头了？"

后面两个又拼命点头。

王牧还想说，可是他发现自己连嘴巴都张不开了……

这种身体变成石头的感觉，真的好可怕。

就在这时，苏落淡定地睁开眼睛，说道："不要惊慌，你们现在被隐蔽空间罩着，身体像石头一样没有生机，在杀人狂魔看来，你们就是石头。"

众人狂喜，但是苏落却笑不出来："其实我很想告诉你们，这个新技能是我刚刚才领悟到的，还是第一次使用，所以能不能瞒过杀人狂魔、能坚持多久都不知道。"

众人想告诉苏落，其实她尽力了就好，其他的都不用担心，因为生死由命嘛。

但是苏落怎能不担心呢？大家的生命都系在她的新技能上。

不过，她的担心中，又隐隐有一丝兴奋：隐蔽空间真的能躲过杀人狂魔的追杀吗？

苏落他们躲在道路右侧的石头堆里，闭上眼睛，后方很快就传来了噔噔噔的脚步声，还有杀人狂魔嚣张的喊声："我看到你们了，快给我停下！"

杀人狂魔来了！大家开始紧张：就这么大大咧咧地站在路边，真的不会被发现吗？

而此刻的苏落，因为要让五个人保持石化状态，特别消耗灵力，所以额头上冒出了一层细密的汗珠。

所有人都期待杀人狂魔继续追下去，可他偏偏在众人面前停下了，疑惑地环视四周。

不会被发现吧？在那双眼睛扫视过来时，众人都觉得头皮发麻。

灵力早已透支，苏落咬紧牙关硬撑着，她估计自己顶多还能坚持十秒。

怎么突然就不见了？明明气息就在附近，可是瞅来瞅去都没看到人影。杀人狂魔疑惑地摸摸脑袋，继续朝前方追去……

直到杀人狂魔的身影消失在视线中，大家才松了口气。苏落跌坐在石头上，隐蔽空间再也维持不住，众人纷纷解除石化状态。大家有一瞬间的不适应，感觉身体非常僵硬，不过很快就恢复如常。

牧晴略带紧张地问："杀人狂魔会不会杀回来？"

苏落一抹额头上的汗："以他的智商，要是找不到我们，很有可能会原路返回。"

众人都看着苏落。反正有苏落在，他们根本不需要动脑子，只要听话就行。

苏落观察了一下四周，指着不远处的一条偏僻小道说："走这边，然后再绕出去。"

苏落领着众人快步离去。在他们进入小道不久，杀人狂魔就郁闷地回来了。

在经过那堆石头时，杀人狂魔还多看了几眼。

咦，怎么感觉石头少了几块？一定是自己眼花了。杀人狂魔抓抓脑袋，很快就将这件事抛在脑后。

杀人狂魔追了老半天，却把目标追丢了，这让他万分沮丧。但是找来找去都找不到，他只能无奈地接受事实。

却说苏落走出森林，看着外面明媚的阳光，顿时有种劫后重生的喜悦。

牧晴："我们走出来了！"

大家都回头看着苏落，眼底有着由衷的感激。如果没有苏落，他们早就被杀人狂魔吸成干尸了。

"你受伤了吗？"牧晴发现苏落的行动有些迟缓，而且脸色实在是太苍白了。

王牧和闻焕东都紧张地盯着苏落。

苏落缓缓摆手："不是什么大毛病，只是灵力有些透支，休息一段时间就会恢复。不过在这段时间，我是不能再用灵力了。"

众人眼里都闪过一抹心疼，气氛一时有些沉闷。

"我们回去吧，你也能好好休息一下。"牧晴关切地说。

但是苏落却摇摇头，笑着说："还不行呢。"

"为什么？"众人齐问。

苏落的嘴角浮现一抹神秘的笑意："再等等，他们很快就出现了。"

"他们"是谁？众人都很疑惑，但是很快就知道了答案。

因为，就在下一秒，宗育博和胡尹凡几人就出现在众人面前。

他们其实一直都没有离开。因为想尽快知道杀人狂魔是不是将他们杀死了，特别是苏落，他们恨不得苏落死无全尸。然而现在，他们却看见苏落等人安然无恙地走出了森林。

胡尹凡睁大眼睛："你们怎么……"还活着？

牧晴他们都用仇恨的目光盯着胡尹凡和宗育博，唯独苏落漫不经心地问："我们怎么了？"

胡尹凡不解地看着苏落，试探地问道："你们没有遇到什么吗？"

牧晴四人见苏落的脸上浮现出一抹他们熟悉的笑容，顿时明白苏落这是要坑对方了，所以他们也切换成平静的表情。

苏落似笑非笑地看着胡尹凡："什么也没遇到啊，这个任务不是很简单吗？把生活物资送到凌长老的隐居小屋，然后我们就回来了呀。"

胡尹凡和宗育博对视一眼：不会吧？居然没有遇到杀人狂魔？还是根本就没有杀人狂魔，而是有人误传了消息？

"你们真没遇到什么危险的人？"宗育博冷着脸质问。

牧晴四人在心里冷笑：怎么可能没遇到？幸亏队伍里有苏落，他们才能逃出生天。

当然，眼看着这几个坏人要被坑，他们当然不会多说什么。

不仅不说话，他们还统一切换成疑惑不解和不耐烦的表情——不解为什么他们要这么问，不耐烦苏落为什么要告诉他们。

宗育博冷冷一笑："我不信！"

如果是平时，苏落根本不会理他。你不信就不信，关我什么事？但是现在为了坑他们，苏落却很主动地说："我说的都是事实，你们为什么不相信我？"

苏落从衣袖里掏出一瓶药剂，得意扬扬地跟他们炫耀："你们看，这药剂就是凌长老送给我们的！"

宗育博一把从苏落手里夺过药瓶，定睛一看，激动地说："这是皇级凝血丹！"

皇级药剂在岛上几乎是买不到的，就是买，也要付出很大的代价，可是苏落现在就有这么一瓶！

苏落得意地说："是啊，凌长老夸我们送得及时，物资新鲜度高，所以就赏我们啦。"

凌长老最擅长的就是炼药，但他一向性情古怪，没想到这次居然这么大方。

宗育博盯着药瓶，目光忽明忽暗。

苏落略带紧张地将皇级凝血丹从他手里夺回来，冷哼一声："这是我们的！"

一副生怕被抢走药剂的样子。

牧晴四人见了，嘴角微微抽搐。明明是她自己炼制的药剂，她演得还真像啊。

牧晴他们知道真相，所以心里暗笑。但是宗育博他们不知道内情，被苏落这么一忽悠，顿时就动了贪念。

苏落看到他们目光闪烁，就知道事情成了一半。

于是她对王牧几个招呼道："赶紧去缴纳任务吧，走了走了。"

苏落带头就走。

王牧赶紧追上去，压低声音对苏落说："这个任务我们要不要想办法再领一次？这么大方的长老，实在是不多见啊，皇级药剂啊！"

王牧的声音虽然压得极低，但是逃不过四年级学生的耳朵。

一行人急匆匆地走了，似是急着赶回去接第二趟任务。

看到苏落他们的身影消失，四年级的学生越发沉不住气了。

胡尹凡最先开口："早就听说凌长老很大方，竟然一出手就是皇级药剂。"

宗育博瞟了他一眼："你相信那丫头的鬼话？"

胡尹凡底气十足地反驳道："那皇级药剂是假的吗？"

宗育博顿时被将住了。皇级药剂是他亲手检验的，怎么可能有假？

胡尹凡又分析道："上岛的时候，所有人的所有东西都会被封印，所以这药剂绝不可能是从外面带进来的。"

这一点，宗育博同意。

胡尹凡忽然冷笑："你不会以为，苏落能炼制皇级药剂吧？就算她有这个能力，她有药材吗？"

所以，综上所述，苏落手里那瓶药剂，必然是凌长老送的。

宗育博脸色微变，最终下定决心："还愣着做什么？赶紧回去，抢在他们之前找到任务部长。"

宗育博决定接这个任务，于是找到负责分配任务的副部长梁安。

"你说什么？你要接任务？"梁安觉得宗育博傻了。

宗育博留了个心眼，没告诉他奖励的事，不然梁安绝对会自己去干。

"我姐姐……"宗育博又搬出他姐姐来。

梁安笑眯眯地说："成交。"

宗育博迅速领了任务，带着胡尹凡等人兴冲冲地进入森林，朝黄霞谷走去。

"去了去了，他们真的去了！"

在进入森林的必经之路上，埋伏着五个人，就是苏落他们。

因为早就知道苏落在坑宗育博他们，所以几个人早早就埋伏在这儿。

原本王牧还有些担心：这么明显的忽悠，他们不会真的信了吧？

事实证明，在蠢货面前，贪欲能够主导一切。

宗育博竟然真带着胡尹凡他们，扛着双倍物资进了森林。

"还双倍物资，这么夸张！"牧晴无语了。

王牧没好气地说：“人家是好算计呢，交完一个物资后，凌长老给了奖励，如果这时候再送上一份物资，凌长老奖是不奖？”

陆丹妮扑哧一声笑了：“可惜里面没有凌长老，只有杀人狂魔。”

大家都哈哈大笑起来。

宗育博他们带着满心的期待，兴高采烈地进入黄霞谷，来到隐居小院。

然后，他们第一眼看到的就是凌长老的尸体，第二眼见到的就是杀人狂魔。

双方狭路相逢，面面相觑。

这时杀人狂魔正抱着凌长老的脑袋在吸血，听到有脚步声，抬起头看过去，嘴角还淌着血，在月光下显得极其恐怖。

见到这群学生，杀人狂魔丢开凌长老的脑袋站了起来。

他困惑地抓抓脑袋：现在是什么情况？那几个小家伙逃跑后，又送来这几个小家伙？

不得不说，杀人狂魔虽然疯疯癫癫，猜得却无比精准，宗育博他们可不就是苏落给忽悠来的？

宗育博这群人虽然是四年级学生，心理承受能力却连三年级的都不如。

“啊啊啊……杀人狂魔，是杀人狂魔啊！”

宗育博还能勉强镇定，但胡尹凡他们却全都吓疯了。

好可怕啊！

他们慌不择路，一边往外冲一边向学院发求救信号。

杀人狂魔在后面淡定地追，他们在前面疯狂地逃，一边跑还一边骂苏落：“臭丫头，居然敢骗我们，回去后非扒了她的皮不可！”

但现在最重要的是，如何活着跑出去……

不得不说，宗育博他们被杀人狂魔追杀得惨不忍睹。每个人都把自己积攒下来的保命底牌用光了，特别是宗育博，连傀儡玉佩也用掉了。

每个人的头上、身上都有被杀人狂魔抓出来的痕迹，血迹斑斑，狼狈不堪。

这还是杀人狂魔刚刚吃饱了。他考虑到如果将他们这几个人都杀了，过夜后血肉就不新鲜了，所以杀人狂魔不过是带着他们遛遛、活动活动筋骨、热热血，这样明天吃起来口感才好。

如果宗育博他们知道了杀人狂魔的真实想法，估计会直接崩溃。

他们被杀人狂魔整得异常凄惨，不过也算他们命大，就在杀人狂魔要吃他们的时候，被长老们发现了，将他们救了出来。

但是，经过一夜的摧残，他们已经被杀人狂魔吓疯了。

梁安是跟着长老们一起过来营救的，他看到宗育博变成这样，当即皱起眉头。

长老们去围剿杀人狂魔，而梁安却盯着宗育博。

第二十章　击杀狂魔

481

"怎么把自己弄成这副样子？不是告诉过你们吗，这里有杀人狂魔！"梁安恨铁不成钢地说。

梁安已经把宗育博当成自己的小舅子了，所以对宗育博还算有点好心。

"我们被骗了！"宗育博哭丧着脸，把苏落说过的话跟梁安说了一遍。

"我说你怎么一定要接这个任务呢，原来是这么回事。你不告诉我实情，是怕我抢了这个任务自己去完成吧？我说宗育博，你到底长不长脑子啊！"梁安被气乐了。

"我……"被说中真相，宗育博觉得好丢脸。

"这件事如果传出去，四年级的脸都会被你们丢尽！"梁安咬牙切齿地说，"如果部长知道这件事，你们就等着死吧！"

丢下这句话，梁安扬长而去。

部长……想到那位连梁安都畏惧的任务部部长大人，宗育博顿时觉得头疼，因此更恨苏落了。他决定，回去后要找苏落报仇。

长老们很快就将杀人狂魔捉住了，本想杀了他给凌长老报仇，但是想到杀人狂魔最初是被殊大人捉住关起来的，所以不敢擅自将他处死，只好关起来，等殊大人发落。

宗育博那边的报复来得很快。

他们一行人回去后，还没回自己屋子，就怒气冲冲地跑到三年级的活动区域。

三年级的学生看到四年级的冲下山来，有一种本能的敬畏。

"我知道苏落住哪！"胡尹凡怒气冲冲地说。

"带路！"宗育博只有这一句话。

一行四人，再加上宗育博找的帮手，凑了十个人，气势汹汹地朝苏落住的别墅扑去。

苏落正在休息。

因为在森林里，苏落的空间出现了新技能，但是为了保住大家的命，苏落用新技能透支了灵力。

当时她什么都没说，但并不代表她的身体没事。

事实上，现在的苏落头痛欲裂、头晕目眩，正躺在床上休息，好让身体恢复正常。

而就在苏落最需要安静的时候，宗育博带人杀过来了。

三年级的很多人都不知道苏落小队去森林遇险的事，也并不知道苏落灵力透支的事。

不过，看到宗育博等人气势汹汹而来，他们下意识地挡在别墅前。

"你们要干什么？"牧晴刚照顾苏落睡下，就听到外面的响动，当即冲了出来。

"干什么？你们自己干了什么事自己不知道吗？来人，给我冲上去打！"

四年级这群人有备而来。他们每个人如狼似虎，手上都拿着一根长长的棍棒。

"打！打坏了我负责！无论是谁，只要敢拦，就给我打，往死里打！"宗育博嚣张地怒吼。

昨天那一夜，是他这辈子最煎熬的一夜，也是最痛苦的一夜。他必须通过这种方式，将怒火发泄出来。

四年级的人冲下来，一句话不说就直接打，这让三年级的学生异常愤怒。

你们平日里欺负我们也就罢了，现在居然还敢欺负我们老大，真是该死！

有人立刻大喊一声："敢打我们苏老大，跟他们拼了！"

"对，跟他们拼了！让他们知道，我们三年级不是好惹的！"

"冲啊！"

"杀啊！"

"快点叫人！"

"对，我喊第一小队！"

"我喊第二小队！"

"我喊第三小队！"

……

三年级的学生都气得红了眼，不要命地朝四年级的十个人冲杀过去。

四年级的学生实力是很强，但毕竟人数少，而三年级的学生虽然实力不如四年级的，但是胜在团结，而且人数也在不断增加，所以四年级的这十个人很快就陷入苦战之中。

"苏落你个小贱人！你敢陷害我们，你不得好死！你给我出来！"宗育博疯狂大叫。

这一声喊彻底惹怒了三年级学生，要知道，苏落可是他们的女神，女神老大被这样骂，是可忍孰不可忍！

"打！"

"打死他们！"

"居然敢骂我们老大，打打打！"

三年级的学生都杀红了眼，打得宗育博等人头破血流，疼得眼泪都出来了。

就在宗育博以为自己的小命今天就要交待在这里的时候，苏落才姗姗而来。

苏落从楼梯上走下来，一挥手，三年级的学生就整齐地停下手中的动作，全部退后三步，将包围圈中的十个人露出来。

此刻这十个人，每个人都狼狈不堪。全身衣衫褴褛，身上没有一块好肉，不是瘀青就是血肉模糊。

苏落似笑非笑地看着宗育博："你叫我？"

宗育博昨天今天两天加在一起受的屈辱，比他这一辈子都多，所以他一开口，就带着悲愤的哭腔："苏落你……你好样的！"

宗育博一边指着苏落，一边站起来。

苏落认真地点点头："我知道自己很好，你不用夸我了。"

宗育博差点吐血。

苏落看到他这样，笑容越发灿烂。

胡尹凡指着苏落，怒气冲冲地质问："你骗了我们，这事你怎么说？"

苏落无辜地眨眨眼睛，不解地问道："你们在说什么？我怎么一个字都听不懂啊？"

胡尹凡冷笑连连："苏落，你别装了！你敢说你没有忽悠我们去做送物资的任务？你敢说你没有忽悠我们去给杀人狂魔追杀？你敢说你不知道凌长老已经死了？"

苏落疑惑地看着他们："杀人狂魔？那是什么东西？我怎么完全听不懂你们在说什么？"

看到苏落那一脸无辜的表情，宗育博他们简直怒不可遏。

宗育博直接怒吼起来："苏落，你还给我装！"

苏落忽然笑了："好了，不跟你开玩笑了，你是指杀人狂魔的事，对吧？"

宗育博没想到苏落竟然承认了，这大大出乎他的意料。

他冷哼一声："你终于承认了？"

苏落说："这件事我已经汇报给上面了，所以，你要找的话，应该找上面才对啊。"

宗育博愣了愣，随即反应过来，顿时大怒："你说上报了？！"

苏落无辜极了："难道要隐瞒上面吗？"

这话，就算给宗育博一百个胆子，他也说不出来。

宗育博被苏落气狠了，那双眼睛布满了血丝。

"当然要隐瞒！"胡尹凡还想威胁苏落几句，但是他刚开口，就被宗育博拍了一巴掌。

这巴掌直接将他拍蒙了。

胡尹凡大惑不解，宗育博却恶狠狠地瞪了他一眼。

这一刻，宗育博很后悔。他后悔当初自己怎么就瞎了眼跑来看热闹，结果却莫名其妙卷入胡尹凡的碰瓷案中，因此丢了大脸。

因为这件事，他才故意刁难苏落，从而有了杀人狂魔这件事。他怎么就觉得，每次对上苏落，他总是在自讨苦吃、自取其辱呢？

"走！"这里宗育博是真待不下去了，再待下去也是被打，丢脸。而且苏落还透露出一个很重要的信息。

上面知道了杀人狂魔的事，这很正常，但如果上面查到他们故意隐瞒杀人狂魔的事，并且将这个任务故意发放给三年级学生，那后果……简直不堪设想！

宗育博想想都想哭了。

而事实上，他真的要哭一哭了。他刚走进学生会团，想了解一下最新情况，还没等他问，就看到梁安出现在他们面前。

梁安扫了宗育博还有胡尹凡几个人一眼，目光中闪过一抹阴狠之色。

宗育博注意到梁安的脸上有一道清晰的掌印。他顿时有一种很不好的预感。但是在梁安的注视下，他们只能硬着头皮走进去。

里面不仅有那位让梁安胆战心惊的任务部长，还有上级派下来的调查团。

他们调查的就是杀人狂魔的事。

那位上级派下来的是一位严老师。

严老师对宗育博等人进行了惨无人道的审讯。

审讯的结果对他们很不利。

但是，任务部长黄训似乎跟严老师有些交情，他说了几句话后，严老师深深地看了宗育博几眼，转身离开。

这件事他会如实上报，只不过汇报的时候侧重点会转移一下。至于上面要怎么处理，那就不是他这个小人物能左右的了。

梁安盯着宗育博的背影，咬着后槽牙。

这个白痴！

这次他真要被宗育博害死了！任务是从他手里发出去的，主要责任也在他。

就在这时，啪的一巴掌重重地抽在宗育博的脸上。

黄训终于出手了，这一巴掌抽得又狠又急，抽得宗育博狠狠飞出去，撞到墙壁上。

梁安的嘴角露出一抹得意的冷笑，然而下一秒，梁安的笑容就凝固在嘴角，因为黄训也抽他一巴掌。

黄训冷冷一哼："一群蠢货！"

梁安和宗育博赶紧在他面前跪好，脊背弯曲，一动都不敢动。

"这身伤是怎么回事？"黄训盯着宗育博问道。

宗育博垂着脑袋，还在思考着措辞，但是黄训却一脚踹在他肩头："说话！"

这一脚，又把宗育博给踹飞出去。

宗育博狠狠吐出一口血，才勉强恢复理智。

宗育博再也瞒不住了，将自己带着一群人去找苏落麻烦的事说了一遍。

"输了还是赢了？"黄训在他啰里啰唆的讲述中插入一句。

他最关心的就是这个。

宗育博愣了愣："输了。"

声音细如蚊蚋，黄训没听清楚。

"说大声点！"黄训抬起脚又想踹，宗育博赶紧大声说："输了！输了！输了！"

"输了你还敢这么大声说话！"黄训更不爽了，那一脚还是踹了出去。

"喀喀喀……"宗育博被踹得差点一口气没提上来。

"你敢晕老子就敢宰了你！"黄训盯着被踹得有些神志不清的宗育博恶狠狠地威胁道。

宗育博当即一个激灵回过神来。

黄训冷笑道："不过是一群三年级的小兔崽子，反了天了，居然敢这样践踏四年级的脸面。你们几个给我站起来！"

宗育博不知道黄训要做什么，摇摇晃晃地站了起来。

"跟着你去三年级打输了的都有谁？全叫过来。"黄训背着手，冷冰冰地吩咐。

宗育博知道，黄训要做的事，根本没人阻止得了。

要知道，身为任务部长的他，在四年级那么多强者里，绝对能够排进前十名。这样的高手，平时都是独来独往、高高在上的，稍有得罪就会惹上大麻烦。而现在，黄训似乎要教训苏落了，宗育博想到这里心中暗喜，立马就把今天帮他去打架的伙伴给出卖了。

一个个名字从他嘴里报出来。

黄训给梁安使了个眼色。

梁安很快就吩咐下去，立马将这群人给找过来了。

这群人正在药馆里治伤。他们今天可算是倒霉透顶了。好好的非跟宗育博起哄跑去欺负三年级学生，没想到三年级的居然那么团结，围起来将他们狠狠揍了一顿。

现在他们全身上下全都是伤，鼻青脸肿的，根本没法见人，想想都觉得好丢人。

"嘶……疼，轻点轻点，啊——"其中一位哥们发出杀猪般的惨叫。

但是很快，他们连叫都叫不出来了。

因为梁安带人冲进来了。

看到他们，梁安冷冷一笑："将他们全都带走！"

这群伤患都认识梁安，见此情形不由得大急："梁部长，我们还没上好药呢，这是去哪儿？啊——不要掐我的伤口！"

"不要扛我！会压到我的腹部！"

"这是要去哪儿啊？"

很快他们就被扛到黄训面前，被狠狠地丢在地上。

黄训冷冷地看着他们："就是你们丢了四年级的脸？"

众人面面相觑，一个机灵点的赶紧说："我们是去帮宗育博找回场子，不是故意要跟三年级的打架，而且我们也没下重手啊。"

黄训冷笑道："场子找回来了？"

"没有。"众人异口同声地回答。

"呵呵……"黄训发出一声冷笑，"既然你们几个丢了四年级的脸，就得负责把四年级的脸找回来。"

什么意思？众人茫然。

黄训并不指望他们这群蠢货能想明白，直接宣布答案："四年级的脸不能就这么丢了，你们去把面子找回来。当时都有谁，你们挨个欺负回来。"

宗育博他们全都苦着脸，他们实在不敢招惹那么团结的三年级了。

谁知，黄训却说了一句："我给你们压阵，看谁敢反抗！"

幸福来得太突然，宗育博他们都忘记反应了。

于是，黄训带着这群人，有恃无恐地下山了。

黄训，四年级前十名之一，威名赫赫，实力超强。

有黄训带队，四年级的那群人怎么会放过找回场子的机会？跟在黄训后面的人越来越多，最后变成浩浩荡荡一大群。

黄训并不在乎谁跟上来，也不在乎谁没跟上来，他只盯着宗育博："看仔细了。"

"嗯！"宗育博握拳。

在黄训的带领下，四年级学生很快就来到三年级的区域。三年级学生正在为再次打跑四年级学生而欢呼雀跃，看到山上冲下来那么一大群人，三年级的学生顿时傻眼了。

苏落回去休养后，这里第二主事的人就是王牧。

王牧看到那黑压压的四年级学生，心里猛然间一跳！

看来这次要出大事了！

可偏偏这时候，苏落因为过度使用灵力，身体还在恢复阶段，根本没办法动手，所以这次……

"快去通知美艳老师和高瘦老师！"王牧朝牧晴大吼一声。

牧晴也看到那群人了，当即点头："我现在就去。"

说完她转身就跑。

但是，她还没跑出多远，四年级的人就下来了，宗育博一眼就认出牧晴，于是大喝一声："她也有份！"

黄训冷冰冰地瞟了宗育博一眼。

宗育博得了黄训的暗示，哪里还能忍得住？当即冲上去，照着牧晴的后脑勺就是一巴掌。

"住手！"三年级的人想冲上去，却被四年级的人墙给拦住，怎么都冲不进去。

牧晴和宗育博的实力相差悬殊，不过好在宗育博被人抽了好几回，体力消耗过多，所以第一次并没有打中，被牧晴躲开了。

宗育博回头，看到黄训脸上那抹狰狞的冷笑，当即心头一寒。他知道自己再次丢了四年级的脸，如果不赶紧找回面子，黄训一定会亲自出手教训自己。想到这儿，宗育博不顾身体的疼痛，对着牧晴第二次出手。

这次，他的巴掌狠狠抽到牧晴脸上。

三年级的学生全都倒抽一口冷气，而四年级的学生脸上都露出得意的冷笑。

宗育博一脚踹向牧晴，将她狠狠摔飞出去。

王牧看得双目赤红："住手！"

宗育博嘴角勾起一抹嗜血的冷笑。有黄训撑腰，有什么不敢的？

"还有你！"宗育博三两步走过去，对着王牧一巴掌就抽过去。

但是王牧却握住他的手，反手一巴掌抽到宗育博脸上，啪，响起一道清脆的声音，将所有人的视线都吸引了过来。

宗育博居然被一个三年级学生抽了巴掌，四年级这脸丢得有点大。黄训顿时脸色一沉。

宗育博捂着被抽疼的脸，气得目眦欲裂。这臭小子，居然敢当着黄训的面抽他！宗育博意识到，黄训一定不会放过他的。

这时候，黄训朝梁安抬了抬眉。

梁安朝王牧走去。很快，两个四年级的学生一左一右摁住王牧，但是被王牧甩手抽飞。

立刻就有四个四年级的学生冲上去摁住王牧，还是被王牧抽飞了。

瞬间又来了八个，王牧这才被制住了手脚。

闻焕东也上前帮忙，但他们寡不敌众，其他三年级学生实力太弱，根本帮不上忙。这一刻，等级的差距，就那么明显地摆在所有人面前。

梁安瞅了宗育博一眼。

脸是宗育博丢的，只有他自己抽回去，才算给四年级找回场子。

啪！宗育博狠狠一巴掌抽在王牧脸上。

这一巴掌，宗育博用尽了全身的力气，可见抽得有多重了。即便是被八个人摁住，王牧的身子也重重跟跄了一下，差点摔倒。

王牧的嘴角出血，他忽然冷冷一笑，朝宗育博呸了一声。

一口血混着痰，直接吐到宗育博脸上。

所有人都看呆了。都这样了，王牧还有力气逆袭回去，这人可真不是一般的勇敢啊。

宗育博看到众人震惊的脸色，再伸手一摸脸上，抹下来一团……

然后，他整个人都疯了！

"我要杀了你！"宗育博冲上去，对着王牧就是一阵拳打脚踢。

王牧被那么多人压着手脚，根本动弹不得，所以他只能被动地承受着宗育博的拳脚。

牧晴看着心疼得不得了，王牧脸上却带着笑意。他其实很痛，却没有喊出声，因为他怕惊醒沉睡的苏落。

现在的苏落，最需要的就是安静地休息，尽快恢复身体的灵力，任何事情都没有她的身体重要。

只要苏落能好好休息，他受再多的拳打脚踢，又算得了什么？

然而，在这样的情况下，苏落怎么可能休息好？

外面的喧闹声，硬生生将苏落从深度睡眠中扯出来。

黄训带着宗育博这群人，一个个地打过去，将跟宗育博动过手的那些三年级学生全都教训了一顿，现在几乎整个三年级都对黄训敢怒不敢言。

"全都教训过了？"黄训问宗育博。

宗育博咬牙切齿："还没有！苏落才是罪魁祸首，可是她不在这里。"

黄训皱了皱眉：苏落？从哪里冒出来的？他完全没听说过。

"找出来。"黄训的耐心有限。

宗育博正要发动人去找苏落的时候，却见她冷冰冰地站在了他的面前，把他吓了一跳。

"你想吓死我啊！"宗育博恼怒地瞪着苏落。

苏落没有说话，目光先从宗育博脸上扫过，从四年级的人脸上扫过，从三年级的学生脸上扫过，从王牧、牧晴、闻焕东的脸上扫过，最后定格在黄训的脸上。

黄训也皱眉看着苏落。不得不承认，这位叫苏落的丫头确实美得让人惊艳。但是黄训一向自诩不为美色所诱，所以，他对美色有一种本能的抗拒和厌恶。

如果苏落容貌普通，那黄训对她的印象还会好些，可她偏偏长得这么美，所以黄训盯着苏落，眸中闪过一抹厌恶之色。

宗育博成功捕捉到黄训眼底的那抹厌恶，瞬间在心里狂喜。既然黄训厌恶苏落，那么他等下报复起来就不怕秋后算账了。

宗育博走到苏落面前，冷冰冰地盯着苏落："现在只剩下你一个了，你是要自己动手，还是由我帮你？"

苏落冷冷一笑："还是让我帮你吧。"

话音未落，苏落的手就已经抽到宗育博脸上。

不得不说，在抽巴掌方面，确实还是有技巧可言的。

比如说苏落这一抽，直接就把宗育博抽成了不断旋转的陀螺，就像吃了药似的，转得根本停不下来。

苏落一出手黄训就知道，这姑娘不简单。然而黄训不知道的是，这还是因为她身体灵力透支，施展不出全部的实力，不然的话，别说一个宗育博，就是黄训，也别想如此嚣张。

宗育博在苏落面前大大地丢了脸，黄训岂能眼睁睁地看着？他使了个眼色，立刻有十个四年级学生都冲向苏落。

十个人对战苏落一个人！

黄训冷笑道："就让我看看三年级的第　，究竟是不是凭着实力赶走孔一枫取而代之的！"

这句话，充满了让人遐想的空间。

四年级的学生听了，全都哈哈大笑起来。

三年级的学生全都面色涨红。这不仅是在侮辱苏落，也是在侮辱全体三年级学生。实力不如人，就要被羞辱吗？

不过，三年级学生对苏落还是颇有信心的。因为就在不久前，苏落以一敌三打败了胡尹凡他们，所以，现在对付这受伤的十个人，应该是没有问题的吧？

如果苏落的灵力没有透支，那么，打败这十个受伤的人，确实没有问题。

可现在的问题是，别说十个人了，苏落现在就是稍微提一点灵气就吃力得很。

十个人一拥而上，黄训的嘴角勾起一抹冷笑。

苏落淡淡扫了他一眼，随即专心对付这十个人。

王牧这几个知道真相的人，都替苏落捏了一把冷汗。

现在要怎么办？还能再期待奇迹的发生吗？王牧紧紧盯着苏落，他觉得，只要有苏落的地方，一定会有奇迹。

而此刻，苏落的压力却不是一般的大。

不愧是四年级的学生，虽然受了伤，但是攻击力依旧不是三年级学生能比的。

苏落的灵气非常少，所以需要精打细算，控制到最优方式。

而且苏落手里还有有毒药剂。

所以——

嘭嘭嘭，不断有四年级的学生摔出去，很快，十个人只剩下五个人了。

而且很奇怪的是，这些人被摔出去后就直接倒地不起了，就好像晕过去一样。

如果是正常情况，难道不应该是爬起来再冲进去继续战斗的吗？

黄训伸手一捞，拎起一位四年级的学生看了一眼。

果然晕过去了，不是被打晕过去，而是被熏晕过去的。

黄训看着苏落，目光带着一丝不屑的冷笑。

果然，她这三年级第一来得名不正言不顺。

一个连四年级受伤后的学生都打不过的人，如果不是靠着特殊关系，她怎么可能坐上那个位置？

四个，三个，两个……

最后，十个四年级学生，已经有九个被苏落甩出去了，只剩下宗育博一个人了。

宗育博扫视四周，发现只剩他一个人了，脸色顿时白了。

苏落冷冷一笑，沾了毒素的手抽向宗育博的脖子。

然而，苏落的手还没接触到宗育博的肌肤，就已经被人握住，再也动弹不得。

苏落抬头，对上黄训那双阴森诡笑的眼眸。

黄训嘲弄地看着苏落，嘴角是讥诮的冷笑："用毒？三年级的第一名可真是了不起，能告诉我，你是怎么当上第一名的吗？一路用身体征服过去？"

苏落的脸色瞬间冷凝，黄训的话让她真的怒了。

"你叫什么名字？"苏落淡淡地看着黄训。

"怎么，想报仇？"黄训冷笑连连，他并不觉得苏落有报仇的实力。

不错，她看着是有天赋，可是她怎么修炼，都不会越过自己，所以她一辈子都只能看着他前进的背影。

苏落神色认真而严肃地说："是啊，一般有仇我当场就会报了，但是因为是你，所以暂时报不了，不过君子报仇，十年不晚，记着就是了。"

黄训闻言，不由得大笑起来："想报仇？好，很好，我的名字叫黄训，教训你的训。"

说着，黄训单手抓向苏落纤细的肩头。

苏落的毒，宗育博他们解不了，梁安也绝对扛不住，所以黄训亲自出手了。

从三年级里找回四年级的面子，所以这丫头必须打。

黄训一出手，苏落就有一种无力抵抗的感觉。

毕竟，四年级跟三年级的差距，有着马里亚纳海沟那么深。

而黄训是四年级的前十名。难怪他那么嚣张，那么得意，想说什么说什么，想做什么做什么，想教训谁就教训谁。

在绝对的实力面前，他确实有嚣张的资本。

要怪，只能怪苏落的灵力透支了，根本使不出来。

苏落倒是想用毒，但是黄训已经暗中防备。

他不给苏落丝毫下手的机会。

在苏落还没下手之前，他就先下手为强，将苏落的两条胳膊反剪在背后。

"黄训，很快你就会后悔的。"苏落平静地跟他阐述事实。

"为四年级找回颜面，我并不觉得会是什么后悔的事。"黄训盯着苏落，冷喝一声，"跪下！"

苏落面前，站着茫然不知所措的宗育博。黄训竟然让苏落给宗育博下跪，这是赤裸裸的侮辱！

三年级所有人都愤怒地瞪着黄训，齐声大吼："不！"

他们家老大那么尊贵，跪天跪地跪父母，现在居然要给一个四年级并且对她有恶意的人下跪？绝对不可以！

但是黄训固执地觉得，只有这样，才能找回四年级的颜面。

所以他盯着苏落："你知道吗，我有很多办法让你下跪，所以，你最好识趣一点，免得别人说我欺负女人。"

苏落倔强地转头，冷笑地看着他，提醒着他："你真的很快就会后悔的。"

黄训冷笑一声："看来你不只要跪宗育博，而且要跪在场所有四年级的学生！"

"我替她跪！让我替她跪！"牧晴炮弹般冲过来，眼眸含泪。

"让我们替她跪！让我们替她跪！"三年级的学生都带着哭腔。

看着自己敬仰的女神受此屈辱，简直比挖他们的心还痛。

苏落看着嚣张跋扈的黄训，再看看对她一片真心的三年级学生，这一刻，她的心为之深深地感动。看着那一张张真切的脸，苏落动了动唇，却一个字都说不出来。她苏落何德何能，竟然能得到这么多人的拥护？她之前做的那些事，说是为了三年级，但其实更多是为了她自己，为了提升自己的实力、为了自己的名誉、为了自己能够早日毕业，可是他们却给了她这么多真心真意。

苏落咬着下唇，深吸一口气。

其实苏落并不是完全没有办法，还有一条路可以走。那就是无限度透支灵力。但是那样做的后果就是她会陷入无休止的昏迷中，运气好的话几年就能苏醒，但如果运气不好，说不定从此就会变成白痴。

现在，为了自己的尊严，为了守护三年级的尊严，她要勇敢地选择这条路吗？

如果这个时候，南宫流云从天而降，将会带给她怎样的惊喜？

当然苏落也知道，这属于白日做梦。

加勒岛全封闭，南宫流云都不一定进得来吧？更何况现在的他远在修罗界。

就在苏落犹豫不决的时候，忽然间，一道冰冷的声音在众人耳边响起。

"你们在做什么！"声音高冷、孤傲，有一种说不出的冰冷。

听到这道声音，苏落猛然间抬头！

半空中，一道雪白的身影从天而降，出现在所有人面前。

这个人一身白色锦袍，身形瘦削，面容淡泊，整个人都透着一种极其冷淡的感觉。

刚才刹那间，苏落还以为南宫流云来了呢。

不过离得近了，苏落发现这个人跟南宫流云完全不像。

眼前这个人，让苏落想起了一位孤独高冷的剑客——西门吹雪。

"郁今歌！"

"天啊，居然是郁学长！"

"郁今歌不是一向不管凡尘俗事的吗？怎么忽然间出现在这里？"

"郁今歌的实力比黄训要厉害吧？"

"开什么玩笑？郁学长的实力虽然没有真正测试过，但是就连四年级前三名的强者都不敢招惹他，黄训能比得过郁今歌？"

"听说郁今歌跟整个四年级都有矛盾，他一直游离在四年级之外，怎么忽然就出现了？"

"不管他是怎么出现的，反正他一出现，黄训就完蛋了。"

三年级的人似乎要故意惹黄训不开心，这些话怎么难听就怎么来说。

黄训看到郁今歌，额角的青筋在一根根地跳动着。

"郁今歌！"黄训眸中闪烁着警告，"你来干什么？"

郁今歌的视线先是落在苏落脸上，然后看到苏落被反剪在身后的双手，剑眉微微一蹙，冷淡地开口："放开她。"

黄训嗤笑道："你让我放开我就放开，那我岂不是很没面子？"

郁今歌对黄训的话充耳不闻，他盯着黄训，微微皱眉："我说——放开她。"

黄训知道郁今歌不好惹，如果可以的话，他也不想招惹郁今歌。

可现在是郁今歌来招惹他，若是他对郁今歌的话言听计从，那么，黄训相信，他人还没走出去，自己害怕郁今歌的事就会传遍整个加勒岛。

"如果我拒绝呢？"黄训冷笑道。

郁今歌眸中闪过一抹不耐。随后，也不见他如何动，众人只觉得眼前一片眼花缭乱。

等众人再睁开眼时，苏落已经脱离了黄训的禁锢，转而站在郁今歌身侧。

苏落还是第一次见郁今歌，甚至就连他的名字也是第一次听说，她不明白为什么郁今歌要救她，不过现在不是问话的时候。

苏落抬眸看着郁今歌："多谢。"

郁今歌瞟了苏落一眼，本不想说话的他，想了想，还是说了一句："受人之托，忠人之事。"

受人之托，忠人之事？受谁之托？苏落眼中闪过一丝疑惑。

不过这时候，黄训已经暴怒了。

"郁今歌，你敢管我的事！"黄训双眸阴狠，但是心中又有一种深深的忌惮。

刚才其实他已经很小心戒备了，可他就连郁今歌是怎么从他手上将苏落抢走的都没看清楚。

这让黄训深刻地意识到，他跟郁今歌的差距不是一般的大。

正因如此，所以他没有第一时间跟郁今歌动手。

郁今歌看了黄训一眼："管都管了，还问？"

一副"你是白痴吗"的表情。一句话，差点把黄训气得吐血。

黄训憋着一口气，阴狠地问道："你是一定要为她出头了？"

郁今歌还是那句公事公办的话："受人之托，忠人之事。"

"受谁之托，忠谁之事？"黄训盯着郁今歌问。

郁今歌皱眉道："你管得太多了。"

黄训又差点被气得吐血。

他知道，今天这事，郁今歌是一定要管到底了。

第二十章 击杀狂魔

493

郁今歌的实力比他强，这是毋庸置疑的，所以黄训有一种很无力的感觉。

他试图跟郁今歌讲清楚事情的严重性："这是在为整个四年级找回颜面。郁今歌，你这是要跟四年级为敌吗？"

但是郁今歌却不以为然："如果欺负女生就是你所谓的'为四年级找回颜面'，那么这颜面不要也罢。"

在绝对的实力面前，黄训无可奈何，最后只能外强中干地放狠话。

黄训盯着苏落，冷冷一笑："既然郁今歌一定要保你，那就暂时放过你，期待着你在晋升赛中的表现，看到时候谁还为你出头！"

放下这句话，黄训愤怒地离开了。

黄训离开后，梁安也赶紧跟上去，宗育博他们哪里还敢多待？于是，四年级的人浩浩荡荡地来，又灰溜溜地走了。

与其说是来找回颜面，不如说是来集体丢脸的。

看着他们离开，郁今歌转身就要走人。

苏落却适时挡在他的面前，用那双清澈如水的眼睛注视着他，问道："受谁之托？"

苏落心中隐隐约约有一个猜测，但是她还是没有确定。

有可能是殊大人，但最大的可能性是……

郁今歌看了苏落一眼，没有隐瞒，直接告诉她答案："南宫二少曾有恩于我。"

说完这句话，郁今歌转身离去。

果然是南宫流云！

苏落猜到是南宫流云，但是她没想到居然真的是他。

他看似不在她身边，但是为了她的安危，他暗中费了那么多心思，真叫人……

苏落的心中有一丝甜蜜的感动。

郁今歌的话不仅苏落听到了，三年级的很多学生都听到了。

"南宫二少？"

"是龙凤族那位南宫二少吗？"

"废话，除了他，还有谁配称'南宫二少'？"

"可是，不是说南宫二少失踪了吗？"

"问题是，咱们苏老大认识南宫二少？"

"我们上千年没去过外面了，外界的变化真的不清楚，不过，说不定南宫二少正在追求我们苏老大呢。"

"这有可能吗？"

先不说南宫二少自身多有魅力，单是他背后那高高在上的权贵世家龙凤族，就让人望而却步。

"虽然有些异想天开，可咱们苏老大不就是惯于创造奇迹吗？说不定……说不定南宫二少就是喜欢我们苏老大，喜欢到难以自拔的地步呢！"

众人的议论苏落其实都听见了，不过她没有回应，只因这些对话太让她无语了。

黄训带来的恶劣影响，虽然因为郁今歌的出现而消失了一些，但是在苏落心中留下了难以磨灭的耻辱。想让她给宗育博跪下？还要跪整个四年级？简直是做梦！

离三年级升四年级的晋级赛已经不到一个月的时间了，苏落下定决心，在这一个月的时间里，她务必要将自己的实力提升上去，绝对不允许再出现今天这样的耻辱。

苏落的空间已经打开了，空间里不仅有苏落熟悉的药鼎，还有她收集的很多草药。

这些草药在加勒岛几乎找不到，就算能找到，那也是非常昂贵的。

苏落要炼制晋升丹。她要在接下来的一个月里，将小伙伴们的实力都提升上去。

王牧、牧晴、闻焕东和陆丹妮，所有人都必须提高实力！

因为在晋升赛中，考核的不仅有个人赛，还有团队赛。在以往，三年级从来都没有得过团体赛的冠军，而这一次，苏落要让所有的四年级学生睁大眼睛看清楚。

但是，陆丹妮他们的实力跟四年级相差太多了，所以，苏落的晋升丹必不可少。

苏落将自己关在房间里三天，把牧晴他们急得不行。

他们都以为苏落还在因为黄训的羞辱而难过，并不知道苏落是在空间里炼药。

晋升丹，苏落一口气炼制了十颗！

当苏落将皇级晋升丹发给三年级的二到十名以及陆丹妮时，他们全震惊地看着苏落，脸上是一副难以置信的表情。

这丹药……是怎么来的？

他们很清楚加勒岛上的情况，就算苏落是皇级炼药师，可是巧妇难为无米之炊啊，苏落是怎么凭空变出这么多让人眼红的晋升丹的？

苏落淡淡一笑："怎么来的你们不用管，因为不是偷的也不是抢的，来路正大光明，不过你们要担心的是，用了晋升丹之后，在短时间内很难再提升实力了。"

晋升丹，说到底是在揠苗助长，将短期内的潜能全部提前激发出来。

陆丹妮激动地捧着晋升丹："我卡在大圆满二星很久了，本以为能提升，却每次都升不上去，有了晋升丹，我，我……其实老师建议我去买皇级晋升丹服用，可是我去哪买啊，没想到……呜呜呜……"

陆丹妮激动得哭了，一边哭一边冲上去抱住苏落，紧紧地抱着她："亲人哪！"

苏落笑着拍拍她的脑袋："快去修炼吧，晋升丹很快又会有的。"

现在苏落打开了空间，她就是最大的土豪。

苏落空间里储存的东西可不是一般的多，她通过出售空间里的东西，在岛上大赚了一笔。

苏落不仅赚岛上的钱，还赚四年级的钱，因为很多丹药都是四年级需要的。

而且除了丹药和武器，苏落还拿出了一些外界才有的生活用品。

要知道，在岛上连住一天都要花好几个金币，那些生活用品，比如衣服饰品之类的，当然也就更贵。

那么多学生，特别是四年级女生，她们被关在加勒岛有多少年了？已经多久没接触过漂亮的衣服和饰品了？有多久没吃过零食了？有多久没看到过外面的物品了？

所以，苏落的摊子一摆出来，当即震惊了整座加勒岛。

"快下山，那里的自贸区有新东西卖！"

"看着像是有新学生从外面带进来的！"

"吃的穿的用的，都跟帝都出产的没两样！快走快走，迟了就没了！"

物，以稀为贵。

这些物品，若是在帝都，充其量都是普通商品，几个紫晶币就能买到一堆，但是在这里，苏落直接狮子大开口。

"这裙子多少金币一条？"四年级的学生问。

"一千金币。"苏落淡淡一笑。

"这么贵？在外面三个紫晶币就能买到一件了！而且紫晶币跟岛上的金币根本没法比，你这是漫天要价啊！"

苏落却笑了："这件最便宜的是一千金币，其他的更贵。这位学姐，如果你不喜欢的话请让让，给后面的学姐们一个机会。"

要知道，苏落这是在坑四年级学生，从他们手里拿到金币，然后给三年级的学生用来提高修为。

所以来买东西的全都是四年级的学生，三年级的一个都没有。

"就是，你不买不要占着地方啊，快让让！"

"喂，丫头，这梳子多少钱一把？"

"一百金币。"苏落淡淡地开口。

"一百金币？你抢劫啊！"

苏落笑了："这可是水晶灵石梳，不仅可以梳头，还可以照人，我出一百金币，你能在这加勒岛上给我买到吗？"

在帝都，一个紫晶币可以买到十把，但是在这里，一把就卖一百金币，简直是千倍的利润啊。

"你你你……算了，一百金币就一百金币吧！"这位学姐虽然气不过，可苏落说得没错，在这加勒岛上，只此一家，别无分店了。

"丫头，你这些东西都是从哪儿弄来的啊？还能让你夹带进来？"有位学姐不怀好意地打听。

苏落却笑了："下飞船进入加勒岛的时候，所有人的随身物品都会被封印，谁也不能例外，至于我为什么能带进来，这个……只怕学姐要去问负责封印之事的老师了。"

有殊大人罩着，苏落可不怕有人告状。

苏落一开始摆摊的时候，看的人多，买的人少，因为实在是太贵了，但是苏落却笑着说："说实话，我手里的商品真的不多哦。"

诸位学姐一想，也是，就算有办法夹带，也不可能夹带太多，否则早就有专门管理这件事的老师过来抓人了。

既然东西这么少，人这么多，那还不抢，等着被别人抢啊？

"我要这条裙子！"

"把这个发卡给我！"

"这是我的水灵镜，不要跟我抢！"

"哇！我的我的！"

一时间，此地人声鼎沸，苏落推车里的东西顷刻间就被抢购一空。她们抢到自己想要的东西后，丢给苏落一袋金币，然后赶紧跑掉，生怕会被人抢走。

很快，苏落的小推车里就堆满了钱袋，钱袋里全是能够在加勒岛流通的金币。

这样的赚钱速度，简直让人羡慕嫉妒恨。

无数的四年级学生都用一种神奇而无语的目光看着苏落推着手推车离开。

就在这时，前面猛地蹿出来一群女生。苏落的心微微一提，这是要拦路抢劫吗？

不过情况比苏落预计的要好，这群学姐不是土匪，不过她们却很傲慢地盯着苏落："还有没有东西？我们要买！"

苏落松了口气，说："今天的卖没了。"

"那明天的呢？"

"东西放在你屋里吗？"

"算了，什么都别说了，我们跟你回去！"

"对，走走走，还愣着下吗，走啊！"

这些学姐都催得很急。

苏落状似为难地说："可是……这些都很贵啊……"

苏落觉得自己刚才赚千倍的利润好像太少了，怎么也要涨涨价，赚两千倍的利润吧？瞧她，多善良的人啊，这么为学姐们的钱包着想。

"贵什么贵，不就是几千金币吗，你这是看不起我们吗？"

"就是，我们有的是金币！"

"只要你有东西，我们全给包了！"

学姐们鄙视地看着苏落，说话时豪气冲天。

苏落本来还想为学姐们的钱包着想，既然现在她们这么土豪，那她就不客气啦。

眼看着这七八个女生簇拥着苏落离去，口中还说着包圆之类的话，其他四年级学姐很不甘心：你们全包圆了，那我们怎么办啊？明天岂不是买不到了？

于是，这些学姐也都赶紧跟在苏落身后，要跟到苏落屋里去抢购。

围在苏落身边的这些学姐至少有几十个人，而她们又有闺密、室友、队友……于是，这么一波波地宣传出去，等苏落回到别墅的时候，队伍已经扩大到上百人了，而且人数还在不断增加。

王牧他们刚刚出关，正要告诉苏落，他们已经晋升的消息，但是——

还没等到苏落，就传来了坏消息——四年级的杀过来了！

什么？王牧的眼皮子剧烈跳动。最近这是怎么了？四年级的还没完了？天天没事干跑来欺负三年级的？不行，这件事一定要上报！

就在王牧他们愤愤不平的时候，哐当！院门直接被卸下来了。

王牧他们大惊失色，猛地站了起来。

就在这时候，外面的喧闹声不断传进来。

"东西放哪儿了？我们去帮你搬出来！"

"我们先来的，你们都不许抢！"

"就是，排队排队！按照先来后到的顺序，不然非打起来不可！"

这些学姐还挺有素质的，居然真的排起了一条长长的队伍。

等王牧他们走出来时，他们就看到这支由学姐排成的队伍，院子里已经排不下了，都排到院子外面去了。

这些学姐平日里一个个眼高于顶、高高在上、傲慢嚣张，现在居然肯乖乖排队了？而且还是在三年级学妹的住处排队？

王牧他们眼睛都看直了。

牧晴在人群中发现一位眼熟的学姐，赶紧热情地迎上去："阮学姐！"

阮珂有些尴尬地朝牧晴挥挥手。

牧晴不解地问："这是怎么回事？大家都排队做什么啊？"

牧晴隐隐约约感到，苏落又做出一件惊天动地的大事。

阮珂认真地问牧晴："你跟苏落认识？"

牧晴点点头，指指后面的别墅："我们是室友。"

阮珂还没说话，她身边的小伙伴顿时大喜，一把抓住牧晴的手："哎哟，这敢情好啊，既然是认识的，那就没什么可说的，快让苏落把东西优先卖给我们！"

这位学姐想走后门，但是立马被叫停。

"凭什么要优先卖给你们？大家是一起排队的！"

"就是！认识又怎么了？认识的也得按照规矩排队！"

"你们优先买了，轮到我们的时候没东西了怎么办？还懂不懂规矩了？"

这些学姐平日里也是清高冷傲的，但现在牵扯到利益了，而且还是买了这次之后至少上千年内都买不到的东西啊，谁能放手？

阮珂无奈地朝牧晴笑了笑："既然如此，那就安心排队吧，没事没事。"

牧晴也好为难。上次多亏了阮珂给大家提前示警，不然陆丹妮这会儿已经是一具尸体了。牧晴很想做点什么回报阮珂。

就在这时，苏落过来了。

"怎么回事？"苏落问。

牧晴就跟苏落介绍："这位就是我跟你提过的阮学姐。"

阮学姐？苏落看了牧晴一眼。

牧晴点点头。

苏落心中顿时明了。

苏落不怕欠人钱，因为欠钱好还，欠人情就未必好还了。

所以苏落问阮珂："学姐想买什么？"

众人都惊讶地看着苏落，她不会要破例吧？

阮珂在三年级眼里是厉害的学姐，但是在四年级里面却并不起眼。

一下子受到这么多关注，她有些不自然。

苏落却笑着说："学姐需要什么，但说无妨。"

阮珂想了想，自己确实需要，不然也不会跑到这里来排队，于是就把自己想要的东西报了出来，末了还说："别人出什么价我也出什么价，不会让你吃亏。"

苏落笑了："吃不了亏，好在阮学姐要的东西我这儿都有。"

阮珂要的无非是外面的生活用品。

苏落因为空间太大一直空着，所以她有事没事就会逛街买一堆东西囤着，反正她的钱多得没处花，化钱也是一种消遣。

所以她的空间里囤积了一大堆用品，衣服、鞋袜、包包、饰品、零食、丹药……

苏落拿出一个袋子，给阮珂包了一大份，而且每种都是十样。

很多人都看呆了，阮珂也有些震惊："这，这也太多了吧？"

她手里没那么多金币……

当然，如果她有这么多金币的话，肯定全部吃下了，因为转手就能卖高价。

但是别人却心理不平衡了，大声质问道："大家都在排队，凭什么她就能先买到？那大家还要不要排队了？"

"就是！你自己让大家排队，现在又自己带头破坏规矩！"

"那我们都不排队了！大家散了散了……"

眼看着这些学姐要动乱了，苏落却依旧不紧不慢。

苏落淡定地扫了她们一眼，淡淡地笑道："这些都是送给阮学姐的，谁叫我们牧晴跟阮学姐投缘呢。既然是送的，自然不需要排队了。"

就因为跟她室友投缘，所以苏落就送这么多？早知如此……大家的目光都赤裸裸地盯着牧晴。

以前四年级的学姐看到牧晴，都高傲得不屑一顾，但是现在这一双双讨好的目光……牧晴觉得这个世界真的变得好快。

不，按照王牧的说法应该是——有苏落在的地方，就有奇迹。

苏落空间里的东西真的囤了很多，所以这次，来的学姐几乎都买到了自己想要的东西。

苏落将她们的钱袋掏空，而她们则满载而归，皆大欢喜。

苏落卖了这一次之后，就告诉她们，接下来要歇业了，没东西可卖了。

事实上，苏落空间里的东西还有，只不过她深谙"物以稀为贵"的道理。

能够在吃穿用度上花巨资的学姐们，这会儿已经消费得差不多了，在她们手里的东西消耗光之前，苏落是不会再拿出来了。

送走这些学姐，苏落开始问牧晴他们的晋升情况。

"晋升丹真的好厉害！我卡在瓶颈期很久了，这会儿终于晋升到三星了。如果还有一颗晋升丹，说不定我能升级到大圆满四星！"

牧晴激动得眸光闪闪。

她话音刚落，苏落就递给她一颗晋升丹。

牧晴用一种很神奇的目光，紧紧地盯着苏落，处于一种受惊后目瞪口呆的状态。

"这可是……皇级晋升丹啊！"牧晴艰难地咽了咽口水。

皇级晋升丹是什么概念？那是连老师们看到都会眼红的丹药，可是苏落却像分糖果一样，抓出来一把往外分。

分过一次也就算了，现在她居然还给她第二颗！

"皇级晋升丹很贵重的！"牧晴提醒苏落。

苏落淡淡一笑："贵不贵重都是次要的，能提升实力才是最重要的。"

"可是……"牧晴觉得自己无以为报了。

苏落认真地看着她："晋级赛就要开始了，你觉得三年级对上四年级，胜算大吗？"

牧晴无语，王牧更是无奈，他说："胜算……近似于零吧。"

苏落却笑了："如果我说，我要我们赢，你们会不会觉得我疯了？"

"你疯了吗？"牧晴他们全都从椅子上站了起来，目光死死地盯着苏落，"你知不知道你在说什么？"

苏落眼眸含笑，神色坚定地说："可我就是要让咱们三年级赢。"

"这不可能！"

"绝对不可能！"

"绝对绝对不可能！"

王牧他们坚定地摇头。

苏落忽然笑了："虽然可能性为零，但如果我们全力以赴的话，说不定可能性会提高到百分之一呢。"

苏落的目光在众人脸上扫过："这些天受四年级的侮辱还不够吗？难道你们就不想打他们的脸吗？难道你们不想赢吗？"

苏落的一番话，将大家的斗志都激出来了。

"我们当然想赢，但是这根本就……"众人无奈，"能够保持稍微好看一点的战绩，已经是万幸了。"

苏落嘴角微勾："如果我说，我还有晋升丹呢？"

众人都讶异地看着苏落。

苏落认真地看着他们："只要你们敢服，晋升丹我这里管够！"

苏落这个体质很特殊。

晋升丹对别人来说有用，但是对她却没什么作用，所以每次晋升苏落都要靠自己领悟和努力。

王牧的眼睛一亮："如果晋升丹管够的话，我有把握晋升到大圆满五星，甚至更高！"

闻焕东也站出来："我也能保证上大圆满五星。"

牧晴："我应该可以到大圆满四星。"

陆丹妮："我也想冲四星。"

苏落说："我需要一个精英团队，我们精英团队，至少每个人的实力都在大圆满四星以上，这样才有胜利的希望。"

所以，苏落想要打败四年级，并不是随口说说的，她在说出这个决定的时候，就已经在为这个目标而努力了。

大家被苏落的情绪所感染，修炼得越发刻苦，简直到了废寝忘食的地步。

苏落也没闲着。以苏落现在的财力，说她是岛上最富有的人之一也不为过。

而且苏落还听到了一个好消息。

这次四年级前五名的小队外出做任务还没回来，所以这次比赛前五名全部不参加。

如果说，苏落想赢四年级的念头可能性原本为零的话，那么，少了这五个人之后，苏落他们获胜的概率就达到百分之一了。

终于有了一点点微末的可能。

一个月的时间转瞬即逝。这一天，终于到了三四年级大比拼的前夜。

苏落去了美艳老师那里，想问清楚还有什么注意事项。

还没等她进去，就听到从里面传来一阵嚣张的冷笑："于美艳，你以为你还能逃得过去吗？你注定是我的人！"

这声音听着很熟，苏落一下就认出来了，这是立首领的声音。

美艳老师被气得冷笑："立樊，你已经有妻小了！"

立首领："有妻子了又如何？你做我的小妾便是。"

美艳老师深吸一口气："我不同意！"

立首领冷笑起来："你同意也得同意，不同意也得同意！难道你还想嫁给干瘪尸体一样的高剑峰吗？"

苏落微微皱眉：高剑峰？难道说的是高瘦老师？

里面响起一阵激烈的碰撞声，随后是美艳老师的怒吼："你给我去死！"

苏落的眉头深深蹙起。她意识到，刚刚立首领应该是在强吻美艳老师，但是却被美艳老师推开了。

立首领冷笑道："我知道你想跟殊大人告状，实话告诉你吧，殊大人现在不在岛上，谁也不知道她什么时候回来。老子不趁此机会办了你，还要等到什么时候！"

立首领又要冲上去用强的。

苏落知道，美艳老师实力虽然不弱，但是跟立首领根本没法比。

殊大人不在的情况下，加勒岛还真是没人能够阻止立首领的禽兽行为。

怎么办？现在去找威首领过来，先不说他肯不肯管这件事，就是时间上也来不及了。

就在苏落绞尽脑汁想对策时，美艳老师忽然冷冷一笑："立樊，你敢不敢跟我打赌？"

"赌什么？"立首领诡异地笑道。

"就赌这次晋升赛！"美艳老师孤注一掷地说，"如果苏落能考上四年级，就算我赢；要是我赢了，你就放过我！"

立首领闻言哈哈大笑："于美艳，你在开什么玩笑？苏落考上四年级？她已经是三年级第一，考四年级有什么难度，谁跟你赌这个！"

美艳老师的提议被否决。

"不过，你既然想赌，那我就让你输得心服口服。"立首领从美艳老师身上站起来，诡异地冷笑道，"就赌团体赛——如果三年级团体赢了四年级团体，我就放过你，彻底、永远地放过你，哈哈哈……"

说到这儿，立首领自己都觉得这个赌约好笑。他丢开美艳老师，从她身边走过。

当他走出院子的时候，目光朝墙角一瞥，那里正是苏落躲藏的地方。

苏落躲在这里，瞒得过美艳老师，却瞒不过立首领，毕竟立首领的实力比苏落强太多了。

立首领朝着苏落的方向勾起一抹诡异的冷笑，随后大踏步离去。

墙角后，苏落能够清晰地感觉到从立首领身上传来的满满恶意。

他的不屑，他的嘲弄，他的讥诮，他的蔑视，他的不可一世，都让苏落无比反感。

这时，屋内传来轻微的啜泣声，是美艳老师在无助地哭泣。

这一刻，苏落的内心无比酸涩，平日里那么霸气十足的美艳老师，现在却在独自哭泣……

苏落握紧拳头：不就是三年级团体战胜四年级团体吗？比就比，谁怕谁！

为了维护美艳老师的自尊，苏落并没有进屋，而是悄然离去。

回去之后，苏落一个字都没跟别人透露，但是战胜四年级的决心却越发坚定。

第二天，期待已久的晋升赛终于开始了。因为涉及团队赛，所以三年级出一千人，四年级也出一千人，而比赛的地点就是迦南秘境。

在比赛之前，苏落已经掌握了比赛规则。

比赛分为个人赛和团队赛。个人以击杀数量来排名，而团队则是以团队积分来排名。

团队击杀对方多少人，就可以获得多少积分。

因为是在迦南秘境里，所以击杀并不会真把对手杀死，而是使他退出迦南秘境罢了。团队赛这里，院方考虑到三年级的实际实力，所以对三年级有一个优待。

每个年级派一千人参加，那么就是一千个积分。

四年级的获胜条件比三年级翻了一倍。

也就是说，如果四年级团体获得一百个积分，而三年级团体得了五十一个积分的话，那么系统就会判定三年级获胜。

因为只有这样，三年级才会稍微有一点点赢的可能。

虽然历史上唯一一次三年级赢四年级的先例，就是南宫二少带队的那一次。至于个人赛，只要进了前一百名，就能成功进入四年级。因为在以往来看，三年级在个人赛中进前一百名的概率……那是少之又少。

熟悉了比赛规则后，双方人员都站在通道口。

苏落看到，四年级带队的是一位陌生的学长。这位学长神色冷傲，他的身边站着黄训。

黄训冷冰冰地盯着苏落，眼底有着嗜血的冷酷。他还朝苏落挥了挥拳头，一副"在迦南秘境里给你好看"的架势。

苏落扭头不理他。在四年级的队伍中，苏落又发现了一个熟悉的面孔——郁今歌。

郁今歌并没有排在队伍的前面，反而排在队伍的最末，仿佛游离在四年级之外，给人一种跟整个四年级都格格不入的感觉。

苏落已经在心里盘算着策反郁今歌的计划了。

除了他们，苏落还看到了一些熟悉的面孔，是曾经跟苏落买过东西的学姐们。

学姐们买东西的时候亲亲热热，现在却眼高于顶，神色间还带着不屑和蔑视。而且苏落还发现，跟三年级的严阵以待相比，四年级的气氛松散而随意，带着一丝漫不经心。

他们根本没有认真看待这场比赛。如果不是为了赚积分换金币，只怕他们都懒得参加吧。

看到他们这懒洋洋的态度，身为对手的苏落非但没有生气，反而暗暗高兴：他们越是轻视，自己赢的概率就越大！

三年级的学生都在趁机打量着四年级的学生，因为要跟四年级对上，所以他们重视、紧张、忐忑，但是四年级的却连一个眼神都不给他们。

很快，迦南秘境开启的时间就到了。

两支队伍排着长队，被分别送进迦南秘境里的火山森林地图中。

在接下来的三天里，不论是三年级还是四年级的学生，他们将在这片火山森林里展开激烈的追杀和反追杀，活到迦南秘境的大门开启，才算最后的胜利。

无论是谁，如果在这三天里被击杀，那么他的积分就到死亡的那一刻为止。

越早死亡，积分停得越早，排名也就越靠后，奖励自然也就越少。

排名倒数的，奖励最少也就罢了，而且还将面临被罚金币的风险。

每个人都被随机送入丛林，而且他们还没有通信工具可以使用。

先被传送进去的是四年级学生，然后才是三年级学生。

只见一道道白光在学生们身上闪过，他们相继进入迦南秘境。

苏落进去的时候，发现自己处于一片黑暗的森林里面，四面八方都是高耸入云的树。

那么大的地方，只有苏落一个人。

不过很快苏落就发现前方出现一道白光。

很好，三年级的学生。

这位三年级的学生不是别人，正是跟苏落有过交情的荀星宇。苏落还帮荀星宇带了火邪幻兽的鳞片给他做盾牌。现在这块盾牌就背在荀星宇身后。

看到苏落，荀星宇脸上浮现出一抹兴奋，高高兴兴地朝她跑来。

当初苏落刚遇到荀星宇的时候，还多亏了他帮忙解围，才不至于被冤枉被欺负，而现在苏落的实力早已经在荀星宇之上。

"苏老大！"荀星宇开心地露出皓齿。苏落朝他点点头："我们先在树后藏起来，等等看接下来出现的是三年级的还是四年级的。"三年级的就聚拢，四年级的就暗杀。

荀星宇很配合地跟在苏落身后。其实他一直想进入苏落的精英小队，碍于自己的实力，却始终没有机会，这一次，荀星宇觉得自己的运气好极了。

事实上，苏落的运气也好极了。不知道是不是有人在暗中帮她，接下来出现在森林里的，竟然都是三年级的学生，虽然不是苏落熟悉的牧晴、王牧他们，但这些三年级学生都很面熟。

苏落很快就清点完人数，聚集在她身边的三年级学生竟然有十八个。

这有点反常啊……不过苏落确实仔细观察过四周了，也观察过每一个人，都没有发现异常状况，可是——

苏落摸摸胸口，心脏在剧烈跳动，预示着将有不好的事情发生……

第二十章　击杀狂魔